Desconhecido sob meus olhos

YULLE

DESCONHECIDO SOB MEUS OLHOS

ÂNCORA

VOLUME 2

1ª Edição, 2024

EDITORA EUPHORIA

CAPA:
Medusa Artes
Maldição Art & Design

ILUSTRAÇÕES:
Medusa Artes

DIAGRAMAÇÃO:
Daniele Ramos

REVISÃO DE TEXTO:
Andrea Santos
Clarissa Rachid
Maria Victoria de Oliveira Lima
Rafaela Silva

DADOS INTERNACIONAIS PARA CATALOGAÇÃO NA PUBLICAÇÃO (CIP)
(CÂMARA BRASILEIRA DO LIVRO)

DESCONHECIDO SOB MEUS OLHOS: Bússola, 1ª EDIÇÃO,
EDITORA EUPHORIA, 2024, CNPJ: 39.317.627/0001-06
Contato: sac@editoraeuphoria.com.br
Site: editoraeuphoria.com.br
Rio de Janeiro — RJ

Yulle
Desconhecido sob meus olhos : âncora / Yulle ; [ilustração Medusa Artes]. -- 1. ed. -- Rio de Janeiro : Editora Euphoria, 2024. -- (Desconhecido sob meus olhos ; 2)

ISBN 978-65-84923-27-0

1. LGBTQIAP+ - Siglas 2. Romance brasileiro I. Medusa Artes. II. Título. III. Série.

24-223352 CDD-B869.3

Índices para catálogo sistemático:
1. Romances : Literatura brasileira B869.3
Eliane de Freitas Leite - Bibliotecária - CRB 8/8415

AVISO DA AUTORA-AMIGA:

Olá, meus nenéns.

Esta autora que vos fala tem um conselho precioso: se um estranho lhe mandar mensagens anônimas, não faça como Gael e "dê corda até se enforcar". Bloqueie a pessoa.

Brincar com a ficção é divertido e ler sobre isso pode causar euforia e aquela adrenalina gostosa, mas a realidade (na maioria das vezes) é uma merda perigosa.

Aproveitem os livros. Por aqui, mergulhem na emoção de se envolver com um desconhecido, mas cuidado com quem vocês interagem virtualmente.

Sempre com amor, Yulle.

AVISO DE GATILHOS

A história contém cenas de sexo explícito, uso de substâncias lícitas e ilícitas, abuso psicológico, violência física, violência verbal, palavras de baixo calão, quadros de ansiedade, quadros de depressão, episódios sensíveis e demais cenas que podem ser consideradas delicadas ao leitor. Recomendada para maiores de 18 anos.

#DOCECONHECIDO

DEDICATÓRIA

Dedico este livro à minha Benai, que foi o motivo principal de eu não ter desistido desta história e, diariamente, é o motivo de eu não desistir de muitas outras coisas.

PRÓLOGO

Astra, Caelum
Junho de 2039

DIA 1

— Isso vai dar merda...

— Só se você não fizer direito, Dimitri — Eric falava, deitado na cama ao meu lado, olhando para o celular que eu segurava em minhas mãos.

Havia acabado de sair do trabalho e avisei aos meus pais que iria dormir na casa dele. Eric era o único amigo com o qual não implicavam, graças às suas habilidades como ator, agindo de forma tão puritana na frente dos meus genitores.

Minha mãe pensava que meu amigo era religioso e conservador como ela falsamente era, então confiava nele para que me levasse ao *bom caminho*.

Mal sabia que o puritano em questão foi o próprio responsável por eu descobrir os piores prazeres carnais...

E gostar tanto deles.

Mas é claro que, de todos seus atributos de falsa moralidade exacerbada, o que mais chamava atenção em Eric era seu dinheiro. No final, era por isso que ela gostava tanto que eu fosse amigo dele.

E, de certa forma, foi sua ganância com meu amigo e a ideia de que ela tiraria algo disso, que permitiu que ele sempre estivesse perto de mim.

— Anda, Dimitri, o que está esperando? — ele perguntou impaciente ainda olhando para o aparelho, enquanto arrastava a cabeça até o meu ombro.

Eu estava deitado na sua enorme cama de casal, em um dos seus travesseiros imensos de penas, e era para estar relaxado, mas, naquele dia, só existia tensão dentro de mim.

— Coragem? — respondi, respirando fundo e enfrentando uma falta de iniciativa que não experimentava há muitos anos.

Já fazia tempo que eu não tinha medo de chegar em ninguém, porque não costumava receber muitas negativas.

Mas com ele era diferente...

Sentia meus dedos tremularem enquanto olhava para a foto contida naquele contato, ao qual eu queria tanto enviar as mensagens.

— Porra, me dá isso aqui. — Eric arrancou o telefone de mim.

— O que vai fazer? — perguntei nervoso, indo para cima dele e tentando tirar o aparelho das suas mãos, mas ele enfiou a mão esquerda em minha cara e me empurrou, me fazendo voltar a deitar no travesseiro.

— Aquieta o cu, Dimitri.

— Eric... Eric, me dá! Merda! — Eu tentava lutar contra ele e tomar o celular, mas meu amigo conseguia segurar minha cara e digitar ao mesmo tempo. Odiava suas habilidades centradas e sua coordenação motora perfeita em momentos como esse.

— Para, caralho, eu vou errar! — Ele se levantou da cama, me dando um último empurrão, correu até a sua suíte e se trancou lá.

Eu olhava para a porta, desacreditado, em pânico, mal sabia como estava me sentindo naquele momento. Estava com medo e eufórico, louco para que Eric tomasse a atitude que eu não conseguia ter e mandasse a mensagem. Ao mesmo tempo, um receio do cacete me engolia, temendo que as coisas saíssem erradas, a ponto de ser humilhado por amar alguém mais do que eu conseguia controlar.

E eu, incompreensível e loucamente, amo Gael Bandile...

O cara que fez meu mundo parar no momento em que entrou no meu local de trabalho.

Mas esse exato mundo foi desabando aos poucos, quando comecei a notar o quão impossível era me aproximar dele, sem que ele cortasse o assunto, mesmo que de forma educada, mostrando-se totalmente desinteressado por tudo que partisse de mim.

Era por isso que estava tentando fazer a loucura de me aproximar dele de um jeito tão covarde.

Através de mensagens anônimas.

— Pronto — Eric disse, abrindo a porta e voltando à cama, jogando o telefone em cima de mim.

Eu peguei o aparelho e abri o aplicativo de mensagens.

Eu:

Muito trabalho hoje? 05:17

Você deve ser o barman mais bonito que eu já vi. 05:17

É até burrice colocar alguém pra chamar atenção lá no palco e esconder você atrás do bar. 05:18

— Porra, Eric. — Bufei, sentindo o peito palpitar.

— Você discorda de alguma coisa que eu disse? — ele perguntou implicante, conhecendo muito bem o amigo que tinha.

A verdade é que Eric não aguentava mais me ouvir falar de Gael o tempo inteiro e partiu dele a ideia de começarmos com essas mensagens.

Ele sabia que estava rolando alguma coisa diferente comigo em relação ao barman, porque observou de perto toda a minha perda de coragem para tomar qualquer tipo de atitude. Perguntou se eu estava doente várias vezes até entender que, na verdade, eu estava apaixonado.

Fodidamente apaixonado, como só estive, antes, uma vez, ainda adolescente.

— Não, mas... — tentei falar sem sucesso.

— Você consegue sustentar sozinho agora — ele me cortou.

O sino de mensagens soou rápido, eu mal tive tempo de pensar ou respirar.

— Nossa, achei que ele ia enrolar pra responder — Eric falou venenoso, espreguiçando-se na cama. — Talvez ele não seja tão inacessível assim, meu pequeno.

— Ele está perguntando quem é e como eu consegui o número dele, cara — falei nervoso, me tremendo todo. — O que eu faço?

— Ué, responde, Dimitri. Seja você... Não, seja uma versão abusada de você — Eric falava rindo, divertindo-se com aquilo, enquanto eu tentava responder às mensagens com o máximo de jogo de cintura, sentindo que iria vacilar a qualquer momento.

— Porra! Ele já quer me bloquear! Caralho de homem difícil! — quase rosnei, irritado com o modo que aquele barman parecia a *Muralha dos Sete Reinos*[1].

Mas, mesmo irritado, eu digitava correndo, pronto para implorar migalhas da sua atenção virtual. Ele não me bloqueou naquele momento, e eu consegui mais tempo, respirando aliviado. E foi aí que eu lancei a jogada mais coringa que eu poderia ter...

Eu pedi a ele trinta dias. Eu pedi a ele a oportunidade de me conhecer, de me aproximar.

Eu pedi, desesperadamente, a oportunidade de conversar mais tempo com o homem que eu amava tanto e a quem tinha tanto medo de dizer até um "boa noite", quando o via chegar ao nosso trabalho.

E Gael aceitou...

Ele aceitou e, arisco como sempre se mostrava ser com desconhecidos ameaçadores no trabalho — ou apenas desconhecidos no geral —, disse que iria me bloquear quando a contagem chegasse ao final.

Mas sabemos que isso não aconteceu, porque nos aproximamos.

Nós nos aproximamos o suficiente para ele gostar da minha versão virtual — que se mesclava ao Eric, às vezes —, mesmo que menos do que gostou da minha versão verdadeira, de carne e osso.

A versão que, se pudesse, faria tudo diferente.

Desistiria da ideia idiota de fingir ser outra pessoa para conquistar alguém que era mais carente e necessitado de amor do que aparentava ser.

Alguém que usava mais armaduras do que eu poderia imaginar.

Como eu queria ter o poder de voltar no tempo...

1 Local fictício inserido na franquia *As crônicas de gelo e fogo*.

1

AMIGO

O plano teria dado certo.

Teria dado certo se o envolvimento fosse estritamente virtual.

Teria dado certo se nós não começássemos a nos envolver pessoalmente, logo depois de eu ter enviado as primeiras mensagens ao barman que trabalhava comigo.

Mas eu não tinha como prever o que aconteceria.

Eu não tinha como prever que iria cair na frente de Gael e que ele viria me socorrer, pulando por cima daquele bar, daquela forma que fazia meu coração parar, porque...

Que visão!

Que visão ver Gael Bandile correndo em minha direção, só para me ajudar.

A partir dali, todo meu planejamento já tinha ido por água abaixo.

Eu só não tinha percebido ainda.

Naquele mesmo dia, além de me ajudar com feridas externas, o barman me salvou de um monstro.

Eu, distraído e afoito, louco para continuar conversando com ele anonimamente, não sendo o bastante apenas vê-lo trabalhando no bar, não me continha quando sabia que tinha alguma mensagem para responder ou oportunidade de puxar assunto, quando ele não estava me vendo com o telefone em mãos.

O que eu sentia por Gael se assemelhava a uma paixão adolescente desenfreada, com a diferença de que...

As coisas, que eu queria fazer com ele, iam muito além das permissíveis para um adolescente.

Mas, naquela madrugada, eu me distraí tanto, na pele do DiCaprio, que mal percebi o corpo nojento de Miro me prendendo contra os armários do vestiário, numa tentativa de me invadir, de me humilhar.

Como se toda violência, que recebi da minha vida, não fosse o bastante, aquilo teria me destruído ainda mais se, de fato, tivesse acontecido.

Mas meu super-herói não deixou.

Ele me salvou duas vezes, só naquela noite.

Eu fui para casa, me tranquei no meu quarto e, assim que me deitei na cama, ouvi o soar do celular, imaginando ser Gael respondendo às minhas mensagens anônimas, mas meu coração deu pulos idiotas quando eu vi que ele queria falar comigo.

Comigo mesmo, Dimitri Dangeli, sem disfarces nem mentiras.

Ele estava verdadeiramente preocupado com o meu bem estar, e aquilo me desequilibrou inteiro.

Naquela hora, eu me arrependi, pela primeira vez, de ter começado esse jogo de mentiras.

Eu:

Gael... 08:27

Enviei, respirando fundo e tomando coragem para contar a ele que eu era o cara das mensagens. Mas ele poderia me achar um idiota e se distanciar totalmente de mim e, logo depois de ele ter me ajudado, não lhe queria causar nenhuma sensação ruim.

Eu teria outras oportunidades mais tranquilas para contar a verdade.

Pelo menos, era o que eu acreditava...

Eu:

Deixa pra lá. 08:31

Obrigado mais uma vez e bom sono pra você também. 08:31

Naquele mesmo dia, depois de conseguir dormir um pouco, tive uma dificuldade absurda de continuar mandando as mensagens e demorei bem mais do que o normal para responder-lhe.

Minha mão voltou a sangrar, e eu estava tendo crises de ansiedade, quase evoluindo para picos de pânico, unindo-se ao evento de minha mãe não parar de me xingar e questionar os motivos de meu sangramento.

Mais uma vez, ela e meu pai me culparam por tudo de ruim e atroz que existe no mundo.

Eu corri de casa para um hospital e recebi bronca do médico por não ter ido tomar pontos no ferimento, que foi mais fundo do que eu pensava. O doutor, depois de saber que eu era garçom e maître, ordenou um afastamento de dez dias.

Ainda assim, voltei à boate, porque pior do que ficar esse tempo todo em casa, na companhia dos meus pais, era não ver Gael.

Eu estava começando a me viciar na calma que a presença dele me proporcionava.

Então, depois de ouvir alguns esporros de Pablo por ter voltado ao trabalho, passei a noite, deixando o som ensurdecedor da boate entrar nos meus ouvidos e preencher a minha mente, me distraindo das coisas asquerosas que voltavam aos meus pensamentos o tempo todo.

Quando Gael veio para cima de mim, querendo tirar a bandeja da minha mão, eu fui agressivo, pois já não aguentava sentir tanta coisa ruim dentro de mim, e ele entendeu. Entendeu, conversou comigo, fez com que eu me abrisse, coisa que era tão difícil de acontecer, até mesmo com Pablo e Eric, mas era inexplicável o sentimento de proteção que emanava de Gael para mim.

A deficiência de carinho e cuidado causada por minha família, que nunca me proveu, foi suficiente para que eu me agarrasse a cada mínimo aspecto de bondade de Gael e ficasse, cada vez mais, necessitado daquela proteção.

Eu fui cego, me entreguei sem reservas e, por mais que Gael nunca me fizesse mal e fosse um dos melhores seres humanos que conheci, eu mergulhei profunda, gradativa e imperceptivelmente em uma das piores prisões que um ser humano poderia estar.

A prisão da dependência emocional.

Quando você é uma pessoa sensível que absorve demais as coisas, e passou por um trauma, por menor que seja, você acaba pensando tempo demais sobre o ocorrido.

Seja um assalto na rua, uma ofensa vinda de um colega de trabalho ou até mesmo um susto acidental.

Qualquer coisa que faça seu coração bater em pânico parece ser motivo suficiente para carimbar um alerta no seu coração de que não importa o que você faça, aquele acontecimento vai se repetir e você vai ser pego de novo.

Depois do ocorrido com Miro, no vestiário, meu cérebro vivia me mandando alertas de perigo constante, mesmo que eu lidasse com assédio o tempo todo, na boate, vindo de clientes idiotas, e já soubesse como me defender dessas coisas.

Mas aquilo, aquela violência covarde e surpresa, fazia meu corpo e minha mente trabalharem muito mais do que estavam acostumados.

Por esse motivo, em um dia chuvoso, como se o céu estivesse desabando, eu chorava desesperado por estar sozinho, com as costas escoradas na porta da boate, num horário nada agradável para alguém estar sem companhia e indefeso.

Meus dedos tremiam, meus olhos marejados me impossibilitavam de enxergar a tela do celular em minhas mãos. Eu estava prestes a me sentar no chão e esperar aquela crise de ansiedade passar, até que percebi o carro antigo de Gael encostar próximo a mim, e ele gritando para que eu entrasse no veículo.

Como não se apaixonar perdidamente por alguém que te salva tantas vezes?

Ele me levou em casa e, depois de eu lhe explicar como meu carro havia quebrado, como se sua boa-vontade não fosse o suficiente, ainda me ofereceu carona todos os dias enquanto eu estivesse sem meu veículo.

Eu aceitei mais pelo prazer de passar algum tempo com ele do que pela carona em si.

E aquela foi a segunda vez que eu me arrependi de não lhe ter contado toda a verdade sobre as mensagens.

Ainda assim, sentia que não era necessário, já que nossas conversas anônimas eram bobas, e ele mal mostrava confiar em mim.

E eu nem podia culpá-lo por isso.

Os dias se passaram, as caronas continuaram e, no último dia em que foi me levar em casa, pois não iria precisar mais dos seus "serviços de chofer", deixei claro, com todos os sinais do meu corpo, o quanto queria que ele se aproximasse de mim.

Estar num carro com Gael era uma tortura.

Era uma tortura porque minha vontade era de me agarrar em seu pescoço, puxá-lo para mim e beijá-lo toda vez que ele estacionava na frente da minha casa, pouco me importando com os meus vizinhos fofoqueiros ou meus pais, que poderiam abrir o portão a qualquer momento.

Quando você está apaixonado e tão perto da pessoa que você ama, você fica meio burro. Meio irracional...

No último dia de sua carona, eu me aproximei dele. Beijei seu rosto, como já havia feito antes. Senti o mesmo calor no meu corpo que senti quando beijei sua bochecha pela primeira vez.

Sua pele era macia, quente e cheirosa. Ele sempre respirava mais rápido quando eu me aproximava e apertava o volante do carro, como se estivesse muito nervoso com aquilo tudo.

Desejoso ou... desconfortável.

E eu, como uma pessoa que sempre foi insegura e depreciativa, no fundo do meu âmago calejado, acreditei fielmente na segunda opção.

— Ele não quer nada, Eric... — eu me joguei na cama, falando ao celular com meu amigo, depois de ter tomado um banho longo, aproveitando que meus pais estavam dormindo, na intenção de desanuviar minhas frustrações por não ser correspondido.

— *Você tem certeza? O cara tá te levando em casa todo dia...*

— Eu não sei... Acho que o Gael só é gentil e tem essa coisa nele de ajudar os outros. — Fechei os olhos, olhando para o teto e respirando fundo. — Acho que ele está fazendo tudo isso por educação ou porque está com pena de mim.

— *Você sabe que ele é todo travado e parece ser meio lento pra relacionamentos, não sabe?*

— Todo mundo, naquela boate, já percebeu isso.

— *Então, relaxa aí, Dimitri... Sei que você quer enfiar a língua na boca dele, mas não é como se você não soubesse que o cara é uma mula empacada.*

— Não fala assim dele... — resmunguei, defendendo Gael automaticamente e sem perceber.

Meu amigo riu do outro lado do telefone, deliciando-se com a minha reação de defesa descarada.

— Mas eu não sei mais o que fazer... — continuei, ainda me sentindo mal com a situação. — Eu praticamente me sentei no colo dele dentro do carro, e ele agiu como se estivesse em pânico. — Choraminguei, me sentindo verdadeiramente idiota.

Por mais que eu já tivesse entendido que Gael era assim, meio lento, ainda era horrível tentar algo com alguém e não ser correspondido. Estava me sentindo um otário.

— *Calma, caralho, já mandei relaxar* — ele disse sutil como só ele sabia ser comigo, enquanto eu girava o corpo na cama, tentando tirar o edredom que estava debaixo de mim e me cobrir. — *Olha, continua com as mensagens. Parece ser mais fácil ele conversar com o anônimo do que pessoalmente, não é?*

— Sim...

— *Então, continua. Isso ainda pode dar certo...*

Respirei fundo, já totalmente coberto, apesar de ainda estar sentindo um pouco de frio, enquanto encarava o teto de pintura levemente lascada do meu quarto pequeno.

— Eu não sei... Eu acho que não quero mais. Não estou me sentindo mais confortável com isso tudo, sei lá.

— *Dimitri, você ainda pode fazer ele se envolver com você.*

— Por que está insistindo tanto nisso? — Quase solto um "de novo", sabendo que Eric tem certo histórico de me empurrar para cima das pessoas, como se fosse um *cupido culpado* pelo nosso passado, mas poupei o questionamento.

— *Porque eu não aguento mais você chorando por causa dele...* — ele começou a explicar. — *E eu só quero que você desista dele se você tiver esgotado todas as possibilidades. Se ele não gostar de você pessoalmente e nem virtualmente, concluímos que o problema é com ele, e eu vou mandar fazer um certificado de cuzão, com o nome dele impresso.*

Comecei a rir, porque o que o Eric tinha de chato, ele tinha de protetor. Parecia meio frio e impessoal com os outros, mas comigo não era muito diferente do amigo que eu conhecia há quase dez anos.

E, apesar de Gael ter o direito de gostar ou não de alguém, ficava feliz de poder contar com Eric, caso as coisas não dessem certo e eu precisasse me acabar de chorar e encher a cara com meus vinhos, porque não fui correspondido amorosamente.

Dessa forma, continuamos com o plano... Continuamos com as mensagens.

Eu continuei indo à casa dele, com ele pegando o telefone das minhas mãos diversas vezes e respondendo como se fosse o "DiCaprio", e eu deixando, porque as respostas dele sempre eram as mais ácidas.

E eu acabava achando graça...

Quando Pablo anunciou o noivado, pude ver a face mais filha da puta do meu amigo quando ele chamou Gael de "rabanete" na minha frente. Eu sabia que ele fazia aquilo para brincar com a cabeça de Gael e, ao mesmo tempo, me ver irritado.

Eric gostava de brincar com o fogo, sempre gostou.

E acho que eu tinha aprendido e absorvido esse prazer em provocar as pessoas.

Em provocar Gael, especificamente.

— Você tá maluco, porra? Quer fazer com que ele descubra tudo? — eu quase gritava com Eric, enquanto andávamos devagar até o centro da boate, voltando à comemoração de noivado de Pablo e deixando um Gael, claramente atordoado, para trás.

— Ele é bem, bem lerdo... — Eric disse em uma observação debochada.

— Então, você resolveu simplesmente que ia dar todos os sinais pra ele descobrir?

— Para de drama, meu pequeno — falou, revirando os olhos enquanto esticava o braço para um garçom que passava com taças de champanhe, pegando uma delas. — Todo mundo o chama de rabanete. Até o Pablo já chamou ele assim.

Respirei fundo, contei até mil, depois enfiei as mãos no rosto, balançando a cabeça negativamente enquanto ele se embebedava ainda mais.

Eu estava chateado com a sua falta de senso, num momento em que eu estava me cagando de medo de Gael descobrir minha identidade, mas, mesmo assim, fui para sua casa no final da comemoração, porque estava bêbado demais para encarar meus pais.

Eu, definitivamente, não queria apanhar naquela noite.

Quando chegamos à sua casa, tomei banho, me joguei de bruços na sua cama enorme, e ele deitou em cima das minhas costas, daquele jeito que fazia quando sabia que tinha feito merda.

— Sai de cima de mim — grunhi irritado, com a cara enfiada no travesseiro.

— Está com raiva de mim? — ele perguntou sério, arrastando o queixo na minha cabeça.

— Você está me machucando, seu animal.

— Responde, Dimitri — seu tom autoritário e dominante quase nunca tinha dificuldades em surgir.

— Claro que eu estou com raiva de você! — respirei fundo, começando a falar mais chateado do que eu realmente imaginei estar. Eric mudou a posição levemente, parando de me apertar. — Você provoca demais, não sabe a hora de parar e quando bebe perde a linha, parece outra pessoa! Tudo pra você é um grande show de deboche... Você não entende, Eric.

Ele ficou em silêncio por um minuto, depois saiu de cima de mim completamente, deitando-se ao meu lado, com o corpo virado em minha direção, mesmo eu estando com o rosto virado para o outro lado.

— Não entendo o quê, Dimitri? — perguntou sério.

Eu virei o corpo devagar, ainda mole pelo efeito do álcool e, quando o fiz, o encarei deitado, com o cotovelo no colchão, sustentando a mão que segurava seu rosto.

Eric era intimidador demais.

Foi a primeira impressão que eu tive dele quando o conheci.

Mas hoje ele não é mais... Não para mim.

Quando ele me olhava daquele jeito, eu não imaginava mais uma pessoa que pudesse arrancar minhas roupas com um estalar de dedos. Querendo ou não, é impossível não sentir um desejo súbito por aquele cara, quando você o vê pela primeira vez. Foi assim comigo.

No entanto, passado todos os períodos de sacanagens colegiais em que eu, ele e Pablo estávamos envolvidos, o que restou foi uma pessoa que me salvava todas as vezes que eu apanhava.

Um cara que me dava cobertura, toda vez que eu queria me relacionar com alguém.

Um amigo que já passou pomada nos meus hematomas e limpou minhas feridas mais vezes do que eu conseguia me lembrar.

Eric não me intimidava mais, porque eu sabia exatamente o que existia por trás daqueles olhos fatais, que congelariam qualquer pessoa que não entendesse como ele era bem mais humano e empático do que gostava de aparentar.

Porque, segundo ele, quanto mais duro e individualista você se mostra ser, menos as pessoas se aproveitam de você...

E eu não podia culpá-lo por pensar assim.

— Ele não é uma das paixões da escola, Eric — comecei, tentando fazer meu amigo entender a dimensão das coisas que eu sentia. — O que eu sinto por Gael... Porra, eu... — Respirei fundo, jogando a cabeça no travesseiro e olhando para o teto muito mais bonito do que o do meu quarto. — Eu nunca senti por ninguém. Eu o amo demais, meu corpo todo o ama. Eu estou com medo na mesma proporção em que estou louco pra ele deixar eu me aproximar... Que droga! — Estalei a língua, me sentindo idiota por gostar tanto assim de alguém. — Eu nunca quis ninguém do jeito que eu o quero.

Ele continuou me observando, notando que eu ainda tinha mais coisas a falar, mais coisas para desabafar.

— Eu achava já ter me apaixonado por alguém, já ter amado alguém, mas, porra, o que eu sinto por ele faz tudo que eu já vivi ser anulado. Parece que eu estava brincando de beijar na boca antes de conhecer aquele barman brabinho...

Eu fiquei em silêncio por alguns momentos, e Eric também.

Ele parecia pensar sobre tudo que eu havia dito, porque, até então, eu falava sempre sobre Gael, mas de maneira superficial e rasa, deixando claro o quanto me atraía fisicamente. Nunca havia confessado meu amor desta forma, abertamente, nessa magnitude e seriedade. Não havia tido coragem para isso até então.

E foi notável o quanto Eric mudava completamente seu semblante, conforme eu abria meu coração e declarava nunca ter sentido nada por ninguém, da forma que estava sentindo por Gael.

E sei que já senti coisas demais por Eric, mas já faz muito tempo, então fiz questão de enterrar tudo que aconteceu entre nós no passado.

Com Gael era tudo tão fresco, vívido, intenso.

Ofuscava minhas paixões anteriores.

— Desculpa — ele soltou baixo, mantendo o semblante sério, o que acabou pesando um pouco a atmosfera do lugar, além do que eu esperava.

Estava ofendido? Claro que não... Eric não se ofenderia com uma coisa dessas.

Não se ofenderia comigo ao descobrir que consegui me apaixonar enlouquecidamente mais uma vez, depois dele.

Sequer conseguia compreender o que se passava na sua cabeça naquele momento, mas se tinha algo por trás de culpa ou arrependimento — por ele quase ter jogado todo meu progresso de aproximação no ralo —, Eric não demonstrou.

— Eu não sabia que você estava se sentindo dessa forma... Desse jeito tão...

— Idiota? — falei rindo fraco, me entregando ao meu próprio fracasso em esconder minha paixão avassaladora de novela.

— É... Nunca te vi tão idiota — ele falou num riso nasal fraco e curto, quase contido, antes de eu pegar um dos travesseiros e jogar na sua cara. — Sério! — seu tom me chamou atenção, como se fosse quase doloroso ouvi-lo falar assim, enquanto segurava o travesseiro e olhava na minha direção. — Me perdoa, eu não... — Ele soltou o ar lentamente, balançando a cabeça negativamente. — Não imaginei que era tão sério. Na verdade, o idiota sou eu.

Estalando a língua, avancei na cama, na sua direção, e empurrei seu ombro, forçando-o a deitar-se virado para o outro lado. Eric já sabia o que eu queria, então, sem negativa alguma da sua parte, girou na cama e deixou que eu o abraçasse por trás, com força, deitando o rosto nas suas costas.

— Tá tudo bem, para de fazer essa cara que meu coração dói... — confessei, sentindo suas mãos macias procurarem as minhas. Em seguida, ele entrelaçou os dedos aos meus, me prendendo naquele abraço sobre sua cama.

— Grude — falou rindo, meio sonolento, e eu respirei aliviado em perceber que aquele clima ruim não durou muito.

Na verdade, nunca durava. Ele não deixava que durasse.

Nós *quase* nunca brigávamos, e nossos pequenos desentendimentos eram resolvidos de forma rápida. Se fosse preciso, ele até me deixava dormir agarrado a ele em sua cama, principalmente quando eu estava bêbado. Temos esse hábito desde o ensino médio, época em que ele fingia que não era tão carente quanto eu, apenas para manter a pose de frieza absoluta.

Horas depois, nós acordamos e, ainda de forma sonolenta, comecei a responder ao inquérito que Gael me fazia.

Ele achava que eu era Eric e, dando graças aos céus por estar em sua casa, consegui responder às suas mensagens sem ter um ataque do coração. Eric pegou o telefone de minhas mãos e, naquela tarde, respondeu a todas as perguntas de Gael, comigo guiando, vez ou outra, a forma como a mensagem deveria ser enviada.

No final, ficou claro o quanto DiCaprio também era Eric...

E essa acabou sendo mais uma mentira contada por nós dois e a terceira vez que me arrependi de começar a enviar aquelas mensagens.

O casamento de Pablo chegou algum tempo depois, e Eric foi peça crucial para as coisas acontecerem do jeito que aconteceram naquela noite.

Durante a festa, enquanto meu amigo paquerava descaradamente um dos convidados de Pablo, eu enviava mensagens para Gael como o anônimo e me segurava demais para não rir toda hora que falava alguma coisa engraçada, e ele reagia com risadas no sofá, distante de mim.

Gael tentava manter uma postura séria via mensagens, mas a verdade é que ele abria aquele sorriso imenso e, por vezes, até gargalhava quando lia alguma de minhas respostas mais ousadas.

Eu já o tinha visto fazer isso algumas vezes, mas era sempre *tão gostoso* ver o quanto ele se divertia comigo.

Comigo não... com o DiCaprio.

Essa era a parte ruim. Imaginar que ele nunca iria rir assim comigo, que não teria a mesma graça, mas, no final das contas, eu acabava me sentindo bem em fazê-lo se sentir bem. Era quase um prêmio pessoal.

Mudando totalmente o curso da minha noite, me ajudando bem mais do que poderia imaginar, Pablo, já no final da festa, pediu descaradamente para que eu dançasse para todos ali, e Eric, ardiloso como sempre, viu, naquele momento, uma oportunidade perfeita.

— Essa é a sua chance — ele sussurrava no meu ouvido, conforme ia tirando meu paletó e desabotoando a gola da minha camisa, e o cheiro do conhaque, vindo de sua boca, envolvia minhas narinas. — Mostra pro Gael o que ele está perdendo. Mostra o que ele ainda pode ter...

Segurando o riso, balancei a cabeça negativamente com o poder que Eric tinha de fazer meu corpo se arrepiar, ao me incentivar a dançar para Gael.

Eu não fazia isso há muito tempo e havia muitas outras pessoas presentes, até o próprio Pablo, quem havia pedido avidamente por aquela dança. Mas não poderia mentir, aquilo não era para Pablo, era para *ele*. Era somente para Gael.

Subi naquele pole dance, deixando toda minha inquietação e nervosismo presos dentro da minha pele, sem demonstrar nenhum traço de como eu estava de verdade, de como meu coração palpitava, de como eu queria que ele gostasse do que iria ver.

E eu dancei, eu me entreguei. Ondulei naquela barra de ferro como se a boate estivesse vazia e eu fizesse um show particular para o barman da casa.

Antes da música encerrar, o percebi agitado, despedindo-se de todos como se tivesse acabado de receber uma ligação avisando que algum parente seu havia morrido.

Eu fiquei chateado, me senti um palhaço e, ainda por cima, me arrependi do exato momento em que subi naquele pequeno palco, no centro daquele sofá circular, até ver a cara de Eric...

Ele mordia os lábios daquele seu jeito descaradamente safado e levantava uma de suas sobrancelhas, dando todos os sinais de que eu havia feito algo muito certo.

— Ele ficou duro, Dimitri. Duro, durasso, duro pra caralho! — Bêbado e quase alterado, Eric falava, gargalhando dentro do carro luxuoso de aplicativo que ele chamou aproximadamente uma hora depois de Gael ir embora correndo e, de forma a comemorar o resto do casamento, acabamos bebendo a garrafa inteira de tequila que Pablo havia pedido ao garçom.

Como enchemos a cara juntos com nosso amigo noivo, mesmo que Vicenzo não parecesse estar lá com a melhor feição do mundo, não tivemos outra alternativa a não ser chamar um carro — de um aplicativo luxuoso que Eric usava — e deixar o seu veículo na boate.

O motorista do aplicativo olhava para nós, através do retrovisor, de forma assustada.

— Mas... como, Eric? — perguntei incrédulo, totalmente eufórico com a novidade trazida por ele. — Como você percebeu?

— O cara... — Ele batia nas próprias pernas, precisando de pausa para recuperar o fôlego, de tanto que ria.

Bêbado, e se acabando de gargalhar com a ereção que Gael teve por mim.

Quase anormal. Quase estranho. Quase rindo mais do que deveria dessa situação...

— Ele ficou com um volume imenso na calça! — Mais uma gargalhada grande, e mais uma olhada assustada do motorista. — Depois, ele cruzou as pernas, achou que ninguém estava vendo e, pra piorar... — ele respirava fundo, tentando continuar a falar, mas não parava de rir.

Mesmo que eu estivesse rindo da situação, porque Eric bêbado parecia realmente uma pessoa completamente diferente, não deixava de me perguntar se seu exagero era apenas causado por álcool.

— O burro ainda tirou o blazer e colocou em cima do colo, pra esconder o pau durasso!

Dessa vez, quem não aguentou fui eu.

Balançando a cabeça negativamente, tentei segurar o riso, levando os dedos aos lábios, mas eu não conseguia me controlar e me questionar dolorosamente.

Era errado demais eu estar tão feliz por Gael me desejar?

2

VIOLENTOS

Eu não devia me aproveitar das mensagens anônimas para me aproximar de Gael, nem mesmo tentar tirar informações dele para me beneficiar.

Eu não devia ter feito tanta coisa...

Após o casamento, dormi na casa de Eric mais uma vez, acordei me sentindo ainda meio bêbado, percebendo que meu amigo já não estava na cama, então cambaleei até o banheiro, onde encostei as costas no azulejo do box e deslizei, até que estivesse sentado no chão.

Com os braços cruzados sobre os joelhos, deixei a água quente bater na minha nuca por tempo demais, o suficiente para sentir a dor de cabeça se dissipar minimamente e o bastante para que eu conseguisse rir...

Gael, que havia me dito que era demissexual na noite anterior, nas mensagens que me mandava enquanto estávamos no casamento, havia ficado excitado por mim.

Isso, com certeza, significava alguma coisa...

Mas eu precisava ter certeza antes que desse um passo a mais e saísse mal dessa história. Enfim, desligando o chuveiro, saí do banheiro com a toalha amarrada na cintura, dando de cara com Eric de volta ao quarto, me estendendo um copo grande com suco de alguma coisa.

— Achei que você tinha morrido no chuveiro — ele disse, depois, se jogou na cama, colocando um travesseiro na própria cara.

— Eu estava enjoado... — eu disse, bebendo o suco e fazendo cara feia. — Mas que bosta é essa?

— Gengibre com laranja, bebe tudo.

Não fazendo ideia de como aquilo iria me ajudar, mas torcendo para que aquela ressaca infernal passasse, bebi o suco inteiro enquanto me sentava na cama devagar e observava as janelas à minha frente, e já estava escuro.

— Quanto tempo eu dormi? — perguntei, franzindo o cenho, ainda sentindo os olhos doerem um pouco.

— Muito. Já são quase 18:30 — resmungou ainda com o travesseiro na cara. — Você dormiu por onze horas seguidas.

— Porra, eu preciso trabalhar! — Quase chorei.

Eric riu baixo, provavelmente, pelo fato de eu ficar nervoso com o atraso, como se não tivesse dormido na mesma cama que o meu chefe. Enquanto eu me contorcia mentalmente por ter exagerado na bebida até o sol raiar, ouvi um sino de mensagens soar.

Peguei meu telefone ainda meio tonto, mas sentindo o coração palpitar, porque o celular que soou era o antigo, do qual mandava as mensagens anônimas para Gael.

Era a minha chance...

Eu:

Pegou alguém? 18:44

Perguntei, depois de ter tentado preparar o terreno de forma sutil, enquanto Eric já tinha tirado o travesseiro da cara e me olhava desconfiado, pela minha cara fechada.

Eu estava apreensivo porque, apesar de achar aquela sondagem errada, eu queria muito, com todas, todas, todas as minhas forças, que Gael respondesse algo que eu esperava ler...

Gael:

Não, cacete. 18:45

Ele não mentiu e, mesmo já sabendo que era improvável que ele ficasse com alguém durante o tempo que não esteve sobre a mira dos meus olhos, meu coração — infantil e inseguro — se acalmou um pouco com a sua negação.

Eu:

Queria pegar? 18:45

Insisti, eu precisava insistir.

Eu precisava saber...

Mas ele demorou a responder, então eu joguei o maior verde que eu poderia ter jogado em toda minha vida.

Eu:

Caralho, você queria... kkkkkkkkk 18:49

Gael:

Não quer dizer que eu fiz. 18:50

E eu nunca colhi tão maduro.

— Ele te mandou uma foto do pau? — Eric perguntou, percebendo que eu não parava de rir para o telefone, me sentindo explodir de euforia por constatar que, sim, Gael me queria.

— Melhor, meu amor, muito melhor...

Mordi o lábio inferior, tentando conter um sorriso que desejava se espalhar inteiro pela minha cara, enquanto continuava levando aquela conversa mole pelo tempo que ele deixava.

Mas, apesar de ter vontade de falar com Gael a noite toda, eu precisava trabalhar e, levantando-me da cama como se tivesse um navio cargueiro em cima de mim, me arrastei para o armário, começando a colocar as roupas que eu tinha, guardadas, na casa de Eric.

Minha cabeça continuou doendo um pouco, e eu consegui enrolar tanto enquanto me arrumava que acabei chegando atrasado ao trabalho e atrasando Eric também.

Pablo até insistiu em dar folga a todos no dia seguinte e fechar a boate, mas eu consegui ser mais insistente ainda e dizer que daria conta de trabalhar e, depois de uma pequena reunião dele com os funcionários, mais da metade também quis a casa aberta.

A verdade é que as gorjetas eram muito grandes, e a maioria dos garçons e dançarinos faturava muito além do salário. Gostávamos de folgas, mas também gostávamos do dinheiro das gorjetas, então não era difícil encontrar uma galera que preferia trabalhar a ficar em casa.

Gael era o primeiro a dizer que preferia trabalhar...

Eric era o primeiro a defender as folgas.

Entrei correndo na boate e fui ao vestiário, que nem um louco, para colocar minha camisa social e pegar meu avental. Tão distraído e tonto, mal percebi quando trombei com alguém saindo do mesmo lugar onde eu queria entrar.

— Desculpa, eu não vi... — disse, antes de levantar o rosto e perceber que se tratava do barman mais gostoso do mundo.

Eu até me esqueci de que tive ressaca e enjoo algum dia na minha vida.

Gael milagreiro, santo dos bêbados.

— Ah, é você Gael. — Sorri de forma calma, tentando controlar o adolescente afoito que queria beijar aquela boca grande e bonita, naquele momento. — Foi mal, eu tô meio distraído hoje... Ainda cansado de ontem.

— Tudo bem — ele respondeu meio tenso e mal conseguia me olhar nos olhos.

Estava tão lindo, todo nervoso...

Gael só confirmava, cada vez mais, o quanto não escondia que estava me desejando, e eu não conseguia deixar de me sentir feliz por isso. Ele dava todos os sinais, e eu os captava com prazer.

— Você está bem? Saiu correndo ontem... Aconteceu alguma coisa? — sabia que tinha sido sonso ao perguntar, mas eu queria ter mais um pouco daquela sua reação agitada por estar perto de mim. Estava viciado.

— Não, eu só fiquei meio enjoado, acho que bebi demais.

Enjoado e de pau duro, pelo que eu fiquei sabendo...

— Eu também — respondi de forma maliciosa, num sorriso quase implicante. Já não estava conseguindo conter o quanto eu sabia que não tinha sido apenas os efeitos da bebida que o fizeram deixar a festa.

Ele olhou para mim, eu questionei o quão ruim seria se eu o beijasse ali mesmo e, antes que pudesse ceder aos meus impulsos, alguém nos interrompeu, então nos despedimos de forma breve e continuamos o que estávamos fazendo.

Comecei a trabalhar. A casa ficou bem cheia nas primeiras horas, e o cansaço, por ter aproveitado demais a noite anterior, me abraçava sem reservas. Mas a atenção que Gael me dava descaradamente era combustível suficiente para me fazer aguentar as horas torturantes de trabalho sob efeito de uma ressaca filha da puta.

Gael quebrou copos, enquanto olhava para mim.

Não havia uma hora sequer em que eu não virasse para o bar e ele não estivesse me secando descaradamente, então, quando eu me sentei no balcão de seu trabalho, horas depois, eu estava pedindo aos céus para que eu tivesse entendido todos aqueles sinais de forma clara.

Estava nervoso, ansioso, tenso, mas arrisquei tudo que eu tinha. Eu precisava arriscar. E foi por isso que eu deixei derramar sutilmente, pelos meus lábios, a bebida que ele havia feito para mim.

— Está derramando aqui, Dimitri — ele me avisou, mostrando com o próprio dedo o local que eu deveria limpar.

E tudo estava indo de acordo com o plano...

— Me ajuda a limpar? — pedi calmo.

Precisei me segurar muito para não rir da cara de pânico que Gael fez. Por um momento, ou dois, imaginei que ele iria sair correndo, mas não aconteceu, então eu continuei arriscando, antes que ele conseguisse pegar um guardanapo.

— Com a sua língua.

Seria naquela hora ou nunca.

E, a julgar pela proximidade de Gael ao meu corpo, mergulhando de cabeça no meu pedido safado, ele não tinha intenção nenhuma de negar.

Quando ele segurou minha mandíbula com força, eu suspirei num gemido trêmulo e baixinho, que escancarou o quanto eu esperei por aquele contato. Não acreditava que estava realmente acontecendo, mesmo depois de todas as minhas provocações, mesmo depois de tê-lo desejado tanto. No entanto, tive certeza de que ia acontecer quando senti sua língua quente encostar na minha pele e ser esfregada lentamente, na direção do canto da minha boca.

Então, ele me puxou com certa brutalidade, que fez meu corpo todo tremer e se arrepiar, e me beijou.

Gael me beijou com uma intensidade que eu não imaginava existir nele. Mas que eu sabia existir em mim...

Pus o copo no balcão, envolvi seu corpo com as minhas pernas, puxei-o com força num abraço pelos ombros, fiz nossos quadris se espremerem um contra o outro, numa roçada gostosa da minha rigidez na sua, que vinha sem pudor algum. Seu pau estava novamente duro por mim e o meu estava por ele, como já esteve tantas e tantas vezes.

Foram tantas e tantas vezes que me masturbei imaginando aquelas mãos grandes no meu caralho, ao invés das minhas próprias. Tantas e tantas vezes que eu desejei que ele me tocasse. Tantas e tantas vezes que eu o quis.

Quando Gael desceu os lábios até meu pescoço, beijando-me e roçando os dentes de leve na minha pele, arrastei a mão até sua ereção e a apertei com certa força.

Ele gemeu contra minha pele, estava praticamente tremendo de tesão e, porra, como eu adorei ter suas reações rendidas de bandeja para mim.

— Você está igual, Gael... — disse, deslizando a mão até sua glande sob o jeans, pressionando o polegar naquela carne inchada, em que eu queria tanto colocar a boca. — Está igual a quando me viu dançar — confessei.

Não aguentei guardar apenas para mim, pois já sabia exatamente o motivo de ele ter corrido daquele jeito. Ele precisava ouvir que eu sabia do seu desejo por mim, e queria que Gael admitisse isso para si próprio, até estar pronto para admitir para mim.

Mas eu precisava fazê-lo pedir por mais, então parei o beijo depois de morder seu lábio inferior de forma quase violenta, mas gostosa. Parei o beijo, desci do balcão, olhei para ele com carinho e sutileza, acalmando o adolescente que gritava dentro de mim, quase soltando fogos.

Quase voltando atrás.

— Até amanhã, Gael — disse e descobri, pela primeira vez, como seu rosto, atordoado por querer mais de mim, me dava um tesão descontrolado.

Como era bom deixar o barman daquele jeito.

Depois de ter pedido um carro por aplicativo, voltei para casa de Eric, apesar de precisar ir para minha própria casa, porém inventaria uma boa desculpa depois para meus pais. Quando entrei correndo em seu quarto, ele estava usando o celular, deitado sem camisa na cama. Surpreso por me ver ali, franziu o cenho quase violentamente.

Eu deveria ter avisado, pois poderia acabar atrapalhando uma de suas cenas mais uma vez. Ainda bem que não aconteceu...

— Eu consegui, porra! — disse, me jogando na cama luxuosa, sobre o seu corpo, fazendo o celular voar de sua mão, batendo no colchão.

— Conseguiu o que, caralho? — Eric falou nervoso, me empurrando e se esticando para pegar o celular.

— Eu consegui! Eu beijei o Gael!

Eu era uma criança eufórica, mas eu não conseguia reagir de outra forma. Essa felicidade, explodida no meu peito, era grande demais para conseguir contê-la depois de um ano inteiro desejando a mesma pessoa, de quem eu achava, realmente, nunca conseguir me aproximar.

E o melhor de tudo...

Gael me quis.

Eu, Dimitri Dangeli.

Não o Dicaprio.

Minha versão real, não uma virtual anônima.

Versão essa que precisava parar de existir antes que as coisas ficassem ainda mais enroladas.

Antes que tudo fosse longe demais.

— Quantos tatus havia na boca dele? — ele perguntou com o ar cansado, pegando o celular com calma, antes que caísse atrás da cama, e o enfiando embaixo do travesseiro.

— Tatus? — perguntei confuso.

— Eu ia dizer teias de aranha, mas do jeito que ele é lento...

Então, eu gargalhei, olhando para o teto e sacudindo minhas pernas, como se estivesse correndo de alegria.

Estava tão eufórico por ter beijado Gael que dava pena.

Eric desfez a cara séria e acabou rindo também, me vendo naquele estado, completamente entregue às minhas emoções, sem vergonha nenhuma de demonstrar o quanto aquilo estava me deixando positivamente louco.

— E agora? — perguntei calmo, alguns segundos depois de sentir a adrenalina passar um pouco.

— Agora o quê, Dimitri?

— O que eu faço com as mensagens?

Eric se esparramou mais na cama, colocou a mão sobre a barriga nua, depois olhou para o teto igual a mim, respirando fundo mais uma vez.

— Bloqueia ele — disse simples.

— Vai ficar muito óbvio. — Respirei fundo também, sentindo meu cérebro se anuviar com aquela situação problemática na qual eu havia me enfiado.

— É, vai... Então, para de responder a ele, aos poucos.

— Será que vai funcionar?

— Ele é antissocial, não é? Vai se isolar caso esteja conversando com você e você comece a demonstrar que não está mais tão interessado assim — dizia sério, analisando a situação comigo. — Se ele continuar falando com você, tenta ser meio desagradável, o faça perder a vontade, o deixe incomodado.

— Não, Eric... — Estalei a língua, balançando a cabeça negativamente. — Não quero fazer ele se sentir mal... Assim não é legal.

— Você é muito sentimental, Dimitri — ele implicou, mas no fundo sei que me entende, pois não é uma pessoa ruim. Ainda assim, sinto necessidade de afirmar minha opinião sobre o caso.

— Não vou fazer isso e pronto. O plano era me aproximar dele, não deixar o cara triste por causa de grosseria. — Eu me sentia mal apenas com a possibilidade de fazer Gael se sentir triste de alguma forma. — Não vai rolar.

— Tá bem, Dimitri... — Eric soltou, segurando o riso por eu começar a ficar levemente desesperado. — Então, apenas comece a ignorá-lo aos poucos, vai ser melhor.

Pensei em suas palavras por longos minutos, até tomar a decisão de apenas responder a Gael quando ele viesse até mim.

E eu desejava, com todas as minhas forças, que ele não fosse tão carente quanto eu imaginava. Sabia que não conseguiria negar atenção a ele, nunca.

Nem como Dimitri nem como DiCaprio.

Porque, naqueles dias, tão fixo à necessidade de sua atenção, não importava como Gael me chamasse...

Eu sempre iria, correndo, atender-lhe.

Por mais que eu quisesse dormir na casa de Eric, porque seu lar, o de Pablo e a boate eram os únicos lugares em que eu me sentia verdadeiramente em paz, me despedi do meu amigo e fui para minha própria casa, sabendo que não poderia passar mais um dia fora.

Ou as consequências seriam piores...

Quando cheguei em casa, andei a passos silenciosos até o meu quarto, mas tinha noção de que havia pessoas acordadas, pela sutil movimentação perceptível.

Eu não consegui alcançar a maçaneta do meu cômodo, porque uma mão pequena, mas bruta, apertou meu braço com força e o puxou, me jogando na parede com violência.

— Onde você estava? — a voz da mulher pequena soava com rispidez, enquanto ainda segurava minha pele com tanta força que tinha certeza de que seus dedos iriam me deixar marcas.

— No trabalho, mãe... — respondi com a voz falhada, olhando para baixo, sem conseguir encará-la.

Eu tinha peito para enfrentar qualquer cliente abusado, qualquer pessoa preconceituosa na rua ou qualquer situação agressiva de frente, sem medo, mas quando se tratava dos meus pais...

Eu era simplesmente uma criança assustada.

Eu deixava todo o abuso e meus traumas me engolirem.

Eu seguia com medo de todas as pragas que eles jogavam em mim, de toda carga pesada, rendido a todo seu jogo de tortura psicológica.

Tinha medo até de simplesmente abandonar minha casa e ir morar com Pablo ou Eric, porque, na minha cabeça, eu estaria sendo ingrato, e algo de muito terrível me aguardava caso eu saísse de lá.

Mas eu já havia decidido há meses que me libertaria dessa prisão mental e iria embora por conta própria, me mantendo sozinho, sem o dinheiro de Eric ou de Pablo, provando a mim mesmo que eu seria capaz.

Era só questão de tempo.

Tempo, guardar meu dinheiro e sobreviver...

— Está cheirando a álcool! — ela disse, segurando meu punho e sacudindo meu braço, me fazendo ficar ainda mais acuado na sua frente.

— Eu trabalho servindo bebidas às vezes, mãe... — precisei lembrá-la disso tantas e tantas vezes.

Nem ela nem meu pai me poupavam da violência, mesmo que eu me explicasse.

— Mentiroso! — Ela soltou meu punho e deu um tapa forte e ardido na minha cara, me fazendo virar o rosto para o lado e continuar assim, enquanto as palavras dolorosas continuavam saindo de sua boca. — Você não volta pra casa há dois dias! Está com uma cara horrível e fedendo à bebida! É um desviado imundo! — a mulher gritava, enquanto balançava o dedo fino no meu rosto, resfolegando na minha bochecha, cheia de ódio.

Tão pequena e tão monstruosa.

— Eu fui ao casamento do meu amigo... — comecei a falar baixo, ainda com o rosto virado para o lado, estático. — Eu falei pra senhora, depois eu... Eu fui pra casa do Eric, ficou muito tarde, mãe.

— Se você aparecer com cheiro de bebida mais uma vez, você está expulso desta casa — ela sussurrou, chegando o rosto perto do meu, com uma voz tão assustadora que me dava a impressão de que eu iria morrer.

Eu acho que preferia estar morto.

— Você entendeu, seu vagabundo?

— Entendi, mãe.

Ela soltou meu punho, então entrei correndo no quarto, tranquei a porta e me joguei na cama, com a cara no travesseiro, me rendendo a um choro tão doloroso que sentia meu peito doer.

Eu quase gritava, me sufocando com os soluços no tecido que abafava todo o som da minha voz, projetada com muito mais dor do que meu rosto ardido.

Eu acabava pensando que, se fosse meu pai ali, as coisas teriam sido tão piores. Piores a ponto de eu ter quase certeza de que iria desistir de juntar dinheiro e pedir para morar com algum dos meus amigos.

No entanto, depois da minha garganta doer, do meu corpo vacilar e eu decidir aguentar só mais um pouco, meu grito cedeu...

Eu abracei meu travesseiro com força e senti, mais uma vez, o sono, embalado por soluços, me abraçar, acompanhado dos pesadelos que eu sempre tinha, toda vez que era atacado dessa forma, dentro da minha própria casa.

Os escapes dos meus pesadelos eram os dias que eu passava na casa de Eric, de Pablo e na boate, vendo Gael trabalhar.

Eu não queria que fosse assim, eu não queria que sua imagem fosse meu ponto de paz, eu não queria ter que depender visualmente de alguém, para pensar que minha vida tinha esperança de mudar, mas eu não pude evitar que isso acontecesse.

O amor que eu sentia por Gael e o apoio dos meus únicos amigos eram as únicas coisas que afastavam minha mente de pensamentos tão autodestrutivos.

Eu só queria sumir, eu não queria mais existir...

Mas agora faltava pouco, muito pouco.

Muito pouco para eu sair de casa e conseguir me manter sozinho, sem depender de Eric ou Pablo. Muito pouco para eu tomar coragem e me desvencilhar dessa prisão emocional.

Faltava muito pouco para eu entender que não estava sendo o ingrato que meus pais faziam eu acreditar que eu era por me libertar dali.

Respirando fundo, segui com a minha semana, com os meus dias, tomando como distração toda provocação que fazia a Gael. Era uma coisa que me deixava totalmente aéreo a todos os meus problemas.

Depois do nosso primeiro beijo, eu me esforçava para tentar arrancar dele alguma atitude que não me envolvesse, pulando por cima do bar e enfiando a língua em sua boca.

Porque toda vez que eu o via, essa era a minha vontade...

— Preciso de quatro batidas de morango com vodka pra mesa cinco, por favor — disse apoiando a bandeja no bar, dois dias depois de eu ter experimentado a sua boca.

— Certo — Gael respondeu meio sério. Nervoso, ele começou a preparar os drinks e tremia como eu nunca o tinha visto tremer trabalhando.

— As bebidas com morango saem muito, não é? — perguntei despretensiosamente, olhando para os dedos da minha mão segurando a bandeja, enquanto ele manuseava a faca e cortava as frutas.

Ele não me respondeu verbalmente, apenas assentiu com a cabeça, enquanto jogava gelo e morango no liquidificador.

— Aposto que lamber uma bebida de morango com vodka é bem diferente do que lamber uma feita com rum e pêssego...

Gael engoliu em seco.

Eu sorri com o canto dos lábios, deliciando-me com o quanto ele ficava nervoso perto de mim.

Deliciando-me mais ainda ao perceber que talvez aquilo não fosse aversão, mas, sim, um tesão que ele tentava, de qualquer jeito, reprimir.

Mas que não estava conseguindo...

— Obrigado, Bandile, você é *muito bom* — eu disse e, antes de sair do bar, o percebi olhando para baixo, voltando a pegar sua faca afiada e sorrindo com o canto dos lábios de forma contida.

Ele estava sorrindo porque eu havia me aproximado novamente.

E aquele sorriso tão pequeno...

Era poderoso o suficiente para fazer com que eu me esquecesse de todas as merdas que aconteciam comigo.

3

AMOR

DIA 30

Fugindo do contato de Gael, porque precisava testar se o emburradinho não viria atrás de mim, controlei, por dias, a vontade de tomar a iniciativa de aproximação novamente.

O problema era que eu sabia *muito bem* com quem eu estava lidando.

Sabia que o barman era demissexual, que tinha um ritmo diferente dos outros caras com quem eu já me envolvi e que, muito provavelmente, não tomaria nenhuma atitude descarada em relação a mim.

Sabia que, mais uma vez, a atitude teria que partir de mim, mas não podia dizer que isso seria um grande sacrifício...

Só que eu não queria só experimentar a boca de Gael novamente.

Eu queria beijar sua pele, fazer amor com seu corpo, sentir seu toque, ser bom para ele e fazê-lo entender o quanto ele podia ser bem-cuidado e amado, se me desse uma chance.

E, movido por todos esses desejos incontroláveis, mantive minha mochila equipada com lubrificante e camisinhas por toda semana, apenas esperando a chance de mostrar ao barman que eu podia ser muito mais do que só um colega de trabalho sem graça.

Mas, antes mesmo que eu prosseguisse com o plano de tentar algo mais com Gael, ele me encurralou.

Ele me encurralou com mensagens que faziam meu coração doer...

Gael:

> Eu não tenho muitos amigos, e o único que chega perto disso não quer mostrar a cara pra mim. 20:35

Eu odiava ler isso.

Odiava saber que Gael estava se tornando dependente da amizade que tinha comigo, através daquele número desconhecido. Eu me odiava por enganá-lo, por não conseguir mostrar a ele que o mesmo amigo que eu era de forma anônima, eu conseguia ser pessoalmente.

A minha vontade era de abrir o jogo, contar tudo, parar com as mentiras, mas...

Eu tinha acabado de conseguir beijar a pessoa que eu desejei por mais de um ano. Eu não podia pôr tudo a perder, não podia perder o Gael assim. Não depois de tudo, não depois de tentar tanto me aproximar dele.

Mas eu ainda podia tentar me afastar e parar com aquelas mensagens idiotas.

Eu:

Bandile... 21:47

Mandei um pouco depois de a boate ter aberto, já que eu estava me arrumando quando ele começou a mandar as mensagens e, me sentindo totalmente mal com o rumo da conversa, aproveitei para continuar arrumando meu uniforme, enquanto pensava sobre o que iria falar em seguida.

Gael:

Fala. 21:49

Ele mandou dois minutos depois que eu escorei em uma das paredes escuras da boate, enquanto segurava o celular trêmulo, com os olhos vidrados na tela por conta do nervosismo.

Eu:

Talvez fosse melhor a gente parar de conversar. 21:49

Mandei enquanto respirava fundo e sentia meu peito doer só com a ideia de estar magoando a pessoa que eu menos queria fazer mal.

Gael:

Por que isso agora? 21:52

Ele respondeu três minutos depois, tempo suficiente para que eu direcionasse um garçom e duas garçonetes às suas tarefas e voltasse a responder-lhe ainda nervoso.

Eu:

Eu não estou confortável pra me mostrar pra você e não acho que isso vá acontecer tão cedo. 21:53

Apesar de querer muito, tenho motivos pra acreditar que isso não seria bom. 21:54

Então, eu prefiro parar pra não frustrar você toda vez que perguntar quem eu sou. 21:55

Ele demorou um pouco mais a me responder dessa vez, o que me fez colocar o celular no bolso frontal da minha blusa social e voltar a supervisionar o salão, mas atento o suficiente, caso sua resposta chegasse.

Respirei um pouco mais aliviado, achando que essa, talvez, fosse a saída que eu precisava, para Gael desistir de conversar comigo.

Mas o celular voltou a vibrar...

E eu, que já estava tão sensível nos últimos dias, quase chorei de pânico com sua resposta.

Gael:

Você trabalha comigo? 22:07

Com o salão controlado e bem-servido, saí correndo dali.

Saí correndo e, segundos depois, estava batendo o corpo inteiro na porta da sala de Pablo, tropeçando nos meus próprios pés enquanto me jogava na mesa em que Eric estava trabalhando.

— Eric! Ele perguntou se eu trabalho com ele, Eric! — minha voz saía esganiçada, desesperada. Eu segurei o choro e não acreditei que estava tendo uma crise nervosa tão fodida naquele momento.

— Ele quem, Dimitri? — Eric perguntou assustado, arregalando os olhos na minha direção. — Dimitri, calma! Você vai passar mal!

— Caralho, porra! Ele vai descobrir! O Gael, Eric! O Gael vai descobrir!

Era tarde demais, eu já estava chorando como uma criança.

Eu não sabia lidar com aquela porra...

Eu nunca devia ter começado aquilo.

Eric, percebendo o pânico avassalador que se formava dentro de mim, tomou o celular das minhas mãos e começou a responder, enquanto eu encostava a bunda na mesa e tentava controlar minha respiração.

Ele se levantou da própria cadeira, pediu para que eu me sentasse no lugar dele, e eu o fiz, cruzando os braços em cima da madeira e tentando me acalmar, mas era impossível.

Fiquei ali por, aproximadamente, quarenta minutos.

Ouvia Eric digitar, perguntava o que ele estava falando, mas ele não me dizia, parecia precisar se concentrar em não falar besteiras ou não passar nenhuma informação que pudesse causar algum deslize.

Quando ele terminou, bloqueou o celular e jogou na mesa, na minha frente. Respirei fundo, ergui o rosto e olhei para ele que também parecia tenso demais.

— Está resolvido, ele acreditou — meu amigo disse, enquanto eu pegava o aparelho e começava a ler as mensagens que ele trocou com Gael.

— Ah, Eric... — Choraminguei de forma culpada. — Isso está tão errado, eu não quero mais...

— Você quer contar a verdade? — ele perguntou, mas não havia deboche na sua voz, era quase um tom de encorajamento.

— Eu quero. — Bloqueei o telefone, jogando o aparelho na mesa e depois levando as mãos ao rosto, esfregando meus olhos tensos e minhas bochechas quentes. — Mas foi tão difícil fazer ele me notar, Eric... Ele vai se afastar de novo.

Ouvia o som da música tocando lá fora na boate, com os graves violentos sendo jogados na atmosfera, enquanto meu coração parecia bater e doer no mesmo ritmo.

— Eu posso assumir a culpa por você, Dimitri — ele disse, me fazendo arregalar os olhos levemente e encará-lo. — Me deixa falar que era eu esse tempo todo, ele nunca vai descobrir a verdade.

Balancei a cabeça negativamente, não sabendo se aquela ideia era melhor ou pior do que continuar com as mensagens.

Gael achando que o cara era Eric...

Eric era tão melhor que eu.

Meu amigo tinha dinheiro, casa própria, um carro bom... Uma vida que eu nunca tive.

Naquela hora, eu me deixei levar pelos meus sentimentos infantis, que misturavam uma insegurança sufocante e torturadora no meu coração, quando me comparei a Eric e deixei entrar um medo de ser trocado, de não ser o suficiente para ninguém.

Eu sofri por falta de amor e carinho toda a minha vida...

Quem poderia dizer que, tendo opção melhor, eu não iria sofrer agora também, com a mesma coisa?

— Não... — disse, olhando para baixo, me sentindo estúpido, enciumado e insuficiente. — Não acho que seja uma boa ideia. Eu vou... — Respirei fundo, mordendo meu lábio inferior de forma dolorosa. — Eu mesmo vou contar, só preciso saber a hora certa.

— Tudo bem, meu pequeno — ele falou, se aproximando de mim. Chegando ao meu lado, começou a fazer um carinho lento, meio encorajador, nas minhas costas. — Vou estar aqui quando você contar, de qualquer forma.

Assenti, me levantando, e sorri para ele de forma fraca e introvertida, mas claramente agradecido por ele ter me salvado das mensagens que eu não conseguia encarar.

Depois, deixei a sala, voltando à boate e lidando com uma das noites mais agonizantes de trabalho que eu já tive. Não conseguia parar de pensar em Gael e nem no fato de que eu estava inseguro sobre meu próprio amigo.

A vida toda, eu fui ensinado que eu não era o bastante, que eu não era o suficiente e que eu não valia nada. Era muito difícil me sentir seguro em uma situação em que eu tinha tanto a perder...

Foi por isso que, no outro dia, resolvi dar o passo a mais que eu tanto queria com o barman que não saía da minha cabeça.

Ele era demissexual... Se fizesse sexo comigo, eu iria saber que ele estaria mais envolvido do que conseguia mostrar.

E eu precisava ter essa certeza de uma vez por todas, antes que minhas inseguranças me enlouquecessem.

Só não percebia o quanto elas já estavam me enlouquecendo, a ponto de eu não perceber como colocar a identidade sexual de alguém à prova era tão errado.

Estava cego, amedrontado, adoecido psicologicamente e desesperado por reciprocidade.

Eu:

Quem é Dimitri? 22:14

Eu encarava a mensagem escrita por Eric, quando já estava em casa trancado no meu quarto, debaixo das minhas cobertas, enquanto tentava controlar o início de uma crise de ansiedade, respirando o mais fundo que conseguia.

Sempre detestei mentir.

Detestava tanto mentir que, quando Gael perguntou meu nome, preferi dizer que não queria contar a falar algum nome qualquer. Como foi Eric quem respondeu à mensagem, guiado pelo sentimento de me proteger e acalmar a situação, deve ter sido fácil para ele camuflar a verdade.

Até porque, DiCaprio não era 100% Dimitri, ainda assim, eu sentia uma dor lancinante no meu peito, quase palpável, em pensar que, se fosse eu com o telefone em mãos, quando Gael fez aquela pergunta, com certeza agora ele saberia de toda a verdade.

Eu não conseguiria ter o jogo de cintura que meu amigo teve, nem em um milhão de anos.

Depois de algum tempo pensando sobre toda aquela merda, e fazendo muita força para não voltar a chorar, caí no sono, torcendo para que tivesse sonhos bons suficientes para me fazerem esquecer-me da confusão em que eu havia me metido.

Horas depois, fui acordado com o barulho de socos na porta do meu quarto e, assustado, levantei-me da cama com tanta pressa que senti uma tontura brutal esmagar minha cabeça. Ainda atordoado, alcancei a maçaneta e abri a porta, dando de cara com a figura fechada, loira, carrancuda e amarga do meu pai.

Ele parecia meio acabado, como se usasse drogas pesadas, escondido. O rosto de aspecto destruído era rotineiro e nunca, nem por um só dia, transmitia algum tipo de paz.

Na verdade, paz era uma coisa rara, que eu nunca havia sentido naquela casa.

Quando ele e minha mãe eram assíduos na igreja, havia mais horas em que fingiam ter uma serenidade que, no nosso lar, não existia. Nessas raras horas, enquanto tinham cargos da tesouraria e mexiam com as contas dos dízimos, eu não era agredido.

Quando passaram a visitar apenas esporadicamente, depois de terem perdido os cargos — e suspeito terem feito muitas merdas para que isso acontecesse —, passaram a ficar ainda mais violentos e desesperados.

E meu pai, ainda mais monstruoso.

— Quero o dinheiro da água, do gás, da luz e da internet deste mês — disse rude, me fazendo dar um passo para trás, com medo de que me socasse quando minha resposta negativa viesse à tona.

— E-eu... Eu ainda não recebi, pai — gaguejei com a voz fraca, sonolenta.

O pânico de apanhar — através dos anos —, cresceu em mim de forma brutal, logo, toda vez que eu falava com meus pais, minha mente me fazia acreditar que eu ainda era um adolescente dependente dos dois.

Que iria ser muito pior se eu simplesmente saísse de casa.

Que eles iriam me achar.

Que iriam acabar comigo.

— Não recebeu ou está gastando tudo com álcool? — questionou ainda mais rude, provavelmente, depois de minha mãe ter contado sobre ter me advertido. — Sua mãe me avisou que você chegou bêbado em casa.

— Eu não estava bêbado, pai... — tentei argumentar, esfregando as mãos nos olhos ainda tão inchados pelo sono. — Eu sirvo bebida às vezes no hotel, é meu trabalho.

— Eu já esperava, foi bem previsível — ele falou com a voz amarga, e o percebi balançar a cabeça negativamente em desaprovação. — Eu quero o dinheiro das contas na minha mão, assim que receber.

Sentia como se lidasse com um agiota.

Assentindo, assisti-lhe sair do quarto e voltei a fechar a porta, pensando no quão injusto aquilo era, mas que eu não conseguia fazer nada sobre isso no momento.

Meu salário pagava a luz da casa que eu só frequentava para dormir, o gás e a internet. Meu consumo mensal não devia ser nem 20%, comparado ao consumo do restante da família, mas a água era a única coisa que eu gastava para valer. Nos meus banhos, quentes e longos, eu achava um ponto de escape para não encarar as pessoas que me colocaram no mundo.

O pouco dinheiro, que sobrava, era para pagar gasolina, consertos e reparos do meu carro — um presente dado por Eric, com uma desculpa esfarrapada de que seria um veículo de uso apenas comercial. Depois que Pablo me deu um aumento considerável, continuava guardando tudo que podia para sair de casa.

Eu teria conseguido ir embora há muito mais tempo, se não tivesse que pagar quase todas as contas sozinho, mas não podia reclamar, pelo menos, não em voz alta.

Ou apanhava... E muito.

E mesmo que Eric e Pablo já tivessem me oferecido casa ou dinheiro suficiente para eu morar sozinho, algo dentro de mim vibrava de forma negativa toda vez que eu pensava em aceitar.

Eu já dependi deles durante todos os anos.

Pelos menos isso, a minha independência, eu queria alcançar sozinho. E eu estava chegando lá.

Quando voltei à cama, checando meu telefone, percebi que se aproximavam das 17:00, e era o horário perfeito para tomar meu banho, pegar minha mochila, comer alguma coisa num drive-thru e ir para a boate, já que toda oportunidade que eu tinha, eu saía de casa correndo.

Sem Eric na casa hoje, deixei um dos garçons mais antigos na minha função e fiquei na sala da diretoria a maioria do tempo, depois de ter me arrumado, caso precisassem de mim em qualquer emergência.

A sala de Pablo tinha as câmeras de todos os setores da boate, menos das cabines dos banheiros dos clientes, banheiros dos funcionários e chuveiros, então não foi difícil perceber o carro de Gael chegando aproximadamente duas horas antes de a casa abrir.

Por ser sexta-feira, o barman sabia que teria muito trabalho a fazer, então sempre chegava com bastante tempo de folga, para dar conta de deixar tudo pronto no bar. Dessa vez, diferente de todas as outras, o observei, através das telas pequenas, deixando sua mochila no corredor dos armários, coisa que, desde o dia em que começou a trabalhar na Hidden Honey, nunca havia feito.

Gael era meio arisco, não confiava em ninguém e nunca gostou de ver gente perto das suas coisas, isso era claro demais, então sempre guardava sua mochila e qualquer outra coisa pessoal ou importante embaixo do balcão do bar, onde ele tivesse total controle da situação.

Mas depois de dias o provocando e saindo de perto dele, talvez estivesse ali o sinal que eu precisava para dar o próximo passo.

Quando a noite se encerrou, a boate ficou vazia e nem mesmo Victor estava entre nós, terminei de fechar o caixa, tranquei a sala de Pablo e fui até o corredor onde Gael estava.

O barman parecia meio irritado, travando uma batalha pessoal com o armário e seu cadeado, então me aproximei e comecei a provocá-lo, com palavras que quase imploravam para que ele tivesse qualquer reação a mim. E ele teve exatamente a que eu queria.

Gael agarrou minha cintura com força, me beijou daquele seu jeito tão urgente que me fazia quase suspirar gemidos em seus lábios, por mal acreditar que aquilo estava acontecendo mais uma vez.

Eu nunca me acostumaria com o prazer e a felicidade que era beijar Gael Bandile.

Quando meu corpo se chocou contra o armário e imagens dolorosas foram projetadas na minha mente, de quando eu quase sofri um dos piores abusos que alguém poderia sofrer, Gael foi meigo comigo a ponto de quase desistir de continuar alguma coisa.

E, porra, meu coração parecia que iria explodir a qualquer momento, com o tanto que ele se preocupava. Com o tanto que ele era bondoso e empático à minha dor, com o tanto que Gael ligava mais para o meu trauma do que para o próprio prazer.

E aquilo me incendiava mais do que um milhão de apresentações num pole dance.

Pedindo para que fôssemos a outro lugar, levei-o ao motel que frequentava toda vez que precisava transar com alguém de forma cautelosa, sem ser descoberto por meus pais.

O motel era distante, um pouco antes da divisa entre Astra e Burto, longe o suficiente para que eu não corresse o risco de ser reconhecido, e o prédio era tão discreto que alguém só saberia do que se tratava, caso a pessoa fosse frequentadora da casa.

Apesar de haver uma época em que eu era cliente constante daquele lugar, a ponto de conhecer até a atendente do local, já fazia um bom tempo que eu não voltava lá, e foi estranho estar num quarto em que eu já estive com tantos outros homens.

Era minha primeira vez transando com Gael, eu não queria que fosse desse jeito, queria que fosse especial, queria que fosse único como ele era para mim...

Mas não tinha escolhas, não sabia aonde ir.

Quando estávamos no quarto, Gael estava tão nervoso que me deu pena. Então, tentei ajudá-lo a se acalmar, dançando em seu colo, fazendo com que bebesse vinho, chupando seu caralho.

Tantas e tantas vezes, eu me imaginei fodendo meus lábios no seu membro rígido e sentindo todas aquelas veias saltadas vibrando na minha língua, mas eu nunca cheguei a pensar que aquilo iria acontecer de verdade.

E quando aconteceu, porra... Sequer fez jus à minha imaginação.

Depois que ele gozou pela primeira vez, as coisas começaram a ficar mais confortáveis, e ele já parecia estar mais molinho, mais solto.

Ainda mais gostoso.

E, apesar de eu estar completamente nervoso, deixei me levar pelas vontades totalmente contidas e escondidas no meu corpo, em todos os meses em que observava Gael apenas de longe.

— Tão bonito, meu bem... — eu dizia, beijando seu rosto com devoção e carinho, antes de arranhar seus lábios com os dentes e começar mais um beijo inundado de intensidade que havia em mim, esfregando meu cacete no seu, até que parasse de beijá-lo e, arfando, colasse a testa na sua. — Tão bonito, tão gostoso... — Desci uma das mãos pelos nossos corpos folgados, até que estivesse passando pelo meio de suas pernas, onde não tive dificuldade para esfregar o dedo na sua entrada. — Eu quero tanto que você me sinta dentro de você...

— Fode, Dimitri... — ele falava, enquanto nossos lábios não conseguiam se distanciar por tempo demais. — Faz do jeito que você quiser — um arrepio violento percorreu todo o meu corpo quando essas palavras saíram de sua boca.

Gael estava ali, na minha frente, tão gostoso... Tão suado, tão rendido.

Pedindo para que eu o fodesse.

Há anos que eu não ficava tão feliz assim ao estar prestes a transar com alguém.

Nós demos continuidade e, o tempo todo, eu me entregava à sensação rara de, pela primeira vez, fazer sexo com alguém que eu amava.

Já havia me esquecido como era.

Já havia me esquecido do quanto era gostoso.

Do quanto era muito melhor que simplesmente fazer sexo por tesão.

Gael respondia tão bem a todos os meus estímulos que eu me sentia, a cada segundo, mais confortável para demonstrar todo o calor que ele causava ao meu corpo. Ele fazia com que eu me sentisse confortável a ponto de não me acuar em nada.

Porra, eu sabia que era um safado quando queria e que podia assustá-lo, por ele ser demissexual e ter desconfortos e confortos sexuais diferentes dos meus, mas prometi a mim mesmo que nunca daria nenhum passo que ele não quisesse me acompanhar e que, a qualquer sinal, por mínimo que fosse, eu iria parar e respeitar seu tempo.

Mas ele gostou de tudo que eu fiz... Não só gostou como entrou no meu jogo, respondendo às minhas provocações.

Gemeu meu nome, entregou-se ao momento, me abraçou e beijou meu ombro enquanto gozava dentro de mim e, mesmo que eu tivesse acabado de fazer sexo com ele, depois de chegarmos ao ápice, só conseguia pensar na próxima vez que estaríamos juntos naquele quarto novamente.

Como eu amei dar e receber prazer de Gael, como aquilo era bom para mim, e eu esperava tanto que tivesse sido para ele também...

Quando me sentei em sua frente, para limpar todas as partes sujas e suadas de seu corpo, aproveitei aquele momento para devotar todo o carinho que eu tinha por ele, coisa que mal conseguia demonstrar no dia a dia, já que vivíamos à base de provocações.

— Não me olha assim, Gael — pedi, sorrindo pequeno e contendo uma criança afoita dentro de mim. — Não quer que eu me apaixone por você, quer?

Eu era tão sonso...

Porra, eu já amava Gael.

Mas ver sua cara séria, que parecia pensar no assunto, fez com que eu segurasse o riso ainda mais, porque era gostoso demais ver o quanto ele pensava naquilo.

Quando terminei, me levantei com calma, peguei minha mochila e fui em direção ao banheiro, me trocando e olhando para o espelho enquanto o fazia, sem conseguir parar de sorrir.

O que aconteceu comigo e com Gael, naquela cama, minutos antes...

Eu quis tanto aquilo que meu corpo inteiro parecia estar em choque, trêmulo. Quando voltei ao quarto, o barman não tinha ideia do que fazer, então precisei apressá-lo, apesar dessa ser a coisa mais dolorosa a ser feita, naquele pequeno momento que dividimos.

— Eu queria dormir com você — disse, me sentando em uma das poltronas e pegando meu celular na mochila, depois a colocando no chão. — Mas eu sou... obrigado a ir pra casa.

Era obrigado, se não quisesse morrer de apanhar, afinal eu já devia estar em casa há, pelo menos, uma hora.

Mas Gael fazia todo risco valer a pena.

— Mas pode se arrumar com calma, ok? — eu disse quase apático, desbloqueando o celular e começando a digitar uma mensagem para Eric.

Odiava parecer frio ou indiferente a Gael, ainda mais depois que fizemos sexo, já que minha vontade era gritar de felicidade por ter conseguido, enfim, ter ido para cama com ele, mas eu não sabia falar, eu não sabia conversar.

Eu não sabia como contar a ele o que eu sentia e as coisas que eu passava em casa, então achei, na apatia, a saída para o momento que não podia se prolongar muito mais ou eu acabaria experimentando violência mais uma vez. Eu era péssimo em lidar com as situações, e o clima estava ficando tão estranho que tinha medo de Gael entender tudo errado.

Quando saímos do motel, no meu carro, liguei o rádio e comecei a cantarolar baixo. Tinha vergonha da minha voz, mas, por algum motivo, gostava de cantar perto do barman e aquilo me acalmava, então até chegarmos em sua casa, continuei cantando baixinho, prestando atenção na estrada à minha frente enquanto ele permanecia em silêncio.

A partir do momento em que notei seu desconforto naquele carro, sua falta de palavras me deixou nervoso o suficiente para acreditar que o sexo tinha sido horrível para ele.

Eu começava a me culpar e me inferiorizar... Sempre pensava o pior.

Sempre achava que eu não tinha sido bom o bastante.

Quando estacionei na frente de sua residência, passamos por um momento de silêncio, e virando o rosto na sua direção, o percebi mais tenso do que eu imaginava. Pensei em perguntar se alguma coisa estava errada, mas ele foi mais rápido em quebrar o silêncio.

— Eu vou querer, Dimitri — disse, respirando fundo e desviando o olhar do meu, enquanto passava as mãos trêmulas pelos joelhos.

— Querer o quê? — perguntei, me sentindo levemente confuso, enquanto franzia o cenho.

— Vou querer repetir.

E suas palavras foram o suficiente para que meu coração batesse mais rápido, mais forte. Eu, sem vergonha alguma, abri um sorriso largo e sincero, que externava o quanto sua fala me havia feito feliz naquele momento.

Controlando o riso para não parecer um idiota, voltei a apertar o volante e a olhar para frente, assentindo com a cabeça.

— Então, nós vamos repetir quantas vezes você quiser, Bandile — respondi e, mesmo assim, percebi que ele estava tenso.

Aquilo me incomodava, mas deixei que ele saísse do carro.

Eu queria agarrar a gola da sua camisa, beijá-lo e contar como eu estava feliz como um louco, mas, respeitando seu aparente incômodo, nossa despedida foi calma e, momentos depois, dei partida e pisei no acelerador, chegando rápido em casa.

Dando graças aos céus por não ter ninguém, tomei um banho corrido para tirar qualquer odor que minha mãe pudesse perceber, coloquei um pijama folgado e velho e me tranquei no quarto, me jogando na cama e rindo como um trouxa.

Demorei a dormir, não conseguia pegar no sono, porque os flashes do que eu passei naquele quarto, ficavam indo e vindo na minha mente, me lembrando de algo que era tão real na minha vida.

Ele não sabia, não fazia ideia e pode ter entendido tudo apenas como uma transa...

Ele, também, pode ter achado que eu era raso e só queria satisfazer minha carne, mas desde o momento em que nossos corpos se tocaram pela primeira vez, ali naquela cama de motel, eu fiz amor com Gael.

Eu fiz amor com Gael e desejava, com todo meu coração, fazer amor com ele o resto da minha vida.

4

CAIXA DE ACRÍLICO

DIA 33

— Está em casa?

— *Estou. Acabei de transar...* — Eric soltou, antes de bocejar preguiçosamente.

— Com quem dessa vez? — perguntei rindo, abrindo meu armário e pegando roupas para vestir após mais um dos meus banhos longos.

— *O Key.*

— O garçom novo? — perguntei. — Ele não era hétero?

— *Está cansado de saber que a gente não contrata héteros e... Quem é hétero perto de mim, Dimitri?*

Precisei segurar o riso para não chamar a atenção de mais ninguém em casa, jogando minhas roupas por cima do meu travesseiro. Não podia dizer que estava exatamente surpreso.

Eric gosta de pessoas.

Ele *realmente* gosta de pessoas.

Muito mesmo.

— Tirando Gael e Victor, acho que você já pegou todo mundo daquela boate — disse ainda rindo baixo, colocando uma cueca preta desajeitadamente enquanto segurava o telefone com o ombro, e depois, me sentei na cama.

— *Victor me mandou tomar no cu quando eu sugeri fazer sexo com ele e, antes de sequer pensar em Gael, eu já tinha visto você babando... Não tinha nada que eu pudesse fazer.*

Eu dei sinais, cedo demais, de que tinha caído de quatro por aquele homem de uniforme vermelho... Antes mesmo que ele pudesse vestir o uniforme pela primeira vez.

— É... Você é um safado, mas é um safado consciente — disse, colocando minha calça jeans.

Nesse momento, me senti meio culpado por ter ficado inseguro e quase irritado quanto a Gael descobrir que o DiCaprio também era Eric. Gael até poderia se interessar pelo meu amigo, não era algo que eu pudesse controlar, mas sei que Eric nunca me trairia dessa forma.

Ele teve diversas e diversas formas de me passar a perna, durante todos os anos que ficamos próximos, e o máximo, que ele e Pablo me entregaram, foram lealdade escancarada e sinceridade nua e crua.

— *Você aprendeu direitinho comigo...* — Ele deu uma risada grave, baixa, continuando o assunto.

— E como... — concordei, acompanhando sua risada baixa e me lembrando um pouco mais do tempo que passamos juntos.

Os meus anos que eles conseguiram transformar em coisas preciosas, fazendo-me fugir totalmente da minha realidade de merda, ainda mais limitada e violenta na época.

E falando sobre aprendizados, com uma adolescência totalmente retraída, acabei aprendendo mais coisas com Eric e Pablo do que o considerado "normal entre amigos", quando os conheci no ensino médio.

Mas não podia dizer que me arrependia, porque eu era grato.

Apesar de tudo.

— *Posso saber o motivo da sua ilustre e rara ligação?* — meu amigo perguntou, não sendo o maior fã de rodeios e sabendo que eu sempre preferia mensagens de texto.

— O cara já saiu da sua casa? — perguntei, colocando uma camisa azul de algodão nos braços, depois a passei pela cabeça, bem rápido, a tempo de ouvir sua resposta.

— *Trepou e meteu o pé, acho que estava com medo que eu tirasse uma foto dele na minha cama.*

— Você deixa as pessoas com medo, Eric — disse, ainda tentando não rir alto.

— *Talvez, mas você nunca teve medo de mim...*

Quando usava tons roucos e levemente sugestivos, Eric às vezes me fazia recordar de coisas que eu precisei fazer força para colocar no passado, mas sei que não fazia para me provocar, já que foi ele quem me deu a pedra para pôr sobre nossa antiga situação.

Era seu jeito peculiar de levar a vida e agir com naturalidade sobre nosso passado: sabendo que ele existiu, mas que não nos abala mais.

Sei que nada o abala, mas ainda me sinto meio idiota por ter sido um adolescente tão pegajoso, sentimental, apegado e ciumento.

Graças a Deus, ele e Pablo ainda continuam me amando, mesmo depois de todo o show de horrores que eu fiz aos 18 anos.

Show de horrores que gostaria muito de esquecer completamente.

— Não importa — falei, tentando desviar e não dar abertura para ele continuar falando saliências ou reviver os velhos tempos na minha memória. — Eu queria ir aí, levar uma coisa.

— *Por que não veio direto? Você nunca liga antes* — falou, já tendo voltado ao tom normal.

— Percebi que sou muito abusado quando vou pra sua casa... Eu nunca aviso, você pode achar isso ruim, só que nunca tem coragem de me dizer que eu incomodo você.

Isso realmente havia começado a me incomodar, desde o dia que beijei Gael pela primeira vez e entrei que nem um louco no quarto de Eric, para contar tudo.

Ele parecia não querer ser incomodado naquele momento, aquilo estava claro pela cara séria que fez, e eu, pelo visto, não tive um pingo de senso sobre o seu espaço pessoal.

— *Trepa uma vez com Gael e vira o santo grilo da consciência? O que tinha na porra que você engoliu daquele barman?*

— Cala a boca, peste — disse rindo baixo. — Posso?

— *Pode vir e pode parar com essa frescura de pedir* — falou, claramente cansado, respirando fundo antes de prosseguir tediosamente: — *Achei que já tínhamos passado dessa fase tediosa. Você tem minhas chaves, Dimitri.*

Não podia dizer que estava triste pelas coisas continuarem da mesma forma, porque era bom demais perceber que, talvez, aquilo tivesse sido apenas uma ilusão da minha mente. Uma dessas ilusões que sempre retornavam, fazendo com que eu me sentisse indesejado em cada oportunidade que tinha.

— Beleza, tô indo — falei animado e me despedi, terminando de me arrumar.

Sorrindo pequeno pelo jeito sempre irreverente de Eric e pelas coisas não mudarem entre nós — e eu esperava que nunca mudassem —, peguei minha mochila já arrumada, as chaves do carro e, dando um "boa tarde" aos meus pais mais rápido que eu consegui, mesmo sem resposta como sempre, saí de casa.

Quando cheguei à residência do meu amigo, acionei o portão com o controle que tinha e entrei, deixando o carro em uma das duas vagas da sua garagem.

Antes de entrar na sala de sua casa, verifiquei meu telefone e, percebendo que ainda eram 16:00, subi tranquilo, já que não teria que sair correndo para trabalhar.

— Porra, que cheiro de sexo — falei, entrando no seu quarto, jogando minha mochila em sua cama e indo direto até a janela, abrindo as cortinas e deixando o sol do fim da tarde entrar.

— Acontece quando se faz sexo... — meu amigo respondeu rindo, espreguiçando-se na cama e se levantando devagar. Foi em direção ao pequeno aparador de bebidas, no canto de seu quarto luxuoso, e serviu-se de conhaque.

— E como foi? — perguntei curioso, andando até sua cama e me deitando no lado que ele não costumava usar.

— Melhor do que eu imaginava... — falou, dando de ombros, voltando para a cama e sentando-se ao meu lado, olhando para mim. — Achei que o cara ia ser todo travado, mas aceitou fazer tudo que eu propus e até gostou.

— E o que mais? — perguntei, mordendo o lábio inferior e contendo um sorriso safado.

Eu, Pablo e Eric tínhamos uma cultura própria: a cultura dos detalhes salientes que passaram a ser compartilhados com muita paciência e narração exagerada.

No entanto, Eric sempre foi o mais reservado e quem gostava mais de ouvir e quase nunca entregava muita coisa. Depois que minha fase de ciúmes passou, e eu já não nutria mais nenhuma obsessão adolescente por ele, comecei a me irritar com seu mistério na hora de abrir o jogo e contar detalhes.

Mas ele sempre foi assim, então não havia muito que fazer.

— Foi muito bom, Dimitri — limitou-se a dizer e deu um gole lento em seu conhaque.

— Tem certeza de que fez tudo direito? Você disse que o cara saiu correndo — alfinetei, novamente irritado com sua falta de detalhes.

— Dimitri, ele acabou de me mandar uma mensagem perguntando se pode voltar amanhã. E me diga, um dia, que eu não fiz tudo direito... — Eric olhou diretamente nos meus olhos enquanto dava mais um gole lento no seu conhaque e levantava uma de suas sobrancelhas, quase me desafiando com seu questionamento.

Acho que qualquer pessoa engoliria em seco com uma encarada daquelas, que penetrava cada centímetro da sua alma, mas eu apenas ri e balancei a cabeça negativamente.

— Tudo bem, me perdoe, mestre do chicote — disse, segurando o riso, enquanto era a vez de Eric rir baixo e balançar a cabeça negativamente, pela minha implicância. — Vim te pedir um favor.

— Do que você precisa? — Eric perguntou, antes de finalizar a bebida e colocá-la no aparador.

— Quero que fique com isso. — Tirei o aparelho celular, com a tela rachada, do interior da mochila e estendi em direção a ele.

Era o celular que enviava as mensagens anônimas para Gael.

— Ah, porra, Dimitri... — Estalou a língua e cruzou os braços, balançando a cabeça com tanta força que sua negação era quase audível.

— Eric, por favor. Eu não consigo mais... — Respirei fundo, jogando a cabeça no travesseiro e o celular na cama. Levei as mãos ao rosto, soltando quase um grito abafado. — Eu... Eu... Merda! Eu não consigo mais olhar pra ele e agir naturalmente, sabendo dessas mensagens.

— E você espera que eu faça o quê, Dimitri? — perguntou, franzindo o cenho, projetando a voz de forma irritada. — Vire amigo do cara?

— Não... Eu só quero que você vá falando com ele até ele desistir.

— Não é mais fácil contar logo a verdade?

Era óbvio o quanto esse assunto já estava ficando extremamente cansativo, tanto para mim, quanto para Eric.

— Pra você deve ser, você não ama o cara. Você não tem nada a perder, Eric. E, porra, quem deu a ideia foi você!

— Agora, você quer me culpar exclusivamente?

Eu conseguia ver o choque em seu rosto, no momento em que ele jogou a pergunta para mim. Talvez só eu fosse o culpado por ter deixado me levar pela sugestão do meu amigo, mas, àquela altura do campeonato, me sentia tão desesperado que não conseguia pensar com clareza e só queria que isso tudo acabasse logo.

— Desculpa, Eric... Eu tô tão perdido nessa história... — Voltei a choramingar chateado, olhando para o teto e tentando pensar numa saída para aquela teia de aranha.

Ultimamente, minha vida se dividia em viver a delícia que era me aproximar de Gael e a agonia de não conseguir contá-lo a verdade.

Era a porra de uma bola de neve maior do que eu imaginava...

E estava me engolindo cada vez mais.

— Você pode se acalmar? — ele pediu ainda com o corpo virado na minha direção e franzindo o cenho, com o semblante sério. — Tudo bem, eu...

— Soltou o ar pesadamente, com o rosto cheio de feições misturadas. — Eu também tenho culpa, não foi uma ideia boa.

Quase arrastando os pés, Eric se jogou na cama ao meu lado e deixou sua cabeça cair no travesseiro atrás de si, provavelmente pensando sobre toda aquela situação de merda que cada vez ficava pior.

— Mas a gente não tinha como saber que a muralha inacessível ia se aproximar de você... — jogou um fato.

— Porra, puta que pariu! — gritei, depois de ter enfiado um das centenas de travesseiros na cara.

— Tá, Dimitri... — sua voz soou rendida. — Eu fico com essa porra desse celular até você contar pra ele.

Tirei o travesseiro da cara e olhei para meu amigo abruptamente.

— Fica?

— Fico, eu quem deu a ideia, eu que sustento.

Eu sorri, girando meu corpo e indo mais para perto de Eric, cruzando os braços em cima de seu peitoral nu e repousando meu queixo ali, olhando-o de perto.

— Eu te amo, peste.

— Eu te amo ainda mais, mas não abusa — falou com a voz baixa, virando o rosto na minha direção. — Eu sei que eu que comecei, mas eu não quero que você se machuque nessa história, então conta quando puder.

— Eu vou contar, eu preciso só... da oportunidade certa.

Era o que eu queria... A oportunidade de parar com esse jogo de mentiras e tentar me permitir ter algo real com Gael, sem que ele fosse enganado.

Mas é claro que a teoria era muito mais simples que a prática.

Os dias continuaram passando e, estando o telefone com Eric, acabei me livrando de um episódio de desconfiança do barman.

Ele continuava achando que era eu...

Eu continuava morrendo de medo de contar a verdade.

E as coisas começaram a ficar estranhas entre nós, no momento em que fizemos sexo novamente e eu tive que sair correndo do motel mais uma vez.

Ali, eu percebi que devia estar deixando claro que só queria sexo, quando fugia de perto dele toda vez que gozávamos...

Quando a realidade era tão, tão diferente disso.

Tudo que eu fazia era por conta das minhas atitudes acuadas e do meu medo desesperado em ser descoberto pelos meus pais, mas eu só queria passar o máximo de tempo com ele.

E quando Gael não quis me beijar, ao se despedir de mim na nossa última ida ao prédio do 1305.

Porra, doeu. Doeu como o inferno, e eu me senti tão merda.

Nós não namorávamos, não tínhamos nada, eu sequer podia exigir dele algum tipo de troca de carinho quando nem eu mesmo deixei claro o que nós estávamos tendo ao transar daquele jeito, mas não é por isso que eu não ia deixar de me sentir mal.

Ele olhou para mim de forma amarga, ainda dentro do carro. Eu aproximei o corpo do seu, louco para sentir seus lábios mais uma vez, porque nunca era o bastante, mas Gael apenas virou o rosto, abriu o carro e foi embora.

Eu engoli em seco, vendo seu corpo se distanciar e subir a pequena escada que dava acesso ao sobrado onde ele morava, depois, eu respirei fundo, apertei o volante do meu carro e fui embora.

Quando cheguei em casa, algum tempo depois de dirigir e me culpar por ser tão merda em demonstrar o que eu sentia de verdade, entrei devagar, daquela minha forma furtiva, não querendo chamar atenção de ninguém, mas não adiantou.

Meus pais estavam sentados na mesa da sala, virados em direção à porta de entrada, assustadoramente sérios e quietos.

— Eu quero saber o que é isso — foi meu pai quem disse, virando seu celular para mim e revelando uma imagem que havia recebido de alguém.

Era uma foto, em zoom, em que eu estava dentro do carro de Gael, beijando-o.

Não havia um lugar no meu corpo que não estivesse suando frio. Meu coração batia dolorosamente, como se estivesse sendo esmagado, e meu estômago vibrava tão enjoado que eu seria capaz de vomitar ali mesmo.

Meus pais não tiravam os olhos de mim, enquanto meu pai segurava firmemente o celular com a foto.

A essa altura, eu e o barman estávamos num clima tão ruim que cheguei a questionar se aquele beijo e todo esforço, que me levou àquilo, teria valido a pena.

Por toda violência premeditada que eu sabia que iria receber...

— Eu não sei, pai — falei baixo, mentindo e olhando para os meus pés.

Todo meu interior se virava e revirava, com a sensação horrível de ter sido pego e com medo de ser expulso de casa.

Ainda pior era o medo de morrer.

— Você é um nojento mentiroso! — minha mãe foi quem gritou, levantando como um cachorro com raiva e vindo a passos pesados na minha direção. — Abominação! Isso é uma abominação, você vai pro inferno, seu imundo!

Eu tentei me defender, levantando meus braços para criar um escudo que protegesse meu corpo, mas o soco lateral, que deu na minha cabeça, me acertou em cheio, próximo à minha orelha, o que me fez tontear e quase cair no chão.

— Você não sabe o que é isso, não é? — meu pai disse calmo, apoiando a violência da minha mãe. — E isso aqui?

Ele deslizou o dedo na tela, mostrando a próxima foto.

Era uma imagem muito mais nítida e muito mais próxima, exatamente no momento em que eu segurava o rosto de Gael e beijava sua boca de forma intensa.

Aquele tipo de beijo que tinha a única função de fazê-lo entender o quanto eu o desejava.

O quanto eu o amava.

— Sou eu e o homem que amo — a confissão do meu amor por Gael foi o primeiro ato de coragem que tive com meus pais.

Não projetava mais saída para aquilo, visto que a pessoa que tirou aquela foto tinha sido filho da puta a ponto de chegar, praticamente, ao lado do carro, sem que nós percebêssemos.

Eu gostaria de saber qual estímulo uma pessoa dessas tem. Qual o prazer de acabar com a vida de alguém dessa forma?

Porque ali, naquele momento, a pessoa que enviou aquela foto quase fez com que meus pais acabassem com a minha vida.

Assim que as palavras saíram da minha boca, minha mãe desferiu outro tapa na minha cara, dessa vez, com tanto ódio e força descomunal que eu cambaleei indo ao chão.

Ela gritava coisas como "imundo", "pecador", "nojento", "vagabundo", enquanto continuava a me bater e bater com mais tapas e socos na minha orelha e nas áreas laterais e traseiras da minha cabeça.

Eram onde ela sabia que os tapas não deixariam marcas.

Eu estava tonto, começando a ficar enjoado e não conseguia me defender, porque, no final disso tudo, eu tinha pânico dela e não tinha capacidade alguma de reagir.

Eu nunca consegui reagir a eles.

Só tive uma menção a alguma reação quando vi a imagem alta do meu pai se levantar, pela primeira vez desde que eu cheguei em casa, e vir na minha direção.

Ele me segurou pelos braços, me pôs em pé e me prensou na parede atrás de mim, fazendo minha cabeça dar mais uma porrada violenta, desta vez no concreto. Bateu com a lateral da mão fechada na minha têmpora, infringindo muito mais força do que minha mãe.

Não fazia ideia de mais quantos socos e porradas eu aguentaria.

— Eu preferia que você estivesse morto — meu pai falou, antes de me jogar com força no chão.

Por mais algum tempo, ouvi minha mãe gritando e ofendendo-me um pouco mais, enquanto meu pai saía da sala e fechava a porta do seu quarto, parecendo realmente se controlar para não me matar.

Ela socou meus braços e minha cabeça quantas vezes conseguiu, parecendo descontar todas as frustrações da sua vida miserável em mim, depois se afastou. Quando a vi indo até a cozinha, não sabendo quais eram seus planos, mas sabendo que ela conseguia ser perfeitamente cruel quando queria, me levantei, sentindo o corpo todo dolorido. Do jeito que consegui, peguei minha mochila que havia caído no chão e corri até meu quarto, completamente destrambelhado e gemendo baixinho de dor.

Consegui trancar a porta e, segundos depois, ouvi os sons dos murros na madeira, como se algum demônio estivesse tentando arrombar e entrar. Não percebi exatamente o momento em que comecei a chorar, mas jorravam cachoeiras dos meus olhos, encharcando a gola da minha blusa e meu pescoço por inteiro.

Estava tremendo, tonto, enjoado, meus sentidos estavam bagunçados, e a única coisa que consegui fazer foi jogar minha mochila na cama e me deitar, apertando os olhos com tanta força que, da mesma forma que meu pai queria, eu só desejava morrer.

— Você vai ter que sair daí uma hora ou outra, seu imundo! Isso não acabou! — a mulher gritava, batendo com algo pesado na porta.

Apesar de eu não conseguir adivinhar o que fazia o som estrondoso na madeira, sabia que ela não queria mais me bater usando as próprias mãos, e mais um arrepio doloroso e amedrontado percorreu meu corpo.

Eu ainda não tinha morrido de apanhar, mas o pânico, que estrangulava meu peito, parecia que iria conseguir cumprir com essa missão. Sentindo o estômago doer, me encolhi na cama em posição fetal, tateando o edredom até encontrar minha mochila e enfiar a mão lá dentro, capturando meu celular.

Com dificuldade, depois de errar o número três ou quatro vezes, consegui completar a ligação que foi atendida por uma voz sonolenta.

— *Você e o Gael tem tesão em me acordar com ligações...*

— Ric... Eric... — tentei falar baixinho, com a voz pávida entregando um engasgo choroso.

— *Dimitri? O que aconteceu?* — meu amigo perguntou preocupado, rapidamente notando que nada estava certo. — *O que seus pais fizeram?*

Ele já tinha me ajudado tantas vezes que era óbvio o raciocínio, lhe entregando lembranças que o fariam chegar à lógica do que acontecia comigo naquele momento.

— Minha mãe me socou na... — Engoli em seco, com o incômodo pungente. — Na cabeça, eu tô com muita dor, Eric...

— *Velha maldita, desgraçada!* — ele gritou no telefone, em fúria. — *Eu vou te buscar agora!*

— Não, Eric... — pedi fraco, soluçando e espremendo os olhos, pela dor que latejava na minha cabeça. — Ela ainda está furiosa, ela... Ela está... Eles vão me matar se...

— *Não precisa explicar agora, meu pequeno* — ele falou rápido, percebendo minha clara dificuldade em continuar verbalizando explicações longas. *— Está com sede, com fome?*

— Com sede... — falei baixinho. — Mas tem uma garrafa d'água lacrada... dentro da minha mochila.

— *Você está com sono?* — ele perguntou preocupado, beirando ao apavoramento.

— *Uhum...* — sussurrei.

Eu estava esgotado, porque havia voltado do motel com Gael e, apesar de transar sempre me desencadear vontade de dormir logo em seguida, eu também havia trabalhado muito naquela noite e já fazia quase vinte e quatro horas que estava acordado.

Sim, eu estava com muito sono, muita dor, muita tristeza...

Muita vontade de morrer.

— *Deita, meu amor, por favor... Deita* — ele pediu com a voz quebrada, seu tom era quase choroso e desesperado, mas ele tentava se controlar por mim. — *Tenta não dormir por uma hora, pode fazer isso? Tenta descansar, mas mantém os olhos abertos. É perigoso, meu pequeno... e...* — Sua respiração estava rápida, tão dolorosa. — *Não sai desse quarto e bebe a água que está na sua mochila.*

— Eu tenho que tra... trabalhar, Eric...

— Não precisa trabalhar hoje, eu vou pôr alguém no seu lugar, por favor, só descansa pelo maior tempo que você conseguir. E por mais contraditório que isso seja, se esforça para não dormir...

— Tudo bem... — concordei, ainda baixinho, acatando o que ele disse.

— Aguenta firme e, de madrugada, quando eles dormirem, eu vou aí te buscar, ok? — Eric dizia, sendo meu ponto de esperança no meio daquele furacão. — *Junta suas coisas, pega a chave do seu carro, você não vai mais voltar pra esse inferno. Eu não vou mais deixar, meu pequeno. Já devia ter tirado você daí. Chega, Dimitri...*

— Amo você, Eric — foi o que eu consegui dizer, antes de soluçar mais e sentir minha cabeça lancinar de forma quase explosiva.

— Também amo você, meu amor. Fica bem, por favor.

Numa despedida breve, enquanto eu pegava meu travesseiro e colocava nos meus olhos, tentando privar um pouco da dor, obedeci a seu pedido para que eu descansasse, mas não consegui obedecer a seu pedido para que eu não dormisse.

Eu provavelmente desmaiei, porque nunca havia caído no sono de forma tão tonta e num torpor tão denso, como naquela hora. Até me esqueci de beber água, do tanto que meu corpo clamava por ser apagado.

O que afirmava a informação de um possível desmaio era o fato de que, quando eu acordei, haviam se passado pouco mais de quinze horas, já se aproximando das 3:00. Nunca dormi tanto assim, mas, quando abri meus olhos, a dor era tão rasgada que mal pude enxergar alguma coisa nos primeiros momentos.

Quando consegui tatear meu telefone, enxergando o visor turvo e o modo silencioso ativo, percebi que tinham quase vinte chamadas perdidas de Eric, provavelmente preocupado pela falta de notícias.

Ele me ligava novamente, naquele mesmo instante.

— Eric? — Consegui atender, depois de alguns momentos me sentindo zonzo.

Ele soltou um som de surpresa, quase desespero.

— Meu pequeno, você está bem?

— Estou, eu... — Espremi os olhos com dor mais uma vez, enfiando a mão na minha mochila para pegar a garrafa d'água, movido pela minha garganta que arranhava de tão seca. — Acho que desmaiei.

— Eu estou na sua rua, Dimitri — ele me contou, numa ansiedade negativa e pesada.

— Na minha rua? — perguntei surpreso, sentindo a cabeça doer ainda mais e espremendo os olhos com força.

— Sim... Eu... — Eric estalou a língua, logo em seguida soltou uma respiração arrastada. — *Porra, eu estava tão preocupado. Precisei estar aqui, estava quase entrando na sua casa, Dimitri. Até Pablo quis vir, ele está esperando que eu dê notícias...*

Em meio a tantas dores em meu corpo, senti acolhimento na preocupação e carinho de Eric e Pablo.

— Eu amo tanto vocês... — Choraminguei no tom mais baixo que minha voz possuía.

— A gente também te ama... Agora, vem pra cá, meu pequeno. Deixa isso tudo para trás, já passou da hora, Dimitri.

— Eu vou... — tentava falar entre as fungadas que eu dava e, fazendo força para olhar em volta, observava meu quarto. — Vou juntar as coisas que eu tenho. — Tentei me levantar devagar, colocando a garrafa no chão, ainda sentindo meu estômago remoer e minha cabeça latejar com força. — Ai, Eric, eu mal tenho roupas minhas...

Minhas paredes, pintadas de azul desde que eu era criança, estavam descascadas em vários pontos.

Não havia pôsteres, fotos e nada que pudesse destoar do normal para um cara da minha idade ou mais novo, porque meus pais nunca permitiram e, do lado da minha cama, havia apenas meu armário pequeno e minha mesa de estudos, que eu não usava há muito tempo.

Em cima dela, estavam meus livros fantasiosos e secretos, que me permitiram a fuga da realidade por tantas vezes e, ao lado deles, meu notebook novo que ganhei de Pablo no meu último aniversário.

Eu era financeiramente fodido em diversas questões, e tudo que eu tinha, até mesmo meu carro, foi dado pelos meus amigos que mostravam gostar de mim muito mais do que eu compreendia e merecia.

Eric me deu o carro.

Eric me deu o celular novo, assim que Miro jogou o antigo no chão.

E, já conhecendo suas ações altruístas comigo, não me surpreendi com sua fala a seguir:

— Pega só o necessário, eu vou comprar roupas novas pra você e ainda tem as roupas que estão no seu lado do armário, no meu quarto — ele dizia com a voz cada vez mais ansiosa.

— Ah, Eric, não... — Choraminguei novamente, me sentindo culpado na mesma proporção que sentia dor em toda extensão do meu corpo. — Você não pode gastar mais comigo.

— Dimitri, isso não foi um pedido.

Dominador como sempre, até na nossa amizade, não havia muita coisa que eu pudesse fazer quanto a isso. Na verdade, eu não tinha escolhas se quisesse deixar a casa de meus pais naquela hora e fugir de toda violência que eu sabia que continuaria acontecendo.

Meu pai já quebrou uma costela minha, já me deixou com mais hematomas e cicatrizes do que eu consigo me lembrar e nunca foi preso, por mais que eu o denunciasse anonimamente.

Por duas vezes, os policiais chegaram à minha casa e falaram coisas como: "vocês se amam, vão resolver isso sozinhos. Quem ama corrige.", e ele sempre saiu impune, e minha mãe também.

Se eu quisesse sobreviver, teria que ir embora.

— Eu... — Estalei a língua, fungando novamente. — Tudo bem.

— Estou no carro com o motorista da minha mãe. Vou voltar dirigindo o seu com você, ok?

— Ok — soltei fraco. — Já estou indo.

— Estou te esperando.

Desliguei o aparelho depois de me despedir e tratei de arrumar minha mochila, uma caixa média de acrílico, que tinha dentro do meu armário, e uma pequena mala de viagens com tudo que julgava necessário levar.

Não foi muita coisa, tendo em vista que tudo ali me trazia dor, então separei apenas as coisas de valor sentimental e as que conquistei com meu dinheiro, e fazia questão de levar comigo.

Meus livros, notebook, todas as roupas que gostava muito, sapatos que tinha estima, poucos produtos de pele e de cabelo, uma caneca brega que Pablo me deu, comigo, ele e Eric estampados numa foto e pronto. Terminei de encher a mala e a mochila a tempo de ouvir o toque baixo do meu telefone que anunciava a mensagem do meu amigo.

Guardava, na pequena caixa de acrílico, fotos minhas em que estava sempre sozinho, desde criança. Algumas com Davi, quando éramos da igreja, e muitas outras apenas com Pablo, apenas com Eric e nós três juntos.

Nunca estive confortável em ver fotos em que estava junto aos meus pais, mas aquelas apenas comigo ou meus amigos eram importantes para mim, então queria que me acompanhassem.

Abrindo a porta do quarto sorrateiramente, com um medo latente e asfixiante de ser pego e apanhar, andei devagar, pé ante pé, até a porta principal de minha casa, ouvindo somente o barulho que vinha da rua.

Tudo estava silencioso e quieto, atestando que meus pais estavam, sim, dormindo durante a madrugada que se fazia presente.

Como um ladrão que não quer ser notado, apesar de toda dor que sentia no corpo, fiz o mínimo de barulho possível ao colocar tudo sobre a mesa da sala, então consegui destrancar a porta, voltar e pegar minhas coisas.

Estava nervoso e mal via o que segurava ou não.

Depois, fui até o portão, entregando minhas coisas a Eric, que já me aguardava, sozinho, sentado sobre o capô do meu carro, já tendo dispensado seu motorista.

— Meu outro super-herói... — Forcei um sorriso fraco que logo morreu, pois engoli em seco e senti a cabeça fisgar, o que me fez soltar a mala no chão e segurar minha testa, enquanto espremia os olhos com força.

— Dimitri, o que você está sentindo? — perguntou, aproximando-se de mim e colocando as duas mãos no meu rosto.

— Muita dor na cabeça — disse, respirando fundo, tentando não voltar a chorar.

— Vamos ao hospital agora — Eric falou incisivo.

Meu amigo pegou a mala das minhas mãos, minha chave e, abrindo o porta-malas do meu carro, colocou dentro, junto à mochila que estava no meu ombro.

Mas havia uma coisa que eu tinha me esquecido sobre a mesa...

Droga.

— Minha caixa de fotos! — Lembrei agoniado, voltei, correndo para dentro de casa, e pelos dedos de Eric no meu braço, senti que ele quase conseguiu me conter.

Mas sabia que se deixasse aquelas fotos para trás, todas seriam queimadas.

O percurso até meu quarto, para pegar a caixa, foi tão fácil e silencioso como da primeira vez. Com a diferença de que uma voz assustadora e rouca me chamou, assim que coloquei a mão na maçaneta da sala...

— Onde você pensa que vai? — minha mãe perguntou amarga, estridente e mortal, como sempre — até mesmo sua voz já soava como um tapa.

— Embora daqui. Já devia ter ido... — disse baixo, sentindo o tremor medroso tomar conta de mim mais uma vez.

— Você acha que é assim, seu ingrato nojento? — ela cuspia as palavras. — Te demos do bom e do melhor a vida toda, e você, simplesmente, vai embora?

Ela, lentamente, aproximou-se de mim. Voltou a ter a mesma postura agressiva.

— Acha que pode virar as costas pro seus pais?

Eu não aguentava mais ouvir sua voz cruel.

— Vocês me deram um teto pra morar e comida por muitos anos... — Respirei fundo, tentando controlar meus sentimentos, para não cair em choro, enquanto abria a porta e colocava meu corpo para fora. — Eu sou grato por isso. — Então, engoli em seco, olhando para ela e falando, uma última vez: — Mas vocês nunca foram meus pais...

Ela avançou para cima de mim. Quis me bater novamente, e eu vi, em seus olhos completamente possessos por ódio, que não iria me deixar ir embora dali, mas quando passei pelo portão, sendo seguido por ela, que quase me alcançou, Eric se desfez de todo o teatro que sustentou, por anos e anos, apenas para me proteger.

Não sei se ele a empurrou, só sei que, no momento seguinte, a mulher estava no chão, com as mãos na poeira, levantando-se com ódio enquanto Eric me colocava no carro e trancava a minha porta.

— Eric, você... Mas... — ela balbuciava palavras que eu conseguia ler em seus lábios, mas, com o vidro fechado, mal conseguia ouvir.

Mas minha mãe estava, claramente, chocada pela atitude do garoto que ela achava ser o bom samaritano, puro, casto e devoto à sua figura, que ela acreditava que fosse.

Eric não disse nada, apenas a encarou de uma forma mortal, que eu nunca o vi olhar para ninguém. Se minha mãe fosse inteligente, teria entendido que aquele olhar era, na verdade, um aviso.

Quando Eric entrou no carro e trancou também o seu lado, eu já estava chorando copiosamente, dando graças aos céus pelos vidros escuros do meu carro não permitirem que minha mãe visse o tanto que ela e meu pai haviam conseguido me destruir.

Ela entrou em casa com certa pressa e bateu o portão, fechando-o.

— Vamos embora, por favor! — praticamente suplicava entre soluços dolorosos. Eu estava seguro com Eric, mas sentia tanto medo dela. Só queria sair dali.

Senti os dedos quentes de Eric se entrelaçarem aos meus e me prestarem um carinho amoroso de total apoio. Em seguida, ele levou minha mão aos lábios e, mantendo o mesmo carinho, beijou o dorso demoradamente, fechando os olhos por longos segundos e deixando que eu sentisse sua respiração rápida sobre minha pele.

Ele parecia tão amedrontado quanto eu, como se não fosse o único a sentir pavor pela situação.

Soltando minha mão e permanecendo no seu momento de silêncio, Eric ligou o carro e deu partida, me entregando seu celular e me pedindo para que eu colocasse o endereço do hospital no GPS.

— Não precisa de hospital, Eric... — disse com dificuldade, pelas mãos trêmulas e a cabeça que voltava a latejar muito.

— Eu não vou correr o risco de perder você por teimosia, Dimitri — soltou, com o tom tão sério e incisivo que não me dava direito nenhum à contestação.

Concordando muito sutilmente, me calei e deitei no encosto do banco, respirando fundo e sentindo partes isoladas do meu corpo doerem.

Mas, definitivamente, nada machucava tanto quanto as palavras afiadas dos meus pais, ainda ecoando por meus ouvidos.

5

EMBALADO POR GRATIDÃO

Em pouco menos de vinte minutos, chegamos ao Astra Centro Hospitalar, mesmo local aonde fui às pressas, semanas antes, tratar de um corte na mão que havia sido bem mais profundo do que eu imaginava.

Acompanhado de Eric, chegamos ao balcão, no hall do hospital, então ele passou meu nome e minha identificação, fazendo com que eu evitasse ao máximo falar. O recepcionista achou meu registro já feito e, depois de devolver meu documento, apenas pediu para que nós nos sentássemos, enquanto chamava o médico de plantão da emergência.

Quando nos sentamos nas cadeiras, curvei meu corpo para frente e, apoiando os cotovelos nas pernas, coloquei a cabeça na palma da minha mão, respirando fundo e sentindo as pontadas indo e voltando.

Eric ficou passando a mão levemente pelas minhas costas, acariciando-as e me dando apoio, mesmo sem falar nada. Ele estava preocupado e nervoso demais com meu estado para conseguir dizer algo.

— Dimitri Dangeli? — a voz do recepcionista soou não muito tempo depois, e eu levantei a cabeça, o encarando. — Sala 13 da emergência, corredor à direita — com a sua voz, o homem me direcionou para o lugar que eu já conhecia e, me despedindo brevemente de Eric, segui até a ala onde já tinha estado.

Ainda com a vista turva pela dor, entrei com certa dificuldade na sala que me parecia familiar, sendo rapidamente amparado pelo médico que me aguardava.

Ele parecia ter uma percepção rápida da dor dos outros, para me ajudar de forma tão assertiva e preocupada.

— Melhor você vir para a maca — sua voz soou meiga e, antes mesmo que eu pudesse me direcionar até a cadeira, me conduziu à maca de sua sala.

Mal consegui agradecer, porque parecia que o esforço físico para andar fazia minha cabeça latejar ainda mais.

Estava piorando...

— O que houve com você dessa vez? — perguntou, colocando-se ao meu lado, enquanto me observava.

Quando meus olhos começaram a ficar menos turvos, agora que estava deitado, consegui encará-lo com mais clareza.

Foi o mesmo médico que cuidou de mim quando cortei a minha mão.

Doutor Nicolas Hadriel, pelo que eu me lembrava e conseguia ler, mesmo de forma embaçada, bordado em azul marinho no seu jaleco perfeitamente branco.

— Você... — Engoli em seco, sentindo a cabeça latejar de novo, o que me fez levar as mãos aos olhos e apertá-los, a fim de parar, inutilmente, a dor cefálica. — Está sempre de plantão?

Ouvi sua risada nasal baixa soar, mas não era debochada ou cruel, pelo contrário. Parecia sempre ter carinho no seu tratamento.

— Eu sou chefe do setor de Urgência e Emergência — ele dizia aguardando, pacientemente, que eu abaixasse minhas mãos. — Então, sim, costumo ficar bastante de plantão.

Respirando fundo, tirei as mãos dos olhos e, percebendo que teria que enfrentar aquela confissão que me fez chegar até o hospital, comecei a falar, mesmo que baixo e tentando não me forçar demais.

— Meus pais me bateram.

Ele cruzou os braços, não parecia feliz com a minha confissão, apesar de tentar manter o profissionalismo.

— Minha mãe é pequena, mas tem muita força. — Respirei fundo, sentindo as fisgadas voltarem com mais agressividade. — Ela socou minha cabeça e, quando eu caí no chão, continuou socando.

O médico ficou em silêncio, mas era claríssima a forma como travava o maxilar e não gostava do que ouvia.

Eu não o conhecia, mas quase podia dizer que ele tomava aquela situação como pessoal.

— O meu pai me deu... — Engoli em seco de novo, completamente envergonhado. — Me deu outra porrada, na lateral da cabeça. — Então, levei a mão até a área que sentia latejar, próxima à minha orelha.

Ele percebeu minha vergonha e minha falta de jeito em tratar daquele assunto.

— Não precisa ter vergonha. Se você sofreu violência dentro de casa, seus pais deveriam estar envergonhados, não você — sua voz soava séria, preocupada.

Assenti, tentando não me culpar, mas a teoria, mais uma vez, era mais fácil que a prática. Continuava com aquele gostinho de humilhação na boca.

— Faz quantas horas que você não se alimenta? — o doutor perguntou, voltando até sua mesa. Sentou-se e puxou um bloco médico, do qual destacou uma folha e começou a escrever algumas coisas, usando uma caneta de tinta vermelha.

Coisas que, de forma alguma, eu conseguia ler. Vez ou outra tudo ficava meio embaçado.

— Faz mais de vinte e quatro horas — respondi sincero. A última refeição que tive foi uma hora antes de começar meu turno na Hidden Honey, muito tempo atrás.

Depois da boate, fui ao motel com Gael e, em seguida, para casa, onde achei que comeria alguma coisa, mas apenas me tranquei no meu quarto, desmaiando após tantos socos na cabeça.

Ao me pedir para continuar deitado, o Dr. Nicolas saiu da sala e voltou momentos depois, com uma enfermeira que trazia uma cadeira de rodas enorme, totalmente almofadada.

Parecia um sofá com rodas.

— Você vai com a Yara até a sala de exames, fazer uma tomografia craniana — o médico falou, me entregando o papel preenchido momentos atrás, o que identifiquei ser um pedido de exames. — Também vai fazer um hemograma completo, mas antes vai passar na sala de medicação para tomar um analgésico de via intravenosa, que vai começar a diminuir sua dor, tudo bem?

Não consegui pegar o papel em suas mãos de primeira.

Nem de segunda. A enfermeira se adiantou e pegou para mim.

Em seguida, já que parecia claramente tonto, o Dr. Hadriel e Yara me ajudaram a seguir em direção à cadeira de rodas.

Aquilo parecia exagero, mas, no momento em que me sentei, senti meu corpo fraquejar, percebendo que eu poderia cair ao chão a qualquer momento, se fosse movido à teimosia e saísse andando pelo hospital.

Os exames demoraram um pouco.

Fui de uma sala à outra, sempre levado — de forma angustiante — na cadeira de rodas, pois não estava acostumado a receber cuidado excessivo de ninguém.

Na verdade, nunca fui cuidado, a não ser por Eric e Pablo. Então, ser desprovido da minha própria capacidade de ir e vir, só porque alguém estava fazendo isso por mim, era, no mínimo, estranho.

Acostumado a fazer tudo sozinho, mas me vendo sem escolha alguma, deixei ser levado a todos os exames que precisei fazer, até que estivesse de volta à sala de emergência, duas ou três horas depois, já não sabia dizer.

Mas eu estava sozinho, porque, em seguida, ouvi o alto-falante interno solicitar a presença urgente do Dr. Nicolas, o que provavelmente explicava o motivo da minha espera. Enquanto isso, eu deixava a curiosidade me guiar o suficiente para observar sua sala melhor, desta vez.

Havia muitos diplomas na parede ao lado da sua mesa, e eu nem sabia como um médico podia ter tantos diplomas, mas imagino que ele deve ter se esforçado muito para ter tantas especializações.

Na mesa, havia quatro porta-retratos.

Um deles, com uma mulher mais velha, que o abraçava de um jeito tão forte que fez meu coração doer, e eu seria mentiroso se dissesse que não o invejei por um segundo.

Era claramente sua mãe, dada a familiaridade e intimidade com que ambos compartilhavam um abraço tão aconchegante.

Então, era assim ser amado pela mãe...

No outro, o médico estava com duas crianças no colo, um menino e uma menina. Ambos tinham o cabelo preto e liso, mas a menina tinha a pele marrom clara, já a pele do menino era branca. Ambos estavam muito sorridentes, e o doutor possuía o cabelo completamente bagunçado e com tinta laranja na sua testa.

Eles gargalhavam tanto, era uma foto tão bonita.

Seguindo, com os olhos, para as próximas fotografias, observei o médico novamente, dessa vez, com uma roupa diferente. Ele estava sozinho, a foto era em preto e branco, muito teatral, e ele fazia movimentos que mostravam que estava dançando. Parecia ter sido tirada por alguém que o amava muito, pois me despertou sentimentos demais para uma simples imagem.

A última foto era de uma versão mais nova do doutor, mas ele não estava sozinho. Vestindo um moletom branco e fofo, o médico era abraçado por trás, por um cara tatuado com uma flor no pescoço, que colocava o queixo em seu ombro. O homem de moletom igual, mas preto, sorria mais do que o próprio médico, se é que isso era possível. Aquele homem parecia um diretor famoso de Astra, mas eu não tenho certeza, ainda mais tonto do jeito que estava, no entanto, me senti levemente aquecido com a imagem e não soube bem explicar o motivo.

Eles só pareciam se amar demais e se proteger demais.

— Ei...

Ouvi a voz já conhecida soar na porta e me distraí daquele meu momento enxerido, quando me aconcheguei na maca, tentando disfarçar meu lado fofoqueiro que sondava a vida do médico.

— Fiquei preocupado, então vim atrás de você — Eric falou, chegando perto de mim e encostando o corpo nos ferros da cama móvel.

— Desculpa a demora, eu não sabia se te avisava ou não.

— Não precisa se desculpar, meu pequeno... — disse meigo, colocando os dedos na minha franja e penteando meu cabelo, irritantemente escorrido, para trás. — Como você está se sentindo?

— Melhor depois da medicação — eu disse, sorrindo com o canto dos lábios, porque era verdade.

Alguns minutos depois do analgésico intravenoso ser aplicado em mim, senti a dor de cabeça se dissipar brandamente, dando espaço agora apenas ao sentimento de “região magoada fisicamente”, onde antes minha cabeça estava latejando com força.

— Eu só estou morrendo de fome — falei rindo baixo, sentindo o estômago doer.

Aí ele roncou, como se tivesse ouvido o que eu acabei de falar, me fazendo rir, mesmo no meio daquela desgraça que acontecia na minha vida.

— Quando a gente sair daqui, eu te levo pra comer aonde você quiser, tá bem? — ele dizia meigo, segurando meu rosto e me dando um beijo na testa em seguida.

— O sol já nasceu, só tem padaria cara aberta — fingi reclamar da hora avançada, apesar de não mentir.

Já eram quase 7:00, e eu estava dentro daquele hospital por mais tempo do que eu gostaria.

— Então, a gente toma café da manhã e, outra hora, eu te levo pra comer aonde você quiser — sua voz soou carinhosa mais uma vez, não se preocupando em disfarçar o quanto gostava de me mimar.

O quanto sempre gostou...

Sorrindo pequeno, concordei com a cabeça enquanto observava outra silhueta entrar no quarto.

Agora, com a visão menos turva, podia observar melhor os traços que já havia notado antes. O médico parecia ter lá seus 40 anos, mas era bonito demais e tinha uma postura tão agradável, apesar do alto cargo, que era inevitável não se sentir acolhido.

— Bom dia! — O médico cumprimentou Eric educadamente, não se importando com a presença do meu amigo. — Você é acompanhante dele? — perguntou enquanto olhava algumas informações na prancheta que segurava em mãos.

— Sou — Eric respondeu sério, um tratamento completamente diferente do que estava tendo comigo, segundos atrás.

— Certo — o médico disse, baixando a prancheta, depois, levando a mão até os cabelos pretos, os penteando para trás, enquanto olhava para mim. — Dimitri, seus exames neurais estão normais, não houve nenhum trauma, porém o cérebro é um baú do tesouro que pode nos dar surpresas boas ou ruins. Eu quero que você volte daqui a três meses, para outro check-up, certo? Só pra garantirmos que você não teve sequelas. E se sentir qualquer tontura, por mínimo que seja, retorne imediatamente.

— Tudo bem, doutor — respondi baixo, concordando.

— Eu vou te liberar, e você pode voltar às atividades normais, desde que não faça grandes esforços. — Então, virou para Eric. — Você tem como observar a rotina dele?

Eric apenas assentiu.

— Qual grau de parentesco? Vocês são namorados? — o médico perguntou sem fazer grande caso, mais em tom de preocupação do que de julgamento.

— Podíamos ser, algum problema? — Eric questionou, parecendo mais nervoso do que o normal.

— Eric, calma — pedi, já rindo.

— Desculpa, fui atrapalhadamente invasivo. — O médico deu um risinho meio nervoso. — Não foi a intenção. — Então, continuou a falar calmamente, explicando-se: — Perguntar o grau de proximidade é de praxe nas minhas consultas, para saber até que ponto eu posso pedir pro acompanhante ajudar nos medicamentos ou não — ele disse, num misto de humor com culpa. — Aliás, não foi para soar homofóbico, porque... — ele olhou para mim — eu sou casado com um homem.

Eu já sabia, doutor.

Fiquei um tempão xeretando suas fotos...

— Desculpa — Eric disse ainda meio sério, mas parecendo arrependido por ter sido tão rude. — É que o Dimitri passou por problemas demais, a vida toda. Eu acabo ficando na defensiva por ele.

Sorri fraco para meu amigo, pegando sua mão e entrelaçando meus dedos nela, praticamente num agradecimento mudo, por todas as incontáveis vezes que Eric foi meu apoio.

— Tudo bem, é compreensível — o médico disse de forma carinhosa, voltando sua atenção a mim. — Mas você pensa em fazer algo quanto a isso? — ele perguntou e, apesar de continuar carinhoso, seu tom era um pouco mais sério, um pouco mais preocupado.

— Fazer o quê? — perguntei, não querendo encarar, realmente, o que eu já imaginava ser.

— Denunciar seus pais por agressão.

Engoli em seco, fiquei meio trêmulo e foi completamente notável o quanto sua fala me abalou. Denúncias eram coisas que me causavam gatilhos.

Eu não queria encarar o trauma de lidar com a polícia de novo, para, no final, ser humilhado por autoridades que não me ajudaram a chegar a lugar algum.

Já fiz isso antes. Saí praticamente escorraçado da delegacia e, se não fosse por Eric e Pablo na ocasião, não teria tido nenhum tipo de amparo. Nem mesmo do governo que, tecnicamente, deveria prover esse cuidado.

— Olha... — O doutor respirou fundo, sentando-se na minha maca, enquanto olhava para as próprias mãos e estalava os dedos lentamente. — Eu também fui agredido — ele começou, num tom paciente e calmo. — Fui agredido pelo meu pai por anos e anos, e também nunca quis denunciá-lo. Até no dia em que ele quase matou minha mãe, ainda assim, eu tive medo de levar o nome dele à polícia.

— O que aconteceu? — perguntei curioso.

— Meu marido bateu nele até ele ir embora do país. — Ele riu nasal, balançando a cabeça negativamente, como se sentisse um misto de orgulho com reprovação. — E eu sei que nem todo mundo tem alguém na vida que possa fazer justiça com as próprias mãos por você... — o médico ergueu a cabeça devagar, me encarando com aquela meiguice inerente, enquanto eu sentia um carinho sequencial de Eric nos meus dedos, o tempo todo. — Eu tampouco aprovo essa prática, porque nós nunca sabemos a que ponto as pessoas são capazes de chegar...

Se deixasse nas mãos de Eric, ele, com certeza, contrataria assassinos luxuosos de aluguel para sumir com os corpos dos meus pais.

— Mas a polícia daqui tem estado melhor e, com certeza, você teria no mínimo uma medida protetiva agora — ele continuou, me encorajando. — Sabe que eles sempre procuram abafar casos de homofobia e costumam dar razão aos pais, por isso não acredito que eles sejam presos, mas você ainda tem a opção de manter distância deles.

Eu queria manter distância.

Eu queria ir embora e nunca mais voltar, de forma que eles nunca mais ouvissem meu nome ou soubessem do meu paradeiro.

Se eles me queriam morto, seria assim que me teriam.

— Obrigado, doutor — agradeci sincero, ainda pensando sobre tudo que ele disse.

Emanando empatia, o médico entendeu meu momento de reflexão e sequer me forçou a tomar alguma atitude. Ele apenas me entregou receitas médicas com analgésicos e me deu um novo pedido de tomografia a ser feito em noventa dias, para confirmar que não havia mais nenhum trauma permanente.

Nós nos despedimos e, quando cheguei ao meu carro, e Eric como motorista novamente, soltei o ar dos pulmões, sentindo um pesar extremo em meu corpo.

— Eu queria não me sentir culpado — confessei, colocando a cabeça no encosto do banco, enquanto olhava a rua clara, banhada com a luz do sol à minha frente.

— Você é vítima, é normal que esteja se sentindo culpado — meu amigo começou a falar, com a voz baixa. — Mas você precisa trabalhar na sua cabecinha que você não teve culpa de nada disso. Pra entender que você não é ingrato por abandonar sua casa.

Um ingrato...

Era isso que mais me assombrava.

— Acha que eu devo? — Praticamente, o cortei, virando o rosto na sua direção e notando que me observava esse tempo todo.

— Denunciar seus pais de novo? — ele completou meu pensamento, e eu assenti, em resposta positiva. — Não sei se confio na polícia, mas se o que médico disse for verdade e você estiver confortável, tem meu apoio.

Falou da questão do conforto, porque estava lá, na primeira vez. Eric viu o quanto foi terrível tentar denunciar meus pais e sair como louco, mesmo estando tão machucado.

E ele mesmo quase foi preso por mim, quando tentou me defender e enfrentar a polícia que não quis fazer absolutamente nada.

Eu voltei a olhar para frente, concordando novamente. Dei mais algumas respiradas tão profundas que meu pulmão parecia que iria murchar a qualquer momento. Não me obrigando a falar, meu amigo deu partida no carro, seguindo até que chegássemos à sua casa.

Os lugares onde eu queria comer estavam fechados naquela hora, e eu não me importava em ir ao seu lar primeiro. Na verdade, era o que preferia.

Então, quando entrei no seu quarto, fui até meu armário, peguei um pijama, mesmo que não fosse dormir, e segui até o banheiro, onde me sentei no chão mais uma vez e deixei a água quente bater na minha nuca, enquanto cruzava os braços sobre os joelhos e chorava mais uma vez. Era um choro intenso, mas silencioso, em que eu sentia as dores no corpo perderem para as dores que estavam no meu interior.

Eu queria que tudo fosse diferente. Eu queria ter paz e queria viver uma vida saudável com meus pais, mas já havia tempo que eu tinha certeza de que isso não seria possível. Não era por isso que eu não deixava de me sentir mal com toda essa situação, mesmo que estivesse me esforçando para entender que a culpa não era minha.

Fungando e sentindo meu nariz arder, me levantei depois de um longo tempo. Lavei meu cabelo com o shampoo e condicionador que Eric não se importava em dividir comigo. Lavei também meu corpo e senti meu calcanhar fisgar de novo.

Vi uma vermelhidão na lateral da minha coxa, provavelmente da hora que meu pai me empurrou no chão, e meu cotovelo também doeu, lembrando-me de que ele foi batido quando caí. Eu parecia um boneco todo quebrado que, ali no banho, estava descobrindo os pontos danificados.

Com medo de Eric achar que eu morri no banheiro mais uma vez, desliguei o chuveiro, me sequei e vesti minha roupa. Ao sair da suíte, dei de cara com uma bandeja com pães, café, manteiga, presunto e queijo, em cima da cama.

Em seguida, Eric entrou no quarto, trazendo também um prato pequeno, com algumas fatias de bolo.

— Senta aí — falou sem grandes cerimônias, apontando para a cama.

Eu o fiz sem dizer nada. Ele ajeitou o prato com o bolo, colocou sobre a bandeja e trouxe para cima do meu colo.

— Você que fez isso tudo? — perguntei, estranhando.

— Foi Olivia — ele disse o nome da antiga governanta da mansão Carpo, que trabalhava ali, às vezes.

Não sei se ele não conseguiu se desfazer dela ou se Olivia implorou para vir cuidar de Eric, já que era tão agarrada ao meu amigo, desde que nasceu.

— Faz mais sentido — falei rindo leve.

— Cala a boca, eu organizei a bandeja. — Ele riu baixo, deitando-se na cama ao meu lado e olhando para mim, amenizando o humor e deixando a preocupação tomar conta de seu rosto pouco a pouco, antes de perguntar: — Como você está se sentindo?

Eu respirei fundo, analisando a comida na minha frente. Peguei a xícara de café e bebi devagar, para não queimar meus lábios.

— Aliviado, mas preocupado — disse sincero, repousando a xícara devagar no pires. — Eles não são do tipo que deixam as coisas baratas e tenho medo do que possam fazer.

— Não tem como eles te acharem aqui, nem na boate. Eles não sabem onde você trabalha.

— Sim. — Peguei um pedaço de queijo e enfiei na boca, mastigando e engolindo rápido, para continuar falando: — Mas o medo não desaparece do nada...

Ele assentiu de forma cuidadosa, depois se deitou no travesseiro e ficou olhando para o teto, pacientemente esperando que eu terminasse de comer.

Tão paciente que adormeceu.

Compreensível, tendo em vista que ele havia abdicado de sua madrugada inteira, só para poder me buscar em casa e me acompanhar no hospital. Eu mal sabia há quanto tempo ele estava acordado.

Quando terminei de comer, o deixei dormindo e levei as coisas até a cozinha. Sentindo genuína saudade da mulher que conhecia há muitos anos, cumprimentei Olivia com carinho, fazendo força para não demonstrar nenhum pingo de dor quando ela me deu um abraço mais apertado do que eu poderia aguentar naquele momento. Logo depois, voltei ao quarto para me deitar, já sentindo o corpo gritar para que eu repousasse.

Assim que tomei a medicação que o doutor passou, vendo que estava na hora, voltei a me acomodar no colchão, puxando o edredom devagar e fechando os olhos com força mais uma vez.

Mas a dor, dessa vez, era no interior.

Estava acontecendo tanta coisa e, mesmo assim, eu só queria abraçar Gael...

Só conseguia pensar nele.

Como sentia falta da calmaria que emanava dele e como fazia com que eu me esquecesse da minha vida e dos meus problemas; mesmo que ultimamente, ainda mais depois das dinâmicas que tivemos na boate, tudo entre nós dois parecesse ter ido por água abaixo.

— Desculpa... — Eric grunhiu baixo ao meu lado, sem conseguir abrir os olhos. — Eu dormi.

— Pode continuar dormindo, eu também quero descansar — falei igualmente baixo, puxando o edredom até meu pescoço e me cobrindo inteiro, enquanto meu rosto estava virado na direção do meu amigo, e eu o observava franzir as sobrancelhas ainda sem conseguir abrir os olhos.

— Vou mandar — continuou meio rouco — arrumarem o quarto de hóspedes pra ser seu.

Eu respirei fundo, não sendo completamente favorável a essa ideia, apesar de achar totalmente cômodo e menos dispendioso.

— Eric... — comecei a falar em um tom tão comedido que fez com que meu amigo abrisse os olhos na hora e me encarasse sério. — Eu te amo demais e sou muito grato por tudo que você faz pra mim. Por tudo que você já fez...

Ele permaneceu em silêncio, deixando que eu prosseguisse.

— Mas não quero depender de ninguém — minha voz saiu culpada mais uma vez, enquanto meus lábios tortos denunciavam o quanto eu não estava completamente confortável em dizer que não queria morar com ele. — Eu quero pagar meu aluguel, minhas compras, ter minha própria casa, mesmo que ela seja pequena e simples. — Soltei uma risada nasal e baixa. — Mesmo que você e Pablo continuem me mimando com presentes que vocês me dão o tempo todo. Mesmo assim... — respirei fundo, parecendo mais aliviado, à medida que as palavras iam saindo da minha boca. — Eu quero ter meu próprio canto. Eu nunca tive isso, mas eu quero... Quero ser suficiente na minha vida, pelo menos, um pouco.

Ele me encarou por alguns segundos.

Carinhoso como sempre era comigo, levou os dedos confortáveis ao meu rosto e acariciou a região, enquanto gastava alguns segundos apenas olhando para mim.

No meio do nosso silêncio confortável, disse:

— Então, você vai ter seu próprio canto, pequeno. — Sorriu cansado, mas meigo, levando os dedos compridos até meu cabelo e o ajeitando atrás da minha orelha.

Em seguida, se aproximou perigosamente devagar e, por uma fração de segundo, achei que ele iria beijar meus lábios, mas ele desviou até minha bochecha. Depois de selar a área cheia, de um jeito bem amassado e fofo, voltou a deitar e fechou os olhos.

Por alguns segundos, achei que houvesse caído no sono, mas me provou que não.

— E você — murmurou baixinho quase inaudível — já é... suficiente. — Silenciou de vez.

Então, tive certeza de que havia dormido.

Enquanto eu o observava ressonar, com uma rapidez assustadora, me lembrei do quanto tinha sorte na vida em possuir Eric como amigo. Uma sorte que não teria três vezes.

Ironicamente, tive duas. Também tinha Pablo.

E pensando neles, vi meu sono sendo embalado por essa gratidão. Principalmente, gratidão ao cara ao meu lado, que me apoiou no restante da minha semana e em todos os outros dias da minha existência.

6

EXPERIMENTAR DA PAZ

Mesmo que eu ainda estivesse com medo, afinal traumas não se dissipam da noite para o dia, senti a semana seguindo bem mais tranquila do que eu imaginava.

Era bom demais não achar que todas as minhas ações resultariam no meu corpo recebendo violência e, pela primeira vez na minha vida, senti a felicidade da liberdade.

A felicidade contida na paz.

Em pouco menos de uma semana, achei um apartamento pequeno e sem garagem, próximo à boate e, mesmo que Eric quase tivesse me batido quando viu o tamanho do lugar, consegui convencê-lo de que era perfeito para mim.

Diferente do meu amigo, eu não sentia conforto no luxo, muito menos em lugares grandes e requintados, apesar de gostar de frequentá-los.

Só por ter um lugar que eu pudesse chamar de meu e apenas meu, já me dava felicidade o suficiente para ignorar o fato de que o apartamento era, sim, um cubículo.

Mas eu estava tão feliz...

Eric reclamou como um velho quando me ajudou com as caixas cheias das minhas coisas que estavam na sua casa, mas não poupou ajuda. Logo, estávamos abrindo, dividindo e designando-as para cômodos diferentes.

Até que eu abri uma caixa com coisas que ele devia ter trazido por engano...

— Eric... — chamei baixo, segurando o riso.

— Hm? — ele respondeu cansado, enquanto se debruçava na janela da sala.

— Por que tem uma caixa com tantos consolos, algemas, camisinhas e lubrificantes aqui? — perguntei, enfiando a mão lá dentro e inspecionando os itens. — Que plug anal bonito!

Era uma peça cromada com uma joia azul na ponta.

Minha cor favorita.

Até num plug anal.

— São pra você usar quando for estrear o apartamento — ele disse, dando de ombros, enquanto continuava debruçado na janela, como um cachorro fofoqueiro que sai correndo para saber de onde veio o barulho do carro.

— Foram usados? — senti a pergunta sem filtro sair da minha boca, quase sem pensar.

— Sim, eu soquei todos eles no meu cu de uma vez só. — Ele se descolou da janela e virou o corpo, me encarando enquanto cruzava os braços. — Claro que não, porra.

Eu tentei segurar o riso, mas sem muito sucesso.

— Apesar de serem meus, porque eu tenho brinquedos demais, esses eu nunca usei. Achei que você gostaria de tê-los, agora que pode ter suas coisas sem precisar esconder nada.

Então, o plug anal tinha uma pedra azul propositadamente?

Eric sabia da minha preferência pela cor.

Mordi o lábio inferior, contendo um sorriso.

Era uma caixa cheia de coisas safadas, que eu adoraria usar na primeira oportunidade que tivesse, ainda assim, fechei as abas de papelão e andei na sua direção, dando-lhe um abraço apertado, seguido por um beijo estalado na bochecha.

— Obrigado por se preocupar com a qualidade do meu sexo.

Ele gargalhou, desvencilhando-se de mim e balançando a cabeça em negação à minha frase safada, mas que soou como se fosse uma poesia casta e melódica.

Mas minha risada estava camuflando meus pensamentos de que, ultimamente, Eric estava evitando ter contato visual comigo ou abraços longos demais. Sendo cansaço ou não, ele não parecia disposto a compartilhar comigo, ainda assim, continuava ao meu lado, ali, me ajudando segundo a segundo, abrindo mão da sua vida pessoal, seus compromissos com seus submissos e, como eu tinha noção, até suas responsabilidades com o trabalho.

Coisa que Pablo parecia estar ciente e, além disso, apoiando.

Também sempre estando comigo quando conseguia, nos últimos dias, Pablo não perdia a oportunidade de me encontrar, me apertar, beijar meu rosto um milhão de vezes e perguntar como o "bebe gostosinho" dele estava.

Pensando sobre meus amigos superprotetores, deixamos o apartamento momentos depois, quando já estava anoitecendo, e passamos num bazar de rua, ainda aberto, onde eu procurei um fogão e poucos utensílios para comprar.

O dono não parecia ter pressa em fechar, apesar de o sol já ter ido embora, então pudemos ver tudo com calma.

— Precisa ser novo, polido e cromado.

— Estamos falando de um fogão, não de um carro — disse, segurando o riso, vendo um fogão de quatro bocas preto, de segunda mão, mas em bom estado de conservação.

— Deve ter um rato morando aí dentro — ele sussurrava para mim, para não ofender o dono da loja.

— Eric, por favor. — Balancei a cabeça negativamente, testando todos os bocais, para ver se funcionavam direito. — Ele está funcionando normalmente com o gás? — perguntei ao dono do bazar que estava distraído, fazendo carinho num gato preto com uma cicatriz vertical no olho, ronronando preguiçosamente em cima do balcão da loja.

— Sim, tudo funcionando — respondeu simpático e logo voltou a dar atenção ao gato sonolento e folgado.

— Perfeito. — Sorri satisfeito, mesmo com a cara de reprovação de Eric, que torcia o nariz para tudo dentro daquela loja.

Ele teve uma criação totalmente diferente da minha, não o culpava por ter aquela reação a coisas usadas, mas, às vezes, era irritante. Antes mesmo que eu pudesse ir a outro corredor, Eric segurou no meu punho e me puxou.

— Só o fogão está bom, Dimitri; a geladeira, eu compro pra você.

— Mas eu...

— Sem mais, Dimitri. Você já comprou uma geladeira de segunda mão? Sabe o problema que dá se o gás estiver falhando ou com escapamento furado? Fogão dá pra comprar usado, geladeira é um problema...

— Como você sabe disso? Nunca comprou geladeira usada.

— Mas já tive funcionários reclamando disso.

— Eu não tenho dinheiro pra uma geladeira nova, Eric...

— Você é surdo? Eu disse que vou te dar uma.

— Já me deu coisas demais. Já comprou meu colchão, vai comprar minha cama. Me deu um carro, fingindo que era um carro pra empresa. — Eu listei todas as coisas que ele havia comprado para mim. — Meu celular novo, todas as caixas que estão no meu apartamento com roupas de banho, de cama, que você me deu... Até os talheres e copos, Eric. O micro-ondas!

Ele começou a rir, concordando com a cabeça, enquanto colocava as mãos no próprio quadril e dava de ombros, como se não tivesse nada que eu pudesse fazer.

— E a geladeira — ele disse. — Vamos.

Então, me deu apenas a honra de comprar meu próprio fogão.

Balançando a cabeça em negação à sua teimosia e imenso problema em gastar demais comigo, terminei de pagar pelo eletrodoméstico e, após entregar meu endereço para que o levassem até meu apartamento, deixei o bazar, indo com meu amigo a uma loja que vendia as preciosas geladeiras.

Unido ao fato de que eu precisava trabalhar em breve, compramos a geladeira de forma rápida e voltamos à sua casa, onde passei os próximos dias ainda dormindo com Eric, até me mudar de vez e começar a dormir sozinho.

No segundo dia em meu apartamento novo, tomei um banho longo, no meu chuveiro, que não era tão bom, mas fiz questão de imaginar uma catarata agressiva, apenas pelo prazer de ser meu.

Chegando à Hidden Honey, eu ainda tentava contato...

Eu tentava me aproximar do barman que, sempre antes de mim, chegava ao trabalho e arrumava o balcão, as frutas, os copos e as bebidas.

— Como estão as coisas? — fiz a pergunta genérica, me debruçando no bar e o observando cortar morangos, a fruta que era mais usada diariamente.

— Estão bem — ele respondeu, sem perguntar de volta como eu estava. Gael sequer fazia questão de me olhar enquanto falava comigo.

Eu aguardei mais alguns segundos, era o máximo que eu conseguia, mas não dava mais para absorver tanta frieza, então apenas fiz que "sim" com a cabeça, entendendo, de uma vez por todas, que aquele era um lugar que não me cabia mais, então me afastei sem nem tentar me despedir.

Porque sabia que seria em vão.

A noite passou e, sentindo meu peito doer com a sensação ruim de ter Gael tão distante de mim, depois de tanto esforço para me aproximar, recebi uma mensagem de Eric, avisando que não viria à boate, então eu precisaria finalizar o salão e o caixa sozinho.

Nada que eu não estivesse acostumado, imaginando que Eric estava voltando gradativamente à sua rotina como administrador da Rede Carpo de restaurantes e como dominador que se envolve com mais pessoas do que eu consigo listar.

Focado em ir para casa, apenas limpei o que consegui, dando ordem aos outros garçons que finalizassem o salão, para que pudesse me encaminhar até a sala de Pablo, começar a levantar os valores e fechar o caixa.

Passando a bandeja e limpando os copos uma última vez, me aproximei do bar, observando um homem baixo se debruçando ali e conversando com Gael de forma absurdamente sugestiva. Absurdamente íntima.

Ele empinava tanto aquela bunda idiota que foi impossível não sentir vontade de chutá-lo. Eu não tinha nada com Gael, entretanto engoli em seco, sentindo um enjoo enciumado revirar meus órgãos.

Mas o que eu ouvi saindo da boca daquele cara...

Foi o suficiente para me esquecer de que eu era um animal racional.

— Me fala se alguém te chupa melhor do que eu, meu gatinho — o homem disse, assim que encostei o corpo no bar, tentando repousar a bandeja com os copos ali.

Mas não houve suavidade em minhas mãos quando apenas joguei tudo de qualquer jeito, ouvindo o estalo dos vidros quebrados que eu pouco me fodia, mesmo que saísse do meu bolso.

Bufando como um idiota, andei batendo o pé até entrar na sala de Pablo e fechar a porta com força, me segurando para não gritar que nem um louco desesperado, quando ainda tinha tanto trabalho a fazer.

Eu seria mentiroso se dissesse que aquilo não me afetou durante todo o período que estive ali, porque eu sequer conseguia pensar em outra coisa.

Não conseguia parar de pensar em alguém, além de mim, tocando em Gael, recebendo sua atenção, quando eu mal recebia um "boa noite" decente dele.

Mas eu tinha consciência de que não possuía direito de sentir tanta revolta, tanto ciúme de alguém que, sequer, era meu.

Mas, porra!

Quase sentindo uma fumaça densa se dissipar sobre minha cabeça, cheguei a me assustar quando alguém bateu à porta e, depois de um "pode entrar" desanimado, ouvi a voz da pessoa que mais me irritava naquele momento.

Como eu sentia vontade de socar sua cara.

— Ah, é você — respondi, voltando a olhar para o celular em minhas mãos, torcendo para que ele falasse logo e fosse embora. — No que eu posso te ajudar, Bandile?

— Você está bem? — ele perguntou, aproximando-se de mim.

Qualquer passo que ele dava na minha direção, mesmo com meu corpo explodindo de ciúmes, era motivo para que eu me tremesse por inteiro, de tanta raiva que eu sentia.

De tanta saudade que eu tinha do seu toque...

— Muito bem, obrigado. Pode ir lá com o cara que te chupa melhor do que todo mundo.

A agressividade era a forma que eu encontrava de me proteger de todas as reações que Gael causava em mim, mesmo que eu quisesse mandá-lo ao inferno junto ao babaca que queria chupá-lo.

— Eu só estava preocupado contigo, por que está me tratando assim?

Sonso. Sonso do caralho, como era sonso...

Como eu queria gritar com ele, até ele perceber o quanto estava sendo sonso.

Bloqueei meu celular, colocando-o na mesa e depois fiz questão de encará-lo, enquanto repousava minhas mãos ao lado de minhas coxas, franzindo o cenho com tanta impaciência que temia começar a gritar quando abrisse minha boca.

— Você nem olha na minha cara ultimamente e agora está preocupado? — perguntei, mal entendendo como ele conseguia me irritar tanto.

— Achei que fosse isso que você queria.

— Isso o quê, Bandile?

— Isso, essa distância. Não é isso que pessoas adeptas a sexo casual fazem?

Mais uma vez, queria que Gael fosse para o inferno.

Queria que fosse para o inferno junto à sua lerdeza e à sua cegueira que não conseguia perceber, em momento nenhum, o quanto eu o amava tanto, que fazia meu peito doer a cada respiração.

— Sexo casual? — falei me levantando, andando perigosamente em sua direção, mas sem encostar nele ainda. — Então, é isso que você acha que eu quero com você?

— Não parece ser nada diferente disso, Dimitri. Você só me procura quando quer ir pro motel.

Caralho, como é burro!

— Você me procura em qualquer outra ocasião, Bandile? Olha... — Eu respirei fundo mais vezes do que sabia que era capaz de respirar, depois olhei para o chão. Olhei para o teto, abri a boca para responder, fechei. Respirei fundo mais uma vez.

Eu queria tanto xingar Gael que não fazia ideia de tudo que sentia por ele, ao mesmo tempo sabia que não podia culpá-lo por completo, porque sequer chegamos a conversar sobre o que sentimos.

Eu mal sabia se ele sentia... Apenas tinha noção do que eu sentia.

E eu sentia demais...

— Você não faz ideia do que eu tenho passado em casa. Não tem noção de como é minha vida, porque você simplesmente não se interessa. — Eu sacudia as mãos demais, e estava mais nervoso do que parecia estar e pouco me fodia para me conter. — Será que você se questionou o motivo de eu não estar tão sociável quanto antes? Não, né? Porque, pra você, pessoas que querem só "sexo casual" não devem merecer atenção. Sequer devem sentir alguma coisa além de luxúria — as palavras saíam de forma agressiva e eram dolorosas.

Tudo era muito doloroso e o pior, nessa situação, era que a pessoa, pela qual meu coração mais clamava, era quem me tratava da pior forma, e eu já não suportava mais.

— Olha, Bandile, mesmo com o mar de merda que está acontecendo na minha vida, eu ainda tentei. Eu tento todo dia. Eu me aproximo de você e você só recua, me ignora e me afasta. E isso dói pra um caralho — vomitava tudo que me fazia mal, conversando com Gael desse jeito, tentando fazê-lo entender que havia muito mais dentro de mim, do que o cara que só queria fazer sexo com ele e dar *tchau*.

Porra, eu queria proporcionar tantas outras coisas ao meu amor, e me sufocava a forma que ele parecia não querer receber nada que viesse de mim.

Nada além do que compartilhávamos na cama do motel.

— Eu não sei mais o que fazer pra você entender, Bandile... — falei e, fechando a mochila, peguei meu celular e chaves, respirando fundo e desistindo de tudo que eu fiz até ali, para ter a atenção de Gael em mim. — Meus beijos não são suficientes, minhas carícias, e a forma que meu corpo grita que eu quero passar o máximo de tempo ao seu lado não são suficientes. O jeito que estou sempre olhando para você aqui no trabalho, como se não houvesse nada que chame mais minha atenção, porque não tem. Eu não sei, Gael... Não sei como fazer você enxergar.

Eu só queria pôr um ponto final naquele tratamento e terminar com aquele clima péssimo entre nós dois, antes mesmo que ele passasse a me odiar.

— Enxergar o quê? — sua pergunta me causava uma mistura de exaustão e irritação.

Então, era a hora de abrir o jogo... Ou nunca mais falar.

— Que eu te amo desde o dia em que eu entrei na porra desta sala e te vi assinando o seu contrato de trabalho aqui, na porra desta mesa...

Gael não tinha reação alguma, parecia o mesmo lerdo e quieto de sempre.

Entretanto, meu peito explodia e eu parecia precisar me agarrar a esse final de combustão, para dar o ponto final naquele romance que falhou em se desenvolver.

— E quer saber? — disse, segurando a alça da mochila com força, que havia colocado no ombro, como ele fazia com a sua, naquela postura parada que tanto me irritava. — Foda-se se você não sente o mesmo. Só para de me tratar como um puto que só quer usar você, porque eu nunca quis isso — confessei. Eu pus para fora e, apesar de não estar feliz, estava aliviado de ter feito Gael ouvir, com todas as letras, que nunca houve apenas tesão da minha parte.

Era amor, sempre foi amor.

Sempre vai ser amor...

Depois que eu saí da sala de Pablo, magoado e sentindo dor, como se tivesse arrancado meu próprio coração do peito, pela falta de reação de Gael, tudo foi um borrão.

Em um momento, eu estava mergulhado em tristeza, alcançando a maçaneta do meu carro e tentando enfiar a chave de maneira errônea. No outro, Gael me beijava como se fosse o último dia de nossas vidas, e eu me desmanchava em seus braços...

E nos momentos seguintes, eu experimentei uma sensação que, até aquela parte da minha vida, nunca havia experimentado romanticamente.

A sensação da reciprocidade.

Levei o barman para meu apartamento novo, fiquei feliz em compartilhar com ele cada canto da minha casa. Genuinamente feliz por vê-lo orgulhoso de mim.

Depois que fizemos amor, após uma das conversas que eu mais ansiava ter com ele, experimentei uma paz que não sabia ser capaz de sentir.

A paz de não ter que abandonar Gael, porque precisava ir correndo para casa, por medo de apanhar.

A paz de falar a verdade e, ainda assim, vê-lo escolher estar comigo.

A paz de deitar em seu peito, sentir seu cheiro, dar todo o carinho que eu sabia que ele merecia e depois concluir, sem dificuldades, que sim...

Valeu a pena passar por tudo aquilo, só para experimentar a paz de ter Gael comigo.

7

BÚSSOLA E ONDAS

Morar no meu próprio apartamento me trouxe um prazer desconhecido até então.

O prazer de dormir e acordar sem medo.

Os primeiros dias foram difíceis, e meu cérebro demorou um pouco a entender que estava sozinho e ninguém iria socar minha porta, querendo me fazer mal ou tentando arrancar meu dinheiro.

Sim, demorou para eu me acostumar, mas me acostumei e, depois disso, sabia que nunca mais iria querer depender de mais ninguém.

Nada valia minha paz. Nada valia minha autonomia.

Entretanto, me acostumar com essa autonomia fazia meu corpo relaxar a ponto de curtir tanto a paz do meu colchão no chão que eu constantemente acordava atrasado e saía de casa como um louco.

Mal havia notado a mensagem que Gael tinha me mandado, abrindo-a apenas quando olhei a tela do celular para checar as horas e perceber que estava fodidamente sem tempo de responder a nada.

Ainda assim, não pude evitar sentir meu coração acelerar ao ler o que o barman tinha enviado a mim.

Meu amor:

Por que eu estou com saudade de você se não faz nem vinte e quatro horas que nos vimos? 17:15

Eu queria responder-lhe, mas não podia, porque já passavam das 18:00 quando consegui ver sua mensagem, e a única coisa que passava na minha cabeça era em como eu queria beijá-lo. Faria isso assim que chegasse ao trabalho.

Saí correndo, catando minhas roupas e tomando um desses banhos rápidos demais que eu detestava, mas que não tinha escolha.

Antes, eu saía adiantado para passar menos tempo perto das pessoas que me criaram, mas, gostando tanto do meu novo lar, entrar correndo na sala de Pablo e prestar desculpas tinha virado um quadro, infelizmente, mais comum do que eu gostaria de admitir.

— Desculpa o atraso — pedi de cabeça baixa a Eric, que estava sentado à mesa de Pablo, analisando alguma coisa no notebook à sua frente.

— Às vezes, você age como se não soubesse que tem privilégios dentro desta boate — meu amigo falou, pouco se importando com o meu atraso.

Eu ri pequeno, não querendo salientar aquilo, para não ficar mais abusado do que já era.

— Ainda sou funcionário da casa, Eric — disse, tentando me agarrar ao último fio de profissionalismo que existia dentro de mim.

— Antes disso é meu amigo e de Pablo — afirmou, ainda olhando para a tela do notebook, sério. — Nós nem queríamos que você trabalhasse, para começo de conversa.

— Pode parar de ser assim, por favor? — Ainda segurava o riso, indo para trás da mesa, ao lado dele, e me sentando na madeira, balançando levemente as pernas enquanto o olhava trabalhar. — Eu tento ser profissional... E sabe que eu gosto de trabalhar.

— Eu sei, e você é muito bom no seu trabalho. — Meu amigo fechou o notebook, olhou para mim e respirou fundo, cruzando os braços. — É por isso que eu e Pablo estávamos conversando sobre você gerenciar uma filial da Hidden Honey que será aberta, daqui a um ano, aproximadamente.

— O quê? — perguntei, franzindo o cenho, confuso, mas por dentro estava assustado demais. — Mas eu... Eu não consigo, Eric.

Eu nunca gerenciei nada além do salão, copos sujos e garçons desatentos e, apesar de fazer isso tudo muito bem, não me julgava capaz de lidar com nada que envolvesse responsabilidade numa escala tão alta.

Com Pablo viajando mais uma vez e Eric largando a boate várias e várias vezes, porque preferia transar com seus submissos a lidar com a burocracia da Hidden Honey, tive que aprender na marra como gerenciar uma boate daquele porte.

Mas eu não sabia tudo e, no primeiro dia, foi muito assustador.

Tão assustador a ponto de eu — *novamente* — interromper uma das sessões de Eric pelo tanto que liguei, desesperadamente, ao não saber fechar o caixa direito, com todas as informações de comprovantes das máquinas de cartão, comandas de garçons, vias de saída de bebidas do bar, baixas e perdas da casa, entradas vendidas e toda aquela merda.

Como eu não era uma das pessoas de seu nicho sexual, ele não pôde me punir com seu chicote, mas sinto que quase teve vontade de fazê-lo...

A verdade é que teve pena de mim, veio até a boate e me ajudou, ficando com pena no exato momento em que percebeu minha cara de choro por achar, realmente, que não conseguiria. Depois daquele dia, eu aprendi e comecei a dar conta de tudo sozinho.

— O seu problema... — Eric disse, tirando o celular que mandava as mensagens anônimas para Gael de seu bolso, desbloqueando-o e começando a usá-lo. — É que você é inseguro a ponto de limitar o seu crescimento.

Ele parecia procurar algo no celular enquanto eu pensava sobre suas palavras, respirando fundo e me sentindo atordoado com aquilo.

— Já sabem em que cidade? — perguntei, tentando tomar coragem em, pelo menos, analisar a proposta.

— Eu e Pablo ainda estamos escolhendo, mas já temos ideia... — ele começou, virando o rosto de um lado para o outro, alongando-se. — Só que você não precisa decidir agora. — Então, olhou fixamente para mim.

Eu assenti, tentando absorver essa ideia difícil.

— Ah... — Ele pareceu se lembrar de algo. — Não conta pra ninguém, por favor. Sabe que a Hidden Honey é famosa, e isso pode acabar atraindo alguns urubus — meu amigo continuava falando, numa daquelas suas faces tão profissionais, em que ele abandonava momentaneamente a função de meu melhor amigo e focava apenas o trabalho. — Então, por enquanto, fica só entre a gente, tudo bem?

— Não posso falar nem pro Gael? — perguntei, soando quase infantil e sentindo uma vontade imensa de compartilhar as coisas com ele.

— Não, nem pro Gael.

— Tudo bem. — Torci a boca, obedecendo a contragosto.

— Falando no rabanete... — ele disse, enquanto desbloqueava o aparelho mais uma vez, depois da tela ter se desligado por inatividade, e me entregava. — Esse cara tá tão na coleira por você que mal consegue disfarçar.

Voltando ao cenho franzido, tomei o celular de suas mãos e observei as mensagens, lendo a conversa toda.

— Está tentando assustar Gael com putaria desenfreada? — perguntei rindo, observando como Eric era absurdamente descarado em dar cima do barman.

Eu não estava reclamando. Meu amigo era assim com todo mundo, mas eu sabia que ele só ia até onde dava pé. Fazia aquele jogo mais por amar implicar e ser tão atrevido.

No entanto, se Gael começasse a demonstrar interesse sexual, ele iria recuar e me avisar, para que eu não pagasse de otário nessa história.

Eric já me protegeu assim uma vez, sabia que faria o mesmo dessa, só que não era o caso...

Quanto mais eu lia, mais eu percebia o quanto Gael tinha um caráter fiel, que eu não fazia ideia ser possível ter.

Mensagem como:

Gael:

Mas eu gostaria que esse tipo de brincadeira mais explícita parasse. 17:28

Ou...

Gael:

Eu não quero passar por isso de novo e não quero que ele passe. 17:34

E mesmo se ele não descobrir, eu não me sinto bem brincando com você assim. 17:35

Fazia meu coração palpitar de um jeito assustadoramente novo.

Pessoas fiéis, desse jeito, existiam? Ou eu era só sortudo demais?

A palpitação perdurou, começando a ficar um pouco dolorosa.

Isso parecia um tipo de teste de fidelidade ou algo assim?

Ainda não parecia certo...

Mesmo assim, não consegui diminuir o sorriso, nem por um segundo, ao pensar em quanto Gael estava tão ligado a mim.

— Vou tirar uma foto sua — a voz de Eric soou, me tirando do meu transe pessoal ao analisar um Gael de personalidade tão linda. — Essa sua cara de idiota é inédita.

— Sabe se ele já chegou? — perguntei, bloqueando o celular, jogando por cima da mesa e ignorando sua implicância.

— Acabou de chegar... — meu amigo disse, olhando para os monitores das câmeras. — Está indo em direção ao vestiário.

Eu mordi meu lábio inferior, segurando um sorriso safado que crescia na minha boca, enquanto olhava para Eric com ansiedade, quase pedindo permissão.

— O vestiário é seu, fique à vontade — sua voz soou séria, mas permissiva e, quase sem me despedir, saí correndo de sua sala.

Peguei Gael no flagra, trocando de roupa, e o empurrei até o box do chuveiro e tranquei nós dois lá dentro. Eu estava incendiado demais, porque Gael, além de estar comigo, me respeitava.

A vida inteira fui ensinado que pessoas traem, são sujas e aproveitam qualquer oportunidade para aliviar suas tensões sexuais, mesmo que estejam em um relacionamento sério. E mesmo que eu e Gael não namorássemos, era claro como água o quanto seu coração já começava a me pertencer, mesmo que o meu já o pertencesse há tanto tempo.

As provocações não pararam naquele box.

Depois que o beijei e fiz sua rigidez vir por mim, o abandonei no vestiário, fui sonso, debochei do quanto ele ficava maluco comigo e me deliciei com todas as reações do seu corpo.

Gael nem disfarçava mais o quanto se entregava a mim, e eu não podia dizer que não gostava disso...

Porque eu amava tanto.

Passei a noite toda trabalhando e pensando em como provocá-lo ainda mais, até que, quando o vi sozinho no bar, encontrei a oportunidade perfeita de fazer Gael estremecer de forma tão arriscada.

Eu havia descoberto, há muito tempo, que tinha tesão por situações perigosas e, mesmo que isso custasse meu emprego, fui levado por uma impulsividade louca, de mostrar ao barman como minha luxúria se acentuava quando eu testava limites.

Tão infantil...

Tão louco por Gael.

Comecei a chupar meu colega de trabalho como fazia todas as vezes, com gosto, saboreando o seu caralho que não tinha timidez alguma em ficar duro na minha língua, muito menos demorava a pulsar por mim.

Quando ouvi a voz de Eric soando no bar, eu ri de forma safada, porque era gostoso demais sentir o nervosismo de Gael, enquanto ele se controlava para não gemer. Eu gostava de deixá-lo louco, porra, eu amava isso.

Eu *amo* tanto Gael.

O resultado dessa minha brincadeira fez o barman me foder com tanta força e com tanta raiva que eu estaria mentindo se dissesse que não senti um leve incômodo físico no dia seguinte, porque senti.

Eu senti, mas não podia me importar com isso, porque, além de gostar da sensação de dor ou de perceber as regiões avermelhadas pelo meu corpo, pelo sexo bruto e agressivo que fez o barman deixar suas marcas, Gael havia dito que estava apaixonado por mim.

E aquilo...

Aquilo sarava qualquer dor física ou emocional que eu pudesse ter. Nada mais importava. Eu chorei quando ele confessou sua paixão. Meu coração tremulou, como se um desfile patriota estivesse marchando dentro do meu corpo, com mil bandas militares.

Era bom demais sentir que eu não era aquilo que meus pais me falavam. Que eu era digno de receber um sentimento tão puro quanto esse que Gael estava sentindo por mim.

E, não parecendo querer parar por aí, Gael continuou me surpreendendo, dia após dia, provendo carinho, cuidado e proteção que eu só tinha recebido dos meus amigos.

Tirando Pablo e Eric, ninguém parecia se importar comigo o suficiente para não querer me ver sofrer, e me defendendo como se eu fosse uma coisa preciosa para si, Gael fez o que eu nunca, sequer, pensei em fazer.

Ele enfrentou a pessoa que me pôs no mundo e, com ajuda de Pablo, a enxotou para fora da boate, naquilo que seria mais um episódio traumático e doloroso na minha vida.

Mas não foi... porque ele estava comigo.

Levando-me à praia, à noite, Gael conversou comigo sobre a tatuagem que eu fiz, escondido daqueles que eu costumava chamar de pais, e achei extremamente fofo da sua parte que se atentasse a esse detalhe meu.

Ninguém, além de Eric e Pablo, que estavam comigo quando eu fiz, sabia o significado da minha tatuagem. Ninguém nunca sequer perguntou.

— A bússola sou eu e as ondas violentas são a minha vida e tudo em volta de mim. Significa que não importa o que aconteça e quanto o mar me atinja, sou eu que tenho que decidir meu caminho — confessei e me senti mais aliviado depois de fazê-lo, mesmo com medo de ele achar tudo muito piegas, pois aquelas marcas eram muito íntimas e significativas para mim.

— A bússola não aponta para o norte... — ele disse, provando para mim que era ainda mais observador do que eu fazia ideia.

— Eu ainda não sei que caminho eu quero seguir, mas vou descobrir — minha voz soou baixa e envergonhada, pois eu não queria admitir que, naquele momento, minha bússola interior apontaria para qualquer direção onde Gael estivesse. — Mas eu poderia facilmente desenhar uma âncora agora...

— Uma âncora? — ele perguntou confuso.

— É, simbolizaria você. A única pessoa capaz de me passar segurança e firmeza no meio desse meu mar agitado.

E era verdade. Eu não me lembrava de alguém me fazer sentir tanta paz quanto aquele barman brabinho fazia, mesmo que ele não fizesse ideia da calmaria que emanava dele.

Mas, destoando daquela calmaria, ele me proporcionou agitação, suor frio, batimentos acelerados e uma alegria que explodiu meu peito quando perguntou se eu queria ser seu namorado.

Mesmo que fosse claro o quanto ele estava inseguro com aquele pedido, provavelmente por achar que eu iria querer uma coisa muito mais glamurosa do que ele podia me dar. Mal sabendo que nunca quis nada além de ter Gael comigo, porque ele não apenas me completava e me era suficiente, como também me transbordava.

— Você não tem a mínima noção, não sei se um dia vai ter — continuei falando baixinho, sussurrando minhas declarações enquanto roçava nossos lábios e o abraçava de forma gostosa, compartilhando ali, do nosso pequeno mundo que não havia espaço para mais ninguém — do quanto eu amo você, Gael. Eu não preciso de presente, nem desse glamour que você se sente culpado por não me dar. Ter você é o que eu sempre quis, meu amor, desde o primeiro dia que eu vi você.

— Isso é um sim? — ele sorriu pequeno, tão fofo.

Acho que nunca...

Não, eu tenho certeza de que nunca fui tão feliz dessa forma.

— É claro que sim, seu lerdo — disse rindo um pouco mais alto, sentindo meu peito explodir de tanto que estava feliz por ter um namorado apaixonado por mim.

Por ser ele... Por ser livre, por ele me escolher de volta.

E em seguida, não só compartilhamos dos nossos beijos, como compartilhamos também de nossas dores, e eu o pedi perdão pela forma horrenda que minha mãe falou e olhou para ele.

Gael se abriu para mim, me permitiu entender o quanto se sentia mal com a forma que eu o olhava antigamente e me presenteou com a oportunidade de esclarecimento, e eu pude confessar a ele que minha cara de medo não era nada além de muita, muita vontade de tê-lo por perto.

E depois de dividirmos tantos sentimentos, nossos corpos gritaram mais do que nossas vozes, com uma necessidade urgente de se unir.

Eu percebi, ele percebeu; precisávamos sair dali.

— Vamos ser presos por atentado ao pudor — disse baixo, mesmo que eu adorasse chamar atenção das pessoas que gostam de ver esse tipo de show.

Eu só não adorava chamar atenção da polícia...

— Não sei se consigo parar... — riu também baixo, safado, dando uma mordida de leve no meu lábio inferior. Cada vez mais confortável em demonstrar para mim o quanto seu corpo reagia ao meu...

— Não precisamos parar. Só precisamos... — falei, me desvencilhando dos seus braços e levantando-me, ainda com o cobertor nas minhas costas, observando-o sentado na manta ao chão.

— Ir para outro lugar — ele completou minha frase, me causando um sorriso no canto dos lábios.

Concordei com sua frase, enquanto ele se levantava e começava a arrumar nossas coisas. Com a manta e o edredom debaixo dos braços, Gael estendeu a mão para mim e, compartilhando do mesmo sorriso que o meu, esperou que eu entrelaçasse os dedos aos seus antes de dizer:

— Vem comigo.

8

VIDERE STELLA

Deixei Gael me guiar até o carro e, depois de guardarmos os cobertores no porta-malas, entramos no veículo.

Quando ele deu partida, repousei a mão na sua coxa, acariciando a região torneada, por cima do tecido de sua calça social do trabalho, enquanto, vez ou outra ele soltava o volante e retribuía o carinho em meus dedos. Numa dessas vezes, levou minha mão até seus lábios e beijou o dorso da minha pele com carinho.

Nós não falávamos muito, os dois pareciam sentir demais para conseguir externar alguma coisa, mas o silêncio era uma coisa confortável ao lado de Gael.

Entretanto, precisei abrir minha boca no momento em que o notei tomar um caminho diferente do que levava à minha casa.

— Amor? — perguntei desconfiado, mas segurando o riso. — Pra onde estamos indo?

Ele pigarreou meio nervoso, daquele jeito fofo.

— Eu estive… — Pigarreou de novo, então acabei rindo baixo. — Procurando alguns lugares pra te levar.

Mordi o lábio inferior, tentando segurar meu sorriso bobo e apaixonado, mas era difícil demais

— Me levar, é? — perguntei implicante, intensificando o carinho na sua coxa.

— É. E eu achei esse lugar… — ele falava, girando o volante para a direita, entrando numa rua bonita e, mesmo estando de noite, conseguia ver todas as árvores e postes enfileirados de forma simétrica e caprichosa — e pensei que agora seria uma boa hora. Meu namorado merece isso.

Eu não mordia mais o lábio inferior, porque o sorriso que eu dei, quando ele me chamou de "namorado" oficialmente pela primeira vez, não foi desses que você consegue controlar, nem fazendo muita força.

— E eu sou muito sovina com o meu dinheiro… — dizia sério, prestando atenção na rua enquanto dirigia e apertando o volante com mais força novamente, daquele jeito que fazia quando estava nervoso. — Mas contigo, sou estranhamente desapegado. Eu não ligo.

Eu gargalhei forte, não consegui me conter.

Já sabia que Gael era mão de vaca, ele transpirava isso, e à medida que fomos ficando mais próximos, fui percebendo, com facilidade, o quanto tinha extrema necessidade de poupar cada moeda, era por isso que qualquer ato de gastar dinheiro, por mais barato que fosse, me deixava feliz.

Antes que eu pudesse responder o quanto achava aquilo fofo, senti o carro perder força, com ele traçando mais uma curva lenta à esquerda, depois direcionar o carro para uma entrada de garagem.

Era um motel, mas não era só isso...

Eu já estive em muitos motéis e, depois que Eric me apresentou o 1305, o lugar mais discreto que eu conheci, nunca mais frequentei outro, então sabia que existiam motéis baratos, aonde você vai só para foder e vai embora; motéis caros aonde você também vai só para foder, mas com certo conforto; e existiam motéis que tinham uma atmosfera diferente.

Motéis que, além de serem bem mais caros do que o normal, eram feitos para casais e prestavam serviços para namorados, noivos e casados, até amantes, de forma muito mais íntima e romântica.

E aquele lugar, com um letreiro dourado imenso escrito "Videre Stella", era um desses.

Eu conhecia a casa, mas nunca estive nela, porque nunca me senti confortável para levar ninguém ali. Na verdade, nunca quis estar ali com ninguém.

Nunca... Até conhecer Gael.

Nervoso como se não soubesse o que fazer, ele estacionou o carro ao lado da janela do recepcionista do motel, mas não abaixou a sua.

Eu sabia que meu amor era demissexual, então imaginava que sua rotina não incluíam visitas diárias a todos os motéis da cidade, o que fazia seu nervosismo e falta de tato, naquele momento, ser compreensível.

Sem rir, nem debochar dele, soltei meu cinto, me apoiei em cima de seu colo e abaixei o vidro ao seu lado, sentindo sua respiração perto demais da minha boca, quando arqueei o corpo na tentativa de falar com o atendente.

Não esperava que Gael apoiasse a mão na minha bunda empinada, dentro do carro, mas ele fez. E eu gostei.

Ele me apertou com certa força. Eu gostei ainda mais.

— Boa noite — o homem falou simpático, então sorri de igual forma. — Em que posso ajudar você?

Olhei para Gael, pois, apesar de querer falar com o homem, não sabia quais eram seus planos. E estava me segurando para não me contorcer na frente do atendente, porque meu namorado não parava de pressionar minha carne.

Eu não sei de onde estava vindo toda aquela audácia...

Mas eu estava gostando tanto.

— O quarto com piscina aquecida — sussurrou para mim, enfiando o polegar no bolso traseiro da minha calça. Sossegou por um segundo.

Eu sorri muito safado e sugestivo, mal me aguentei.

— O quarto com piscina aquecida está disponível, por favor? — perguntei educado, enquanto sentia a mão de Gael agora deslizar para minha cintura e apertar com ainda mais força.

O homem digitou alguma coisa no computador à sua frente, enquanto eu sentia um arrepio pelo meu corpo, e logo virou o rosto para mim novamente.

— Temos o quarto com o teto retrátil e com teto normal.

— Qual a diferença no preço? — Gael perguntou, quase me fazendo rir.

— Com o teto retrátil é o dobro do valor, senhor — o atendente disse ainda simpático, passando a informação de forma calma, mas eu senti quando a respiração de Gael ficou mais rápida e nervosa.

Eu me segurei muito para não gargalhar naquele momento.

Gael iria usar seu dinheiro comigo, mas ele ainda precisava trabalhar um pouco mais seu lado muquirana, sem demonstrar que sentia vontade de chorar por gastar mais do que o previsto.

— Não precisa de teto retrátil, pode deixar que eu vou fazer você ver estrelas de outra forma...

O atendente teve que segurar o riso com o meu comentário, e eu juro que Gael estava com o rosto quente, e eu quase conseguia sentir.

Voltando ao meu assento, sorri com o canto dos lábios enquanto olhava meu namorado voltar a segurar o volante com força, até o recepcionista esticar o braço e entregar uma chave ao barman.

— Quarto 711.

— Obrigado — ele respondeu sério, mas educado, pegando a chave e voltando a dar partida no carro até estacionar, quando chegou à vaga destinada.

Diferente do 1305, esse lugar lembrava um hotel de luxo, com a diferença de ser mais reservado e bem menos frequentado.

Além do carro de Gael, só havia mais dois ou três veículos naquele pequeno corredor de vagas que tinham acesso aos quartos, então era notável que, como eu já fazia ideia, o lugar não estava abarrotado.

Até porque só ia ali quem tinha dinheiro e disposição para gastar tanto apenas para fazer sexo.

— Nós ainda podemos desistir, não precisa gastar essa grana toda — disse segurando o riso, antes de sair do carro, observando Gael desligar o veículo e soltar o próprio cinto.

— Para com isso, Dimitri — reclamou, revirando os olhos, depois abriu a porta ao seu lado. — Prometo que, daqui a dez minutos, eu vou ter voltado ao normal e vou me esquecer de que estou gastando dinheiro.

Voltei a me inclinar em cima do seu corpo e, com a mão livre, que não estava apoiada em sua coxa, segurei seu rosto, o beijando devagar e soltando uma risada baixa.

— Daqui a dez minutos, você vai ter se esquecido até de seu nome...

Rindo de mim, como quem estava se acostumando com o meu jeito completamente descarado, Gael me deu outro beijo e, no momento seguinte, estávamos fora do carro, andando em direção à porta bege-clara, que dava acesso ao nosso quarto.

Quando entramos, percebi que era o quarto que eu já tinha em mente, por causa do perfil conhecido nas redes sociais, mas nenhuma foto já vista se igualava ao interior do lugar.

Iluminado, o quarto era todo composto por uma decoração completamente diferente das coisas que eu costumava ver no meu dia a dia.

Eu estava acostumado com copos sujos, clientes chatos, ambiente escuro e cheio de luzes de neon e, claro, meu apartamento minúsculo, desprovido de qualquer traço de ornamentação. Apenas minhas caixas de papelão, colchões no chão e minha bagunça.

Aquilo ali, na minha frente, parecia um conto de fadas.

Que eu ia conseguir transformar num filme pornô.

— Caralho — Gael falou assustado, chegando ao meu lado e olhando para o quarto provavelmente muito mais bonito do que ele imaginava.

— É bem bonito, não é? — respondi, sorrindo sutil, vendo-o andar pelo local e admirar as cortinas brancas envoltas numa fita de cetim dourado, tal qual o restante do quarto.

Era tudo muito branco e tudo muito adornado de dourado, em todos os lugares.

Sabia que nada ali era de ouro e, bem provavelmente, era tudo réplica de algum lugar muito importante na história, ainda assim, não deixava de impressionar.

— Você já veio aqui? — ele perguntou e seu tom soou mais magoado do que eu gostaria de ouvir.

— Não, meu amor... — disse, me aproximando dele, pegando sua mão direita e levando até minha boca, beijando-a devagar. — Sempre quis, mas nunca tive vontade de trazer ninguém em especial.

— Já quis me chamar pra cá? — ele perguntou quase infantil, provavelmente se sentindo inseguro novamente.

— Já, mas você tinha me dito que preferia minha casa ao motel, então fiquei com medo de soar idiota... — Ri baixo, fazendo-o rir também.

— Independente do que eu tenha dito, alguma vez, sobre qualquer coisa... — Gael começou, chegando o rosto perto do meu e me dando um beijo calmo —, sempre que você sentir vontade de fazer alguma coisa, pode me dizer.

— Isso, vamos evoluir nosso diálogo, agora que somos *namorados* — eu disse, dando uma ênfase irritante à palavra "namorados", fazendo-o rir mais uma vez. — Sabia que nós somos namorados, El?

— Sabia, fui eu quem pediu você em namoro, meu anjo... — respondeu, não caindo na minha implicância, o que me fez fingir ofendido e depois sair da sua frente, indo explorar o quarto, enquanto sentia minha pele se arrepiando por ter sido chamado de "meu anjo" mais uma vez.

Que sensação gostosa!

Terminando de ver toda a decoração e achando uma delícia ter um espelho imenso no teto, para poder assistir a tudo que eu e Gael faríamos na cama, dei poucos passos até uma porta de vidro fumê, na lateral do quarto. Empurrando a maçaneta de bastão cromado, a única coisa que destoava do estilo clássico, eu avistei alguns degraus que davam acesso a um *deck*.

Percebendo que Gael ainda observava o quarto, babando como criança por, provavelmente, não estar acostumado com lugares assim, subi os degraus e dei de cara com uma piscina retangular bonita, toda adornada de mármore branco, até mesmo no seu interior, e luzes que faziam dela um show à parte.

— Será que vai cozinhar a gente dentro? — Gael perguntou, aparecendo do meu lado mais uma vez, segurando uma garrafa de vinho e duas taças, que devia ter pegado no frigobar.

A sua pergunta se dava pela temperatura elevada da piscina que, graças ao clima ligeiramente frio, fazia com que um leve vapor surgisse na superfície da água.

— Acho pouco provável... — respondi, rindo sutil, pegando as taças de sua mão e as segurando enquanto ele abria a garrafa e começava a despejar o líquido rubro.

Gael sabia que eu gostava de vinho e sabia também como eu ficava todo molinho e ainda mais manhoso quando bebia um pouco.

Também sabia que eu demorava a gozar sempre que bebia...

Era gostoso ver o quanto ele já me analisava e começava a decorar todas as minhas manias e gostos.

Depois que o barman colocou a garrafa no aparador alto, próximo à piscina, nós bebemos juntos por um tempo, nos beijamos, sentimos o vapor da piscina fazer carinho na altura dos nossos calcanhares.

Queríamos transar, mas também queríamos aquilo: desfrutar um do outro de forma gentil e calma.

Findando o vinho, senti um leve calor tomar conta do meu peito, não para me deixar bêbado, mas, sim, mais solto, se é que eu precisava ficar assim. Coloquei minha taça no aparador e beijei Gael, dizendo que iria entrar para pegar os roupões.

Querendo entrar na água o quanto antes, já que estava tão convidativa, entrei correndo no quarto como criança, procurando as embalagens com roupões embalados à vácuo que estavam no banheiro.

Tirando-os dos sacos, senti um cheiro gostoso de amaciante caro mesclado ao aroma leve de secadora de roupas potente, que fazia o tecido atoalhado estar quase quente.

Ainda dentro do quarto, com o controle remoto geral do andar, diminuí todas as luzes do *deck*, mantendo apenas as da piscina acesas, depois liguei o som da parte exterior, conectando ao meu celular e colocando uma das minhas playlists favoritas.

A playlist de transar com Gael.

Aproveitando a pequena escapada, peguei o frasco do lubrificante que mantinha em minha mochila. Toda hora era hora de fazer amor com Gael, e eu odiava a ideia de não estar prevenido, caso acontecesse.

Quando voltei ao deck, a fim de colocar os roupões nas cadeiras de canto e empurrar o rabanete na água, paralisei por um momento, com a imagem à minha frente.

Gael havia tirado toda sua roupa, dobrado meticulosamente e colocado em cima da mesa, em que eu também colocaria os roupões. Ele entrou na piscina.

Seu corpo estava de costas para mim, seus braços estavam perfeitamente esticados e apoiados na beirada da piscina, e ele tombava a cabeça ligeiramente para trás, respirando fundo e relaxando na água quente, enquanto não percebia que eu estava ali.

Eu já havia visto Gael nu várias vezes. Dessa vez, só conseguia ver a extensão de seus braços, ombros e nuca, mas tinha algo de muito gostoso em observá-lo relaxar daquela forma.

Silenciosamente e sentindo um tesão que arrepiava meu corpo, coloquei os roupões em cima da mesa, tirei minha roupa, mantendo apenas minha cueca boxer preta, e andei até a piscina, sem que Gael notasse, pelo som da música que camuflava minhas ações.

Colocando o pequeno frasco de lubrificante no chão, ao meu lado, ajoelhei atrás dele e, como se esperasse por isso, Gael apenas inclinou a cabeça para trás levemente, quando me sentiu tocando em seus ombros e massageando-os devagar.

— Desculpa por não ter esperado você — ele disse calmo, tirando os braços da beira da piscina e virando o corpo na água, para poder olhar para mim.

— Eu gostei de você já ter entrado — falei, deslizando os pés para dentro, me sentando na beirada de mármore gelado, que destoava da água quente que meus joelhos tocavam —, mas achei que ia me pagar um jantar antes.

— Logo você quer perder tempo comendo? — ele perguntou, uma das raras vezes que implicou comigo.

Não contive uma risada baixa e assenti com a cabeça, inclinando o rosto para o lado, de forma apaixonada, o admirando por um segundo enquanto concordava com sua fala, da qual eu não via fuga.

Retribuindo ao meu sorriso, de um jeito gostoso que tanto me desmontava, Gael se aproximou devagar, fazendo a água da piscina balançar muito sutilmente, até pousar as mãos molhadas por cima de meu joelho.

Ali, ele começou a me acariciar, arrastando os dedos até minha coxa, e me apertou com força moderada, fazendo com que eu deslizasse a bunda um pouco mais para a beira da piscina, à medida que seu corpo ia se encaixando entre as minhas pernas.

Em matéria de autocontrole, quando se tratava de Gael, eu perdia, antes mesmo de começar qualquer tipo de teste, porque bastou aquele toque lento nas minhas coxas, para que eu entrelaçasse as panturrilhas no seu tronco, com água até a altura das costelas, e o puxasse para mim.

— Eu entrei logo... — ele começou o que parecia uma confissão, quando inclinei meu corpo para frente, roçando os lábios nos seus devagar, mas ainda sem beijá-lo, enquanto sentia suas mãos continuarem a apertar minhas coxas e subirem, em direção ao tecido da minha boxer —, porque eu não conseguia parar de imaginar...

— A gente fodendo dentro da piscina? — perguntei baixo, concluindo seu raciocínio, quando o notei travar antes de continuar falando.

Gael assentiu, fechando os olhos e aproximando o rosto do meu um pouco mais, clamando por um beijo que eu estava louco para entregar.

— Então, nós vamos foder na piscina — disse, selando nossos lábios devagar e virando a cabeça sutilmente para a direita, enquanto intensificava aquele beijo de início calmo e voltava a me distanciar minimamente de Gael, para continuar sussurrando em seus lábios: — E vamos foder em qualquer canto desse quarto que você queira — as palavras sujas sempre saíam com mais facilidade de mim do que dele.

Eu não podia dizer que eu não gostava da sua forma de se expressar verbalmente, por vezes quase quieto, sério e até retraído. Já suas mãos, que se enfiavam no elástico da minha cueca e gritavam urgência para me desvencilhar daquele tecido, escancaravam algo muito contrário à timidez.

Ajudando-o, movi meus joelhos devagar, deixando que ele tirasse minha boxer, com aquele seu jeito cuidadoso que eu me descobri tão dependente. Depois de retirar minha cueca e a depositar na beira da piscina com calma, abri minhas pernas de forma totalmente maliciosa e percebi Gael lançar o olhar abrupto à minha rigidez.

Ele não se preocupava mais em disfarçar o quanto queria e gostava de me chupar...

Prática totalmente recíproca da minha parte, e ele sabia bem disso, ainda mais depois do show particular que eu proporcionei a ele, debaixo do balcão do bar.

— Não tem vinho para derramar agora... — disse baixo, olhando para o meu namorado, que não desviava o olhar do meu caralho.

Ele sorriu com o canto dos lábios, soltou uma risada nasal baixa e levou os dedos, quentes e úmidos, pela temperatura alta da piscina, até o meu cacete, onde começou a me masturbar devagar.

— O gosto da sua pele é melhor do que qualquer vinho, Dimitri.

Antes que eu pudesse reagir à sua frase, Gael levou os lábios macios ao meu pau e começou a me chupar devagar, primeiro dando atenção à glande inchada, já derramando pré-gozo na língua que esfregava em mim.

Enfiei os dedos nos seus cabelos e segurei seus fios com certa força enquanto ditava o ritmo que ele sabia que eu gostava de ser chupado.

Rápido, fodendo aquela boca tão gostosa em mim.

Joguei a cabeça para trás, fechei os olhos, comprimindo-os, enquanto deixava gemidos arrastados saírem de minha boca ao sentir a sucção se intensificar na minha pele.

Eu era suspeito para falar, porque amava Gael com todas as células fracas do meu corpo, mas sabia que ninguém nunca tinha me chupado daquela forma, nunca foi tão gostoso.

Sua cabeça se ondulava devagar e, quando me viu mais sensível, gemendo mais fraco por quase perder as forças, segurou meu pau pela base, arrastou a língua até minhas bolas e me chupou devagar, saboreando a pele fina e quente, me levando ao delírio.

— El... — gemia manhoso. — Você me chupa tão gostoso, meu amor. — Respirei fundo, sentindo-o brincar com a língua numa região tão sensível.

Sentia todas as minhas terminações nervosas vibrarem, mas não era só isso. Gael estava ainda mais ousado naquela hora. Descendo a língua mais ainda, enquanto enfiava os braços na dobra por baixo dos meus joelhos, meu namorado fez a inclinação do meu quadril se acentuar, me deixando eroticamente aberto, para que ele fizesse tudo que tivesse vontade.

Gael começou a me foder com a língua. Chupava, soltava e mordia minha carne cheia, depois voltava a enfiar a língua em mim, fazendo minha pele vibrar ao sentir seu músculo quente ondular no meu interior, tão gostoso, deliciando-se tanto com o prazer que me dava.

— Agora, os dedos, meu amor — praticamente ordenei, quando percebi que estava ficando ansioso para ser fodido e nunca, jamais, conseguia me controlar quando começava a chegar ao meu limite. — Deixa seu namorado pronto pra ser fodido por você... — Eu ergui o braço, peguei o lubrificante e entreguei em suas mãos.

Como se minhas palavras fossem combustível para que ele ficasse ainda mais gostoso, Gael travou a mandíbula, pegou o frasco e derramou nos dedos, em dois deles, começando a me foder devagarinho, e não parava de me olhar.

Enterrava os dedos em mim com uma das mãos, enquanto a outra apertava minha cintura, e nosso contato visual não se quebrava.

Ele franzia o cenho, olhava-me sério, socava seus dedos no meu interior, e eu me esforçava demais para não fechar os olhos, porque, puta que pariu!

Que visão deliciosa era ver Gael tão concentrado em enfiar os dedos em mim, em me dar prazer.

— Me fode. Agora, Gael... — ordenei.

Entendendo instantaneamente o que eu queria, meu namorado me puxou devagar, para que eu entrasse na piscina com cuidado, então senti meu corpo todo estremecer ao ser engolido pela água muito mais quente do que meus pés percebiam.

Não me fazia mal, nem me queimava. Porra, eu gostava demais daquilo.

Sem dificuldades, cruzei as pernas no seu quadril, e ele me empurrou no mármore, me pressionando contra a pedra branca enquanto eu, também, enlaçava seu pescoço, buscando por mais apoio.

Colando a testa à minha, e me apertando na beira da piscina, com o seu próprio corpo grande e torneado, Gael usava uma das mãos para segurar meu rosto com força e me fazer olhá-lo, enquanto a outra ia até seu membro rígido, segurando-o pela base e o encaixando na minha entrada.

Ele começou a enfiar devagar, sem tirar os olhos dos meus. Centímetro a centímetro, capturava todas as minhas reações trêmulas quando me penetrava e não queria perder, nem por um segundo, as confissões de prazer que meu rosto lhe entregava.

Com as testas unidas, eu choramingava de tesão, sentindo seu quadril ganhar intensidade, ganhar força e investir em mim ainda mais forte. A água quente da piscina começava a balançar com a violência do quanto expressávamos nossa paixão.

Gael socava dentro de mim tantas e tantas vezes que meu gemido saía entrecortado, deliciosamente arfado em seu ouvido, enquanto ainda me segurava em si e abraçava seu corpo com o meu.

— Gosta de foder seu namorado desse jeito, meu amor? — perguntei, provocando-o, enquanto ele repousava a testa no meu ombro, segurando o mármore branco com força, mas sem deixar de apertar meu quadril com tanta violência, que eu sabia que ficariam marcas sobre minha pele pálida.

Ele só continuava me fodendo, então segurei seu rosto sem sutileza alguma, e apertei sua mandíbula tão travada, o fazendo olhar para mim, com aquela cara de putinho porque estava socando seu caralho em mim e se controlando para não gozar.

— Responde, Gael — pedi baixo e dei uma mordida no seu lábio inferior, puxando-o com brutalidade o suficiente para arrancar um gemido do barman.

— Gosto... — Ele estocou fundo de uma vez só. — Gosto quando você me fode... — Mais uma estocada, e meu corpo todo tremia. — Gosto dessa cara que você faz... — Ele enfiou mais uma vez, com ainda mais força. Eu o apertei com brutalidade, gemendo arrastado. — Quando eu te fodo tão fundo, Dimitri.

E sua luxúria era a minha perdição.

Escancarava tudo em mim, muito além do sexo em si.

Abria meu coração, no meio de um ato que poderia ser simples sexo.

Mas *nunca* foi apenas isso para mim.

— Porra, El... Eu te amo tanto... — não aguentei e confessei novamente meu amor, inundado por uma explosão que aquecia meu corpo inteiro de dentro para fora, enquanto ele continuava a me penetrar com força. — Tanto, meu amor... — Puxei seu rosto e colei os lábios aos seus, num beijo que não o deixava falar mais nada, porque não precisava.

Todos os meus poros ansiavam pelo dia em que eu ouviria Gael dizer, livremente, o quanto me amava de volta, mas enquanto isso não acontecia, ficava feliz em poder me declarar ali, no meio daquela nossa foda tão bruta e tão intensa.

Tão cheia de carinhos e sentimentos que Gael já sentia por mim em níveis tão elevados que faziam todo o seu corpo me desejar em profunda diligência.

Enquanto nossas línguas massageavam uma à outra, e eu sentia seu gosto inundar meus lábios, meu namorado gemeu rouco e arrastado entre o nosso beijo, enquanto gozava e diminuía o ritmo das estocadas aos poucos, sentindo o corpo inteiro se desmanchar.

Ele repousava a testa no meu ombro mais uma vez, com a respiração rápida e pesada, evidenciando o quanto nossos esforços brutos e intensos, até um de nós gozar, sempre nos deixavam tão cansados.

Mas não parecia ser o suficiente para ele parar, pois tinha noção que apenas ele tinha chegado lá.

— Vem... — Gael falou baixo e quase rouco, me dando um beijo leve nos lábios. — Deixa eu ser bom pra você, como você é pra mim.

— O que você quer fazer? — perguntei manhoso, abraçando sua nuca com mais força e intensificando o beijo que ele queria que fosse leve, mas que mal consegui acompanhar seu ritmo, agora mais calmo depois de gozar.

Eu ainda explodia em tesão, num ponto que meu pau pulsava dolorosamente.

— Quero te dar um banho, meu anjo... — Gael disse uma frase tão pequena, mas com o poder de me arrepiar inteiro, pelo tamanho do cuidado que havia em suas palavras. — Tirar esse cheiro forte de cloro desse caldeirão aqui... — ele falava rindo baixo, depois que conseguimos diminuir um pouco o ritmo afoito dos beijos. — Cuidar do seu corpo, acariciar sua pele...

— Me masturbar bem gostoso... — falei baixo e safado, sorrindo malicioso. — Até eu gozar.

Ele soltou uma risada nasal baixa, parecendo estar cada vez mais acostumado com minha safadeza, em momentos como esse, mas ainda levemente surpreso.

— Melhor do que isso...

Como eu amava quando Gael entendia que ele podia ser safado comigo, porque eu gostava disso. Gostava dos breves momentos de atitude que ele tinha, quando se permitia estar confortável comigo.

E ele era assim...

Parecia que quanto mais confiava em mim, mais confortável ficava para abrir portas que estavam trancadas há anos.

Depois de me beijar mais uma vez, saiu da piscina, me ajudando a sair também, então andamos cautelosamente em direção ao banheiro do quarto.

Nosso banho não durou mais do que cinco minutos, e nossos corpos permaneceram nus. Tiramos apenas o excesso de água, antes de Gael entrelaçar nossos dedos e me puxar para a cama.

Naquele momento, eu entendi o que ele queria dizer com "melhor do que isso".

Gael, bem mais alto do que eu, mostrava que não havia problema algum em subir no meu quadril, jorrar lubrificante no meu caralho que suplicava por qualquer tipo de contato e, depois, sentar devagar, lentamente se fodendo em mim até eu chorar de prazer.

Sua entrada se comprimia no meu cacete, suas mãos grandes e fortes seguravam minha cintura com tanta brutalidade e, quando percebeu que eu estava chegando lá, Gael permitiu que nos virássemos na cama, e me deixou ir por cima dele.

Ele me deixou fodê-lo no meu ritmo, até encontrar meu ápice, até eu jorrar inteiro.

Jorrar também o meu amor, porque era difícil demais mantê-lo preso aos meus lábios, quando meu corpo todo tremia em um sentimento que ia muito além do orgasmo que eu sentia naquele momento.

Eu achava que poderia morrer de tanto amor que sentia.

E meu coração se apertou ainda mais com as palavras seguintes:

— Obrigado por me amar, meu anjo... — ele disse baixo, em gemidos arrastados e gostosos, me beijando entre suas declarações que causavam combustão no meu peito. — Obrigado por insistir em mim. Obrigado...

Soquei mais uma vez em Gael, forte e fundo, enlouquecido por cada declaração sua.

— Obrigado por aceitar ser meu.

E, enquanto eu continuava os movimentos leves, prontos para parar de vez, mesmo sem quebrar nosso contato visual, Gael me fez chorar mais uma vez.

Não só de tesão, mas de amor.

Eu chorava por amá-lo, por ver, aos poucos, seu coração ganhando a confiança e a força para me amar de volta.

Eu não sabia...

Mas, naquela hora, naquele exato segundo, Gael já me amava de volta.

Ele já me amava de volta, mas ainda não sabia lidar, muito menos entendia o que sentia e ainda estava absorto em suas dúvidas, medos e dificuldades de se entregar a alguém daquela forma novamente. Entretanto, sua demora em se declarar a mim não importava, porque ele me era suficiente, mesmo que ainda não tivesse coragem de externar sua reciprocidade.

Sem precisar de mais palavras naquele momento, apenas enlacei seu pescoço e o abracei. Em seguida, enquanto nossos corpos cansados ficavam parados, nossos lábios incansáveis se encontravam, compartilhando de um beijo em meio a risadas por sermos tão recíprocos no prazer.

E entre esses beijos meigos, risadas abafadas e carícias suaves, nós nos levantamos e passamos mais cinco minutos no chuveiro, limpando um o corpo do outro.

— Ainda bem que a conta de água não é minha... — Gael brincou, me arrancando uma gargalhada alta que ecoou pelo cômodo, enquanto lavava minhas costas pela segunda vez.

Não tinha necessidade, mas eu deixava porque amava tanto seu cuidado.

Quando voltamos ao quarto, Gael se adiantou em pegar os roupões, desdobrar e colocar no meu corpo, depois fez o mesmo consigo. Deitou-se na cama e, antes mesmo que pudesse me pedir para me deitar com ele, arrastei os joelhos no colchão e repousei a cabeça em seu peito, sentindo meu coração bater acelerado e todo meu corpo pulsar em cansaço.

Era um cansaço gostoso, desses que eu queria sentir todo dia, pois significaria que eu trepava diariamente com meu namorado.

— Está com fome? — perguntou calmo, enquanto passava os dedos pelo meu cabelo úmido.

— Estou — confessei, rindo baixo. — Bastante, na verdade.

Beijando minha testa, Gael se virou em direção ao telefone que havia do lado da cama e esticou o braço, pegando o aparelho e discando o número da recepção. Não demorou a fazer o pedido e voltar a me abraçar, aguardando nossa comida chegar ao quarto.

Enquanto isso não acontecia, ficamos conversando baixinho, trocando declarações e nos amando em beijos calmos, *quase* castos, porque seria mentira dizer que meu corpo não reagia até aos selares mais meigos de Gael.

Quando o jantar chegou, o barman levantou-se e me fez rir quando fechou o roupão com tanta força que achei que ele iria cortar a própria circulação sanguínea. Quando voltou, não deixou que eu arrumasse nada.

Ele mesmo colocou a mesa, as porções, arrumou os pratos e talheres, depois os copos e, antes mesmo que eu pudesse me levantar da cama, nos serviu. Andando devagar até mim, Gael segurou minha mão, me ajudou a levantar-me e, depois, embalados pelo som da música baixa e leve que tocava, dançou comigo.

Eu ri, sem graça demais pela sua breguice, mas apaixonado demais pelo mesmo motivo...

Arrastando os pés em direção à pequena mesa para duas pessoas, nós nos sentamos e começamos a comer. Eu desfrutava da agradável surpresa de experimentar uma refeição que o gosto estava infinitamente melhor do que o cheiro já tão agradável.

— Como você está se sentindo agora? — perguntou preocupado um tempo depois, quando estávamos na metade da comida.

— Em relação a quê? — calmo, rebati a pergunta, não sabendo exatamente o que ele queria saber.

— Ao que aconteceu na boate... — explicou, e eu notei um pouco de culpa na sua voz, por tocar num assunto que ele sabia ser delicado.

Porém, Gael parecia precisar ter certeza de que eu estava bem.

E, graças a ele, eu nunca me senti melhor.

— Eu estou bem, amor... — Lancei-lhe um sorriso carinhoso, soltando meu garfo e levando a mão até a sua, acariciando sua pele com meu polegar. — Estava com medo, me sentia sozinho — comecei um claro desabafo das sensações ruins que me estrangulavam nos últimos meses —, mas agora eu não me sinto mais assim, porque eu tenho alguém pra lutar por mim, toda vez que eu preciso ser salvo.

Ele sorriu daquele jeito gostoso e bonito que me fazia amá-lo cada vez mais, depois entrelaçou os dedos aos meus, sem tirar os olhos de mim.

— Eu sempre vou estar aqui pra te salvar.

Meu sorriso se espalhou pelo meu rosto, quase me fazendo fechar os olhos para sempre; eu mal conseguia disfarçar a felicidade que era ter Gael na minha vida.

Sem paciência para terminar o jantar, me levantei, sentei no seu colo e selei seus lábios, com ele rindo por eu não me segurar nem mesmo enquanto comíamos.

Mesmo que Gael reclamasse muito, peguei o garfo e comecei a dar comida na sua boca, ainda sentado em seu colo, mas ele, depois de me xingar e dizer que não era criança, acabou cedendo e gostou demais de ser mimado por mim.

Nós quase gargalhamos novamente durante a refeição, brincando e dividindo momentos que ninguém nunca saberia que passamos, pois pertenciam somente a nós dois.

Quando terminamos de comer, a exaustão tomou conta de nossos corpos com mais força do que planejamos e, após solicitar cobertores na recepção, dormimos naquele quarto, lembrando que o mundo continuaria girando apenas no dia seguinte, quando nosso trabalho voltaria a se fazer presente e real.

Dar de cara com nossa rotina era, também, encarar as piadas de Pablo, que sabia que eu era a fim de Gael há tanto tempo quanto Eric.

— Quero ver vocês fodendo — meu amigo e dono da boate disse, quando mentiu sobre solicitar minha presença em sua sala, numa das minhas noites de trabalho.

Quando cheguei lá, Pablo e Eric riam como dois implicantes, sem se preocuparem em soltar suas putarias desenfreadas sobre o meu namorado.

— Pablo, aconselho você a fazer cabines para voyeur e criar uma noite apenas para praticantes de BDSM nesta boate. Você vai conseguir ver várias e várias fodas.

— Você, eu sei que fode bem... — ele começou, me fazendo segurar o riso e revirar os olhos.

Pablo não parecia se importar em comentar que nós já havíamos transado anos atrás. Eric também segurava o riso, mas apenas continuava bebendo o conhaque e afirmava com a cabeça.

Dois filhos da puta.

Retiro o que eu disse...

Gosto das mães deles.

— Mas ele... — Ele mordeu os lábios, fechando os olhos e não se importando em demonstrar que estava pensando em todo tipo de putaria, naquela mente depravada. — Ele é tão sério, tão fechado. Incógnitas me deixam com tesão.

— Pablo, você é casado! — disse, pegando uma pasta preta da mesa e dando uma porrada estalada no seu braço com o objeto.

— Vicenzo ia foder Pablo enquanto ele olha pra vocês dois — Eric comentou, o que me fez rir de novo e dar meia-volta, saindo da sala e fingindo que não percebi Pablo concordando.

— Vou terminar meu trabalho, não tenho o dinheiro de vocês pra gastar tempo falando putaria...

— Vai lá, santinho — Eric disse implicando.

Eu deixei a sala rindo, porque aquilo era inédito.

Eu, Eric e Pablo éramos o típico trio que passava horas e horas falando putaria sobre qualquer pessoa ou sobre nossas próprias experiências, mas nada falado entre nós saía dali.

Nada saía do nosso pequeno círculo de confiança e era assim desde que nos conhecemos. A novidade era, justamente, não conseguir falar sobre sexo com eles.

Estar tão apaixonado a ponto de me sentir tímido.

Incluindo, também, o fato de eu não conseguir expor minha vida sexual com Gael em detalhes sórdidos e profundos, porque sabia que ele não se sentiria confortável com isso, então evitava.

E, me surpreendendo com esse respeito que crescia, junto à nossa relação cada vez mais séria e mais íntima, Gael me chamou para almoçar com seu pai e sua nova madrasta, num almoço que também me surpreendeu tanto quanto o pedido para que eu comparecesse à sua casa.

Surpreendeu-me porque o pai de Gael gostou de mim.

Eu achava que iria morrer sem que pessoas mais velhas, como Augusto e Marina, pudessem demonstrar algum tipo de carinho por mim, mas eles gostaram, e aquilo significava mais do que meu namorado podia entender naquele momento.

O almoço foi leve, engraçado da parte de Daniel, filho de Marina, que ficava fazendo perguntas estranhas o tempo todo, mas que não me ofendiam, nem a Gael, ainda assim, aquela refeição foi boa o suficiente para consertar alguns dos milhares de pedaços quebrados do meu coração, tão machucado por experiências familiares ruins.

Seguindo a linha das surpresas, me surpreendi com Gael se abrindo para mim quanto à sua mãe e me contando o que houve com a pessoa de quem ele fazia tanto mistério.

Então, descobri que o mistério, na verdade, tinha nome: *dor*.

E, depois de abrir o peito e derramar sinceridade, meu namorado me permitiu embalá-lo com palavras verdadeiras, que eu esperava que o confortassem e mostrassem que ele nunca teve culpa de nada daquilo.

Após irmos ao seu quarto, achando que íamos descansar, Gael continuou me surpreendendo ao me contar que recebeu uma proposta de trabalho para ir embora do país, mas que não iria por minha causa, o que foi o estopim para que fizéssemos amor de novo, pois eu me encontrava incendiado.

Aquela declaração de Gael, provando, de uma vez por todas, que ele estava abrindo mão de coisas importantes, para ser realmente a minha âncora, foi o que eu precisava para ter a força de tomar a decisão mais difícil de toda a minha vida.

Uma decisão que não podia mais ser adiada...

1985
1985
1985

9

DESENHO

Depois que obtive a informação de que Gael desenhava, posso dizer que me tornei quase obcecado por isso.

O que eu não podia dizer era que esse fato me surpreendeu, afinal ele sempre foi bom com as mãos...

Eu sabia disso por vê-lo manusear coqueteleiras e garrafas de vidro no bar.

Eu sabia disso, porque ele era bom ao me dar carinho.

Eu sabia disso, porque ele me masturbava tão bem...

Mas foi uma surpresa agradável descobrir todos os seus desenhos e o quanto ele era cirúrgico com lápis e pincéis.

E havia algo que eu estava *louco* para pedir.

Após o seu banho, porque chegamos juntos do trabalho, fui ao banheiro e lavei meu corpo, com cuidado e carinho, me dando o prazer de preparar minha pele para o que viria a seguir.

Hidratantes nunca fizeram parte da minha rotina, mas eu tinha em casa, porque nunca sabia quando iria precisar. Esse, que eu usava, tinha um cheiro suave de chocolate e agradecia aos céus por não ser enjoativo, senão nem eu mesmo aguentaria.

Saí do banheiro, encontrei Gael ainda acordado, sentado de pernas cruzadas no colchão, olhando mensagens em seu celular. Esperava que ele não estivesse falando com quem passava pela minha cabeça.

Tentei não pensar nisso, respirei fundo e me sentei atrás do seu corpo, abraçando seu tronco e aproximando o rosto nas suas costas, o beijando devagar.

— Que cheiro bom! — disse baixinho. No mesmo momento, ouvi o som do celular sendo bloqueado e o aparelho sendo jogado no colchão.

Eu sorri satisfeito.

Era gostoso perceber o quanto Gael largava tudo para ficar comigo.

— Fiquei com medo de ser enjoativo pra você... — retribuí seu tom baixo, passando os lábios pelas suas costas e continuando a depositar selares gentis.

— Só me deixou com mais tesão... — ele confessou, entrelaçando os dedos aos meus, que acariciavam sua barriga.

— Vou tomar banho de hidratante a partir de hoje.

Gael soltou uma risada gostosa, me fazendo rir também, enquanto não parava de beijar suas costas.

— Quero te pedir uma coisa... — sussurrei, dando um último beijo lento nas suas costas e afastando o rosto devagar.

Em seguida, cheguei o corpo para trás, encostando-me à parede e, cruzando as pernas, deixei minha toalha pender sobre minhas coxas. Gael estranhou meu afastamento e virou o corpo sobre o colchão, me encarando.

— O que você quer? — perguntou desconfiado.

— *Quero que me desenhe como uma de suas garotas francesas.*

Meu namorado soltou uma risada incrédula, quase acusatória.

— Você já viu *Titanic*, Dimitri? — perguntou, franzindo o cenho.

Ele jogou verde.

— Quem não viu *Titanic* tem desvio de caráter, Gael.

Eu desviei completamente.

Com a voz melodiosa, respondi enquanto sorria com o canto dos lábios, parecendo absolutamente seguro de mim, mas, por dentro, eu estava trêmulo, porque sabia que aquilo era uma manobra arriscada.

Mas eu não consegui resistir àquela específica frase...

— Certo... — Riu.

Enquanto isso, eu enfiava os dedos pelos fios de cabelo e os jogava para trás. Ia penteando de qualquer jeito, sem tirar os olhos do barman que, igualmente hipnotizado, também não desviava o olhar de mim.

— Eu desenho você — concluiu.

Não consegui conter o sorriso.

Imenso. Eu ria como criança.

— Mas...

Meu sorriso quase se desfez.

— Não tenho papéis. Não tenho lápis, borracha, não tenho nada aqui.

O sorriso voltou.

Animado, como o perfeito estrategista que sempre fui, levantei-me da cama, indo em direção a uma das caixas que estava no chão. Nesse processo, minha toalha, antes amarrada no quadril, caiu no chão, revelando todo meu corpo nu.

E Gael só faltou babar.

— Se tirar uma foto vai durar mais. — Brinquei com o fato de que meu namorado admirava meu corpo, sem se envergonhar nem por um segundo. Ele gostava do que via, ele gostava de se hipnotizar.

Ele soltou uma risada baixa, depois mordeu o lábio inferior, enquanto olhava para mim, e eu o encarei por um segundo, porque ainda procurava coisas na caixa.

— Não preciso de fotos. Eu tenho você o tempo inteiro. Sempre vou ter.

Senti meu corpo arrepiar levemente com a declaração abrupta de Gael.

Então, achei o que queria.

Um caderno de desenho A4 e um estojo de alumínio grande, com todas as coisas que eu julguei necessárias para um desenho básico. Dei uma pesquisada na internet antes de comprar e esperava que não houvesse nada inútil ali, então entreguei tudo em sua mão.

— Comprei pra você.

Gael soltou uma risada leve, de quem não acredita que está ganhando "material escolar", então pegou o estojo, caderno e, ao mesmo tempo, segurou meu braço, numa tentativa tímida de fazer com que eu me sentasse em seu colo.

Eu me sentei, então ele deixou os objetos, que ganhou, repousarem sobre minha coxa, enquanto enfiava a mão na minha nuca com carinho e, por um momento, ao me beijar devagar, achei que ele tinha desprezado os presentes.

— Obrigado. — Ele provou que eu estava enganado quando agradeceu entre nossos lábios, sorrindo como um bobo.

Eu também sorria como um bobo, igualzinho a ele, enquanto passava os braços em volta de seus ombros, num abraço gostoso e aninhado.

— Eu estou pelado no seu colo — pontuei o óbvio, enquanto trocamos beijos calmos. — Não tenho mais certeza — comecei a rebolar devagar, sentindo a respiração de Gael falhar — se quero que você me desenhe agora.

Meu namorado soltou uma risada abafada, balançando a cabeça negativamente e, depois de me dar mais um beijo, olhou diretamente em meus olhos.

— É agora ou nunca, Dimitri.

— Então, agora, né? — Estalei a língua fingindo chateação, fazendo Gael rir ainda mais.

Sem sair do seu colo, observei o barman pegar o estojo e abri-lo devagar, para analisar o material que havia em seu interior.

Ele franziu o cenho, observando os trinta lápis de cor, duas borrachas com formatos estranhos, uma lapiseira e cinco lápis distintos, com diversas milimetragens e outro que parecia ter um grafite de carvão.

Eu não entendia muito bem...

Não sabia exatamente qual comprar, então acabei trazendo alguns que pessoas aleatórias, na internet, indicaram, mesmo não sendo um presente exatamente barato.

Não ganhava o salário de um banqueiro, mas Pablo me pagava muito bem e, depois de quitar minhas contas pessoais, sempre sobrava o suficiente para guardar ou gastar. O que me facilitava dar presentes caros, porque, diferente do meu namorado muquirana, eu não ligava para o preço de nada, desde que ele gostasse.

Então, Gael pegou uma das peças e analisou com calma.

— Este lápis custa mais de cinquenta pratas, Dimitri...

— É... — Concordei com a cabeça, rindo baixo. — Eu não fazia ideia de que um lápis podia ser tão caro, até achar esse.

— Não precisava ter comprado isso tudo, eu tenho material em casa, meu anjo — seu tom era culpado e ele estava visivelmente incomodado com o presente caro. Segurei em seu queixo, fazendo-o olhar para mim.

— Você compraria um lápis de 50 pratas, El? — perguntei sério.

— Mas nem fodendo — ele respondeu tão rápido que minha única reação foi soltar uma gargalhada, depois olhei para Gael, encarando seus olhos sem desvios.

— Aceite o presente, sem reclamar e sem culpas — falei gentil, mas algo no meu tom meigo ainda pontuou certa ordem.

E Gael aceitou, e eu o beijei com carinho e, em seguida, me levantei, saindo do seu colo. Mantendo meu completo despudor, coloquei a mão no quadril e o encarei, e ele levantou o rosto, a fim de capturar meus olhos e a feição divertida que eu lhe lançava.

Podia jurar que ele fazia força para não baixar os olhos até meu pau.

— E agora, *Michelangelo*, o que eu faço?

Gael soltou uma risada nasal e se levantou devagar, dando alguns passos para trás e olhando em volta.

— Você quer que eu o desenhe igual à pose que a Rose fez no filme ou de outra forma?

— O artista é você. Você escolhe.

— Quero de outra forma... — disse baixo, passando os olhos pela minha cintura e coxas.

Mas sua visão nada tinha de maliciosa ou devassa. Era a primeira vez que eu o via analisando meu corpo como um profissional. E era difícil me controlar, porque o ver dessa forma me excitava além do que eu estava pronto para admitir.

— Quero que você deite no colchão de bruços, com o corpo formando uma diagonal.

— Não quer desenhar meu pau? — eu perguntei, mordendo meu lábio inferior.

No segundo seguinte, gargalhei a ponto de minha barriga doer, porque Gael pareceu extremamente envergonhado, mas ele mesmo acabou rindo.

— Dimitri, por favor...

— Desculpa, eu não resisti — confessei, enquanto acatava ao seu pedido e me deitava no colchão, que possuía um lençol absolutamente branco, esticado com maestria pelo meu namorado.

Ainda segurando o riso, Gael foi e voltou da sala, trazendo consigo duas cadeiras que estavam lá naquele cômodo.

Posicionando-as mais afastadas possíveis, entre as caixas de mudança que ainda existiam por ali, pegou o material de desenho, colocou sobre uma das cadeiras e sentou-se na outra.

Ao pegar o caderno e apoiar no seu colo, respirou fundo, olhando para mim enquanto escolhia um dos lápis, ficando com um de grossura mediana.

Então, me encarou novamente, pensando por um segundo.

Que tesão!

— Quero que leve seus cotovelos para frente...

Eu obedeci.

Já de bruços, arrastei os cotovelos pelo colchão, até meus braços estarem na frente do meu rosto, não sabendo o que fazer com minhas mãos.

— As mãos juntas, o rosto na minha direção — dizia sério. — Dedos tocando seus lábios sutilmente.

Agradecia mentalmente por estar de bruços. Gael não precisava saber o quanto eu estava excitado com ele me dando ordens.

— Quadril levemente elevado, pernas entrelaçadas, mas as mantenha sobre o colchão. Quero que suas curvas fiquem delineadas, mas sem exageros... — seu tom continuava sério, sua voz soava tão grossa que eu estava prestes a desistir do desenho e puxá-lo para o colchão.

Mas era *agora ou nunca*, não era?

Assentindo, fiquei na exata posição que ele pediu, mas parecia que ainda não era o ideal.

— Vira o rosto só um milímetro para o lado, mantendo os olhos em mim...

— Só um milímetro? — brinquei.

Ele assentiu, sorrindo com o canto dos lábios.

— Assim, perfeito... Eu quero... — Olhou para o papel, começando a rascunhar algo devagar, perdendo-se no próprio raciocínio.

— Quer o quê? — falei baixo, tentando não me mover.

— Deixar seus lábios — mais movimentos com o lápis — em evidência.

Eu precisava manter o silêncio, mas era difícil demais ficar quieto, quando tudo em Gael gritava para ser implicado por mim.

— Gosta dos meus lábios? — quase sussurrei.

— Assim que eu terminar esse desenho — o barulho do lápis rápido podia ser ouvido com facilidade, enquanto suas mãos se movimentavam sobre o papel —, eu mostro pra você o quanto.

Não contive o sorriso.

— Quer dizer, se você ficar quieto. Senão, eu vou pra casa.

— Observe a pedra que eu sou.

Gael soltou uma risada baixa, enquanto eu voltava à minha feição séria, porém serena e, no momento seguinte, ele estava da mesma forma.

A janela estava fechada, o tempo estava frio e, mesmo que lá fora estivesse amanhecendo, sentia meu corpo arrepiar pela baixa temperatura. Queria me cobrir, ou melhor, queria que Gael estivesse sobre mim, mas tentava, com todas as forças, não encolher meu corpo.

Seja lá como estivesse o desenho, eu não queria atrapalhá-lo.

— Você pode... — disse sério, olhando para a folha, passando a lateral da mão nas linhas que eu não conseguia ver, fazendo o que eu imaginava ser um movimento para esfumar algo.

— O quê?

Mais uma vez ele se perdia nos seus próprios pensamentos enquanto desenhava. Era engraçado ver o quão absolutamente focado ele ficava, como se o mundo todo estivesse desligado ao seu redor.

— Canta pra mim?

— Cantar?

— É... Baixinho, pra não mover mais nada — falava, franzindo o cenho e mudando a posição das pernas, para continuar desenhando em seguida. — A boca já está desenhada... — seu pedido me pegou desprevenido.

Eu acabei sorrindo constrangido, mas fiz o que ele pediu, porque, no fundo, gostava de saber o quanto ele se sentia bem com a minha voz.

Eu cantei uma canção inteira e, quando parei, Gael insistiu para que eu cantasse outra. Era o rosto de um homem sério, misturado com o tom suplicante de um garoto ansioso. Ele fazia com que eu o amasse ainda mais, cada segundo, com a mesclagem de todas suas ações e controvérsias.

Quando finalizei a terceira canção, com dificuldade para pensar em mais uma, já que, além de estar com o corpo levemente dolorido, ainda estava cansado pelo trabalho, fui surpreendido pela voz de Gael.

Achei que ele iria me pedir mais uma, mas não foi isso.

— Terminei, Dimitri — anunciou, colocando o caderno de desenhos na cadeira do lado e se levantando.

Ao erguer o corpo, entrelaçou os dedos e os esticou em direção ao teto, alongando tudo. Em seguida, girou a cabeça para os lados, enquanto eu jogava minha cara no colchão e soltava um suspiro longo.

Quase duas horas na mesma posição fizeram com que meus ossos estalassem quando comecei a me mover e me sentar sobre o colchão.

— Me mostra, amor — pedi meigo, na minha ordenança velada característica.

Ele pegou o desenho, subiu no colchão ao chão, sentou-se atrás de mim e me rodeou. Enquanto enfiava a testa nas minhas costas, escondendo o rosto e parecendo estar com vergonha, envolveu meu corpo com os braços, me entregando o caderno de desenho e, quando tomei de suas mãos, Gael me abraçou, permanecendo assim em silêncio.

Continuava mudo, parecia travado.

E eu estava da mesma forma...

Eu acho que nenhuma fotografia minha chegava perto do desenho que Gael havia feito.

Meu corpo estava traçado de forma sutil, mas bem delineado, e ele, com certeza, soube avantajar minha bunda, o que me fez rir por um segundo, mas não estava exagerada.

Estava bonita...

Meu corpo todo estava bonito.

Meus ombros, costas, braços... meu pescoço.

Meu cabelo claro, caindo pelo meu olho, e minhas mãos...

Minhas mãos tocavam meus lábios.

Porra, meus lábios estavam tão bonitos.

Grandes, brilhosos, cheios. Era tão claro como Gael havia depositado um tempo maior ali, naquela região, porque estava quase real.

Ah, os olhos...

Gael desenhou os meus olhos como se, o tempo todo, eu estivesse escancarando minha alma para ele. Como se, por todos os segundos, eu declarasse o quanto, dentro de mim, havia profundezas que se preenchiam com o amor que eu tinha por ele.

E eu esperava que ele entendesse minhas profundezas e que aquilo captado, naquele papel, fosse realmente como ele percebia que eu o encarava.

Eu, veementemente, escancarava minha alma para Gael, todo o tempo.

— Você detestou? — sua voz saiu abafada, pela sua boca estar perto demais das minhas costas.

Aquele comportamento arredio não era natural de Gael, mas era a primeira vez que eu via um desenho seu, feito ao vivo dessa forma, então tentei compreender seu lado, mesmo que isso me causasse uma risada leve.

— É assim que você me vê? — perguntei calmo, sem conseguir parar de olhar para o desenho.

— Praticamente — ele respondeu baixo, apertando um pouco mais os braços em torno do meu corpo.

— Parece muito melhor do que a realidade — confessei, olhando minhas coxas e panturrilhas desenhadas como se fossem esculpidas por anjos.

— Eu disse "praticamente", porque você é mais bonito do que esse desenho.

Eu me arrepiei novamente. Gael tinha o poder de fazer minha pele tremer quando assim queria.

— Como assim? — perguntei, querendo ouvir mais dele falando sobre o assunto.

— Suas pernas são mais bonitas... — ele falava, descendo as mãos até minhas coxas, as esfregando devagar. — Seu tronco é mais bonito... — As mãos continuavam deslizando, agora pela lateral do meu corpo, subindo gentilmente até meus membros superiores. — Seus braços são mais bonitos... — Ele chegou levemente para o lado, colocando a mão na minha mandíbula e fazendo com que eu virasse meu rosto devagar, até encará-lo. — E seus lábios são, definitivamente, mais bonitos do que nesse desenho. Eu nunca conseguirei desenhar nada que me faça ficar tão louco... — ele aproximou o rosto do meu devagar, roçando os lábios nos meus, à medida que seu tom de voz diminuía ainda mais. — Quanto a visão da sua boca ao vivo... — Então, me deixou um selar leve, contido, que tinha vontade de ser muito mais que apenas um beijo calmo. — E a cores.

Eu beijei Gael, com todo o tesão que havia reprimido nas últimas horas.

Segurei o caderno, enquanto meus lábios se moviam colados aos seus, coloquei o objeto no colchão, ao lado de nossos corpos, deixando meu próprio corpo avançar sobre o meu namorado.

Não precisou de muito esforço para que eu estivesse sentado em seu colo, de frente para ele, com os braços envoltos em seus ombros, num abraço gostoso, tão emaranhado quanto nossos lábios, que tinham necessidade um do outro.

E os beijos foram além, porque quando começávamos aquela nossa troca, aquela sincronia, que não tínhamos com mais ninguém, não havia o que nos parasse.

Mais uma vez, fizemos amor.

Mais uma vez, olhamos um para o outro enquanto nomes eram gemidos e peles tremiam. E meu corpo ondulava sobre o seu, com intensidade igual a que ele depositou ao traçar minhas linhas naquele papel, bem ao nosso lado.

A noite terminou, e nós dormimos abraçados e, sem que ele acordasse, me levantei devagar, tentando não fazer barulho. Peguei o desenho e andei suavemente até a sala, mordendo meu dedão e tentando conter uma risada que queria explodir, enquanto eu voltava a encarar os traços feitos pelo meu namorado.

Eu já havia visto o desenho antes.

Por que continuava tão eufórico, tão animado?

Eu estava hipnotizado.

Não por mim, mas pelo trabalho de Gael. *Pelo talento dele.*

Por tudo que ele transmitia em linhas sombreadas, grossas e finas, que diziam muito mais do que aparentavam.

— Por favor, não cola na parede da sala... — Ouvi uma voz grossa e rouca atrás de mim, abraçando meu corpo com carinho e dando selares lentos no meu ombro.

— As pessoas precisam saber o quanto você é bom — disse, tentando esconder o quanto meu coração acelerou com o susto de ter sido pego por Gael, enquanto eu babava pelo desenho que ele fez para mim.

— Eu posso desenhar você vestido, mas, por favor... — sua voz manhosa soava sonolenta, enquanto sua boca se arrastava até minha nuca, em beijos meigos que não paravam. — Me deixa só admirar essa bunda.

Soltei uma risada mais alta do que gostaria enquanto sentia seus beijos infinitos nas minhas costas, mas tinha algo de engraçado toda vez que Gael demonstrava sentimentos dessa forma.

Ciúme, paixão, raiva, irritação, alegria... Eu amava todas as demonstrações de humor do barman brabinho que, por vários meses, desconfiei não passar de um robô apático.

Mas ele não tinha nada, completamente nada, de apático.

Sentia até demais.

Depois de prometer a ele que nunca colocaria meu desenho pelado na parede da minha sala, guardei-o com cuidado no meu quarto, onde eu pudesse visualizar toda vez que tivesse vontade.

Quando Gael foi embora, me sentei com o desenho no colchão e fiquei observando-o por muito tempo.

Quanto mais o analisava, mais sentia a angústia tomar conta do meu peito, quando acontecimentos recentes tomavam conta da minha cabeça.

Ansioso e angustiado, procurei, no vinho, ajuda para conseguir relaxar um pouco e pensar melhor sobre os sentimentos confusos que estavam me sufocando.

Havia talento demais nele, para que eu interferisse nas suas escolhas de aceitar se mudar ou não, me causando um sentimento de culpa tão grande que estava sendo quase insuportável observar seu desenho, seus traços.

E isso, toda sua arte e sua capacidade de colocar tantos sentimentos num papel, fez com que eu me decidisse de uma vez por todas.

— Eric, está livre amanhã? — chamei o nome de meu amigo ao telefone, no segundo seguinte em que peguei meu celular e o liguei.

— Os móveis vão chegar, não é? — ele perguntou, com a voz arrastada de quem estava se espreguiçando. *— Já disse que vou te ajudar...*

— Sim, mas não é só isso... — falei, me sentindo ansioso.

Eu quase rolava o corpo do colchão ao chão, algumas horas antes de ir trabalhar, sentindo o nervosismo quase me consumir, ainda assim, não voltava atrás.

Eu precisava contar, antes que isso me consumisse em culpa.

— Traz o celular pra mim.

10

RUPTURA

— *O que manda mensagens pro rabanete?* — ele perguntou, surpreso e sério.

— Sim, esse mesmo.

— *O que vai fazer?* — seu tom era quase de um pai que está prestes a aplicar um castigo no filho.

E eu sabia que aquilo tudo era o certo a se fazer, aliás, que eu já devia ter feito há muito tempo, ainda assim...

Como era difícil.

Fiquei de bruços no colchão, fechei os olhos enquanto respirava fundo e tomava forças para manter minha decisão e respondi ao meu amigo:

— Vou contar a verdade a ele, Ric. Ele merece saber...

— *Dimitri...* — seu tom era de total reprovação. — Ele respirou fundo, passou a impressão de querer falar algo, mas se calou e pareceu pensar por mais alguns momentos. Enquanto eu aguardava as palavras voltarem a sair de sua boca, ele estalou os lábios, afirmando que não estava favorável a essa ideia. — *O cara nem responde mais ao DiCaprio, deixa isso pra lá, por favor.*

Antes tivesse deixado, mas eu não consegui.

— Quanto mais nosso namoro fica sério, mais culpa eu sinto — comecei a confessar as coisas que incomodavam meu coração nos últimos dias. — Mais eu acho que não é justo esconder uma coisa assim dele...

— *Mas, meu pequeno...*

— O Gael é tão sincero comigo, Ric... — Eu quase choramingava, pensando em como meu namorado prezava por confiança e jogo limpo em tudo que fazia. — Se ele descobrir de outra forma, será muito pior. Precisa ser por mim.

Eric respirou fundo mais uma vez, dessa vez, aceitando minha necessidade de não ter um relacionamento baseado em mentiras, por mais que tudo já tivesse ido longe demais.

Mesmo que quem mandava mensagens, há muito tempo, fosse Eric, eu havia lido todas e concordado com tudo que tinha sido dito naquele celular.

Meu amigo não tinha culpa sozinho. Eu estava tão errado quanto ele e precisava, de uma vez por todas, dar fim a essa história.

A paz, pela qual eu havia me descoberto viciado, começava a ser ameaçada pelo incômodo lancinante de uma mentira, que se iniciou como um córrego fraco, mas tomou intensidade tal qual uma correnteza violenta.

E eu estava quase me afogando.

Eu trabalhei com Gael naquela mesma noite.

Depois que a boate fechou, próximo das 4:00, pelo pouco movimento, ele me levou até o meu apartamento, onde passávamos a maior parte do tempo que tínhamos juntos.

Gael não via problema em me levar para a casa dele, mas me confidenciou que seu pai agora gostava de levar Marina para lá e ele não queria atrapalhar, além do mais, nós nos conhecíamos...

Sabíamos que, em qualquer oportunidade, estávamos nos beijando e fazendo amor, então meu apartamento era sempre nosso destino favorito.

Nosso ponto de paz, nosso ninho.

— Meu pai perguntou de você... — ele disse, deitado no meu colchão. Eu estava deitado também, mas com os braços cruzados em cima de seu peitoral, olhando-o falar. — O velho perguntou quando você vai almoçar com ele de novo.

Eu sorri meigo, por alguns segundos, e fiquei encarando-o.

Como era bom saber que o pai dele gostava de mim.

— Diz pra ele que eu só vou, se ele cozinhar de novo — falei chegando o rosto perto do barman e o beijando de leve. — Você cozinha bem, amor, mas seu pai...

— Depois que minha mãe faleceu, ele precisou aprender a fazer algo além de ovo cozido. — Gael riu baixo, provavelmente, se lembrando da evolução que o pai teve na culinária. — Ele acabou descobrindo que gostava demais de cozinhar.

Já era a terceira ou quarta vez que ele falava de situações que envolviam a mãe dele desse jeito, com essa leveza. Como se eu fosse seu ponto de conforto, para qualquer assunto, assim como ele era o meu.

— Você chegará ao nível dele, um dia.

— Chegarei sim, porque se for depender de você — ele olhou para o teto, respirando fundo e fingindo estar muito sério — a gente só come arroz queimado pro resto da vida.

Eu podia ficar chateado e ofendido, mas comecei a rir muito, segurando seu rosto com meus dedos quentes e apertando suas bochechas, até que voltasse a olhar nos meus olhos.

Porque eu não podia deixar passar a oportunidade de fazê-lo perceber como, até sem querer, Gael não fazia questão nenhuma de esconder o quanto estava rendido por mim.

— Quer passar o resto da vida comigo, Bandile?

— Quero, Dangeli.

Sorrindo como se nunca mais fosse conseguir parar, comecei a beijar Gael tantas vezes quanto pude, com ele aproveitando o momento para abraçar minha cintura, me puxar ainda mais para cima de seu corpo e, em poucos segundos, aprofundar nosso beijo, que sempre gritava o quanto estávamos felizes.

O quanto éramos suficientes um para o outro.

Respeitando seu cansaço naquele dia, apenas continuamos nos beijando e trocando declarações por mais alguns momentos, antes de embalarmos, um ao outro, naquele conforto da redoma pacífica que era cairmos, juntos, no sono.

Algumas horas antes de eu despertar, Gael levantou-se, se arrumou e, tendo me dito no dia anterior que precisava resolver um problema com documentos pessoais, mal percebi a hora que voltou a se sentar na minha cama, para beijar-me e despedir-se.

Eu estava grogue de cansaço, sonolento. Não conseguia me mover, responder, muito menos abrir os olhos, pelo sono profundo que cobria todo meu corpo. Talvez, por isso, ele tenha pensado que eu estava adormecido e não o ouvia.

— Eu vou conseguir dizer uma hora, meu anjo... — Gael sussurrava, enquanto colocava os meus fios de cabelo para trás, deixando minha testa à mostra. — Eu não consigo ainda, é difícil demais me declarar, mas eu já sinto...

Suas palavras me despertavam lentamente, mas eu mantinha meus olhos fechados e fingia ainda estar dormindo.

Fingia estar dormindo por não querer constrangê-lo.

Por não querer que ele parasse de falar...

— Eu amo você Dimitri.

Eu torcia para que ele não conseguisse ouvir meu coração, que palpitava com a força de milhões de cavalos de potência.

— Eu amo você por mais tempo do que meu coração magoado gostaria de admitir... — Ele riu nasal, bem baixinho, como se estivesse achando graça por conseguir se declarar, mesmo que pensasse que eu não podia ouvi-lo naquele momento. — Dorme bem, meu amor — disse por fim, dando um beijo carinhoso na testa de onde havia tirado todos os fios, então se levantou.

E, quando eu ouvi o barulho da porta sendo fechada, me ergui, ficando sentado no colchão.

Chorando...

Meu peito parecia que iria explodir, eu conseguia sentir meu coração bater até na ponta dos meus dedos dos pés.

Eu sorria. Sorria *pra valer*, porra, eu nunca havia sorrido tanto na minha vida!

Eu queria gritar, queria abrir a porta, sair correndo, pular no colo do meu amor, agradecer por ele me amar, mas eu não podia, porque respeitava, acima de tudo, o tempo de Gael e a forma única com a qual ele lidava com as coisas que sentia.

Eu queria que ele falasse nos meus olhos, que ele se sentisse seguro o suficiente para confessar seu amor por mim, então iria esperar até que se sentisse confortável com isso, sem que eu o pressionasse.

Eu já havia esperado tanto tempo pelo amor de Gael...

Eu conseguia... Eu iria aguentar mais alguns dias.

Elétrico demais para voltar a dormir, eu me levantei e fui tentar arrumar algumas coisas, recebendo Eric quase uma hora depois, que chegou pontualmente para me ajudar com os móveis.

O armário, que eu havia comprado com o meu dinheiro, estava atrasado na entrega até aquele dia, mas a cama e o sofá, que Pablo e Eric compraram juntos enquanto almoçavam em um shopping, desses que você paga apenas por respirar lá dentro, chegou pontualmente, no horário marcado.

Eric disse que viria me ajudar, mas a verdade é que nós apenas ficamos parados, de braços cruzados, vendo os homens subirem com as partes dos móveis, colocarem tudo para dentro, montarem e irem embora.

E no final, além do sofá e da cama, ele ainda havia comprado uma mesa de estudos muito bonita para mim, que fez com que eu me sentisse ainda mais mimado.

Acho que ele daria um jeito de me dar até uma girafa, se eu assim quisesse...

— Achei que eu ia martelar e encaixar as coisas... — falei rindo, pulando na cama como se ela fosse um trampolim, depois que os homens foram embora e nos deixaram sozinhos.

— Eu paguei para não ter que mover um dedo, Dimitri — meu amigo disse rindo, sentando-se na cama montada e me vendo rolar no colchão, feliz pelo presente novo.

Eu me ergui, fiquei de joelhos e abracei Eric, dando-lhe um beijo apertado na bochecha.

— Obrigado, Ric. Obrigado por tudo!

Eu ia beijá-lo de novo, mas Eric levantou-se, respirou fundo e deu um sorriso pequeno na minha direção, parecendo cansado.

— Para de agradecer. Era a minha obrigação tirar você daquele colchão no chão, antes que uma barata subisse na sua cara à noite.

Iria tacar um travesseiro no seu rosto, mas comecei a rir e perdi minhas forças, então o observei segurando o riso e saindo do quarto, indo em direção à minha cozinha enquanto meu celular tocava.

Era Gael, perguntando se podia vir à minha casa depois do trabalho, e eu, praticamente, querendo que ele morasse no meu apartamento, claro que aceitei.

Momentos depois, Eric voltou ao quarto, me entregou o telefone do *DiCaprio* e, respirando fundo, aceitei o aparelho de suas mãos.

Era isso, eu iria contar mais tarde, quando Gael chegasse. Eu não precisava esperar mais.

Surpreendendo-me, meu namorado chegou muito antes do previsto, trazendo consigo uma televisão que me fez pular no seu colo de felicidade.

Sabia que ele era muito apegado à grana, então, quando comprava qualquer coisa para mim, sentia uma alegria enorme, porque sabia que era Gael demonstrando o quanto eu era mais importante que o seu dinheiro.

Eu havia tentado cozinhar algo para quando ele chegasse, então, quando ele assim o fez, fui até a cozinha esquentar o que tinha deixado pronto e torcer, com todas as minhas forças, para que ele gostasse.

A culinária nunca foi o meu forte, mas eu queria me esforçar.

Entretanto, Gael nem chegou a comer...

Quando retornei ao quarto, segurando a bandeja com a comida para ele, o vi com o celular em mãos.

O celular que mandava mensagens anonimamente.

— Meu amor, eu... Gael, isso é... — Eu estava entrando em pânico.

Não, não podia ser assim...

Ele não podia descobrir desse jeito.

— Me diz que é mentira, Dimitri.

Eu não tinha como dizer, meu amor...

Eu sequer conseguia organizar meus pensamentos naquele momento, dada a ansiedade que explodia no meu peito, me causando a impressão de que eu iria morrer sufocado a qualquer segundo.

— El, por favor, eu só... — balbuciava, tentando tomar coragem para acertar as coisas, chegando perto do seu corpo, tirando ambos os celulares de sua mão e colocando em cima das caixas, de qualquer jeito.

Segurei suas mãos. Eu tremia tanto, e ele sequer conseguia me olhar nos olhos.

— Foi você, Dimitri? Esse tempo todo... Era você? — ele perguntou baixo, engolindo em seco de uma forma muito parecida com a que ele fez quando chorou por sua mãe.

Meu coração nunca havia sentido tanta dor.

Eu tentei falar, eu tentei me desculpar. As palavras começaram a ser projetadas da minha boca de qualquer jeito, e Gael também falava, mas eu estava atordoado, não sabia dizer se realmente conseguia captar tudo que ele dizia a mim.

Entretanto, eu ouvi uma frase nítida, que fez tudo no meu interior se desmoronar.

— Porra! Eu amo você, caralho!

Não, Gael, por favor!

Esse não podia ser o jeito que você criou coragem para dizer que me ama.

Mas ele continuava falando, e eu continuava me destruindo por dentro.

— Eu amo você e eu nunca senti nada parecido pelo cara que me mandava as mensagens! Porque eu estava ocupado demais me apaixonando por você! Entregando meu coração idiota e cego pra você!

A partir daquele momento, meu corpo era feito de dor, pânico, desespero e lágrimas.

Eu abracei Gael, enquanto ele tentava ir embora. Eu tentei me explicar, tentei fazer com que ele entendesse o meu lado.

Mas já era tarde...

Ele me deixou a ponto de eu não aguentar o peso do meu corpo e cair de joelhos no chão enquanto via sua silhueta indo embora do meu apartamento, pela última vez. A única força, que eu tive, foi a de me levantar correndo, numa descarga de adrenalina agressiva, pegar meu celular e voltar ao batente da porta, ligando incessantemente para ele, como se, a qualquer momento, ele fosse aparecer de novo pelas escadas, vir correndo na minha direção e me abraçar, dizendo que me perdoava.

Só que nada disso aconteceu.

Enquanto eu estava ligando e ligando, meus joelhos voltaram a enfraquecer. Meu corpo voltou a se conectar ao magnetismo inevitável do chão, e eu senti, de vez, a falta de força para me levantar.

Aquilo era um término...

Nunca tive o conhecimento de que uma pessoa pode enfraquecer tanto, apenas por chorar, mas, naquela hora, parecia que minhas lágrimas levavam toda a minha vitalidade.

Eu não conseguia me levantar, eu estava fraco.

Eu sequer queria sair do chão...

— O que... Meu Deus, você está bem? — a voz de uma senhora, minha vizinha de porta, soou e, mesmo que eu não tivesse intimidade com ela, mesmo que eu *sequer* conseguisse responder-lhe, não foi preciso uma afirmação sair de meus lábios para ela entender que eu estava longe de estar bem.

A mulher, baixinha e troncuda, me levantou, e eu chorava tanto que mal percebi o momento em que estava sentado no meu sofá, com um copo d'água em mãos.

Eu não conseguia beber, eu não conseguia falar.

A mulher não saiu do meu lado em momento algum.

— Você quer que eu ligue pra alguém? — ela perguntou preocupada, segurando minhas mãos que ainda tremiam.

— N-não... — Respirei fundo, tentando segurar os soluços. — Não precisa, senhora Alda.

Eu sabia seu nome, apenas nunca falei com ela porque havia projetado pessoas violentas e preconceituosas em todos os seres humanos mais velhos do que eu. Todos eram como os meus pais, e eu não conseguia me desvencilhar desse trauma.

Até me surpreender com a bondade de pessoas como a minha vizinha.

Como o pai de Gael...

A mulher se levantou, fez um carinho suave no meu ombro e, antes de sair do meu apartamento e encostar minha porta, fez com que eu prometesse que eu iria chamá-la, caso precisasse de algo. Ela não perguntou o motivo de eu estar tão mal, apenas me deu apoio naquele momento.

Quando ouvi o barulho da porta batendo ao fechar, percebi meu celular ao meu lado, em cima do braço do sofá. Eu o peguei e teclei o número de Gael quantas e quantas vezes consegui.

Senti meu interior voltar ao mesmo desespero infindável, me fazendo retornar ao choro descontrolado que eu desconfiava que poder secar toda a água do meu corpo, apenas em um dia.

Mal conseguia enxergar a tela do telefone, não parava de soluçar e meus olhos estavam pesados e doloridos, mas aquilo não importava, eu precisava falar com ele.

Eu liguei uma, duas, dez, trinta, cinquenta vezes...

Gael bloqueou minhas ligações e, quando eu tentei ligar pelo número que mandava as mensagens anônimas, dado meu desespero, ele também havia me bloqueado ali.

Senti vontade de me levantar, andar até meu carro, dirigir até sua casa, mas eu sabia que estava fraco demais. Minha única saída foi ligar para a pessoa que sempre me ajudava, não importava o problema em que eu estivesse metido.

— *Oi, meu pequeno* — sua voz me atendeu apreensiva, porque Eric era inteligente o suficiente para entender que, se eu estivesse ligando, naquele momento, era porque as coisas não teriam ido bem.

E elas saíram pior do que qualquer um de nós dois conseguiu planejar.

— V-vem pra cá, p-por favor... — não conseguia falar mais nada, então apenas implorei para que ele não me deixasse sozinho.

— *Já vou chegar.* — Eric desligou o telefone, e eu agarrei meus joelhos, escorregando até que estivesse deitado em posição fetal, no meu próprio sofá. Quando ele abriu a porta, já destrancada, eu havia feito praticamente uma poça de choro em cima do estofado novo, e se ele se importou, não demonstrou.

— Ah, Dimi... — sua voz soou sofridamente carinhosa, vindo a passos rápidos na minha direção, me puxando para um abraço sem contestação, e eu enfiei a cara no seu peito e ele me enlaçou com força, depois de se sentar ao meu lado.

— O que houve? Como aconteceu?

— Ele... — Eu engasguei nos meus soluços, voltando a chorar descompassadamente no momento em que Eric me deu apoio, como se eu fosse um bebê que se machucou e esperava apenas o colo da mãe para demonstrar sua dor. — Ele descobriu sozinho, eu me esqueci de por... no silencioso... Ele mandou... — Como era difícil falar, em meio a todo o desespero. — Mandou mensagem para o DiCaprio... na hora em que eu... saí do quarto.

— Porra, que merda, caralho! — meu amigo falava nervoso, vendo a gravidade da situação em que entregava a Gael um prato cheio de inseguranças e enganações, sem que houvesse nenhuma contestação prévia.

Eu apenas assenti, recobrando forças para voltar a falar, mesmo que me demorasse.

— Você tentou conversar com ele? — ele perguntou, depois que percebeu minha respiração se acalmar um pouco.

— Eu tentei... Eu pedi perdão, eu disse que não foi de propósito...

— E ele?

— Me deixou falar, m-as disse que não aguentava uma mentira dessas... E foi... E foi embora...

Eric, percebendo o quanto eu tremia e chorava, me abraçou ainda mais, me apertando contra seu peito. Parecia querer fazer com que eu me recuperasse à base de carinho e todo conforto que ele pudesse me dar naquela hora. Talvez aquele fosse o único motivo para que eu não sucumbisse.

— Respira, Dimitri, respira, meu amor... — ele dizia calmo, fazendo um carinho lento que ia do meu cabelo até minha bochecha. — Eu vou dormir com você, amanhã nós vamos acordar, ir pra boate, e vocês vão conversar. Junto comigo...

Assenti, fraco demais para falar qualquer coisa, então permiti que Eric continuasse me abraçando daquele jeito apertado, por todo tempo necessário.

Eu não percebi em qual momento adormeci em seu colo, mas, quando acordei, Eric estava me conduzindo à cama, que ele já havia limpado e arrumado, e me colocava carinhosamente no colchão.

Eu voltei a dormir embalado pela enxaqueca que se fazia presente após tanto choro. Não fiz força nenhuma para continuar acordado e nem queria, porque desejava me entregar ao sono — e ter as horas voando — o máximo que conseguisse.

11

SOZINHO

Felizmente, naquele dia, eu consegui apagar em sono profundo, como apaguei quando meus pais me bateram.

Provavelmente, chorei tanto que minhas lágrimas esvaíram todas as forças do meu corpo, então não foi surpresa que eu acordasse com uma enxaqueca agressivamente brutal.

Provando ser um amigo melhor do que eu merecia, Eric apareceu na porta do meu quarto, trazendo, mais uma vez, meu café da manhã. Diferente da sua casa, eu não tinha muita coisa disponível, então apenas trouxe uma xícara de café que ele mesmo fez.

Estava horrível, mas não disse nada, apenas tomei e agradeci.

Atordoado demais para prestar atenção nas horas que se passavam, via Eric andando para lá e para cá, enquanto falava com submissos e empregados da boate.

Mas estava na hora de trabalhar, e isso me causava uma leve ansiedade.

Uma leve esperança...

— Dimi, vou passar em casa pra me arrumar... — ele começou, e eu assenti levemente, em concordância. — Vem comigo.

Meu amigo me conhecia bem o suficiente para saber que essa não seria uma hora boa para me deixar sozinho, e eu, carente e necessitado como em qualquer situação de profunda tristeza, aceitei.

Tomei um banho rápido e fomos à casa de Eric. Esperei que ele se arrumasse e seguimos até a Hidden Honey. Quando lá chegamos, faltando pouco para a boate abrir as portas, estranhei Gael não estar no bar.

Geralmente, eu era quem sempre estava atrasado, então era normal vê-lo andando atrás do balcão, enquanto eu mesmo andava apressado para por meu uniforme.

Ele devia estar no banheiro, vestiário ou na sala de Pablo...

Corri para me trocar, já que ultimamente vinha colocando minha roupa com pressa e, quando voltei ao salão, Davi estava substituindo Gael.

Franzi o cenho, enquanto engolia em seco e sentia meu peito doer.

Tinha a sensação de algo não estar no lugar e antes mesmo que eu pudesse andar até meu amigo, que trabalhava apressadamente no balcão para abrir a casa, ouvi a voz de Eric me chamar.

Olhando em sua direção, vi que fez um sinal com as mãos para que eu fosse até lá, então ele entrou na sala, e eu entrei em seguida.

Pablo estava sentado à sua mesa, de braços cruzados, com o semblante preocupado. Eric colocava a mão na cintura em clara tensão, enquanto seus dedos finos massageavam o próprio queixo.

— Que cara é essa de vocês? Alguém morreu? — perguntei preocupado.

Torcia para que nada daquilo tivesse alguma ligação com o fato de Gael não estar no bar...

— Dimitri — Pablo começou, respirando fundo. — O Gael, ele...

A sala permaneceu num silêncio agonizante enquanto meu chefe e amigo parecia não ter coragem para prosseguir. Pablo sempre foi ótimo em me dar apoio e me fazer rir, mas nunca foi muito bom para dar notícias ruins.

— Ele pediu demissão, Dimitri — Eric disse sem rodeios.

Balancei a cabeça negativamente, com força.

Isso não fazia sentido.

— Não, mas ele... — comecei a falar, tentando buscar sentido naquilo, enquanto olhava de um amigo para o outro. — Ele não... Demissão por minha causa?

Chorar era inevitável, então não segurei as lágrimas agoniadas que começavam a surgir nos meus olhos, mal tendo forças para cessá-las.

— Ele aceitou o emprego em outro lugar, eu não entendi direito — Pablo disse, claramente, confuso com as informações que me passava.

— Lipa... — soltei abrupto, numa voz chorosa e baixa.

— O quê? — Eric perguntou confuso.

— Ele disse que não... Porra! — Eu chorava, e tudo doía. Ao mesmo tempo, uma raiva começava a nascer dentro de mim. — Ele disse que não ia aceitar!

— O que tem em Lipa, Dimitri? — Eric questionou novamente.

— Ele recebeu uma proposta de emprego, que poderia trabalhar aqui ou ir para Lipa, em Aleegra, mas ele... — Eu tentava limpar meu rosto com o dorso da mão, não acreditando que aquilo estava acontecendo.

Ele não poderia ter aceitado tão rápido...

— Ele disse que não ia, ele disse que ia ficar comigo. Ele... Ele... É mentira! Não pode ser!

Voltei a chorar dolorosamente, mesmo ainda banhado de raiva, mesmo ainda desacreditado de alguém que me prometeu ficar e aceitou ir, sem nem ao menos conversar comigo.

Meu rosto estava ardendo, provavelmente, minhas bochechas estavam tão vermelhas quanto eu achava que estavam, pois Eric se aproximou de mim e tentou me abraçar. No primeiro segundo, eu relutei. No segundo seguinte, eu me entreguei e a raiva foi embora, porque só havia espaço para a dor.

Mesmo que eu conseguisse trabalhar naquela noite, meus amigos não deixaram. Pediram para que eu ficasse na sala de Pablo, enquanto eles redirecionavam alguém ao meu posto; consequentemente, alguns garçons a outras funções. Depois, ficaram comigo conversando, para que eu me distraísse de toda aquela merda.

A sala de Pablo tinha um sofá grande e comprido, e foi lá que eu fiquei a noite toda planejando, com eles, o que eu deveria fazer nos dias seguintes.

Gael ainda não havia ido embora, então eu ainda tinha chances.

Os dias se passaram comigo tentando ligar para ele. Ele não falava de mim para Pablo; toda vez que meu chefe tocava no assunto, Gael pedia para não falar no meu nome. Ele havia bloqueado o número de Eric, provavelmente, ciente de que eu quem estaria tentando falar com ele.

Eu não sabia mais o que fazer para entrar em contato com ele...

A não ser ir até sua casa.

E eu fui. Em uma das minhas tardes livres, acordei muito antes do horário, peguei meu carro e dirigi até seu sobrado. O açougue estava aberto, e eu não podia gritar, então subi as escadas laterais de sua casa e bati à sua porta quantas vezes consegui.

Não contei o horário. Devia ter ficado quase uma hora ali, esperando que alguém me atendesse, mas ninguém veio. Seu pai deveria estar no trabalho, e Gael parecia não querer abrir para mim ou não estar em casa.

Pelo silêncio que se fazia no interior da residência, ninguém estava lá e pelo tempo seguinte que fiquei dentro do carro, também não tive sucesso em ver nenhuma pessoa se aproximar da residência.

O cara, com mãos tatuadas, dono do açougue, estava começando a me olhar com um semblante desconfiado, e eu sentia que, a qualquer momento, ele poderia vir até mim perguntar porque eu estava incomodando tanto os Bandile.

Derrotado, fui para casa, passei os dias seguintes fracassando da mesma forma. Tentando, de todos os jeitos possíveis, entrar em contato com Gael e tentar fazê-lo me ouvir, tentar me desculpar mais uma vez, implorar pelo seu perdão.

Nenhum dia sequer Eric deixou que eu dormisse sozinho, cancelando, por inúmeras vezes, seus compromissos pessoais, cenas ou encontros que houvesse marcado.

Eu disse, mais vezes do que me recordo, o quanto ele não precisava passar as noites no meu apartamento desconfortável, o que resultou no seu pedido para que eu passasse, pelo menos, alguns dias na sua casa.

Não sendo a pessoa mais forte do mundo quando estou triste e sozinho, aceitei. Seria mentira se dissesse que toda agonia que morava no meu coração morreu, só porque meu amigo estava me dando apoio incondicional.

Pablo também apareceu por lá algumas noites e ficou abraçado comigo no sofá por horas e horas, como sempre fez para me consolar, mas voltava para casa e ia dormir com Vicenzo, que ainda não era a pessoa mais receptiva do mundo comigo. O ciúme ainda existia, mas Pablo sempre ligou o foda-se para isso e mantinha a amizade da mesma forma.

Toda a desgraça que estava acontecendo se tornava um pouco mais suportável por eu ter pessoas para secar minhas lágrimas, independente do quanto eu chorasse.

Eu sabia que Gael não havia ido embora do país, porque Pablo me avisava quando ele ligava para resolver algum problema ou pendência de documentos, então aquilo ainda me mantinha esperançoso de que, uma hora ou outra, ele desistiria.

Ele tinha que desistir...

A saudade do meu amor fazia com que eu imaginasse, o tempo todo, Gael entrando pelas portas da boate, correndo até meu corpo e me abraçando, dizendo que me perdoava, apesar de tudo.

Por vezes, eu até ouvia sua voz e achava que ele estava me chamando, dado o delírio da saudade que entorpecia todos os meus sentidos.

Mas era sempre outra pessoa...

— Dimitri, vai cair aí — a voz grave soava preocupada, apesar de séria.

— Ah, sim, obrigado, Victor — respondi ao ruivo barbudo, saindo do meu transe.

Olhei para a bandeja que segurava na mão, cheia de porta-guardanapos de vidro, me dando conta de que precisava distribuí-las por todas as mesas da boate, antes de sua abertura.

Eu ainda não havia nem colocado meu uniforme...

— Você está bem, oxigenado? — ele perguntou brincando, tentando quebrar o gelo com o apelido que me chamava às vezes — usou o mesmo tom preocupado, aproximando-se de mim e se apoiando nas costas de um dos sofás longos, me observando.

— Não — respondi sincero, dando um sorriso desanimado de canto. — Mas vou ficar. Um dia, eu tenho que ficar...

Victor continuou me observando por alguns segundos, parecendo mais sério do que o habitual, antes de continuar a falar.

— Está assim, porque ele está indo hoje? — ele começou cauteloso, tentando escolher bem as palavras que diria.

Larguei a bandeja em cima da mesa, ouvindo os vidros quadrados resfolegarem entre si.

— Indo aonde, Victor? — perguntei, fazendo-o arregalar os olhos na hora, pelo meu espanto e susto abrupto com sua informação.

— Ele... Porra! — O segurança da boate engoliu em seco, incerto sobre contar ou não.

— Por favor, Victor. — Meus olhos começaram a encher de lágrimas, e minha voz soou baixa, já entregue a um odioso tremular de choro. — Por favor, me diz.

— O cara me ligou hoje mais cedo, para se desculpar por não ter falado comigo pessoalmente e se despedir... — por mais que Victor fosse imenso e bruto, naquela hora, sua voz soava meiga e levemente dolorosa, pois ele sabia o quanto suas palavras seriam afiadas para mim. — O voo dele é hoje... Acho que agora.

— Não, não, não! — Desesperado, saí da frente de Victor e corri até a sala de Pablo, abrindo-a com uma porrada só.

Eric e Pablo estavam sentados atrás do computador, analisando algo que eu não queria saber naquela hora. Os dois olharam para mim no mesmo segundo, assustados, como se eu estivesse quase morto.

E eu tinha a sensação de que estava.

— Gael está... indo embora... agora. — Eu não aguentava mais ficar desesperado por tudo que envolvia o ex-barman da boate, mas foi inevitável não abrir a porta, chorando como um louco, sentindo todos os centímetros do meu corpo tremer em medo.

Medo de perder meu amor de uma vez por todas.

Pablo olhou para mim, não sabendo, ao certo, o que fazer, apesar de estar, claramente, sentindo muito pela minha dor. Já Eric, como sempre, mostrou-se muito mais prático e racional. Agindo rápido, meu amigo loiro se levantou, pegou suas chaves e se aproximou de mim.

— Você quer tentar encontrar ele? Quer falar com ele no aeroporto? — ele perguntou, questionando minha vontade naquele momento.

Assenti, sentindo as lágrimas quentes rolarem pelo meu rosto, igualmente em fervor.

— Vamos, Dimitri.

Sem mais perguntas, eu e Pablo acenamos um para o outro. Vi Eric se distanciar e logo me juntei a ele, correndo até que estivéssemos dentro de seu carro.

— Procura os próximos voos para Lipa... — ele instruiu.

Abri meu celular e busquei as informações do aeroporto internacional, não demorando a encontrá-las. Com as mãos tremendo, suando frio e segurando um choro que parecia impossível de ser contido, desci correndo do carro, observando Eric parado no mesmo lugar, segurando o volante.

— Eu vou esperar você aqui, mas entra, procura qualquer guichê e diz que você está com o passaporte de uma pessoa que vai embarcar agora e precisa entregar. A atendente vai indicar qual é o portão.

Assentindo, andei a passos rápidos até o primeiro guichê, dos muitos dispostos pelo saguão inteiro.

O plano de Eric funcionou a tempo de eu ouvir a última chamada para o voo de Lipa.

Não, por favor!

Eu suplicava internamente, implorando para todos os seres que Gael ainda estivesse ali, sentado nas cadeiras, desistindo de ir embora.

Eu corri. Corri como se fosse morrer, caso meus pés parassem.

Corri como se fosse um maratonista que mira a medalha de ouro, depois de um dos percursos mais dolorosos de sua vida.

Mas a minha linha de chegada era forrada por espinhos, e meus pés estavam se enfiando neles, a cada passo que eu dava.

Porque eu via Gael ao longe, e ele estava fazendo de tudo...

Menos desistindo de me abandonar.

Ele me viu a tempo de eu chegar a um dos vidros que nos separavam. Era distante, com certeza, não conseguiria me ouvir, mas eu batia no vidro como se pudesse derrubá-lo. Como se pudesse estourar toda sua extensão e correr até o meu amor.

Eu gritava, pouco me importando com as pessoas à minha volta, porque meu amor estava indo embora.

— Gael, não! Não, meu amor... Por favor! — Socava a superfície várias e várias vezes. — Você disse que não ia me abandonar!

Meus anéis batiam no vidro, num barulho que pareciam chaves sendo sacudidas, dado o desespero que eu não largava, naquele contato gélido e pávido.

Eu batia, batia e batia... Mal sentia o ardor de tantos socos e tapas sendo desferidos, tampouco me importava.

Ele olhava para mim, também chorava, e aquilo me destruía ainda mais. Eu me desesperava ainda mais.

— Por favor, fica comigo, eu amo tanto você, me perdoa, Gael... — eu me esganiçava, sentindo minha garganta doer pelo grito constante. — Não vai... Por favor, meu amor... Não vai!

Ele pegou o passaporte, virou o rosto de vez...

E foi embora.

Meu amor me abandonou, definitiva e inegavelmente.

Meus tapas e socos na superfície gélida cessaram, mas não percebi em que momento parei, pois, como se um apagão mental me acometesse, quando dei pela sanidade, estava sentado ao chão, com os punhos ainda tocando o vidro.

Um dos seguranças me levantou, me tratando com grosseria e dizendo que eu não poderia ficar ali, pois estava começando a assustar os outros passageiros.

Eu assenti, destruído demais para brigar. Destruído demais para qualquer coisa.

Sentindo-me vazio, como se tivessem arrancado não só meu coração, mas todos os meus órgãos, andei me arrastando até a saída, dando de cara com Eric e sua postura apreensiva, enquanto estava com o quadril encostado no carro.

Ele sabia que algo estava errado, pois me olhou com preocupação extrema, vindo em direção ao meu corpo, rapidamente. Conforme ele se aproximava, minhas pernas perdiam as forças e, se não fosse meu amigo me segurando, eu estaria caído ao chão, chorando e sem apoio algum.

— Ele foi embora, Ric! — eu disse num grito doloroso. — O Gael... Ele... — eu engasgava, quase vomitava as palavras. — Ele me deixou... Ele... Ele me abandonou.

Eric me abraçava, me apertava contra seu peito. Mais uma vez, meu rosto estava colado, em lágrimas, na sua blusa social fina, enquanto eu não tinha mais forças nem mesmo com ele me amparando.

Meus joelhos tocaram o chão, meu amigo se abaixou junto a mim e, em momento nenhum, ele parou de me abraçar.

— Ele disse que... Que sempre iria me salvar... — Eu engasgava de tristeza, de dor, não conseguia acreditar no barulho dos aviões indo embora, evidenciando que, em um deles, meu amor havia partido. — Ele prometeu que ia ficar comigo...

Eric passava a mão no meu cabelo, acariciando-o enquanto as pessoas ao nosso redor iam e vinham, andando e nos julgando, sem se preocupar em esconder os rostos sérios ao encarar uma pessoa tão desesperada quanto eu.

Atentando-se a esse fato, meu amigo se levantou, me puxou junto e me conduziu até seu carro. Sabendo que eu estava mais fraco do que nunca estive, me ajudou a sentar-me no banco do carona, enfiou o corpo ali e colocou meu cinto, então entrou e começou a dirigir. Eric nada falou, mas seu rosto estava travado, em fúria.

Ele respirava fundo e parecia se controlar demais para não explodir, mas mal consegui perguntar o que ele tinha ou o que estava sentindo, pois não demorou para que a dor de cabeça habitual me atingisse, acompanhada do choro.

Eric me levou até sua casa, e eu não parei de chorar em momento algum, então me conduziu até sua cama e saiu do quarto, voltando momentos atrás com um copo d'água e uma aspirina, pois sabia que eu ficaria com enxaqueca. Ele sempre estava um passo à frente quando o assunto era cuidar de mim.

— Como você está? — perguntou preocupado, sentando-se na cama ao meu lado e me observando ainda fungar violentamente.

Eu neguei com a cabeça, voltando a chorar. Não conseguia falar sem sentir a tristeza de ter sido abandonado me sufocar de forma brutal. Era tudo tão doloroso, ao mesmo tempo, eu não conseguia acreditar ser real.

Ele iria voltar no dia seguinte... Gael iria voltar. Meu amor voltaria para mim, não podia ser definitivo desse jeito.

Não podia ser verdade...

— Desgraçado, filho da puta! Escroto do caralho! — Eric praticamente urrou, num quadro de raiva descontrolado em que eu raramente o vi estar.

Estava mergulhado na raiva de Gael.

— Ele... — comecei a dizer, com a voz trêmula. — Ele não está errado, Ric...

— Não está errado? — Meu amigo se exaltou, levantando-se da cama e andando, de um lado para o outro. — Ele mal te ouviu, Dimitri! Ele só foi embora! Ele não deixou nem você dizer que eu estava envolvido, que a ideia foi minha! Ele não deixou você abrir a boca! Ele é um babaca egoísta!

— Mas eu menti, Ric; eu enganei ele. — Começava a me magoar com o Eric ofendendo Gael daquela forma.

Meu apego emocional me cegava a ponto de eu não conseguir ponderar e colocar as coisas na balança. Eu só enxergava os meus erros e aceitava, cegamente, a decisão impulsiva do abandono de Gael.

Todos os erros da minha vida sempre foram culpa minha, desde criança, meus pais fizeram questão de me lembrar disso.

Por que seria diferente desta vez?

Por que, mais uma vez, eu não seria o núcleo de toda a desgraça?

— Enganou, mentiu, errou, mas eu errei junto! — Meu amigo colocava uma das mãos na cintura, enquanto a outra gesticulava de forma irritada. — E aquele merda nunca soube o que aconteceu com você de verdade, ele não faz ideia do que você sente! Caralho, ele é uma mula empacada! A ponto de não te dar nenhuma chance de se explicar! Filho da puta cruel e babaca!

— Para, Eric, por favor! — eu pedi, mas meu amigo não cessou com as ofensas.

Ele continuava xingando e xingando Gael, esbravejando toda uma raiva que ainda parecia maior do que eu conseguia compreender.

Eu não estava aguentando mais vê-lo ofendendo tanto o homem que eu amo, ao mesmo tempo, não podia culpá-lo por estar tão magoado, pelo fato de ter, claramente, tomado todas as minhas dores.

Fraco, me levantei da cama e corri até o corredor, descendo as escadas enquanto sentia as lágrimas quentes rolarem novamente pelo meu rosto.

Minha tentativa de ir embora foi totalmente malsucedida.

Segurando meu corpo, Eric me abraçou enquanto eu cedia aos seus braços, fazendo com que nós dois nos sentássemos nos degraus, no perfeito centro da escada.

— Desculpa, Dimitri... — ele pedia, com o corpo atrás do meu, me envolvendo entre braços e pernas que não me deixariam ir embora. — Me perdoa por explodir, eu só... — ele dizia com dor, num tom de voz tão rasgado de culpa que me machucava ainda mais. — Eu nunca deveria ter tido essa ideia. Eu odeio te ver sofrer, eu odeio te ver chorar...

Eric fungou, e logo o presenciei fazer algo que raramente via acontecer.

Mesmo sendo meu amigo íntimo, com quem eu compartilhava todos os meus segredos e experiências de vida, Eric quase nunca me permitia vê-lo em uma situação em que estivesse minimamente vulnerável.

Aquilo, aquelas lágrimas, não eram apenas por raiva de Gael, e eu tinha medo de descobrir o que as ocasionou.

— Me perdoa, por favor! — ele pediu mais uma vez, deitando a testa no meu ombro e envolvendo ainda mais meu corpo com seus braços, que eu segurava, mostrando reciprocidade ao seu contato. — Eu vou continuar xingando aquele idiota... Eu estou com raiva demais, Dimitri — confessou. — Mas hoje não, hoje eu vou cuidar de você e te dar apoio. Por favor, não vá embora...

Eu confirmei com a cabeça, deitei a cabeça no seu braço que me rodeava e chorei mais um pouco, porque ele assim me permitiu.

Permitiu que ficássemos sentados naqueles degraus pelo tempo que eu quis, enquanto meu rosto molhado levava lágrimas também para sua camisa.

E por nenhum segundo sequer deixou de me abraçar. Deixou de me acariciar, de beijar minha cabeça, de cuidar de mim.

Zelou por mim até eu querer me levantar, e me guiou até a cozinha onde esquentamos o que Olívia já havia deixado pronto e depois comemos.

Eu não comi muito, na verdade, não tinha apetite, mas Eric disse que não sairíamos da cozinha até que eu tivesse colocado pelo menos um pouco de comida para dentro e, sem vontade alguma de vê-lo furioso mais uma vez, obedeci. Comer me fez bem, porque quase sentia a enxaqueca voltar, se não fosse por aquela refeição e todo seu cuidado.

Depois de tentar me distrair com filmes que nada me ajudaram, pois a imagem projetada na minha frente não fazia com eu me esquecesse das dores por ter sido abandonado por Gael, fomos nos deitar, e Eric, mais uma vez, não me permitiu ficar sozinho.

Ele era protetor demais, preocupado demais.

Por vezes, me perguntava se ele me confundia com um de seus submissos, pois ele gostava de ter tanto controle sobre todas as minhas ações que a dúvida surgia silenciosamente.

Entretanto, sabia que ele não era assim todos os dias e, imaginando ser apenas fruto da sua preocupação quanto ao meu estado naquele momento, não reclamei, só aproveitei de seu carinho.

E eu precisava tanto daquilo...

Sem falar mais nada, ouvi seus passos indo até a porta do quarto, quando eu já estava deitado em sua cama, trancando tudo e voltando para perto de mim. Eric apagou as luzes, me cobriu e, depois, se deitou atrás do meu corpo, sem me encostar.

Eu ouvi sua respiração pesada, enquanto a minha própria voltava a ser entregue a um soluço choroso, mesmo que eu não chorasse exatamente, só soluçasse.

Mas durou pouco.

No segundo seguinte, eu já sentia o líquido quente escorrer pelo meu rosto, deixando claro o quanto estar acordado era o mesmo que me lembrar de que Gael me odiava.

E como doía...

— Ric, me abraça, por favor... — supliquei, encolhendo o corpo em posição fetal.

Eu esperei o abraço de meu amigo, que demorou além do esperado.

Eric respirou fundo, como se estivesse exausto de algo doloroso que o atingia também, mas, no final, me abraçou repleto de carinho, beijando a parte de trás da minha cabeça e deixando carícias nos meus braços, enquanto me envolvia.

— Dorme, Dimi... — pediu calmo. — Por favor, meu pequeno, dorme.

E, assim como seu carinho de momentos atrás, na escada, seu mesmo cuidado me embalou num sono profundo.

E eu desejei, mais uma vez, adormecer para sempre.

Mas eu despertei e, quando o fiz, tive que enfrentar a lancinante realidade de entender que meus dias seguiriam sem Gael.

Tive que enfrentar a lancinante realidade de entender, também, que eu não tinha mais um namorado, alguém que prometeu me salvar, um corpo para abraçar à noite, beijar e me entregar quando meu coração queimasse de tanto amor que se fazia necessário ser demonstrado pelo meu corpo.

Mas meu corpo nunca mais falaria de igual forma, porque eu havia perdido o meu amor...

Eu havia perdido a minha âncora.

E, por mais que doesse, porque iria doer, era hora de aprender a me sustentar no mar sozinho.

12

UM ANO

1 ano depois
Atualmente, dezembro de 2040

Doze meses se passaram, tornando-se o ano mais difícil de toda a minha existência.

O pavor dos meus pais, o medo de não ser aceito, o pânico do assédio...

Nada se comparava à dor de ter sido abandonado pela pessoa que prometeu me salvar todas as vezes que eu precisasse de sua ajuda.

Você pode experimentar diversas sensações durante a sua vida, mas nada é equivalente ao mergulho asfixiante da experiência de provar um coração imensuravelmente destruído.

E eu chorei.

Chorei por dias, semanas, meses...

Chorei até secar todas as lágrimas do meu corpo, até enfraquecer, até ser pego, diversas vezes, escorado no chão da cozinha com a quarta ou quinta garrafa de vinho, por Pablo ou Eric que, preocupados por eu não ter respondido às suas ligações, chegaram ao meu apartamento às pressas.

Não aconteceu apenas uma vez, porque eu não parava de sentir.

Eu não parava de chorar.

E uma das piores vezes, em uma noite quase fatal, eles chegaram a me levar ao Astra Centro Hospitalar novamente, porque tive um episódio de coma alcoólico.

Não me lembro muito dessa noite. Não me lembro do que aconteceu, não me lembro do que eu disse, só sei que, quando acordei, Eric estava ao meu lado com o semblante tão destruído que eu só consegui entender a seriedade da situação quando encarei seus olhos.

Estavam tão vermelhos de choro que percebi que apenas algo sério demais poderia fazer as lágrimas do meu amigo jorrarem com tanta facilidade.

Pouco tempo depois, Pablo entrou no quarto, depois de ser avisado que eu havia acordado, e seu rosto não havia nada além de desespero, dor e, claro, muitas lágrimas.

Eles estavam preocupados comigo de uma forma que atestava, de uma vez por todas, o quanto realmente me tinham como amigo. O quanto eu realmente era importante em suas vidas.

Numa trégua de toda guerra fria, até Vicenzo, que não tinha um bom relacionamento comigo, parecia compadecido por toda minha dor e foi me visitar no hospital. Ele me levou flores e chocolates, os presentes clichês que conseguiu pensar em comprar, mas que recebi com muito carinho.

Todos eles me deram presentes exagerados, o que me fez chorar ainda mais. De certa forma, de alívio. Porque eu sabia que ainda haveria muitos dias de dor, mas tudo seria muito mais insuportável se eu não tivesse meus amigos comigo.

Então, eu deixei as lágrimas rolarem pelos dias que elas quiseram rolar.

E eu chorei até não chorar mais.

Até fazer da dor uma amiga e professora, que me mostrou o quanto depender de alguém emocionalmente podia me trazer conforto e cuidado, ao me entregar a uma redoma de confiança, mas, como num virar de chave, podia também me entregar sentimentos de tão profunda angústia que chegavam a se assemelhar à dor física. Eu achei que iria morrer em diversos momentos, pois não sabia imaginar minha vida sem Gael.

Como poderia? Nunca conheci um lar, uma casa, nem mesmo o conforto da plenitude da paz, até estar com ele.

Mas, com o tempo, eu aprendi...

Eu precisava ser meu próprio lar, pois minhas paredes seriam feitas de areia, se construídas pelas mãos de outras pessoas e, no primeiro vendaval, eu poderia desmoronar.

E eu desmoronei.

Desmoronei uma, duas, três vezes...

Perdi a conta em quantas ocasiões estava respirando bem e, no momento seguinte, chorava descompassadamente, lembrando-me da dor de ter meu coração arrancado do peito.

Eric e Pablo tentaram me distrair.

Eles me levaram a boates diferentes, me apresentaram a pessoas, me acompanharam quando eu queria beber socialmente e ficaram no meu pé para eu não exagerar.

Nos primeiros três meses, eu não queria ninguém. Eu saía pela oportunidade de não ficar sozinho, aproveitava a presença dos meus amigos e bebia para esquecer.

E eu bebi. Bebi muito...

Continuei bebendo mais vinho do que havia bebido em toda minha vida e, por diversas vezes, tive que ser escoltado por Eric até meu apartamento, porque quase passei dos limites novamente.

Isso quando eu não implorava para dormir na sua cama.

A paciência e cuidado de meu amigo comigo eram algo com que eu sempre estive acostumado, mas se intensificaram no período após Gael ter me deixado.

Ele estava sempre mais preocupado, mais atento, me mimando mais...

Até perceber que ele estava ficando mais sério. As piadas estavam diminuindo, seu tratamento comigo estava menos humorado, e ele não saía de perto de mim, cuidando de cada minuto do meu dia, como se fosse um mordomo que nunca havia servido ninguém, mas buscava, de todas as formas, zelar pela minha vida e rotina.

Qualquer pessoa poderia achar sufocante e até chato, mas havia algo intrínseco ao meu ser — e na minha carência — que adorava a atenção que Eric depositava sobre mim. Eu adorava ser cuidado dessa forma enquanto estava passando por um dos momentos mais vulneráveis da minha vida.

Sob o conselho dele próprio e sendo pago pelo plano de saúde que Pablo dava aos funcionários, comecei a fazer consultas online com uma terapeuta.

Ela se chama Petra. É atenciosa, paciente e parece ter especialização em chutes na bunda, pois, apesar de não querer ouvir as palavras que ela me falava, e fala até hoje nas nossas consultas, foram seus sermões que me ajudaram a perceber o quanto eu sou forte sozinho e sou suficiente para mim mesmo.

Após pouco mais de três meses de terapia, quis me desvencilhar até da bolha de proteção causada por Eric, porque estava tentando, sozinho, dar meus próprios passos. Eu já fui dependente emocional de um relacionamento amoroso e da minha grande paixão adolescente, não quero ser das minhas amizades também.

Voltei a dormir sozinho na minha casa, comecei a ir e voltar para o trabalho todos os dias, normalmente. Fiz da rotina um porto seguro, para me fazer entender que existem outras prioridades na minha vida.

Meu trabalho, meus amigos...

Eu mesmo.

Entretanto, nunca deixei de sentir.

Nunca deixei de amar Gael, e a saudade nunca foi aplacada, por mais que meu coração agora fosse domado pelo meu cérebro, que trabalha duro, todos os dias, me fazendo entender que nenhum amor vale minha saúde mental, mesmo que alguns dias, desse processo, fossem terrivelmente mais difíceis do que outros.

O arrependimento de ter escondido as coisas de Gael existe. Eu tenho noção do meu erro e me arrependi amargamente de não ter sido transparente com ele. A hora de contar havia passado há muito tempo, e talvez ele não me perdoasse nem mesmo no dia em que eu havia resolvido contar-lhe toda a verdade.

Talvez, naquele dia, as coisas já tivessem virado uma bola de neve tão grande que sufocaria nossa relação de qualquer forma. Porque, sim, o tempo de ser honesto havia passado. O tempo de ser sincero e jogar limpo com ele se foi e eu sequer consegui perceber quando seria a hora certa de contar.

Sempre achando que a hora perfeita chegaria, mas nunca chegou.

Contudo, ainda arrependido de ter mentido, eu aprendi a reconhecer tudo que essa relação me causou. A carência absurda em que eu estava imerso.

Por ter sido privado de amor toda a minha vida, vi em Gael um ponto de escape onde eu, enfim, era cuidado, protegido e tinha paz.

Gael era minha paz, e eu me viciei nisso.

Doeu... Doeu muito até eu perceber que eu não posso depender de outras pessoas para sentir calmaria. Eu não posso depender de outras pessoas para sentir nada.

E todo esse processo, toda essa evolução, também me fez entender como foi injusto ter sido largado e como foi impulsivo, da parte do meu ex-namorado, simplesmente me abandonar, sem lidar com os problemas.

Sem conversar comigo...

Que ele fosse embora e que nós terminássemos de qualquer forma, que fosse inevitável acontecer isso, mas ele sequer me deu o direito de explicar.

Havia tanto a ser dito, tanto a ser contado... Tanto que eu precisava falar, para, com toda a minha força, mostrar a ele que ele nunca foi enganado por mal, que eu sempre o amei de verdade e meu único erro foi não confiar em mim mesmo.

Mas ele não quis me ouvir e me abandonou. Esse abandono doeu tanto que, depois que a tristeza se dissipou, só sobrou espaço para mágoa. Mágoa, raiva e um ressentimento que era maior do que meu próprio controle.

Quando dizem que ódio e amor andam lado a lado, talvez não seja mentira...

Não, hoje, eu não odeio Gael, nunca serei capaz de odiá-lo, mas odeio toda a dependência que eu tinha dele. Odeio a pessoa que eu era, sujeito a me sentir feliz apenas se estivesse perto dele. Eu me sentia feliz apenas quando ele me amava ou demonstrava gostar de mim.

E eu já passei por isso antes... Já devia ter aprendido.

Não aprendi da primeira vez, mas hoje reconheço meus erros de melhor forma — e com muito mais maturidade — do que reconhecia quando era apenas um adolescente, a ponto de odiar tanto esse Dimitri dependente que tenho medo de voltar a ser ele um dia.

Atualmente, me afasto de tudo e qualquer lembrança que me remeta ao meu ex-namorado e ao tempo que pertencemos um ao outro.

É por isso que, depois de muito relutar entre sentimentos de apego, hoje estou aqui, na porta de sua casa, num domingo.

Bato na madeira até que ela se abra, revelando a imagem alta e troncuda de um homem sério, mas que me olha com surpresa enquanto eu seguro a televisão que Gael me deu.

— Dimitri? — Augusto estranha, franzindo o cenho.

— Oi, Sr. Bandile, boa tarde. Desculpa aparecer assim do nada... — falo sem graça, não conseguindo encará-lo. — Eu posso entrar?

— Claro — diz, dando um passo para o lado e me dando passagem para entrar em sua casa. — O Gael não está — sua voz soa levemente sem graça.

Ele provavelmente sabe que eu tenho noção de que seu filho está fora do país, mas é claro que não entende o motivo de eu estar ali, segurando uma televisão.

— Ah, eu sei... — digo, dando um sorriso leve, sem muito humor. — Eu vim falar com o senhor, prometo ser breve. Há algum lugar que eu possa colocar esta televisão?

Ele pensa por um segundo, não entende por que eu quero deixar a televisão em algum canto, mas me direciona até o quarto do Gael e diz que posso deixá-la em cima da cama do meu ex-namorado.

Eu saio do quarto rápido, porque ele traz lembranças demais, foi justo o lugar onde o ex-barman havia me contado que tinha desistido da viagem e iria ficar comigo, então não é o melhor lugar para permanecer no momento.

Quando voltamos à sala, Augusto pede para que eu me sente e pergunta se eu quero beber alguma coisa, mas nego gentilmente e peço para que ele também venha se sentar ao meu lado.

Com o corpo virado para ele, estalo meus dedos devagar, um por um, enquanto respiro fundo e busco coragem para dizer o que quero.

— O senhor sabe que eu e Gael terminamos, não sabe? — pergunto calmo, apesar de me sentir trêmulo por dentro, enfim conseguindo levantar o rosto e encará-lo.

— O meu filho não me disse que vocês terminaram... — ele responde ainda sério, mas confortavelmente calmo. — Ele não falou mais nada sobre você, então... — Olha para baixo, passando as mãos pelo tecido da calça. — Nós nunca fomos muito de conversar, mas ele falava muito de você e depois parou de falar e... Bem, depois de um ano, eu acabei presumindo que isso havia acontecido.

Surpreende-me e entristece o fato de Gael não ter falado sobre o nosso término, o que significa que, por saber que ele não tem amigos, havia guardado toda a mágoa do que aconteceu só para si, sem compartilhar com mais ninguém.

Aquilo, inevitavelmente, dói demais.

— Eu — solto um pigarro longo e sem graça — mandava mensagens anônimas para o seu filho.

Augusto continua me encarando sério, deixando que eu prossiga.

— Eu amo... Amava Gael desde que ele começou a trabalhar na boate, mas ele era sempre muito fechado e difícil de conversar...

— Puxou a mim essa parte... — o Augusto me interrompe, dando uma risada pequena que faz sentir-me mais confortável.

Acabo rindo também e confirmo com a cabeça.

Logo, volto a ficar sério.

— Por conta disso, achei que ele nunca iria olhar pra mim... — continuo, com um pouco mais de coragem. — Então, comecei a mandar mensagens anônimas para tentar me aproximar dele. Eu sei que foi infantil e que foi um péssimo jeito de me aproximar de alguém, mas, ainda assim, eu precisava saber se tinha alguma chance de ele gostar de mim, o mesmo tanto que eu gostava dele...

Eu percebo que é a primeira vez que falo sobre o assunto, sem que doa como se meu peito estivesse sendo rasgado. Essa sensação de poder enfrentar as coisas, sem que eu me sinta destruído, é inegavelmente boa.

— Depois nós nos aproximamos — continuo falando, com Augusto prestando atenção a todas as minhas palavras —, e eu pedi a um amigo meu pra ficar com o celular, porque não queria mais mandar mensagens pra ele, ao mesmo tempo que estava com ele. Eu estava desconfortável, mas acabou que ele descobriu sozinho e provavelmente foi embora achando que eu o enganei e estava brincando com ele, sem me deixar explicar...

— O que você faria no lugar dele? — Augusto pergunta, provavelmente querendo defender o filho.

— Eu... Sinceramente não sei — respondo fraco, me sentindo encurralado ao inverter os papéis. — Entendo a reação dele. Acho que ele foi impulsivo demais, mas não consigo culpá-lo.

— Eu teria feito exatamente a mesma coisa — confessa, dando de ombros. — Eu e Gael não sabemos nos expressar e não enfrentamos os problemas, a gente lida com a vida do jeito que ela acontece e, quando algo ruim surge, nós só desviamos e continuamos...

— Mas isso não faz com que os problemas sumam — pontuo, rebatendo-o, mas falando baixo, tentando não ser desrespeitoso.

— Depois que você sofre demais, você não se importa se os problemas vão continuar existindo ou não. Você só não quer mais vê-los na sua frente, então fugir acaba sendo a melhor alternativa.

Eu confirmo com a cabeça, depois respiro fundo.

Sei que Gael sofreu demais e que tudo sempre foi muito doloroso em sua vida. No final, a conversa com seu pai não faz com que eu mude de ideia em achá-lo impulsivo, mas reforça meu arrependimento de tê-lo privado da verdade. De que eu não deveria tê-lo testado por mensagens, em cada oportunidade que eu tive.

— Eu acredito que você não tenha feito por mal, meu filho. — Augusto quebra o silêncio, me fazendo engolir em seco por tê-lo ouvido me chamar de "meu filho" mais uma vez. — Mas o Gael sofreu muito com os outros relacionamentos dele... A menina que ele namorou, traiu ele com um dos colegas em comum que eles tinham — Augusto, como bom pai fofoqueiro que parece ser, começou a abrir fatos da vida de Gael que eu não sabia, pois não costumávamos falar de antigos relacionamentos. — Ele chorou muito, se trancava no quarto, tentava esconder, mas eu sempre via. Depois ele se envolveu com... Com... — Ele pigarreia, franzindo o cenho e parecendo com ódio.

— Um merdão chamado William — completei, sentindo a mesma raiva que ele.

— Isso. — Ele assente, ainda parecendo com raiva. — Esse foi... Foi pior. Nunca vi meu filho tão mal... Porque foram várias vezes, e ele ficou destruído de verdade. O cara conseguiu acabar com a sanidade mental do Gael por alguns meses.

Sinto vontade de chorar, porque não sabia o quanto aquele relacionamento havia sido tão corrosivo ao interior de Gael, que nunca se abria comigo sobre o passado.

— Então, por mais que seus sentimentos tenham sido verdadeiros, a vida amorosa dele e a dor de ter perdido a mãe... Tudo sempre foi tão difícil que ele deve ter achado que você era apenas mais uma pessoa que não o amava de verdade... Só mais um que o enganava.

Engulo em seco mais uma vez, passando os dedos no canto dos meus olhos, onde, inevitavelmente, algumas lágrimas se acumulam, porque aquela conversa é um gatilho terrivelmente violento para mim.

— Bem, eu... — falo, tentando respirar normalmente. — Sei que eu errei... Sinto muito pelas coisas terem acabado desse jeito e por ele não ter tido vontade de conversar comigo... Mas eu vim aqui me desculpar diretamente com o senhor. Não queria que ficasse com raiva de mim...

— Não tenho raiva de você, acho que é impossível — ele fala, dando mais um daqueles sorrisos pequenos, de quem tem dificuldade de sorrir.

Aquilo me faz rir, quase alto, porque é uma cena engraçada. Eu concordo com a cabeça e, ainda fungando automaticamente, me lembro da mãe de Gael.

Ela também devia ter sido viciada na paz que Augusto lhe proporcionou, porque, assim como meu ex-namorado, ele emana isso.

Essa confortabilidade, certamente, é de família.

— O Gael me deu aquela televisão... — falo, me levantando devagar e ajeitando minha roupa. — Mas eu não consigo olhar pra ela sem me sentir culpado, então queria que o senhor ficasse com ela.

— Mas ele deu pra você.

— Ele deu pra pessoa que ele confiava, que achava que não tinha segredos e que não magoou ele. Não foi pra mim.

Augusto volta a ficar completamente sério, me olhando e pensando sobre o assunto.

— Por favor, eu não suportaria ter algo tão caro dele, porque sei que ele só gastou tanto dinheiro comigo porque tinha uma imagem completamente diferente de mim, não é justo com ele... Eu só... Por favor, aceite.

Ele parece precisar raciocinar mais um pouco, mas acaba concordando com que eu digo, então aceita ficar com a televisão.

Eu me despeço sem graça, porém Augusto me puxa para um abraço forte e deseja muitas coisas boas para minha vida. Agradeço e seguro as lágrimas enquanto ele me abraça, mas desço as escadas da sua casa chorando e limpando o rosto com pressa, porque aquilo me abala demais.

Ainda me abala alguém mais velho me tratar com carinho e respeito, ainda me abala alguém ver o meu lado e, mesmo conhecendo Gael tão bem, acreditar nas minhas intenções.

Busco, no meu trabalho, um motivo forte para afastar aquelas lembranças, tentando entender que não posso pensar em Gael por mais do que alguns minutos, senão minhas crises voltam e me aprisionam.

Então, miro na Hidden Honey, o alvo perfeito para fugir de qualquer situação em que eu precise distrair minha mente.

Os atrasos ainda continuam, claro. Infelizmente, me acostumei com o jeito que Eric e Pablo passam a mão na minha cabeça, mas, em dias como hoje, me esforço para estar antes do horário e fazer meu trabalho direito.

Aliás, ainda sou o maître da Hidden Honey e, protegido pelos meus chefes ou não, ainda preciso dar exemplo aos garçons, barmans, serventes e demais funcionários da casa.

E se eu não tinha pulso firme um ano atrás, hoje eu tenho.

E muito.

— As mesas do centro do salão e do canto estão totalmente desalinhadas — falo a um grupo de garçons e garçonetes, duas horas antes da casa abrir. — O serviço de vocês tem sido ótimo, vocês são rápidos, quase nunca erram pedidos e resolvem problemas com muita facilidade, mas estão deixando a desejar a arrumação da casa antes de abrir.

— Sim, senhor. — Ouço algumas vozes me respondendo baixo.

Eles falam comigo com respeito, não medo, até porque eu nunca os ameaço de nada, muito menos sou rude, apenas firme.

— Alinhem as mesas, busquem avarias. Cadeiras com lascas ou furos nos estofados devem ser anotados e reportados a mim, sim? — falo calmo porque, apesar de serem ordens, ninguém ali é meu escravo e todos merecem o respeito de serem tratados bem, mesmo que eu seja uma versão com menos poder de um chefe. — Outra coisa — continuo, lembrando-me de mais um fator. — Tivemos um prejuízo imenso no último mês por conta de copos quebrados... — Então, olho por cima do ombro para Davi trabalhando no bar, que me olha fazendo um bico infantil. — Eu sei que não temos como prever acidentes, e os próprios clientes dão um trabalho enorme depois de encherem a cara, então vamos só tomar cuidado, certo? — Todos eles assentem, e ficam novamente quietos. — Bom trabalho a todos.

Quando os garçons vão embora, ando devagar até o bar, me sentando em uma das cadeiras altas e olhando para Davi.

— Pare de quebrar os copos da casa — dessa vez, eu falo quase grunhindo.

— Estava falando cheio de amorzinho com os garçons, por que comigo parece gato miando de madrugada no teto de alguém?

— Gatos miam no teto de madrugada pra transar, Davi. — Seguro o riso, pegando a garrafa com água que ele me dá, abrindo-a e bebendo em seguida.

— Ah, desculpa... — ele parece envergonhado, ficando quase arredio.

Eu começo a rir, não aguento, depois coloco a garrafa no balcão e a tampo.

— Como estão as crianças? — pergunto, vendo-o começar a tirar as caixas de frutas, que chegaram, do chão, e jogar morangos e pêssegos na pia.

Não gosto de ver pêssegos, então desvio o olhar.

— Brian socou a cara de um menino na escola ontem. — Ele franze o cenho preocupado, enquanto fala do filho de 9 anos. — Tina jogou o celular da mãe no vaso sanitário e deu descarga...

Não é a melhor hora para rir, mas eu acabo gargalhando, e Davi, antes sério, agora começa a rir também, balançando a cabeça negativamente.

A filha de 6 anos, Tina, parece ser tão bagunceira quanto o mais velho.

— Recuperaram o aparelho?

— Ela colocou no arroz por dois dias, depois voltou a funcionar.

— Comeram o arroz depois?

Ele torce a cara.

— Claro que não. Que nojo!

Começo a rir, enquanto vejo sua careta ainda de nojo, ao mencionar o arroz com caldo de vaso sanitário. Pedindo, mais uma vez para que ele tome cuidado com os copos da casa, dessa vez com mais carinho, deixo o bar.

Davi ficou no lugar de Gael e, no dia das mulheres, uma mulher chamada Leia comanda o bar. Apesar do meu amigo de infância dar o triplo de prejuízo que o ex-barman dava, ele aprende rápido, e Pablo tem grandes problemas de confiança em colocar pessoas que ele não conhece em cargos importantes.

Como eu conhecia Davi há mais tempo do que Eric e Pablo, sendo ele a única amizade que me restou dos meus tempos de religiosidade obrigatória, seria agradável se ele fizesse um ótimo serviço.

Apesar da Hidden Honey só aceitar contratar pessoas LGBTQIAP+ — com exceção de Victor que teve seus méritos delicados com Pablo —, consegui o emprego para ele quando precisava desesperadamente de uns bicos para sustentar os filhos junto à esposa, já que tinha sido demitido do último trabalho.

Pablo *quase* odiava héteros, mas deu uma chance apenas porque eu implorei com muitos beijos e mordidas. Eu sei que joguei sujo.

Fiquei feliz demais por Davi se mostrar aliado à nossa comunidade, me fazendo acreditar que meu esforço de implorar pelo seu emprego valeu a pena. Um tempo depois, quando surgiu a oportunidade de tê-lo como funcionário fixo, ele ficou imensamente feliz e foi mais fácil efetivá-lo por pedido meu e, durante o ano que se passou, continuou funcionando muito bem.

Ele agradeceu ainda várias vezes, estava feliz demais por ter um salário fixo e beijou as mãos de Pablo, o que foi uma cena engraçada, que me fez segurar o riso com todas as forças do meu corpo.

— Não beija demais não, senão vou ficar com tesão, e você é um hétero casado. Vai lá trabalhar, vai... — Pablo disse na época, deixando o rosto de Davi completamente vermelho.

Assim, passamos a ter um homem alto e atrapalhado no bar, que magicamente entrega todos os pedidos na hora.

Ocupado com meus outros deveres, tardo a perceber que faltam apenas vinte minutos para abrir a casa e nem sinal de Victor em seu posto. Eu o procuro pela boate e o encontro tirando um cochilo em um dos sofás de canto, roncando como um trator.

— Mamute, acorda. — Toco os joelhos nos seus.

Ele acorda como se estivessem entrando na boate atirando, tão em alerta que parecia que tinha tomado um tiro em outra vida.

— Porra, que susto, oxigenado... — resmungou, sentando-se e coçando os olhos.

Parece cansado demais.

— Desculpa — falei, segurando o riso, olhando sua barba ruiva meio desgrenhada. — Já está quase na hora de abrir, você está bem? — apesar de ainda estar segurando o riso, meu tom soa preocupado.

— Estou, é que eu passei o dia todo ajudando Agatha com as lembranças do casamento — ele diz, respirando fundo e se levantando, enquanto entrelaça os dedos das mãos e os estica para cima, alongando o corpo.

— Já está próximo? — perguntei.

— Daqui a três meses, mas eu já devia ter casado... Já tô noivo a mais de um ano — diz meio chateado.

— E ficou enrolando a coitada da mulher, por quê?

— Dinheiro... Quis juntar bastante, pra ver se podia pagar uma festa legal, mesmo assim não foi o suficiente. — Abaixou a cabeça, soltou o ar de forma pesada e pareceu meio triste. Seu semblante estava cansado, mas tive a impressão de que não era só o físico que o abalava.

— Eu sei que vai estar perfeito, mesmo se for simples... — falei, batendo a mão no seu braço e afagando-o em encorajamento. — E...

— Dimitri, vem cá! — Pablo me olhou de longe e, enquanto segurava a porta da sua sala, me chamou.

Assinto e viro o corpo em direção à sua sala.

— E ela vai amar, independente de como seja, ok? — digo de forma carinhosa ao segurança da boate, que me dá um sorriso menos desanimado dessa vez.

— Você está na lista VIP dos convidados. Estava na lista normal, mas te coloquei na VIP agora — falou, antes de me distanciar de vez.

Eu rio baixo, balançando a cabeça negativamente e indo em direção à sala de Pablo.

— Está seduzindo o segurança? — meu amigo diz, quando eu entro na sua sala.

— Vai trepar com o teu marido, Pablo — rebato, revirando os olhos, enquanto observo Vicenzo e Eric sentados atrás da mesa de Pablo, conversando entre si.

— Logo, logo... — Pablo diz rindo. Ele se senta no seu sofá e me puxa, sem cerimônias, para sentar-me ao seu lado. — Por que a cara de bunda de Victor? — pergunta simples, mas preocupado. Não deixa nada passar.

Pablo sempre foi capaz de analisar a cara de todos os seus funcionários que conhecia bem e não seria diferente naquela hora.

— Ele não vai conseguir bancar um casamento muito caro... — falo, tomando cuidado com as palavras, porque não sei ao certo se aquilo é um segredo ou não. — Está preocupado em decepcionar a noiva. — Deito a cabeça para trás, encostando-me ao sofá e respirando fundo, me preparando para a longa noite que virá a seguir.

Pablo nada fala, então, quando enfim o olho, continua em silêncio, parecendo pensativo sobre o que eu acabei de falar, olhando para um ponto qualquer no chão.

— Já vamos abrir... — concluo, enquanto ouço a voz grave de Eric ser sussurrada para Vicenzo, próximo demais de seu rosto, o que me impossibilita de ouvir exatamente o que estão conversando. — Fala rápido ou vão explodir o salão.

Pablo solta uma risada curta e parece sair daquele transe de pensamentos profundos, olhando para mim em seguida.

— A filial está pronta — ele solta do nada, fazendo Eric e Vicenzo virarem o rosto na minha direção, devagar, querendo ver a minha reação à sua notícia.

— E...? — pergunto, não entendendo aonde ele quer chegar.

A filial fica em Lipa, distrito capital de Aleegra.

Eles me falaram seis meses após a partida de Gael.

Claramente, haviam comprado o espaço e começado as obras antes de saber daquela problemática toda, envolvendo o ex-barman da boate e eu e, sinceramente, acredito que ele mudar ou não para lá, não mudaria o plano dos meus chefes de ter mais uma boate, onde quer que fosse.

Mas, para mim, faria total diferença, porque não queria mais saber do meu ex-namorado e havia rejeitado o cargo assim que me contaram sobre a localização.

Demorei muito a parar de chorar, a parar de sofrer...

Não queria ir exatamente para o lugar onde o motivo da minha dependência emocional estava. Não queria ter nenhum tipo de recaída, principalmente psicológica.

— A inauguração vai ser daqui a uma semana, você quer ir? — ele pergunta simplesmente, como se estivéssemos falando de ir até a esquina e voltar, não de viajar até outro país.

— Dispenso, prefiro ficar aqui na boate.

— Deixa de ser otário... — Eric fala preguiçosamente, enquanto se espreguiça na cadeira. Depois, se levanta e anda devagar até o aparador de bebidas no canto, mirando seu já conhecido conhaque. — Você não vai ver assombração nenhuma, e nós vamos pagar tudo pra você.

— Não estou preocupado com o dinheiro, vocês que ainda acham que sou filho de vocês — digo sério, mas Pablo e Eric começam a rir.

Eles nunca esconderam que haviam me adotado financeiramente.

Vicenzo, o único que não riu, observa a conversa em silêncio, sempre sério quando eu estou no local.

Apesar de demonstrar apoio enquanto eu estava no hospital, eu e Vicenzo continuamos não tendo exatamente uma amizade íntima e, várias vezes, ele ainda parece desconfortável perto de mim, da mesma forma que eu perto dele.

Talvez pelo fato de eu já ter fodido o seu marido...

Apesar de eu e Pablo não nos encostarmos sexualmente há anos, não consigo julgá-lo. Só espero que ele aprenda a relaxar mais do meu lado, porque já passou da hora do nosso relacionamento ficar, pelo menos, suportável. É bem óbvio que eu e Pablo somos apenas amigos, hoje em dia.

Mesmo o dono da boate sendo um completo safado, todas as vezes que estamos juntos e sozinhos, ele nunca dá a entender que trai ou quer trair seu marido e, mesmo que sua cama seja compartilhada com outras pessoas, porque eles descobriram gostar de brincadeiras que envolvam pessoas além dos dois, por vezes até Eric, tudo que Pablo faz é previamente combinado e acordado com Vicenzo.

Eles são uns devassos, Pablo é mais ainda, mas não enganam e muito menos escondem coisas um do outro.

— A Hidden Honey vai fechar por uma semana, nós vamos viajar, ficar num hotel caro, transar com pessoas de outro país, comer comidas diferentes... — Eric vai listando as coisas que acha que serão atrativas para mim, enquanto se serve do líquido amadeirado.

— Que delícia! — começo num tom cínico. — Uma semana inteirinha pra arrumar meu apartamento.

— Ah, desisto, fica aí sozinho, então, trouxa — Eric fala e vira o copo largo em sua boca, bebendo o líquido de uma vez só.

— Quando vai ser? — pergunto por curiosidade, porque realmente não vou.

— Daqui a uma semana, já disse... — Pablo responde, jogando o corpo no meu colo e deitando a cabeça nas minhas coxas.

Eu passo os dedos pelos seus cabelos de forma natural, como sempre faço, e não há malícia no meu toque. Ainda assim, Vicenzo trava o maxilar sutilmente, é perceptível.

— Vamos na quarta que vem, voltamos na outra quarta. Isso dá tempo de finalizar a parte burocrática e terminar de contratar os serviços para a festa inaugural — Eric continua a informação, voltando a sentar-se ao lado de Vicenzo, então olha para o marido de Pablo. — Você está tenso. Quer uma massagem?

— Sim — Vicenzo responde simples.

Eric se levanta calmamente e vai para trás dele, despindo seu terno preto devagar e o apoiando nas costas da cadeira em que ele senta. Lentamente, começa uma massagem que percorre os ombros, atrás e na lateral do pescoço, sobe até as têmporas, depois desce devagar até o maxilar e o massageia, quase numa carícia.

É visualmente muito gostoso de assistir, eu não nego.

Eric faz tudo parecer excepcionalmente erótico e intenso.

— Nossa, que delícia! — é Pablo quem diz, externando o que eu estava pensando. — Vocês estão me deixando com tesão.

— Até eu — falo rindo.

— Não fica com pau duro na minha cabeça, não, porra — Pablo diz, se levantando do meu colo, fazendo todo mundo ali rir, até Vicenzo.

Se ele realmente estava tenso, o que parecia acontecer, não estava mais, pois havia caído na graça dos dedos mágicos de Eric.

— Se os três devassos me dão licença... — digo, me levantando e me espreguiçando devagar. — Eu vou trabalhar, porque não estou limpando a bunda com dinheiro.

— Poderia estar — Pablo fala rindo, não cansando de me dizer o quanto me bancaria se essa fosse minha vontade. — Inclusive, você ainda pode me chamar de *daddy* se quiser.

Eu gargalho com sua fala que já ouvi antes, anos e anos atrás.

Muito teimosos, ele e Eric.

Saindo da sala dos meus chefes, volto ao trabalho e, como toda sexta-feira, a casa está cheia, os clientes são bons, gastam muito e dão muitas gorjetas grandes, com algumas exceções de abusados aqui e ali.

Davi quebra copos, e os garçons cada vez mais me respeitam e me veem como chefe, por vezes, até mais do que o Pablo. O turno acaba, e eu vou para casa e tomo banho no meu chuveiro, porque não consigo me despir na boate, nunca consegui.

Eu como um sanduíche de tomate com peito de peru, depois bebo tanta água que sinto a barriga doer. Arrasto-me até meu quarto, lento pela barriga cheia e cansado por mais um dia de trabalho em que dei tudo de mim.

Deito na cama que Eric me deu e olho para o teto, respirando fundo enquanto entro naquela batalha, já conhecida e diária, contra minha mente.

Um ano é o suficiente para que eu faça tantas consultas, com a terapeuta, quanto consigo.

É o suficiente para aprender que eu sou meu lar.

O suficiente para entender que eu sou minha âncora.

Mas não chega nem perto do tempo que eu preciso para me esquecer de Gael, de seu rosto, de seu cheiro, de seu beijo...

Não importa o que eu faça, o quanto eu entenda que não preciso dele para viver, nem para ser feliz e, muito menos, o quanto eu não quero que isso aconteça, meu coração é estúpido.

Gael é sempre meu último pensamento antes de adormecer.

13

ANO NOVO

O final de dezembro é, como sempre, uma loucura.

O período de festas começa no dia 18 de dezembro, com o sempre agitado aniversário de Pablo. Parece que ele precisa se superar a cada ano.

Dessa vez, fechando um parque aquático à noite e contratando o maior serviço de bebida que eu já vi.

Com todos os funcionários da boate convidados e aquela sua mania de fechar a casa quando tem algum evento importante rolando, não é novidade pegar Eric e Key se pegando no quarto VIP que arrumaram para Pablo.

Eles estão bêbados, os gemidos estão altos, e eu apenas pego meu celular e saio do quarto segurando o riso, pé ante pé, para não atrapalhar a brincadeira.

Horas e horas depois, estamos, no carro, voltando para casa e falando sobre os acontecimentos da noite anterior, porque o sol já nasceu e parece que fomos praticamente expulsos do parque aquático, depois da loucura que aquilo se tornou.

E porque o tempo de aluguel do local havia terminado.

De alguma forma muito louca, no meio de uma explosão de libido pós-vinho, acabei transando com um desconhecido — convidado de Pablo —, numa piscina privativa que havia anexa ao quarto onde fui buscar meu celular e, quando soube que, na mesma madrugada, Pablo estava fodendo com Vicenzo na sauna ao lado, comecei a rir no carro, percebendo que nós tínhamos transformado o local em um puteiro.

— Foda-se! — Pablo diz, enquanto Vicenzo dirige, e eu estou com a cabeça recostada no banco traseiro, ao lado de Eric. — Eu paguei caro, podia fazer o que eu quisesse lá!

— Reclamaram que acharam muitas camisinhas… — Vicenzo comenta, parando num sinal e respirando fundo.

Como é o único que não bebeu nada, está nos levando para casa, já que os outros carros ficaram no estacionamento do parque aquático, e Eric já havia ligado para alguém de sua confiança ir buscá-los.

— Você usou camisinha? — Eric aproveita o assunto para me perguntar preocupado, quase sério demais para o meu gosto.

Quase me julgando por ter transado.

— Que pergunta idiota, claro que usei. E você, usou camisinha pra foder com o Key durante três horas seguidas? — implico, devolvendo o mesmo tom de julgamento.

Foi o tempo que ele passou trancado no quarto.

— Puta merda, deixou o cara sem cu! — Pablo grita, batendo no painel do carro.

Eric estala a língua e encosta a cabeça no apoio do banco, na parte detrás do carro, respirando fundo e fechando os olhos em seguida.

Às vezes, Eric tem esse comportamento superprotetor quando eu transo com estranhos, como se eu só pudesse ir para cama com a pessoa que ele julgue boa o suficiente para mim.

Quando íamos a boates, ele precisava me indicar alguém, ficando meio irritado quando eu simplesmente levava um cara qualquer para minha casa ou sumia com alguém pela pista.

Minhas casualidades vêm ficando cada vez maiores. O número de caras, com quem eu transo, tem se igualado ao número que eu mantinha antes de conhecer Gael, o que significa que essa é a forma que encontro para lidar com minhas mágoas, assim como lidei com meu primeiro coração partido.

E quanto mais eu esqueço, mais eu consigo curtir minha vida, então, no final, acaba se tornando algo bom. No entanto, Eric continua se portando como se eu não fosse capaz de discernir quem é bom o suficiente para mim, o que acaba me irritando.

Minha saída para isso é apenas respirar fundo e ignorar, para que uma briga não exploda entre nós. Sei que ele não faz por mal, mas temo que esteja indo longe demais com essa superproteção.

Janeiro de 2041

Passada a festa de Pablo, o Natal chegou e esse eu passei completamente sozinho. Recebi telefonemas de Pablo e Eric, que estavam em lugares distintos, e um prato inteiro com comidas, vindas da minha vizinha, a dona Alda.

Foi a primeira noite que eu passei completamente sozinho e me senti feliz, percebendo, com minha garrafa de vinho, o quanto é agradável estar na minha companhia.

E daquele prato de comidas...

Agora, no Ano Novo, passo trabalhando, porque Pablo traz uma banda para a boate e faz um grande evento de Ano Novo, cobrando 700 pratas por entrada.

— Se vamos trabalhar nessa porra, então vamos ganhar dinheiro! — disse na época em que marcou o evento.

Eu me surpreendi muito quando o dia chega e a casa lota, mesmo com os ingressos tão caros. Esse valor não é habitual, mas, no final do show, Pablo e Eric estão se beijando na sala do meu chefe-amigo, causando risadas em um Vicenzo bêbado.

Eles não se importam mais em deixar claro o quanto estão tendo algo a três, eu só não sei exatamente o que é.

— Caralho, a gente faturou muito! — Pablo diz alegre, tentando abrir um champanhe sem sucesso.

Eric toma a garrafa de suas mãos e, por já ter bebido bastante, está no mesmo estado que Pablo, rindo à toa.

— Vem, Dimitri! A gente perdeu a contagem do Ano Novo, então vamos fazer de novo! — Pablo diz animado, vindo até mim, segurando meu punho e me chamando para perto deles.

Depois, faz o mesmo com Vicenzo e entrega as taças para nós quatro.

Realmente, perdemos a contagem do Ano Novo, porque nós quatro, até o marido de Pablo, estávamos trabalhando como loucos, e a forma que meu amigo consegue ressignificar a nossa perda de virada de ano aquece meu coração.

— Falta um minuto para as 5:00 — Eric diz, rindo baixo e olhando para o relógio de couro preto no seu punho, enquanto Vicenzo toma a garrafa de sua mão.

Ele parece estar com mais habilidade para abrir aquilo do que o Eric bêbado.

— 5:00 será nosso Ano Novo! — Pablo diz, rindo alto e fazendo todo mundo ali entrar no seu clima bem-humorado, depois de ter tanto lucro numa noite só.

— Onze segundos... — Vicenzo pontua.

— 10, 9, 8, 7... — todos nós começamos a contar juntos, enquanto Vicenzo está pronto para abrir a garrafa e liberar a rolha.

— 6, 5, 4, 3, 2... e 1!

Vicenzo empurra a rolha, causando um estouro direto no teto baixo e, em seguida, espirra champanhe em todo mundo, causando ecos de risadas pela sala, entre as pessoas bêbadas e cansadas.

Enche todas as taças e, antes que possa dar seu primeiro gole, é puxado por Pablo, que troca um beijo muito, muito intenso com o marido, fazendo com que eu e Eric seguremos o riso pela troca de saliva altamente erótica.

Depois que damos um gole no champanhe, Eric passa o braço pelo meu pescoço e me puxa, levando os lábios úmidos da bebida à minha bochecha, no perigoso canto da minha boca, onde deposita um beijo que é mais quente do que ele pretendia.

Pelo menos, é o que eu acho.

— Feliz Ano Novo, meu pequeno... Eu te amo muito, muito mesmo — sussurra no meu ouvido, fazendo, involuntariamente, um arrepio percorrer a minha nuca, pelo seu hálito quente batendo na minha pele.

Eu me afasto o suficiente para encarar seu rosto e, ao fazer um carinho suave na sua bochecha, percebo o quanto está quente, moldado por um sorriso mole de quem parece que irá cair de sono a qualquer momento.

Rio baixinho e retribuo o beijo, acertando sua bochecha com muito mais propriedade e, em seguida, falo, sem ter problema algum em olhar direto nos seus olhos:

— Feliz Ano Novo, Ric, eu também te amo muito. Obrigado pelo que você fez por mim esse ano. Em todos os anos...

— Para, para com isso... Estou bêbado e sensível, vai me fazer chorar — ele diz rindo baixo. Depois, me puxa novamente e junta o corpo ao meu, em um abraço onde sempre gosto de me encaixar.

Respiro fundo, inevitavelmente me lembrando de como foi meu primeiro Ano Novo ao seu lado. Pablo também estava lá, mas eu sempre passava muito mais tempo com Eric.

— Suruba, agora! — Pablo grita quando para de beijar Vicenzo, apenas por perceber que eu e Eric estamos abraçados.

Rindo, nós nos separamos e continuamos a beber o champanhe, outras bebidas que Pablo libera e comidas do buffet, que pediu para que trouxessem para nós, enquanto a casa começava a ser fechada, e o primeiro sol do ano nascia.

E aquela é apenas mais uma virada de ano que passo com meus amigos; uma sucessão de anos e anos, fazendo disso a nossa comemoração obrigatória anual.

Porém, o Ano Novo não é o único velho hábito que retorna em nossas vidas...

14

CONVITE

Fevereiro de 2024

Quando o domingo chega, ele vem preguiçoso.

A rua está calma, o comércio fechado, o prédio está silencioso, a não ser pelo barulho, vez ou outra, das crianças que moram no quarto andar e sobem até lá com seus pais.

Entretanto, não são as risadas infantis e bonitas que me acordam e sim o barulho incessante da porta, numa batida irritante que me faz levantar mal-humorado. A noite anterior — que trabalhei e separei brigas de clientes — foi cansativa demais, e eu quero me dar o presente de dormir até, praticamente, a hora de ir trabalhar.

Mas não é bem assim que acontece.

Abrindo a porta, me deparo com Eric sorrindo daquela forma bonita, mas, ainda sutil, com o cabelo loiro caindo nos seus olhos.

— Preciso de ajuda — ele diz, levantando uma sacola e me mostrando.

Eu saio da porta andando em direção à cozinha, deixando que entre atrás de mim e feche a porta, enquanto vou preparar meu café.

— Quer café? — pergunto, e ele nega. — Pode falar...

— Pinta meu cabelo?

Eu o olho e franzo meu cenho, enquanto o vejo colocando a sacola em cima da minha pequena mesa, tirando de lá uma caixa de tinta de uma marca cara.

Castanho-escuro, sua cor natural.

— Você tem dinheiro — começo a falar enquanto coloco a água na chaleira e depois levo até o fogo que acendi — pra comprar um salão de cabeleireiro inteiro... E quer que eu pinte seu cabelo?

Eric ri, depois puxa uma cadeira, senta-se, cruza as pernas e coloca os dedos compridos suavemente sobre os joelhos. Olha para mim daquele jeito que intimidaria qualquer pessoa.

Menos eu.

— Quem pintou meu cabelo de loiro pela primeira vez? — pergunta calmo.

— Eu — respondo e, em seguida, me lembro do dia em que o fiz.

Foi no ensino médio.

Eu e Eric estávamos sozinhos na sua casa, e ele ainda morava com a mãe. Eu estava apegado demais, não saía de perto dele e, depois de dar um fim ao nosso relacionamento sem nome — depois de uma briga que eu fiquei sem falar com ele por algum tempo —, Eric me pediu para pintar seu cabelo.

A princípio, achei o pedido estranho e estava com raiva, depois percebi que ele queria me mostrar que poderíamos continuar sendo amigos e fazendo coisas juntos, mesmo que tivéssemos parado de transar.

Eu perdi minha virgindade com Eric.

Quando penso que ele e Pablo me ensinaram tudo o que eu sei, é porque não me passaram apenas conhecimento teórico. Foi prático, foi intenso, quantas e quantas vezes eu quis e tive vontade. Com um, depois com o outro, então com os dois.

Pablo logo conheceu Vicenzo e, depois de alguns desentendimentos, era claro como estava disposto a levar uma vida monogâmica, pelo menos, no começo, até fazer seu atual marido entender que eles poderiam se divertir com outras pessoas e, quando Vicenzo gostou disso, Eric entrou em cena diversas vezes.

Já Eric nunca disse para mim que gostava de namoros, muito menos, que se relacionava fixamente com alguém, pelo contrário, sempre fazia questão de lembrar que eu não deveria me apegar a ele, em hipótese alguma.

No dia em que eu fui para cama com ele, já sabia que aquilo seria exatamente o que ele me propôs: nada além de sexo e que ele me ensinaria tudo que eu fui privado a vida toda de ter contato.

Mas ele sempre foi tão carinhoso e cuidadoso comigo...

Criei minhas esperanças secretas e achei que ele poderia se apaixonar por mim se eu fingisse que aceitava aquela vida sexual aberta. Achava que, com o tempo, ele abriria mão de tudo, porque perceberia que me amava loucamente, do jeito que eu o amava loucamente, como um idiota imaturo, apegado e dependente emocional de qualquer pessoa que me ofertasse migalhas de carinho, já que apanhava tanto em casa.

O que não foi muito diferente da minha versão adulta fracassada, que demorou um pouco a correr atrás de ajuda psicológica, mas que é uma versão um pouco menos patética que o Dimitri no colégio.

Hoje, eu rio, mas, na época, foi triste.

Pateticamente, além dos meus problemas emocionais, eu não sabia nem como usar uma camisinha, mas foi com a paciência de Eric que aprendi sobre proteção e, claro, prazer.

Ele gostava de me ensinar, gostava de ter sido o meu primeiro, gostava de ter o controle sobre as coisas que eu aprendia. Eric se deliciava em observar minhas primeiras feições ao descobrir as reações do meu corpo.

No entanto, enquanto eu descobria Eric, ele evoluía no BDSM. Um pouco antes de começarmos a ter um lance sem nome, ele começou a praticar BDSM de forma mais profunda. Estudou mais todas as vertentes, informou-se, entrou em contato com pessoas mais experientes que o guiassem para um caminho de dominação que ele descobriu amar tanto.

Ele tinha cada vez mais submissos. Tem até hoje.

Apesar de gostar de fetiches leves e coisas superficiais que imprimem dor ao meu corpo, nunca quis seguir o mesmo caminho que ele e, quando me senti cada vez mais carente e apegado, principalmente sexualmente, sufocando-o de todas as formas possíveis, ele me cortou.

Não foi um corte simples.

Tivemos uma briga muito fodida, e eu chorei agressivamente por alguns dias e ficamos semanas sem nos falarmos. Na minha confusa descoberta e carência emocional e sexual, juntei a paixão que desenvolvi por Eric Carpo e consegui transformá-la num mar de dependências, que me fazia acreditar que, sem ele, nunca seria feliz.

A mesma coisa que fiz com Gael e nem percebi. Quando dei por mim, já estava me afogando nesse mar, sem achar que sobreviveria a um término.

Mas eu sobrevivi. Sobrevivi o suficiente para lembrar-me de todas as devassidades que nós fizemos, com Pablo e sem ele, e do quanto Eric tinha e ainda tem o poder de fazer as pessoas entenderem que não importa o sexo...

Ele sempre vai agir como se nada tivesse acontecido no outro dia, porque é assim que deve ser na sua vida. Sem nenhum tipo de vínculo, apego ou rótulo.

— Nada mais justo que você encerre esse ciclo — ele pontua, enquanto lembranças demais passam pela minha cabeça, que não tem saudade de fixação cega por ninguém.

Eu sorrio com o canto dos lábios, preparo o coador do café e o pó, e balanço a cabeça positivamente, dizendo "sim" à sua fala. Ele sorri de volta e se joga no sofá, enquanto termino de preparar o líquido quente.

Depois de tomar café e comer alguma coisa, enquanto Eric mexia no celular preguiçosamente, ajeitei a cadeira no meio da sala e a posicionei na frente de onde ficava minha televisão, para que ele pudesse continuar usando o celular livremente, enquanto pintava seu cabelo.

— Onde está sua televisão? — pergunta confuso, ao se sentar na cadeira.

— Deixei na casa do Bandile — solto, querendo não criar muito caso da situação.

— Como foi isso? — mais uma pergunta, preocupada, dessa vez.

— Eu não acho justo ele ter gastado dinheiro comigo e não gostava de ficar olhando para a televisão, me fazia mal, então pedi pro pai dele ficar com ela.

Ele não faz mais perguntas, apenas se cala e parece me apoiar na minha decisão.

Misturo a tinta, e ele se ajeita na cadeira. Vou até o banheiro, busco uma toalha escura e depois o pente, o pincel e volto. Cubro o seu ombro com o tecido e começo a repartir seu cabelo.

— Por que isso do nada? Você gosta do loiro... — pergunto curioso, começando a pintar, da frente para trás, os fios que tem quase um palmo de comprimento. — Ficou quase cinco anos com a mesma cor.

— Não gosto mais do que eu vejo quando me olho no espelho.

Eu franzo o cenho, levemente preocupado com sua afirmação.

— Alguém fez você se sentir mal com o seu cabelo? — Paro de pintar, esperando a resposta.

Não admito que ele mude algo em si por conta de outra pessoa.

— Dimitri... — Ele ri nasal, balançando a cabeça negativamente. — Você acha que eu ligo para o que alguém diz da minha aparência?

— Você é humano, não seria anormal se chatear com algum comentário — digo ainda esperando a resposta.

— Não, não foi ninguém... — ele afirma, o que me faz voltar a pintar seu cabelo com a tinta escura, aos poucos. — Eu só... Acho que cansei. Quero parecer mais naturalmente sério.

— Mais naturalmente dominador.

Ele dá mais uma risada nasal.

— E eu consigo. Acho que o único que eu não domino é você.

— Você domina o Pablo? — mordo o lábio inferior assim que pergunto, me sentindo atrevido pela pergunta sacana — E Vicenzo?

— Você devia assistir, um dia... Eles me obedecem juntos, e dá tesão só de me lembrar.

Eu gargalho, acabo pintando sua orelha por conta do riso.

— Desculpa... — digo, limpando a orelha com a toalha enquanto continuo rindo, depois voltando a pintar seu cabelo. — Vocês...

— O quê? — Ele percebeu minha hesitação, então me estimula a continuar falando.

— Estão num relacionamento ou algo assim? — pergunto calmo.

Que Eric, Vicenzo e Pablo fazem o que querem, quando querem, não é novidade para mim, tampouco me surpreende, mas a frequência com que aquilo vem acontecendo me deixa curioso.

Tudo em nossa amizade, entre eles, entre o que fazem na minha frente, é natural e de forma alguma desconfortável. Ainda assim, gosto de perguntar as coisas ao Eric porque sei que ele não tem problema em me dizer.

— Não... — ele responde, simplesmente. — Acho que nós só tivemos tesão demais ultimamente. — Então, ele ri, enquanto estala os dedos e olha para as próprias mãos, ao passo que vou pintando a parte do meio da sua cabeça, fazendo-o abaixar o rosto. — Sabe que não quero e nem posso ter relacionamentos. Nem mesmo com duas pessoas ao mesmo tempo.

— Queria que você fosse feliz... — solto, sem perceber o que digo, enquanto pincelo a parte de baixo dos seus fios.

— Acha que eu preciso namorar para ser feliz? — ele pergunta sério, porém seu tom é calmo.

— Desculpa, não quis dizer isso... — Respiro fundo, tentando organizar o raciocínio para dizer o que penso de forma mais clara. — Nunca te vi apaixonado por ninguém.

Ele permanece em silêncio, parecendo pensar sobre o que eu digo, até mesmo sem querer comentar sobre o assunto.

— Então... — continuo, quebrando a quietude. — Tenho medo de você levar a vida assim porque não se permite sentir.

Ele continua em silêncio, enquanto eu finalizo as últimas partes de seu cabelo, próximo à sua nuca.

— É uma preocupação idiota, e eu não sou ninguém pra falar sobre isso... Eu só... — Solto o ar de forma pesada, colocando as coisas em cima da pequena mesa e virando o corpo na sua frente, encarando-o. — Só quero que você tenha certeza da vida que você leva. Se você estiver feliz com ela, sem arrependimentos, eu estou feliz por você.

— Acredite, Dimitri... — ele começa a falar naquele seu tom ameno, levemente fechado, que se tornou seu novo habitual quando fala comigo. — Já senti coisas o suficiente para saber que estou bem da forma que eu estou.

Não sei o que ele quer dizer, Eric não se abre comigo sobre questões emocionais, nunca se abriu, então apenas assinto, pego o pente e, encaixando as pernas entre as suas, penteio seu cabelo, cheio de tinta, para trás, para espalhar melhor o creme pigmentado.

Coloco a toalha no sofá, para que ele possa encostar a cabeça, sento-me ao seu lado e uso meu celular, ao mesmo tempo que ele usa o dele, enquanto esperamos a tinta agir. Quase uma hora se passa quando nos levantamos e vamos até o banheiro.

Eric reclama do meu box pequeno, e eu o mando ir arrumar um trabalho e deixar meu apartamento em paz, mas sei que não é a primeira nem a última vez que ele irá falar mal do meu cubículo, então apenas reviro os olhos e continuo lavando sua cabeça.

Quando ele termina de enxaguar tudo, eu lhe entrego uma toalha limpa, ligo o secador e começo a passar em seu cabelo, que logo ondula os fios, ficando mais cheio à medida que a temperatura quente acaba com toda umidade.

Deixo que ele fique com o secador por um tempo, enquanto vou até meu quarto pegar uma roupa para que eu possa tomar banho, já que a hora de ir para a boate se aproxima. Quando volto à sala, Eric está em pé, jogando o cabelo seco para o lado, mostrando que apliquei bem a tinta.

Como ele está lindo!

Parece o mesmo Eric Carpo que me salvou de tantos problemas há cinco anos, e que me deu o mundo, sem que eu mesmo tivesse pedido.

Um sorriso idiota toma conta do meu rosto, sem que eu perceba, porque seu cabelo natural traz lembranças demais. As boas, dos dias gostosos que tive com ele e com Pablo. Dias que me fizeram sobreviver e me tornaram o homem que eu sou hoje.

— Amava o loiro... — observo, pegando sua toalha molhada para estender. — Mas você está muito lindo assim. O mesmo Ric que eu conheci... O mesmo Ric que gastou o salário inteiro comprando meu uniforme.

Ele sorri e balança a cabeça positivamente, mas parece desconcertado por eu estar olhando para ele com um sorriso tão trouxa, ao mesmo tempo, oscila entre estar satisfeito com a mudança e feliz por eu tê-la aprovado.

Não muito tempo depois, eu tomo banho e, quando estou pronto para ir ao trabalho, Eric diz que quer comer, então me leva à Rede Carpo, rede de restaurantes que, hoje em dia, pertence somente à sua mãe, mesmo que ele ainda administre alguns setores.

Do seu jeito: 95% home office e 5% fazendo visitas emburradas que ele não queria fazer, para controlar e analisar os lugares.

Eu e Pablo já fomos às filiais diversas vezes, mas o lugar é desses que você não sabe com que garfo comer, então nunca me sinto realmente digno de estar lá. No entanto, Eric diz que aquilo é agradecimento por eu ter pintado seu cabelo, e eu não recuso a gentileza, apenas porque sei que irei comer ao seu lado, e isso faz com que eu me sinta um pouco mais confortável.

Eric já me deu até um cartão corporativo com crédito vitalício, dizendo que posso almoçar no lugar todas as vezes que eu quiser e nunca pagar nada por isso, nem pelas bebidas caras que eles oferecem, mas simplesmente não tenho coragem de ir ao local sozinho.

O jantar não dura muito, nós realmente só viemos comer, então terminamos e vamos para a Hidden Honey, direto à sala de Pablo, que nos aguarda. Os garçons já sabem o que fazer.

Precisam de mim de forma mais extrema, apenas do meio da noite para o final, quando o movimento costuma apertar, então meu atraso já habitual não é notificado, mais uma vez.

— Porra, não acredito! — Pablo solta chocado, quando entro com Eric na sua sala.

— O que foi? — Eric pergunta, segurando o riso.

— Você está um tesão! Voltou a ficar com cara de safado da escola com esse cabelo!

Não aguento e gargalho, balançando a cabeça positivamente, concordando com o dono da boate.

— Você está sempre com tesão... — Eric alfineta.

— É verdade. Mas aonde foram? Estavam trepando? — Pablo pergunta, se ajeitando na frente de seu notebook.

— Sim, sentei tanto no Eric que não consigo andar direito — implico, me aproximando da mesa onde está.

Eric pigarreia sem graça, e Pablo olha para ele franzindo o cenho. Parece que está quase acreditando que isso aconteceu mesmo.

— Vou trabalhar, só vim dizer que cheguei — falo ao meu amigo e ajeito minha mochila nas costas, querendo ir em direção ao vestiário.

— Dário nos chamou para um coquetel de madrugada — ele diz, fechando o notebook e olhando de mim até Eric.

Ainda o está olhando com desconfiança.

Eu uno as sobrancelhas e paro no lugar, não entendendo nada do que ele quer dizer.

— Quem é Dário? — pergunto, percebendo que o nome não me é estranho.

— O que te comeu atrás do...

— O dono de uma boate que eu frequento. Inclusive, você já foi lá... — Eric interrompe Pablo, segurando o riso.

— Você está gostoso demais... — Meu chefe ainda não consegue parar de olhar para a nova cor de cabelo de Eric. — Vai até ele, fica na sua frente, enfia os dedos pelo seu cabelo, sente a maciez, fecha os olhos e respira fundo, parecendo se torturar. — Caralho, queria o Vicenzo aqui pra perguntar se ele se incomoda de eu enfiar a língua na sua boca, porque esse cabelinho me trouxe tantas memórias safadas. Ai, ai, Eric...

— Aposto que ele também ia querer... — comento rindo, observando Eric rir também, e Pablo concordar.

— E o que aquele safado não quer? — Pablo encosta a bunda na mesa e olha para nós dois mais uma vez, lançando outra pergunta. — Então, vamos?

— Acho melhor não, Pablo — Eric fala meio sério, chegando perto da mesa e encostando-se ao lado de Pablo.

— Tá com medo de ficar de pau duro no meio da putaria que você gosta? — sem filtro algum, meu outro amigo pergunta.

Eu continuo franzindo o cenho, completamente alheio às informações que eles trocam.

Pablo percebe, e vira o rosto para mim.

— Dário é dono da Gaiola Vermelha.

— Ah, tá explicado... — é o que digo, não aguentando e rindo. — *Aquela* boate com nome horrível, mas com o interior legal.

Só a menção do nome já faz com que eu me lembre do lugar onde estive com os dois, algum tempo atrás. Uma boate de fetiches, cheia de coisas estranhas, curiosas, engraçadas e excitantes.

Depende do que você busca...

— Concordo... — Pablo fala, rindo baixo. — Mas ela é bem bonita, é um lugar seletivo, e o Dário tem interesse em investir nas outras filiais da Hidden Honey que eu quero abrir. — Ele vira o rosto na direção de Eric, que percebo observar os próprios dedos. — Então, acho que seria de bom tom que nós aceitássemos o seu convite.

— Ele vai falar de negócios por vinte minutos, vai oferecer todas as bebidas da casa, depois vai embora, deixando a gente com carta branca para pedir o que quiser... — Eric diz de forma entediada, olhando para as próprias unhas agora.

A Gaiola Vermelha não é uma grande novidade para ele, que é frequentador assíduo do local e deve ter feito a ponte entre Dário e Pablo, então imagino que esse deva ser o motivo do tom arrastado.

— Quer coisa melhor do que isso, porra? — Pablo fala, dando um tapa no ombro de Eric, recebendo dele um olhar sério, mas mal se importando com isso.

— Por que não quer ir, Eric? — pergunto, notando sua resistência.

— Você não percebeu que Eric já *encenou* com metade dos frequentadores de lá?

— Claro que percebi... — digo, sentando-me à mesa de igual forma, apenas encostando a lateral da bunda na madeira polida, no meio dos dois. — O tempo todo alguém passava, implorando com os olhos para lamber os pés de Eric...

— E outras coisas — Pablo pontua.

Eu gargalho, me juntando a ele naquilo que parece um complô.

Eric não aguenta e solta uma risada baixa, balançando a cabeça negativamente e se rendendo ao assunto.

— Tudo bem... — ele diz, por fim. — Vamos, mas se controlem.

— Vou me controlar até o segundo drink. Agora, tirem as bundas da minha mesa.

Ainda rindo, num clima descontraído e gostoso com meus amigos, ajeito a mochila atravessada no peito mais uma vez e, com a boate já aberta e começando a funcionar, me direciono até o vestiário.

Como esperado, o movimento cai após a meia-noite.

É domingo, um dia que sabemos que a casa não fica aberta além das duas horas da manhã e, como previsto, o relógio marca 00:51 e o último cliente deixa a Hidden Honey, colocando todos os funcionários para limpar e organizar o salão.

São quase 02:00 quando Pablo aciona o alarme, já no estacionamento da boate, e se direciona ao seu carro, e eu indo junto ao Eric. Viemos juntos porque ele passou na minha casa, então esperava que ele não bebesse, para poder me levar de volta, mais tarde.

Ou vai fazer o que já está acostumado: largar o carro lá e pagar para alguém pegar no outro dia.

— E Vicenzo? — Eric pergunta baixo.

— O que tem? Já quer comer meu marido? — Pablo rebate, fingindo ciúme.

— Se você deixar...

— Sempre quis ser um castiçal — é o que digo, chegando à porta do carro de Eric e segurando a maçaneta, aguardando meu amigo abrir.

— Me sigam com o carro, é caminho — Pablo diz, rindo do meu comentário. — Vou pegar Vicenzo e vamos para a Gaiola. Ele já está pronto.

Eric confirma com a cabeça, abre o carro, depois entramos.

Conforme o combinado, vamos até o bairro do Alto Astra, paramos na frente do prédio exageradamente luxuoso que Pablo mora e, depois que vemos Vicenzo entrar em seu carro, seguimos até a boate safada que eles adoram.

A Hidden Honey sempre foi, e é um antro de perdição.

Já a Gaiola Vermelha parece ser um pouco pior.

Ou melhor...

Depende da perspectiva de quem vê.

Nesta noite... ela está perfeita.

15

GAIOLA VERMELHA

O caminho até a boate é simples, rápido e sem problemas.

Localizada também em Astra, não é preciso mais do que dez minutos para que cheguemos ao letreiro vermelho e exagerado, com grades neons incandescentes, tão rubras quanto as palavras em cursivo que formam o nome da boate.

"Gaiola Vermelha" é o que diz.

Tudo é feito para remeter grandeza e poder. E é o que você sente assim que chega à porta do local, quando quatro seguranças enormes precisam verificar toda sua documentação, antes que você possa ser liberado para entrar.

Mas, banhado em privilégios, Pablo nem precisa abrir a boca para dizer seu nome, muito menos enfrentar a grande fila que dobra a esquina, uma vez que um homem magro e bem mais alto que meu chefe aparece, dando tapas moderados nas suas costas.

Eles se cumprimentam calorosamente, e Pablo sorri muito e o homem também.

Ele veste um conjunto de terno dourado, que faz meus olhos doerem, e questiono qual a motivação de usar algo tão chamativo.

Excêntrico, o homem parece querer demonstrar quanto dinheiro e poder possui.

Quando Pablo nos apresenta, ele demonstra já conhecer Eric e o trata igual, assim como fez com meu chefe. Ele também já me conhece, mas não se lembra, então só acena para mim e para Vicenzo brevemente.

Em menos de dez minutos, estamos num lugar diferente do que eu estava da outra vez. Quando fomos, meses atrás, nosso intuito era diversão, álcool e levar alguém para cama, no meio de performances ousadas e pessoas experimentando coisas inusitadas e eróticas na nossa frente.

Naquela noite, Eric esperou até que eu tivesse encontrado alguém para me divertir. Precisou ser alguém que ele aprovasse e que não fosse um dominador, porque sabia que eu não tinha experiência em cenas, só então foi procurar uma pessoa praticante, submissa e que lhe agradasse.

Pablo e Vicenzo estavam se beijando tanto, ao ver um casal provocando-os ao longe, que não foi surpresa quando os quatro sumiram no meio da noite.

Mas hoje a situação é diferente, porque estamos no segundo patamar da boate, num camarote semiaberto, que nos possibilita uma exclusividade confortável, regada de baldes de bebida, petiscos separados em bandejas e áreas isoladas, tanto para dançar, quanto para descansar, como no imenso sofá de couro preto, no canto, que havia naquela sala.

Na frente da área VIP, um parapeito de vidro nos possibilita ver absolutamente tudo o que acontece lá embaixo.

As performances no palco central, as cabines para *voyeurs*, as pessoas dançando no meio da pista, os casais e não casais brincando com o permissível entre um sofá e outro.

— Gosta mais daqui ou de lá? — Eric pergunta, chegando do meu lado e se apoiando no vidro, assim como eu faço, enquanto observamos, juntos, o pequeno inferno que se instala no primeiro piso.

— Hoje, está cheio demais — pontuo o óbvio —, então acho que prefiro aqui em cima.

— Quer procurar alguém pra você? — ele questiona de forma simples, como se perguntasse se eu estava com sede.

— Isso é uma expulsão porque você quer ficar sozinho com Vicenzo e Pablo? — pergunto, viro o rosto para trás e observo Pablo conversando com Dário, enquanto Vicenzo se serve de alguma bebida. — Ou você não quer me ver sozinho enquanto vocês se comem?

Eric abaixa a cabeça rindo. Olha para um ponto específico no andar de baixo e parece se distrair com uma mulher que rebola em cima do colo de um homem vendado.

— Acho que não vou ficar com ninguém hoje. Não estou exatamente no clima — ele diz, segundos depois de ter saído do transe. — Só quero que você aproveite a noite.

— Você acha que eu preciso de alguém pra aproveitar minha noite? — rebato a pergunta, da mesma forma que ele me perguntou mais cedo.

Ele olha para mim, sorri com o canto dos lábios, depois se aproxima, me dando um beijo leve no rosto. Eric sai de perto de mim e se junta a Pablo e Dário, que parecem conversar sobre negócios, porque o dono da Hidden Honey está com aquela cara séria rara, que só usa quando está falando sobre dinheiro que ele pode ganhar.

Eu estico o pescoço para os lados, me alongando, depois ando em direção a Vicenzo, que está terminando de encher sua taça, com mais vinho do que o esperado.

— Quer vinho? — pergunta sério, tão baixo que quase não escuto, graças ao som da música alta que nos alcança no segundo andar.

Eu confirmo com a cabeça, pego uma taça vazia, e ele me serve com tanto líquido quanto há em seu próprio copo. Nós dois damos um gole longo, ao mesmo tempo, deixando que o vinho que resta preencha metade do interior das taças.

Ele acena com a cabeça e vai para o lado de Pablo.

Está tentando ser sociável comigo, mas não sabe como fazer isso.

Eu... tampouco.

Vinte minutos, como Eric havia dito, é o exato tempo que a conversa dos meus chefes dura, enquanto Vicenzo vai e volta mais uma vez, para encher sua taça que rapidamente se esvazia.

Agora são 03:35.

A boate parece ficar cada vez mais cheia, mas, ali em cima, somos privilegiados pelo ambiente espaçoso.

Que logo parece pequeno demais...

Nós continuamos bebendo, comendo, curtindo a presença um do outro e, depois de Dário ter se despedido, falando para que aproveitemos tudo que ele deixou à nossa disposição, me sento no sofá.

Quando eles vão ao centro da sala, observo o quanto é notório que o dono da Hidden Honey está cada vez mais solto, apreciando cada vez mais aquela atmosfera.

Continuo observando Pablo que dá um gole lento na sua bebida vermelha, mas que não parece vinho, depois se aproxima de Vicenzo e sobe a mão direita até sua nuca, mordendo o lábio inferior do marido antes de beijá-lo.

É intenso, gostoso de ver. As pernas de Vicenzo se enroscam entre as de seu marido e eles mantêm as mãos com as bebidas erguidas, enquanto o beijo parece ser embalado pelo ritmo da música que toca.

Eu observo a cena, sentado no sofá, mas Eric vê tudo perto demais e dá um gole lento no seu provável conhaque, antes de Pablo alcançar seu pescoço e puxá-lo para mais perto dos dois.

— Vai... — Pablo fala, passando o polegar na bochecha de Eric, enquanto o seu marido os observa. — O Vin quer sentir seu gosto.

Eric sorri com o canto dos lábios, pega a mão de Vicenzo, dá um beijo lento no seu dorso, depois a solta, levando os dedos compridos até o rosto do marido de Pablo, trazendo-o até o seu.

Eles começam a se beijar devagar, enquanto Pablo acaricia o cabelo de um e a lateral do rosto de outro. Quando se separam, meu amigo puxa Eric para si e são eles agora a se beijando.

Eu me levanto, vou até a mesa de bebidas, encho minha taça mais uma vez, depois viro meu corpo e os observo trocando carícias entre si. A taça de vinho, me deixando quente ou não, não interfere no fato de que é uma cena bonita.

Eles fazem um tabu social tão grande parecer natural a ponto de, por um breve segundo, eu desejar estar no meio dos três.

— Sua vez, Dimitri... — Pablo fala para mim, percebendo que eu os observo. — Vem cá...

Eu sorrio de leve, balanço a cabeça negativamente. No entanto, meus pés me traem e eu ando devagar na direção dos três, mas nada falo.

— Eric se esqueceu de como é beijar você... — ele continua, com aquele tom de voz sacana, malicioso, como quem está colocando em prática um plano secreto que maquinava sozinho.

Eric trava o maxilar na hora, respira fundo, tenso, e olha para Pablo sério.

Pablo o olha de volta, mordendo o lábio inferior enquanto Vicenzo, ao seu lado, apenas volta a beber, nos observando.

Eu engulo em seco, mas não sei se sou desfavorável à ideia.

Na verdade...

Eu quero.

— Faz ele se lembrar, Dimitri... — Pablo continua, pega minha mão, dá um beijo lento no dorso, assim como Eric fez com Vicenzo, depois coloca meus dedos quentes sobre o rosto do meu outro amigo. — Faz ele se lembrar... — Pablo vem para trás de mim, encaixando o corpo nas minhas costas e me empurrando devagar, até que meu peito encoste no peitoral de Eric — de como sua boca é tão gostosa.

Eu rio baixo, sutil, enquanto olho para Eric, que não consegue me encarar de volta.

— Ele não quer, Pablo — é o que digo e não me sinto ofendido com isso. É só um beijo, meu corpo está quente e grita por contato humano, mas respeito meu amigo se não for sua vontade.

— Ah, ele quer... — Pablo fala no mesmo tom safado, com a boca próxima ao meu ouvido. — Ele quer muito.

Eric olha para mim, não confirma nem nega, mas seus olhos estão tão fixos nos meus que sinto um leve arrepio percorrer minha nuca.

O corpo de Pablo descola do meu, sua mão sai de cima da minha, mas meus dedos permanecem no rosto de Eric. O som da boate é intenso, as batidas sonoras vibram em nossos corpos enquanto nossos olhos não se desconectam. Eric não tira minha mão do seu rosto, e eu tampouco quero tirar, e nossos peitos continuam colados.

Tudo acontece rápido demais, e eu posso jurar que ele vai me soltar e se afastar, mas não é o que acontece.

Com a mesma firmeza que beijou Pablo momentos atrás, ele sobe as mãos e segura meu rosto com força moderada. A partir do momento que seus dedos tocam e se aprofundam na minha pele, ele não hesita mais.

Eric me puxa para si, choca os lábios nos meus e me beija com uma intensidade agressiva. Eu retribuo seu beijo, mas a dominância que ele exerce, até mesmo com seus lábios, é o suficiente para que eu não sinta vontade de conduzir nada, apenas obedecer às suas exigências mudas.

O som está alto, mas é clara a forma que Pablo está rindo ao nosso lado e logo depois se emudece, provando que começa a fazer o mesmo que nós dois, mas com seu marido.

O beijo continua agressivo, urgente, com uma sede que se prova adormecida, tanto em mim, como nele. É óbvio que ele não é mais o mesmo garoto de 19 anos que me beijava cinco anos atrás, e eu não via isso apenas pelo seu beijo. Toda sua postura havia se intensificado, ficado mais séria, mais habilidosa. Tal qual a forma com que ele aperta minha nuca com firmeza e manuseia meu rosto para um lado e para o outro, enquanto morde a carne do meu lábio e suga minha língua, que se enrosca à sua.

Sua boca continua deliciosa, só que muito melhor.

Entretanto, não me permitindo mais saborear o que ele me dá, Eric nos separa, une nossas testas e começa a respirar fundo.

Seu peito sobe e desce, como se ele estivesse experimentando os lábios de alguém pela primeira vez e parece anormalmente nervoso.

— A sua boca, Ric... — sussurro em pausas, igualmente sem ar.

— O que tem? — ele retribui o sussurro.

— Desde quando você ficou tão bom usando ela? — meu tom é provocativo, implicante, porque sei que ele sempre foi bom, beirando o perfeito, mas já fazia tanto tempo desde a última vez que eu realmente não me recordava da potência que Eric Carpo era e de como fazia com que eu me sentisse tão submisso ao seu toque, apenas por encostar os lábios nos meus.

— Estou melhor em tantas coisas, Dimitri... — ele diz, roçando a boca na minha e, percebendo meu riso malicioso com sua resposta também provocativa, enfia a língua na minha boca e retoma nosso beijo.

Eric coloca os dedos na minha nuca mais uma vez, segura meus cabelos um pouco mais longos naquela região e, quando puxa meus fios com certa força, eu gemo baixinho dentro da sua boca, então ele cerra os dentes no meu lábio inferior.

Estou delirando com o quanto Eric exerce poder sobre mim, além de estar inebriado com seu gosto, que me causa certo saudosismo.

Ele sabe como gosto quando morde minha boca assim.

Como deve saber que quero continuar beijando-o, mas nos separa mais uma vez...

Parecendo atordoado com o que acabou de acontecer e tentando retomar sua postura habitual, segura meu queixo com delicadeza e olha para mim por um segundo longo demais, antes de selar meus lábios suavemente e se afastar.

Há coisas demais contidas no olhar que me deu antes de ir pegar uma bebida para si, mas não consigo decifrar, porque estou ocupado demais querendo um pouco mais daquilo. Daquilo que sei o quanto é vicioso, porque já fui completamente dependente um dia.

— Me deixa assistir, por favor — Pablo fala, largando Vicenzo e vindo para perto de mim, batendo palmas, animado.

— Assistir a que, seu louco? — pergunto, me fazendo de desentendido e segurando o riso, enquanto tento respirar normalmente.

— Você fodendo com Eric. Eu adoro ver ele em ação e estou com tanta saudade de ver vocês dois em sintonia, é tão bonito...

Eu rio, balanço a cabeça negativamente e seguro Pablo pela mão, puxando-o até o parapeito de vidro.

Quando estamos lá, podemos ver dentro de uma cabine central — também de vidro e bem destacada —, um casal de dois homens jovens que fodem, agressivamente, enquanto um está vendado e suspenso, reunindo curiosos à sua volta.

— Olha aí... — Aponto, captando a atenção de Pablo. — Pode ser *voyeur* à vontade.

— Não é a mesma coisa. O Eric é... — Meu amigo suspira. — O sexo que ele faz é arte, sabe? E quando ele faz com você, porra, Dimitri, é lindo de verdade.

Acho que Pablo tem memórias demais guardadas.

Eu não contenho uma risada baixa, enquanto abaixo a cabeça, pensando em suas palavras. Eric sempre foi bom, mas era de se esperar que tivesse melhorado com o passar dos anos, já que descobriu estar tão adepto a um estilo de vida do qual ele quis participar.

— Você gosta de assistir a ele transando com Vicenzo? — pergunto de forma direta, mas sei que Pablo não se ofende com meu questionamento. Ele nunca tem problemas para falar sobre nada que seja de cunho sexual.

Pelo menos, não comigo, já que temos intimidade para isso.

— Eu amo... — ele confessa, fechando os olhos e respirando fundo, enquanto segura o riso. — Eu assisto até pular neles dois e suplicar pra me foderem.

— Ao mesmo tempo? — pergunto rindo.

— Às vezes, sim... Às vezes, não. Mas nossa sincronia é boa demais... Ainda mais... — Pablo passa os dedos finos na delicada gargantilha grossa e preta, com uma pedra vermelha pequena, cravada ao centro.

Olho para trás por um segundo que é o suficiente para observar Vicenzo e Eric perto demais. Tocando-se e não apenas com as mãos.

Ele e Vicenzo compartilham da mesma peça — que está sendo beijada por Eric nesse momento, atrás de nós — e eu pensei que era algo relacionado ao casamento, mas descubro que não, assim que ele me explica.

— Ainda mais depois que eu e Vicenzo oficializamos nossa submissão a Eric Carpo.

— Essa coleira é para ele? — pergunto rindo baixo, não necessariamente surpreso.

— Para um dos três homens pelos quais eu usaria uma coleira...

Franzo o cenho. A conta não bate.

— Três? — preciso perguntar.

— É claro que você é um deles. — Pablo chega mais perto de mim e dá um beijo estalado na bochecha, depois cheira meu pescoço, me fazendo rir com as cócegas. — Meu bebê safado gostosinho...

É o mesmo Pablo que sempre foi comigo, o mesmo amigo da escola, o mesmo cara que consegue ser fofo e me trazer conforto até quando fala suas putarias.

No entanto, Pablo solta um suspiro baixo e olha para baixo, observando o povo safado lá no térreo.

— O que foi?

— É uma pena que o Eric nunca tenha sido adepto a relacionamentos, sabe?

Ah, eu bem sei...

— Eu foderia com eles dois pra sempre — Pablo confessa, e eu gargalho jogando a cabeça para trás, achando a situação engraçada.

Eric não quer se prender a absolutamente ninguém, e eu sempre o respeitei assim, mas Pablo era apenas uma das muitas pessoas que eu sei que gostariam de tê-lo atado.

— Eu poderia ver vocês fodendo pra sempre também... — ele solta, voltando ao assunto inicial, tão safado que não consegue mais disfarçar.

— Pablo, vai tomar banho gelado pra apagar esse fogo no cu — falo, dando um tapa leve no seu braço.

Com ele rindo, vou novamente para o interior da sala, sigo até o aparador de bebidas para voltar a encher minha taça com vinho e observo Eric e Vicenzo conversando baixo, agora rindo entre si depois de tantos beijos que trocaram.

Pablo se aproxima lentamente dos dois, puxa o marido para o sofá e empurra seu peito com apenas uma das mãos, até que se sente. Em seguida, se senta no colo de Vicenzo, de frente para ele, então começa a beijá-lo devagar, ondulando o corpo sobre suas coxas.

Eles fazem um show particular para nós, é óbvio, mas não consigo parar de olhar, porque gosto de ver. Eric também gosta, pois vira o rosto e começa a observar os dois, enquanto leva seu copo aos lábios e finaliza seu conhaque lentamente, rangendo os dentes ao final, quando a bebida desce de forma rasgada e quente.

Ele coloca o copo no aparador, enquanto eu estou bebendo meu vinho, depois pega um pedaço grande de queijo, come e, ao mesmo tempo que mastiga, anda na minha direção, rindo, de boca cheia.

— Vem comigo. — Entrelaçando os dedos aos meus, me puxa devagar, que é o suficiente para que eu coloque minha taça quase finalizada em cima de uma mesa alta, perto da porta, e deixe a área VIP.

No momento seguinte, estamos descendo as escadas, e Eric me conduz até o centro da boate, mais precisamente para frente da cabine de vidro em que dois homens continuam suas performances.

A boate está cheia, o som é ensurdecedor, mas eu não me incomodo com isso, já que meus olhos estão vidrados no que vejo à minha frente.

Eric está atrás de mim, ele dança devagar, seu peitoral se cola às minhas costas e, quando percebo, estou movendo o corpo no mesmo ritmo que ele.

— É isso que você faz? — não contenho a pergunta, virando o rosto para trás e projetando minha voz um pouco alta, a fim de que ele me compreenda.

Ele move o corpo lentamente para o lado, ficando metade apoiada no parapeito à nossa frente, metade ainda encostado em mim, me envolvendo com seu braço na minha cintura.

— Isso é simples e puro fetiche... — ele fala chegando perto do meu rosto. — Qualquer adulto responsável e que entenda seus limites, pode fazer.

— Eu sou um adulto responsável que entendo meus limites...

Ouço sua risada baixa, e ele encosta o corpo ainda mais perto do meu.

— O que eu faço vai além... Requer mais dedicação, não pode ser resumido apenas a bondage e vendas — continua explicando.

Eu fico em silêncio e penso sobre o que ele fala. Um estudo mais elaborado sobre BDSM não me parece interessante, não é uma área em que eu gostaria de me aprofundar por inteiro, mas gosto daquela ponta do iceberg que observo.

Ser amarrado, receber pequenas parcelas de dor, ter alguém me dominando, para diferenciar das vezes que eu sempre controlo tudo.

— Você gosta do que vê? — ele pergunta, parecendo instigado em obter minha opinião.

Assinto, porque é inegável como aquela cena me dá tesão.

— Queria ser o que está punindo... — chega os lábios ainda mais próximos do meu ouvido, roçando-os ali — Ou o que está sendo punido?

— O que está sendo punido, mas... — Franzo o cenho, pensando no que ele disse. — Não parece punição pra mim.

Eric sorri sutil e é inegável o quanto seus olhos brilham.

Ele gosta da minha resposta.

Meu amigo parece querer se desvencilhar do meu olhar, porque volta para trás de mim e se encaixa no meu corpo mais uma vez. Assim ficamos juntos por alguns segundos, observando os dois homens que continuam aquele pequeno show.

Então, ele dá um beijo lento e quente na minha nuca.

Aquele específico lugar, que sei ser seu ponto favorito no meu corpo.

Aquele específico lugar que ele já beijou, massageou e acariciou tantas vezes.

Eu estou sendo empurrado, as pessoas se debruçam em volta do pequeno parapeito que circula a cabine de vidro, e o som é alto, mas aquele beijo calmo faz com que toda minha pele se arrepie com força, e eu não consigo fazer nada, senão jogar a cabeça para trás, deitando até que encoste no ombro de Eric.

Meu pescoço está exposto, eu quero mais daquele contato, quero que ele me beije de novo, mas ele não o faz. Como o grande provocador que é, Eric apenas acaricia o meu ombro e descola o corpo do meu, me deixando sozinho ali, no meio da boate.

Eu sei que beber vinho acentua o tesão que sinto, mesclado à atmosfera quente e erótica daquela boate, que é estímulo visual o suficiente para que eu queira estender o contato com meu amigo, mas ele é escorregadio, ao mesmo tempo, parece querer me instigar.

Ele sempre foi assim e sei que aprendi com ele quando o assunto é ser provocador e sair de cena em seguida.

Talvez seja da minha própria natureza...

Ele só fez crescer.

Aproveitando o tempo sozinho, eu ando pelo centro da boate por alguns momentos. A Hidden Honey é uma casa de striptease, há corpos pelados e eróticos o tempo todo, e eu estou acostumado a vê-los fazendo suas performances, todos os dias, mas a Gaiola Vermelha me proporciona um tesão visual que, em muito, me instiga.

Algumas pessoas usam roupas de couro; outras, coleiras. Alguns andam com chicotes e máscaras, outros parecem aleatoriamente vestidos para irem à padaria e acabam se destacando na multidão.

Há pessoas apenas para o fetiche ou para o BDSM; há pessoas apenas para assistir; há pessoas apenas para sexo baunilha, e pessoas que parecem perdidas, porém curiosas. Eu passo um tempo andando pelos corpos e recuso alguns convites para ir a outro lugar.

As pessoas realmente parecem me ver como um alvo fácil, já que meus olhos tranquilamente se perdem na multidão, quando me vejo admirado por alguma cena inusitada. Uma mulher chega perto de mim, pede para falar ao meu ouvido, e eu permito, então pergunta se pode me levar até seu carro para transarmos.

Ela está bêbada, bem mais do que eu, então apenas recuso seu convite gentilmente, dizendo que sou gay, e a vejo sair de perto de mim com dificuldade, quase trocando os pés. Quando olho para cima, Eric está apoiado no parapeito de vidro, me observando, e começa a rir quando percebe o que acabou de acontecer comigo.

Dou o dedo do meio para ele. Eric ri ainda mais.

Tenho vontade de socá-lo, mas apenas saio da pista e ando em direção às escadas, subindo de volta ao camarote. Eu me sirvo de mais bebida, um drink rosa já preparado em um copo longo, e me surpreendo ao notar que é um tipo de licor de morango, batido com algum refrigerante.

Bebida de criança. Tirando pela parte alcoólica, claro, mas é boa.

Pablo e Vicenzo dançam no parapeito, quando um DJ sobe ao palco logo após a performance erótica da cabine de vidro ter acabado. Eles parecem bêbados o suficiente para esfregarem os corpos um no outro e errarem todos os passos.

Parece uma dança de acasalamento muito louca.

Eu me junto a eles, e Pablo me puxa para dançar, me coloca no meio dos dois. Vicenzo está tão bêbado que me dá um beijo no rosto e depois gargalha alto no meu ouvido. Eu podia reclamar por quase ficar surdo, mas acho engraçada a sua espontaneidade alcoólica. Também acho gostoso ver Pablo rindo tanto daquela forma.

Eric nos observa, próximo, ainda debruçado no parapeito de vidro, com o rosto virado na nossa direção. Ele ri, o que é o suficiente para que eu faça sinal com as mãos para que venha se juntar a nós.

Meu amigo nega, mas é claro que Pablo pouco se importa com isso, porque vai até ele e o puxa com violência, fazendo-o colar o corpo na nossa pequena bagunça. Agora somos quatro loucos que dançam no ritmo da bebida que está no nosso sangue. Mas é claro que Eric, o mais travado de todos, parece não conseguir relaxar.

Quando a música é trocada, Vicenzo puxa Pablo e o beija mais uma vez, me fazendo deslizar para o lado dos dois, a fim de deixar o casal insaciável em paz.

Eles sóbrios já são exibicionistas, mas bêbados...

Se ficarmos mais meia hora nesta boate, sei que vão começar a transar ali naquele vidro e acabarão sendo a próxima atração da noite.

— Te deixei lá embaixo, pra você se distrair com alguém... — Eric diz divertido quando chego perto dele, ainda se lembrando da mulher que veio até mim.

— Não consegui me distrair. Meu corpo está arrepiado até agora com o beijo que você me deu. Você sempre gostou da minha nuca, não é? — eu solto, porque gosto de implicar com Eric, mas ele engole em seco e depois tosse, parecendo engasgado. — Você está bem? — pergunto, segurando o riso.

— O que tinha naquele seu drink rosa?

— Você me ensinou a ser assim e está colocando a culpa no drink?

Ele ri mais uma vez, balançando a cabeça negativamente.

— Você sempre foi assim... Eu só te ajudei a se libertar.

Sorrio com o canto dos lábios. Não é mentira.

Eric retribui o meu sorriso e, quando acho que mais alguma coisa irá acontecer, porque nossos olhares estão mais tensos do que o normal, meu amigo olha para baixo e solta o ar pesadamente. Apesar da noite estar agradável, é notável como está cansado.

— Quer ir pra casa? — pergunto, e ele assente, depois finaliza sua bebida mais uma vez, colocando o copo em um dos dispensadores altos.

— Vou chamar um carro para todos nós — pontua.

Eu concordo e, não muito tempo depois, conseguimos convencer Pablo e Vicenzo de que ali não é o melhor lugar para eles foderem.

Não pela casa de fetiches em si, afinal, podemos ver várias pessoas fazendo sexo e sendo observadas, mas pelas posições que eles ocupam e por serem praticamente sócios de Dário. Não seria legal se fossem filmados e acabassem em alguma página de fofocas.

Felizmente, conseguimos convencê-los disso, pois os dois concordam, depois de reclamar muito, então os levamos para a parte térrea da boate.

Todos beberam, então não é novidade que os carros precisam ficar na rua da boate, com Eric lembrando-se mentalmente de mandar alguém buscar no outro dia. Já virou rotina.

Assim que o primeiro carro chega, Pablo dá um beijo estalado na boca de Eric, depois na minha e entra no carro. Vicenzo, rindo como um louco, segura o rosto de Eric, lhe dá também um beijo estalado na boca, como seu marido fez, então vem para cima de mim.

— Você é lindo, apesar de ser safado — ele diz todo torto, segura meu rosto e me deixa um selar como que fez com Eric, então entra no veículo.

Eric e eu estamos rindo demais, porque Vicenzo consegue nos surpreender com essa demonstração de quase afeto gratuita. Não esperava finalizar a noite recebendo um beijo de Vicenzo Mafra, mas acontece...

Enquanto balanço a cabeça negativamente, continuo a rir porque é muita informação para uma noite só, e percebo um carro preto e luxuoso se aproximar de nós dois. Eric verifica a placa, depois abre a porta do banco detrás, me deixando entrar. Ele entra em seguida e se senta ao meu lado.

— Vou te deixar em casa e seguir pra minha — avisa.

Eu não quero dormir sozinho esta noite...

E sei que todos os estímulos visuais, provocações e bebidas me deixaram corajoso a ponto de dizer a seguir:

— Quero ir com você.

Eric me olha sério, franze o cenho levemente e sua expressão se torna indecifrável mais uma vez. Sua postura inteira denuncia que ele está próximo de negar meu pedido que, até ontem, era completamente normal e corriqueiro nas nossas vidas.

Nós sempre dormimos juntos, e isso nunca foi problema, mas ali, naquele carro, nossa prática parece perder um pouco a simplicidade impregnada nela. Entretanto, Eric vira o rosto para frente, ajeita-se no carro e fala ao motorista:

— Pode descartar o primeiro endereço, por favor — diz calmo. — Vamos direto ao último destino.

16

FITAS DE CETIM

O carro segue em direção à sua casa.

O caminho é o mesmo que eu já percorri com Eric tantas vezes, mas, dessa vez, o sentimento que preenche o veículo é diferente. Não nos aproximamos no banco do carro, muito menos nos encostamos, mas a tensão entre nós dois é absolutamente palpável.

Eric trava o maxilar quantas vezes consegue, enquanto olha as imagens que passam lá fora e, por vezes, nem parece conseguir respirar direito. Já minha respiração é calma e, de certa forma, acho gostoso como ele parece nervoso dessa vez.

O tempo passa, e eu não deixo de sentir tesão toda vez que faço alguém suar frio.

Chegamos à sua casa, entramos, colocamos os sapatos ao canto, ele tranca tudo, depois joga as chaves no aparador de vidro, próximo à entrada principal. Pergunta se quero comer alguma coisa, e eu nego, então se distancia e sobe as escadas que dão acesso ao seu quarto.

É uma noite normal em que divido seu quarto...

Mas não é tão normal assim.

Quando entro no cômodo, percebo a porta do banheiro trancada e, segundos depois, o barulho do chuveiro ligado. Ele toma banho primeiro, mas demora mais que o costume. Enquanto isso, tiro minha blusa, coloco numa cadeira no canto e aguardo até que seja a minha vez.

Eric sai do banho apenas com a toalha amarrada na cintura, vai até o closet e volta, usando um dos seus muitos shorts de dormir. Senta-se na cama, repousa as costas na cabeceira e pega o celular que havia sido jogado sobre o colchão, desbloqueando-o e começando a usá-lo.

Sendo minha vez, pego uma toalha limpa, uma cueca box na minha gaveta, vou até seu banheiro, tomo meu banho quente e longo como gosto, então volto ao quarto usando apenas a peça escolhida. Observo meu amigo por alguns segundos, notando seu rosto quieto e fechado.

Ele continua mais silencioso do que o normal, mas eu não o quero assim...

Nessa específica noite, ainda sinto o interior do meu corpo quente com a lembrança do seu beijo tão dominante, que quero provar novamente. Estou inundado pelo estímulo do álcool que não toma as decisões por mim, mas molda e encoraja meus desejos carnais que precisam ser saciados.

E eu espero *tanto* que Eric compartilhe dos mesmos desejos que eu...

A fim de tirar a prova da reciprocidade de Eric, quanto ao que eu almejo nessa noite, ando devagar em sua direção, arrasto os joelhos pelo colchão e sento-me no seu colo, em cima de suas coxas, olhando-o de frente.

Ele respira fundo, coloca o celular no colchão, então repousa as mãos por cima das minhas pernas, que estão dobradas, uma de cada lado, acariciando minha pele devagar, enquanto mantém o olhar baixo.

— Me beija de novo, Ric — peço sussurrado a Eric, me aproximando devagar e roçando os lábios na sua bochecha de forma calma, enquanto sinto sua respiração pesada na minha pele.

Ele não é averso ao meu contato, quase se rende de uma vez. *Quase.*

— É melhor... — tenta falar, parecendo buscar forças. — É melhor não, Dimitri.

— Nós vamos esquecer amanhã... — insisto enquanto solto uma risada baixinha que é retribuída por Eric, incrédulo à minha insistência.

É mais do que isso...

Eric parece gostar de eu estar, sutilmente, exigindo-o para mim, naquele momento.

— Vamos esquecer, fingir que nada aconteceu... — Beijo seu rosto devagar, em selares calmos que passeiam pela sua derme. — Tudo vai voltar ao normal. Pode voltar a ser chato e superprotetor comigo quando a gente acordar.

Seu humor fica mais maleável, o que me faz soltar uma risada nasal e continuar dando beijos lentos sobre sua pele macia e de cheiro tão gostoso. É interessante perceber o quanto Eric é excessivamente dominador, mas sempre baixa a guarda para mim, se eu fizer algum tipo de manha.

E, mais uma vez, ele cede.

Eric coloca a mão direita no meu rosto, sorri sutil com o canto dos lábios e desliza os dedos até minha nuca, me puxando devagar, mas mantendo o tato firme, de quem conduz a fazer do jeito que quer.

Dessa vez, ele não tem pressa. Quer experimentar e saborear da minha aproximação, então apenas roça o nariz pela minha mandíbula devagar. Seu rosto sobe sutilmente, ele toca os lábios nos meus, num beijo calmo, que se repete algumas vezes.

Parece a primeira vez que me beijou.

A mesma calma, o mesmo cuidado.

São selares lentos que começam a ganhar uma intensidade quente, mais profunda e íntima de sua parte, que eu sequer compreendo, mas gosto. Gosto ainda mais que, agora, não sou o mesmo menino desajeitado do nosso primeiro beijo.

Também gosto da forma que ele me beija, de como me segura com força, da sua língua reclamando a minha para si, dos seus dentes que mordem meus lábios, de seus dedos que apertam minha nuca e também minha coxa, em mãos que me machucam, ao mesmo tempo, me deliciam.

Sua boca solta meus lábios, num caminho de outros leves beijos que ele direciona até meu lóbulo e sussurra aquela sua voz grave tão rouca, tão intimidadora:

— Hoje, você quer apenas meus beijos, meu pequeno?

Puta que pariu, eu preciso me segurar para não soltar um gemido apenas com sua pergunta e seu tom, que rasga meu sistema nervoso e me enche de tesão.

— Você sabe que não... — digo, o mais baixo e lento que consigo, tentando não entregar de bandeja a Eric minhas reações prazerosas.

Eric solta uma risada baixinha, então sela meus lábios, beija meu queixo, desce a boca até meu pescoço.

— Você quer ser o que aplica a punição...

Sinto seus dedos longos percorrerem o perfeito centro das minhas costas, esfregando-os da minha nuca até meu quadril, lentamente.

— Ou o que é punido?

— Não é punição pra mim...

Ele desce o rosto devagar, soltando uma risada nasal, baixa e quente, que bate no meu ombro, então dá um beijo calmo, tal qual me deu na nuca, quando estávamos na boate.

— Eu nunca seria capaz de punir você... — sua voz soa, mais uma vez, grave e rouca. — Quero dar só o que você deveria sempre receber, o que sempre mereceu... — Ele beija meu ombro mais uma vez, mais lentamente, agora, enquanto continua suas confissões baixas. — Quero te dar tanto prazer e cuidado — então, ele sobe a boca até meu pescoço, chupando a região lentamente, sem força, mas arrastando os dentes com um pouco mais de brutalidade —, porque você merece tanto isso.

Meu corpo inteiro se arrepia com violência e, apenas pelo seu tom dominador, já sei que meu amigo, que se controlou a noite toda para não avançar todos os sinais, não se limita mais. Ele segura minha cintura, faz com que eu saia de cima do seu colo suavemente e se levanta da cama.

Vira-se para mim, ajeita meus joelhos e me faz ficar sentado na ponta do colchão, com meus pés tocando o chão, sem separar minhas pernas. Eu o observo ir até seu closet e voltar, momentos depois, com algumas coisas em mãos.

Eu relaxo o corpo, ele olha para mim sério, balança a cabeça negativamente e junta meus joelhos novamente.

— Sua postura... — fala baixo e rouco, pedindo para que eu ajeite meu corpo.

Eu o faço, fico perfeitamente alinhado e, como retribuição, ele abaixa o rosto, segura meu queixo e me dá um selar leve nos lábios.

Após isso, coloca três itens ao meu lado, perfeitamente alinhados.

Uma venda, um chicote, com tiras finas de couro, e uma fita de cetim grossa.

Todos os itens são pretos.

— O que eu posso usar em você? — pergunta e cruza os braços, me observando.

Eu olho para os itens e respondo, sem precisar pensar muito.

— Tudo.

Ele morde o lábio inferior e tenta conter um sorriso, mas é nítido como está satisfeito com minha resposta.

— Sei que você tem mais coisas pra usar comigo... — falo, o que o faz balançar a cabeça negativamente, enquanto passa o polegar no lábio inferior.

— Isso não é uma sessão de BDSM — diz calmo, ainda sério, aproximando-se do meu corpo e ficando na minha frente. — *Nós vamos brincar...* — Pega a venda, coloca no meu rosto e a amarra firmemente, mas ainda com cuidado. — E você vai me mandar parar, se estiver desconfortável com isso.

— Eu tenho que usar uma *safeword*?

Ouço sua risada baixa, enquanto sinto Eric me segurar gentilmente pelos braços e me levantar. Ele pega minhas mãos e, logo depois, sinto a fita de cetim sendo amarrada nos meus punhos.

— Você sabe até demais, não é? — ele pergunta em um tom levemente debochado, fazendo um nó nos meus punhos, que não é apertado demais, mas que percebo que não consigo desatar de forma alguma. — Não será necessário... — diz, rodeando o braço na minha cintura, me segurando e andando comigo devagar, enquanto o percebo segurar também o chicote com uma das mãos. — Como disse, isso não é uma sessão. Se você pedir, eu vou parar.

— E se eu estiver com a boca ocupada? — digo rindo, mas meu tom é completamente malicioso.

— Bata na minha perna ou braços que eu paro — explica, enquanto caminha mais um pouco comigo.

— Aonde está me levando? — pergunto curioso, depois que ouço o barulho da porta ser aberta, e ele me colocar dentro de outro cômodo.

Na verdade, não é um cômodo, é o corredor, e Eric me leva até o final dele, continua me guiando para um lugar que eu tenho quase certeza de que nunca estive antes.

Ao chegar lá, Eric levanta meus braços, encaixa o laço no que parece ser um gancho e me deixa em pé, completamente esticado, com os braços para cima. Logo após, sinto seu corpo na minha frente, com seu peito colado ao meu e os seus lábios me beijando gentilmente, antes de ele roçar a boca até minha orelha.

— Você confia em mim? — pergunta, naquele tom baixo e grave, tão gostoso que faz meu corpo voltar a arrepiar.

— Confio.

— Permite que eu faça o que eu quiser, até que você diga que não quer mais?

— Permito.

Sua respiração se torna mais profunda. Ele beija meus lábios devagar, depois desce a boca lentamente pelo meu tronco e, enquanto um polegar está circulando meu mamilo, numa massagem vagarosa e gostosa, sua boca chega ao outro lado, me fazendo sentir sua língua se esfregando e chupando.

Ele mordisca minha pele, chupa meu mamilo devagar, e eu o sinto enrijecer na sua língua. Eric ergue o corpo, dá outro selar lento nos meus lábios e depois o sinto se afastar, mas, logo em seguida, as tiras finas do seu chicote são estaladas na minha coxa, sem muita força a princípio, apenas me dando um susto que me faz apertar os lábios.

— Mais forte? Mais fraco? — Eric pergunta arrastado. — Quanto você aguenta?

— Mais forte — eu peço, quase suplico.

Eric bate mais uma vez, dessa vez, na minha bunda e com mais violência. Eu sinto mais dor, mas gosto e é nítido o quanto, pelas reações do meu corpo.

— Porra, Dimitri — ele diz, pressionando a palma da mão na minha cueca, que evidencia meu cacete completamente rígido e marcado, tão excitado. — Você gosta tanto assim? — a voz de Eric me dá a impressão de que ele está enlouquecidamente surpreso.

Mordendo meu lábio inferior, confirmo com a cabeça, então o sinto estalando as tiras de couro mais uma vez, com menos força, nas minhas coxas, me causando espasmos.

Em seguida, estala o chicote com força novamente na minha bunda.

Meu gemido ecoa por aquele cômodo.

Não consigo ver meu amigo, mas tenho quase certeza de que ouvi um som satisfeito saindo de sua boca, quase uma respiração forte demais, apenas pela minha reação ao seu chicote.

Tenho quase certeza de que vai me golpear de novo, mas Eric enfia os dedos compridos na minha cueca e começa uma masturbação lenta, me arrancando um gemido arrastado, inevitável.

Meu corpo se contorce, mesmo estando todo esticado, pelos meus punhos que continuam presos ao gancho, acima da minha cabeça.

— Você gosta disso, meu pequeno? — pergunta, dando selares leves na minha bochecha, enquanto encosta a testa na minha têmpora. — Gosta de sentir prazer desse jeito? — Eric continua me masturbando, e eu concordo com a cabeça, porque não há outra resposta possível.

Abro a boca, buscando ar, sentindo meu corpo inteiro se arrepiar e tremer, porque Eric é bom demais nisso. Quando solta meu pau, dou um gemido baixinho, de insatisfação, e ouço sua risada nasal quase incrédula.

— Você é tão impaciente... — implica, quando o percebo se abaixar e colocar ambas as mãos nas minhas coxas.

Eric me aperta com certa força, antes que eu possa sentir sua língua quente ser arrastada pela minha glande.

Porra!

Eu me contorço todo novamente.

— Ah, Ric... — Um gemido baixinho sai, e ele parece gostar disso, porque segura meu caralho pela base e o lambe devagar, antes de começar a me chupar.

Eric me chupa num ritmo que me enlouquece, enquanto suas mãos voltam a apertar as minhas coxas. Ele me segura com ainda mais intensidade. Continua esfregando a língua no meu falo, o que me dá prazer de tantas formas diferentes que sinto todos meus músculos fraquejarem.

Ele percebe minha condição, tira meu pau de sua boca, depois beija lentamente minha barriga. Antes que eu possa respirar fundo novamente, levanta-se e sai de perto de mim. Enquanto respiro fundo, tentando recobrar o meu fôlego, ouço barulhos que não reconheço e ouço também o som de algo se arrastando, depois sinto Eric voltando para perto de mim e suas mãos indo de encontro ao laço preso no gancho.

Ele me tira dali e me direciona para que eu ande até outro lugar. Meus joelhos tocam uma superfície macia, que parece ter sido feita de couro almofadado.

Meu amigo repousa uma das mãos nas minhas costas e acaricia minha pele devagar, passando os dedos pela minha derme quente. Depois, passa os braços para frente do meu corpo, alcança o laço e o desfaz, puxando minhas mãos para trás do meu corpo.

Ali, amarra meus punhos novamente, agora atrás do meu tronco, e faz isso enquanto beija minha nuca com calma e carinho.

Ele gosta tanto desse lugar...

Seu contato é suave, íntimo, gostoso demais, mesmo que sejam só selares calmos, mas nada do que faz é sem intensidade. É inevitável não me arrepiar a cada novo segundo.

Eric empurra e pressiona minhas costas, num pedido mudo para que eu incline o tronco para frente. Assim o faço, até que meu peito bata na mesma superfície que meus joelhos tocam.

É muito macio e confortável, então não tenho problemas para me encaixar ali, com metade do corpo deitado, porém as pernas ainda esticadas, os pés ainda tocando o chão e a bunda completamente empinada.

— Relaxe o rosto — ele fala, tocando minhas bochechas e ajeitando minha cabeça na superfície almofadada. — Está confortável, Dimitri?

Afirmo com a cabeça, mas nada falo.

Não enxergar nada e estar numa posição tão vulnerável é o suficiente para me entregar a uma excitação latente. Meu membro vibra, numa rigidez que se intensifica à medida que Eric continua em silêncio, mas se posiciona atrás de mim.

Ele passa os dedos pela barra da minha cueca e começa a descê-la devagar, com delicadeza, enquanto sinto cada centímetro do tecido sendo arrastado pelas minhas pernas, até que toque o chão e eu o perceba me desvencilhando dele de uma vez.

Quando ele se ergue, o faz com calma, deixando um caminho de beijos lentos nas minhas coxas, depois na minha bunda, onde aperta com força e me causa uma respiração funda, mas não demora ali.

Suas mãos vão até meus punhos, ainda amarrados atrás das minhas costas, e ele segura o laço com força, prendendo minhas mãos e encaixando as pernas entre as minhas.

Novamente, passa as mãos pela carne cheia da minha bunda e, sem avisos, seu chicote é estalado naquela região. Eu me assusto, dando um solavanco sobre a superfície almofadada. Um gemido de prazer sai dos meus lábios, eu não escondo o quanto acho aquilo gostoso.

— É impressionante como os anos passam... — ele fala, e sinto as tiras de couro baterem com violência na minha pele mais uma vez.

Mais um gemido meu.

— E esse seu gemido manhoso só fica mais gostoso.

Eric solta os meus punhos, parece dar um passo para trás e em seguida desfere outro golpe, me fazendo segurar o gemido dessa vez. Ele percebe que eu faço isso para provocá-lo, então me atinge novamente.

Eu mordo o lábio inferior com força e sorrio com o canto dos lábios.

— É engraçado? — ele pergunta, num tom baixo e malicioso, então ouço seus passos se afastando. — Certo...

Eric continua no cômodo, mas é nítido o quanto se move, para lá e para cá, até não ouvir mais o barulho de seus passos e perceber que ele voltou para trás de mim. Sua voz não é projetada, mas sinto um líquido gelado escorrer pelo perfeito centro de minhas nádegas e, depois de ouvir o som de algo caindo, sinto a mão de Eric apertando minha bunda com força, separando-a.

Logo, dois de seus dedos são esfregados na minha fenda lambuzada por lubrificante, e ele começa a enfiar o anelar e o dedo médio devagar.

— Eu estou te tratando tão bem — fala, acariciando minhas costas com carinho, enquanto sua outra mão me fode, aumentando o ritmo aos poucos —, zelando pelo seu prazer. — Ele arqueia os dedos dentro de mim, procurando algo que sabe que vai me fazer gemer. — Por que você só não dá o que eu quero?

Eu mordo o lábio inferior com ainda mais força, respiro fundo, ainda contendo um sorriso que quer explodir na minha boca provocativa. Meu pau está pulsando, clamando por qualquer tipo de toque, mas não vou pedir nada, porque preciso me concentrar em não gemer. É gostoso demais ter Eric tão louco pelo meu gemido, e eu gosto de fazê-lo implorar por isso, do seu jeito.

— Você não muda, não é? — diz, estalando a boca diversas vezes, num som de negação, depois o sinto soltar minha bunda e pegar algo, que descubro ser o chicote, porque me bate mais uma vez.

Eu solto o ar de forma pesada, meu corpo todo se arrepia quando me acerta com as tiras de couro novamente, ao mesmo tempo que fode os dedos da outra mão dentro de mim.

O filho da puta acerta minha próstata tão fácil que me contorço inteiro, sentindo meus olhos começarem a lacrimejar. Um choramingo baixo sai da minha garganta, enquanto meu quadril se esfrega no couro, e eu começo a ondular devagar, buscando alívio da minha rigidez ao roçar meu caralho naquela superfície.

— Nem comecei e você já está chorando? — fala sacana, esfregando o dedo no ponto sensível que percebe me deixar tão descontrolado.

— Vai ter que fazer mais do que isso pra ouvir meus... — enquanto falo, ele tira os dedos, encaixa a cabeça do pau e enfia tudo de uma vez só, enquanto segura minha bunda com força e bate o quadril na minha pele, num estalo alto que faz meu corpo reagir em espasmos. — Ah, Eric, porra! — falo seu nome, dando um gemido alto, que sai tremido na minha garganta e se estende pelo tempo que ele continua me fodendo rápido, com tanta força que sinto minhas pernas tremerem.

Ele para, encaixa a cabeça de seu cacete de novo e espera alguns segundos. Quando eu abro a boca para provocá-lo novamente, Eric me penetra de uma vez só, arrancando outro gemido alto, longo e arrastado de mim, que preenche todo aquele cômodo.

— O que você disse? — pergunta, com o membro inteiro dentro de mim, ondulando devagar, enquanto nossas peles permanecem unidas. — Não consegui entender direito...

— Vai se foder — digo entre os dentes, porque odeio a forma como ele consegue virar o jogo da provocação para si, parecendo ganhar aquela competição.

Mas adoro quando ele enfia em mim sem pena, e então faz de novo.

— Prefiro foder você, *meu pequeno...* — Eric não para de socar em mim, não para de me causar espasmos.

Por mais alguns minutos, ele me penetra, e eu me rendo aos gemidos que não têm mais controle. Enquanto faz isso, desfere chicotadas leves nas minhas coxas, na minha bunda, e eu perco a conta de quantas vezes grito naquele cômodo fechado, com meu amigo parecendo enlouquecido por cada mísera reação do meu corpo.

E eu sei que o álcool retarda meu orgasmo, mas me intriga o quanto ele também demora a gozar. O quanto se controla ainda mais hoje em dia.

— Eu preciso... — falo sem fôlego, sentindo minhas pernas perderem as forças e meus pés fraquejarem ao chão, já formigando. — Eu preciso me sentar.

Sem demais explicações, atendendo prontamente ao meu pedido, ele tira o membro de dentro de mim, acaricia minhas costas devagar, inclina o corpo sobre o meu e beija minha pele, num caminho não linear que desce até a ardência proveniente de seu chicote.

Eric leva as mãos até o laço, no meu punho, o desfaz novamente e deixa a fita cair por seus dedos, depois vem até meu rosto, tirando a venda e me erguendo com calma.

Estamos dentro de um quarto escuro onde eu nunca estive. Sua casa é relativamente nova, foi construída há apenas alguns anos, mas é óbvio que ainda guarda segredos que Eric não quis compartilhar comigo.

Mas compartilha hoje, sob essa circunstância.

— Porra, Eric... — digo fraco, ao mesmo tempo, franzindo o cenho e segurando o riso, enquanto tento analisar todas aquelas ferramentas eróticas que eu nunca vi. — E você só quis usar um chicote, uma venda e uma fita comigo?

Eric ri baixo, não aguenta, mas não me responde. Apenas me ajuda a ficar totalmente em pé, depois abaixa, passa as mãos pela parte traseira do meu joelho e segura no meu tronco, me levantando com facilidade e me pegando no colo, como se nossa diferença de altura me tornasse muito leve para ele. Talvez torne.

Sem dizer mais nenhuma palavra, ele anda pelo corredor comigo, mas não tem paz vinda de mim, porque começo a beijar seu pescoço devagar e chupar sua pele lentamente, deixando que o calor da minha língua irradie ali. Eric está respirando fundo, com dificuldade.

Quando entramos no seu quarto e ele me repousa sobre o colchão, seguro em seu pescoço e o faço deitar-se por cima de mim, sem deixar que se distancie.

— Disse que precisava sentar, não que estava satisfeito...

Eric deita-se na cama, colocando o corpo sobre o meu e encaixando as pernas entre as minhas, enquanto segura meu rosto e sela meus lábios devagar.

— Você era insaciável, lembra? — comenta, rindo baixo.

— Não mudei. — Retribuo a risada sutil, sentindo seu pau rígido encostando-se ao meu e se esfregando devagar, enquanto ele ondula sutilmente.

Nossos lábios roçam, enquanto deixamos claro o quanto estamos gostando daquele contato quente entre nossos caralhos, que se friccionam e fazem com que Eric morda meu lábio inferior, contendo seus próprios gemidos de prazer.

— Porra, meu pequeno... — Ele se movimenta devagar, enquanto sinto o melado de nosso pré-gozo intensificando aquele calor que fará eu me sentir um fraco, se gozar apenas com isso.

Mas fica cada vez mais difícil segurar.

Então, eu rodeio Eric com uma perna só e o viro na cama, ficando por cima de seu quadril. Ali, percebo que ele ainda usa a camisinha de minutos atrás, que não consegui vê-lo colocar por conta da venda, o que torna o meu trabalho muito mais fácil.

Sua mandíbula trava, sua expressão se torna séria.

É óbvio que ele não gosta de ser dominado...

Mas até Eric parece ter seu ponto fraco.

Talvez seja alguém sentando nele assim.

Eu seguro sua rigidez, encaixo na minha entrada e sento devagar, observando sua feição. Toda sua resistência vai embora...

Eric fecha os olhos, franze o cenho e aperta minhas coxas com força, quando eu começo a quicar devagar, no seu membro que pulsa dentro de mim.

— Me toca, Ric... — mando, mas minha voz soa tão carinhosa que sua única reação é levar os dedos quentes e macios até meu membro e começar a me masturbar.

Por ele ser tão dominador, sinto um prazer incontrolável quando me obedece, então, enquanto sua mão sobe e desce no meu caralho, solto gemidos satisfeitos que se mesclam à necessidade de estímulo para ajudar minha ereção que necessita de contato e à delícia de tê-lo rendido a mim naquele momento.

Eu continuo ondulando, ele continua me masturbando. Sua testa toca no meu peito e ele respira fundo. Eric está gemendo grave, rouco, tão baixo que quase não o ouço, mas seu corpo treme ainda mais forte, e isso, sim, sinto em amplitude. Seu polegar certeiro encosta na minha glande que me pressiona e seus movimentos ganham velocidade, quando percebo ser seu objetivo me fazer gozar.

O tanto que sento com força em seu caralho, atrelado a seus dedos hábeis, são motivos para que eu chegue lá sem dificuldades, jorrando meu líquido quente em suas mãos, enquanto um gemido sôfrego sai de minha boca.

Estou gozando e apertando seus ombros, enfiando as unhas na sua carne, tremendo sobre o seu corpo que ainda não chegou lá. Aproveitando-se da minha fraqueza, ele me gira na cama e vem por cima de mim, tomando o seu tão precioso controle.

Mas o que eu achava ser mais um dos seus momentos de violência deliciosa me surpreende, ao virar um carinho cuidadoso, quando ele começa a estocar em mim num ritmo delicioso, mas que não é bruto.

Seus lábios procuram os meus, e ele me entrega uma intensidade que eu não compreendo, unida a uma devoção proporcionada por seus beijos profundos, cheios de sentimentos que nunca serão confessados a mim.

O orgasmo de Eric chega enquanto seus lábios têm necessidade e imploram para continuar beijando os meus. E, naquele momento, eu retribuo tudo que ele me dá.

Apesar de estar alheio à sua intensidade, ele é bom para mim e, quando a adrenalina do tesão começa a ser quebrada, ainda consegue fazer com que eu me sinta protegido e acolhido.

Quando sua boca solta a minha, seus selares continuam pelo meu queixo, mandíbula, depois pescoço. Ele não intensifica, só me acarinha com seus lábios meigos. Então, olha para mim e sorri com o canto da boca, levando os dedos compridos até meu cabelo suado, colocando-o para trás, depois descendo a mão e acariciando minha bochecha.

Eric me admira naquele momento tão íntimo que trocamos após o sexo.

E eu não sei lidar com isso, porque não é o que eu espero dele.

Já esperei, mas fazem anos e anos que não espero mais.

— Que jeito gostoso de fortalecer a amizade... — solto, a fim de quebrar essa atmosfera estranha, enquanto o sinto passando o polegar no meu lábio inferior, deslizando devagar sobre a pele fina.

Ele solta uma risada nasal e me dá um beijo calmo, mas parece se incomodar com a minha fala, porque se levanta em seguida e vai até o banheiro. Fecha a porta, toma outro banho e volta alguns minutos depois, deitando-se e me aconselhando que faça o mesmo.

Eu faço. Tomo um banho rápido dessa vez, me seco e coloco outra cueca limpa, voltando para o quarto e encontrando Eric já dormindo, virado para a parede. Acostumado a isso, me deito ao seu lado e abraço seu corpo, beijando suas costas devagar. Ele respira fundo, segura minha mão — que o abraça — e entrelaça os dedos aos meus, acariciando-os.

— Achei que estivesse dormindo... — falo baixinho, sussurrando palavras na sua pele entre selares calmos.

Sempre fui carinhoso com Eric, não vejo motivo para deixar de ser, apenas porque acabamos de transar.

— Minha cabeça está agitada — diz cansado, respirando fundo.

— Quer transar de novo? — pergunto, fingindo seriedade, mas ele não cai e acaba rindo, então nega com a cabeça. — No que está pensando?

— Na minha viagem, na filial nova, no quanto eu tenho medo do fracasso...

Ele parece querer dizer mais alguma coisa, mas apenas respira fundo novamente e finda as informações que passa a mim.

— Você não gosta muito de trabalhar — pontuo o óbvio —, mas, quando coloca a mão em alguma coisa, consegue fazer tanto dinheiro que me assusta.

Ele continua acariciando os meus dedos, e eu dou mais um beijo carinhoso nas suas costas.

— Não vai fracassar. Nem você nem Pablo. Vai ser mais uma boate cheia de safadeza e gente pelada, do jeito que vocês sabem fazer tão bem. — Ele solta mais uma risada baixa e segura meus dedos, depositando um beijo suave e depois puxando meu braço, para que eu o abrace ainda mais forte.

— Suas palavras de conforto me deram sono. Durma também.

Eu rio da sua falta de tato e aninho ainda mais meu corpo ao seu. Sem muita dificuldade, nós adormecemos juntos, mas não acordamos juntos.

Quando as horas se passam, em algum momento, Eric deixa a cama e, ao abrir meus olhos, me deparo com o colchão vazio. Em cima do aparador de bebidas há uma bandeja com café da manhã farto e bonito, do jeito que sempre pede para Olivia preparar para mim.

E há também um bilhete, que é a primeira coisa que leio, antes de olhar o que há para comer.

Preciso mandar alguém buscar os carros na rua da Gaiola Vermelha e depois vou a uma reunião com sócios chatos.

Não tenho hora para voltar, mas não precisa ir embora correndo.

Pedi para Olivia deixar o café pronto para você.

Beijo, Ric.

Estranhando seu bilhete, que costuma ser raridade, o dobro e coloco de novo na bandeja, não demorando muito a me servir o café da manhã. Eu como, vou para minha casa e, mais tarde, trabalho.

Só que eu não vejo Eric naquele dia, nem nos dias seguintes.

O dia da viagem à Lipa chega e descubro, por Pablo, que meu amigo havia ido sem se despedir, o que me causa um estranhamento quase palpável.

Chego a ficar chateado com sua atitude.

E eu torço do fundo do meu coração que nada daquilo tenha a ver com o fato de termos dormido juntos.

Mas sinto que é exatamente por isso.

17

CONHAQUE

Passei uma semana inteira de folga.

Arrumei meu apartamento, lavei as roupas que estavam atrasadas e, depois que elas secaram, apenas as guardei, porque não acredito em ferros de passar.

Troquei alguns móveis de lugar, ajeitei o sofá, fiz compras e prometi aprender a cozinhar algo novo, já que tinha dias que eu cozinhava apenas legumes, macarrão e frango.

Quando pensava na comida de Gael, respirava fundo e tentava voltar a cabeça para o lugar, pensando que eu também era capaz de fazer algo bom. Talvez não tão bem quanto ele, mas não era hora de sentir falta do que ele fazia para mim.

Aproveitando o gancho da saudade indesejada, fiz uma chamada com a minha terapeuta, já que não fazia isso há algum tempo, e comentei sobre Eric e o que aconteceu entre nós. Ela perguntou como eu me sentia em relação a isso, e eu disse que estava tendo uma sensação estranha, apesar de não me sentir depreciado.

Eric ainda era meu amigo, e eu ainda o via da mesma forma. Sabia que ele não queria relacionamento com ninguém, e eu havia me tornado independente demais para forçar alguém a ter algo comigo que não quisesse.

Então, eu estava tranquilo em relação a mim e a como eu me sentia nessa situação...

Na minha cabeça, fomos movidos por tesão, apenas isso.

Mas eu não gostava da reação dele e temia que ele estivesse entendendo errado. Temia que ele estivesse achando que eu teria o mesmo comportamento de quando éramos mais novos e iria exigir algo além do que ele poderia me dar.

Mais uma vez.

Ela me aconselhou a fazer o que eu já tinha em mente: esperar ele voltar da viagem de inauguração da boate e depois conversar com ele, para colocar as coisas a limpo. Então, não me restou muita escolha, senão deixar o tempo passar.

E esse tempo passou, comigo gastando meus dias vendo filmes e distraindo minha cabeça de coisas e pessoas de que eu não queria me lembrar, até receber uma mensagem, no grupo da Hidden Honey, avisando que o dia seguinte seria de trabalho normal, porque eles já haviam retornado à Astra.

O que me traz a esse específico momento, às 20:00, quando eu ligo para Eric, já que não sou muito fã da paciência, nem da calma.

— *Oi, Dimitri, você está bem?* — ele me atende, parecendo preocupado.

— Calma... — respondo, rindo baixo. — Eu estou bem. Já chegou em casa?

— *Cheguei.*

— Está ocupado com alguém?

— *Não, eu só quero me deitar e descansar.*

— Posso te ver?

Ele fica em silêncio por um momento e respira fundo, antes de responder:

— *Pode vir.*

Eu me despeço, desligo o telefone e troco de roupa, colocando uma bermuda preta, uma blusa azul-clara e meus chinelos confortáveis de couro. Pego a chave do carro em seguida e vou até a casa do meu amigo.

Quando chego lá, estaciono sem dificuldades e entro na sua casa, já que tenho a chave, tirando os chinelos e subindo até seu quarto.

Ele está sem camisa, confortavelmente só com um short de seda vinho, usando o celular e com um copo na mão, cheio pela metade de algo que identifico, novamente, como sendo seu conhaque preferido.

Eric sempre bebe além do normal quando parece nervoso ou está tenso com alguma coisa. Ele olha para mim, dá um breve sorriso cansado quando me vê, mas logo volta a usar o celular, dando mais um gole lento na bebida.

— Como foi a viagem? — pergunto, andando até o aparador de bebidas e me servindo do mesmo que ele bebe.

Eu encho o meu copo pela metade, um pouco mais, e sento-me na cama, de pernas cruzadas e de frente para ele.

Ele olha para minha mão e franze o cenho.

— Isso é muito forte pra você, Dimitri, e tem conhaque demais.

Eu dou um gole lento e sinto a bebida quente descer rasgando.

Eu, com certeza, prefiro vinho, mas se Eric está tenso a ponto de não ficar confortável perto de mim, vou fazer o possível para quebrar esse clima merda. O que, apesar de bem intencionada, pode não ser a melhor ideia que eu tenho...

— Como foi a viagem? — repito a pergunta, já que ele não me respondeu, e dou mais um gole longo na bebida. Ela realmente é forte demais para mim, porque tudo fica quente rápido demais.

Eric respira fundo, balança a cabeça negativamente, depois percebe que não vai ter saída para as minhas perguntas que tentam fazer as coisas voltarem ao normal, então começa a falar.

— Correu tudo bem — ele começa. — A inauguração foi boa, a casa encheu, e eu e Pablo aprovamos todos os funcionários contratados.

— Até o gerente geral?

— O gerente geral será Pablo. Ele fará viagens mensais e colocou um supervisor, porque não confia em ninguém para o cargo por enquanto.

Eu penso sobre suas palavras por um momento, enquanto dou mais um gole na bebida, que continua rasgando e queimando minha garganta.

— Você se divertiu? — pergunto, com um sorriso sugestivo, enquanto levo o copo à boca, mas não bebo ainda.

— Defina divertir — diz sério.

— Trepou com alguém? — pergunto e bebo novamente.

Estou bebendo rápido demais.

Ele revira os olhos e bebe também.

— Desculpa — peço, me sentindo culpado por fazer uma pergunta que nunca foi problema entre nós dois. — Mas você nunca se importou com isso... Só... Desculpa — pontuo nervosamente, sem saber o que fazer com minhas mãos, que apertam o copo vazio no meio das minhas pernas.

Ele continua a olhar para o líquido dentro do seu copo baixo, mas não me repreendeu novamente.

— Desculpa também... — responde, levando os dedos às têmporas e massageando-as. — Eu estou cansado, acaba afetando meu humor. Não, não transei com ninguém. Foram só... negócios.

— Que chato — digo rindo sutil, e ele concorda, rindo comigo.

As coisas parecem ficar um pouquinho menos tensas.

Depois que encho meu copo mais um pouco, continuamos bebendo por um tempo, enquanto aparentemente ele relaxa e me conta sobre as peculiaridades de cada funcionário da filial.

Conta sobre a boate nova, as coisas que são diferentes da Hidden Honey de Astra e como acha que as coisas vão melhorar financeiramente para ele.

A situação dele já é boa, mas meu amigo parece ter um plano secreto de comprar um país, já que é tão bom fazendo dinheiro.

Acho que passamos quase duas horas ali sobre a cama, comigo enchendo meu estômago daquela bebida forte que bebi poucas vezes na minha vida, não a sentindo fazer um bom caminho dentro de mim.

Estou cada vez mais estranho.

— Eu vim aqui... — digo, já me sentindo tonto, mal sentindo as pontas dos meus dedos que seguravam o copo e percebendo meu estômago revirar. — Para podermos conversar sobre o que aconte... — Levo a mão à boca, ficando ainda mais enjoado, então meu corpo dá o primeiro solavanco.

Bateu que nem veneno.

Eu vou vomitar.

Eric percebe e se levanta, me segura pelo braço e me leva correndo até o banheiro; o tempo suficiente para eu abrir a tampa do vaso e colocar tudo para fora.

— Quando eu disser que uma bebida é forte demais pra você — ele diz, apoiando o braço no batente da porta, observando eu vomitar —, é porque eu conheço você, Dimitri — sua voz soa numa mescla de preocupação e bronca.

— Vou me lembrar disso — mais um vômito — da próxima vez.

Ele aguarda o tempo que eu preciso para voltar ao normal.

Quando sinto que já vomitei meu almoço e toda a bebida, porque claramente o que eu cozinhei devia estar uma merda e também teve um efeito ruim na minha barriga, me levanto, vou até a pia e lavo minha boca.

Ele vai até o quarto e, quando chego lá, olha para mim dos pés à cabeça.

— Vai pro banho — praticamente ordena, o que me faz olhar para baixo e notar minha camisa suja.

Estou pavoroso, mas nada que Eric já não tenha visto...

Eu rio baixo e concordo, mas não consigo ser rápido o suficiente para perceber que ele está jogando uma toalha em mim e um conjunto de pijama. Então, me manda tomar banho mais uma vez.

Sua paciência não parece estar das melhores, mas, naquele momento, minha falta de senso me faz achar que está tudo bem, e eu apenas implico com ele.

— Tudo bem, *meu senhor* — debocho, dando meia-volta e indo até o banheiro.

— Não me chame assim — ele pede sério, em tom de ordem, antes que meus dedos toquem a maçaneta da porta.

— Como quiser, *meu senhor.* — Antes de sair, vejo Eric esfregando o rosto e balançando-o negativamente, parecendo se segurar muito para não explodir.

O clima, dentro desse quarto, está mudando bruscamente, mas eu sou idiota demais para perceber que as coisas não estão no lugar. Que eu deveria ter mais tato.

Que, talvez, não seja hora de brincar.

Quando volto para cama, Eric está sentado na ponta, usando o celular. Parece apreensivamente esperando que eu saia do banho, porque fica nervoso quando eu não estou bem. Ainda estou decidido a fazer as coisas voltarem ao normal, porque odeio esse clima entre nós dois.

É mais do que odiar... Eu não aceito.

Apenas com a parte de baixo do pijama, como gosto de ficar, sento-me atrás do meu amigo, enlaçando-o com as pernas e deitando o rosto nas suas costas.

— Você está quente — pontuo, fazendo um carinho lento na sua barriga.

— É, um pouco — ele diz, numa risada nasal, enquanto continua a usar o celular. — Agora, vai dormir, meu pequeno — pede baixo. Não sei se voltou a ser carinhoso ou se está tentando controlar a impaciência.

— Eu não quero... Quero ficar aqui — falo, descendo os dedos perigosamente até a barra do seu short, depois subindo novamente, pelo seu abdômen.

— Por tudo que é mais sagrado... *Vai. Dormir* — não parece um pedido desta vez. Eric fala firme, sério, de um jeito que faz um arrepio violento percorrer toda a minha coluna, entretanto não paro de abraçar seu corpo, muito menos acariciar sua pele.

— Está com raiva de mim? — pergunto calmo.

— Está muito longe disso...

— Meu abraço te deixa desconfortável? — questiono.

— Não — ele responde quase entre os dentes.

— Você gosta quando eu acaricio você?

— Gosto.

Eu podia pôr a culpa na bebida e dizer que meu comportamento é totalmente movido pelo álcool, mas não é isso.

A verdade é que eu gosto de provocar Eric, gosto de estar em contato com ele e, por muitas vezes, acabo perdendo a noção dos meus próprios limites, quando acho que nossa intimidade é desculpa para que eu faça o que quiser com ele, sem consequências.

Como agora.

Solto uma risada nasal pequena, esfregando os lábios pelas suas costas, depois beijo sua pele devagar. Sinto o arrepio de Eric tocar os meus lábios enquanto o faço. Sinto também suas mãos segurarem as minhas e desfazerem meu abraço, e ele se levantar da cama e respirar fundo ainda de costas para mim.

Está visivelmente transtornado, como se estivesse segurando alguma raiva.

— Passei dos limites? — pergunto baixo, me sentindo culpado.

Ele solta o ar de forma pesada, depois gira devagar, no próprio eixo, me encarando. Outra coisa que eu encarava era sua rigidez descarada por baixo do short, que ele não parecia se importar em mostrar.

Mas, por mais que eu seja movido pela minha luxúria tantas vezes, sua ereção consegue ser irrelevante no momento em que percebo seu rosto mesclado de mágoa e raiva.

— Eu permiti — ele conclui —, mas não posso permitir mais...

Ouvir essas palavras me acende um gatilho, disparado tal como um tiro.

Eu o olho confuso, sinto o gosto da insuficiência me abraçar mais uma vez. Não importa quanto tempo eu tenha feito terapia, recaídas, em que você se acha indesejável, são normais, e eu estou tendo uma neste momento.

Ainda mais depois de já ter sido ferrenhamente rejeitado por Eric no passado. Entretanto, respiro fundo, tentando não deixar que esses sentimentos me engulam, e tento fazer o que é o racional.

Conversar.

— Foi ruim ou desconfortável pra você de alguma forma? Eu te fiz mal ou te fiz se sentir pressionado a alguma coisa? Porque eu juro que...

— Não, não, não, Dimitri... — ele fala, apressado em me explicar. Aproxima-se de mim, ajoelha-se na minha frente e segura minhas mãos. — Não é isso...

— Então, o quê? — Eu respiro fundo, frustrado, enquanto olho para os seus dedos que se entrelaçam aos meus. — Eu não entendo.

Eric solta o ar pesadamente, enquanto sua cabeça ainda está abaixada. Depois, ele me encara, ao segurar minha mão e dar um beijo lento.

— A conexão que eu tenho com você, o carinho... — Ele respira fundo mais uma vez, olha para o lado, parece ter dificuldades em expressar o que quer dizer. — Você não faz ideia do quanto eu gosto de fazer sexo com você... Do quanto eu sempre gostei e sempre quis repetir, mas, igual a quando éramos só dois adolescentes afobados, eu falo agora de novo... — Ele volta a olhar para mim, segura meu rosto gentilmente e acaricia minha bochecha. — Eu não quero correr o risco de perder o que a gente tem, por sexo que pode dar errado.

— Como poderia dar errado? É só sexo, eu sei que você não quer se envolver com ninguém e respeito isso...

Eric parece ter motivos para acreditar que as coisas não são tão simples assim, porque olha para baixo e logo volta a falar desanimado, com sua voz rouca e arrastada.

— Existem tantas coisas que podem dar errado, Dimitri...

Eu fico sério e calado por um tempo, porém assinto após alguns minutos pensando sobre o assunto. Concordo, enfim, com sua fala.

Sei das consequências do sexo casual para pessoas carentes como eu, e sei como essas consequências se agravam quando se referem a alguém por quem você tem tanto carinho. Principalmente, alguém em quem eu já depositei totalmente minha dependência emocional.

Eu amo Eric e amo como ele cuida de mim e me mima. Não seria difícil confundir as coisas e criar um mal-estar entre nós dois mais uma vez.

— Não vai acontecer mais, perdão — concluo, me arrependendo daquilo tudo. Do quão longe nós fomos.

Porque mais do que o prazer que eu tive com ele, o medo de perder nossa amizade é uma ameaça real que volta a me destruir.

Não pensei direito quando bebi, estava carente e vi alguém tão bonito, alguém que me dá tanto conforto, disposto também a me dar carinho e tanto prazer...

— Eu não quero perder o que a gente tem — ele fala, fazendo com que eu me sinta aliviado com suas palavras. — Eu não quero que você saia da minha vida. Nunca, Dimitri, nunca. Eu amo você demais... Eu só... — Ele respira fundo. — Eu não posso.

— Eu também amo você... — digo, segurando seu rosto e lhe dando o mesmo carinho que ele me entrega. — Não vamos repetir, tá bem?

Entendo e compartilho do seu medo, então me levanto da cama e estico a mão na sua direção, e Eric olha para ela por um segundo, antes de entrelaçar os dedos aos meus e me permitir que eu o puxe, ficando em pé na minha frente. Ali, eu o abraço devagar, sentindo os beijos calmos que ele deposita sobre meus braços que o envolvem.

Ele retribui meu contato e me aperta com força. Quando nos soltamos, olha nos meus olhos, carregando mais milhares de sentimentos que não externa para mim.

Antes que possa, sequer, pensar sobre sua proximidade, Eric aproxima o rosto do meu e deposita um beijo calmo em meus lábios.

— O último — ele diz rindo fraco, e eu retribuo, abraçando-o mais uma vez, com ainda mais força.

Segundos depois, estamos deitados em sua cama, devidamente vestidos e completamente agarrados, o que me faz perceber que aquilo é nossa forma antiga de dormir voltando à tona.

Não preciso pintar seu cabelo novamente para entender que o que temos não vai mudar, porque Eric, de uma vez por todas, sempre prova que não vai deixar que isso aconteça.

Eu me sinto confortável, e ele parece absurdamente protetor e, mais uma vez, nós dormimos juntos, depois de ele terminar de me contar coisas sobre sua viagem, que ainda não havia me segredado.

E o que parece ser um emaranhado de complicações, torna-se um perfeito alinhado da normalidade, porque nossa rotina retorna ao conforto que nós já conhecemos e compartilhamos.

Ele volta a acompanhar tudo que eu conto e volta a ser o mesmo amigo safado, da língua ferina, que implica com todas as minhas ações, só porque gosta de me ver irritado.

E volta, também, a me apoiar em todos os meus passos, rotinas e escolhas.

Ele me apoia até quando meus dias tomam seu curso e pessoas novas chegam à minha vida, ao mesmo tempo que outras, já conhecidas, retornam.

18

CONVIDADO INESPERADO

Homens andam de um lado para o outro, por conta da obra de revitalização da Hidden Honey e da inauguração do espaço novo: um galpão enorme ao lado da boate, que Pablo comprou e, totalmente influenciado pela Gaiola Vermelha, quis trazer novidades para a casa.

Antigamente funcionava como um estoque, que meu amigo alugava para guardar descartáveis e demais coisas da boate que não eram usadas, até mesmo móveis quebrados e carregamentos de bebidas. O antigo dono tinha imóveis demais para gerenciar e, no final das contas, acabou caindo nas graças de Eric e vendendo seus metros quadrados em definitivo.

O espaço novo não será exatamente um espaço de fetiches, não como na Gaiola, mas algo onde coisas mais ousadas — do que as que acontecem nos palcos da Hidden — possam ser apreciadas.

Sexo mesmo ao vivo e a cores, com grupos de pessoas diferentes. Até cabines privativas, a que qualquer um pode ter acesso, se pagar a quantia certa.

Ajudando da forma que posso, estou do outro lado do balcão do bar, separando garrafas d'água e as colocando dentro dos baldes de alumínio com gelo, que irão para o centro da boate.

São 14:23, tenho feito turnos de 12h, dia sim, dia não, para conseguir ajudar a supervisionar a obra, ao mesmo tempo que trabalho à noite, quando a boate está caoticamente aberta, com várias alas interditadas.

Claro que não faço isso sozinho, porque Eric está ao meu lado, colocando a mão na massa e pegando o gelo para colocar nos baldes.

— É engraçado te ver trabalhando... — falo rindo, o que o faz me olhar e dar o dedo do meio.

— Graças aos céus, estamos na última semana, eu não aguento mais a porra desta obra — ele resmunga, alinhando os baldes de alumínio no balcão do bar.

A obra já dura um mês, e nem eu aguento mais.

Há dez ou doze pedreiros trabalhando, dois supervisores gerais da obra, o arquiteto-chefe e o dono da empresa que faz o serviço.

Todos conhecidos de Eric, pessoas que já trabalharam para a Rede Carpo, porque Pablo, como sempre, não confia em ninguém para fazer serviço nenhum de confiança, sem que passe por uma análise prévia sua ou indicação próxima.

Não está errado. Ele pode ter esse jeito excêntrico, gastar dinheiro demais com os outros e ser muito fã de uma vida sexual mais aberta, mas nada disso é motivo para colocarem em dúvida o seu profissionalismo.

Se tudo isso fosse empecilho, a Hidden Honey não estaria estudando abrir sua segunda filial e, muito menos fazendo uma grande obra de ampliação.

— Quando vai ser a festa de reinauguração? — pergunto, já que presumo que eles farão um grande evento, em breve, para comemorar o novo espaço.

Aquilo, o espaço a mais, é uma oportunidade da casa ter dias de atrações e públicos misturados, sem criar confusão.

Mais pessoas, mais funcionários, mais trabalho...

Mais dinheiro.

— Não vai ter — Eric diz simples, terminando seu trabalho com o gelo e colocando todos os baldes metálicos restantes para cima.

Isso é novidade.

É muito estranho que Pablo não queira aproveitar toda oportunidade que tem para dar uma festa.

— Ué, por que não? — pergunto, franzindo o cenho, andando devagar para fora do bar junto a ele, e começando a pegar as alças dos baldes, para levar aos homens trabalhando.

— A semana de reinauguração cai exatamente na semana que a Hidden faz aniversário de cinco anos. Pablo vai dar uma festa só para os funcionários da casa e os novos que estão entrando. Ele quer... — Ele franze o cenho, tentando se lembrar das exatas palavras do nosso amigo. — Estreitar os laços.

Ah, agora está explicado.

— Como é sentimental com os funcionários! — Balanço a cabeça negativamente, mas estou rindo, pois sempre gostei disso nele. — Quando vai ser?

Nós andamos em direção às mesas postas próximas à divisão escondida por longas lonas pretas que servem muito bem para disfarçarem a obra do outro lado, quando a boate está em funcionamento à noite.

— Daqui a um tempo, acho que depois do casamento de Victor.

— Perfeito — digo, me sentindo inegavelmente satisfeito.

Eu gosto muito de festas. Quanto mais, melhor.

Quando estou andando, sinto uma mão grande e habilidosa tocando meus dedos e tomando para si um dos baldes pesados que eu carrego. A princípio, eu me assusto, mas depois relaxo e engulo em seco quando percebo quem é.

— Me deixa te ajudar — ele fala meigo, fazendo Eric, que já havia chegado às mesas, olhar para mim com atenção.

O homem alto e bonito, com terno azul-marinho, é Alexander Kamer, arquiteto-chefe da obra. Desde que chegou à boate, não tirou os olhos de mim e, em toda oportunidade, me pede ajuda com coisas que ele poderia fazer sozinho. Também tenta puxar papo sobre assuntos aleatórios, e eu me esforço muito para não começar a rir.

Não posso dizer que não gosto da atenção que ele me dá, mas, desde que me envolvi com Eric, entendi que, talvez, precise respirar um pouco mais, antes de chegar perto de alguém e criar vínculos.

Senão, eu estarei me relacionando por carência, não afeto real.

Ainda assim, mesmo que eu não tenha dado a entender que quero algum relacionamento, o homem, poucos anos mais velho que eu, parece gostar de interagir comigo sempre que tem chance. E eu deixo, porque, enquanto nossas conversas são casuais, não vejo problema nisso.

— Obrigado — respondo gentil, chegando até a mesa em que Eric analisa a cena.

— Você está bonito demais assim, Dangeli... — ele fala, dando um daqueles seus sorrisos enormes, de quem está mais feliz do que deveria, depois pega uma garrafa d'água e vai embora.

O cara é louco, porque eu estou usando uma calça jeans rasgada, uma blusa preta velha e estou com um avental vinho amarrado na cintura. A única diferença é que eu cortei meu cabelo e ele não está mais grande, muito menos batendo no meu nariz. Está bem curto nas laterais e com uma franja que cobre minha testa, mas não meus olhos.

— O que foi isso? — Eric pergunta, enquanto andamos novamente até o bar.

— Ele só foi educado...

Enquanto nos sentamos nos bancos altos do balcão, a fim de descansar um pouco, ele se vira, apoiando as costas no bar e olhando para os homens que vão e vêm.

Eu faço o mesmo.

— É educação ou tesão?

Rio baixo, dando um tapa leve na coxa do meu amigo.

— Por que tudo tem a ver com sexo, pra você?

— É inevitável, meu amor...

Eu solto mais uma risada baixa, balançando a cabeça em negação à língua afiada de Eric, que não muda, não importa quanto tempo passe.

Eu gosto de ter meu amigo de volta e de não sentir que há uma pedra nos separando.

Eric nunca deixou de ter seus envolvimentos sexuais, seu estilo de vida que mantém até hoje. Contar detalhes superficiais do que ele faz a mim, prática que sempre foi comum entre nós, é o que me mostra que as coisas estão bem, apesar de eu viver com a sensação de que ele nunca foi totalmente sincero. Mas meus dias seguem com a certeza de que não há nada pior do que forçar uma situação para que o outro se abra, então apenas continuo nossa amizade com o que ele se permite transmitir a mim.

Nada além disso.

Continuamos conversando mais um tempo, reclamando de fome, já que não almoçamos, enquanto pensamos aonde vamos comer, e observamos um homem baixo levar um carrinho cheio de entulho para fora da boate.

Logo atrás, Alexander passa piscando para mim e saindo em seguida.

— Definitivamente, é tesão — Eric fala, completamente seguro da informação que me passa.

Eu estou rindo e negando sua afirmação, mas, no fundo, sei que gosto de ter alguém, tão absurdamente gostoso, interessando-se por mim.

A carência, na alma de um carente, diminui, mas nunca morre de fato.

Aquilo me faz levantar e tentar procurar algum outro trabalho para fazer, a fim de distrair minha cabeça. Ele é gato demais e facilmente confunde meus pensamentos.

Eric diz que já vamos embora para almoçar, mas ele também se distrai com ligações e sai andando em direção à sala de Pablo. Eu pego minha mochila embaixo da pia, tiro o meu avental e coloco no balcão.

Ali, buscando uma camisa limpa para trocar, acho o convite lacrado que Victor havia me dado, na noite anterior, e eu não tive tempo de abrir.

É o convite para o seu casamento, que acontecerá em 27 dias, com uma pequena cerimônia numa igreja próxima às montanhas, em Burto, e a festa, num sítio que se situa próximo à igreja.

O casamento iniciará às 17:00, emendando na festa, que será à noite. O convite pede para que todos usem trajes sociais, o que não é uma dificuldade, tendo em vista que eu posso usar qualquer coisa do armário de Eric e fazer uma bainha temporária nas suas pernas enormes.

Já fiz isso antes, e ele sempre deixa, apesar de me dar as calças depois...

Fecho o convite, coloco na mochila, depois respiro fundo, andando em direção ao vestiário apenas para trocar a camisa e sair para almoçar com meu amigo.

Mas a palavra *casamento* liga minha cabeça, automaticamente e dolorosamente, a Gael. Eu só conseguiria me unir a alguém dessa forma, para sempre e com um amor incondicional, se a pessoa me fizesse sentir o dobro do que eu sinto pelo ex-barman da Hidden Honey.

Apesar de lutar todos os dias contra a dependência emocional, porque isso não é uma batalha que você ganha e nunca mais sofre, aprendi que se amar não é sobre você deixar de amar alguém e, sim, pôr-se em primeiro lugar, sem deixar que o sentimento que mora no seu coração roube sua autonomia e sua felicidade.

Ainda assim, existem verdades irremediáveis e, infelizmente, incontestáveis.

Tenho medo de nunca conseguir amar alguém como, ainda hoje, amo Gael.

E continuo lutando para que eu precise amar apenas a mim mesmo.

Mais duas semanas se passam, e a obra está sendo finalizada, e eu estou podre, quase morto.

Nunca trabalhei tanto como trabalhei nos últimos dias e, mesmo recebendo dobrado por todas as horas extras que fiz, dinheiro nenhum vale o esgotamento físico que me abraça, por ter trabalhado muito mais do que meu corpo aguenta.

Pablo não me obrigou a nada, mas eu, querendo pagar por todas as coisas boas que ele e Eric faziam e fazem por mim, resolvi meter as caras no trabalho exaustivo. Parecia até um médico plantonista sem folgas.

Fiquei muito bom em supervisionar os funcionários que respondem a mim, e descobri ser ótimo em supervisionar, também, a obra que acontecia.

Eu só não fui bom em entender os limites dos meus próprios músculos, o que me fez quase desmaiar na minha cama, com uma exaustão que eu nunca senti numa folga obrigatória que meus chefes me mandaram tirar.

Olho o visor do celular, são 15:21, o que me faz levantar quase chorando e ir tomar banho, porque sei que Pablo vai fazer um brinde às 17:00, com todas as pessoas que ajudaram na obra, para agradecer e comemorar o sucesso da reforma do novo salão.

Eu não deveria ir até a boate, porque parece que minhas pernas vão virar farelo, mas quero tanto me despedir das pessoas e agradecer por seus devidos trabalhos...

Afinal, ser chefe e supervisionar não é apenas mandar, e sim, saber ser grato e reconhecer quando um trabalho foi bem-feito.

E todos eles trabalharam muito bem.

Do pedreiro mais simples...

Ao arquiteto-chefe.

Com dificuldade, tomo um banho, coloco uma calça jeans preta, uma blusa vinho, meus tênis brancos e uma jaqueta da mesma cor que minha calça, porque o tempo está frio e o cansaço parece piorar minha imunidade, me fazendo sentir a temperatura ainda menor. Quando chego à boate, Pablo quase me bate.

— Eu mandei você descansar, porra. Você vai acabar tendo febre por exaustão ou sei lá que caralho!

— Calma, Pablito — falo rindo pequeno, sentando-me em um dos sofás longos da boate e colocando as pernas para o alto, apoiando-as a uma das cadeiras à frente. — Eu só vim brindar e vou embora pra casa.

— É... — Ele respira fundo, sentando-se ao meu lado e me puxando para que eu deite no seu colo. — Eu queria mesmo que você estivesse aqui pra isso, você trabalhou demais e merece a glória do reconhecimento.

— Ah, como são gays — a voz de Eric soa, e eu o vejo se aproximando. — Dimitri, o que está fazendo aqui? Tava todo fodido ontem. E não de um jeito bom...

Meu amigo pega minhas pernas, senta-se na cadeira que eu estava apoiando meus pés, depois os coloca em seus joelhos, começando a tirar meus sapatos.

Então, ele inicia uma massagem nos meus pés e meus dedos, enquanto Pablo faz carinho no meu cabelo.

— Gente, vocês acham que eu vou morrer? — pergunto, mas estou segurando o riso por todo aquele tratamento de rei.

— Se continuar trabalhando desse jeito, sim — a voz de Eric soa preocupada e ele está sério, do jeito que costuma ficar quando está me dando sermão.

— Eu só vim ver a comemoração, depois vou pra casa dormir, eu prometo — digo e fecho meus olhos, aproveitando todas aquelas massagens e carinhos, como um marajá.

— Onde eu massageio? — a voz bonita soa, aproximando-se de nós, enquanto eu ainda estou com os olhos fechados.

— Pode meter a mão no...

— Nas pernas dele — Eric corta Pablo. Apenas pelo seu tom, sei que ele está sutilmente o fuzilando com o olhar.

Eu abro os olhos e me sento, tirando os pés do colo de Eric e puxando meus tênis, para colocar novamente, enquanto olho para a imagem de Alexander, excepcionalmente bonito rindo para mim, com aquele sorriso gostoso e meigo, achando graça do tratamento dos meus amigos.

— Não preciso de mais massagem, estou bem — digo, segurando o riso, enquanto continuo ajeitando os sapatos nos pés.

Estou olhando para baixo por tempo demais, porque quero disfarçar o quanto esse homem alto, que agora está com uma camisa social branca com dois botões abertos, me causa um calor na região pélvica.

Em todo esse tempo de obra, nunca o vi trabalhando sem terno, mas hoje, por conta da comemoração, está mais solto, mais cheiroso, mais bonito.

E ainda mais interessado em mim.

Enquanto ainda estou fingindo que ajeito as meias, Eric se levanta, seguido de Pablo e, falando que precisam da minha ajuda para checar o buffet, me puxam dali.

Eu sorrio para Alexander e aceno, saindo de sua frente.

O buffet nem tinha chegado, mas os dois me enfiam na sala de Pablo, achando que precisam me socorrer.

Talvez precisem mesmo.

— Ele quer te comer, já sabe, né? — Pablo fala, jogando-se no sofá da sua sala, onde eu preguiçosamente volto a deitar no seu colo.

Eu pego a mão de Pablo e coloco na minha cabeça, para ele continuar o carinho. Eric não volta a fazer massagem nos meus pés, e eu quase reclamo, mas fico quieto quando o vejo de braços cruzados, com as costas na parede, olhando sério para mim. Ele quer saber minha opinião sobre o assunto, é evidente.

— E se eu quiser comer ele?

Pablo gargalha, balançando a cabeça positivamente e batendo palmas, todo feliz com meu comentário desaforado.

— Ele não tem cara de quem aceita ser comido... — Eric comenta, olhando as unhas de forma preguiçosa.

Ele é o defensor dos estritamente ativos, já que uma *vida flex* nunca foi aceita na sua cabeça.

— Estamos nessa fase burra agora? — pergunto, revirando os olhos. — De julgar quem é ativo ou passivo só pela cara?

— Gael era todo sério e machão, mas adorava quando o Dimitri fodia ele.

— Pablo, por favor... — Levo as mãos ao rosto, balançando a cabeça negativamente e fingindo que não ouvi aquilo.

Meus amigos voltam a rir, mesmo que eles tenham falado o nome proibido perto de mim.

— Desculpa, Dimitri — Eric comenta ainda segurando o riso. — Talvez eu tenha conversado com ele e descoberto suas preferências sexuais...

— Você falou sobre sexo com o Alexander? — pergunto incrédulo, levantando o corpo rápido demais e me apoiando nos meus cotovelos. — Ai, que dor do caralho... — resmungo, voltando a deitar no colo de Pablo e puxando sua mão, para que ele volte com o carinho no meu cabelo mais uma vez.

— Eu falo sobre sexo com qualquer um. — Ele respira fundo, dando de ombros. — Mas, sim, falei. Pessoas em situação de poder, como ele, me deixam levemente curioso.

— E o que descobriu? — pergunto baixo.

— Quer sentar no arquiteto? — Pablo pergunta, olhando para mim e mordendo o lábio inferior, dando um sorriso safado ao mesmo tempo.

— Só estou curioso. Para de achar que todo mundo quer transar com todo mundo o tempo todo, porra.

Pablo gargalha mais uma vez.

— Perdoa ele — Eric diz, numa voz melodiosamente maliciosa. — Essa é a única realidade que ele conhece. Tadinho!

Reviro os olhos mais uma vez, mas, dessa vez, estou segurando o riso.

— Descobri coisas sexualmente aleatórias, mas também descobri que ele já frequentou a Hidden Honey antes e que não foi só nessa obra que ele se interessou por você.

Eu franzo o cenho, olhando para o teto.

— Eu não me lembro dele... — pontuo, fazendo força para recobrar minhas memórias.

— Você atende a centenas de pessoas por dia, no escuro. Como lembraria? — Pablo fala, separando meus fios de cabelo e olhando minha raiz, parecendo procurar piolhos.

No momento, Key, o garçom que Eric havia levado para cama um tempo atrás, e que ainda leva às vezes, bate à porta e anuncia que o buffet chegou, então deixa a sala de Pablo.

— Sua janta falando que a janta chegou! Perfeito — Pablo diz, levantando-se animado.

— Pablo, pelo amor de Deus, melhore... — é o que falo, me levantando junto a ele, incrédulo pelo seu espírito do ensino fundamental que não sai do seu corpo.

— Desculpa — ele fala sério, mas depois começa a rir quando percebe que Eric está tentando segurar o riso.

Quando vamos até o salão, alguns garçons da casa estão ajeitando o buffet, em carrinhos de comida que dividem tipos de frios, petiscos quentes e bebidas alcoólicas e não alcoólicas, me fazendo agradecer, mentalmente, por eu estar de folga naquele momento em que sinto minhas pernas parecerem gelatina.

A comemoração começa, Pablo sobe em um dos sofás, faz um pequeno discurso, agradece pelo empenho de todos eles ali e por terem feito um trabalho tão rápido e tão bom.

Nós comemos, conversamos, brincamos entre nós três, enquanto Alexander não perde a oportunidade de me lançar olhares e sorrisos, sempre que consegue.

Nesse meio tempo, vejo Victor andando pela boate, chegando para poder trabalhar logo, logo.

Ele olha para Pablo, sorri que nem um louco, totalmente fora do comum, e nos cumprimenta, depois começa sua ronda interna, para ver se não há nada fora do lugar, como faz todos os dias, antes de se jogar em qualquer sofá e dormir.

Depois de quase duas horas, após muita fofoca trocada e ouvindo músicas loucas que algum garçom muito aleatório colocou no som da boate, vejo Eric deixando a casa para encontrar algum dos seus submissos, como ele havia me contado antes, e, logo em seguida, observo Vicenzo chegar, dando um selar leve nos lábios de Pablo.

— Não vai beijar o Dimitri também? — Pablo pergunta, implicando com o marido.

— Você quer? — Vicenzo olha para mim.

Eu não aguento, acabo soltando uma gargalhada alta, que faz com que as pessoas olhem para mim.

Sentindo a barriga doer, porque aquilo foi inesperado demais, me levanto e dou um beijo na cabeça de Pablo, depois outro beijo na cabeça de Vicenzo, que se sentou ao lado do meu chefe.

Eu poderia dizer que quebramos o gelo depois do episódio na Gaiola Vermelha, parece que um iceberg inteiro foi destruído entre nós dois.

E eu gosto assim.

— Vamos deixar pra outra oportunidade, eu vou pra casa agora.

Eles estão rindo e se despedem de mim de forma gentil, mal me esperando sair para estarem com os rostos colados, sorrindo um para o outro e sussurrando coisas que só pertencem aos dois.

Antes que eu consiga alcançar a porta do estacionamento, no entanto, ouço uma voz me chamando e não preciso me virar para saber quem é.

— Sim? — respondo, vendo aquele homem irritantemente bonito chegar perto de mim, com aquele cheiro de perfume que custa o meu salário inteiro.

— Você já vai? — Alexander pergunta, parecendo levemente melancólico, enquanto bloqueia o celular que usava segundos atrás e me dispõe total atenção.

— Sim — falo enquanto sinto os meus pés vibrarem de dor. — Eu estou um pouco cansado.

— Trabalhou demais nos últimos dias, não foi? Eu via você andando pra lá e pra cá, fazendo a função de dez pessoas ao mesmo tempo.

Eu acabo rindo, olhando para as minhas mãos, que seguram as chaves do carro, depois concordo com a cabeça.

— Queria passar mais um tempo com você, não sei quando vou te ver de novo — ele confessa, o que me faz levantar o rosto e olhar, sorrindo com o canto dos lábios. Alexander, ao contrário de mim, é dessas pessoas que não escondem quando estão interessadas em alguém, pois mal parece se importar com o que acham à sua volta. Além de, é claro, ter uma autoestima inabalável.

Nunca alguém demonstrou isso por mim, abertamente, por um tempo considerável de insistência, e não posso negar o quanto acho fofo.

E ao mesmo tempo assustador.

— Hoje, eu preciso descansar, Alexander. — Eu uno as sobrancelhas, com medo de ter sido desrespeitoso. — Posso te chamar assim?

— Pode me chamar como quiser.

Eu solto uma risada pequena, incrédula, mas gosto do que ouço, e aquilo também me faz tomar uma coragem provocativa, que acho gostosa.

Levo os dedos até suas mãos e pego o celular que ele segura, pedindo para que ele desbloqueie para mim. Tentando falhamente controlar o sorriso, ele faz o que pedi e me entrega novamente.

— Esse é o meu número — falo enquanto digito devagar. — Você pode me mandar mensagens pra gente conversar — digo, entregando o telefone em suas mãos. — Ligar, não.

Ele me lança mais um daqueles sorrisos bonitos e guarda o celular no bolso da calça.

— Ok. Ligar, não.

Nós nos despedimos brevemente, e eu vou embora. Poucos minutos depois, estou subindo as escadas do meu prédio, choramingando a cada degrau que alcanço, por sentir todo meu corpo doer.

Quando entro na minha casa, tiro os sapatos e jogo a jaqueta no sofá, tranco a porta e trato de tomar um remédio para dor muscular.

Arranco a minha calça do corpo, me jogo na cama, sentindo todas as partes do meu corpo gritarem, e respiro fundo, pensando que, talvez, precise de mais do que 24 horas para recobrar minhas energias.

Enquanto estou lamentando minhas dores, ouço o sino do meu celular soar e, pegando-o no bolso detrás da minha calça, desbloqueio, dando de cara com uma mensagem de um contato que obrigatoriamente tinha salvado, por conta do trabalho, mas que nunca chamei de fato.

Alexander Kamer:

Falo que você está lindo, mas não tenho coragem de pedir seu número. 20:13

Obrigado por resolver isso pra mim. 20:13

É inevitável não sorrir, porque, cacete, ele é fofo.

Eu:

Naquela hora, eu fiquei com medo de você me achar atrevido demais. 20:13

Mando, sentindo a incontrolável agitação, no estômago, de quando você fala com alguém por mensagem pela primeira vez.

Não tanto quanto já senti, mas, ainda assim, é gostoso.

Alexander Kamer:

A coisa mais atrevida que eu já vi você fazer foi tentar carregar quatro bandejas de uma vez só. 20:14

Ah, meu amor, se você soubesse quanto mais atrevido eu consigo ser...

Sinto que estou quase o enganando.

Na verdade, chega a me irritar o quanto as pessoas olham para mim e só enxergam uma criança assustada, mas sei que é inevitável, uma vez que eu só mostro o meu lado mais safado para quem eu quero e com quem me sinto confortável.

Eu:

Eu consigo ser um pouco mais emocionante que isso... 20:15

Alexander Kamer:

Me mostra qualquer hora dessas? 20:15

Eu quase dou um berro, com tamanho descaramento que estava, até agora, escondido.

Eu:

Você é bem mais corajoso por mensagens, não é? 20:16

Alexander Kamer:

É mais fácil, mas desculpe se você ficou desconfortável. 20:16

Nem precisa me mostrar nada, seu atrevimento de carregar quatro bandejas já me basta. 20:17

Todo fofo, querendo se desculpar...

Para com isso, Alexander.

Eu:

Relaxa, eu não estou desconfortável. 20:17

Se eu ficar, você vai saber. 20:18

Porque eu ainda sei usar uma função chamada "bloquear" muito bem.

Alexander Kamer:

Kkkkkk, espero nunca saber. 20:18

Já está rindo e fazendo piadas, meu Deus...

É daqui direto para a minha cama, se continuar assim.

Entretanto, não respondo nada que dê a entender as safadezas que se passam na minha cabeça.

Eu:

Eu vou descansar... 20:18

Envio, claramente sem sono, mas louco para desviar dessa conversa que eu não quero que se torne mais um episódio de sexo.

Porque eu me conheço, eu sei que, depois que capturo a atenção de alguém, não preciso de muito mais para transar com a pessoa.

Mas eu prometi, a mim mesmo, tentar não me relacionar com ninguém, até eu ter certeza de que não irei cair numa teia de carência, na qual eu possa me machucar.

Entretanto, isso não exclui conversas despretensiosas, desde que eu não iluda ninguém. Nem sexo casual.

Eu:

Pode me mandar mensagem amanhã, se ainda quiser conversar comigo. 20:19

Apenas conversar... 20:19

Alexander Kamer:

Eu vou querer... 20:19

Mesmo que seja apenas conversar. 20:20

Sorrindo com o canto dos lábios, bloqueio o telefone e fecho os olhos, sentindo o coração bater agitado, por já conhecer a sensação agradável de permitir algo.

Sem televisão, pego meu notebook, ligo-o e fico vendo a série que venho acompanhando há algum tempo.

A madrugada chega sem dificuldades, porque, de episódio em episódio, você jura que vai dormir mais cedo e, quando vê, está realmente cedo, porque começa a clarear.

Como eu trabalho à noite, isso não faz diferença alguma para mim, então eu me levanto, vou até a cozinha comer algo e volto ao meu quarto, fechando a janela até que tudo pareça uma gruta escondida.

Eu durmo sem dificuldades, mas acordo com o corpo doendo três vezes mais e não vejo sentido algum nisso, a não ser que um trator tenha passado em cima de mim enquanto eu dormia e eu não percebi.

Pela primeira vez, choramingo uma segunda folga seguida para Pablo, que me manda tomar no cu e me ordena ficar em casa. Nem um pouco delicado, porém excessivamente preocupado comigo e, no final, é isso que importa.

Quando me levanto para ir ao banheiro, ouço alguém bater à porta no momento em que estou lavando as mãos. Resmungando cansado, ando até ela e, quando abro, dou de cara com a pessoa que adora me visitar de surpresa.

— Você não tem casa? — pergunto, dando passagem para Eric entrar.

Ele segura alguma roupa, dentro de um plástico preto, próprio para isso.

— Vou falar isso pra você toda vez que você quiser dormir comigo — ele diz e soa quase ofendido.

— Meu humilde apartamento, que você chama de cubículo, é seu. Me perdoe, caro senhor Eric, eu sinto dores no meu corpo e não raciocino direito — digo, fazendo uma reverência.

— Dimitri, dá um tempo — ele fala, revirando os olhos. — Trouxe isso pra você. — Então, me dá uma embalagem imensa e preta, que eu pego, ando lentamente até a cama e a coloco, abrindo o zíper central e observando o seu interior.

É um terno de modelo preto, com desenhos cinza-escuros, junto tem uma camisa social preta e fina, com uma leve gola protuberante, que faz a pessoa que a usa parecer um príncipe.

Eric deve me achar um bebê, pois sempre adora que eu use esse tipo de roupa, com babados.

Entretanto, eu sei que me cai bem.

— Ric... — estou feliz pelo presente, mas minha voz soa desanimada, porque eu sei que ele gastou demais, mais uma vez. — Eu ia usar qualquer coisa que tivesse no seu armário, não precisava gastar dinheiro comigo de novo. A festa vai ser simples.

— A festa não vai ser simples — ele diz, enquanto eu continuo babando por todos os centímetros daquele tecido do terno, calça e até a camisa que ele havia comprado para mim.

— Como assim? — pergunto confuso. — Ah... — Mas não é difícil chegar a uma conclusão. — Pablo?

Ele confirma com a cabeça, quando o olho buscando uma resposta.

— Por que não estou surpreso? — pergunto rindo baixo, mas me sentindo bem pelo meu amigo ter ajudado Victor nisso. — Ainda assim, é muito dinheiro, Ric...

— Eu estava na loja comprando o meu terno novo, vi esse e pensei em você — ele diz simplesmente, tirando o terno das minhas mãos e pendurando na cadeira no canto. — Não gostou?

— Eu gostei...

Ele relaxou mais, vindo para cima de mim e me virando, para que eu pudesse me deitar na cama.

— Eu só não tenho como pagar.

Eric me empurra devagar, até que eu esteja deitado de fato, de bruços, depois sobe em cima de mim e senta nas minhas coxas, quase em cima da minha bunda.

— Tira a blusa — ele fala calmo.

Eu tiro, depois ele começa uma massagem que me faz quase chorar de alívio, apertando, exatamente, todos os meus pontos mais doloridos.

— Eu quero que você me diga quando eu te dei alguma coisa e cobrei por ela — meu amigo fala, passando os polegares fortes do meu ombro até meu quadril, arrastando as mãos quentes e habilidosas por toda a minha pele.

Eu estou tão arrepiado e relaxado com o seu contato que quase me esqueço de responder-lhe.

— N-nunca... — respondo atordoado.

— E você prefere que eu gaste meu dinheiro com um desconhecido ou com você? — Seus dedos longos estão apertando minha cintura devagar, depois ganhando mais intensidade.

Estou quase contratando Eric como massagista particular.

Eu só não tenho como pagar por isso também.

— Você vai gastar de qualquer jeito, não é? — pergunto rindo, fechando os olhos e aproveitando as suas mãos absurdamente certeiras.

— Vou.

— Então, que seja comigo, eu faço o sacrifício de aceitar seus presentes.

Eric ri baixo e sua massagem, mesclada a carícias lentas, perdura pelo tempo que ele quer. Eu não reclamo, porque, por mim, ele passaria uma semana inteira fazendo isso.

Aos poucos, o sono começa a chegar e sei que, apesar de estar sonolento, não estou totalmente desacordado, porque o sinto terminar a massagem, aproximar-se de mim e dar um beijo calmo na minha bochecha.

— Descansa, meu pequeno — pede carinhoso, quando meus olhos estão se fechando. — Me manda mensagem depois, quero saber se você está melhor.

Eu concordo com a cabeça e, em poucos segundos, caio em sono profundo.

Quando acordo, horas depois, provando que tinha mais sono acumulado do que realmente acreditava ter, me levanto e vou fazer meu almoço, quase janta.

Volto para o quarto e tiro a roupa que Eric me deu da embalagem, estirando-a em cima da minha cama. É realmente muito bonita, e acabo questionando se Pablo apenas ajudou na festa ou se pagou pelo evento todo.

Parecendo que meu foco se tornou o casamento de Victor e Agatha, sinto os dias passarem rápido demais. Eu gosto muito do segurança da boate, e é muito bonita a forma como ele está animado para isso.

Minha rotina gira em torno de mais trabalho, piadas infantis de Pablo, olhares cuidadosos de Eric e, claro, mensagens trocadas com Alexander.

De forma imperceptível, me pego rindo no mercado enquanto compro três engradados de cervejas de Aiboon, que darei de presente a Victor no dia de seu casamento.

Alexander Kamer:

Restaurante, cinema, praia, clube ou alimentar os pombos na praça? 17:21

Eu:

Gostei da ideia dos pombos... 17:21

Alexander Kamer:

Então, esse vai ser nosso primeiro encontro? 17:22

Eu:

Ainda não aceitei sair com você. 17:22

Mas pode desistir se você achar que isso é enrolação demais... 17:22

Alexander Kamer:

Posso ser um carretel por você, Dimitri... 17:23

Eu sorrio e balanço a cabeça negativamente enquanto levo as cervejas para o caixa. Eu me impressiono com o quanto não é possível que esse cara esteja tão interessado em mim, a ponto de não se importar em ser enrolado.

Não apenas isso, sempre corto Alexander de forma provocativa, mas ele parece gostar do meu jogo, porque nunca cede, nem se mostra cansado dele.

Já cheguei a falar coisas como "Isso aqui pode não dar em nada e você não vai poder me culpar", mas o homem ri, acha graça e, no final, sempre me deixa com mais vontade de conversar com ele.

Ele tem a lábia de um profissional, de quem sabe o que faz.

Quando olho para o meu carrinho, percebo as cervejas e olho seu rótulo com um pouco mais de atenção. Automaticamente me lembro de que são as mesmas cervejas que servi para Gael no nosso pequeno encontro dentro da Hidden Honey.

Respiro fundo e vou embora do mercado.

Os poucos dias restantes se passam, e eu me arrumo para o casamento de Victor, da forma mais caprichada que consigo, quando ele chega.

Eu me encontro com Eric, colocando as cervejas no carro dele e seguimos para o endereço da cerimônia, já que combinamos de ir juntos e encontrar Pablo e Vicenzo lá.

Eu não havia convidado o arquiteto para o casamento, não achei que seria uma ocasião para ir acompanhado de alguém além dos meus amigos, então é claro que me surpreendo quando chegamos ao gramado da igreja, faltando meia hora para o evento começar, e vejo Alexander ajeitando a própria gravata.

— O que ele está fazendo aqui? — sussurro para Eric, enquanto andamos devagar, antes de chegarmos perto do homem que, porra, está tão lindo que parece ter saído de um dorama.

— Eu o convidei — ele diz simples, dando de ombros.

— Por que fez isso, seu louco?

— Vocês não precisam transar hoje, calma, Dimitri — ele diz debochado, claramente implicando com o meu nervosismo de ter sido pego de surpresa. — Eu fiquei com medo do casamento te deixar melancólico e achei melhor você ter alguma companhia.

— Ric, eu já tenho você...

— Não desse jeito — ele me corta, com uma pontinha de agressividade, depois apressa o passo até chegarmos ao arquiteto, que percebe nossa aproximação e sorri.

Aquele sorriso bonito da porra que me faz ficar desnorteado quanto ao sentimento de revolta de Eric neste momento, por tê-lo convidado sem me avisar. Queria colocar uma fita adesiva na sua boca, para evitar amolecer, quando ele sorri assim.

— Carpo — Alexander diz, cumprimentando meu amigo.

— Kamer — Eric diz, fazendo o mesmo.

— Dangeli — eu digo.

Nós começamos a rir, e Eric, deslizando habilmente, não vê problema em nos deixar sozinhos, sumindo em poucos segundos.

Quando percebo, ele está andando em direção a Pablo e Vicenzo, que chegam tão bonitos que sinto vontade de beijar os dois de novo.

— Você está bonito de um jeito — Alexander fala, chegando o rosto perto do meu, parecendo levemente atordoado — que minha respiração fica fraca só de te olhar.

— Fecha os olhos.

Ele sabe que eu estou brincando, porque se acostumou com meus cortes sutis dos últimos dias.

Ainda assim...

Eu não nego que, apesar das minhas negativas aos seus convites, eu gosto de perceber que ele não vai desistir tão fácil, mesmo que eu consiga ser tão escorregadio.

Mas ele gosta disso, porque basta qualquer comentário meu, como agora, para ele começar a rir, quase gargalhar.

Alexander, você nem tenta disfarçar, não é?

— Tô com medo de entrar na igreja e meu corpo pegar fogo — Pablo diz, quando se aproxima de nós dois, junto a Vicenzo e Eric.

Ele faz o sinal da cruz no peito e é óbvio que estão todos segurando o riso.

— Deus, me perdoa por ser um safado que come e dá pra um monte de gente — ele diz, juntando as mãos, fazendo uma oração enquanto olha para o céu. — Amém. Me sinto melhor, vamos.

Enquanto Vicenzo revira os olhos, achando a atitude do marido exagerada, eu continuo segurando o riso e é Eric quem nos direciona para que andemos em direção à igreja de uma vez, pois o casamento vai começar e não queremos perder nada.

19

CERVEJA DE AIBOON

Aquele incômodo por Eric ter convidado Alexander sem meu prévio consentimento persiste.

Quero muito que meu próximo relacionamento aconteça de forma natural, o que faz com que hoje seja um dia em que eu deseje apenas curtir com meus amigos e, querendo ou não, a presença do arquiteto me limita.

Logo... essa naturalidade não existe.

Não que eu tenha que agir falsamente ao lado dele. Alexander já tem alguma ideia de que eu não sou nenhum amante da etiqueta, mas a intimidade que eu tenho com Eric, Pablo e, até mesmo Vicenzo, não se compara.

Tentando respirar fundo, tendo em mente que depois conversaria com Eric sobre a sua mania irritante de querer resolver meus relacionamentos por mim, tento focar que não é hora para brigas e ando devagar até o interior da igreja.

Não querendo chamar atenção desnecessária para nós, já que somos um grupo de cinco pessoas que, claramente, poderiam ser alvo de preconceito, entramos no lugar e nos sentamos no último banco. Vai saber que tipo de gente conservadora maluca, dessas que cantam para pneus, existe ali.

Sentamos assim: Vicenzo na ponta, Pablo ao seu lado, seguido por Eric, eu e Alexander.

Diferente do casamento de Pablo, o casamento de Victor é uma cerimônia apenas para os familiares da noiva e do noivo, que parecem ser muitos de ambos os lados, e amigos íntimos. Por este motivo, os únicos convidados da Hidden Honey presentes somos nós, com o adendo de Alexander, que é um penetra descarado.

Percebo, minutos depois, que Luna também está aqui, sentada com a namorada dois bancos à frente. Quando ela vira para trás e nos vê, dá um tchauzinho discreto.

— Safada, você veio! — Pablo solta alto e Vicenzo enfia a mão na sua boca correndo, para tapá-la, porque todos olham para ele com espanto.

Não há ninguém no nosso banco que não esteja segurando o riso com violência.

— Foi mal, porra, foi mal — Pablo diz, ajeitando-se na cadeira.

Apesar de aparentar ter cem ou cento e cinquenta pessoas no local, o segurança da boate, como havia me segredado em conversas aleatórias sobre o andamento da festa, chamou apenas as pessoas com quem ele se sentia confortável para ter em seu casamento.

Eu não posso culpá-lo por isso, até apoio sua atitude de não lotar o lugar com convidados que você não tem tanta estima, apenas por educação.

Filho de pais religiosos, mas claramente não tão monstruosos quanto os meus, a barba ruiva de Victor reluz junto ao smoking no altar, ao lado de seu pai, esperando para dar início a uma cerimônia tradicional. Ele está muito bonito, sorri como uma criança.

Há piano, harpa e violino tocando.

Eric gosta do violino, até fecha os olhos e fica em silêncio, para apreciá-lo.

Ele está tão bonito aproveitando a música que eu me esqueço de que quero dar um soco na sua cara.

A igreja está toda enfeitada com rosas brancas, cravos e favos de trigo. Há um grande tapete vermelho bonito, perfeitamente colocado por toda extensão, do altar à porta. Eu sei que arranjos florais são caros demais, então não é difícil ver a mão de Pablo nisso.

O coral se levanta, começa a cantar uma melodia bonita, perfeitamente harmoniosa, e todos os presentes ficam igualmente de pé, porque a noiva está entrando.

Agatha aparece, dando o braço a um homem que eu acredito ser seu pai, e ela está sorrindo e chorando tanto que não consigo deixar de me emocionar.

— Tá chorando de medo, aposto. Casar deve ser um terror — ouço a voz debochada de Eric sendo sussurrada do meu lado, completamente averso à ideia do matrimônio.

— Cala a boca, Eric, tá estragando o momento! — reclamo, fazendo força para não pisar no seu pé.

Ele ri nasal, controlando a gargalhada que eu sei que quer dar.

— Eu gosto de casamentos... — Alexander comenta baixinho, só para mim.

Eu sorrio com o canto dos lábios e fico quieto. Logo depois, voltamos nossa atenção ao segurança da boate.

Não queria você aqui, Alexander, então não me faça mudar de ideia tão rápido.

Victor chora tanto que todo o seu corpo truculento se sacode, fazendo-o levar as mãos grandes ao rosto e tentar, inutilmente, secar as lágrimas.

É um grande bebê chorão, isso sim.

Agatha chega ao altar, Victor quer beijá-la, mas o padre diz que não pode. Todos estão rindo, os dois riem ainda mais.

O casamento segue com milhares de momentos fofos e comentários ácidos de Eric ao meu lado, entretanto não consigo deixar de achá-la uma das cerimônias mais bonitas que eu já presenciei.

É muito clara a forma que se nota a diferença entre um casal que se ama de verdade e um casal que casou por comodismo ou obrigação.

E eu sei que nunca conseguiria ter algo assim com Gael numa igreja tradicional, mas é impossível ver a união de duas pessoas que se amam tanto e não se lembrar do homem que tem meu coração.

Porque poderia não ser numa igreja como essas, mas eu, iludido como era, imaginei uma vida com Gael que duraria "até que a morte nos separe".

Mas, pela minha mentira infantil e sua impulsividade, não tivemos nem tempo de começar os momentos de "na alegria" já que sucumbimos no primeiro "na tristeza".

Finalizado os votos, os noivos se beijam e saem da igreja. Com Pablo jogando um saco inteiro de arroz no casal, que ele abriu na hora e começou a tacar, nós saímos de lá com grãos até nas nossas cuecas.

Porque é claro que ele acerta em todo mundo, menos nos noivos.

— Porra, você vai ter que tirar o arroz do meu cu com a pinça! — Vicenzo bufa, balançando o cabelo e deixando os grãos brancos caírem de seus fios.

Eu e Eric rimos como dois adolescentes, apesar de estarmos tão cheios de arroz quanto, e Pablo ajuda o marido a se desfazer dos grãos.

Alexander tira arroz dos bolsos do seu blazer, não entendendo como Pablo consegue ter a mira tão ruim.

Combinando de nos encontrarmos onde a festa aconteceria, seguimos em transportes diferentes.

Eric dirige por cerca de vinte minutos, enquanto eu observo o sol se pôr e a noite cobrir todas as ruas de terra no caminho.

Poderia aproveitar que estamos sozinhos para começar uma discussão, mas resolvo manter meu pensamento de deixar isso para outro dia.

Ao chegar ao local, percebo que o sítio é muito charmoso e, pela noite densa e escura que chega, está adornado com várias palmeiras, com luzes penduradas em seus topos.

Aquilo é tão romântico e bonito que dói.

A festa e a cerimônia têm o número de mesas referente a todas as pessoas que vão chegando aos poucos, mas toda a decoração foi feita com tanto capricho e requinte que poderia facilmente se confundir com um casamento de magnata.

— Foi Pablo quem pagou a decoração, o sítio, o buffet e as flores da igreja — Eric fala, quando andamos sobre o jardim iluminado, perto de uma piscina grande, indo em direção às mesas dos convidados.

— Porra, tá explicado! — digo rindo, olhando os castiçais dourados e bonitos, adornados com flores brancas, no centro de cada uma das mesas.

— Foi graças à sua fofoca — ele fala, quando paramos na frente dos lugares e observamos onde queremos ficar.

— Nunca me senti tão bem em ser fofoqueiro... — Eu sorrio de forma larga e verdadeira, fazendo meus olhos se comprimirem. Estou genuinamente feliz por Pablo ter pagado, de coração, a festa de uma pessoa que eu sei que não teria condições.

Meu amigo adora gastar dinheiro com coisas das quais vai participar, melhor ainda se for algo para alguém que ele gosta, e Victor não tinha dinheiro para bancar o casamento dos sonhos para Agatha.

Era tudo tão propício...

O dono secreto da festa chega, com seu marido ao lado, sorrindo e cochichando algo em seu ouvido.

Os dois saem do carro muito mais desgrenhados do que quando entraram nele, e eu sei que algo muito devasso deve ter acontecido naquele veículo.

Nem dirigindo eles sossegam...

— Eu tô sóbrio demais pra aguentar ver vocês se pegando assim, sem filtro algum — Eric resmunga, mas acaba rindo, percebendo a mesma coisa que eu.

— Aposto que queria ter vindo no carro com a gente — Pablo comenta, sem negar que estava fazendo safadezas no carro. — Foi muito legal.

Eric concorda com a cabeça enquanto sorri malicioso, e rapidamente me vem à cabeça a imagem dos três trocando beijos entre si.

Preciso até respirar fundo...

Logo eles se juntam a nós, até que estejamos todos sentados em nossos devidos lugares, sendo servidos da primeira rodada de champanhe que chega. Apenas eu e Pablo bebemos, porque Vicenzo e Eric são os motoristas da vez.

A mesa é grande, para oito pessoas, o que faz Alexander chegar poucos minutos depois e ter várias opções de cadeira para se sentar.

É claro que ele escolhe o lugar ao meu lado...

— O que achou do casamento? — ele pergunta baixo, enquanto meus amigos conversam entre si.

Vez ou outra Eric olha para mim, tentando perceber algum sinal que eu queira dar, depois volta sua atenção a Vicenzo e Pablo.

— Depois do casamento de Vicenzo e Pablo, este foi o meu favorito — confesso, sorrindo sutilmente.

— O deles foi bom? — pergunta, acompanhando meu sorriso, parecendo gostar de me ouvir falar sobre a minha vida.

— Havia homens cuspindo fogo e foi muito engraçado. — Dou uma risada baixa, lembrando-me de como me diverti naquela noite. — E também...

Lembro-me de Gael e como, naquele dia, descobri que ele estava atraído por mim.

Minha feição muda na hora, é inevitável.

— Tudo bem? — ele pergunta preocupado, o que chama a atenção de Eric, que volta a me encarar.

— Tudo, eu... Merda!

Vejo ao longe, homens que trabalham no buffet levando engradados de cerveja, que estão indo em direção à cozinha, então é automático que me lembre do presente que esqueci no porta-malas de Eric.

— Ric, me empresta a chave do carro? Eu me esqueci dos engradados.

Meu amigo concorda e joga a chave para mim.

— Precisa de ajuda? — Alexander pergunta, levantando-se abruptamente, assim que eu me ergo.

— Não, não... — digo, não conseguindo segurar o riso, pelo jeito desesperado dele em me ajudar. — Eu consigo levar quatro bandejas de uma vez, lembra?

Ele ri e confirma, voltando a se sentar.

Ando alguns metros e, sem grandes dificuldades, enquanto vejo os outros convidados chegarem devagar com seus carros em filas, chego ao estacionamento.

Quando alcanço o veículo de Eric e abro o porta-malas, visualizo os três engradados de cervejas importadas de Aiboon, que havia comprado especialmente para o casamento de Victor e Agatha.

Tendo empilhado os três, acostumado a levar peso na boate, ando sem dificuldade até os fundos, avistando Victor na porta da cozinha do local, falando com um dos homens que deve ser o maître do salão naquela noite.

— Victor? — chamo calmo, mas alto o suficiente para ele me notar e vir a mim.

— Que isso, oxigenado? — ele fala rindo, olhando para as cervejas na minha mão.

— Seu presente de casamento. Você não me chantageou por tanto tempo? — digo, segurando um sorriso debochado. — Eu trouxe...

Victor gargalha e bagunça meu cabelo todo.

— Era brincadeira, Dimitri. Mas já que você trouxe. — Ele morde a língua, mal escondendo o quanto gosta das cervejas. — Porra, ainda são de Aiboon! — O homem está genuinamente eufórico com a marca da bebida. — Faz assim... Não coloca pra ser servida não. Essas são especiais.

Eu começo a rir sem parar.

O cara vai querer todas as cervejas só para ele?

— Meu carro está na garagem privativa atrás da cozinha, coloca na mala pra mim? — ele diz, tirando as chaves do bolso e colocando no topo dos engradados que eu seguro. — Eu preciso ir pro quarto dos noivos, vou fazer a entrada com a Agatha agora e cumprimentar os convidados.

Não é possível...

— Abusado, vou fazer isso só porque você é o noivo.

— Valeu, oxigenado — ele diz feliz, bagunçando meu cabelo mais uma vez.

Balançando a cabeça em negação à sua cara de pau e ao fato de que ele realmente queria as cervejas só para ele, ando sem dificuldades até chegar ao seu carro, colocando os pacotes com as latas da bebida em cima do porta-malas, para poder pegar a chave com mais facilidade.

Acho que estou sozinho, até ver alguém colocar mais dois engradados do lado dos meus, me permitindo visualizar apenas suas mãos.

Mãos que eu conheço...

Meu corpo todo se arrepia.

Eu quase entro em choque e demoro a ter coragem para me virar.

Entretanto, eu o faço, mesmo que, com todas as minhas forças, esteja desejando que aquilo seja uma miragem.

Mas não é...

— Ele queria cinco engradados — Gael soa calmo, a três passos de distância, afrouxando a gola da própria camisa social enquanto olha para mim.

20

ESPERANÇA DE CONSERTO

Lipa, sexta-feira, final de expediente
Dois meses depois, meses antes do casamento de Victor

GAEL

O estúdio onde trabalho, na sede da Seven Lines, é composto por nerds introvertidos como eu. Geralmente, nos falamos muito raramente, com breves saudações rotineiras, apenas por questões profissionais e para trocar ideias sobre projetos.

São muitas mulheres e muitos homens e, tirando alguém que foge da curva e socializa um pouco mais, o estúdio é até bem quieto.

Com o passar do tempo, meu relacionamento com os outros funcionários é, claramente, mais fluido e confortável, ainda assim, não posso dizer que saio por aí abraçando as pessoas, porque não é do meu feitio.

A única pessoa com quem eu tenho um pouco mais de intimidade é Saori, minha supervisora, que foi responsável por me apresentar a empresa e meus colegas tão quietos quanto eu e, semanalmente, é ela quem me entrega todos os projetos a serem finalizados.

Por ser a pessoa que eu tenho mais contato, não é difícil criar o mínimo de afeição. Saori é educada, gentil, bonita e exageradamente inteligente.

Mas, parecendo nutrir o mesmo sentimento de isolamento que eu, mesmo que às vezes eu tenha a impressão de que sua vontade fosse exatamente o contrário, nós não nos estendemos muito além do profissional. Ainda assim, nosso tratamento é fluido e confortável.

Não que eu não ache que vale a pena investir em Saori. Na verdade, talvez já fosse a hora de eu começar a me permitir mais uma vez...

O problema é que tudo dentro de mim ainda está em processo de cicatrização e um ano não parece ter sido tempo suficiente para me curar. Odeio a intensidade com a qual as coisas me atingem e o quanto os sentimentos demoram tanto a ser dissipados.

É por isso que eu enfio a cabeça no trabalho, porque esse, sim, não me causa dores de cabeça com coisas que eu não tenho controle. Ok, às vezes, tenho dores de cabeça no trabalho também.

No entanto, a sede criativa da Seven Lines é o local perfeito para mim, muito diferente do clima barulhento e erótico da boate, e sou imensamente grato a Pablo pela oportunidade de trabalho, mas ao qual, verdadeiramente, nunca me senti pertencer.

Agora, meus dedos e punhos doem como sempre, quando eu finalizo uma semana de trabalho em que peguei mais serviços do que deveria. Não sou obrigado a fazer tantos esboços, diagramações e colorizações desse jeito, mas é nesse trabalho excessivo que encontro a fuga dos sentimentos dentro de mim que não morrem, não importa o quanto eu tente.

Quanto mais eu trabalho, menos eu penso em Dimitri. Então, não me importo de ter meus tendões fodidos por tarefas excessivas, se forem essas tarefas que vão bloquear minha mente das lembranças do cara que, não importa o que eu faça...

Ainda tem meu coração.

Sentindo meu quadril doer um pouco, depois de ter ficado mais de dez horas sentado na mesma posição, por escolha totalmente minha, vejo a silhueta bonita de Saori se aproximando.

Seu cabelo loiro e longo está preso num rabo de cavalo que balança de um lado para o outro, enquanto ela se senta devagar à minha mesa e olha para mim, sorrindo com o canto dos lábios. Parece tão cansada quanto eu estou.

Seus óculos, pretos e de armação grossa, estão escorregando pelo seu nariz e, de quinze em quinze segundos, ela os ajeita com certo nervosismo.

— Vai morrer de trabalhar — implica numa risada baixa, segurando alguns papéis nas mãos e os enrolando devagar, tornando-os um tubo.

— Só vejo vantagens — digo, acompanhando sua risada sutil, desligando a lâmpada da minha mesa e esticando o pescoço de um lado para o outro, depois me espreguiçando.

— Os rascunhos do projeto da próxima semana — ela fala, entregando os papéis enrolados a mim, e eu os pego sutilmente. — Já mandei a cópia pro seu e-mail, mas sei que você gosta de ter o material impresso.

— Valeu, Saori. — Agradeço sincero, começando a arrumar minhas coisas, sem muita demora, para poder ir embora.

— Bandile... — ela me chama sem jeito, mas meiga, brincando com a barra do casaco fino que usa. — Você tem planos pra hoje?

Eu sei o que essa pergunta quer dizer.

Não é a primeira vez que ela tenta uma aproximação sutil e delicada, como essa.

Entretanto, o tempo me fez medroso o suficiente para evitar o rumo dessa conversa.

— Tenho... — digo, me levantando devagar e colocando a alça da bolsa no meu ombro. — Por quê?

— Nada, curiosidade. — Lança um sorriso fraco e se levanta da minha mesa, disfarçando suas reais intenções. — Você é quieto demais. Às vezes, dá vontade de saber o que você faz quando sai da empresa...

Eu solto uma risada nasal e balanço a cabeça negativamente.

— Minha vida não é nada emocionante — digo, enquanto a observo andar devagar em direção ao corredor que dá acesso à sua sala.

— Então, um bom final de semana sem emoção pra você.

— Obrigado — consigo dizer educado, antes de ela sumir da minha vista.

Eu quero tentar, realmente quero.

Mas, diferente de pessoas que se recuperam de relacionamentos fracassados como se virassem a página de um livro, eu ainda não consigo...

Ando devagar até o elevador do trabalho, observando o andar da Seven Lines completamente escuro e vazio, a não ser pelo vigia noturno que está sentado num balcão próximo, acenando para mim educadamente e me desejando boa noite, e de Saori, que é ainda mais viciada em trabalho do que eu.

Quando chego à garagem, ando pouco até encontrar meu carro.

É um modelo prata, esportivo e novo, que eu jamais imaginaria comprar, mas que, graças à sociedade com a Seven Lines e concessionárias, foi concedido um desconto melhor do que eu, sequer, poderia pedir.

Porra, eu amo descontos, e iria precisar de um carro de qualquer forma e graças a essa poupação de grana, me vi apertando a trava do meu carro automático e o abrindo devagar, sem muito ânimo.

A verdade era que eu sentia falta da minha banheira, mas tentava não pensar naquele carro velho e fedorento que ficou estacionado na frente do açougue, porque ninguém teve coragem de comprá-lo.

Mas de qualquer jeito, precisaria de um carro com uma aparência um pouquinho melhor, já que agora trabalho numa empresa prestadora de serviços para todo o país.

Responsável não só por gibis e histórias em quadrinhos, sou o carro-chefe, quando o assunto é design de propagandas e marcas.

Em diversos setores, além de o meu salário ser mais que o dobro do que eu ganhava na Hidden Honey, tenho uma variedade de descontos, não só no carro. Em farmácias, mercados, lanchonetes, restaurantes finos, hotéis e resorts.

Com todos esses nichos associados por clientes da Seven Lines, vi, num *apart-hotel* com um desconto sedutor na mensalidade, a oportunidade perfeita de ter minha casa sempre arrumada, limpa e ainda pagar pouco por isso.

Tudo bem que eu só tenho um quarto, um banheiro e uma cozinha pequena, sem sala, nem grandes espaços, mas não dou uma foda para isso, desde que gaste pouco e não precise me preocupar com arrumação.

Deste modo, é na garagem do apart-hotel que eu estaciono o Surfista Prateado, nome carinhoso que dei ao carro que ainda não havia me conquistado como a Banheira tinha feito.

Aciono a trava, rumo ao elevador, cumprimentando o recepcionista-vigia daquele andar. Chamo o elevador que não demora a chegar, mas não vou para o meu apartamento. Caminho até a academia, troco de roupa, coloco minha bolsa no armário e começo meus exercícios habituais.

Não menti para Saori...

Realmente tenho um plano: malhar até ficar fodidamente cansado e quase desmaiar, antes que possa chegar ao meu apartamento.

Faço isso sozinho, apenas porque, depois de saber que os aparelhos são de graça para quem mora no prédio, acabei descobrindo que exercitar os músculos me distrai. E me esgota também, fazendo com que meu sono venha com muito mais facilidade, e eu não precise ficar relembrando do meu passado por horas, antes de pegar no sono.

Como não tenho vida social ativa, a academia acaba sendo um dos lugares onde mais vejo pessoas, mas, como toda sexta-feira à noite, ela está vazia, do jeito que eu prefiro. Existe só um homem andando na esteira, enquanto ouve uma música alta que, mesmo nos seus fones de ouvido, consigo escutar ao longe.

Enquanto estou malhando braços, percebo no espelho como meu corpo mudou levemente neste último ano. Não virei o Hulk, porém é nítida a diferença dos meus músculos. Estou bem diferente do tempo em que carregava apenas caixas de frutas e sacudia bebidas, pois agora levanto três vezes aquele peso todos os dias.

Além do aumento leve dos meus músculos, observo também meu cabelo que está maior, e eu não quero cortar, porque descobri que gosto muito dele assim. Agora vive amarrado, e solto os cachos pelo travesseiro apenas na hora de dormir.

Duas horas se passam, penso que é o suficiente por hoje e, pegando tudo, subo até meu apartamento para tomar um banho e me jogar na cama, porque o objetivo agora é desmaiar de exaustão.

Quando saio no meu corredor, procuro a porta 501, que é a minha, e passo meu cartão magnético, liberando meu acesso, o que me faz respirar fundo, dado ao cansaço que me abraça sem pena.

Mas...

Há alguém no meu quarto, e eu sinto meu corpo todo gelar de susto.

— Puta que pariu! — grito, segurando a maçaneta com força, prestes a sair correndo.

Assim, descubro ser mais cagão e medroso do que imaginava, mas, quando reconheço a silhueta, percebo que não há motivos para ter medo.

Talvez, raiva.

Conheço a pessoa que está sentada na minha cama, de pernas cruzadas, como se estivesse habituado ao quarto.

— Olá, rabanete — a voz melodiosa e maliciosa de Eric Carpo soa, enquanto ele me lança aquele mesmo sorriso sugestivo com o canto dos lábios, que parece morar na sua cara.

— O que você está fazendo aqui? — pergunto ríspido, sentindo meu coração ainda palpitando pelo susto.

Não gosto de tomar sustos, costumo ficar muito nervoso depois.

— Não posso visitar um amigo? — pergunta debochado.

Eu reviro os olhos, fechando a porta e entrando no meu apartamento, colocando a bolsa no gancho, ao lado da minha mesa de desenhos.

— Nós nunca fomos amigos, Eric. Por que veio aqui e como conseguiu entrar? — pergunto, virando o copo para o meu ex-chefe e cruzando os braços.

— Um detetive particular, suborno... Pronto! Estou na sua cama.

— Vou ter que me mudar desta porra — falo com raiva, não acreditando como ele teve tanta facilidade para entrar no meu quarto só porque tem dinheiro.

— Não será necessário... — ele fala, olhando as unhas preguiçosamente e seu tom começa a ficar um pouco mais sério. — Eu dei uma desculpa muito boa, junto ao dinheiro, e, depois que você reclamar na recepção, ninguém mais vai subir sem seu consentimento.

Ouço-o falar e, apesar de estar cansado e mal-humorado como sempre, me sinto inegavelmente agitado com a sua presença. Eric ainda me intimida feito o caralho, e eu tenho medo do que ele veio dizer.

Não sei se quero ouvir...

— Entretanto... — Levanta e caminha até a janela do meu quarto, olhando a vista lá embaixo, enquanto continua falando. — Se acha minha presença desconfortável, vou embora. — Então, vira para mim, cruza os braços, que nem eu o faço, e me encara.

— Mas seria inteligente da sua parte ouvir o que eu tenho a dizer.

A curiosidade vai me matar, ah, vai...

Eu vou até a cozinha, me sirvo de água, pergunto se quer alguma coisa e ele nega, depois volto ao quarto-sala, tiro meus sapatos, que não havia tirado pelo susto, e me sento na cama, encarando-o.

— Por que está em Lipa? — Não contenho a curiosidade.

Ele não pode ter vindo até aqui só para bater papo.

— Vim para a inauguração de uma filial da Hidden Honey e achei propício te fazer uma visita.

— Acredito que esta visita não tenha a ver com você querer me contratar...

Ele nega, permanece sério.

— Então, prossiga.

— Eu vim para falar do Dimitri.

Meu coração idiota começa a bater como se eu fosse sofrer um ataque cardíaco.

Eu sei disfarçar bem, então torço para o homem não notar meu nervosismo que surge apenas pela menção do nome do meu ex-namorado.

Ele ainda me afeta. Porra, como afeta.

— Ele está doente ou morreu? — pergunto sério, mas levemente preocupado.

Eric revira os olhos.

— Não, Bandile.

— Então, não vejo motivos para falarmos dele.

Meu ex-chefe, agora de cabelos escuros — o que o torna ainda mais bonito, se isso é possível —, anda devagar até minha mesa de desenhos, pega um rascunho, dos vários que eu tenho, que eu preferia manter em segredo.

São rascunhos das partes do rosto, mãos, tronco e coxas de alguém que nunca saiu da minha cabeça, nem do meu coração.

— Isso aqui... — ele diz, me mostrando uma folha em que havia vários desenhos dos lábios grossos de Dimitri, que rabisquei em um dia que estava chorando de saudade.

Havia lágrimas salpicadas e secas no canto da folha.

— Não parece coisa de quem não tem motivos para falar de Dimitri.

Eu levo as palmas das mãos ao rosto, esfrego meus olhos cansados e respiro fundo.

Qualquer pessoa que entrasse no meu quarto veria, sem dificuldades, o quanto eu ainda sou absurdamente apaixonado pelo meu ex-colega de trabalho.

Mas, como eu não tenho amigos pessoais e nunca chamo ninguém para o meu apartamento, não era uma coisa com a qual eu me preocupava.

Até aquele momento.

— Por quanto tempo você sentiu falta dele? — questiona, agora olhando uma folha onde eu havia desenhado as mãos e os dedos de Dimitri, dando destaque ao seu dedo mindinho, que eu lembro ser tão bonito.

Sinto tanta falta daquelas mãos por inteiro.

— Não sei do que você está falando... — eu falo baixo, olhando para o chão.

— A julgar pelas datas... — ele fala, vendo o amontoado de desenhos recentes e antigos.

Os desenhos que eram a minha única forma de expressar e colocar para fora todas as coisas que eu sentia em relação ao meu ex-namorado.

Toda a saudade que me consumia, misturada à dor de ter sido tão enganado...

— Você sente saudade dele todos os dias, não é?

— Eu não sei aonde você quer chegar, Carpo — tento cortá-lo, mas não consigo negar sua pergunta.

— Bem, vamos lá — fala, larga os papéis na mesa, pega a cadeira de estudos, que estava em frente à minha mesa, e a arrasta, até estar na minha frente.

Ele se senta, voltando a cruzar as pernas e olhando para mim desafiadoramente.

— Você foi um cuzão.

— Ah, pelo amor de Deus! — resmungo, estalando a língua e me jogando na cama, deitando-me e observando incrédulo o teto, enquanto balanço a cabeça negativamente.

É claro que ele viria só para defender o amigo.

— Vai me deixar falar? — pergunta sério.

Eu ergo o corpo de novo, voltando a me sentar e assentindo, para que prossiga.

— Você foi um cuzão, mas ele também foi. O problema é que ele não agiu sozinho e a ideia não foi apenas dele.

— E eu fui um cuzão em ser enganado? — pergunto, incrédulo.

— Você foi um cuzão em ser impulsivo e não ter dado nem chance do garoto se explicar — sua fala me surpreende, então franzo o cenho, respirando fundo e permanecendo em silêncio, para que ele continue o assunto.

— Quem teve a ideia de mandar as mensagens fui eu, Gael. Não foi o Dimitri. — Sua confissão me faz engolir em seco e, instantaneamente, sinto meu peito doer. Ainda assim, não dou o braço a torcer. — E o Dimitri não imaginava que vocês iam se aproximar tanto — ele continua, falando sério e calmo, sem tirar os olhos de mim. — Então, ele pediu pra que eu ficasse com o celular, já que não se sentia bem em responder você anonimamente e também namorar você.

— Então, eu estava...

— Sim, conversando comigo, Bandile — confessa, como se tudo fosse muito óbvio.

Na verdade, não era muito difícil pensar nisso tudo, mas sempre estive tão magoado e machucado por todos os meses que se passaram que sequer conseguia pensar em algo que minimizasse a culpa de Dimitri.

— Eu tentava responder como ele responderia, falava coisas que ele falaria, porque eu conheço Dimitri, mas eu também era muito mais abusado e sem limites, para ver se você desistia de conversar comigo, o que, obviamente, não aconteceu.

— Eu gostava de ter alguém para conversar — confesso baixo, me sentindo triste ao lembrar que, hoje em dia, não recebo nem mensagens anônimas, nem de pessoas conhecidas, porque não me permito e me fechei ainda mais.

Só do meu pai, que continua tendo um bom convívio comigo, mesmo que virtualmente e daquele jeito dele. No geral, meu isolamento é triste, mas todos os recentes acontecimentos culminaram para que essa fosse minha escolha. Eu me fecho cada vez mais, como se eu fosse uma lagarta que nunca mais vai querer sair do casulo.

— Eu peço desculpas por isso. — Eric está sério, no entanto me encara de uma forma que não é mais intimidadora.

Ele parece consciente do que fez e da responsabilidade sobre a expectativa de amizade e reciprocidade falsa, que havia criado.

— A intenção nunca foi magoar você ou te iludir com uma amizade, relacionamento virtual ou o que quer que fosse. A intenção, desde o começo, foi fazer você enxergar, no Dimitri, alguém além de um colega de trabalho.

— Não precisava de nada daquilo pra eu enxergar, cara. — Balanço a cabeça negativamente, soltando uma risada que não tem nada de humor.

Inevitavelmente, me sinto magoado com a conversa e com todos os sentimentos que ela traz à tona.

Eu sofri sozinho, por mais de trezentos e sessenta e cinco dias, chorando na cama deste apartamento todas as vezes que sentia saudade do corpo de Dimitri me abraçando ou da sua voz bonita que cantava baixinho para mim.

Nos primeiros meses, por diversas vezes, tive que dizer que estava passando mal, para me trancar no banheiro da empresa e sussurrar um choro que implodia na minha caixa torácica, parecendo me destruir.

Porque era amargo, doloroso e febril.

Não sentindo necessidade de outros corpos, nem querendo me aproximar de ninguém amorosamente, não consegui encontrar alívio nem mesmo em relações sexualmente casuais, porque eu nunca gostei delas.

Eu não toquei em ninguém depois de Dimitri...

E não me permiti ser tocado.

O amor, dentro de mim, ainda estava muito fresco, para eu, sequer, pensar nisso. Eu ainda sentia demais, amava demais, o queria demais...

Mesmo me odiando por ainda o desejar tanto.

Sabia que ninguém ia conseguir me fazer esquecê-lo, na ambiguidade de um espaço de tempo tão curto, com meses tão dolorosamente longos.

— Certo. E qual é o seu ponto? — pergunto, não sendo muito fã de enrolações.

— O meu ponto é vir aqui e explicar que Dimitri nunca fez nada para enganar você e sim, porque te amava. E ainda te ama.

Eu respiro fundo, engolindo em seco de forma amarga e não conseguindo lidar com todas aquelas informações ao mesmo tempo.

— E você espera que eu simplesmente o perdoe e me case com ele? — pergunto debochando, enquanto sinto a contrariedade dos meus sentimentos travarem uma guerra dentro de mim.

— Seria o ideal — ele diz de forma arrastada, levando os dedos finos e compridos até a gola da blusa e desabotoando-a, para ficar mais confortável. — Mas você parece rancoroso demais para isso.

Eu começo a rir, mas não sinto humor algum.

Estou completamente contrariado por Eric achar que as coisas são fáceis desse jeito e que não é uma luta interna admitir minha impulsividade e, ao mesmo tempo, perdoar Dimitri por ter me enganado por tanto tempo.

Entretanto, minha feição se endurece, e eu fecho os olhos, buscando, na respiração longa que eu dou, forças para dar continuidade àquela conversa dolorosa.

— Isso não é julgamento — abro os olhos e começo sério, o que é o início da minha defesa. — Mas eu e você vemos sexo e relacionamentos pessoais de formas diferentes. Você não consegue entender como isso tudo me fez mal e como eu demoro a sentir e me entregar.

— É, sim, um julgamento, a partir do momento que você acha que só por eu ter uma vida sexual aberta e ativa, eu não esteja suscetível a sentir coisas que me façam sofrer — ele me olha sério e sua fala é tão cortante que gera um estalo na minha mente. — Entretanto — ele continua, após soltar uma respiração longa e cansada, parecendo não querer transformar aquilo numa guerra —, concordo que vemos sexo de formas diferentes e eu compreendo seu pensamento, apesar de ele não ser a verdade absoluta. Porque, sim, eu sinto o mesmo que você. Eu sinto até hoje, Gael — Eric diz e se levanta devagar, voltando à janela do meu quarto e olhando para o trânsito lá embaixo, mais uma vez.

— Desculpa, não foi a intenção — peço baixo e sincero, ao mesmo tempo que estou confuso e ponderando sobre suas últimas palavras.

— Você já teve que passar pomadas nos hematomas de Dimitri? — sua pergunta me pega desprevenido, então apenas franzo o cenho, não entendendo o objetivo dela. — Não, não é? — ele pergunta, dando um sorriso desanimado, enquanto continua olhando pelo vidro. — Eu já. Tantas e tantas vezes que perdi as contas.

Não há outra reação em mim, apenas me calar e deixar que prossiga.

— Você não faz ideia de quantas vezes ele apanhou, implorou pela vida, fugiu para a minha casa... — sua voz soa levemente embargada, com as lembranças que vinham à tona. — Você não sabe quantas e quantas vezes eu quis matar os pais dele, por terem fodido com o psicológico e o físico dele... Por terem feito tão mal ao *meu pequeno*.

E as peças começam a se encaixar, de como aquilo parece mais uma declaração de amor do que um pedido para que eu voltasse para Dimitri.

Talvez os dois.

— Bandile — ele continua baixo e sério, como se aquela conversa o estivesse deixando fraco —, eu queria te xingar e dar um soco nessa sua cara idiota, mas eu não vim aqui pra brigar.

— Então, por que veio?

— Porque sei que Dimitri merece que alguém fale por ele, já que você nunca o deixou falar, nunca lhe deu a oportunidade. Só foi embora, sem olhar para trás e abandonou a pessoa que você jurou proteger. Que você prometeu nunca abandonar — suas palavras soam como facadas que entram e saem do meu peito, causando uma dor tão forte e aguda que está se tornando difícil conseguir respirar. — E merece, também — ele continua a falar, virando o corpo e encostando as costas na janela, olhando para mim —, alguém que acredite nele e perceba que estar com ele não é nada além do que uma dádiva do universo, apesar de todos os defeitos e inseguranças que o garoto tem.

— Acho que — digo ao me levantar da cama, sentindo meu corpo agitado com aquela conversa que eu não consigo receber de forma positiva — você está deixando bem óbvio o quanto Dimitri não é só um amigo pra você.

Ciúme é só mais um dos milhares de sentimentos que implodem dentro de mim.

Eu não choro fácil, não costumo chorar, mas esse assunto me remete a coisas tão fortes e avassaladoras no meu interior que não seria novidade eu me descontrolar em pranto.

No entanto, eu seguro... Seguro demais.

Eric mira os próprios pés, dá mais um dos seus sorrisos desanimados, mesclado à malícia que ele tenta sustentar, mas não consegue nesse momento.

— Eu amo Dimitri — Eric confessa. — Amo com todo o meu coração, com todo o meu corpo e toda a minha alma. Eu nunca cheguei perto de amar ninguém da forma que amo aquele garoto... — ele não me encara, enquanto faz sua declaração que parece sair de sua boca de forma dificultosa, como se fosse muito problemático, para ele, pôr para fora um sentimento tão profundo. — Mas eu não estou disposto a abrir mão da minha vida por causa de um relacionamento. E eu não tenho coragem de pedir que ele se adeque ao meu estilo... — ele conclui desanimado, totalmente desiludido de levar algo adiante com seu amigo.

Como se me encarar naquele momento fosse demais, seu corpo gira devagar, e ele volta a observar o vidro, mirando a vida noturna que acontece lá embaixo.

— O Dimitri — ele continua, com a voz baixa, mas eu ainda consigo ouvi-lo — é uma pessoa para casar. — Então, solta uma risada fraca. — O coração dele é enorme e fiel até a última gota de sangue, Gael. Eu não conseguiria dar um relacionamento monogâmico pra ele, eu... Acho que estragaria tudo — é quase um choramingo o tom que sai da sua voz, acompanhado das últimas palavras que finalizam seu raciocínio.

— Você não acha que ele vale a pena? — pergunto, porque não entendo como uma pessoa que ama outra de forma tão intensa, não larga tudo para se unir a ela.

— Você sabe que vale, não é, Bandile? — Ele gira o corpo novamente, me encarando com aquele sorriso intimidador ameno, que voltou aos seus lábios.

Sua mudança de expressão se dá pelo fato de que ele parece estar perto de conseguir o que quer, ainda mais quando eu não tenho capacidade nenhuma de negar sua pergunta.

— Mas seria mentiroso da minha parte dizer que eu nunca pensei em mudar tudo que eu sou, apenas por ele, Gael. Na verdade, esse pensamento faz morada na minha mente dia após dia — sua fala me faz encará-lo com ainda mais atenção.

Ainda mais seriedade.

— No entanto, além de toda a problemática que me envolve, ainda tenho um último ponto, que é a única coisa, o único motivo que me faz não querer lutar por ele. Que me faz não querer dar a cartada final e tentar conquistar Dimitri de uma vez por todas. Há apenas uma coisa que me segura e me faz frear essa vontade de tentar adequar minha rotina, apenas para abrir mão do meu estilo de vida e me jogar de cabeça no amor que eu sinto...

Eu o olho completamente pensativo, franzindo o cenho e tentando entender o que ele diz, enquanto sinto meu corpo agitado tensionar, mesmo em pé, porque não consigo mais ficar sentado na cama, inerte.

Ele move o rosto sutilmente e encara meus desenhos, com mais detalhes pessoais de Dimitri do que eu me sinto confortável para compartilhar.

— Você o ama, Gael.

Eu não consigo negar. Não tenho forças, muito menos quero, porque qualquer resposta diferente de "sim" seria mentira.

— E tudo que eu faria pelo meu amigo, tudo que eu sinto por Dimitri... — Ele dá uma risada nasal e amarga. — Ele também sente... Por você.

Eu engulo em seco mais uma vez, sentindo meu coração bater com tanta força, com tanta violência, que mal compreendo como ainda estou vivo.

— E se eu não o amasse mais? — pergunto, olhando para o chão, ainda sem conseguir baixar minha guarda. — E se eu tivesse com outra pessoa? O que você faria com ele?

Eric descola as costas do vidro, anda devagar em direção à saída e, antes que possa alcançar a maçaneta da porta, olha para mim, dando uma longa e última respirada funda.

— Acho que nunca saberemos — ele diz, completamente ciente das certezas que tem, sem tirar os olhos dos meus. — Mas agora você tem o poder de fazer algo a respeito, com a informação que eu te dei. Se era por questão de insegurança, eu respeito você e todo o seu trauma, mas entenda que ele te ama da forma mais bonita e pura que eu já vi alguém amar outra pessoa. Uma forma que eu sei que ele é capaz de amar, porque... Um dia, eu também recebi essa bênção.

Sinto mais uma dor estranha.

Dessa vez, bagunçada. Quase como se estivesse me sentindo mal por Eric e sua última frase, que soa um pouco mais dolorosa do que toda sua fala.

— Não seja injusto com ele. Não seja injusto com você mesmo. — Ele alcança a maçaneta da porta, a abre e olha para mim uma última vez, soltando suas palavras antes de deixar meu apartamento: — Chame Dimitri, conversem. Os dois erraram feio; foi ele quem começou com essa merda toda, eu sei disso — diz, daquela forma séria, enquanto dá seu ultimado. — Mas não seja um porra de um cabeça-dura quanto aos seus erros também.

Meu silêncio é o suficiente para ele entender que estou pensando sobre o assunto.

— Eu poderia dizer que você não sabe o que está perdendo, mas eu acho que você tem noção do quanto ele é valioso.

Então, sai, mas a porta se abre minimamente, uma última vez.

— E, por favor — pede, mas seu tom é quase de súplica —, não conte para ele que eu vim aqui e nada do que conversamos.

Eu assinto, enquanto o vejo acenar brevemente e, em seguida, fechar a porta definitivamente. Minha única reação é cair sentado na cama e, uma vez sozinho, abrir todas as portas internas que seguravam bravamente o meu choro.

Um choro de saudade, de angústia, de culpa e de raiva, por tantas coisas misturadas, tantas dúvidas, tanta dor.

Minha noite segue comigo sentindo meu peito explodir em milhares de sensações ruins que são engolidas pelo desejo abrupto de tocar os lábios de Dimitri com os meus.

De sentir seu gosto novamente...

De gritar o quanto ele me fez mal.

Como grande filha da puta que a saudade é, até a lembrança do seu cheiro me atinge com força, fazendo com que a noite seja uma das piores que já tive.

Uma das mais agonizantemente saudosas, em que, com toda impulsividade que passou a correr em minhas veias, toda minha vontade é pegar um avião e voltar para Astra, a fim de devolver a Dimitri o que lhe foi arrancado de forma violenta por mim: a oportunidade de ele se explicar.

E me dar algo que também tenho direito: a chance de desabafar, externar e pôr para fora todo o veneno que carrego pelo tanto que fui machucado nesse processo.

Sei que não posso fazer nada disso agora, então tomo meu banho enquanto remoo meus pensamentos, depois como alguma coisa e me deito, mesmo que dormir não seja algo que terei êxito nesta noite.

Minha cabeça, bombardeada por pensamentos acusatórios e que se contra-atacam, trava uma batalha entre "você foi um grande idiota impulsivo" e "você foi feito de bobo, não seja ingênuo agora".

E, no final, nenhum pensamento se sobrepõe à saudade dilacerante que rasga meu coração e aquela sensação de que eu não estaria errando se desse o braço a torcer. Se talvez considerasse ir atrás dele.

A verdade é que eu sou fraco quando se trata de Dimitri Dangeli...

Pois já estou considerando.

Mais forte do que todas as noites, mais uma vez, adormeço e acordo pensando em Dimitri. Quando me levanto, faço o que normalmente não fazia, pois, sem ao menos beber água, troco de roupa e desço para a academia. Isso antes que o relógio marque 8:00.

Preciso esgotar minha mente mais uma vez, mas nem levantar pesos incessantemente, forçando até achar que meu peito vai rasgar, é o suficiente para acalmar meus pensamentos.

As palavras de Eric ecoam e ecoam, pedindo que eu tome um posicionamento sobre coisas que eu não quero encarar, mas preciso.

Porque já fugi por tempo demais...

Volto para o meu apartamento, tomo um banho longo, deixo a água quente bater na minha nuca, enquanto sinto todos os meus nervos vibrarem junto aos meus músculos que doem mais do que o habitual pelo meu exagero.

Antes de me deitar na cama, ligo para a recepção, solicito meu café da manhã e depois alcanço meu celular. Segundos antes de desbloquear a tela, encaro o teto, respiro fundo e tomo coragem. Abro o aplicativo de mensagens, procuro o contato da pessoa que me faz suar frio, e tremo quando o desbloqueio.

Eu vejo a foto do meu ex-namorado e engulo em seco, porque aquilo me afeta mais do que poderia imaginar. Eu, com certeza, não deixei de amar Dimitri nem mesmo por um segundo.

Ele trocou a foto. Está sorrindo daquela forma bonita e confortável, como uma criança. Seu cabelo loiro está mais curto, já não bate mais no olho, e ele veste uma blusa social preta, com os botões abertos até a metade, enquanto segura uma taça de uma bebida meio vermelha, quase rosa. Está em algum lugar, parece uma boate, mas não é a Hidden Honey.

E como sou inimigo da racionalidade e calma, com as coisas que envolvem o meu coração, minha vontade, naquele segundo, é me teletransportar e estar com ele ali, mas, respirando fundo e, com muita dificuldade, volto a bloquear seu contato.

Procuro o nome de outra pessoa que trabalhou comigo na boate e releio a mensagem que tinha recebido naquela mesma semana, mas que ainda não havia dado resposta.

Victor:

Fala, cara. Beleza? Tá fazendo falta por aqui, acho que quebraram todos os copos do bar e agora estão usando todos os copos de plástico que tem no estoque, kkkkkk 17:25

Mas então... Eu sei que você está em outro país, mas não podia deixar de te convidar. 17:25

Não sei teu endereço, então vai por mensagem mesmo, espero que não ligue. 17:26

O contato Victor anexou uma imagem. Toque para visualizar. 17:28

Já estou contando que você não vai poder aparecer, então não vou ficar chateado, beleza? Mas se, por um milagre do universo, você estiver em Astra, vou ficar muito feliz de ver sua cara de bunda no meu casamento. 17:29

Abração, se cuida! 17:29

Espero que esteja tudo maneiro aí em Aleegra. 17:30

Abro a imagem e me deparo com uma versão virtual de um convite que deveria ser entregue fisicamente às pessoas que estão próximas aos noivos.

Ele tem data, hora e dois endereços diferentes, um para a cerimônia e um para a festa. Tudo acontecerá dentro de, aproximadamente, dois meses. Bloqueio a tela do telefone, jogo na cama e volto a encarar o teto, soltando o ar de forma tão pesada que o meu peito chega a doer.

Já estava há um ano na empresa, já podia tirar férias quando quisesse, porque eles têm um sistema tranquilo, que não reproduz uma burocracia enorme para barrar um direito que você tem.

Mas, analisando a data do casamento e a oportunidade de passar um tempo com meu pai, penso em unir o útil ao agradável e tenho em mente de que preciso esperar apenas seis semanas até que possa dar entrada no meu pedido de férias.

Cinco dias antes da data do casamento, estou no meu apartamento arrumando minha mala e fotografando cada centímetro, para ter certeza de que nada vai estar fora do lugar quando eu retornar.

A ida ao aeroporto é tranquila, assim como a viagem de avião e, em seguida, minha ida até minha casa. Meu pai não sabe que eu estou em Astra, então silenciosamente pego um táxi e chego em casa num domingo, porque sei que ele vai estar lá.

Quando subo minhas escadas, respiro fundo e sinto o coração bater mais forte, porque a casa onde cresci continua exatamente da mesma forma, e eu, inegavelmente, senti falta dela.

Bato à porta algumas vezes, ouço uma pequena movimentação lá dentro e, com a cara inchada de sono, porque ainda são sete horas da manhã, meu pai abre a porta.

E eu me arrependo, na hora, de não ter avisado que eu viria, porque o homem arregala os olhos e fica tão agitado de susto que quase cai para trás.

— Meu filho! — ele grita, me puxando com força e me fazendo jogar minha mala no chão. Ele me dá um abraço tão apertado e forte que sinto que vou morrer sufocado, mas não reclamo. — Meu Deus, meu filho! — Começa a dar tapas, nas minhas costas, tão brutos que balançam a minha cabeça. — Que saudade! Que saudade do meu filho!

É claro que meus olhos estão marejados, porque sua reação é completamente inesperada para mim. Eu sabia que ele estaria sentindo minha falta, mas não sabia que seria tanta.

— Saudades também, pai — digo rindo, tentando controlar o choro de criança, porque tudo aquilo me afeta ainda mais do que eu imaginava. — Muitas saudades...

— Ah, meu filho, entra! Vem, entra! — Ele me empurra levemente para o lado e pega minha mala no chão, me puxando para que entre.

O homem coloca minha mala ao lado do sofá da sala, e eu observo tudo que permanece da mesma forma, a não ser por um porta-retratos novo, ao lado das fotos que já existiam antes da minha partida.

Eu me aproximo da foto e observo.

É uma imagem de meu pai e Marina. Ela sorri de forma larga e grande, e meu pai dá um daqueles seus sorrisos pequenos e duros, de quem tem dificuldade de sorrir.

É nítido o quanto ele se esforça pela namorada e o quanto gosta dela.

As fotografias da minha mãe permanecem intactas, o que me mostra que Marina soube respeitar a memória de outra pessoa que já foi casada com meu pai.

Acho que gosto ainda mais dela...

Eu e o homem conversamos por um tempo. Ele liga para uma padaria que faz entregas e logo estamos nos esbanjando com pães cheios de queijo e presunto, que comemos até nossas barrigas doerem.

Dizendo que não dormi bem antes do voo curto e o vendo bocejar como se tivesse sido privado de sono, porque realmente havia sido, digo que vou para o meu quarto e o observo caminhar até o seu próprio.

Nada melhor do que uma pequena soneca antes de começar o dia de verdade.

Quando chego àquele que costumava ser meu antigo aposento, observo as coisas exatamente da mesma forma, com nenhuma mínima mudança, a não ser...

Uma televisão.

É a televisão que eu havia dado a Dimitri, e aquilo faz o meu peito apertar de forma dolorosa. Significa que, em algum momento, ele havia conversado com meu pai e devolvido o aparelho.

Após tirar o atraso do meu sono e tomar um banho, encontro com Augusto na sala, que aguarda sua namorada chegar para poder começar a fazer o almoço e, enquanto ainda estamos sozinhos, pergunto sobre Dimitri.

— Ele veio na paz... — meu pai começa, como se precisasse me explicar que Dimitri não chegou cheio de grosserias. — Chorou, pediu desculpas, explicou o que aconteceu... Eu...

— O que, pai? — pergunto, franzindo o cenho.

— Fiquei com pena dele, meu filho — o homem truculento confessa, falando baixo.

— Por quê? — pergunto ainda sério, tentando entender o que se passa na cabeça do homem.

Eric era suspeito para dizer qualquer coisa sobre Dimitri. Além de nutrir sentimentos amorosos pelo amigo, ele também o defenderia de qualquer situação, isso era claro.

Já meu pai...

Meu pai sempre me defenderia e me passaria a verdade que sentisse no seu coração, independente de quem estivesse envolvido.

É óbvio que eu confio bem mais em sua opinião sobre o assunto.

E é óbvio que qualquer coisa que ele diga pode influenciar nas minhas ações.

— Ele estava destruído... — Augusto começa, olhando para baixo enquanto mexe nos próprios dedos grandes. — Estava mal, se sentia culpado... Me contou o que fez com você, mas não estava orgulhoso disso.

— Ele... Ele te contou? — Eu me surpreendo com isso.

É necessário coragem demais para assumir um erro desses, e isso me choca além do esperado.

— Contou... E, sinceramente, nunca vi alguém tão... — Ele respira fundo, parecendo sentir dor com a lembrança de um Dimitri que esteve na minha. — Tão arrependido.

Assinto em silêncio, olhando para o chão enquanto penso sobre suas palavras. E, por mais que, nas últimas semanas, eu tenha me decidido — cheio de medos e inseguranças — a chamar Dimitri pessoalmente e conversar com ele, a estabilidade da minha decisão se dá *nesse exato momento*.

Meu pai me faz decidir 100%, porque eu só havia chegado a 90% até então.

É isso que eu precisava para respirar fundo e tentar entender que talvez eu não esteja fazendo o papel de um completo bobo por procurar meu ex-namorado.

Tentar entender, também, o quanto, verdadeiramente e sem reservas, devo a nós dois a chance de consertar as coisas.

Conforme os dias se passam, de forma ansiosamente torturante, não dou bandeira que estou na cidade, ainda assim, não quero matar mais ninguém do coração.

Ligo para Victor, numa hora em que sei que ele está fazendo a ronda na boate, então está livre e sozinho, e informo que estou em Astra e que conseguirei ir ao seu casamento.

Ele dá um grito grosso e animado. Aquilo é feliz e totalmente inusitado, vindo daquele brutamontes ruivo que só fazia me encarnar e ter cara de vilão, mas peço para que fale baixo e não conte a ninguém.

Victor ri, fala mais uma vez que está feliz pela minha visita e além de ficar alegre em reciprocidade, percebo que talvez eu sempre tivesse nele um amigo, só não percebia.

Recebendo bem mais do que antes, entrei no jogo sujo da antiga chantagem de Victor e compro cinco engradados de uma cerveja vermelha e artesanal, que o segurança já havia confessado gostar quando eu a servia no bar. Uma que Dimitri me apresentou.

Eu me arrependo no exato momento em que passo as bebidas no caixa, pensando que talvez fosse melhor cancelar a compra e dar uma frigideira pequena, mas, tentando não ser um mão de vaca de primeira categoria, respiro fundo e levo as cervejas para casa, jogando fora a nota fiscal, para que nunca mais me lembre do quanto gastei com aquele presente.

Quando o dia do casamento chega, estou nervoso feito o caralho, então não é novidade que me atrase para cerimônia, já que eu não sei o que vestir e estou com medo de parecer arrumado demais ou largado demais.

Acabo indo com uma camisa social branca que havia comprado recentemente, e um conjunto de paletó e calça social preta. Sem gravata, com o sapato preto fino polido e o cabelo, agora maior, penteado para trás e amarrado num rabo de cavalo frouxo, porque gosto de como fica.

Olho no espelho de forma séria. Eu sei disfarçar muito bem, porque, por dentro, eu estou chorando como uma criança amedrontada. Ninguém irá notar meu estado, já que eu havia desenvolvido a perfeita arte de fingir que estava me fodendo para tudo, quando, na verdade, no meu interior, uma guerra estava sendo travada entre os meus órgãos, que são atacados por legiões de borboletas enfurecidas e sanguinárias.

Além do atraso ao me arrumar e da enrolação ao pegar as chaves do carro do meu pai, me perco no caminho para o evento e, quando encontro o endereço da igreja, uma estrutura bonita próxima às montanhas, em Burto, vejo pessoas saindo do seu interior e carros indo embora.

Nem os noivos estão mais lá.

Sem nem mesmo sair do carro, rumo ao segundo endereço, com mais facilidade de localizá-lo, apesar de a noite já ter tomado conta de todas as estradas de terra daquela região.

A facilidade do encontro se dá ao fato de que, depois de dirigir por quinze ou vinte minutos, guiado por placas certeiras que me direcionam à localidade, avisto uma movimentação ao longe, com muitas palmeiras enfileiradas e iluminadas.

Quanto mais eu me aproximo, mais eu me dou conta de que aquilo é uma festa de casamento e fico aliviado ao perceber uma placa grande, logo no começo do sítio, escrito "Casamento de Victor e Agatha", o que mostra que eu cheguei ao meu destino com sucesso.

Quando estou no estacionamento, desligo o carro e percebo outros veículos chegando e estacionando próximos a mim em ambos os lados do carro, mas ainda não saio. Respiro fundo e tento me acalmar, mas o que eu vejo está longe de me deixar tranquilo.

Dimitri passa praticamente na minha frente, distraído e com o rosto levemente preocupado, então se encaminha para um carro bonito, que logo reconheço sendo o de Eric. Inconscientemente, minha boca é aberta, e eu paro de respirar por um segundo ou dois.

Dimitri está lindo. Lindo demais.

Seu paletó é preto, com desenhos cinza e uma gola alta com babados, que me lembram da roupa que usava no dia do casamento de Vicenzo e Pablo. Ele ainda é um príncipe, nada havia mudado, apenas o cabelo, curto nos lados...

Mas, cacete. Como está gostoso.

Estalo a língua com força, me perguntando se sou idiota por ainda tremer e vibrar tanto, apenas por ver a imagem do meu ex-namorado, mas a verdade é que fiquei mais de um ano sem vê-lo...

Acho que se tivesse alguma reação diferente da que eu estou tendo agora, não valeria a pena estar aqui por ele.

Dimitri abre o porta-malas e tira de dentro dele o mesmo presente que eu havia comprado, mas em menor número. São três engradados da cerveja de Aiboon, e eu rio *trouxamente*, balançando a cabeça em negação, quando percebo que trouxemos a mesma marca. Uma marca que tem a ver com a gente, com nossas experiências juntos e com momentos que dividimos.

Será que ele pensou nisso quando comprou as cervejas?

Será que pensou em mim?

Sinto-me um idiota mais uma vez, por parecer um adolescente.

Ele leva os engradados embora sem dificuldades, sumindo pelos carros e desaparecendo da minha frente, então sei que esse é o sinal que eu preciso para tomar coragem e sair do carro.

Planejando uma tentativa de aproximação, que torço para dar certo e cortar o gelo, que só seria derrubado com uma escavadeira, pego apenas dois engradados e saio do estacionamento, então ando em direção à cozinha e aos outros garçons que entram também com cervejas. Ao longe, consigo ver Dimitri conversando com Victor. Eu o sigo e praticamente o encurralo, quando o percebo numa vaga pequena, atrás da cozinha do sítio.

— Ele queria cinco engradados... — é o que digo sério, depois de colocar as cervejas ao lado das suas e observar Dimitri que vira devagar e me encara como se estivesse vendo um fantasma, enquanto afrouxo a gola da minha blusa, me sentindo sufocado.

A princípio, ele não consegue dizer nada.

Mas é no silêncio da sua reação, tal qual a criança assustada que sempre foi para mim, que sinto a verdade avassaladora me nocautear, sem nenhum tipo de contestação.

Eu quero, com todas as forças do meu corpo, ter Dimitri novamente na minha vida.

E não tenho muito tempo para conseguir isso.

21

SINFONIA

DIMITRI

Eu, definitivamente, não tenho reação.

Não consigo abrir a boca, não consigo pensar...

Porra, eu não consigo nem falar com Gael.

Enquanto isso, meu choque me dá tempo o suficiente para observar, mesmo que por segundos, todo seu corpo.

E o tanto que ele mudou.

O cabelo de Gael agora está enorme, preso num rabo de cavalo que deixa fios bonitos caírem por seu rosto. Está muito maior do que quando eu o vi pela última vez, e eu odeio o quanto acho que ele ficou atraente desse jeito.

Sua camisa social branca é fina, parece cara, e o botão do peito faz uma força absurda para conseguir se manter fechado, porque seus músculos do peitoral, antes apenas definidos, estão definitivamente maiores.

Nunca vi um botão tão esforçado, em manter uma camisa fechada, quanto esse...

Depois de alguns segundos em total choque, a única coisa que consigo fazer é pegar meus engradados de cerveja e os dele, colocar no chão e depois abrir a mala do carro, tentando fingir que Gael não está ali.

Ele está, mas eu tenho medo de abrir a boca e começar a chorar de ódio, de raiva.

De saudade...

— Você quer ajuda com isso? — ele pergunta, aproximando-se.

Eu não lhe respondo, só coloco as cervejas dentro do porta-malas, até as dele, movendo as costas e o tronco na sua direção, para que entenda que não quero aproximação ou toques.

Fecho tudo com pressa, pedindo a Deus que tenha trancado direito, porque só quero ir embora dali, mas, quando movo meu corpo em direção à saída, ele não deixa.

Gael segura meu braço com firmeza, mas não me machuca, então olha diretamente nos meus olhos, como se pudesse ler a minha alma. A minha pele se arrepia violentamente com seu contato, mesmo que segure por cima do meu blazer.

Aquele contato que, por noites e noites, eu desejei ter no meu corpo.

Mas que agora não sei se quero novamente.

— Dimitri... — ele tenta falar, mas eu não deixo.

— Por que você está aqui? — eu sei que soo grosseiro, mas não consigo controlar o que sinto nesse momento.

Estou engolindo em seco e torcendo, com todo o meu corpo, para meu tom não ter saído trêmulo, pois minhas mãos já tremem desde o momento em que ouvi sua voz.

— Sou tão convidado quanto você — rebate calmo, não cedendo à minha grosseria.

Eu puxo meu braço, fazendo-o me soltar, e confirmo com a cabeça, mas sem conseguir olhá-lo.

— Por favor... — Eu respiro fundo, ainda tentando não chorar. — Só... Só fica longe de mim.

Então, eu saio atordoado, sentindo um marejar ralo no canto dos olhos, que consigo controlar rápido, a tempo de sentar-me à mesa ao lado de Alexander e tentar me recompor.

Eu não sei lidar com isso, eu não sei lidar com Gael.

Eu, definitivamente, não sei lidar com o que sinto nesse momento.

— O que houve? — o arquiteto pergunta preocupado, baixinho e só para mim, enquanto meus outros amigos estão distraídos entre si.

— Eu... — Solto uma risada nervosa, junto a um sorriso imenso e falso. — Nada, não foi nada. Vi um fantasma.

Alexander ri baixo, o que me faz rir também e respirar um pouco melhor, mas eu estou longe de ficar calmo.

— Peguei isso para você — diz de forma meiga, me entregando um pequeno pote de porcelana branca, onde há algumas entradas, junto a um guardanapo dobrado em triângulo. — Você deve estar com fome.

Ele é fofo demais e eu quero agradecer de forma correta, mas só dou um sorriso tremido e pego o pote com a comida.

— Você tem certeza que está bem? — ele pergunta mais uma vez, fazendo com que Eric vire para mim e perceba que há algo de errado.

Ele apenas me olha sério, mas nada fala.

— Eu... — Pigarreio, sentindo meus dedos curtos ainda tremerem de nervoso. — Acho que vou pedir um pouco de água, fiquei enjoado.

Enjoado de nervoso, é óbvio, mas respiro fundo e tento controlar minha respiração porque, antes que tenha um colapso nervoso, preciso me acalmar.

Mas não vou conseguir tão cedo.

— Gael! — Pablo grita na direção traseira do meu corpo, me fazendo fechar os olhos com força e balançar a cabeça negativamente. — Caralho! Não acredito!

Não, não, não...

Isso não pode estar acontecendo.

— Vem aqui sentar com a gente!

Não, Pablo, pelo amor de Deus!

Você tem merda na cabeça?

Eu estou quase chorando de pânico, até levantar o rosto e dar de cara com Eric, que me lança um sorriso absurdamente sugestivo, com o canto dos lábios.

Ele sabia que Gael estaria aqui nesta noite.

Eu não sei como, mas sei que ele sabia.

— Você sabia? — pergunto, sussurrando para Eric, que não me responde.

Ele apenas dá de ombros, pega sua taça com algo amadeirado e denso, que eu espero que não seja alcoólico, e começa a rodear o líquido dentro do vidro.

Então, Gael que não parece ter um pingo de bom senso, chega à mesa, cumprimenta a todos com educação e se senta ao lado de Eric.

De frente para mim.

Eu não consigo encará-lo, e meus amigos parecem ter sofrido perda de memória recente, para achar aquela situação muito normal.

— Porra! Veio pedir o emprego de volta? — Pablo pergunta animado, realmente parecendo feliz em ver seu ex-funcionário mais uma vez.

Eu estou com o dedo indicador dentro do pote de comida que Alexander me entregou, rodeando um salgado redondo que imagino ser de queijo, sem coragem alguma de levantar o rosto.

— Estou de férias, vim ver meu pai e resolver alguns assuntos pendentes.

Eu engulo em seco, sentindo meus pés tremerem de nervoso. Minhas pernas não conseguem parar de balançar. Sua voz ativa todo o meu sistema nervoso.

— Vai ficar por quanto tempo? — é Eric quem pergunta, dando um longo gole na bebida.

— Isso que você está bebendo é alcoólico? — pergunto preocupado e sério para o meu amigo, antes mesmo que Gael tenha a oportunidade de responder.

— É chá de pêssego, criança. *Se acalme*.

Tenho certeza de que o seu "se acalme" se dá muito mais ao fato de que eu estou visivelmente abalado pela presença de Gael do que pela bebida em si.

— Eu vou embora daqui — Gael diz me olhando, mas eu não o encaro e volto a mirar a comida — um mês mais ou menos. Só estou de férias.

Um mês. Trinta dias.

Passa rápido.

Eu aguento sem enlouquecer.

Nervoso, estico o braço para o garçom que está passando e pego a taça mais cheia de sua bandeja. Não é exagero dizer que bebo três ou quatro goles de uma vez.

Estou acostumado com vinho, minha resistência não é das piores, mas beber rápido assim nunca me dá um resultado bom.

— E como está em Aleegra? Seu chefe é melhor que eu? — Pablo pergunta rindo.

Ele é safado a ponto de saber que, mesmo que fosse, Gael é educado demais para negar.

— Pelo amor de Deus, você é convencido demais — Vicenzo resmunga, mas está segurando o riso.

— Não.

Não olho para Gael, mas sei que está rindo, pela risada nasal que solta.

— Minha chefe é boa, eu gosto muito dela. — Seu "muito" me irrita e não é algo que eu consiga controlar. — Mas não acredito que exista um chefe melhor que você, Pablo.

Enquanto Gael fala, bebo mais um pouco, pois sei que não vou aguentar esta noite sóbrio, se ele continuar na nossa mesa.

Eu não paro de tremer e meu peito não para de doer, só com a profundidade da minha respiração, que não consigo diminuir. Parece que estou à beira de um ataque nervoso.

Despropositadamente, dessa vez, o vinho derrama pelo canto da minha boca, e traça um caminho fino e rubro, que morre no meu queixo, deixando uma gota solitária que pinga até bater no tecido preto da minha calça.

Alexander não presta atenção em nada que não seja eu, então não me surpreende que eu sinta, segundos depois, seu polegar macio sendo esfregado na minha pele, para limpar o caminho da bebida que escorreu pela minha derme.

Seu contato não me é estranho, mas prendo a respiração na hora, e é inevitável não olhar para Gael.

Eric, Pablo e Vicenzo estão rindo entre si, marcando obscenidades que combinaram de fazer mais tarde, então não percebem o que acontece.

Gael trava a mandíbula e fica sério.

Sério demais.

Sua respiração é pesada e é quase palpável a densidade angustiante que está se formando entre nós dois, naquela mesa.

Não quero repelir o contato de Alexander, mas, com muito mais intensidade, não quero fazer ciúmes em Gael.

Eu sinto que vou chorar a qualquer momento.

— Você não me parece bem... — Alexander sussurra, chegando a boca perto do meu ouvido.

Demasiadamente perto...

Gael não consegue parar de olhar para mim, e Eric, sendo o mais analítico de todos nós, desvia apenas o olhar da conversa que está tendo com Pablo e Vicenzo, e observa o que está acontecendo.

Ele parece sereno, apenas quer saber o desfecho daquilo, como bom fofoqueiro desgraçado que é.

— Eu estou bem, eu juro. — Pigarreio, num sorriso sem graça e afasto o corpo milimetricamente para o lado.

Alexander percebe que fiquei desconfortável, então se afasta na hora.

Acho muito idiota quando pessoas querem fazer ciúmes de forma infantil e, mesmo que eu tenha vontade de chutar Gael por baixo da mesa, não quero que ninguém ache que sou alguém que joga baixo desse jeito.

Ao longe, ouvimos o anúncio da valsa de Victor e Agatha, que irão abrir a pista de dança e, enquanto Eric puxa assunto com meu ex-namorado, porque eles parecem anormalmente próximos, eu me levanto, vendo aquilo como uma oportunidade de deixar a mesa.

— Vamos ver? — pergunto, numa falsa animação, a Alexander que levanta correndo, como se fosse um cachorro adestrado, e confirma com a cabeça.

Não sei se gosto desse jeito abrupto dele, de sempre me atender, mas seria mentiroso dizer que não me aproveito disso nesse momento.

Sequer olho para trás ou me despeço dos meus amigos, porque eles sabem que eu vou voltar, mas deixo a mesa, sentindo meu coração doer. Ainda estou suando frio. Ainda não sei como agir.

Preciso de um tempo para pensar e colocar a cabeça no lugar, entendendo que a presença de Gael não muda todo o processo doloroso pelo qual eu passei e o quanto eu me tornei mais forte. Porém, enfrentá-lo põe quase tudo a perder e não é uma coisa que eu esteja disposto a passar.

Eu não quero e não posso retroceder toda uma luta que quase custou minha vida.

Não é justo comigo.

Quando chegamos à pista, os noivos começam uma valsa lenta e bonita e, por mais que eu ache Victor um grande mamute ruivo estabanado, ele me surpreende, acompanhando sua noiva baixinha de forma mais graciosa do que eu poderia esperar.

— Ele dança assustadoramente bem — Alexander comenta, rindo.

Eu acompanho seu sorriso e confirmo com a cabeça, logo continuo observando os dois e suspiro levemente.

Por um segundo, me esqueço de todos os problemas que estão me rodeando no momento e fico encantado com a forma que Victor e Agatha se amam e se tratam bem, até mesmo enquanto dançam.

Os passos diminuem, e eles se aproximam sorrindo, porque parece que não conseguem ficar de outra forma, e se beijam, quando o DJ grita estardalhosamente que a pista está liberada.

Não há mais valsa, pois uma batida forte começa e todas as pessoas invadem o salão.

Agatha e Victor continuam dançando, enquanto estão gargalhando um para o outro, pulando e desarrumando toda a roupa de noivos, antes perfeitamente alinhadas.

— Vamos? — Alexander pergunta, segurando minha mão devagar e indicando a pista de dança com a cabeça, sorrindo como criança.

Eu confirmo com a cabeça, dou um gole longo no meu vinho e o finalizo, sentindo minha cabeça tontear momentaneamente.

Antes que possamos andar em direção à pista, coloco a taça em um aparador próximo, pego mais uma taça e deixo Alexander me conduzir, até ele largar a minha mão, quando chegamos ao centro da pista.

Todos estão dançando loucamente, porque a música é agitada demais. Uma versão três vezes mais remixada de *Party Rock Anthem*.

Alexander está fazendo passos tão engraçados que é inevitável não gargalhar, mas o ambiente fechado, como esse salão de dança, logo parece apertado demais e não é difícil que eu e ele estejamos suando depois de quinze ou vinte minutos dançando.

— Vou pegar água para nós dois — diz sorrindo, e eu concordo e deixo que vá, enquanto termino mais uma taça de vinho que logo troco por outra cheia.

Continuo dançando sozinho, porque isso nunca foi problema para mim, mas o ritmo da música muda e algo romântico demais começa a ser reproduzido nas caixas de som.

Dançar se torna melancólico, por isso eu agradeço quando sinto um peitoral largo bater nas minhas costas, porque não quero ficar sozinho e Alexander soube a hora certa de voltar.

— Quer dançar essa música melosa? — pergunta rindo baixo, me entregando um copo com água.

Mas, apesar de eu rir de sua fala, balanço a cabeça negativamente.

Não consigo, não tem clima para isso.

— Não é muito a minha praia... — respondo, claramente desanimado.

Espero que não esteja tão claro que estou mentindo, porque amo músicas assim, amo dançar dessa forma, mas não quero agora.

— Podemos... — Olho para Alexander, que termina seu copo d'água em questão de segundos. — Voltar à mesa?

Sei o que me aguarda lá e não sei se quero encará-lo, mas também não quero dançar colado com Alexander.

Porra, eu quero ir para casa.

Alexander parece entender e voltamos à mesa, sentando lado a lado novamente. E, novamente, sou alvo dos olhares sérios de Gael, que me encara como se precisasse fazer isso para sobreviver.

Somos embalados pelo som de *Symphony*, uma música que me destrói, porque, igual à sua letra, eu também fui alguém que foi abandonado e se sentiu incompleto, quando só queria ser abraçado com força.

And when you're gone, I feel incomplete[2]

Por que o caralho dessa música, no caralho deste momento do caralho?

É o meu pensamento quase bêbado e magoado.

Tenho vontade de gritar, de virar a mesa no seu colo, e essa vontade aumenta quando Eric, virando-se para a mesa, percebe a tensão que existe entre nós dois.

O filho da puta solta uma risada baixa e aquilo, infelizmente, faz com que eu exploda. Eu me levanto num supetão, olhando para o meu amigo e assustando levemente as pessoas à mesa, até Luna e a namorada, que se juntaram a nós. Mas meu olhar está completamente focado em Eric.

— Vem comigo, agora — falo, cerrando os dentes, mas estou fora de mim e não consigo medir minha voz, muito menos meu comportamento.

Vicenzo olha para mim assustado, mas Pablo parece compreender o que está acontecendo. Não me surpreende que entenda.

Eric respira fundo, levanta-se preguiçosamente e me acompanha, até estarmos no estacionamento, onde ele senta lentamente no capô do seu próprio carro e me encara em pé na sua frente.

Estou completamente agitado e não consigo parar no lugar.

— O que foi, Dimitri?

— Você sabia que Gael ia estar aqui? Você sabia e não me contou nada?

— Sim. — Eric olha para o céu, achando aquela conversa muito chata.

— Como, porra?

— Ouvi Victor berrando com ele no telefone.

2 *"E quando você se vai, eu me sinto incompleto."*

— E por que raios não me contou, Eric? — Eu bato o pé, pareço uma criança mimada que está fazendo birra, mas estou tão chateado que não consigo me controlar.

— Eu queria que ele visse você com Alexander — ele diz, dando de ombros e olhando para mim, daquela forma entediada, com seu tom baixo e grave.

— Pra que caralhos você ia querer isso? — pergunto, quase gritando, sacudindo as mãos no ar e chamando a atenção de um casal atrasado, que sai do carro recém-estacionado.

— Pra ele sentir ciúmes de você. — Ele dá de ombros mais uma vez.

Eu fecho os olhos, respiro fundo. Levo a palma das mãos até o rosto e esfrego minhas pálpebras com tanta força que sinto a tontura das três taças de vinho ingeridas me nocautearem de uma vez só.

— Você acha que isso tudo é uma grande brincadeira, não é? — abro os olhos e falo calmo, mas ele percebe meu tom magoado. — Eu não sei em que mundo você está, pra achar que essa decisão foi madura e adulta. Logo você, Eric...

— Acho que Gael quer conversar com você — ele pontua lentamente, enquanto eu estou andando para lá e para cá, batendo o pé na terra firme do estacionamento do sítio.

— Eu não quero falar com ele! Eu não quero que ele... — Eu solto um grunhido para dentro, sentindo raiva demais.

— Está se transformando em lobo? — Eric pergunta, debochando de mim.

— Cala a boca! — solto, praticamente furioso. — Ando na sua direção rápido, até que nossos joelhos se toquem e eu esteja tão perto de seu rosto que quase consigo sentir sua respiração em meus lábios.

— Por que você fez isso? — pergunto, mas estou choramingando, fraco e me sentindo derrotado. — Por que você não me contou? Por que chamou Alexander? Por que, Eric? Por que fez isso comigo? — quanto mais eu falo, mais eu me descontrolo.

Não é novidade perceber que estou chorando, num tom tão doloroso que Eric muda completamente a feição.

Antes apático ou, por vezes, malicioso, agora seu rosto é tomado por uma preocupação, e ele ajeita o corpo no capô do carro, segurando minhas mãos e me puxando para ainda mais perto, até que seus joelhos estejam na lateral do meu quadril e ele me prenda ali.

É nítido o quanto o arrependimento faz morada nos seus olhos nesse momento.

— *Meu pequeno...* — sua voz soa preocupada e quebrada. Ele sobe as mãos e passa os dedos finos pelo meu rosto, limpando minhas lágrimas que agora se vestem de descontrole. — Me perdoa, eu...

Eu soluço, pareço uma criança em suas mãos.

— Eu fui um adolescente tentando juntar vocês dois...

Eu o olho sério, fungo mais uma vez, seguro seus punhos e o faço parar de me tocar. Então, dou dois passos para trás e balanço a cabeça negativamente.

— Juntar nós dois? — pergunto incrédulo, quase engasgando no choro que morre furioso. — Depois de tudo que você me viu passar por causa dele?

Eric respira fundo.

Eu não entendo por que suas ações são regidas por loucura, mas ele realmente parece querer que seu plano funcione. A falta de clareza das suas motivações vai me enlouquecer, unida pela sua, também, falta de resposta.

Fica apenas me encarando, sem querer dar mais satisfações dos seus atos.

Apesar de parecer completamente arrependido...

Mas eu não quero ficar para implorar explicações.

— Pra onde você vai? — ele quase grita, ao ver que eu me distancio.

— Pra casa! — digo e sumo de sua vista, entrando na área de convidados e, logo em seguida, voltando para a pista de dança.

Não é difícil encontrar Alexander, mas, graças aos céus, nem sinal de Gael.

O arquiteto está conversando de forma desinibida com uma convidada que, a julgar pela aparência, parece irmã de Agatha.

— Alexander? — chamo calmo, mas um pouco alto, por causa do som da música.

— Dimitri? — Ele se assusta quando me vê, e a mulher faz um tipo de careta. — O que... O que foi? — ele gagueja.

Ah, Alexander, você é tão óbvio.

Ainda assim, eu preciso de você.

— Pode me levar pra casa?

Como se esquecesse da existência da menina com quem conversava segundos atrás, ele confirma com a cabeça, balançando freneticamente em concordância ao meu pedido.

Eu não abraço Alexander, nem chego muito perto, mas, ao nos despedirmos de nossos amigos, enquanto Gael usa o celular com o rosto sério e fechado, o arquiteto passa o braço pelo meu ombro e me dá um meio abraço.

Esse meio abraço cheira a culpa, ele está com a voz tão trêmula que dá pena.

Pena, porque ele acha que eu não conheço esse tipo de comportamento...

Entretanto, eu não desfaço seu contato e antes que possamos sair da mesa, Gael bloqueia a tela do celular e me encara fixamente.

Ele, até o último segundo, parece querer me dizer alguma coisa, mas eu deixo o local e sigo até o carro de Alexander, deixando a festa em seguida e ignorando Eric completamente.

Não aguento mais nenhum minuto perto de Gael.

Não parei de beber pelo tempo que estive lá.

E não sei se já posso confiar em mim mesmo próximo a Gael, porque sei que sou forte e sei o quanto estou melhor. Eu sei o quanto sou o suficiente...

Mas eu fujo, porque dói perceber que não há nada que me deixe tão fraco quanto seu corpo se aproximando do meu.

22

30 DIAS

Eu conheço o carro de Alexander, um modelo esportivo fino de quem não tem amarras para gastar dinheiro. Entretanto, até esta noite, nunca havia entrado nele.

Meu coração ainda bate forte enquanto adentro o veículo e coloco o cinto, respirando tão fundo que sinto meu peito doer.

Alexander se ajeita no seu banco, liga o carro e, ainda parecendo ligeiramente nervoso por ter sido pego flertando com outra pessoa, dá partida.

Talvez por esse fato, não nos estendemos numa conversa e, vez ou outra, ele solta comentários genéricos enquanto o carro continua pela estrada.

Mas, mesmo que ele estivesse fazendo a resenha de um livro que eu gosto muito, tampouco conseguiria prestar atenção.

Gael não sai da minha cabeça, e eu estou dividido entre o sentimento de querer voltar correndo para aquela festa, para pular no seu pescoço, e o de nunca mais sair do meu apartamento, porque não quero correr o risco de vê-lo nas ruas de Astra.

— Aquele cara... — Ele pigarreia enquanto dirige com apenas uma mão e a outra repousa na marcha. — Gael, não é? — essa é a sua única fala que me chama verdadeiramente atenção.

— Sim, o que tem? — pergunto calmo, mas sem muitos rodeios, enquanto observo o veículo entrar numa rodovia já conhecida, que se aproxima do centro da cidade.

— Vocês já tiveram alguma coisa? — ele volta com aquele tom meigo e habitual, mas que soa mais como uma armadilha aos meus ouvidos.

Alexander não me passa mais aquela impressão de ingenuidade fofa, mas não estou exatamente surpreso.

Diferente do meu tratamento com Gael, que sempre foi absurdamente apaixonado, cego e esperançoso, eu lido com o arquiteto da mesma forma que lidei com todos os homens que me envolvi.

Muito bem ensinado por Eric, nunca espero nada de ninguém, muito menos me iludo, e as palavras ditas pelo meu amigo, há muito anos, voltam a ecoar pela minha cabeça.

Conversas, beijos ou até mesmo sexo não configuram namoro. Não espere e nem conte com a fidelidade de ninguém, até que a pessoa te assuma abertamente.

— Por que a pergunta? — questiono entre uma risada nasal desanimada, porque não sei se quero falar do meu ex-namorado com Alexander, mas estou curioso pela sua motivação.

— Ele olhava pra você como se quisesse arrancar sua roupa.

Engraçado... Se não estivesse com tanta raiva de Gael, seria exatamente a mesma coisa que eu iria querer.

— Impressão sua... — desvio do assunto, engolindo em seco e direcionando o olhar para a janela, onde percebo a estrada fazer uma curva, que dá acesso ao centro de Astra.

Já estamos quase próximos do meu apartamento, mas é tempo suficiente para que eu me perca nas palavras de Alexander que, apesar do meu disfarce, não posso dizer que estão erradas.

Não faz nem seis horas que eu sei que Gael voltou e já percebi que ele não parece querer esconder o quanto tem vontade de estar perto de mim.

Mas ele passou mais de um ano mantendo a maior distância possível entre nós dois, depois de ter ido embora sem nem deixar que eu me explicasse.

Então, além de não entender sua mudança de atitude, é difícil saber reagir a isso.

Tudo que envolve meu corpo sempre foi muito fácil e confortável em relação a Gael, e ele sabe desse fato.

Isso me assusta e me machuca, porque não sei se ele apenas quer usar minha vulnerabilidade a seu favor.

Embalado por entorpecimento, mal percebo quando Alexander estaciona o carro na frente do meu apartamento e, quando dou por mim, ele me encara com alguma expectativa.

E como já percebi qual é a sua jogada, porque o cara deixou transparecer o quanto se envolver romanticamente com ele não seria nada além de um golpe, penso em atender às suas vontades que não são diferentes das minhas.

Ainda sinto o vinho correr pelo meu corpo levemente quente e estou tensionado o suficiente para querer descontar, no sexo casual, a ansiedade a que fui submetido contra minha vontade nas últimas horas.

Com esse pensamento, me viro para Alexander e solto simples:

— Quer subir?

Ele sabe o que esse convite significa e me olha surpreso, mas não tem outra reação senão sorrir e sair do carro abruptamente.

Não deve foder há um ano, para estar tão animado assim.

Subimos devagar e, ao chegarmos à entrada, me lembro de um fato que me deixa levemente sem graça, então externo:

— Minha casa deve ser muito diferente do que você está acostumado — falo rindo baixo, mas sinto um desânimo dentro de mim, que começa a crescer.

Eu não sei se realmente quero isso ou estou só fugindo do que Gael me faz sentir.

— Não me importo, Dimitri — ele fala atrás de mim, enquanto giro a chave na porta e a abro.

Antes mesmo de eu abri-la completamente, Alexander bate o peito nas minhas costas, me empurrando para dentro, e envolve os braços no meu tronco, tirando meu paletó e o jogando no chão.

Ainda me abraçando por trás, ele começa a fazer o mesmo com a minha camisa, enquanto seus lábios vão em direção à lateral do meu pescoço, num beijo alvoroçado que me assusta.

São beijos afoitos e apressados demais, mas não compartilho dessa mesma pressa desmedida.

— Alexander, vai com calma — peço, porque ele parece que vai morrer se não transar.

— Não dá — ele solta uma risada baixa e trêmula, achando engraçado, então me vira e tenta me beijar, mas eu não consigo.

Eu desvio o rosto enquanto seus lábios apressados encontram minha mandíbula e descem até meu pescoço, ao mesmo tempo que suas mãos arrancam minha camisa e a jogam no chão, depois vão direto ao cinto da minha calça.

Quanto mais apressado ele é, mais eu me sinto desconfortável e arrependido em tê-lo chamado para subir até o meu apartamento.

E eu nunca faço *nada* que não esteja com vontade de fazer.

Espalmo as mãos no seu peito e o empurro, olhando-o sério, enquanto minhas calças já estão deslizando pelas minhas coxas, porque ele praticamente rasgou meu zíper no meio.

— Alexander, não vai rolar — solto, respirando fundo e olhando suas feições se endurecerem, e ele ficar assustadoramente sério.

— Eu não subi à toa, Dimitri.

O Alexander respeitador parece que só existe na frente dos outros.

Ele vem para cima de mim de novo e segura meus ombros com força, enfiando o rosto mais uma vez na dobra do meu pescoço, tentando voltar a me beijar.

Mas eu coloco toda a força do meu corpo no meu joelho e acerto seu saco com tanta habilidade que sua única reação é cair no chão, choramingando e sabendo que nunca mais terá filhos.

Já tentaram me assediar uma vez...

Não vai acontecer de novo.

— Filho da puta! Eu disse que não vai rolar! Você é surdo? — eu estou quase gritando, enquanto olho aquele homem de quase dois metros de altura se contorcendo no chão, sem me responder.

— O que aconteceu? — uma voz séria e rouca soa, vindo da porta que não havia sido fechada pelo desespero afobado de Alexander.

É Eric.

Claro que ele está aqui.

Sua chegada ao meu apartamento não me surpreende, porque, muito provavelmente, veio atrás de mim por nunca conseguir ficar brigado comigo por mais de algumas horas.

E é claro, também, que nada mudou.

— Eu fiquei desconfortável... — começo, sentindo meu estômago embolar com o que estava prestes a acontecer. — Depois que nós subimos, disse que não queria mais e ele continuou insistindo — confesso a Eric, enquanto

Alexander continua gemendo no chão, colocando a mão no meio das pernas e tentando aliviar a dor da minha joelhada violenta.

— Ele que... — o arquiteto fala de um jeito que expressa muita dor. — Ele que quis... Que eu subisse, porra! Ele que... Que me chamou!

— Mas eu não quis mais, seu merda!

Eric trava a mandíbula e desce o olhar para a figura reclamona de Alexander. Eu sei que meu chute foi forte, porque estou sentindo sensibilidade até no meu joelho, então não vejo exagero na sua reação. Pelo contrário, estou comemorando por dentro.

Eric anda devagar até o corpo do arquiteto, abaixa ao seu lado e passa os dedos pelos seus fios de cabelo, que caem na testa, os ajeitando para trás.

— Alexander — ele fala baixo e calmo, num tom tão rouco e arrastado que é inevitável não me arrepiar. — Nós vamos conversar numa outra oportunidade. — Eric solta uma risada nasal, enquanto Alexander o encara, quase apavorado. — Agora, você pode se levantar e sair daqui, antes que eu enfie uma faca no seu cu e faça você sangrar tanto que não vai conseguir chegar ao seu carro.

Eu não tenho medo de Eric, porque sei que ele nunca me faria mal, mas imagino que Alexander deve estar se cagando nas calças, porque grunhi uma reclamação que parece um palavrão, e levanta quase chorando.

Sai do meu apartamento resmungando, e eu vou para a janela, observando-o mancar até seu carro.

Quando dá partida e vai embora, chuto minhas calças já abaixadas para fora, pego meu paletó caro do chão e penduro cuidadosamente, junto à camisa de botões.

Tiro meus sapatos, que estão nos meus pés até o momento e, só de cueca agora, cruzo meus braços e olho para Eric, sério.

— Você não tem sexo pra fazer ou algo assim? — pergunto irritado.

Ainda não o perdoei e ainda acho que todas as suas atitudes foram infantis, então apenas o observo andar lentamente até o sofá e se sentar calmamente.

Ele cruza as pernas, repousa uma das mãos no braço estofado e a outra vai até sua nuca, que ele esfrega suavemente, fechando os olhos e respirando fundo.

Eu detesto como ele fica irritantemente sexy quando esbanja calmaria, nos momentos em que eu estou uma pilha de nervos.

— Vem cá, Dimitri — ordena baixo, mas com carinho.

Nunca fui bom em recusar nada que viesse de Eric. Então, mesmo que esteja torcendo meus lábios, ando devagar em direção ao sofá e, assim que chego perto, ele segura meu punho e direciona para que eu me sente ao seu lado.

Sentado, continua me puxando, até que eu esteja deitado com a cabeça na sua coxa. Ele ri baixo da minha cara torcida e irritada, enquanto passa os dedos compridos pelos meus fios de cabelo, devagar e com carinho.

Diferente de como fez com Alexander, imprimindo medo, Eric me trata com cuidado, como se eu fosse alguém muito precioso e delicado.

— Você precisa parar de tentar arrumar minha vida amorosa por mim, Ric... — falo, e estalo a língua. Meu tom sai cansado quando deixa meus lábios.

Eric permanece sério e quieto, só ouvindo o que eu tenho a dizer, mas não para de acariciar meu cabelo por nenhum momento e, por vezes, até repousa o polegar na minha bochecha e me acarinha ali, enquanto continuo meu desabafo chateado.

— Você faz isso desde que eu te conheço... Primeiro foi com Pablo; depois, todas as vezes que saímos. Depois que eu e você... — Respiro fundo. — Depois que eu e você terminamos aquele rolo fodido, você parece que precisa que eu fique com qualquer pessoa. Até quando vamos a boates, você empurra as pessoas para mim, diz que eu preciso sair de lá com alguém que você escolher. Teve a ideia de mandar as mensagens para Gael, depois deu a entender que queria que eu me envolvesse com Alexander... — eu mal percebo o quanto falo, mas as palavras vão saindo e saindo da minha boca, e meu amigo apenas presta atenção no que eu falo, sem julgamentos, apenas absorvendo. — Por que você sempre faz isso? — pergunto, me levantando e sentando com as pernas cruzadas, em cima do sofá, enquanto o olho. — Você realmente acha que eu sou carente a ponto de precisar me atirar pra você o tempo todo e, por isso, você tem que arrumar alguém pra mim, antes que você tenha que ficar comigo por pena?

— Meu Deus, Dimitri, o quê? — Ele franze o cenho, completamente confuso e não acreditando nas minhas palavras.

— É a impressão que eu tenho toda vez que você inventa que eu preciso ficar com alguém.

— Essa foi a coisa mais idiota que você já disse. — Solta o ar de forma pesada, jogando a cabeça no encosto do sofá e encarando o teto.

— Então, por que você faz?

Eric olha para cima por mais alguns segundos, enquanto sua respiração sobe e desce de forma pesada e arrastada.

Ele parece pensar sobre o que responder, e aquilo parece muito mais tortuoso na sua mente do que realmente eu entendo.

Então, ele ajeita a cabeça, olha para mim novamente e segura a minha mão, puxando-a até que ela esteja em seus lábios. Ele deposita um beijo calmo e depois a abaixa, mas permanece segurando-a até entrelaçar seus dedos aos meus.

— Eu amo você, então fico preocupado de que se sinta sozinho — diz como se fosse simples. — Não é uma coisa que eu tenho controle.

— Você vive à base do "eu não preciso de ninguém pra ser feliz" e acha que eu sou obrigado a me relacionar com qualquer um? — pergunto calmo, mas magoado.

— Não com qualquer um, mas é que... — Ele respira fundo, enquanto olha para nossos dedos entrelaçados. — Eu quero você bem e vou ficar feliz a partir do momento que você estiver feliz, Dimitri.

— Me deixa decidir sozinho, Ric. — peço sincero, segurando seus dedos e olhando nos seus olhos, que agora me encaram com cuidado. — Por favor, me deixa decidir com quem eu quero ser feliz e como eu quero ser feliz. Eu tenho o direito de decidir por mim mesmo.

Ele volta a olhar para os nossos dedos entrelaçados, mas eu solto nossas mãos, seguro seu queixo e o faço olhar para mim.

— Eu te amo demais e sei o quanto você se preocupa comigo, mas eu não sou mais aquele garoto medroso do ensino médio que você conheceu. Eu já consigo decidir sozinho o que eu quero pra mim.

— Desculpa, Dimitri... — pede baixo, daquele seu jeito sério. — Não vai se repetir, eu prometo.

Eu sorrio com o canto dos lábios ao vê-lo todo arrependido, com a cara de quem fez merda e não está nada orgulhoso.

Não aguento seu rosto fechado e solto seu queixo, erguendo meu corpo lentamente e envolvendo seu pescoço, puxando-o para um abraço apertado que não lhe dá chance de se desvencilhar.

Ele ri baixo e me aceita, retribuindo ao abraço enquanto beija meu pescoço carinhosamente, em selares sequenciais que se estendem pela minha pele, depois meu ombro. Afasta-se devagar, comigo depositando um beijo estalado e lento no seu rosto.

E nisso, eu sei que tenho certa dependência. Seria difícil demais viver sem o carinho de Eric.

— Pablo e Vicenzo devem estar te esperando — falo, segurando o riso, enquanto me levanto do sofá.

— Estão viciados em mim, não consigo mais controlar — ele fala rindo baixo, depois se aproxima de mim e me segura pelos ombros, me fazendo olhá-lo.

— Você quer ir comigo? Pra assistir? — pergunta como se estivesse me perguntando as horas.

Eu solto uma risada incrédula e balanço a cabeça negativamente.

— Hoje, não, Ric. Mas quem sabe outro dia? — digo ainda sorrindo, de forma leve.

— Então, eu posso ir? Ou você quer que eu fique com você? — sua pergunta soa tão séria que sei que, se eu pedir, ele abandona todos os seus planos só para passar a noite comigo.

— Vou trancar tudo direitinho e te mando mensagem depois, não precisa se preocupar. Vai lá arregaçar eles...

Eric solta uma gargalhada alta, que não é habitual ultimamente, mas me faz rir junto, porque é tão gostoso vê-lo rindo assim.

Ele dá um beijo carinhoso na minha testa, diz que me ama, e eu retribuo sua pequena declaração e nós nos despedimos, comigo prometendo, mais uma vez, que entrarei em contato com ele durante a noite.

Depois de tomar um banho lento e quente, porque são nos meus banhos que eu encontro uma fonte de alívio para minha ansiedade que sempre me acompanha, saio do chuveiro com uma toalha enrolada na cintura.

Quando chego ao quarto, o nó frouxo da toalha se desfaz e eu deixo que ela caia no chão, depois a pego e a penduro na porta.

Não quero dormir de roupas hoje.

Respiro fundo, sinto os músculos do meu corpo levemente tensionados, depois do cansaço do dia cheio e, antes mesmo que eu possa pensar em pegar meu celular, para colocar seu despertador e tentar dormir um pouco, ouço o sino ao longe, na sala.

São mensagens demais.

Sei que é Eric desesperado, já me perguntando se eu estou bem, então ando devagar até encontrar o aparelho dentro do bolso do paletó que usava na festa.

Mas meus olhos quase pulam para fora das órbitas quando percebo que quem me mandou as mensagens não foi meu amigo...

E, com um fodido sentimento de déjà-vu, sou atingido no peito por uma nostalgia que me nocauteia.

Gael:

Eu sei que você não quer falar comigo, e eu não quero te deixar desconfortável... 02:11

Mais do que você já deve estar. 02:11

Mas eu estou vendo que, só por mensagens, eu vou ter a chance de te dizer o que eu preciso. 02:12

Que ironia, não é?

Gael:

Eu não quero que você tome a mesma atitude que eu tomei, porque, no final, eu só me fodi e, quando o arrependimento bateu, ele me destruiu... 02:12

Ainda está me destruindo. 02:13

Então, antes de me bloquear, eu só queria te pedir uma coisa... 02:13

Há mais de um ano, você me pediu uma coisa e eu atendi. Agora, eu quero o mesmo. 02:13

Me dá 30 dias, Dimitri. 02:14

23

CONFRATERNIZAÇÃO

Eu estou completamente paralisado, pelado e em total silêncio, enquanto olho o aparelho em minhas mãos.

Embaixo do nome de Gael, o visor de "online" é mostrado, o que me diz que, muito provavelmente, ele espera minha resposta.

E ainda demora alguns segundos, antes que eu comece a digitar de fato.

Eu:

Gael...

Apago tudo.

Eu:

Eu não...

Apago tudo mais uma vez.

Não consigo escrever nenhuma resposta e nem enviar nada, porque minha cabeça não funciona.

Gael continua online, provavelmente esperando que eu fale algo, porque já notou que eu visualizei suas mensagens e comecei a escrever.

Bloqueio a tela do celular, me arrasto até minha cama e, quando me deito, respirando fundo e pensando sobre o que fazer, ouço o sino soar mais uma vez.

Ele percebe que eu não vou conseguir falar nada agora, mas, como não bloqueio seu contato, vê nisso a abertura para tentar me acalmar, antes que eu tome alguma decisão precipitada.

Gael:

Você não precisa me responder agora. 02:25

Pensa com calma e me manda mensagem depois, se você quiser. 02:25

Dorme bem. 02:26

Eu me lembro do primeiro "Dorme bem" que enviei a Gael e choramingo baixo, quase num resmungo longo. Volto a bloquear a tela do celular, jogo-o no colchão e levo as mãos ao rosto, esfregando meus olhos, minhas bochechas, até pegar um dos travesseiros e enfiá-lo na minha cara.

Eu dou um grito alto, forte, que tem a intenção de me acalmar...

De nada adianta.

A minha vontade ainda é colocar uma roupa e dirigir até a casa de Gael.

É isso que meu coração desesperado pede que eu faça, mas minha mente, que tenta me fazer não sofrer mais, manda imagens de momentos depreciativos por que passei no último ano, me alertando para que eu não dê ouvidos ao músculo que bombeia sangue dentro de mim.

Eu me levanto resmungando, ainda me torturando com as mensagens que acabei de receber, apago a luz e volto a me deitar. Enfio a cabeça no travesseiro, dessa vez, sem gritar.

Eu viro e reviro em cima da cama, na qual nunca nem tive chance de fazer amor com Gael, mas que já fiz sexo com tantos outros homens nos meses que se passaram.

Felizmente, não há aroma de ninguém entre aqueles lençóis, mas o cheiro do meu ex-namorado, de forma traiçoeira e ilusória, vem à tona.

É inevitável não chorar baixinho.

É saudade demais...

É dúvida demais, medo demais.

Eu rolo de um lado para o outro sobre o colchão. Vejo o tempo passar e observo as cortinas da janela aberta balançarem devagar, conforme a brisa da madrugada entra.

Estalando a boca, percebo que me distraí e não mandei mensagem para Eric, então pego meu aparelho e o faço, a fim de tranquilizar meu amigo.

Apesar de que, por ele não ter me mandado mensagem ainda, imagino que esteja com a cabeça em outra coisa.

As duas cabeças...

Eu:

Ric, você deve estar quebrando a cama do Pablo e do Vicenzo, mas só queria avisar que estou indo dormir. 02:47

Obrigado por nunca aceitar ficar brigado comigo. Eu também odeio brigar com você. 02:48

Amo você. 02:48

Eu mando e, para minha surpresa, seu nome aparece online, o que aponta que ele está usando o celular naquele momento.

Ric:

Eles já dormiram, não aguentaram nada dessa vez. 02:48

Bêbados e tarados. 02:49

Ainda estou tenso, mas é inevitável não rir com a sua confissão.

Eu:

Eu aguento bem mais, não é? 02:49

Ric:

Boa noite, Dimitri. Também amo você. 02:50

Eu bloqueio o telefone rindo, porque sei que nunca conseguiria parar de brincar com Eric, mas, ao me lembrar da mensagem de Gael, meu riso cessa.

Choramingo de novo, é inevitável. Eu sou uma poça de sentimentos confusos, que não sabe como reagir a tantas coisas acontecendo ao mesmo tempo.

Mas dormir sempre foi o remédio para curar minha ansiedade.

Não há noite que seja tão ruim, que não pareça melhor depois de adormecer por dez horas seguidas.

O sono não vem com facilidade, e acabo vendo um filme atrás do outro no meu computador, apagando quase meio-dia. Mas, quando o sono me abraça, consigo dormir como uma verdadeira pedra.

O despertador precisa tocar várias vezes, o suficiente para eu entender que preciso trabalhar. Amaldiçoo todos os sistemas do meu celular, desligo-o, percebendo que são 19:00 e estarei fodido se não correr.

O casamento de Victor foi ontem, num sábado, e é lógico que Eric e Pablo não vão trabalhar tão cedo num domingo, então sou eu quem tem que tomar a frente da situação, com a ciência de que minha farra acabou bem antes do que a deles.

Ainda atordoado e confuso, mas tentando focar o meu trabalho, tomo um banho longo, coloco o uniforme, porque não teria tempo de trocar, e saio de casa. Quando chego à boate são quase 20:30.

Faltam trinta minutos para a abertura da casa, e esse é o tempo que tenho para falar com todos os funcionários e dar as devidas ordens; depois, ir até a sala de Pablo, pegar as comandas para entregar aos garçons e a chave para abrir o caixa. Dar as ordens, também, a quem vai trabalhar recebendo os pagamentos e cobrando as entradas.

Nesse meio tempo, comprimento o segurança que está cobrindo Victor hoje e que irá ficar por um mês, tempo que Pablo deu para o homem aproveitar a lua de mel, numa viagem que o podre de rico também pagou.

Meu amigo é um santo.

Quer dizer... quase santo.

Como todo domingo, o movimento é pouco, e eu dou conta de tudo sozinho, mas me surpreendo quando encontro Vicenzo na boate. Apenas ele.

— Tudo certo por aqui? — o marido do meu amigo pergunta de forma amigável, mas ainda não totalmente confortável.

Nós nos falamos normalmente, e nossa relação melhorou muito, mas ainda não tenho, com ele, a mesma intimidade que tenho com Pablo e Eric.

E nenhum de nós força a barra.

— Tudo, sim — digo quase distraído, enquanto observo um garçom novo colocando taças demais na bandeja. — Você precisa de ajuda? — pergunto, mas sem soar rude, apenas curioso.

— Pablo bebeu demais ontem, depois apanhou demais — ele diz, segurando o riso, enquanto coça a nuca e olha para o chão. — Não acordou muito bem e passou o dia todo na cama.

— Vocês precisam colocar um limite no Eric... — falo, observando a coleira com a pedra azul pequena que ele ainda usa em qualquer lugar.

— Quem bateu fui eu, ele pediu.

Eu dou uma gargalhada alta, não me seguro.

Alguns clientes olham para mim, então eu coloco os dedos na boca, respiro fundo e fecho os olhos, tentando me controlar.

— Tudo sob supervisão de Eric, é claro.

Você está sendo mentorado por ele, Vicenzo? Faço a pergunta apenas mentalmente.

— É claro... — continuo rindo, dessa vez, um pouco mais contido, enquanto observo o garçom equilibrista levar as taças com sucesso até o bar. — Mas está tudo bem por aqui, o movimento está fraco e logo vou fechar tudo.

— Então, domingo é o dia mais vazio? — ele pergunta, claramente alheio ao movimento da boate.

Vicenzo não entende do funcionamento da casa, porque é dono de uma concessionária de carros de luxo, então foca seus esforços mentais e logísticos no seu próprio negócio.

Ele tem tanto dinheiro quanto Pablo, o que nunca me fez achar que estava com meu amigo só por interesse.

Eu já vi pessoas quererem se aproveitar de Pablo e de seus bolsos cheios, mas Vicenzo, claramente, não precisa de um centavo proveniente da boate, nem da fortuna que o dono da Hidden Honey possui — por ser herdeiro de uma rede de hotéis —, pois já tem a sua própria fonte de renda bem abastada.

— Na verdade, o movimento é pior segunda ou terça. Por quê?

— Eu estou responsável pela festa de reinauguração, com os funcionários. O Pablo disse que está gastando demais e pediu para que eu fizesse isso pra ele. Além disso, também estou responsável pelo evento beneficente de quinta-feira... Aquele para angariar fundos para crianças com câncer.

Eu sei... Fui eu quem viu a postagem no Instagram e passei a ideia para Pablo, que aceitou de coração aberto.

Vicenzo respira fundo, olha para o teto e parece cansado com tantas responsabilidades que, agora casado com Pablo, passou a dividir com ele.

— Tudo na porra da mesma semana — diz, rindo baixo e olhando para mim.

— Você vai servir água e pão duro pra gente?

— Talvez... Eu sei poupar dinheiro melhor que ele.

— Que merda — digo rindo, então ele ri também.

— Não vou poupar com comidas e bebidas, mas pelo Pablo ele coloca até um show de mágica...

— E depois um desfile de moda...

— Além de muitos cavalos no evento beneficente.

— E algumas girafas... cuspindo fogo.

Ele concorda, rindo do jeito egocêntrico e sem limites do marido, que parece gastar o dobro do dinheiro que ganha.

Nossa conversa não se estende muito mais. Nós trocamos informações banais sobre a boate, que Vicenzo nunca quis se aprofundar muito, por, além de não ter interesse, respeitar totalmente o modo que Pablo comanda o lugar, mas eu falo de coisas necessárias, caso ele queira fechar a casa em qualquer dia da semana.

Para fechar a Hidden Honey num dia comum, que normalmente estaria aberta, é necessário por avisos em todas as nossas redes sociais o mais rápido possível. Ordenar que imprimam anúncios e coloquem na porta da boate desde hoje e, claro, reembolso de todos os vouchers vendidos, caso já tenha alguma compra efetuada.

Ele agradece as informações.

— Você devia repensar o cargo de Lipa... — Vicenzo solta simples, sabendo bem menos da intensidade do meu problema com esse país. — É excelente como maître, Dimitri, nós sabemos, mas está claro que é muito melhor como gerente.

Eu sorrio sutil, agradeço seu comentário e me despeço devagar, indo terminar minhas funções da noite.

É claro que sua afirmação me abala, porque gerenciar algo ainda me dá medo, mas não é só isso. A menção à Lipa me gela e não é algo que eu consigo controlar.

O fluxo termina, eu dispenso todos os funcionários, fecho o caixa e, em seguida, fecho a boate, não demorando muito a ir para o estacionamento e dirigir até a minha casa.

Toda vez que vejo o visor do meu celular, para olhar as horas, me lembro das mensagens de Gael que me aguardam.

Mensagens que eu ainda não tenho coragem de responder.

O difícil, em toda essa situação, é sentir que conversar com Gael é o mesmo que me trair e trair todo o processo pelo qual passei. É trair a força que eu conquistei, os ensinamentos que eu absorvi.

Seria como se eu retrocedesse toda a caminhada em direção à minha própria saúde mental. O problema nisso tudo é que a atitude de Gael não foi nada, senão, consequência do meu erro.

E, mesmo com toda dor e todo medo, eu não posso fingir que sou completamente injustiçado. Caso fosse, o arrependimento de ter mandado a primeira mensagem não andaria comigo lado a lado até hoje.

A segunda-feira normal de trabalho passa e, logo, a terça-feira chega, dia que Vicenzo designou para acontecer a reunião de reinauguração entre funcionários.

Santo Vicenzo.

O próximo dia já será minha folga, então sei que poderei beber até ver o teto totalmente escuro e esquecer meu nome.

Preciso me lembrar de beijar sua mão mais tarde...

Como o dia anterior foi igualmente vazio, eu acordo à tarde, agradecendo aos céus ter tido uma boa noite de sono, e logo tomo meu banho, tendo em mente que a noite será apenas de diversão com meus amigos, na festa de confraternização.

Uma festa, entre os amigos do trabalho, é exatamente o tipo de coisa que eu preciso para colocar a cabeça no lugar.

Sem Alexander, sem Gael, sem mais ninguém que tire o meu juízo e me cause algum tipo de problema.

Eu coloco uma calça social preta, um cinto de couro da mesma cor e visto uma blusa, também preta, de botões e tecido fino, que deixo aberta até o centro do meu peitoral.

Não uso colar algum e tampouco quero usar anéis, apenas meus brincos pequenos de argola me acompanham. Eu gosto do que vejo no espelho quando penteio meu cabelo, agora mais curto, para trás e deixo minha testa à mostra, com apenas um fio caindo na minha pele.

Eu estou passando meu perfume quando ouço a campainha tocar e seguro o riso, já sabendo de quem se trata.

— O salário de chofer está atrasado este mês, perdão — digo quando abro a porta, dando passagem para que Eric entre.

Meu amigo entra e me lança um sorriso sutil, depois gira o corpo e me observa em silêncio.

— O que foi? — pergunto confuso, franzindo o cenho.

— Você está simples — ele diz quase sério, enquanto analisa minha roupa toda preta, de cima a baixo. — Mas perturbadoramente bonito.

Eu solto uma risada nasal, olhando-o com um sorriso, enquanto ele me entrega apenas sua feição séria habitual.

— Meu corpo está perturbando você?

Ele gira as chaves na mão, vira-se de costas e sai do meu apartamento.

— Estou te esperando no carro — fala, já no corredor.

Eu gargalho, e ele ouve, porque, quando vira, já descendo as escadas, consigo vê-lo sorrindo ao deixar o meu andar. Eu realmente não sei se, um dia, vou conseguir parar de brincar com Eric dessa forma, e gosto do jeito como ele fica confortável comigo.

Sem enrolação, coloco meus sapatos sociais pretos, igualmente simples, mas também são bonitos, depois fecho tudo e, com celular no bolso, desço.

Eric me leva até a Hidden Honey e, no caminho, conversamos sobre coisas aleatórias e habituais entre nós dois.

Enquanto ele gira o volante e faz uma curva levemente acentuada, percebo uma vermelhidão estranha nos ossos do dorso de sua mão.

— Você se machucou? — pergunto preocupado, mas não o toco, para que não perca a atenção na rua.

— Nada de mais, logo volta ao normal — ele finaliza meio estranho, quase ríspido, mas ainda calmo, sendo isso o suficiente para que eu entenda que Eric não quer falar do assunto.

Chegamos à boate sem dificuldades e, quando estamos no salão, são pouco mais de 21:00.

Ainda está vazio, mas é normal que eu, Eric e, já presentes, Pablo e Vicenzo, estejamos lá antes dos demais funcionários.

Não tem Davi no bar, e todas as barras de pole dance estão vazias.

Existem garçons diferentes trabalhando hoje.

São todos funcionários extras, contratados para servirem os funcionários fixos da casa.

Um dia de mordomia para os mordomos.

Duas horas depois, a casa está relativamente cheia, porém apenas na região central, onde há um grande sofá de couro circular, na frente do palco principal.

Não há pessoas suficientes para encher a boate, é claro, não temos tantos trabalhadores assim, mas nossa pequena aglomeração é o bastante para fazermos uma festa considerável.

A Hidden Honey conta com, aproximadamente, cinquenta funcionários e, com as novas contratações, chegamos ao número de setenta pessoas para trabalhar no novo salão.

Uma festa de setenta pessoas ainda é uma festa razoável.

Com exceção de Victor, que está em lua de mel, e Davi, o pai cansado que aproveitou a folga extra para descansar, estão todos aqui, e é até agradável ver tantos rostos novos.

Inclusive, há novatos bem bonitos...

— Então, quero agradecer a todas as pessoas que fazem a Hidden Honey funcionar... — Pablo continua o discurso alto e bom tom, me fazendo sair do meu grande transe, enquanto observava um dos garçons novos, um cara muito sério.

Eu tenho um problema de atração muito estranho com homens sérios demais.

Temo que isso tenha começado com Eric.

Meu amigo, e chefe principal, está com um conjunto de paletó e calça social, vermelho, um modelo diferente do que ele usou em seu casamento, mas mostra como é inegável o quanto ele fica bem com essa cor.

Ele está em pé, em cima de uma das mesas de madeira, e eu preciso segurar o riso da cara de pânico que Vicenzo faz, achando que o marido vai cair a qualquer momento.

— Mas também quero dar as boas-vindas aos funcionários novos e dizer que nós somos uma família de verdade.

Assusta-me o quanto ele está sendo formal e educado.

— Sem essa putaria e babaquice de ficar fazendo fofoca interna, caralho! Resolvam as coisas entre si, porque vocês são obrigados a conviver um com o outro e, se tiver briga, eu entro no meio e soco a cara de todo mundo até se resolverem!

Esquece o que eu disse...

— Dito isso — ele diz, segurando o riso, enquanto algumas pessoas estão gargalhando da sua fala, inclusive eu —, divirtam-se! Façam amizade com os novatos! Nada melhor que uma noite de bebedeira para se conhecerem melhor! — Ele faz um sinal para Vicenzo, enquanto a música é aumentada e o pequeno público se dispersa.

O homem vai correndo até o marido, e ele se joga, gargalhando que nem um louco, mas Vicenzo consegue segurá-lo com força e também ri com ele.

— Meu herói gostoso do caralho — ele diz, dando um beijo estalado nos lábios de Vicenzo.

— Tá assim e nem bebeu ainda... — Vicenzo ri, colocando Pablo no chão, depois os dois olham para mim, enquanto Eric se aproxima.

— Preciso do meu conhaque... — ele diz, respirando fundo e claramente infeliz — sua voz soa, e vejo a clara razão da sua falta de felicidade e, também, a pessoa que não queria ver, vindo atrás de Eric.

É Alexander, com a cara completamente fodida de tanto soco que levou de alguém.

As marcas são recentes, mas não parecem feitas agora. São hematomas de, no mínimo, um dia atrás, o que me faz lembrar, automaticamente, das mãos machucadas do meu amigo.

— Dimitri — Alexander diz, aproximando-se de mim —, posso falar com você?

Pablo e Vicenzo já estavam sentados em um dos sofás, grandes e redondos, e Eric apenas se juntou a eles, me observando de perto, mas ainda com certa distância.

— Não pode não, Alexander — falo e, sem muita cerimônia, me viro. — Eu vou em direção aos meus amigos e me sento ao lado de Eric.

— Sabia que ele viria? — pergunto a Pablo.

— O dono da empresa que fez a obra veio e trouxe ele junto. Eu me esqueci de pedir para ele não comparecer, me perdoa — meu amigo fala, sentindo-se culpado. — Quando eles chegaram, eu não soube como agir.

O clima nesse sofá parece meio ruim.

— Não vamos deixar que esse merda estrague a nossa noite, ok? — falo, segurando a mão do meu amigo e a acariciando de forma rápida. — Tá tudo bem, logo ele vai embora. — Levanto a mão, fazendo sinal para um garçom vir até nós, com bebidas variadas. — Tá na hora da gente encher a cara — falo sorrindo, e logo Pablo está sorrindo também.

Eu começo no vinho; Eric, no conhaque, e Vicenzo e Pablo compartilham coquetéis de frutas entre si.

Não demora muito para que estejamos rindo, falando putaria e, segundos depois, analisando todos os funcionários novos.

— Aquele ali — Pablo diz, apontando para um menino magro e alto, de cabelo loiro-alaranjado e com as roupas levemente amassadas. — Tem cara de que vai beber a minha tequila escondido!

— Abaixa a mão, Pablo! — Vicenzo quase grita tão bêbado quanto o marido, dando um tapa em seus dedos que logo estão repousados em sua coxa.

— Dimitri, não deixe ele por a mão na minha tequila, você está escutando? Esse garçom safado!

Eric está com o copo largo de conhaque na boca, tentando segurar o riso, mas ele falha.

— O cara tem um dia de contratado, e você já está chamando ele de garçom safado... — Eu também estou rindo, balançando a cabeça negativamente. — Nós não éramos uma família?

— Sim. E na minha família, só tem safado!

— Cala a boca e me beija — Vicenzo fala nervoso, segurando o rosto de Pablo e puxando-o para si.

Ali eles começam a trocar aquelas carícias exageradas que são bonitas... Às vezes.

Naquele momento, parecem que estão tirando o ar um do outro.

— Já está na hora de irem pra casa... — Eric diz, dando tapas nas pernas dos dois, até que se soltem. — Estão assustando os funcionários novos.

— Vem cá você também — Pablo fala, segurando Eric pela gravata e puxando-o.

Eric, porém, é muito sorrateiro quando não quer alguma coisa e, com habilidade, consegue desviar das mãos de Pablo e voltar a se sentar confortavelmente.

— Se continuarem com esse comportamento, vocês não irão receber nada hoje — ele diz sério, ajeitando a gola da blusa e afrouxando a gravata que Pablo quase arrancou, a fim de tirá-la.

Sei que ele está se referindo ao que faz com eles dois entre quatro paredes. O motivo de usarem coleiras.

Parecendo estar sob domínio de um comando, os dois mudam a postura. Na hora. Sentam-se de forma alinhada, seguram o riso, parecem outras pessoas e não os dois bêbados tarados que estavam com a gente segundos atrás.

Eric solta um sorriso baixo, curvando o canto dos lábios de forma satisfeita, depois olha para mim. Estou sorrindo de igual forma, até um pouco incrédulo, mesmo que não seja surpresa o quanto ele é dominador. É que Eric é bom demais no que faz e sempre me surpreende.

Uma música que eu gosto começa, e eu vejo a oportunidade para me levantar e alongar meu corpo.

— Se os cachorros de coleira me dão licença... — falo, claramente debochando do comportamento de Pablo e Vicenzo. — Eu vou dançar.

— Também vou! — Pablo dá um salto e se levanta, vindo em minha direção e me arrastando até a pista de dança da boate, onde alguns dos funcionários mais antigos da casa dançam completamente bêbados.

Mas é inegável: é muito gostoso ver o quanto eles se sentem confortáveis ali. Seja para o trabalho ou para se divertir.

Quando chego com Pablo, alguns garçons e garçonetes nos rodeiam, gritam, brincam com a gente. São pessoas que eu, diariamente, não tenho grande intimidade, mas sempre trato bem.

Só que o álcool faz com que todos nós viremos amigos.

Luna, uma das dançarinas, surge ao nosso lado e, com os cabelos bagunçados, me puxa e me dá um beijo no rosto. Estamos todos rindo, então ela começa a falar alto comigo, tentando se fazer compreendida, por conta da música alta que nos rodeia.

— Sobe no palco, Dimitri! — ela quase grita.

— O quê? — Eu praticamente finjo que não entendo.

— Sobe no palco! Vai pro pole dance!

24

ÁREA DE FUMANTES

Pablo está bêbado, mas nada surdo, porque ouve o que a dançarina diz e me estimula de igual forma.

Até mais empolgado.

— Caralho, sim! Sim! Porra, sobe no palco! Senão vai ser demitido!

Eu estou rindo e balançando a cabeça negativamente, mas sei que gosto disso.

Eu gosto de dançar, sempre gostei, além de ser exibicionista o suficiente para, nos momentos certos, gostar de ter a atenção das pessoas sobre mim.

Agora é um desses momentos, então não há grandes reservas no que faço a seguir.

Tomo impulso na madeira recém-reformada, subo no grande palco central, com a barra de ferro instalada e cromada, depois sorrio com o canto dos lábios, enquanto ajeito a manga da minha blusa social preta, dobrando-a para dentro.

Tiro os sapatos devagar, os coloco para o lado.

Meus colegas de trabalho estão gritando o meu nome, chega a ser engraçado, porque estão todos bêbados, mal me enxergando de verdade.

Mas Eric e Vicenzo, ao fundo, me observam com total atenção. Nem piscam.

— Tira a roupa! Anda, tira tudo! — Pablo está na beira do palco, jogando notas de cinquenta para mim.

Eu começo a gargalhar e preciso respirar fundo para não perder a concentração, mas eu consigo focar.

Indo para trás da barra de ferro, espero a música nova começar, e o DJ parece se atentar ao que acontece, pois coloca uma versão remixada de *I Feel Like I'm Drowning*, do *Two Feet*, para tocar.

A batida é intensa, propícia ao momento e, sem demora, seguro na barra de ferro, já dando impulso para o primeiro movimento.

Minha calça social me faz deslizar além do desejado, então são nos meus braços que deposito a maior força, mas isso não faz com que eu me divirta menos.

Aquilo é uma brincadeira que faço entre meus amigos, mas conforme a música fica mais intensa, eu também fico. Por um momento, acabo me esquecendo de que estou na Hidden Honey.

Minhas coxas cruzam o ferro, e eu ondulo meu corpo, fecho meus olhos. Estou rodeando a barra de ferro, deixando que as ondas sonoras penetrem pela minha pele, ditando o ritmo que enlaço as pessoas, através da minha dança sobre aquele palco.

Chego a pensar o que aconteceria se eu tivesse aceitado ser dançarino da boate ao invés de garçom, quando Pablo e Eric me deram essas opções...

— Caralho, como é bonito dançando! — Luna grita, me fazendo rir novamente.

Ela pega a carteira de Pablo, tira duas notas de dentro e joga na minha direção.

— Me dá isso aqui, minha filha! Tá achando que é bagunça, porra? — Pablo pergunta, catando as notas no chão.

Depois, ele mesmo taca o dinheiro em mim, mais uma vez.

As pessoas estão tentando prestar atenção em mim, mas Pablo e Luna dão um show à parte ali embaixo, não tem como não rir.

Motivado ao final da música que se aproxima, volto a me concentrar.

Dou um pequeno salto, seguro a barra de ferro, estico minhas pernas e rodopio bem devagar, quase em câmera lenta, fazendo alguns de meus colegas assobiarem eufóricos com o processo. Eles realmente estão gostando do que veem.

É no último verso da música que faço meu último movimento. Cruzo as coxas mais uma vez, seguro no pole dance e ondulo o corpo como se estivesse dançando no colo de alguém.

Deixo o corpo pender para trás e vejo, nos rostos, de ponta-cabeça, as reações mais diferentes. De seriedade à euforia. Animação a nervosismo.

E então, avisto um rosto em especial, por trás da pequena aglomeração.

Um rosto que está banhado em tensão.

Afastado e encostado em uma das pilastras, no perfeito centro na frente do palco, está Gael, de braços cruzados e com o cabelo grande praticamente caindo no rosto.

Ele me encara, travando o maxilar, e sua respiração é tão pesada que sei que seu corpo todo está fazendo força para não reagir ao que vê. Não sei por quanto tempo está ali, mas parece que viu o suficiente para tensionar por inteiro.

Igual a quando dancei para ele pela primeira vez...

Meus braços perdem a força e, quando a música é trocada, quase caio no palco, tropeçando nos meus pés e perdendo meu equilíbrio.

— Eita, calma! — é Pablo quem fala, vendo que estou visivelmente alterado.

Pego meus sapatos e pulo do palco, porque a música acabou, e eu já fiz meu show. Só não contava com certo tipo de plateia.

— Tudo bem? — ele pergunta, enquanto meus olhos estão fixos atrás dele, em Gael, que me encara sem quebrar o contato visual.

— Eu... — Respiro fundo, sentindo o suor fino escorrer pelas minhas costas. — Sim, eu só preciso de ar porque não faço isso há muito tempo.

Ele concorda com a cabeça, depois me dá passagem para que eu ande, enquanto desvio o olhar do homem que faz tudo, dentro de mim, estremecer.

Ando a passos rápidos, sentindo o piso úmido, pela cerveja derramada, colar no meu pé descalço, mas não consigo ligar para isso no momento.

Claramente, estou tendo uma crise nervosa e, se não respirar ar puro, sei que vou me sentar no chão e chorar a qualquer minuto.

Alcanço as escadas, subo devagar e ando até a área reformada para fumantes, no segundo piso. Agora, virou um pequeno deck quadrado, decorado com poltronas caras de couro preto, *pallets* no centro, além de vários quadros de arte popular, com casais de todos os tipos se beijando.

Também há lâmpadas e luminárias fracas, de todos os tipos, penduradas nas paredes e distribuídas nos cantos, o que torna a iluminação do lugar baixa, mas bonita.

Entretanto, não consigo prestar atenção em nada disso no momento.

Minhas mãos apressadas tocam o parapeito largo do deck, que dá acesso a uma visão limitada, da rua de baixo, onde carros passam e pessoas curiosas tentam observar o que acontece dentro da boate.

Como a Hidden Honey fica numa rua um pouco mais elevada, mais à frente, é possível ver luzes e carros em movimento de pessoas que vivem realidades diferentes da minha.

São naquelas luzes em movimento que fixo meus olhos, focando respirar e inspirar devagar, antes que meu sistema nervoso inteiro me sabote.

Mas há alguém que não quer deixar que eu fique em paz.

— Dimitri? — a voz de Alexander soa atrás de mim, e me sinto incomodado demais por ele ainda não ter ido embora.

— Um chute no saco não foi o suficiente? — pergunto, deixando a cabeça pender para frente, enquanto respiro fundo, desejando estar em qualquer lugar, menos ali.

— Eu não vim brigar... — ele fala baixo, num tom de cachorro ferido. — Podemos conversar?

— O que você quer, Alexander? — pergunto sem paciência, mas ainda não me viro. Continuo olhando a rua.

Só que Alexander é insistente, então anda até que esteja ao meu lado, com o corpo encostado no parapeito, mas sem se debruçar como eu faço.

Ele mantém uma distância considerável, e eu agradeço mentalmente por isso, senão iria dar um pisão no seu pé e sair correndo.

— Desculpa pelo que aconteceu na sua casa — ele começa de forma calma e, aparentemente, arrependido. — Eu estou interessado em você há tanto tempo e... — Alexander respira fundo, frustrado. — Eu vi o jeito como aquele cara te olhava e como você não sabia reagir. Fiquei nervoso, achei que fosse perder você...

Eu dou uma risada nasal, mas baixa e totalmente amarga.

— Como você perderia algo que nunca teve? — Não o encaro, mas sei que seus olhos estão quase me fuzilando quando as palavras saem da minha boca.

Entretanto, ele nada fala, porque se sente congelado com minha frase.

— Alexander — falo arrastado, cansado daquela conversa mole, antes mesmo de ela se iniciar. — Lembra quando eu fui te procurar na festa? Você estava, claramente, dando em cima de outra pessoa.

Ele engole em seco, mas deixa que eu fale, não conseguindo negar.

— E nós não temos nada... Nunca tivemos e, graças aos céus, nunca vamos ter, mas o que você fez comigo não foi por estar interessado em mim. Foi pelo seu território ter sido ameaçado.

Alexander trava o maxilar, troca o peso dos pés e olha para baixo, enquanto eu continuo falando.

— Você achou que o jogo já estava ganho, não foi? Então, quando se sentiu ameaçado, resolveu atacar, antes que perdesse a conquista... E nós só faríamos sexo. Eu queria fazer sexo, Alexander, não era tão difícil assim, mas você precisava ser um babaca.

— Eu me arrependi, eu juro que me arrependi, Dimitri, por favor... Vamos continuar de onde nós paramos. Me deixa te mandar mensagem de novo, conversar com você.

— Você, ter se arrependido ou não, não muda o fato de que, se eu não soubesse me defender, você teria me causado um dano irreversível.

Ele parece pensar sobre o assunto, pois seu rosto já tão sério fica ainda mais travado.

Talvez ele tenha entendido a seriedade do que fez.

Ou talvez... estivesse apenas com o ego ferido demais.

Voto na segunda opção.

— Então, não, Alexander... Eu não perdoo você — digo, soltando o ar de forma pesada mais uma vez.

E, dessa vez, meu peito dói, enquanto revivo, na minha mente, o quadro que poderia ter sido tão traumático mais uma vez.

Da primeira vez que algo assim aconteceu, fiquei destruído, então, por mais que eu saiba da empatia que mora no meu coração, não é algo que eu consiga, de fato, desculpar. Não existe empatia por algo assim.

E não me sinto culpado por isso.

— Por favor, Dimitri... Por favor, me dê uma chance — ele insiste e, de forma invasiva, dá um passo na minha direção, mas logo trava, porque logo percebemos que não estamos mais sozinhos.

— Acho que ele já deixou claro que não quer nada — a voz de Gael soa atrás de mim, e eu não sei dizer por quanto tempo ele está ali, mas, nervoso como fico, apenas viro o rosto para frente e volto a encarar a rua, com o corpo ainda debruçado no parapeito.

— Não se mete, porra — Alexander quase rosna, o que me faz revirar os olhos.

— Eu detesto violência... — a voz de Gael se aproxima, junto a seus passos lentos e arrastados. — Mas forçar uma pessoa a fazer algo, que ela não quer, é motivo suficiente para que eu abandone meu estilo pacifista.

Então, é automático...

Eu me lembro do dia que Gael me defendeu pelo mesmo motivo.

Ele não hesitou, apenas socou Miro até que eu pedisse para parar e, naquele momento, parecia ter praticamente a mesma motivação.

— Os hematomas, no seu rosto, podem ficar do jeito que estão... — ele fala assustadoramente calmo, e é muito difícil não me arrepiar. — Ou podem piorar. Só depende de você.

Apesar de Alexander ser mais alto do que Gael, meu ex-namorado está visivelmente muito mais forte do que o arquiteto, então não me surpreende que o covarde engula em seco ao meu lado.

Tão medroso que chega a ser patético.

— Me manda mensagem se mudar de ideia — pede baixo, não querendo que Gael ouça, e sai quase correndo.

Sua coragem é do tamanho de um grão de mostarda, que foi soprado pelo vento e já não sabe aonde foi parar.

Não é surpresa que, mesmo depois de ouvir a grande porta de incêndio bater, ainda ouça Gael atrás de mim, mas ele está calado, parece precisar de uma reação minha. E eu lhe dou.

— Você e Eric devem compartilhar do mesmo problema em relação a mim... — solto, respirando fundo e olhando para os meus dedos, enquanto os estalo preguiçosamente.

Meu interior se vira e revira, estou nervoso e sinto meu coração bater com a força de mil cavalos, mas tento não transparecer. Permaneço inclinado no peitoral e desço o olhar para o fraco movimento lá embaixo.

— Os dois acham que eu não sei me defender sozinho — concluo meu pensamento.

— Não acho isso, mas todas as pessoas precisam de ajuda em algum momento.

Solto uma risada nasal baixa e concordo com a cabeça, mas fico calado. Não consigo organizar meus pensamentos. São tantas coisas a dizer e, ainda assim, minha mente não é linear neste momento.

— Está desconfortável com a minha presença? — ele pergunta, com o mesmo tom baixo e sério. — Quer que eu vá embora?

— Você é bom nisso...

— Nisso, o quê?

— Ir embora.

Gael respira fundo, ainda atrás de mim.

— Não me faz de vilão nessa história, por favor.

Eu observo um homem passando de bicicleta, carregando uma mochila grande e azul-marinho, mas minha atenção nele é passageira, porque meus ouvidos estão atentos a Gael.

— Então, eu que sou o vilão? — sei que o tom que sai da minha boca é amargo.

— Não tem vilão, Dimitri. Nem heróis... Nós somos só... — ele respira fundo, com a voz inegavelmente triste. — Humanos. Humanos cheios de erros.

As palavras me doem, mas por saber que ele está falando uma verdade que eu não quero enfrentar. Uma verdade que, talvez, não tenha escapatória.

— Você errou da sua forma, e eu errei da minha, mas, antes de desistirmos de tudo o que a gente teve, acho que merecemos uma chance de conversar...

É inevitável não sentir meu corpo tensionar com palavras que soam tão calmas. Sua fala é tranquila, como se ele estivesse ido embora há apenas uma semana.

— Por quê, Gael? — Eu me viro de forma brusca, o observando mais próximo do que eu imaginava, a apenas alguns passos de distância. — Por que isso agora? Por que depois de mais de um ano?

— Porque eu me dei conta de que não fui justo com você.

— É... — Solto uma risada amarga e nervosa, que não consigo controlar. — Você foi muitas coisas, mas, com certeza, não foi justo.

Meus olhos lacrimejam levemente. Eu não consigo discutir sem me abalar e é nítido o quanto aquilo me deixa nervoso.

Eu odeio chorar toda vez que preciso brigar com alguém, mas não me controlo e preciso colocar para fora.

— É realmente injusto você ter ficado longe por um ano e ter aparecido na minha vida assim, como se nada tivesse acontecido...

Ele passa as mãos nos cachos, ajeita alguns rebeldes para trás, enquanto olha para o chão e deixa que eu fale.

— Eu errei Gael, eu sei que errei... — minha voz sai mais choramingada do que eu gostaria. — Eu errei por ser infantil e achar que te enganar era a única forma de você olhar pra mim...

Gael dá um passo na minha direção.

— Mas você nem me deu a chance de explicar, depois de você ter dito que nunca me abandonaria, porra! — não há mais reservas no meu tom, eu estou realmente com a voz embargada.

Nossa distância é, mais uma vez, diminuída por ele.

— E agora você volta, como se fosse fácil assimilar tudo isso? Depois de toda merda por que passei? Não, não é! É fodido de difícil!

Ele levanta o olhar, mas agora sou eu que não consigo mais olhar no seu rosto, então meus olhos estão fixos nos seus pés.

— E na porra desse tempo todo, nem por um dia sequer, eu fui capaz de me esquecer de você! — E eu traio meu autocontrole, derramando a primeira lágrima que desce queimando pela minha bochecha. — E isso também é fodido de injusto, Gael!

— Você acha que comigo foi diferente? — ele pergunta ainda sério, já tão próximo que posso tocá-lo, se quiser.

E sua proximidade não é apenas permitida, como desejada, porque eu não me movo nem por um centímetro. Por mais que minha voz o esteja repelindo com palavras agressivas, eu deixo que venha.

— Você acha que eu passei um mísero dia sem pensar em você? — ele continua falando, me fazendo apertar os lábios e engolir em seco, enquanto meu rosto se desfaz numa expressão triste, ainda que eu lhe dê minha total atenção. — Você acha que foi fácil viver meus dias achando que eu fui enganado e que tudo não passava de uma piada e, ainda assim, não conseguir me desfazer do amor que eu sinto por você?

Covarde, continuo com o olhar baixo, notando o quanto é perceptível que nossos pés parecem querer ir em direção um do outro.

— Você acha que eu não sofri? — ele continua, vendo ali uma oportunidade de colocar tudo para fora. — Me perguntando até que ponto o seu amor era verdadeiro? Até que ponto você mentiu pra mim? Dimitri, se você mentiu sobre as mensagens, quem poderia garantir que não estava mentindo sobre tudo?

A música agita no interior da boate, da mesma forma que nossa discussão fica cada vez mais acalorada. As batidas estrondosas anunciam um ritmo da nossa briga que parece crescer, ao ritmo do som que se intensifica.

— Então, por que não conversou comigo? Por que não quis ouvir a minha versão? Por que não me deixou explicar? — Eu, enfim, o encaro, derramando meus questionamentos sobre si.

— Porque eu só estou acostumado com traição, porra!

Essa é a primeira vez que eu o vejo se exaltar, desde que chegou.

— Eu nunca confiei em ninguém e nunca me abri do jeito que me abri para você! Eu já estava... — Ele respira fundo, e eu o encaro enquanto passa o polegar e o indicador nas pálpebras, quando está claramente tentando controlar o humor. — Eu já estava tão machucado. Foi tão difícil entender que você não era igual a quem me fez mal...

— Eu nunca te machucaria de propósito — falo baixo, com o choro controlado, enquanto passo os dedos no meu rosto, limpando as poucas lágrimas que havia descido segundos atrás. — Eu nunca teria começado isso se eu tivesse visto que tinha outra forma de me aproximar de você...

— Mas isso não anula o fato de que você machucou, Dimitri. De que me enganou... e você tem todo o direito de estar chateado por eu ter ido embora, mas precisa entender que eu só tive uma reação à sua ação.

Eu sei que ele está certo. Eu sei que nós não estaríamos aqui se eu não tivesse começado com essas mensagens, mas é difícil demais lidar com Gael jogando essas palavras em mim, enquanto meu interior vibra em revolta.

Eu estou mirando o chão mais uma vez, porque não sei ter reação às suas palavras e me controlo demais para não voltar a chorar.

— Ainda assim... me perdoa.

Ele me pega de surpresa...

Gael me desmonta, mais uma vez.

Eu levanto o rosto, mirando aqueles olhos pretos que ainda mapeiam minha face e fazem toda a minha pele tremer.

— Me perdoa por não ter te dado a chance de se explicar. Por ter fugido. — Mais um passo, nossos peitorais quase se encostam, minha respiração acelera e meu peito chega a doer com a forma que respiro tão fundo. — Me perdoa por todas as coisas que eu prometi e não cumpri.

Eu mordo meu lábio inferior, tentando reprimir reações que estão enlouquecidas por essa aproximação.

— Um ano, Gael... — falo quase num choramingo. — Eu chorei por um ano. Eu senti sua falta por um ano.

Ele me olha fixamente e seu peito começa a dar sinais de que seu coração está tão acelerado quanto o meu, pois sobe e desce em igual intensidade.

— Um ano que... — Gael enfia a mão na minha nuca, me puxa para si e choca seus lábios nos meus.

É inevitável soltar um gemido baixinho de alívio, acompanhado de um arrepio agressivo, recorrente em toda minha pele, que se entrega ao momento como se sempre esperasse por ele.

Porque, de fato, sempre esperei.

Gael cala minha boca num beijo que grita saudade e não há nada que meu corpo e meu coração possam fazer, senão retribuir toda a intensidade que ele me entrega.

Porque quero aquilo demais. Há tempo demais.

Seus lábios grossos são ávidos, famintos pelo meu gosto, assim como eu estou pelo dele. Seu corpo, agora tão grande, me empurra até minhas costas baterem no parapeito largo de onde, antes, eu observava as luzes, e ele me aperta e me espreme contra a madeira grossa.

Minhas mãos sobem apressadas até sua nuca, e eu o puxo para mim, porque não quero que pare. Continuo saboreando o seu gosto, enquanto meus dentes arrastam pela sua pele sensível da boca. Não aguento e mordo seu lábio inferior, puxando-o com força moderada e experimentando novamente a delícia de fincar os dentes em sua carne.

Mas os poucos milímetros que nossas bocas se afastam são suficientes para meu coração doer. Doer e me mergulhar em dúvidas, então eu espalmo as mãos no peito de Gael e o empurro. Ele recua, mostrando-se completamente compreensível ao meu desejo, qualquer que seja ele.

— Dimitri... — ele me chama, seu tom é quase triste. Quase suplicante.

Ele não quer que eu recue.

Eu não quero recuar...

Mas não consigo ficar, porque tenho tanto medo.

Definitivamente, não odeio Gael, mas eu odeio tanto a pessoa que eu era, completamente dependente dele, completamente cega, que sinto o pavor correr todos os centímetros do meu corpo.

Porque o que Gael me faz sentir é poderoso demais e, como se fosse a mais pesada das drogas, entorpece minha mente com rapidez assustadora.

E eu não quero provar, mais uma vez, da sua abstinência quando ele for embora.

Não consigo olhar para Gael quando saio de lá.

Meu peito sobe e desce com muita força, então apenas vou embora, batendo o ombro no seu. Gael não me força, nem tenta me impedir, mas consigo ouvir seu respirar fundo antes de deixá-lo para trás naquele deck.

Quando volto ao salão, Gael não está atrás de mim, mas quero ir para casa, então falo com Eric, e ele pede um carro para mim.

— Você está bem? — ele pergunta, visivelmente preocupado, enquanto termina de chamar o veículo.

— Gael me beijou — falo baixo, só para ele ouvir.

Ele ergue uma das sobrancelhas, mas não parece exatamente surpreso.

— Quem chamou ele aqui hoje? — pergunto, estalando a língua.

— Calma, Dimitri — meu amigo diz, colocando a mão no meu braço e me fazendo um carinho sutil. — Foi Pablo, mas não foi por você. Foi por ele ser ex-funcionário da casa. Sabe que Pablo gosta muito dele...

Eu concordo em silêncio e mordo o lábio inferior, sentindo meu peito ainda doer com a minha respiração entrecortada.

— Ele te forçou? — Eric pergunta sério.

— Me beijou de surpresa, mas eu quis tanto quanto ele... Eu ainda quero tanto — choramingo, levando as mãos ao rosto, balançando negativamente e de forma frenética. — Eu me odeio por querer tanto ficar com ele.

— Dimitri — ele me chama apenas uma vez, ainda mais sério.

Não há outra reação em mim do que abaixar as mãos e vê-lo abaixando o celular, enquanto não finaliza o pedido, e me olhar com aquela cara de quem vai me dar uma bronca.

— Eu tive a ideia, mas você também errou — ele diz, tentando me conscientizar de coisas que eu já sei. — Eu sei que você não quer voltar a depender emocionalmente de ninguém, e eu morreria antes disso acontecer com você, mas, por favor... Entenda o seu lado errado na história, meu pequeno. — Meu amigo leva a mão até meu rosto, segurando meu queixo com carinho, me fazendo sustentar o olhar. — Ele está tentando...

— Mas ele acabou de voltar! — reclamo.

— Ele tem pouco tempo, Dimitri, por isso está desesperado pra falar com você.

Respiro fundo, concordo com o que ele diz. Eric solta meu rosto e volta a olhar para a tela do celular.

— Eu sei, Ric, eu só... — Solto um grunhido baixo.

Ele me observa por um segundo, antes de dizer:

— O carro está chegando, já estava próximo. Você vai ficar bem?

— Minha cabeça vai explodir... — solto baixinho, quase infantil, porque me sinto uma criança encurralada. — Eu preciso ficar sozinho um minuto e colocar a cabeça no lugar.

— Então, vai... — diz, dando um beijo na minha testa, depois andando comigo até a saída dos funcionários, já que pediu o carro para lá. — E me liga quando chegar.

Eu concordo e, antes de correr o risco de ver Gael mais uma vez, vou embora.

25

SUCOS

Alguns dias depois, acordo com o despertador tocando e, sentindo um sono absurdo, seguro meu celular e o desligo ao perceber que ainda são 14:00.

O despertador toca mais uma vez.

— Porra... — resmungo baixo, desligando-o de novo.

O despertador volta a tocar.

— Mas o que... — Estalo a língua, pego o aparelho e não me lembro qual foi a última vez que configurei tantos despertadores assim.

No entanto, quando olho para a tela, percebo que não se trata de um despertador. É Pablo quem está me ligando e parece um pouco desesperado, para tentar falar comigo com tanto afinco.

— Dimitri, você já está chegando? Vai começar em meia hora, e você e Davi já deveriam estar aqui, mas não consigo falar com ele!

— Chegando? — pergunto confuso, me sentando na cama e olhando para o interior do meu quarto escuro, graças às minhas grossas cortinas.

— O evento beneficente que eu estou organizando, Dimitri! — ele quase grita do outro lado da linha.

Meus olhos se arregalam, e eu acho que nunca despertei tão rápido assim.

Num pulo — e ainda segurando o celular na orelha — salto da cama e vou correndo em direção ao meu armário, para pegar um uniforme limpo.

— Me dá vinte minutos que eu chego, tá bem?

Pablo resmunga desanimado e quase choroso do outro lado da linha, mas solta:

— Tudo bem, mas, por favor... vem rápido.

Desligo o telefone e me sinto culpado por todo período que me arrumo para ir ao evento, porque não sou de atrasar e nunca deixei Pablo na mão em nada, a não ser nos dias em que me acidentei ou fiquei doente, mas tudo sempre foi avisado com antecedência.

O problema é que na última noite, depois de trabalhar muito e ficar completamente exausto, passei a madrugada toda acordado, pensando em Gael e na sua súbita vontade de me ter novamente em sua vida.

Comecei a me questionar mentalmente sobre a forma que ele sempre foi completamente lento em alguns assuntos e totalmente impulsivo em outros.

Impulsivo em ir embora.

Impulsivo em me querer de volta.

Gael não faz ideia do quanto sua impulsividade acaba comigo.

A ponto de eu adormecer muito depois do sol já ter nascido, quase às 10:00, e me esquecer completamente de que hoje haveria um evento beneficente à tarde, o qual eu havia prometido a Pablo que o ajudaria.

Mas nem tudo está perdido e, quando entro no meu carro e saio colocando o cinto às pressas, vejo pelo GPS que chegarei a tempo.

Dito e feito.

Dez minutos antes de liberarem o acesso para o público, estou estacionando meu carro na frente de uma das unidades do Loreto Palace, um dos hotéis mais caros de Astra, pertencente aos pais de Pablo e reservado por ele, para recepcionar todos os convidados.

Ele até cogitou fazer o evento na boate, dizendo que, se não tivessem pessoas peladas dançando, não haveria problema, mas eu e Eric precisamos lembrar a ele que crianças são curiosas, perguntam muitas coisas, e a existência de pole dance seria o último dos nossos problemas se alguma delas conseguisse escapar para a área nova, cheia de correntes, chicotes, máscaras e gaiolas.

Ele entendeu o perigo e pegou um dos hotéis de seus pais emprestados, já que eles têm uma rede inteirinha deles.

Batendo a porta do carro com mais força do que deveria, e sentindo uma dorzinha no coração por isso, atravesso a rua correndo e pergunto à recepcionista onde é o salão de eventos.

Após ela me indicar gentilmente, solto um "obrigado" correndo e sigo para o local, recebendo olhares preocupados dos seguranças de corredores, provavelmente achando que sou um louco correndo pelo lugar.

Quando chego, Pablo solta alto:

— Pelo santo caralho alado, que bom que você chegou!

Há um grupo de crianças chegando e as tutoras olham assustadas para Pablo.

— Puta merda! — ele resmunga baixo para mim, então olha para as crianças. — Perdão, desculpa! Crianças, não repitam isso!

— O que é *calalo alado*? — um garotinho pergunta, e a tutora apenas empurra suas costas para a área de recreação, olhando tão feito para Pablo que deixa muito claro que não se importa de ele ser o maior doador desta tarde. Ele já pisou na bola.

— Ai, eu sou um bostinha... — ele fecha os olhos e leva os dedos até eles, tentando se acalmar.

Eu coloco as mãos nos seus ombros, segurando o riso, e os afago devagar.

— Calma, Pablinho, vai dar tudo certo... Quem já está aqui?

— Quem se voluntariou. — Ele começa a falar o nome das pessoas que aceitaram trabalhar de graça, para doar o dinheiro do serviço para as instituições que estão visitando o evento hoje: — Você, Key, Luna, Fred...

— Luna? — pergunto, franzindo o cenho.

Juro que ouvi umas reclamações da dançarina sobre o evento.

— É, ela se ofereceu para ser garçonete, e eu aceitei, porque quase ninguém se ofereceu. Filhos da puta sem consciência social!

Está aí uma coisa que Pablo pode reclamar parcialmente. Apesar de ser um burguês safado, ele entende os problemas que a falta de dinheiro pode causar na vida das pessoas e sempre está ajudando os outros, sem romantizar a pobreza e entendendo o privilégio que tem por ser rico.

Acho que é uma das coisas que eu mais gosto nele. Ele tem noção de que é um filho da puta sortudo, que nasceu com a bunda para a lua e num berço de ouro, e não se vangloria por isso, como se sua riqueza fosse proveniente de cinquenta anos de trabalho duro.

— E Davi? — pergunto preocupado, dando uma olhada em volta e vendo o que deveria ser o bar nem perto de estar montado, sendo rapidamente ajeitado por Key e Fred, enquanto Luna serve pequenos aperitivos do buffet já preparado, e copos d'água para as pessoas que vão chegando.

Parece que é a única coisa que tem para beber, por enquanto.

— Ele não responde às minhas ligações, Dimitri... e eu precisava de você no salão, não posso te colocar no bar!

No momento em que ele fala isso, seu telefone toca e nós olhamos, com pressa, para o aparelho.

— Ai, graças a Deus! — Pablo solta, atendendo em seguida. — Alô? Já tá chegando?

Um momento de silêncio e, logo em seguida, Pablo faz uma cara horrível de espanto e melancolia.

— Ah, não, Davi! Puta que pariu! Ele está bem? — Ele quem? — Não, nem fodendo... Vai ajudar! Eu me viro, vai lá! Melhoras!

Não sei o que aconteceu, mas é normal Pablo ter essa reação quando algo sério acontece com os funcionários. Por mais apertada que esteja a corda no seu pescoço, ele sempre dá prioridade ao bem-estar dos funcionários e não ao serviço em si.

Lembro-me disso perfeitamente todas as vezes que eu caí na boate ou quando fiquei doente e não pude comparecer ao trabalho.

Pablo pode até dar umas broncas às vezes, mas nunca nos exige nada que seja além das nossas condições humanas.

Isso faz com que alguns empregados abusem e caguem na sua cabeça, mas aí entra Eric que demite sem pena qualquer um que faça seu sócio de trouxa. Com meu apoio, é claro.

— O que foi? — pergunto preocupado, vendo Pablo suar frio e começar a digitar o número de alguém.

— O filho do Davi caiu e quebrou o punho.

— Ah, não! — digo, sentindo uma dor lancinante imaginária invadir minha cabeça quando penso na sensação de quebrar um punho.

Não deve ser nada legal, ainda mais para uma criança, que parece que sente as dores dez vezes mais do que nós, adultos, já que precisamos fingir que não estamos sentindo nada.

— Leia? Oi, foi mal... — Pablo fala nervoso, passando a mão na testa e jogando os cabelos para trás, levemente ansioso. — Você tá livre agora?

Mais um momento de silêncio se passa e consigo ouvir um leve cochichar do outro lado da ligação.

— Porra, viajou pra Burto, a minha filha!

É, menos uma opção. Terei que ir para o bar.

— Ok, ok... Desculpa, perdão. Tudo bem. Muito obrigado, viu, boa viagem aí, beijos. — Pablo desliga o telefone e bufa.

Então, olha para trás de mim e arregala os olhos. Quando faço o mesmo, percebo um novo grupo de crianças chegando e, ao olhar para frente, olho seu rosto parecendo desmanchar em agonia.

— Só tem mais uma pessoa a quem eu posso pedir isso... — ele fala e seu tom de total súplica, enquanto olha no fundo dos meus olhos, é o suficiente para eu entender de quem ele está falando.

— Não, Pablo, não! — Balanço a cabeça negativamente. — Sem chances. Eu fico no bar e sirvo junto aos outros, não tem problema.

— Para de falar merda, você sabe que não dá!

— Pablo... — Olho para o teto, respiro fundo e tento recobrar meu juízo, antes de gritar.

— Dimitri, por favor, eu nem sei se ele vai aceitar, mas por favor... Ele é minha última esperança... Sem ele, eu tô fodido!

Volto a olhar para Pablo e fico com o coração doendo pelo seu desespero em ter um evento completamente bem-sucedido, então, com um breve aceno de cabeça totalmente desanimado, meu amigo tem de mim a confirmação de que precisa para pegar o telefone, buscar o número nos contatos e ligar correndo para Gael, que não parece ter muita dificuldade em atender, já que a voz de Pablo é projetada rapidamente.

— Gael! — ele diz animado o nome do meu ex-namorado. — Você tá à toa? Tá? — Pablo dá uma risada animada. — Ótimo! Quer ganhar dois mil agora?

Porra, Pablo! E o dinheiro das doações?

Eu quase soco ele, mas deixo que prossiga.

— O filho do Davi quebrou o punho, a Leia está em Burto e eu preciso colocar alguém no bar do evento beneficente que eu to fazendo. Ninguém está disponível e se você não vier, eu vou morrer no mar da amargura.

Seguro o riso e, pela risadinha que Pablo dá, imagino que Gael esteja rindo do outro lado da linha. Mas Pablo franze o cenho, olha para mim de forma suspeita e vira levemente o rosto. Parece que ele tenta fazer como se eu não ouvisse a conversa, mas é totalmente inútil dada a distância que estamos.

— Quê? Ele não tá não... Pode vir tranquilo. Ok. Caralho, seu gostoso, muito obrigada! Te mando o endereço por mensagem! — Pablo solta e eu acabo rindo. — Tchau, tô esperando!

Ele desliga e enfia o celular no bolso da frente de sua blusa social preta e depois bate palminhas, animado.

— Temos um barman!

Ah, e que barman!

— O que ele perguntou? — questiono curioso, lembrando-me da cara misteriosa que Pablo fez há poucos minutos.

— Ele... Hm... — Pablo tenta desconversar, olhando por cima do meu ombro e dando tchau para alguém que eu não vejo, porque não faço questão de me virar.

— Fala, Pablo!

— Ele perguntou se você estaria aqui. Eu disse que não. Fiquei com medo dele não aceitar, só porque você está aqui, então eu menti.

— Porra, Pablo! — falo, levando as duas mãos ao rosto, balançando-o negativamente com a ideia horrível que meu amigo teve. — Você tem bosta na cabeça?

— Ah, Dimitri, não fode! Imagina se ele nega? Eu estava fodido!

— Mas, porra...

— Dimitri... — Ele me pega pelo ombro, me vira e me faz olhar mais um grupo de crianças que está chegando, além de vários possíveis doadores que chegam juntos e vão se aconchegando nas centenas de cadeiras naquele salão.

Além disso, as crianças se aglomeram nos pequenos espaços recreativos, com atividades diferentes que foram montadas desde cedo, feitas especialmente para dar um dia de diversão a todas aquelas crianças de abrigos.

— Olha isso tudo e diz se você vai dar conta sem um barman. Me diz. Eu tive que jogar sujo, mas foi por uma boa causa, e o Gael vai me perdoar.

Será que vai?

Ele não é muito bom nessas coisas.

Respiro fundo, assinto e, em seguida, vou até o bar, indo ajudar Fred e Key a terminarem de montar as coisas, porque sei que tenho mais experiência do que eles na arrumação, apesar de perceber que estão fazendo um ótimo trabalho.

Quando tudo já está pronto, e os garçons estão enchendo as jarras grandes de vidro, para colocarem nas mesas onde crianças poderão pegar sucos naturais, uma pequena fila se aglomera ao lado do bar, com homens e mulheres prontos para se servirem de drinks de baixo teor alcoólico.

São para as pessoas ficarem relaxadas e alegres a ponto de doarem muito dinheiro, mas não a ponto de vomitarem no chão e passarem vergonha, por isso o teor baixíssimo de álcool indicado por Eric.

Enquanto o garçom não chega, sou eu que vou ficar responsável por isso, então começo a cortar algumas frutas para preparar os primeiros pedidos. No entanto, antes que eu possa pegar na coqueteleira, levanto a cabeça e observo, na porta do salão de eventos, olhos que não sei há quanto tempo estão me encarando.

Inexpressivo e começando a andar na minha direção, Gael percebe que Pablo mentiu. E, parecendo ter um sentido ninja, Pablo aparece correndo, enquanto eu estou fazendo os drinks e se coloca na frente do bar, bem a tempo de Gael chegar. Pablo está segurando um dos aventais da Hidden Honey. Um dos vermelhos, igual ao que eu uso.

Eles sorriem educados para as pessoas ali e quando o último possível apoiador sai, Pablo desanda a falar:

— Eu menti, ok? Eu menti porque eu to fodido. Tô desesperado. Sem você aqui seria como se uma tora imensa de madeira estivesse sendo enfiada no meu cu, então me perdoa. Me perdoe, por favor, Gael. Eu não sei o que eu faria sem você, então eu menti com um babaca de merda, me perdoa, pelo amor de Deus, me perdoa.

Gael estava sério, mas começa a rir e balançar a cabeça negativamente, provavelmente se julgando por não conseguir manter a seriedade perto de Pablo, ainda mais com aquele tom tão suplicante e realmente arrependido.

Eu entendo, porque dificilmente consigo manter a seriedade com Pablo também.

— Tudo bem! — Ele respira fundo. — Eu perdoo você.

E, simples assim, Gael o perdoa.

Nossa, como as coisas são engraçadas, não é mesmo?

— Só quero deixar claro que eu não tenho nada a ver com isso — falo com o tom amargo, antes que Gael ache que isso foi mais uma manipulação minha. E ele sente meu tom, porque respira fundo quando percebe o quanto eu estou tão averso a essa situação quanto ele.

— A gente costumava trabalhar bem juntos... — ele diz, respirando fundo e pegando o avental das mãos de Pablo. — Podemos fazer isso mais uma vez.

— Ah, podem! Com certeza! Obrigado, Gael, obrigado! — Pablo diz e bate as mãos, animado, então sai da nossa frente, porque sabe que eu e Gael temos completa noção do que vamos fazer agora.

Trabalhar em equipe.

E enquanto isso, fico revivendo, na memória, o puta beijo que ele me deu e pensando que estou louco para que dê novamente e, ao mesmo tempo, quero correr dali para não voltar a ser uma pessoa totalmente dependente.

Porra...

As coisas por ali estão tão agitadas quanto numa noite qualquer da boate, porque as crianças — e deve ter uma centena delas — parecem ter sede para beber um tonel inteiro de suco.

E Gael os produz com tanta rapidez que me pergunto se ele é um robô.

Não deixo de me surpreender, também, com o fato de que mais de um ano se passou, e ele continua tão bom no bar, seja fazendo sucos ou drinks para adultos, quanto antes.

Durante todo o tempo em que ele trabalha, lança olhares para mim, que são retribuídos comigo abaixando o rosto, respirando fundo e olhando para o outro lado.

Esse sentimento de nostalgia está acabando comigo, ainda mais por me lembrar de tudo que fazíamos antes e depois do expediente. Até mesmo durante ele.

São memórias demais, vontades demais, saudades demais.

Mas tento focar coisas que possam fazer minha mente não pensar de forma restrita em Gael. Então, me enfio no meio das crianças, brinco com elas e finjo que estou anotando seus pedidos difíceis para, em seguida, trazer bandejas cheias de sucos.

Porque, quando dividi as funções com os garçons do dia, preferi ficar com essa parte, já que teria o mínimo contato possível com o bar.

O mínimo, mas não totalmente.

Quando o suco acaba, preciso ir até o bar para pegar mais, e são nessas horas torturantes que preciso interagir com Gael.

— Pode fazer mais suco de laranja, por favor? — peço educadamente, enquanto Gael termina um drink de morango para uma mulher ao meu lado.

Ele apenas assente e entrega o drink à mulher, que agradece e manda um beijo para ele.

— Ela está no quinto drink... — Ele parece precisar se justificar para mim.

Eu acabo soltando uma risada baixa e abaixo a cabeça na hora, me sentindo idiota por rir.

Não sei qual é a reação de Gael ao meu riso e não quero descobrir, então continuo a fingir que estou contando quantos arranhões há na minha bandeja.

— Oi, campeão! — Um homem de voz animada aparece no balcão.

Eu levanto o rosto e olho um cara de, aproximadamente, 45 anos, debruçando-se no bar e apontando para as frutas que estão cortadas ao lado.

— Boa tarde, senhor. O que vai querer?

— Pêssego! Tem drink de pêssego? Eu adoro!

Eu e Gael nos olhamos na hora.

Torço para que ele não pense exatamente a mesma coisa que eu estou pensando, mas sei que minha torcida é em vão.

Ele também está se lembrando do dia em que nos beijamos pela primeira vez, pois olha exatamente para o canto da minha boca, onde derramei o líquido para que fosse beijado por ele.

— Tem drink de pêssego sim... — responde o homem, mas está olhando para mim o tempo todo, até desviar e baixar os olhos para o suco.

Gael termina o suco, entrega a jarra a mim e, em seguida, vai fazer o bendito drink do homem, que poderia pedir qualquer fruta, mas escolhe logo essa.

— Obrigado — falo baixo, recebo um aceno de Gael e saio dali.

Meu coração ainda bate forte quando volto ao salão, e começo a servir as crianças. A jarra de suco é esvaziada algum tempo depois, mas não preciso pedir para que Gael faça mais, pois os outros garçons estão trazendo os grandes galões de vidro que ficarão na bancada, cheios de suco para quem quiser.

Nisso, respiro fundo no meio do salão, observando as pessoas sendo devidamente servidas e buscando notar se algo está indo diferente do planejado.

Além do atraso de Eric, porque ele prometeu que estaria presente na hora de arrecadar as doações, parece que não há nada fora do lugar ou caminhando para o fracasso.

Querendo um momento sem fingir riso exagerado para possíveis doadores, Pablo se arrasta até o meu lado, respira fundo, balança a cabeça para os lados, alongando-se.

— Ri de tantas piadas idiotas que acho que perdi minha alma...

Eu rio baixo.

— O que é um pontinho marrom no meio do mar? — alfineto, implicando com ele.

— Minha piroca boiando. Vai se ferrar, Dimitri.

Isso me faz soltar uma gargalhada alta, e nem mesmo Pablo consegue se segurar, porque logo está rindo junto a mim.

Um segundo depois, ele faz uma cara pensativa, enquanto passa os olhos pelo salão e bate o pé no ritmo da música leve que toca.

— Será que todo esse dinheiro doado que eu vou arrecadar vai para as crianças mesmo? — ele pergunta desconfiado, vendo as crianças do abrigo recebendo comida e sucos dos tutores.

— Eu espero que sim, mas nós podemos supervisionar isso, não podemos? Pedir notas fiscais e gastos do dinheiro doado?

— Acredito que sim. Vou pedir ao Eric para ficar à frente disso. Cadê esse puto? Já devia estar aqui.

Dou uma risada baixa, balançando a cabeça positivamente.

— Se tem alguém que pode descobrir, é ele...

— Descobrir, fazer aquela cara de diabo malvado que ele sabe fazer e ameaçar as pessoas que estejam extraviando dinheiro. Ele é um perigo.

Dou mais uma gargalhada alta com seu comentário e acabo jogando a cabeça para trás, porque não aguento a forma que Pablo fala do nosso amigo. Deve ser essa a imagem que as pessoas têm de Eric, caso não o conheçam intimamente. Já eu tenho uma visão completamente diferente daquele coração mole que adora dar presentes.

Enquanto ainda estou rindo, meu rosto se vira na direção do bar sem que eu tenha controle e acabo percebendo que, em momento nenhum, Gael parou de olhar para mim.

Sinto o rosto esquentar, meu sorriso sumir e engulo em seco, olhando para baixo na hora e me distanciando de Pablo, que se distrai conversando com um doador em potencial, que passa por ali.

Junto à minha bandeja, encho copos com sucos que ainda restavam na bancada e os sirvo para algumas crianças que não bebiam nada, enquanto elas brincam de fazer pinturas a dedo no chão.

Uma das crianças, um menino de cabelo totalmente raspado, derruba o suco na pintura e começa a chorar.

— Calma, calma... — falo, me agachando e me segurando para não rir, porque sua girafa, pintada com tinta guache, parecia ter virado uma lagartixa. — Vamos dar um jeito, ok?

— Meu suco... — o menino quase funga, olhando para o copo vazio.

— Ah, é isso que você quer? — Dou uma risada baixa. — Quer ir comigo pegar mais?

Ele sorri e balança a cabeça positivamente algumas vezes.

Olho para sua tutora, que nos observa quieta, e pergunto:

— Ele pode ir comigo à bancada?

Ela apenas assente séria, sem dizer nada.

Eu me pergunto se ela está receosa de que eu faça algo com a criança, então entendo sua preocupação. Contudo, pego o garoto com carinho pela mão, seguro minha bandeja, que já está vazia, e olho para ele.

— Qual seu nome? — pergunto, tentando soar o mais carinhoso quanto posso.

Não sei a que tipo de violência essa criança já foi submetida, então preciso tomar cuidado com a forma que falo com ela.

— Ravi. E o seu? — ele diz animado, enquanto andamos em direção à mesa.

— Dimitri. Quantos anos você tem?

— Seis e meio. E você?

Dou uma risada com sua resposta.

— Tenho 25 e meio.

— Poxa, você é velho.

— Ei! Não é legal chamar os outros de velho!

O garoto retrai os olhos e seu semblante fica visivelmente triste, apenas com o fato de eu ter chamado levemente sua atenção.

Porra, fiz merda.

Rápido, me abaixo em sua direção, sentando nos meus próprios pés e, encostando a ponta da bandeja no chão, me equilibro ali.

— Ravi... — digo, tentando segurar o riso. Estou rindo de nervoso, com medo da sua tutora, que olha para mim desconfiada, chegar perto de mim e arrancar minha orelha. — Não foi uma bronca, ok? É que não é legal chamar as pessoas de velho. Eu nem sou tão velho assim e, quando você chegar à minha idade, você vai querer continuar a fazer todas as coisas que você acha legal... Entende?

— Até tirar meleca do nariz e comer?

— Vem, querido, vem pegar seu suco.

Criar uma criança parece requerer uma habilidade magistral, em que metade do tempo você se segura para não surtar e metade do tempo você se segura para não rir. Ainda assim, tenho vontade de ter filhos um dia.

Um dia... Bem longe, mas um dia.

No entanto, paro de pensar sobre minhas vontades paternas quando ando na direção da mesa com os sucos e percebo que ela acabou de ser esvaziada pelo outro garçom, que agora leva os copos cheios a outro grupo de crianças, do outro lado do salão. Ainda de mãos dadas com o menino, respiro fundo com toda a paciência do mundo, e entendendo o que devo fazer.

Viro meu corpo em direção ao bar e observo Gael fazer drinks para um casal de senhores que parece ser da mesma empresa. Quando os dois pegam seus copos plásticos coloridos, com batidas de alguma coisa, Gael parece ter um ímã nos olhos que se liga a mim, pois move a cabeça na minha direção. Quando me aproximo, no entanto, ele não esboça uma emoção sequer.

Antes que eu possa me encostar ao balcão, Ravi corre na minha frente e se pendura em uma das cadeiras altas do bar, sem ter muito sucesso em sentar. Antes que caia e, mais uma vez segurando o riso pela sua energia infinita, me apresso a colocá-lo sentado.

— Valeu, tio — responde inocente.

Gael ri quando ele me chama de "tio".

— Boa tarde, senhor. O que você gostaria de beber? — pergunta formalmente, como faz quando lida com os clientes da Hidden.

— Cerveja!

Arregalo os olhos com a resposta do menino e preciso levar o dedo aos lábios e respirar fundo, segurando o riso com muita força.

— Infelizmente, a cerveja está esgotada hoje, mas há drinks muito especiais de morango, kiwi e melancia. Gosta de algum desses sabores?

— Hum... — O menino parece pensar por alguns segundos. — Kiwi, então!

— É pra já — Gael fala e, em seguida, pega sua coqueteleira, os pedaços de fruta que já cortou e, ao invés de pôr vodka no copo de metal, põe uma dose de refrigerante.

Eu queria ter forças para olhar para o outro lado, para não o encarar enquanto ele trabalha, mas, desta vez, sinto uma saudade infernal invadir meu corpo quando ele começa a balançar aquela coqueteleira e preparar o drink da criança.

Que saudade de vê-lo sério daquela forma, fazendo suas bebidas.

Que saudade de vê-lo trabalhar no geral.

Que saudade de vê-lo.

E cada segundo é mais torturante estar na sua presença.

Quando a criança sai correndo, feliz da vida pelo seu drink especial com guarda-chuva, eu engulo em seco e pigarreio, depois encaro Gael, que está limpando a bancada depois de fazer o drink, como sempre faz. Sempre muito higiênico com suas coisas e todos seus utensílios.

— Obrigado por ter sido tão legal com o garoto. — Não precisava agradecer, mas o faço, porque realmente me sinto grato.

— Não foi nada... Eu fingia que bebia quando era mais novo. Queria parecer legal, mas era só Coca-Cola.

Solto mais uma risada baixinha, acompanhada pelo sorriso bonito que adorna o canto da sua boca, e desta vez, não me sinto tão culpado em rir.

No entanto, o clima está ficando desconfortável, e eu preciso voltar a trabalhar, mas Gael chama minha atenção um segundo antes que eu tome a iniciativa de descolar meu corpo do bar.

— Dimitri... — ele fala baixo, mas audível, colocando o tronco na frente do meu, do outro lado do bar.

Levo os olhos até os seus, numa postura que indica que ele pode falar.

— Depois que tudo acabar... Posso te acompanhar até em casa? Só até a calçada. Eu quero... — Gael respira fundo, olhando para baixo por um minuto, antes de me encarar de volta, parecendo reunir coragem para falar. — Quero ter um momento para entender toda essa situação, acho que a gente precisa disso.

Eu engulo em seco.

Não sei o que responder.

Quero tanto que ele me acompanhe até em casa que me sinto patético, ridículo.

— Quero conversar com você, Dimitri. É só isso, por favor.

— Você quer que eu te dê o que você nunca me deu a oportunidade de ter? — digo, porque meu corpo quase suplica para que Gael saia dali comigo, ao mesmo tempo que meu coração dói com as agulhadas em brasa das nossas lembranças.

E eu ainda carrego tanto remorso...

Gael engole em seco e seus olhos brilham em tristeza. Ele sabe que eu estou falando do fato de ele ter ido embora sem nem mesmo ter conversado comigo, sem ter me dado a chance de falarmos sobre o que aconteceu.

E isso deve estar doendo nele exatamente agora. Essa sensação de ser privado de explicações.

Entretanto, antes mesmo que eu possa dar uma resposta definitiva, mais cinco crianças aparecem gritando no bar, batendo suas mãos pequenas no balcão, para chamar atenção de Gael.

— Tio! Tio! Também quero um drink!

Gael ri, pega a coqueteleira e fala:

— Quem quer de morango?

Eu o olho por um momento, enquanto fala animado com as crianças, mas, no momento seguinte, seu sorriso diminui um pouco, e ele também olha para mim, voltando a ficar sério, enquanto prepara seus drinks infantis.

Eric chega um pouco antes de Pablo surtar e arrancar os cabelos.

Pablo é muito bom fazendo negócios, falando de dinheiro, lucros, vendas e tudo relacionado ao sucesso, mas nunca fez um evento beneficente e não sabe fazer as pessoas darem dinheiro para uma coisa que não vai dar a elas retorno financeiro.

Pablo dá dinheiro e ajuda os outros porque quer, é inerente a ele, mas não sabe fazer ninguém ter algum tipo de bondade na base do convencimento.

Já Eric é ardiloso o suficiente para manipular até uma mosca a sambar.

Quando ele chega, conversa com todos de forma tão melodiosa, soprando palavras bonitas e dando seus sorrisos mais carinhosos, que as doações começam a brotar cada vez mais.

No final da tarde, batemos a meta e fomos muito além dela, com números, com certeza, influenciados pelo charme de Eric Carpo.

Enquanto ele continua conversando com os doadores e Pablo o acompanha nessa jornada, eu continuo trabalhando com as crianças, servindo pequenos lanches e sendo arrastado para lá e para cá, por alguns pequenos que cismaram que precisam me mostrar todas as coisas que pintaram.

Esgotado ao final de tudo, observo meus amigos ainda conversando com um homem que aparenta ter lá seus sessenta anos, mas que parece importante, pelas roupas que usa.

Escolho não atrapalhar, então olho em volta para ver em que posso ajudar.

O hotel disponibilizou funcionários para arrumar e limpar tudo, então os garçons já foram liberados e o único que ainda trabalha é Gael, lavando uma louça que ele não precisaria lavar.

Enquanto o observo por um segundo, percebo o quanto quero ser diferente numa situação que me destruiu tanto.

O quanto há certo sentimento de justiça em permitir que ele se aproxime de mim para conversar, fazendo com que, enfim, eu possa colocar tudo para fora.

Ou pelo menos tentar.

Desta forma, ando em direção ao bar, pego os copos molhados sobre a pia e começo a lavá-los, ao seu lado.

Ao meu lado e próximo demais, Gael me observa por um segundo, depois volta a lavar os copos.

— Ainda quer me levar em casa? — pergunto baixo, quebrando o silêncio entre nós.

— Te acompanhar, como disse... Estou sem carro.

— E o que vai fazer depois que chegar lá?

— Chamar um carro por aplicativo e ir para minha casa. Ou... você prefere ir a outro lugar?

— Acho que se for para eu chorar e ter uma conversa bem dolorosa, nada melhor do que o interior reservado do meu carro.

Gael assente e parece compreender.

Ou compartilhar daquela sensação de melancolia.

Assim, terminamos a louça juntos.

26

DE VERDADE

Depois de nos despedirmos de todos, eu aviso a Pablo e Eric que Gael irá me acompanhar até minha casa.

Pablo agradece muito a minha presença, faz uma piada idiota sobre trepar com camisinha e Eric apenas respira fundo, aproxima-se de mim e me dá um beijo na testa.

Os dois estão apreensivos por mim, mas usam as suas próprias formas para lidar com a situação.

— Liga pra gente se alguma coisa acontecer, ok? — depois da piada, Pablo diz preocupado.

Eu rio pela sua tensão após a piada e assinto, então abraço os dois ao mesmo tempo e recebo um carinho breve, na reciprocidade daquele abraço.

Os funcionários e pessoas ao redor, que estão trabalhando para alinhar as cadeiras do salão, devem achar que somos loucos ou emocionados demais, mas Pablo e Eric entendem que é um momento delicado na minha vida.

Qualquer contato com Gael é delicado...

Tendo ciência disso, respiro fundo, viro meu corpo e observo o barman parado atrás do bar, secando as mãos com um pano. Ainda sem saber exatamente como agir, mas tentando dar o meu melhor, faço um aceno breve com a cabeça, indicando a saída. Ele compreende, larga o pano em cima do bar improvisado e me segue até a frente do hotel, onde meu carro está estacionado.

Em silêncio, entramos no meu carro e, quando me sento, a primeira coisa que faço é pegar meu celular e ligar para Davi, enquanto Gael está colocando o cinto. Davi atende depois de três toques.

— Oi, Davi! Como está seu filho? — pergunto preocupado, enfiando a chave na ignição.

— Está bem, Dimitri... Ele enfaixou o punho, tomou os remédios para dor e agora está dormindo. Parece que o analgésico foi muito forte e deu uma reação pesada nele.

— Tadinho — digo, mais uma vez, sentindo dor ao imaginar tudo aquilo acontecendo com a criança.

Davi solta uma respiração longa e funda do outro lado. Gael está me observando com paciência.

— Mas... E você? Você está bem?

— Tomei um susto, mas estou bem agora... Desculpa ter deixado vocês na mão.

— Não precisa se importar com isso, ok? Deu... — Olho para Gael por um segundo, antes de voltar a olhar para frente. — Deu tudo certo no final.

— Que bom, Dimi.

— Melhoras, ok? Pra você, pra sua esposa, que devem estar ansiosos com isso tudo, e pro seu filho. Qualquer coisa pode contar comigo.

— Obrigado, amigo. Você é um amigo

A fala me faz rir e também arranca uma risada fraca dele, um pai de família que, constantemente, tem o coração saindo pela boca, porque o casal de filhos só não explodiu a casa, pois não descobriu como se fabrica pólvora.

Quando desligo, coloco o telefone ao lado do banco, no aparador atrás da marcha e, segurando o volante, respiro fundo.

Dou partida e, realmente sem ideia melhor do que fazer, dirijo até a frente do meu apartamento, com a estranha sensação de que seria melhor que nós fôssemos a um restaurante, uma praça ou algo assim.

Mas, como falei para Gael, reforço na minha mente: não vai ser nada agradável me acabar de chorar em qualquer lugar que seja público.

Quando estaciono, menos de quinze minutos depois, porque qualquer coisa no centro de Astra é realmente perto da minha casa, não consigo soltar o volante, porque estou tenso.

— Você pode começar a falar no momento que você quiser... — solto baixo, porque não tenho condição alguma de começar a conversa.

Há tantos sentimentos implodindo dentro de mim, tantos pensamentos e tantas lembranças que me sinto uma criança que nunca conseguiu organizar os lápis de cor pelos tons.

Tudo está bagunçado demais, e eu não consigo pôr nada em ordem.

— Quero deixar claro que isso está sendo tão difícil pra mim, quanto está sendo pra você. Que, por motivos diferentes, nós também temos medos, mágoas, raivas e ressentimentos, mas eu estou disposto a entender os meus erros, se você estiver disposto a encarar os seus.

— Eu sempre estive disposto a encarar meus erros, Gael... Sempre estive. A partir do momento em que percebi que não queria mais te mandar aquelas mensagens.

— Mas não aconteceu... E eu estou aqui tentando entender se você acha que essa mágoa é tão grande, a ponto de você não estar disposto a me ver nunca mais.

Olho para ele em silêncio, enquanto ele ainda fala.

— Eu vou entender e vou seguir minha vida, Dimitri... Porque, na verdade... — Gael respira fundo, encosta a cabeça no banco e olha para frente. — Eu estou quase entendendo que nós podemos nos perdoar, mas a hora de ficarmos juntos já passou.

— Por que está quase entendendo isso?

— Pelas suas reações. Pelo quanto me magoou e errou comigo. Pela raiva que você tem de mim, pela raiva que eu tenho de você. Pelos assuntos mal-acabados com os quais não estamos sabendo lidar. Pelo meu abandono.

Sabia que suas palavras poderiam doer, mas não imaginava que seria tanto.

E o foda nisso tudo é que não consigo discordar de nenhum milímetro de sua sinceridade derramada sobre nós.

— Eu vou me sentir um idiota se deixar você simplesmente entrar na minha vida, depois de ter ido embora sem nem me dar a chance de me explicar, Gael.

Gael vira o rosto suavemente na minha direção e me encara. Há alguns cachos que deslizam com perfeição sobre a lateral do seu rosto tão bonito.

— E eu estou me sentindo um idiota por estar correndo atrás de você, depois de você fingir ser outra pessoa por tanto tempo e tentar tirar provas da minha fidelidade, além de me fazer perguntas sexuais para saber como era a nossa intimidade.

Engulo em seco com sua resposta.

Eu desvio o olhar, observo o volante por algum tempo, ouço nossas respirações pesadas se fazerem presentes dentro daquele carro fechado, em que o ar-condicionado ainda funciona.

— Nunca foi pra testar sua fidelidade... — falo baixo, no entanto entendo tudo que o levou a ter um pensamento assim.

Entendo mais uma nuance dolorosa do nosso problema tão grande.

— Então, por quê, Dimitri? Por que você manteve aquele celular por tanto tempo? Por que continuou tendo conversas que poderia ter pessoalmente comigo, mas preferiu fingir ser outra pessoa e arrancar as coisas de mim?

— Tenho me perguntado se insegurança é uma doença, porque, caso seja, eu estava em estágio terminal... — digo, ainda com o tom baixo, envolvido por uma risada amarga que dou, pois não há nada engraçado no que digo.

Gael permanece em silêncio, esperando que eu continue.

— Eu fiquei cego, sabe? Cego demais. Estava louco por você e achei que mensagens anônimas seriam a única forma de fazer você me notar entre tantas e tantas pessoas naquela boate. — Tomando coragem, eu respiro fundo e o encaro. — Achei que, se não fosse assim, nunca teria chance nenhuma.

Eu volto a explicar o que tentei dizer no dia que ele achou o celular, mas, naquele dia, ele estava surdo para todas as minhas explicações.

Só queria ir embora de Caelum.

Só queria me deixar para trás.

— E você se curou? — pergunta baixo, cortando minha última explicação.

— Como assim?

— Do seu estágio terminal de insegurança...

— Ah... — Solto uma risada nasal, ainda desanimada. — Acho que aconteceu um milagre chamado terapia.

Gael balança a cabeça positivamente, entendendo sobre o que falo, mas também parece querer agregar algo à nossa conversa.

— Eu também sou inseguro, Dimitri... Sempre fui. Ainda mais depois de ter sido traído tantas vezes. Inseguro por ter a minha cor, por ser um homem preto, por achar que não sou desejável ou interessante, mas eu nunca enganaria ninguém pra conseguir conquistar a pessoa.

Conhecer suas dores é o que faz com que essa conversa seja ainda mais dolorosa, porque entendo que fui ferido tanto quanto feri, em toda essa situação.

Mas ouvir saindo da sua boca...

Torna tudo muito mais pesado.

— É aí que a gente vê como eu era realmente doente... — confesso, sentindo o amargor tocar minha língua, porque não é uma coisa fácil de admitir. — E o que eu vou falar não é para me ver livre de você de uma vez por todas, não é intencionalmente por maldade, mas, apesar de eu reconhecer meus erros e estar fazendo terapia, você precisa saber que eu estou longe, muito longe de estar curado, Gael.

Ele me olha com o rosto sério, prestando atenção a cada palavra que eu digo. Sua face parece levemente tensionada.

— Eu não brinco quando falo que sou uma pessoa insegura a ponto de fazer coisas que machucam os outros, mesmo que não seja minha intenção, mas eu sou, Gael. Eu tenho esse nível de problema psicológico e quero, por tudo que é mais sagrado, ser uma pessoa melhor. Não quero permanecer no erro, não quero viver jogando minha carga nas pessoas, mas entender que eu sou quebrado dessa forma é a primeira coisa que você precisa ter noção, para decidir se quer mesmo voltar para mim... Ou não. — Eu tiro a chave do carro, solto o ar pesado de minhas narinas com tanta lentidão que não parece que meu coração está batendo de forma agressiva dentro do meu peito.

Porque não estou pedindo para Gael voltar para mim, mas seria mentiroso dizer que vê-lo novamente, me querendo de volta dessa forma, não está me enlouquecendo.

Porque, por muitos dias fantasiosos, no meio da minha luta por amor próprio, sonhei com esse momento.

Mas, quando ele acontece, eu não quero que seja como imaginei.

Eu quero que seja feio, destruído, com vômitos de palavras horríveis que fariam qualquer pessoa ir embora para nunca mais voltar.

Porque se ele não enxergar o caos dentro de mim e não entender o quanto não houve maldade nas minhas intenções, apenas um mar de insuficiência, seu perdão nunca vai ser sincero.

Ele nunca vai, realmente, querer voltar para mim.

Eu nunca vou querer Gael de volta, sabendo que teremos, como destino, o fracasso que já conhecemos um dia.

E nunca vou me perdoar por ter me colocado nessa situação novamente.

Gael, educado como sempre é todas as vezes que eu falo, começa a falar baixo, quando percebe que eu já finalizei meu assunto.

— Acho que você tem tanta culpa na mentira quanto eu tenho na impulsividade... — sua fala me faz acreditar que ele está tentando descobrir meios de me fazer aceitar essa aproximação.

E fica cada vez mais difícil não ceder. Não pular em seu colo, não beijar seus lábios outra vez. Mas vamos estagnar, se nos aproximarmos antes que todas as coisas sejam postas à mesa.

— Justamente pela sua impulsividade é que eu digo para abrir seus olhos. Para fazer você enxergar além das suas ações não pensadas... — Tiro a chave da ignição, deslizando a mão até a maçaneta da porta, abrindo-a levemente. — Porque não vai adiantar nada você querer voltar pra mim, se você não está pronto para lidar com o que eu fiz. Com o quanto eu posso ser inseguro. Com o quanto eu estou lutando para nunca mais magoar ninguém, mas, mesmo assim, a terapia não é garantia para o sucesso. — Respiro fundo, olhando para minha mão na maçaneta do carro. — Ela é apenas um lembrete de que eu estou tentando sobreviver sem me ferir e não ferir mais ninguém no processo, mas acidentes acontecem e a lâmina, em minhas mãos, pode escorregar, Gael. E eu... — engulo em seco, diminuindo ainda mais o meu tom. — Eu não vou saber lidar com alguém que é impulsivo o suficiente para ir embora, sem olhar para trás, toda vez que alguma merda explode. Eu não quero que elas explodam, eu não quero que nada de errado aconteça, mas se acontecer... Você vai se fechar e sumir por um ano toda vez? É assim que você vai lidar? E se for um erro bobo? Um copo quebrado, uma toalha na cama? Um esquecimento de data importante? Eu tenho medo das suas reações, Gael, mas não quero ter.

Ele permanece em silêncio, completamente imóvel no banco do carona.

— Mesmo assim, você precisa querer muito estar comigo para voltar para mim. Precisa perdoar muita coisa, precisa aceitar meu jeito... Porque eu estou tentando melhorar, estou lutando com unhas e dentes para ser uma versão melhor de mim mesmo, mas eu estou longe da perfeição. Então...

Eu abro mais um pouco a porta.

— Precisa querer de verdade, Gael... Não só por impulso. Pra valer.

O silêncio no carro parece que vai nos engolir, mas eu paro por um segundo, deixando os pensamentos da minha cabeça tomarem força.

Ainda preciso dizer algo.

— Eu te mandei mais de mil mensagens nos números que você me bloqueou. Foram áudios bêbados, áudios chorando, textos que você nunca conseguiria decifrar, porque eu não estava são. Eu te pedi desculpas mais de mil vezes, mas você nunca recebeu meus pedidos, porque, durante um ano inteiro, nunca permitiu que eu me desculpasse.

É impossível não respirar fundo, lembrando-me dos dias em que, sozinho no meu apartamento, o que mais fiz foi beber e mandar mensagens para Gael. Humilhar-me e implorar para ele voltar.

— Tudo que eu sempre quis foi que você me desse a oportunidade de me desculpar por todo o mal que eu te causei, mas eu nunca consegui. As portas sempre estiveram fechadas para qualquer pedido, mesmo assim... me perdoa, Bandile.

Ele olha para mim fixamente, respirando devagar, enquanto as palavras não param de sair dos meus lábios.

— Me perdoa pelas lágrimas que eu fiz você derramar, pelas insuficiências que eu fiz você sentir. Me perdoa pelo sentimento de angústia que eu causei em você, porque eu sei que foi o estopim para sua reação.

Gael volta a olhar para as mãos, sua respiração ainda é branda, como se respirar um pouco mais alto o fizesse perder a atenção a qualquer palavra minha.

— Me perdoa por ser quebrado o suficiente para não enxergar que você também estava estilhaçado, e isso acabou fazendo de nós areia.

Meu peito dói quando misturo meu pedido de perdão à realidade angustiante de que também machuquei tanto Gael.

Preciso me controlar muito para não começar a chorar.

— Também acho que a hora de nós ficarmos juntos passou, só espero que, pelo menos, haja perdão verdadeiro entre nós. Que a gente possa ficar em paz um com o outro. Da minha parte, é muito difícil aceitar que tanto amor resulte apenas na destruição que eu causei.

Depois que digo a última frase, permaneço mais alguns segundos, no carro, olhando para Gael, que continua quieto. Respirando fundo, saio, fecho a porta e, vendo Gael fazer o mesmo, passo a chave.

Gael até agora não fala nada, apenas encosta o quadril no veículo, pega seu celular e começa a digitar algo, procurando por um aplicativo ou falando com alguém, não sei dizer.

Acho seu comportamento rude, pois ele já está me ignorando mais uma vez, ainda assim, eu me aproximo e pigarreio antes de falar:

— Você quer que eu te leve em casa? — Sei que foi ele que pediu para ir até ali, mas me sinto culpado por largá-lo na minha calçada, no entanto, preciso subir.

Estou cansado, esgotado, na verdade, e mal sinto minhas pernas. Preciso de um banho e uma longa noite de sono para poder me recuperar de todo o estresse — psicológico e físico — que tive essa tarde.

— Não precisa, Dimitri... — ele responde calmo, mas mantém o tom ameno, enquanto levanta o rosto e me encara. — Eu me viro.

Nós nos olhamos por alguns segundos, e eu me pergunto se o coração dele acelera tanto como o meu, a ponto de eu ter certa dificuldade até para controlar minha respiração.

É agressivo o efeito que Gael tem sobre mim e, precisando me distanciar um pouco disso, apenas balanço a cabeça positivamente e saio de sua frente, sabendo que não há mais nada para conversarmos nesse momento.

Ele já está pedindo um carro por aplicativo, e eu entendo que aquilo encerra nossa conversa.

Respirando fundo como se estivesse me afogando por cem anos e só agora consegui emergir para respirar, entro no meu apartamento, encosto as costas na porta e tento recuperar o fôlego.

Eu não sei o que sentir, muito menos o que pensar e tenho certeza de que minhas confissões foram o suficiente para que Gael entenda que, muito provavelmente, ele não quer voltar para mim.

Ele só está deslumbrado pelo retorno, mas não há a que retornar, tendo em vista que conseguimos destruir tudo que construímos juntos.

E eu sei que, apesar do martelo pesado ter sido batido por Gael, é minha culpa terem tijolos tão apodrecidos na base.

Com pensamentos melancólicos envoltos por um tipo de dor, que eu não gostaria de sentir agora, pois lidar com a saudade que eu tenho dos dias que Gael era meu namorado é uma coisa que nunca é fácil de fazer; vou para o banho.

Jogo minha roupa no chão, ligo o chuveiro quente e deixo a água fazer seu trabalho de acalmar meus músculos e relaxá-los.

Bem a tempo de enxaguar o shampoo, já quase finalizando o banho, ouço a campainha tocar e imagino que Eric quis me visitar para saber qual foi o desfecho da minha conversa com Gael.

Eu fecho o chuveiro com pressa, saio do box correndo e, com uma toalha na cintura, toco a maçaneta com minha mão ainda completamente molhada.

Mas me surpreendo ao perceber que quem está na minha frente não é Eric.

É Gael.

E é muito claro o quanto ele não esperava me ver só de toalha e com o corpo totalmente molhado.

Sua mandíbula, sempre tão bonita e demarcada, trava em tensão e sua respiração é pesada, porque ele não reage de forma sutil à minha pele exposta.

Eu o quero demais, mas ele sequer consegue disfarçar o quanto também me deseja.

— Achei que tinha ido embora... — comento baixo, inseguro, ainda apertando a maçaneta da porta com mais força do que o necessário.

É óbvio que a presença dele ainda me deixa nervoso, e eu não sei quando vou conseguir reagir a Gael com calmaria.

Na verdade, nunca consegui. Nem quando estávamos juntos.

— Eu quero — ele afirma, desviando o olhar do meu corpo, salpicado por gotas de água quente, e olhando nos meus olhos.

Ele sempre me faz tremer quando me encara assim.

— O quê? — Meus olhos patéticos devem brilhar em ansiedade nesse momento.

— Quero controlar minha impulsividade, quero parar de me fechar, quero parar de fugir, eu... Eu quero você, Dimitri. Quero de verdade.

27

DESAGUAR

Nossas respirações estão pesadas, e eu ainda seguro a maçaneta da porta com tanta força que tenho medo de arrancá-la.

Acho que meu coração nunca bateu com tanta violência e expectativa como está batendo agora.

— Você... você quer? — pergunto, descendo os olhos até mais um botão de sua camisa, que luta para mantê-la fechada.

Coitados desses botões.

— Precisa ter certeza, Gael... — sussurro, me sentindo trêmulo, sem saber exatamente o que fazer agora que ele está ali, na minha frente, dizendo que me quer.

Eu me sinto bobo, me sinto fraco.

Preciso tanto tocá-lo...

No entanto, ele se aproxima porque sabe que meu corpo dá todos os indícios de permissão. Eu estou praticamente clamando por isso.

— E quando eu digo ter certeza... — minha voz sai quase choramingada, porque não aguento mais fazer forças para me afastar dele.

Levanto o rosto e minha pele se arrepia com a forma que seus olhos ainda me encaram tão profundamente, sem nenhuma intenção de quebrar nosso contato visual.

— Você acha que não foi uma boa ideia eu ter subido? Quer que eu vá embora daqui, Dimitri? — ele repete a pergunta que fez a mim na boate, com a voz firme e, aparentemente, calmo.

Mas é uma pergunta covarde...

Tão covarde que eu quase não consigo responder.

Porque eu não quero.

Eu nunca quis que ele fosse.

E, dessa vez, não tenho mais forças para lançar respostas afiadas.

— Se você quiser que eu vá...

Ele dá mais um passo e, antes que possa encostar o corpo no meu, sua mão, grande e forte, ainda tão áspera de trabalho manual que eu desconheço, sobe até meu rosto.

Meu ex-namorado segura minha mandíbula, enquanto seu polegar me faz uma carícia lenta na linha do meu queixo, até subir e resfolegar sobre meu lábio inferior.

Eu, estremecendo e sentindo minhas pernas fraquejarem, fecho os olhos enquanto suspiro por continuar desejando tanto o seu contato.

— Eu vou, mas eu precisava que você soubesse, Dimitri.

Minha mão, que estava na maçaneta, se ergue e segura a sua, mas não porque quero tirá-la da minha pele, e sim porque preciso que permaneça.

Preciso que continue acarinhando meu lábio.

Sem força alguma, deslizo meus dedos pelo dorso de sua mão, aproveitando aquele contato tão sutil, mas poderoso o suficiente para fazer meu coração bater como se estivesse prestes a explodir.

Porque esse é seu efeito em mim.

Implosão, explosão, combustão...

Nada é frio, muito menos se mantém inerte, quando Gael me toca.

— Precisava que você soubesse... — Ele se aproxima ainda mais. Seu peito robusto toca o meu tão menor ao mesmo tempo que sua testa encosta na minha e suas próximas palavras são sussurradas quase na minha boca. — O quanto eu ainda quero você.

E eu não consigo mais me segurar...

Meus lábios afoitos vão de encontro à sua boca, e eu beijo Gael com uma necessidade que parece rasgar toda derme e epiderme.

Uma necessidade urgente, até hoje apaixonada e completamente saudosa, dando-lhe, no choque dos nossos lábios, a resposta que ele precisa.

Sem nem pensar em projetar minha voz, enlaço seu pescoço com meu braço, puxo-o para dentro do meu apartamento e empurro a porta com força até que bata, enquanto meus lábios estão saboreando, mais uma vez, o meu gosto preferido.

O gosto de Gael.

Eu empurro seu corpo musculoso contra a porta. Suas costas se batem ali, num baque abafado, então ele enlaça minha cintura, me abraçando com a mesma força que eu o aperto contra a madeira fosca.

Bruto demais, Gael não faz questão nenhuma de esconder o quanto seu corpo queima, da mesma forma que o meu está febril por ele.

E não é preciso que fale, porque suas mãos, ávidas pela minha pele, que me apertam e me espremem, são o suficiente para eu perceber o quanto ele está enlouquecido por um contato que nos foi arrancado há meses.

Foi arrancado pelos nossos próprios erros, pelas nossas próprias falhas, mas que agora se desmancha num beijo quase primitivo, quase animalesco.

Um beijo que grita necessidade, vontade, desejo e, por mais que meu coração esteja machucado, grita também uma paixão que adormeceu, mas acorda em fúria dentro dos nossos corpos, neste exato momento.

Minhas mãos soltam sua nuca, mas meus lábios não soltam sua boca.

Meus dedos deslizam até seus botões. Sem nenhuma delicadeza, desabotoo sua camisa, abrindo-a com pressa. Arranco o tecido de dentro da sua calça, então logo a peça de roupa já está no chão.

Seu cinto seria meu próximo alvo, mas eu paro por um segundo, observando os músculos estupidamente definidos que meu ex-namorado agora possui.

— Porra, Gael... — minha voz sai quase num choro arrastado, quando minhas mãos pequenas e macias espalmam sobre o peitoral perfeitamente demarcado, me fazendo descer devagar pelo seu tronco.

Meu rosto se aproxima, e meus lábios tocam seus músculos. Eu beijo seu tronco devagar, enquanto sinto seu arrepiar tocar minha boca.

Eu ainda amo beijar seu corpo, ainda amo sentir sua pele.

Impaciente, o ex-barman segura meu rosto com carinho e me ergue novamente, enquanto ele mesmo inclina a cabeça na minha direção. Não consegue ficar sem me beijar, tampouco quero que pare. Ainda mais por meus dedos afoitos voltarem a traçar o mesmo caminho que antes tinham por destino. Seu cinto.

Gael me ajuda, nossos dedos se entrelaçam e se soltam, ele quer tanto abrir sua calça quanto eu quero arrancá-la de si, então é a próxima peça a ir direto ao chão.

Antes que tire sua cueca, estamos trocando mais um beijo que, de bruto e rápido, se torna intenso e entorpecido.

Nós mal entendemos o que estamos sentindo, mal sabemos se, realmente, estamos na mesma dimensão que o resto do mundo.

Nossas línguas se massageiam, e ele segura a lateral do meu pescoço com força, e com mesma força volta a me puxar com agressividade pela cintura. Eu volto a apertá-lo contra a porta, e minhas mãos puxam sua nuca com tanto desejo que seu corpo se curva levemente, para que ele me alcance e dê continuidade ao nosso beijo que parece ter vontade própria de ser eterno.

Mas ele não quer somente meu beijo, e eu tampouco quero entregar apenas isso. Gael me abraça com ainda mais força, e eu identifico o que ele quer fazer, então dou o impulso suficiente para, no segundo seguinte, estar em seu colo.

— Como eu senti falta... — ele começa uma confissão baixa entre nossos lábios que quase não param. — Falta de ter você no meu colo... de segurar seu corpo, meu anjo...

Meu coração quase explode.

Eu quase posso senti-lo se dividir em mil partículas, com a intensidade que me arrepio...

Com o quanto sua voz me afeta.

Com ele me chamando de *meu anjo*...

A reação que tenho é enlaçar ainda mais as pernas em seu corpo, enquanto ele aperta minha coxa com tanta, mas tanta força que solto um gemido baixinho e arrastado por entre os seus lábios.

— Me leva pro quarto, Gael — eu ordeno do mesmo jeito carinhoso que já fiz tantas vezes.

Ele me obedece da mesma forma rendida que sempre obedeceu.

Gael confirma com a cabeça, depois volta a selar meus lábios diversas vezes, enquanto seus pés dão passos lentos e cautelosos em direção ao cômodo onde durmo.

A toalha, que já havia desfeito o nó quando subi em seu colo, desliza pelos nossos corpos, a partir do momento em ele começa a andar, ainda me segurando.

É com delicadeza que Gael abaixa nossos corpos e me coloca na cama, mas não há delicadeza em mim quando, ainda agarrado em seu pescoço, o puxo para que caia por cima de mim.

De forma totalmente rendida, eu empurro seu ombro, fazendo-o virar no colchão, e vou para cima dele. Agora, ele usa apenas uma cueca boxer preta, mas o tecido é tão fino que quase significa que não está vestindo nada.

E logo é o que acontece.

Eu deslizo o corpo pelo seu, esfregando minha rigidez escrachada pela sua pele, depois me ajoelho entre suas pernas, capturando o elástico de sua cueca e tirando-a devagar até que esteja fora de seu corpo.

Eu mordo o lábio inferior, e é inevitável: quando seguro em seu cacete, começando a masturbá-lo devagar, eu e Gael trememos juntos.

Ele geme baixo, grave e arrastado. Eu estou quase gemendo apenas pela masturbação que faço. Verdadeiramente, achei que nunca mais iríamos desfrutar de nenhum tipo de conversa, muito menos intimidade ou toque. Isso me enfraquece a ponto de mergulhar minha mente no torpor que ele me causa.

Camisinha e lubrificante não são problemas, e ele parece desfrutar da mesma pressa que eu, pois é Gael quem me ajuda a alcançar tudo na cabeceira da cama e jogar em cima do colchão.

Sua assertividade me irrita, como se ele tivesse ficado muito bom nisso.

Da mesma forma que toda sua postura parece ter se tornado ainda mais confiante, um lapso de questionamento passa pela minha cabeça, quando me pergunto quanto mais experiência sexual ele adquiriu.

Aquilo amarga meu interior, mesmo que meu julgamento mental seja covarde e injusto, mas é difícil demais não me deixar levar por coisas tão venenosas.

Trêmulo, não me sentindo tão dominante quanto geralmente sou, vacilo nas minhas feições, e ele percebe.

— Dimitri? — ele me chama preocupado, quando meu próprio devaneio sequestra meu ânimo por um segundo.

— Está tudo bem... — eu me apresso em responder, tomo o lubrificante nas mãos, soltando seu membro ainda rígido e derramando o líquido gelado pelos meus dedos.

Eu olho para Gael, e ele não parece demonstrar nada que contrarie a vontade que eu tenho no momento, pelo contrário.

Suas feições estão ansiosas. Ele quer o que vou dar a ele.

O que ele sabe que sou tão bom entregando.

Gael ajeita o corpo, continua deitado na minha frente, enquanto eu estou entre suas pernas e, pronto para me receber, observo separar ainda mais os joelhos daquele corpo tão grande.

Eu nunca fodi um cara tão forte quanto Gael, mas só a ideia me faz retornar ao delírio e ao tesão inicial, que me fez agarrá-lo e puxá-lo para dentro do meu apartamento.

Meus dedos, lambuzados pelo lubrificante, escorregam até sua fenda comprimida. Eu olho diretamente para Gael, e ele morde o lábio inferior, aparentemente com força.

— Por que está tão tenso? — faço a pergunta hipócrita que parece deixá-lo ainda mais nervoso. — Sabe que eu vou cuidar bem de você.

Esfrego meu dedo médio na sua entrada devagar, enquanto eu apenas ensaio penetrá-lo, mas ainda aguardo sua resposta.

— Você tem certeza de que quer is...

— Me fode, Dimitri.

Caralho, puta que pariu.

É visível, pelo leve tremor do meu corpo, o quanto sua frase me desestabiliza por completo. Eu quase choramingo baixinho, enfiando o dedo médio na sua entrada e começando os movimentos lentos, numa penetração que executo enquanto observo as feições de Gael se contorcerem levemente, e se contorcem ainda mais quando enfio outro dedo e aumento o ritmo ondular dentro de si.

Minhas emoções tomam conta do meu corpo e, no momento seguinte, estou fodendo-o quase com raiva, deixando meus dedos esfregarem as suas paredes que querem me expulsar.

Está tudo tão apertado que é inevitável não me perguntar há quanto tempo Gael não tem relações sexuais, o que me causa, instantaneamente, arrependimento dos meus julgamentos.

— Por favor... — Gael solta baixo, rouco e arrastado, com os olhos fechados. — Vem aqui...

Eu entendo seu pedido. Tiro os dedos de dentro de si, coloco o preservativo e, no momento seguinte, me arrasto pelo seu corpo, tomando posse do lugar que me pertenceu tantas e tantas noites.

O aconchego do seu corpo me abraça, enquanto eu me abrigo entre as suas pernas que se abrem para mim.

Gael está absurdamente grande, e toda percepção ao enlace dos nossos corpos é feito de forma diferente, ainda assim...

Nosso encaixe ainda é tão gostoso que dói.

Seguro meu caralho pela base, posiciono minha glande, que cospe pré-gozo dentro do preservativo, depois empurro devagar, com medo de machucá-lo, pois não sei o quanto sentirá dor ou não.

Mais uma vez, eu hesito e, mais uma vez, ele percebe.

— Estou sem fazer sexo, mas não sou virgem... — ele repete a frase sacana que falou para mim, no motel, na primeira vez que fizemos amor, então eu sorrio com o canto dos lábios, beirando a incredulidade, e começo a penetrar devagar, sentindo suas mãos fortes me apertarem.

Estou fodendo meu ex-namorado, enquanto olho diretamente para a feição que geme para mim, enquanto eu tremo por ele.

Seu gemido arrastado desperta o pior tipo de luxúria dentro de mim e não demora para que meus movimentos se tornem descompassados e agressivos. O velho estado entorpecido volta, ao provar do meu desejo mais vicioso novamente.

E eu quero ouvir dele que está da mesma forma por mim.

— Eu preciso saber... — digo baixinho, segurando seus braços, que estão enormes assim como o resto dos seus músculos, e os apertando com força. — Se a saudade é igual à minha, Bandile.

Eu o fodo cada vez com mais intensidade, e ele mal consegue concordar. Seus olhos se mantêm fechados e sua respiração fica tão espessa que é quase palpável.

— Se você se tocou, sabendo que só meu corpo daria o que você quer tanto...

Gael abre os olhos devagar e me encara sério, porém seu peito continua descendo e subindo com violência.

Não paro de fodê-lo, e nosso contato visual não se quebra.

— Se você se arrependeu de ter ido embora — as palavras saem da minha boca com mágoa, é muito claro como eu não consigo ser dominante no sexo quando meu emocional está tão abalado. — Se você se deitou com outra pessoa, se pensou em mim enquanto estava com ela ou ele...

Eu sou tão idiota a ponto de deixar que a insegurança, misturada à mágoa, que não se dissipou instantaneamente, me nocauteie numa hora como essa. Eu o fodo com raiva entre as palavras, enquanto Gael segura os gemidos apenas para me encarar.

— Se você sentiu mais prazer... — Eu enfio mais uma vez, tiro e enfio de novo. — Vejo o corpo grande de Gael sacolejar ao me receber, enquanto ele permanece em silêncio, observando as palavras amargas que eu despejo ali. — Mais prazer do que sentia comigo, Bandile. — Estou com raiva, estou com tesão e ainda sou louco por Gael. Medidas iguais que me sufocam da mesma forma. — Se você pensou em mim... — Meus olhos começam a marejar, e eu não paro de penetrá-lo, porém meu ondular torna-se inconsistente, quase sem ritmo algum. — Nem que tenha sido por apenas uma maldita noite.

Parece que estou sozinho naquele quarto. Gael não parece querer falar nada, tampouco quer que eu deixe de desabafar.

Ele continua respirando fundo, enquanto me recebe, enquanto me segura, enquanto eu o fodo e derramo, dos meus olhos, lágrimas de dor.

Porque eu sou uma correnteza, e Gael é meu ponto para desaguar.

Eu transbordo as chuvas que estão contidas por mais tempo do que deveriam.

— Por que... — Não há mais como disfarçar o choro, porque o soluço vem a ponto de eu parar de ondular meu corpo e começar a sacudir meu peito, por conta das lágrimas depreciativas. — Por que você foi embora, Gael? Porra, por que...

Gael segura meus ombros e me vira na cama, me tirando de dentro de si. Ele vem para cima de mim, observando meu choro.

Parecendo zelar por ele.

Encaixa as pernas nas minhas, e seu corpo pesado me prende no colchão e, enquanto ele me vê chorar descompassadamente, seus lábios tocam todas as extremidades do meu rosto, pescoço e clavícula.

São beijos que me acariciam, que me passam conforto. Beijos que tentam absorver toda a dor que ainda existe em mim.

Ele deixa que eu chore, e logo ouço seu nariz fungar. Quando meu ex-namorado me encara, eu percebo seu abalo em equidade...

Ele também deságua por mim.

Gael chora enquanto me beija. Chora enquanto acaricia minha bochecha, enquanto penteia meus cabelos com os dedos.

— Eu fui porque eu te amo demais — confessa baixo, com a voz trêmula. — Eu fui, porque eu não aguentava te amar tanto e viver com o fato de que, talvez, você não me amasse de verdade.

Eu nego com a cabeça tantas e tantas vezes que pareço até desesperado.

— Eu fui, porque nunca fui tão feliz com alguém como eu fui com você.

Minhas mãos vão em direção ao seu rosto, limpando suas lágrimas, enquanto ele também limpa as minhas.

— Eu fui, porque não sabia lidar com a dor que eu estava sentindo... — Ele sela meus lábios devagar, une a testa à minha, e fechamos os olhos. Por alguns segundos, só o que se ouve no quarto são nossas respirações pesadas e chorosas.

Até que, mais uma vez, sua voz quebra o silêncio.

— Eu fui, Dimitri, mas eu só pensava em voltar.

Chega a ser cruel como eu amo Gael.

Eu puxo seu rosto para mim, ainda chorando, e o beijo da forma mais intensa que meu corpo tem capacidade.

Tento provar a ele, naquele beijo depois das suas palavras, que estou me entregando e me esquecendo das reservas que tenho.

Nossos corpos voltam à sintonia conhecida. Eu deixo Gael conduzir, deixo-o exercer sua nova dominância sobre mim, e me enlouquece o quanto gosto de prová-lo assim.

Numa inversão de posições, ele se encaixa no meu membro e começa a ondular devagar sobre o meu pau, fazendo meus olhos revirarem com a forma gostosa que seu corpo me enlouquece. E eu clamo para que aumente os movimentos, porque eu não quero esperar.

Tenho pressa de ter, novamente, a pessoa que fez meu coração ir do céu ao inferno, na mesma proporção.

Gael se fode em mim sem dificuldades, deslizando sua entrada pelo meu caralho, enquanto pega minha mão e suplica por um contato que logo lhe entrego.

— Por favor... — ele pede baixo, enquanto põe meus dedos sobre seu membro, arrastando os lábios pelos meus, deslizando até que parem no meu queixo, onde deposita selares devotos —, me perdoa, Dimitri. Me perdoa, meu anjo...

Sua súplica é quase desesperada, o que faz meu peito doer na mesma proporção em que meu corpo se inflama por ele estar ondulando devagar, enquanto eu masturbo seu cacete que já jorra pré-gozo.

Eu nego com a cabeça, novamente desesperado, enquanto minha mão envolve seu ombro, e eu o abraço apertado.

— Eu, Gael, fui eu quem errou. Por favor, me perdoe...

Ele senta em mim com um pouco mais de força, e eu beijo seus lábios de forma apaixonada.

— Me perdoa por ter feito você sofrer... Eu te amo tanto, Gael, me perdoa...

Meu ex-namorado se incendeia. Seu corpo aumenta a velocidade, seu quadril se ondula com ainda mais vigor. Meu corpo o recebe com tanto tesão e saudade, e ao mesmo tempo, nossos lábios não parecem conseguir se distanciar.

Nós continuamos nos beijando. Ele continua se fodendo em mim.

Os pedidos de desculpas continuam saindo de nós dois, enquanto o que fazemos se torna cada vez mais confortável, entretanto cada vez mais bruto, cada vez mais descontrolado.

Nós nos perdoamos enquanto fazemos amor.

Nós nos abraçamos, trocamos carícias, choramos de saudade, choramos de prazer. Gozamos juntos, sentimos nossos corpos trêmulos pedirem um intervalo, para depois nos entregarmos, novamente, à luxúria cega que não parece ter limites.

Não para quem sentiu uma saudade quase assassina.

Quando, sem perceber, já estamos de volta aos beijos saudosos e desesperados, Gael quase suplica para me penetrar, e eu quase suplico para que faça isso, pois chega a doer como senti saudade de ter sua pulsação quente dentro de mim.

Depois que entendemos nosso esgotamento, ele me segura no colo, sem que eu peça. Leva-me até o chuveiro, cuida e zela pelo corpo que ele confessa amar tanto. Eu zelo pelo seu da mesma forma, do jeito que eu sei que ele merece. Que sempre mereceu.

Quando voltamos ao quarto, o seu estômago ronca e é inevitável que eu não gargalhe. Gael continua sentindo muita fome depois de fazer amor comigo.

Ele ri tanto, quando me vê sorrindo dessa forma, que me pergunto se tudo isso é real. Se ele realmente está comigo.

Elogiando minha comida e dizendo que um alienígena possuiu meu corpo, nós jantamos, mesmo que na madrugada, uma massa rápida que aprendi a fazer, com molho de tomate e queijo.

É difícil não dar um sorriso imenso e orgulhoso, porque Gael gosta tanto da minha comida que pede para repetir.

— Está falando isso para me agradar... — solto baixo, segurando o riso, enquanto o sirvo novamente.

— Já joguei seu arroz queimado no lixo uma vez — ele diz, me lembrando de quando não tinha muita paciência para minha comida horrível. — Eu não comeria tanto, se não estivesse gostando.

Mantenho o sorriso pequeno, enquanto estou sentado no balcão, balançando meus pés sutilmente, e continuo observando se servir da refeição com tanto gosto.

Quando termina, completamente despreocupado com a louça, Gael anda até mim, coloca-se na minha frente e, sem dificuldades, me pega no colo. Ele sabe que eu adoro quando faz isso, então não hesita.

No segundo seguinte, estamos no meu quarto, onde ele mesmo procura lençóis novos e os troca. Apaga as luzes, deita-se na cama e me puxa, para que eu me deite em seu peito. Um peito imenso que dispensa qualquer tipo de travesseiro.

— Posso dormir aqui? — ele pergunta, e seu tom é sério, mas eu não consigo me conter.

— Você já apagou as luzes e está deitado — digo, quase voltando a gargalhar.

— Bem... — Ele tenta segurar o riso, mas é em vão. — Sua casa ainda é confortável pra mim, eu não sei explicar.

— Você só teve vontade de ficar e se deitou na minha cama?

— Sim... — Respira fundo. — É natural. Mas se quiser que eu vá emb...

— Quer fazer sexo de novo, pra entender que eu quero que fique?

Gael solta uma risada baixa, depois beija o topo da minha cabeça. É realmente confortável e parece certo demais estar com ele dessa forma.

Certo demais... Quase irreal.

E não posso dizer que estou completamente acostumado.

O silêncio corta o quarto e, apesar de não ser desconfortável ficar quieto com Gael, a situação, em que estamos, me deixa incomodado o suficiente para desejar que ele fale qualquer coisa.

E, mostrando muito mais disposto a lutar por nós dois do que eu sequer imagino, sua voz, mais uma vez, quebra o silêncio.

— Eu ainda quero trinta dias — solta, enquanto seus dedos fazem um carinho leve pela minha nuca.

Trinta dias me causam nostalgia, numa mistura de sentimentos que mesclam a saudade das brincadeiras quando eu era DiCaprio e uma culpa lancinante por enganar Gael.

Ainda assim, há uma verdade incontestável.

— Você não tem mais trinta dias... — Suspiro de forma desanimada.

Menos dias. Menos tempo com Gael.

Mais desespero, mais saudade.

— Então, quero todos os dias que eu ainda tenho, Dimitri. — Vira o corpo e o rosto suavemente, até me encarar e olhar diretamente nos meus olhos. — Sua mão agora está na minha mandíbula e ele não para de me acariciar lentamente. — Eu quero todos os dias que eu perdi...

Abaixo o olhar, observando seu queixo bem desenhado, pensando sobre as palavras que me disse.

Sentindo medo novamente.

Medo do apego e da consequência dele.

Medo da saudade e da dependência emocional.

— E quando os dias terminarem? — pergunto, ainda sem coragem de encará-lo.

Gael segura meu queixo e, mais uma vez, faz com que eu o olhe.

Ele lança sobre mim, na sua resposta, uma esperança que eu achava estar morta, mas que se prova apenas adormecida, a partir do momento em que meu coração se acende com a sua fala:

— Eu vou te provar que podemos ter a eternidade também.

28

BANHEIRA

Eu, com todas as minhas forças, amo Gael.

Ele sente o mesmo por mim.

Mas amor, independente de profundidade, não é suficiente para apagar traumas. Cicatrizes como as minhas são abertas com muita facilidade e falar sobre elas é o bastante para que se inflamem.

Fizemos amor, nos perdoamos verdadeiramente, mas a memória de tudo que aconteceu, durante o ano que se passou, ainda vive, ainda vibra.

Ainda mergulha minha alma em insegurança.

Por esse motivo, acordo devagar, sentindo um incômodo no meu peito, dada a visão da cama vazia e o apartamento silencioso.

Existe um milésimo de segundo em que acredito que a noite passada foi uma ilusão, uma miragem em que eu, refém dos meus desejos mais latentes, sonhei com Gael batendo à minha porta.

Mas o barulho de talheres tilintando, nos segundos seguintes, prova que a razão do meu corpo estar tão dolorido é, sim, proveniente dos movimentos reais que fiz naquela cama, de madrugada.

Gael não foi embora.

Ele ainda está comigo.

Isso é *surrealmente real.*

Eu me levanto calmamente. Sento-me, puxo o edredom para cima do meu colo enquanto, ainda no colchão, consigo observar a lateral da silhueta do Gael, que faz algo que não consigo ver com muita propriedade.

Por meu apartamento ser pequeno e pela porta estar aberta, Gael percebe quando eu me movo na cama e, lá da cozinha, numa pequena distância, olha para mim e sorri.

Sorri de forma meiga, carinhosa, me arrepiando tal qual quando me beija ou quando me fode, porque não são as ações que me atingem.

É dono delas...

Da sutileza ao estrondo, Gael me faz tremer.

Eu esfrego meus olhos e o vejo se aproximando da cama com uma bandeja que improvisou e com coisas, em sua superfície, que eu não tinha em casa.

É muito claro como ele fez compras para fazer meu café da manhã, e eu, com o sono ridiculamente pesado, não ouvi nada. Nenhum barulho.

— Você fez compras enquanto eu dormia? — pergunto baixo, observando-o colocar a bandeja no colchão.

Tem omelete, suco de laranja, pedaços de queijo, um bolo de cenoura e uma pera cortada. Isso e todo esse cuidado fazem meu coração doer de forma irracional.

Talvez racional demais, já que não consigo parar de pensar sobre o pouco tempo que temos. Sobre o fato de que Gael irá embora.

Em resposta à minha pergunta, ele apenas assente e encosta as costas no batente da porta, cruzando os braços e me observando.

Gastou dinheiro comigo mais uma vez...

— Não vai comer? — pergunto, corto um pedaço de omelete e levo à boca.

Porra, está bom demais.

Que saudade disso.

— Eu já comi... Não quis acordar você. Sei que seu horário é trocado por causa do trabalho... apesar de que, se sua escala não mudou, hoje é sua folga, não é?

Eu concordo, enquanto pego o suco e levo à boca, dando goles lentos na bebida que, igual à omelete, está muito bem preparada.

— Como é o seu horário? — pergunto curioso, ainda com os olhos baixos para a refeição.

Eu não consigo conversar com ele, olhando em seus olhos. Ainda não é fácil.

Mesmo assim, ainda quero saber de sua vida. Ainda me interessa tudo que ele queira compartilhar comigo.

Gael descruza os braços, dá breves passos até a cama e se senta, perto das minhas coxas, enquanto leva a mão até meu joelho e começa a me acariciar levemente.

— Eu preciso estar no estúdio às 10:00. Acordo às 08:20, tomo banho, como com calma, me arrumo e vou trabalhar. É bem perto...

É estranhamente bom ouvir sobre sua rotina.

— O que faz quando chega lá? E depois? — sou, mais uma vez, levado pela curiosidade, mas as perguntas saem de forma natural e, quando ergo meu rosto, observo Gael sorrindo sutilmente com o canto dos lábios.

Ele gosta do meu interesse na sua vida.

— Está curioso que nem eu... — pontua.

Eu sorrio e confirmo com a cabeça, enquanto volto a pegar o copo com suco e bebo, ouvindo as palavras que ele começa a confessar.

— Verifico as tarefas da semana, do dia... Adianto o máximo que eu posso. Desenho muita coisa. Não trabalho só com quadrinismo... — Franze o cenho, parecendo se lembrar de coisas que faz no dia a dia. — Às vezes, aparecem uns pedidos muito exóticos, pra algum cliente misterioso e rico, que precisa de ilustrações muito perturbadoras.

— Já desenhou algum pau? — digo, levando o copo novamente à boca.

— Mais do que eu gostaria.

Eu quase cuspo o suco na bandeja.

É inevitável não rir com a sua confissão, e Gael acaba rindo também, enquanto seu carinho desliza para a parte interna da minha coxa, e ele continua seu contato que, cada vez mais, volta à confortabilidade da qual senti tanta falta.

— Eu saio às 19:00, mas, muitas vezes, pego trabalho dos outros ou exagero nas minhas próprias tarefas, aí saio mais tarde — ele diz, respirando fundo entre uma palavra e outra, transmitindo uma carga muito mais pesada do que ele realmente confessa.

— Por que faz isso? É obrigado?

Ele nega suavemente com a cabeça.

— Quanto mais eu trabalhava, mais eu ocupava a minha mente. Menos pensava em... — sua voz hesita.

— Menos pensava em mim... — concluo.

Ele confirma. Seu cenho fica mais fechado, seu peito sobe e desce com pesar, e ele encara as peras cortadas, mesmo que esteja sem foco nenhum no olhar.

— Na verdade, eu apenas tentava... Não dava muito certo.

Eu entendo, porque, para mim, também era impossível.

Termino de comer, enquanto Gael me conta mais coisas sobre sua rotina. Ele me fala de seus colegas, de sua chefe, de seus descontos e me faz rir quando diz com alegria o quanto conseguiu economizar.

Conta do seu apartamento minúsculo e segreda que é ainda menor do que o meu. Eu me seguro muito para não o chamar de mão de vaca, mesmo que seja difícil.

Quando termino de comer, Gael pega tudo, leva até a cozinha e, enquanto vou até o banheiro, ele vai até a sala e se senta no sofá, usando o celular. Parece checar mensagens.

— Prometi ao meu pai que iria lavar meu carro hoje... — Ele parece levemente chateado. — Ele arrumou um colega que quer comprar a banheira.

— Vai vender ela? — Estou surpreso com a informação.

Seu carro é antigo, não muito bem tratado e não tem a melhor potência do mundo, ainda assim, sei como Gael é apegado ao veículo.

Nunca imaginei que me sentiria mal pela venda de um quase ferro velho.

— Agora, eu moro em Aleegra...

Eu engulo em seco, não gosto desse fato.

— Já tenho outro carro, então é melhor que eu venda, para que ela não pare de funcionar pra sempre. — Ele respira fundo, parece que está falando de um filho. — Preciso ir... — confessa baixo.

Eu me sinto incomodado, pois, ilusoriamente, imaginei passar o dia inteiro com Gael, entretanto assinto e compreendo que ele tem seus próprios afazeres pessoais.

— Tudo bem... — Passo a mão pela nuca, mirando seus pés. — Eu...

— Vem comigo? Quer dizer... se você quiser.

Eu o olho, franzindo o cenho devagar.

— Quer que eu vá com você? — pergunto confuso.

Tirando Alexander, que era descaradamente aberto, com intenções péssimas, não estou acostumado com demonstrações diretas de interesse além do sexual, mas ainda é mais estranho vindo de Gael.

É estranho porque é tudo que eu sempre quis...

Mas eu nunca estive preparado para isso.

— Não menti quando disse que quero todos os dias que ainda tenho.

Eu sorrio com o canto dos lábios, assinto com a cabeça, enquanto sinto meu coração infantil palpitar, por ter me decidido rapidamente.

— Vou colocar uma roupa — digo baixo, deixando a sala e me segurando para não dar um pulo de alegria ou algo assim.

Vamos no meu carro, que é a única opção. Sua casa fica em Berena, meu antigo distrito e é um pouco distante do meu apartamento atual, mas o problema não é esse.

No caminho, passamos na frente da minha antiga casa, que já fazia parte de sua rota e, quando o fazemos, vejo meus pais no portão, discutindo entre si.

Engulo em seco, e os meus dedos tremem, me fazendo largar o volante, mesmo que por um milésimo de segundo.

Mais de um ano sem vê-los, me fortalecendo com a terapia e ignorando totalmente suas existências para, naquele momento, perceber o quanto ainda me destroem.

Gael percebe e leva a mão até o volante, mas não para retomar a direção, que ainda está sob controle, e sim para me dar apoio.

Ele acaricia meus dedos, depois passa a mão sutilmente pelo dorso da minha pele, punho e braço, num carinho confortável que vai e volta.

— Você está bem?

Eu engulo em seco e assinto, mas é claro que não estou.

— Eu só... — Aperto o volante com mais força, enquanto acelero o carro para ir embora dali o mais rápido possível. — Não suporto vê-los.

— Eles fizeram mais alguma coisa com você?

— Não, nunca mais ouvi falar deles — confesso, lembrando-me de como evitei qualquer tipo de contato que pudesse ter com meus pais. — Mas eu demoro muito a parar de sentir as coisas... — Então, diminuo a velocidade assim que estou chegando à sua rua. — Sejam elas ruins... — Paro o carro, virando a chave e estacionando na frente da casa de Gael. — Sejam elas boas.

— Da próxima vez, vamos pegar a rua detrás... — Gael fala calmo, descendo a mão até minha coxa e continuando a me acariciar.

Eu dou um sorriso trêmulo e concordo.

Nós saímos do carro, e eu paro um segundo, analisando a fachada do açougue em funcionamento, depois vejo a pequena escada lateral que dá acesso à casa de Gael.

O carro do meu ex-namorado está estacionado um pouco mais à frente.

Imundo, cheio de merda de pombo em cima e muita, muita poeira.

— Eu quero saber qual vai ser o meu pagamento por encostar a mão nesse amontoado de bosta...

— Vai me ajudar? — ele pergunta surpreso.

— Foi pra isso que eu vim — digo, encostando o quadril no meu carro, quase assustado com o estado do veículo que ele abandonou ali na calçada.

Gael ri, balança a cabeça negativamente e chega perigosamente perto de mim.

Ainda não me acostumei com o quanto ele está grande e o quanto sua aproximação me deixa completamente trêmulo.

— Será que você tem pique pra deixar ele brilhando? — a pergunta soa como um desafio.

— Você deve ter se esquecido de quanto pique eu tenho pra fazer qualquer coisa...

É clara a forma que, independente das coisas não terem voltado completamente ao normal, eu não consigo me livrar do meu humor afiado e totalmente sacana.

Gael não responde. Só ri mais uma vez e dá alguns passos para longe de mim, parecendo se controlar por estarmos na rua.

Pedindo-me para ficar ali, ele volta minutos depois com dois baldes cheios de produtos de limpeza e polimento.

Depois, deixa os produtos em cima do capô do meu carro, vai até a lateral do açougue, fala com o dono e volta com os baldes cheios d'água.

— Gael, eu não quero te desanimar — começo a falar, enquanto ele coloca os baldes nos meus pés. — Mas acho que você precisa de uma piscina inteira para lavar esse carro.

Meu ex-namorado ri nasal, pega um dos baldes e começa a andar na direção do seu carro, bem próximo dali.

— E eu acho que a gente podia tentar não acabar com toda a água da cidade...

— Tudo bem, fiscal do *Greenpeace*.

Rindo, eu pego o outro balde e o sigo, precisando fazer um trabalho milagroso para começar a ensaboar aquela lataria, que tem muito mais material fecal do que carro.

O tempo todo Gael ri de mim, que xingo baixo a cada vez que descubro uma bosta de pombo mais grudada do que a anterior.

— Pombos malditos... — resmungo, esfregando o vidro frontal do carro, como se minha vida dependesse disso.

— Estou me sentindo culpado — Gael confessa. — Hoje é sua folga, deveria estar descansando.

— Pra você ver como eu amo você... — a fala sai sem querer, mas eu me calo na hora e Gael também.

O momento era para ser constrangedor, mas ele olha para mim e sorri com o canto dos lábios, nem se importando em esconder o quanto gostou de ouvir minha declaração.

Depois disso, não passam nem cinco minutos para que estejamos brincando e rindo mais uma vez. Jogamos água um no outro, reclamamos, pedindo para parar, e depois jogamos de novo.

O carro fica completamente limpo, lavado e polido, por dentro e por fora, mas é claro que demoramos mais do que o normal para terminar de limpar tudo. Com o adendo de que eu sou o último a jogar água em Gael, com um balde pela metade, mas ele desvia o corpo totalmente.

Ainda assim, consigo acertar alguém.

A água cai diretamente na cara de Augusto, que estava chegando do trabalho e passando pela calçada.

— Pai! — Gael grita, segurando o riso. — Ele chega perto do pai, pega sua mochila e coloca no próprio ombro, ajudando o homem mais velho e cansado do trabalho.

— Senhor... Eu... — digo tremendo, tentando me aproximar e sem saber exatamente o que fazer. — Desculpa, eu...

Depois de se surpreender com minha presença ali, com a cara levemente assustada, Augusto começa a rir, daquela forma pequena, que quase parece estar brabo, então olha para mim e leva a mão até meu ombro, dando tapas leves.

— Me poupou do banho de hoje, meu filho.

Eu acabo rindo, apesar de ainda me sentir culpado.

— Desculpa, senhor, eu estava brincando com o Gael, e eu...

Ele solta uma gargalhada totalmente inusitada, o que faz com que eu e Gael seguremos o riso com muita força.

— Já estão brincando de jogar água um no outro?

Eu começo a ficar vermelho.

Ele dá mais alguns tapas no meu ombro.

— Então, entrem, vamos jantar.

Eu olho para o meu ex-namorado, e ele sorri sutil e dá de ombros, enquanto seu pai sai andando na frente, já decidido de que irei ficar para comer.

Ajudo Gael a levar todos os baldes e produtos. Nós entramos na sua casa, guardamos tudo e, em seguida, me surpreendo com ele me puxando sutilmente para o seu quarto, enquanto seu pai permanece trancado no banheiro, naquilo que acredito ser um banho de verdade.

O ex-barman fecha a porta, me encosta devagar ali e, sem aviso, aproxima o rosto do meu, roçando o nariz na minha bochecha, numa carícia lenta.

Ali, ele me beija devagar, apertando seu corpo grande contra o meu, enquanto uma de suas mãos espalma na madeira da porta e a outra segura meu rosto com carinho.

— O que foi isso? — pergunto, segurando um sorriso ansioso.

— Saudade... — ele sussurra, roçando a boca na minha. — Saudade demais, Dimitri... — Então, ele segura a barra da minha camisa com cuidado e a tira, até que esteja totalmente fora do meu corpo. — Saudade e medo de você ficar resfriado — ele fala se afastando, rindo e indo até seu armário, procurando algo. — Toma. — Gael joga uma blusa de algodão azul-bebê para mim, que bate no meu peito, e eu a seguro, depois joga uma calça cinza de moletom, meio grande, mas sei que vai servir se eu amarrar bem. — Veste isso.

Segurando o riso, coloco a blusa que ele me entregou, troco a calça molhada pela seca, e logo o vejo se despir.

Apesar de ter tomado banho na minha casa, ele ainda veste as roupas que usava no evento, provando não ter um pingo de apego a elas, então tira a camisa, logo depois a calça, e as joga num cesto pequeno ao lado de sua cama.

Ele está só de cueca, e eu não consigo parar de analisar todo o seu corpo.

Ainda me espanta estar tão musculoso...

Será que tomou *bomba*?

Não, bomba é caro. Gael não gastaria dinheiro com isso.

— Estou me sentindo levemente desidratado... — ele fala de costas, procurando algo em seu armário.

Quando vira, me pega olhando para o seu corpo, sem sequer piscar.

— Você está diferente, ainda é estranho pra mim...

— Estranho ruim — Gael fala, colocando uma calça de moletom preto — ou estranho bom? — Então, ele coloca a peça da parte de cima, da mesma cor.

— Ainda não sei... — concluo, porque, apesar de achar Gael muito gostoso, eu não sei o que o levou a ficar daquela forma.

Como em várias nuances da nossa reaproximação, eu ainda não sei como reagir.

— Prefere como eu estava antes... — Ele se aproxima de mim devagar. — Ou agora?

Então, seu corpo encosta no meu, e ele me encara tão de perto que consigo sentir sua respiração batendo sobre meus lábios.

— Prefiro você, Gael. Não importa como esteja...

Diferente de momentos atrás, Gael não parece querer apenas tirar minha blusa para me livrar do tecido úmido desta vez.

Ele me beija de novo. Agora, há tanta paixão em seus lábios que eu acabo me esquecendo de que não estamos sozinhos em casa.

Ele me espreme contra a madeira, esfrega o corpo no meu, e as suas mãos seguram meus punhos, erguendo-os para cima da minha cabeça, me deixando completamente imóvel ali.

— Dimitri... — ele solta meu nome baixinho, descendo os lábios até meu pescoço, mordendo minha pele devagar.

Aí eu sinto alguém me dando uma porrada na cabeça. Não é propriamente na minha cabeça, é atrás de mim.

— Andem! — o pai de Gael quase grita, batendo à porta. — Venham me ajudar a fazer a comida!

Nós nos separamos, controlando o riso, abrindo a porta em seguida e constatando, com a reação amena de seu pai, que ele não fazia ideia do que acontecia do outro lado.

Ou fazia... e fingia que não.

Enquanto Augusto desce até o açougue quase fechando, para comprar um pouco de carne, eu confesso a Gael algo que notei de estranho, mesmo não deixando de ser uma coisa boa.

— Ele está muito animado... — sussurro, enquanto descascamos batatas.

— Ele gosta muito de você — ele confessa, me fazendo dar um sorriso contido.

Mas eu estou feliz com sua informação, porque, mesmo depois de um ano, é reconfortante demais saber que uma pessoa da idade dele é capaz de gostar de mim, mesmo com todos os meus erros e falhas.

Mesmo depois de eu ter feito tão mal ao seu filho.

Augusto ainda consegue enxergar coisas boas em mim, da mesma forma que Gael, que me olha e sorri como um bobo, também consegue.

O preparativo do jantar segue, nós fazemos um guisado, todos juntos, e eu aproveito para aprender um pouco mais sobre como é ter uma mão de fada, já que meu ex-sogro é absurdamente bom na cozinha.

Eu tento colocar um tempero estranho na comida, e ele quase me xinga, depois diz que isso deixaria o ensopado com gosto de fralda suja.

Enquanto eu estou rindo, ele pede desculpas pela reação exagerada e abrupta.

— Desculpa meu filho. — O homem quase treme. — É que... se você jogasse isso, ia acabar com o jantar... Meu Deus!

— Tudo bem, Augusto. — Continuo segurando o riso, e Gael já não tem tanto sucesso.

Ele acaba gargalhando e, logo depois, pede para eu arrumar a mesa. Nós comemos juntos, num estranho quadro familiar que eu não imaginava sentir tanta falta, mas a forma que meu coração aquece com isso denuncia o quanto sempre tive esperanças de voltar a ter momentos como esse.

Despedindo-se de nós, após uma conversa mais agradável do que eu poderia pedir, Augusto vai para seu quarto, liga a televisão e, em seguida, fecha sua porta.

— O velho safado deixou a louça pra nós dois...

— Podemos dar um jeito amanhã? — peço, percebendo um bocejo grande ganhar vida na minha boca. — Eu estou cansado por ter limpado tanta merda de pombo.

Gael ri.

— Você quer dormir aqui?

— Ah, desculpa... — Sinto meu rosto corar novamente, dessa vez, por ficar constrangido pelo abuso. — Eu não quero forçar nada, eu só...

— Ainda bem que eu comprei um colchão novo... Quero deixar meu quarto pra hóspedes, se meu pai quiser, sabe? Só enquanto eu não estiver aqui — ele solta, sumindo com todo desconforto breve que estava sendo criado dentro de mim.

Mas eu ainda estou pensando no fato de ele ter comprado um colchão novo...

— Quem é você e o que fez com meu ex-namorado sovina? — pergunto rindo.

Gael até ri a princípio, mas logo seu sorriso diminui, e ele parece incomodado com a minha fala.

Antes mesmo que eu possa lhe perguntar, ele coloca os pratos na pia, entrelaça os dedos nos meus e me puxa devagar, até que estejamos em seu quarto.

Ali, ele tranca a porta de vez e, mesmo que eu não esteja com sono para dormir, apaga a luz, vai até a cama e se deita, batendo no colchão para que eu faça o mesmo.

— Você só deve ter sono para dormir daqui a algumas horas, não é? — pergunta baixinho, enquanto eu me deito de bruços em cima do seu corpo e cruzo os braços no seu peitoral, olhando-o bem de perto.

— Eu durmo quando amanhece...

— Vampiro.

Solto uma gargalhada baixa, acompanhada por ele, que sorri de igual forma.

Logo em seguida, sinto sua mão calejada tocar meu rosto, numa carícia gostosa que faz com que eu feche os olhos.

— Meses atrás, eu sonhava em dormir com você de novo, nem que fosse só mais uma vez... — ele confessa, ainda com a voz sussurrada, mesmo que estejamos só nós dois ali.

— Pra fazer sexo?

— Não, Dimitri... — Gael estala a boca, contrariado, mas logo volta a rir. — Pra dormir mesmo. Me agarrar em você, sentir seu cheiro... Ouvir você cantando pra mim, antes de pegar no sono.

— Eu acho que... — Franzo o cenho. — Acho que nunca mais cantei...

— Canta pra mim? — ele pergunta abrupto, mas sério.

— O quê? — Solto uma risada nervosa, olhando-o. — Agora?

— É, agora...

Deito a cabeça no seu peito, me sentindo levemente envergonhado por ter que cantar do nada, mas acabo me permitindo depois de alguns segundos.

Como num suspiro, a canção vem.

Minha voz sai baixa e rouca, e eu cantarolo devagar uma música que sei que Gael gosta.

Ele respira silenciosa e profundamente, enquanto passa as mãos pelas minhas costas, arranhando minha pele tão levemente que me causa pequenos arrepios.

A música, que eu canto, fala sobre amores que se distanciam, mas que voltam para você, quando esse é seu destino inevitável.

Assim como Gael, que voltou para mim...

Eu só preciso descobrir, com o tempo que temos, se ele realmente é meu destino inevitável.

Ele pede para que eu cante de novo, então eu canto, e continuamos ali, em sua cama, não demorando muito para que a canção embale em conversas baixinhas, que surgem facilmente entre nós.

Conversas, risadas e, mesmo que não foquemos sexo, porque gostamos de aproveitar a companhia um do outro depois de tanto tempo longe, o amor que fazemos é consequência de um momento tão gostoso.

E nosso amor ainda é cheio de saudade, cheio de carícias e de abraços.

Um amor inundado de beijos silenciosos e gemidos sussurrados.

Um amor lento, calmo, de quem quer, realmente, desfrutar a eternidade.

E quando nossos corpos se cansam, nós dormimos abraçados, porque não conseguimos ficar longe um do outro, nem queremos.

29

FAMILIAR E MADURO

O outro dia chega e, com ele, as minhas obrigações.

Quando eu me levanto, Gael faz o que deixa mal-acostumado: café na cama de novo. Eu acabo rindo, porque parece bom demais para ser verdade.

Como acordo tarde, não tenho muito tempo com meu ex-namorado, então nós vemos um filme juntos, depois vou embora para trabalhar na Hidden Honey.

Ao chegar lá, descubro que terei que trabalhar no bar, porque Davi pegou uma gripe forte.

Que pegou de sua esposa.

Que pegou do filho.

Que pegou da filha.

Que pegou de alguém da escola.

Muita gente doente para um curto espaço de tempo.

— Sabe fazer isso? — Eric pergunta, rodeando seu conhaque devagar no copo, quando me vê cortando morangos.

— Melhor do que você, com certeza, sei.

Ele me lança um daqueles seus sorrisos com o canto dos lábios.

— Como foi a noite? Não me liga há quase dois dias, deve ter transado até se esquecer de todas as mágoas...

Eu fico quieto, segurando o riso.

— Peço a cadeira de rodas?

— Não enche, peste.

Eric ri, antes de levar o copo à boca e beber lentamente. Depois, repousa o vidro vazio sobre o balcão e olha para mim, um pouco mais sério desta vez.

— Como vocês estão?

Sei que sua pergunta é minuciosa e que ele não quer apenas uma resposta simples. O problema é que eu não sei o que responder.

— Nós estamos indo com calma, mas não sei realmente como estamos nem o que somos — falo, jogando as partes de cima do morango, com as folhas, no lixo.

— Está se sentindo mal com isso? — ele pergunta apreensivo.

— Na verdade... — Eu franzo o cenho, pegando uma caixa de latas de pêssego no chão e depois as colocando em cima da pia, para começar a abri-las. — Ele está se mostrando mais ousado, mais livre, mais interessado em mim...

Meu amigo volta a sorrir daquela sua forma sutil.

É um sorriso carinhoso de quem gosta do que ouve.

— Eu fico feliz por isso, meu pequeno — fala, enquanto se levanta do banco do bar e se põe em pé, debruçando-se no balcão e olhando para mim. — Mas se ele desprezar você de alguma forma, me promete que eu serei o primeiro a saber.

— Tão controlador... — Seguro o riso, enquanto meu olhar está baixo, em direção às latas de pêssego em calda que abro.

— Eu falo sério.

Diminuo o riso, mas o mantenho no rosto, olhando para o meu amigo com o mesmo carinho que ele me olhava segundos atrás.

— Você vai ser o primeiro a saber de qualquer atitude que eu tomar, Eric, ou que ele tomar...

Ele assente e, parecendo precisar fazer outras coisas que não me segreda, sai do bar.

A noite começa, e a casa enche, mas não muito. Ainda assim, é o suficiente para que eu fique cansado. Já são quase duas horas da manhã, e eu imagino que o movimento se estenda até as quatro ou cinco, mas é o bastante para meus pés e punhos já estarem doendo.

Eu não estou acostumado a ficar no bar e entregar tantos pedidos o tempo todo, então fico confuso e perdido algumas vezes, apesar de conseguir me virar e resolver minhas próprias desordens, sozinho.

Os pedidos vêm e vão e, constantemente, eu choramingo pelo fato de que nem Leia, *barwoman* da casa, estava disponível no dia de hoje.

Ainda está em Burto...

— Um drink de pêssego, por favor. — Ouço o pedido da voz reconhecida.

Levanto o rosto e sorrio como um adolescente afoito.

Sorrio porque é Gael.

— O que está fazendo aqui, Gael? — pergunto, sem nem tentar esconder o quanto estou feliz em vê-lo. — São 02:00!

— Disse que quero todos os dias que ainda tenho — ele diz, sentando-se na cadeira alta, na frente do bar. — E isso inclui as madrugadas também.

Meu sorriso não tem mais como aumentar, então são nas minhas bochechas coradas, como de uma criança, que Gael tem a certeza do quanto seu interesse em mim, real e provado com ações, me deixa mole.

— Eu ainda tenho algumas horas de trabalho, vai se cansar me esperando.

— Ou...

Franzo o cenho, ao ouvir sua voz sugestiva soar tão estranhamente gostosa aos meus ouvidos.

— Eu posso entrar debaixo desse balcão e me vingar do que você já fez comigo...

— Você não cabe aqui embaixo, Gael — digo, mordendo meu lábio inferior e tentando segurar o sorriso saliente.

Porque eu sei que ele não ficará confortável embaixo do balcão, ao mesmo tempo seria tão bom ser chupado por ele ali, no meio de todo mundo...

Algumas decisões na vida são bem dolorosas.

— Seu lado aventureiro morreu? — o ex-barman pergunta, me mostrando um pouco mais daquele lado malicioso, que parece ter sido liberto quando ele voltou para Astra.

Talvez ele faça isso, querendo me conquistar de volta, o problema é que eu gosto demais e espero que continue assim.

— Sim, e deu vida ao que não quer causar uma contusão em você.

Escolho não o machucar, pois sei que terei mais boquetes depois...

Gael acaba gargalhando, mas se dá por vencido, pegando um canudo no bar e fazendo infindáveis nós, enquanto eu continuo recebendo pedidos e preparando-os.

Ele apenas fica sentado ali quieto, me observando trabalhar, e os seus olhares são o suficiente para que eu me sinta nervoso.

— Me sinto sendo julgado com você me olhando assim — digo, separando copos, para fazer cinco batidas com frutas vermelhas e vodka, para uma das últimas mesas ativas na casa.

— Você já trabalhava neste bar antes mesmo de eu ser contratado. Não tem motivo pra ficar assim — diz, tentando dar um último nó impossível naquele canudo.

— Você me deixa assim... — confesso, sorrindo com o canto dos lábios.

— Eita porra! — a voz animada de Pablo soa, aproximando-se de Gael, enquanto o ex-barman me lança um sorriso gostoso, pela minha fala, antes de virar para o meu chefe.

— Espero que não se importe com a invasão — fala bem-humorado, balançando a cabeça, conforme Pablo lhe dá umas porradas animadas nas costas.

— Está bebendo minha tequila importada? — Pablo pergunta sério, mas Gael nega. — Ah, então eu tô feliz, porra!

É muito difícil segurar o riso com aquela cena.

Pablo, claramente, é a pessoa que está menos se fodendo para climas ruins ou relacionamentos malsucedidos.

Ele nem sabe como eu e Gael estamos, mas, na sua visão, tudo é uma grande festa.

— Dimitri, pega duas garrafas daquela outra cerveja artesanal que chegou hoje...

— Eu não estou beben...

— Está, sim, caralho! — Pablo nem deixa Gael falar.

Eu coloco as cervejas em cima do balcão e termino de fazer os drinks, enquanto Pablo tira as tampas e entrega uma a Gael.

Eles conversam enquanto eu começo a limpar o bar, e já estão na segunda garrafa quando os pedidos se findam e não há mais nada a ser entregue.

Com tudo limpo, Pablo pede a saideira e, sabendo que terei que dirigir ainda hoje, apenas assisto aos dois bebendo, me divertindo com o quanto Pablo consegue fazer Gael ficar sem graça, com as obscenidades que fala.

Eu preciso segurar o riso, mas é engraçado ver aquele ex-barman sério e musculoso ficar sem graça.

— Não coloquem fogo na minha boate. Boa noite! — Pablo pede, levantando-se e dando alguns tapas na coxa de Gael, mostrando que aquela é a sua forma carinhosa de se despedir.

Gael ri e balança a cabeça negativamente, depois olha para mim.

Ele não está bêbado, mas é claro que não está completamente sóbrio.

Eu apago as luzes do bar, dou a volta e chego perto do seu corpo devagar, mas, antes que eu possa me encaixar entre as suas pernas, ele se levanta, me segura pela cintura e me coloca sentado no balcão, sendo ele a deslizar o corpo na minha direção, até que seu quadril se encaixe e toque o meu.

Minhas pernas envolvem seu corpo, e eu o puxo para mais perto, junto aos meus braços que rodeiam seus ombros, num abraço.

— Nosso primeiro beijo foi neste bar — ele diz baixo, de olhos fechados e com a testa colada na minha, roçando a ponta do nariz levemente no meu.

— Eu estava tão nervoso naquele dia — confessei, rindo fraco.

— Eu nunca vi alguém tão confiante. — Ele acompanha minha risada, ainda segurando minha cintura com firmeza, enquanto seus polegares massageiam a região com um carinho gostoso.

— Achei que você ia jogar os guardanapos na minha cara e me mandar limpar a bebida sozinho. — Eu rio ainda mais, fazendo Gael soltar uma gargalhada baixa.

— Eu não seria capaz — segreda isso e continua me contando coisas que nunca me disse. — Eu já queria tanto você, Dimitri...

Engulo em seco e, percebendo minha falta de reação, Gael solta uma risada nasal baixinha, depois sela meus lábios devagar.

Porém seu beijo, por mais lento e intenso que seja, não perdura o quanto eu quero e ele logo se afasta de mim.

Ele me olha, sorri com o canto dos lábios e segura minha mão direita, levando-a até sua boca e depositando um beijo carinhoso ali.

— Eu quero te levar a um lugar. — Ele olha para baixo, soltando uma risada constrangida. — Mas eu bebi, então queria saber se você pode me levar lá.

Solto uma gargalhada curta, entrelaçando os dedos aos seus.

Gael aproveita a minha ação e começa a esfregar o polegar no dorso da minha mão, sem parar de me acarinhar por nenhum segundo.

— Você veio de carro? — pergunto.

— Trouxe a banheira, estou me despedindo dela e quero aproveitar os últimos dias...

— Então, eu acho que vou ter o prazer de dirigir sua máquina potente — falo, implicando com ele.

— Sim — ele diz, se aproximando mais uma vez e deixando um beijo calmo nos meus lábios —, você vai ter essa honra.

Sorrindo, desço do balcão. Verifico tudo, em seguida dispenso o segurança que está no lugar de Victor, o último funcionário ainda na casa, e checo para ver se não há nada fora do lugar.

— De maître a gerente? — Gael diz rindo levemente, enquanto entrelaça os dedos aos meus, ao andarmos em direção ao estacionamento.

— Pelo Pablo, eu seria até dono desta boate... — Solto uma risada nasal baixa, pensando no quanto meu amigo gosta de colocar todas as responsabilidades possíveis nas minhas mãos, tendo em vista que, agora, sou muito bom em resolver todos os problemas desse lugar.

Sem que eu queira comentar sobre esse assunto, nós caminhamos silenciosos até que estejamos no carro de Gael.

— Porra! — grito inconformado.

Tem uma bosta imensa de pombo, no meio do vidro.

— O cu desses pombos tem ímã pro teu carro? — Estou completamente enfurecido, olhando para o alto, enquanto verifico se o pássaro-torpedo ainda está por ali, para eu amaldiçoar toda a sua família.

Meus músculos do braço doem até agora, de tanto ter lavado aquela lataria, então é lógico que estou com raiva.

— Calma — Gael diz segurando o riso. Chegando perto de mim, ele me puxa pelo braço, para que eu pare de procurar pombos no céu e nas calhas. — Eu limpo amanhã.

Eu respiro fundo e fecho os olhos. Estou tentando me acalmar, já que minha vontade é de ir lá dentro, buscar um balde e sabão, para deixar a banheira limpa de novo, mas eu concordo com Gael. Estou cansado demais e acabo me rendendo àquele monte de bosta esparramada no vidro.

Beijando a minha testa, Gael entrega as chaves do carro a mim, depois anda em direção ao banco do carona. Abro o carro, destravando ambas as portas, e nós dois entramos e, minutos depois, já estou fora do estacionamento.

A direção é meio dura e o carro faz um rangido irritante, mas nada que eu não consiga ignorar para dirigir bem. A bosta central, no vidro, me incomoda muito mais do que o volante temperamental.

— Liga o GPS no meu celular e coloca o endereço, por favor... — peço, pegando meu aparelho no bolso e entregando a Gael.

Mas ele toca meus dedos e faz com que minha mão volte ao bolso, insinuando que quer que guarde o celular novamente.

Eu assim o faço, enquanto ele fala:

— GPS é para os fracos — seu tom é sério, mas eu começo a rir.

— E para os perdidos na vida que, por acaso, sou um deles.

Ele solta uma risada nasal baixa enquanto coloca o próprio cinto, depois repousa a mão sobre a minha coxa, acariciando devagar.

— Me deixa ser sua bússola hoje.

Eu o olho calmo e meu coração parece se contorcer levemente, porque as palavras de Gael me fazem, inevitavelmente, me lembrar de coisas que ele disse.

Prometeu ser minha âncora, mas não deu certo.

Conseguiria ser minha bússola?

— Vira à direita... — fala calmo, me tirando do meu pequeno transe. — Quando chegar à rodovia, continue seguindo até chegar à orla.

— À orla? — pergunto confuso, já que não existe quase nada naquela área, a essa hora da madrugada.

— Sim — Gael diz seguro, então vira para frente, mas mantém a mão sobre minha coxa, sem parar de me acariciar.

Eu sempre amei seu carinho e senti tanta falta dele, então aproveito o seu contato bem-vindo, por toda pequena viagem que fazemos.

Continuamos em silêncio, mas de forma alguma é desconfortável.

Gael liga o som do carro e, quando percebo, estou cantarolando, baixinho, as músicas da playlist que ele sempre tocou quando rodávamos ali, no seu carro.

Meu ex-namorado subiu a mão ao meu rosto, acariciando lentamente minha bochecha, fazendo com que eu o olhasse rapidamente e voltasse com os olhos para a estrada, já quase chegando à orla da praia.

— Que foi? — perguntei meio bobo, depois de ter notado seu sorriso ainda mais bobo.

— Eu amo quando você canta... Me dá paz.

Eu seguro um sorriso que quer se tornar imenso no meu rosto, então torço um pouco mais o volante, tentando controlar a euforia que sinto no meu coração.

Até quando os elogios de Gael vão me afetar tanto?

— Ali... — Ele aponta para uma barraca fechada que, ao dia, vende comida às pessoas que vão à praia. — Pode parar na frente daquele quiosque.

Concordo e paro o carro, desligando-o e, em seguida, acompanhando Gael que sai do carro primeiro que eu.

Quando estou do lado de fora, percebo que já estive ali. É exatamente o lugar em que eu e Gael começamos a namorar *pra valer*.

— Por que me trouxe aqui? — pergunto, mas Gael não fala nada.

Ele anda devagar até o porta-malas do carro, tira de lá um edredom enorme azul-marinho e um cobertor vinho, que abraça com um braço apenas e, na outra mão, segura uma cesta pequena, de vime negro, com um tampo redondo.

— Fecha pra mim? — pede, olhando para o porta-malas, ainda sem me responder.

Entendendo que, uma hora ou outra, ele iria me dizer qual o motivo de estarmos ali, atendo ao seu pedido e fecho a parte detrás do carro, acompanhando meu ex-namorado que não me pede para que eu vá junto a ele, mas começa a andar devagar.

Seus pés tocam a areia e, logo em seguida, os meus também tocam, porém nós não paramos.

Continuando a andar, chegamos aonde, aproximadamente, nos sentamos da última vez que tivemos ali, há mais de um ano.

Gael não fala nada, mas me entrega o cobertor e a cesta, pedindo que eu segure um minuto.

Apenas observo, como a primeira vez, ele esticar o edredom grande sobre a areia.

Diferente de meses e meses atrás, não há ninguém na extensão da areia, pela hora ainda mais avançada, mas o som do mar bate forte, me trazendo uma lembrança boa dos momentos que tivemos naquela praia.

— Vem... — ele fala, segurando minha mão e me guiando para que eu me sente. Depois, ajeita a cesta escura no meio das minhas pernas.

Antes que eu possa olhar para trás, para ver o que Gael está fazendo, ele se acomoda às minhas costas e se senta, me abraçando num encaixe gostoso e beijando meu ombro, com carinho.

Ele está com o cobertor sobre o seu corpo, então envolve o meu, para que eu não sinta frio.

— Quando você estava na minha casa ontem... — sua voz começa a soar baixa, enquanto ele roça os lábios na minha orelha, disparando beijos sequenciais, porém lentos, entre as palavras que lança a mim. — Você me chamou de uma forma que eu não sabia que iria me incomodar tanto...

Eu silencio, deixando que fale, mesmo que me sinta levemente ansioso, porque imagino aonde quer chegar.

— Mas incomodou... — continua falando calmo, sem deixar de me tocar com seus lábios, que não param de me selar com beijos carinhosos.

Porque a fala de Gael não soa como bronca, mas, sim, como um desabafo carente, de quem pede para uma realidade ser mudada.

— Você me chamou de "ex-namorado"... — ele fala, e dá uma risada nasal, parando com o queixo por cima de meu ombro. — E, realmente, é o que eu sou.

Então, se cala por um momento, o que é o suficiente para que eu me vire e, ainda dentro do seu abraço, me acomode até que o esteja encarando, mesmo que meu corpo esteja lateralmente inclinado.

— Mas não quero ser, Dimitri... — diz, olhando na direção dos meus lábios. — Não quero ser seu ex-namorado.

Ele levanta o rosto e me encara nos olhos.

— Mas ainda quero ser seu, porque, depois que te conheci, nunca fui de outra pessoa...

Eu engulo em seco, sentindo meu coração bater com tanta rapidez e tanta força que quase me machuca.

— Gael... — só consigo dizer seu nome, então respiro fundo.

Não sei se estou tendo uma crise de ansiedade ou se o amo demais a ponto do meu coração parecer que irá explodir.

Talvez as duas coisas.

— E eu peço licença agora para ser impulsivo. Peço licença para te propor uma coisa que você pode negar... — Ele leva a mão até meu rosto e me acaricia devagar, enquanto os olhos permanecem baixos e a voz está da mesma forma. — Peço licença para ser rápido demais, mas porque eu não tenho muito tempo de férias e quero aproveitar nossos segundos de forma plena, fazendo de conta que tudo é muito simples e muito fácil, como queríamos que fosse.

— O que quer dizer, El?

Gael olha nos meus olhos e sorri meigo, quando eu o chamo de "El" mais uma vez. Ele roça o polegar no meu lábio inferior, aproxima-se um pouco mais e continua:

— Quero ser seu namorado pelos dias que me restam aqui. Não quero ouvir a palavra "ex", a não ser que você queira que isso esteja delimitado entre nós...

Ele é tão sincero sobre sua impulsividade, e a forma que está lidando com a situação poderia me assustar, mas não acontece.

Encontro um estranho conforto ao perceber o quanto ele está sendo corajoso de abrir o coração e falar sobre tudo que sente.

Da forma que sente.

E o que ele quer comigo.

Logo, balanço a cabeça negativamente, porque não quero que nosso status seja de "ex-namorados" permanentes.

Ainda assim, não posso deixar de soltar:

— Mas e depois que suas férias acabarem, Gael? — eu questiono, respirando fundo com a problemática da nossa situação.

— Nós podemos ficar juntos aqui — ele fala, passando o polegar pelo meu queixo. — Podemos ficar juntos em Aleegra. Podemos pensar enquanto aproveitamos a companhia um do outro. Nós... — Ele respira fundo, enquanto roça o nariz na minha bochecha, carinhosamente. — Nós podemos só ficar juntos. Vamos... — Ele respira fundo, enquanto eu levo as mãos até seu rosto e faço o mesmo que Gael faz comigo, trocando aquelas carícias mútuas que começam a ser dolorosas.

Começam a fazer meus olhos arderem, começam a embolar minha garganta só em imaginar Gael indo embora mais uma vez.

— Vamos... — ele continua — viver um dia de cada vez, mas, por favor...

Eu o encaro sério, mordendo meu lábio inferior, para que ele não tremule ainda mais.

— Não me chama mais de ex-namorado, porque dói *pra porra*.

Eu solto uma risada mais alta do que gostaria, depois seguro seu rosto e o puxo com carinho, até que seus lábios encostam nos meus e um beijo suave, mas cheio da nossa intensidade, inicia-se.

— Tudo bem, El... — falo sorrindo, separando nossas bocas por milímetros, enquanto minha cabeça concorda várias vezes com seu pedido. — Nada de ex-namorados por aqui.

Ele sorri em reciprocidade, depois ajeita o cobertor por cima de mim mais uma vez, mas, dessa vez, me puxa ainda mais para o seu corpo, fazendo com que eu fique completamente na sua frente, onde jogo as pernas para cima das suas coxas, cruzando-as em seu quadril.

Ele não se contenta só com isso, pois continua me puxando, até que eu esteja sentado em seu colo e, com o tamanho que seu corpo está, não é difícil que me segure com tanta facilidade.

Mas ele não quer apenas me segurar. Gael segura meu rosto, enquanto meu quadril se encaixa na sua pelve e ele reclama minha boca para si.

Agora, une os lábios aos meus com paixão, sem reservas. Ele me beija, passando os braços pelo meu corpo e me apertando num abraço que transpira saudade. Que transpira desejo.

Que transpira, acima de tudo, amor.

Tanto que, logo, não apenas seu corpo confessa, mas seus lábios também.

— Eu te amo, Dimitri — ele sussurra entre nossos lábios, com a ponta de seu nariz roçando ao meu. — Eu te amo, meu anjo...

Eu não respondo, mas meus lábios gritam reciprocidade quando, sem aguentar, envolvo seu pescoço, puxando-o para mim e o beijando com o desejo que não consigo mais conter.

Quanto mais volto a ter de Gael, mais fico confortável em demonstrar o quanto o quero.

Mais me descontrolo a ponto de embalar meu namorado nos nossos beijos e fazer seu corpo responder avidamente aos meus estímulos urgentes.

Até ele chutar a cesta que trouxe e o tilintar de algo assustá-lo.

— Merda... — ele reclama, me tirando carinhosamente do seu colo, mas ainda me mantendo próximo e na sua frente, com o cobertor na lateral de nossos corpos.

— O que foi, amor? — pergunto segurando o riso, observando-o se esticar até segurar a cesta e trazer para perto de nós dois.

Em poucos segundos, ele tira uma garrafa grande de vinho do seu interior, lacrada, e duas taças, por milagre, inteiras.

— Você trouxe vinho? — pergunto ainda sorrindo, olhando-o tirar a rolha da garrafa e olhar para mim.

— Era pra ter começado com o vinho, mas as coisas saíram um pouco do controle... — ele diz rindo baixo, me dando uma taça e a enchendo, depois enchendo sua própria.

Eu concordo com a cabeça, encarando-o quando bebe devagar e depois passa a língua no canto dos lábios, sorvendo o líquido que caiu.

— Se eu beber — digo, olhando para minha taça ainda cheia e intocada —, não posso dirigir.

— Nós vamos pedir um carro pelo aplicativo, e vou te levar em casa, dormir com meu namorado e amanhã eu volto para buscar a banheira — ele diz, como se fosse tudo muito simples, antes de dar mais um gole lento no seu vinho.

— Você pensou nisso antes de vir para cá?

Gael olha para mim, sorri levemente e confirma com a cabeça.

Eu retribuo seu sorriso, chegando o rosto perto do seu e o beijando rapidamente, depois dou o primeiro gole, concordando com seu plano.

E ele se concretizou por completo.

Permanecemos ali juntos, abraçados, bebendo até a última gota daquela garrafa enquanto conversamos sobre coisas que nos fazem rir e coisas que nos fazem pensar sobre nós.

Quando o sol começa a nascer, nós nos levantamos, dobramos tudo, guardamos as taças e a garrafa de vinho vazia na cesta e entramos no carro, poupando-nos do vento gelado que ainda bate, enquanto pedimos o carro pelo aplicativo.

Quando ele chega, eu e Gael sentamos no banco traseiro, e eu durmo no seu ombro, acordando, minutos depois, com ele me sacudindo.

— Meu anjo... — ele fala rindo, até que eu acorde completamente grogue. — Dimitri, vamos, chegamos.

— Não vou conseguir subir os degraus... — resmungo de olhos fechados, sentindo Gael me tirar do carro, nem sabendo se ele conseguiu pagar a corrida ou não.

Como não ouço nenhuma briga, acho que meu namorado muquirana pagou tudo milagrosamente.

Não é exagero dizer que o cansaço e o sono excessivo, misturado à meia garrafa de vinho, faz com que eu quase suba os degraus engatinhando, mas consigo me manter reto, até chegar à porta do meu apartamento minúsculo, que abro com certa dificuldade.

— Me pega no colo e me leva pra cama — sussurro, sorrindo para Gael que ri em reciprocidade, mas não nega meu pedido.

Ele entra comigo na sala da minha casa, me segurando no colo, e chuta a porta até batê-la. Gargalha baixinho quando, ao tentar me pôr na cama, o puxo para que caia sobre mim.

Gael tira os meus sapatos, depois os dele e, após tirar nossas calças, me ajeita no colchão e cobre meu corpo, indo fechar as janelas do quarto em seguida.

Eu não bebi tanto assim, mas sei que irei desmaiar de sono a qualquer momento e o vinho só ajuda para que eu pareça que tomei um tonel de vodka sozinho.

Quando está tudo escuro, sinto um corpo grande se arrastar pela cama, tão sonolento quanto o meu. Então, no momento seguinte, o mesmo corpo grande entra debaixo das minhas cobertas e me abraça por trás, respirando devagar sobre meu ombro, enquanto encaixa as pernas entre as minhas.

— Eu quero dormir com você pra sempre, Gael... — solto manhoso, procurando suas mãos que me abraçam, até conseguir entrelaçar os dedos aos seus.

Ele não fala nada, apenas me dá um beijo carinhoso, no rosto, da forma que consegue, e se acomoda no travesseiro.

Eu não sei quem apaga primeiro, mas sei que, quando acordo, Gael está tão grudado em mim, quanto estávamos na hora em que adormecemos.

É difícil demais me desvencilhar do seu corpo e é mais difícil ainda controlar o riso quando percebo seu ronco arrastado e alto.

Ele só ronca assim quando está absurdamente cansado e, levando em consideração o fato de que, ultimamente, ele passa o tempo que pode comigo e ainda tenta passar as manhãs com o pai, percebo que, ali, tem a oportunidade de descansar, como não teve desde que chegou em Astra.

Sou eu a fazer seu café da manhã dessa vez e, quando ele acorda, não reclama que só fiz ovo mexido com pão torrado.

Quase queimado.

Ele come tudo, mas não fica muito mais tempo, porque diz que precisa ajudar o pai a arrumar algumas coisas em casa.

Eu concordo porque entendo que ele não pode ficar vinte e quatro horas agarrado comigo, apesar de, secretamente, desejar isso. Então, demoramos a nos despedir, porque nossos beijos parecem que nunca têm fim.

Quando ele, enfim, consegue ir embora, eu passo o dia vivendo minha rotina normal, como era antes de Gael voltar à minha vida.

Tomo um banho lento e quente, me arrumo e vou trabalhar, mas é na vibração de mensagens chegando — quando já estou na Hidden Honey, ordenando os garçons para que tomem suas posições — que percebo não viver algo tão habitual assim.

Gael:

Já posso te buscar? 23:17

É inevitável não gargalhar, no meio do meu expediente.

Eu:

Qual a programação de hoje? 23:17

Gael:

Acho que estou com saudade do pole dance. 23:17

Eu:

Posso fazer um show particular para você... 23:18

Gael:

Vou aguardar no estacionamento. Quando a boate fechar, eu entro... 23:18

— Bart... — falo para um dos garçons que passa com a bandeja vazia. — Fique de olho no salão, vou me ausentar por um momento.

Ele assente, enquanto ando até o vestiário dos funcionários e me sento nos bancos centrais por um momento.

Meus pés doem, então é hora de uma pequena pausa.

E vou fingir que isso não tem a ver com o fato de eu querer mandar mensagens para Gael...

Eu:

Já estarei dançando, esperando você entrar pra eu tirar a roupa... 23:20

Gael:

Acho que isso está ficando um pouco familiar... 23:20

Engulo em seco, me sentindo nervoso assim que percebo que comecei a agir exatamente como o DiCaprio.

Eu:

Desculpa, não era a intenção. 23:21

Mando, mas não sei mais o que dizer para amenizar a situação de estar fazendo de novo.

Mas Gael sabe...

Gael:

Você é assim, não é? Isso não faz parte da sua personalidade? 23:22

Meu coração acelera um pouco mais com sua pergunta.
Qual a finalidade disso?
Não sei, mas escolho ser sincero.

Eu:

Sim... Principalmente com você. 23:22

Eu me sinto confortável pra brincar assim. Eu gosto. 23:22

Gael:

Então, não precisa mudar, Dimitri. Não precisa fingir ser outra pessoa, se aquela personalidade também era uma parte de você. 23:23

Eu:

Eu não finjo. 23:23

Gael:

Eu sei, e é estranho confessar isso pra você... mas eu sempre me diverti com o DiCaprio. 23:24

Toda a situação é fodida, é difícil falar sobre isso sem lembrar de uns 57 gatilhos, no mínimo. 23:24

Mas pode ser quem você é. 23:24

Eu gostava do DiCaprio como um amigo e amo você como um pouco mais do que isso. 23:24

Então, se eu posso ter você das duas formas, eu quero ter, sem que você precise ficar se podando o tempo inteiro. Quero você livre. 23:25

Eu estou fungando no meio do expediente de trabalho, porque Gael está tendo uma conversa surrealmente adulta comigo.
E não para por aí.

Gael:

Você só me mandou mensagens secretas porque eu tinha cara de psicopata, e não sabia como chegar em mim... 23:25

Estou tentando compreender o seu lado. 23:25

Eu:

Kkkkkkkkkkkkkkkkkkkkkk 23:26

Tinha muito mais a ver com as minhas inseguranças... 23:26

Enquanto limpo o canto dos meus olhos, onde lágrimas ralas e fracas escorrem, percebo o quanto gosto disso. Gosto dessa facilidade que eu tenho para conversar com Gael através de mensagens.

Foi assim que tudo começou...

Nós sempre conversamos muito bem enquanto eu era o DiCaprio.

Só que é muito melhor me expressar enquanto eu sou o Dimitri.

Eu:

Mas você realmente me assustava às vezes. 23:26

Gael:

E agora? Te assusto? 23:26

Eu:

Só quando dorme profundamente e ronca como se tivesse engolido o motor da banheira... 23:27

Gael:

Kkkkkkkk, eu ronquei assim? 23:27

Eu:

Sim, amor... 23:27

Gael:

Aguenta mais uma noite comigo roncando na sua cama? 23:27

Eu:

Aguento todas as noites que você quiser roncar na minha cama... 23:28

Mas hoje não. 23:28

É uma resposta que me dói o coração, porque eu quero aproveitar todos os segundos que tenho ao lado de Gael, mas me preocupo demais com seu bem-estar para que o veja se tornar um zumbi nas suas próprias férias.

Gael:

Por quê? 23:28

Eu:

Eu quero que você durma. Por favor, descanse. 23:28

Gael:

Eu quero meus dias com você... 23:29

Eu:

E vai ter... Nós ainda estaremos juntos virtualmente, mas, por favor... dorme um pouco. 23:29

Você passa o dia com seu pai, as madrugadas comigo... 23:30

Um corpo tão gostoso não combina com olheiras tão grandes. 23:30

Gael:

kkkkkkkk 23:30
Então, vou seguir seu conselho e dormir até babar... 23:30

Mas não brigue comigo se eu aparecer na sua frente do nada, qualquer hora dessas... 23:31

É mais forte que eu. 23:31

Eu:

Se você não tiver dormido antes, eu vou brigar. 23:31

Gael:

Eu amo você, meu anjo. 23:31

Bom trabalho. 23:32

Não sei quando vou me acostumar com isso sem ter um mini-infarto toda vez.

Eu:

Eu também te amo. 23:32

Dorme bem. 23:32

Eu bloqueio o celular, sorrindo como não sorria há muito tempo depois de uma simples conversa no telefone.

Alexander? O que eu sentia trocando mensagens com ele eram apenas migalhas já remexidas pelos ratos, comparado ao banquete farto que meu coração se alimenta depois de ter trocado mensagens com Gael.

E com meu interior farto, eu termino meu turno de trabalho, indo para casa quando o relógio se aproxima das 05:00 e experimentando uma cama vazia mais uma vez, só que, diferente de todas as outras noites, meu colchão sem um corpo quente para que eu abrace não me traz angústia, mas paz.

Querendo estar próximo de seu cheiro o tempo todo, a saudade de Gael ainda existe, porém é absurdamente confortável saber que ele se distancia de mim por amor, por cuidado, por saber que me preocupo com ele, e não por mágoa.

Dessa forma, meu sono é tranquilo. Minha noite é silenciosa, mas meu acordar é um pouco mais ansioso do que o normal.

Passam das 16:00 quando desperto assustado, achando que meu apartamento está explodindo, até perceber que é apenas a campainha e, sonolento como estou, minha mente faz do ruído um barulho imaginário.

Levanto-me devagar e arrasto-me pela minha casa pequena, chego resmungando até a porta, destrancando-a com lentidão e mau humor.

— Já vai, calma, já vai... — Respiro fundo, e ainda sinto os meus olhos fechando pelo sono.

Até ser surpreendido pela imagem do meu namorado, tentando ser sério, mas prendendo o riso com muita força.

Já eu, estou franzindo o cenho...

Porque Gael está segurando a televisão que me deu, no dia que descobriu que eu era o DiCaprio.

30

DÚVIDAS SOBRE LIPA

Eu esfrego meus olhos, ainda sonolento, dando passagem para que Gael entre no meu apartamento com a televisão, que carrega no colo como se fosse uma criança.

Ele se direciona ao rack, enquanto eu vou até o banheiro, para molhar meu rosto e escovar os dentes.

Aproveito para colocar uma camisa branca e larga, de algodão, porque estou só de cueca e me sinto estranho por estar quase pelado. Não deveria me sentir assim com ele, mas me sinto.

Quando volto, menos de dez minutos depois, vejo-o ligando os cabos da televisão.

— Por que trouxe ela de volta? — pergunto baixo, sentando-me no sofá e olhando-o instalar o aparelho.

— Por que entregou ela para o meu pai? — ele retruca minha pergunta, de costas para mim.

— Ela foi cara... Você me deu quando achava que eu era outra pessoa — continuo com o tom baixo, olhando para meus pés que roçam um no outro. — Não achei justo ficar com ela.

Gael termina de ligar os cabos, coloca num canal qualquer para testar e, aproximando-se de mim, joga o controle no sofá, ficando em pé na minha frente.

Até abaixar, sentar nos próprios calcanhares e pegar as minhas mãos.

— Isso não importa mais... Eu quero que fique com ela e fiquei magoado de ver que você devolveu.

Eu torço meus lábios, sem conseguir encará-lo.

— Nunca gastei tanto com ninguém — ele fala, segurando meu queixo e levantando-o, porque quer que eu olhe para ele. — Aí, quando eu gasto uma porrada de dinheiro, a pessoa devolve o presente? Isso foi quase ofensivo...

Eu começo a rir, chegando o rosto perto do seu, sem resistir a um selar calmo que ele retribui.

— Se serve de consolo, eu travei uma luta interna para devolver essa televisão, porque eu sou muito apegado a ela — confesso, porque é verdade.

— Já estou menos ofendido agora...

Rindo, beijo-o novamente, e Gael se levanta e me olha, com um sorriso confortável no canto dos lábios.

— Acordou agora, não foi?

Eu confirmo.

— Está com fome?

Confirmo de novo.

— Vou fazer alguma coisa pra você comer...

— Gael, não precisa... — eu falo, pegando na sua mão, antes que ele se distancie de mim.

— Me deixa cozinhar pra você... Eu gosto de cozinhar. — Ele sorri meigo, passando a mão no meu rosto.

Solto uma risada nasal baixa e acabo concordando, vendo-o se desvencilhar da minha mão em seguida e indo em direção à cozinha.

Eu troco de canal e coloco em um que passa um filme qualquer, mas eu sequer consigo me concentrar. O tempo todo olho para Gael, na cozinha próxima. Vez ou outra nós sorrimos um para o outro e me pergunto como ele não queima a comida olhando para outros lados. Eu queimaria.

Tendo terminado de fazer tudo, ele traz meu prato, coloca no braço do sofá e me dá também um copo longo com suco, que coloco no chão.

Ele se senta ao meu lado e observa a televisão enquanto como. É macarrão ao molho branco e espinafre e, como sempre, está gostoso demais.

Minha refeição segue silenciosa porque, além de eu nunca ser adepto a conversar enquanto como, ainda é levemente difícil falar com Gael abertamente, mesmo que estejamos, a cada dia, mais próximos.

E, mesmo com a conversa que tivemos, há certos processos que eu não consigo burlar, antes que o conforto pleno nos alcance.

Como o processo interno de me sentir confortável com alguém que, há muito, foi embora sem esperança de retorno.

Isso é um pouco mais complicado...

— Desde que eu voltei... — ele quebra o silêncio, ainda olhando para a televisão, que está com o volume baixo, passando comerciais — notei o quanto você está diferente.

É engraçado pensar que meu incômodo também dança pela sua mente.

— Esperava que eu fosse o mesmo, depois de um ano? — pergunto baixo, rodando o garfo no prato e trazendo mais um punhado de macarrão à boca.

— Não, da mesma forma que também não estou igual — fala, pegando o controle, desligando a televisão e olhando para mim.

Então, gira o corpo devagar para me encarar, e repousa o braço nas costas do sofá, erguendo a mão lentamente e apoiando a têmpora sobre seus dedos fechados em punho, enquanto me olha sério.

— Mas está mais fechado. Mais retraído.

— E você está assustadoramente mais agitado e mais impulsivo.

Ele solta uma risada nasal baixa, depois permanece com o canto dos lábios erguidos, num sorriso calmo, acompanhado de olhos que me observam sem parar.

— Algumas coisas explicam o meu comportamento...

— Sou todo ouvidos... — digo, girando o macarrão no garfo novamente e levando à boca, enquanto o encaro.

— Primeiro, estou sem trabalho e sem academia. Isso me deixa nervoso, porque estava acostumado com uma carga pesada e rotineira... Me sinto quase... pelado, no meio de uma nevasca. Preciso correr para os lados, para que tenha calor no corpo.

— Queria te ver pelado no meio de uma nevasca.

Ele gargalha baixo.

— São dessas coisas que eu sinto falta... — Gael diz, com um sorriso largo nos lábios.

— Continue — Eu o estimulo, terminando de dar a última garfada na comida.

— Segundo... Eu sou muito decidido quando quero fazer algo e não há nada que me faça voltar atrás, você deve ter percebido quando eu... — Ele respira fundo, franzindo o cenho levemente e olhando para um ponto desfocado, abaixo de meus olhos.

— Quando decidiu que precisava ir embora do país.

— Quando decidi que não aguentava lidar com o amor que eu sentia por você aqui, precisei respirar em outro país...

Meu namorado me encara, vendo que eu termino a refeição e, com um aceno sutil da cabeça, que tem, de mim, concordância, pega meu prato e leva até a pia.

— Mas... — ele fala, voltando a se sentar, enquanto eu pego o suco no chão e começo a beber devagar, olhando-o. — Decisões, por mais justiceiras que pareçam, também podem ser incrivelmente impulsivas, e isso reflete minha vida em geral.

Dou um gole longo, finalizando a bebida e depois colocando o copo vazio no chão para, enfim, me aproximar de Gael devagar e me sentar de pernas cruzadas sobre o sofá, exatamente na sua frente, a poucos centímetros de distância.

— Eu tenho sido agitado e impulsivo com você aqui, para tentar compensar pelo idiota agitado e impulsivo que eu fui quando te deixei para trás.

Eu olho para os meus pés cruzados e os seguro, concordando devagar com a cabeça.

— Mas sei que não é o suficiente para você perder todas as amarras que tem comigo...

Gael fala e, apesar de seu tom ser ameno, ele carrega uma leve decepção.

Eu levanto o rosto, encarando-o.

— Não há um pingo de mentira em nenhum "eu te amo" que eu te digo. Eu realmente amo você — começo devagar, com o tom sutil, apesar de apreensivo. — Porém, o coração, que te ama hoje, não é o mesmo coração que te amava um ano atrás... Ele é mais fraco.

Gael mantém o olhar fixo ao meu, com a respiração pesada.

— Seria mentiroso da minha parte fingir que eu não sofri a ponto de me destruir... porque eu cheguei a ser encontrado inconsciente no meu apartamento, já que beber era a única coisa que me fazia esquecer da dor.

Esconder a parte do coma alcoólico e da estadia no hospital, para que Gael não se sinta ainda mais culpado.

— Também fiz mal ao meu próprio corpo, me levando aos limites da exaustão para não pensar em você...

— É por isso que está tão forte? — pergunto, descendo o olhar até seu peito definido, por baixo de mais uma simples camisa e azul-clara, de botões estufados, que ele parece gostar tanto de usar agora.

— Sim, mas só por fora... — Ele ri nasal, meio desanimado, olhando para as próprias mãos.

Um silêncio incômodo paira na sala, enquanto ouvimos apenas o barulho dos nossos corpos se ajeitando sobre o sofá.

— Eu só queria entender — solto baixinho, capturando a atenção de Gael mais uma vez. — O que fez você ficar tão seguro em relação a mim? Em relação a me querer de volta. Eu achei... — Respiro fundo, sentindo meu coração doer. — Eu achei que nunca mais veria você, Gael. Que você ia me odiar pra sempre...

— Além de eu ter passado meses me sentindo idiota por achar que você estava me enganando, ao mesmo tempo me culpando por ter sido impulsivo demais... — Ele respira fundo, parecendo hesitar sobre as próximas palavras. — Coisas aconteceram que me fizeram tomar coragem de voltar para você...

— Que coisas são essas?

Ele solta o ar de forma pesada, mais uma vez demonstrando o quanto suas palavras estão cheias de enigmas e situações que ele não consegue abrir para mim com facilidade.

— Coisas que eu prefiro guardar para mim, mas que fico feliz de terem acontecido — finaliza num tom firme, deixando claro que não vai dizer mais nada.

Mesmo que eu tenha todos os motivos do mundo para acreditar que já sei do que ele fala...

Gael, tentando não estender mais essa parte da conversa, ergue a mão até a minha, segura meus dedos devagar e me puxa, num pedido mudo para que eu chegue mais perto dele.

Atendendo sua vontade, eu descruzo as pernas, passo elas uma de cada lado de seu corpo e me sento em cima de suas coxas, com os joelhos dobrados sobre o sofá.

— Mas teve uma pessoa, em especial, que parecia ser a única voz que me fazia acreditar que eu não estava sendo um idiota em tentar de novo — diz baixo, olhando na direção das nossas mãos, que ele entrelaça agora.

— Quem? — pergunto curioso.

— Meu pai.

Franzo o cenho levemente, esperando ouvir outro nome.

— Como assim seu pai?

— Confiança é uma coisa frágil e delicada, que eu e você estamos reconstruindo, certo?

Eu assinto, confirmando com a cabeça.

— Mas ele é uma pessoa em quem eu confio absoluta e cegamente...

— O que ele disse? — Minha curiosidade não se finda.

— Que você parecia ter se arrependido de verdade... — meu namorado fala, então ergue o rosto e me encara. — Que nunca tinha visto alguém tão miserável, caído no chão, chorando e se debatendo — ele fala a última parte segurando o riso, o que me faz rir e empurrar seu ombro.

— Fala a verdade, Gael! — digo, observando-o aumentar a risada, até que comece a gargalhar leve.

Um gargalhar gostoso que me lembra o quanto é bom vê-lo feliz dessa forma.

O quanto eu sempre quis apenas sua felicidade.

Ele pega minha mão direita, leva aos lábios, ainda tentando controlar o riso frouxo, e dá um beijo lento nos meus dedos, com carinho.

— A parte do "arrependido de verdade" foi sincera. Na verdade... — Ele respira fundo e o riso some de seus lábios. — Meu pai ficou, claramente, muito preocupado com você.

Durante toda a minha vida, eu tive pais que não ligavam se eu estava vivo ou morto.

Ali, naquela hora, descubro que meu, talvez, sogro realmente se importa comigo.

Até com as minhas emoções.

É muito difícil controlar o marejar dos meus olhos, quando percebo, mais uma vez, que sou digno de receber carinho de pessoas mais velhas.

Porque, a vida inteira, eu acreditei que não merecia nada disso.

— Você está chorando? — Gael pergunta, percebendo meu estado e levando os polegares até meu rosto, arrastando-os pelas sutis lágrimas que eu derramo.

— Eu gosto muito do seu pai... — Dou uma risada quase esganiçada.

— E aquele velho antissocial gosta muito de você — ele diz sorrindo, terminando de limpar meus olhos e olhando para mim, com aqueles lábios bonitos e grossos arqueados para cima.

— Espero nunca mais decepcionar nem você nem ele.

— *Shh*... — Gael balança a cabeça negativamente, chegando a boca perto da minha e me beijando devagar, enquanto continua a sussurrar as próximas palavras quase em cima de meus lábios. — Eu tenho me esforçado muito para entender e aceitar que o que você fez foi por insegurança.

Subo minhas mãos, segurando as suas e as acariciando, enquanto o ouço falar, baixinho, palavras que me reviram por dentro.

— Então, esquece a culpa que você tem, porque isso só vai te fazer mal.

— Se eu me esquecer da culpa, eu esqueço que você também sofreu... — digo, me distanciando de seu rosto levemente, observando suas feições sérias, mas, completamente carinhosas. — E o meu erro também foi muito babaca, mas eu queria tanto que você olhasse pra mim... — o meu tom é quase melancólico, porém, absolutamente sincero.

— Eu sempre olhei pra você, Dimitri. Se tinha alguém ali, naquela boate, que podia me fazer sentir alguma coisa, esse alguém era você... — ele confessa, descendo as mãos até minhas coxas e acarinhando a região suavemente.

— Você realmente perdoou as mensagens anônimas? De verdade mesmo? — pergunto, levando as mãos até seu peitoral, necessitando da resposta do meu questionamento.

Porque é uma das coisas que mais me tortura.

— Desde o dia que fizemos amor, eu vi quanta dor tinha no seu choro...

Eu sorrio com o canto dos lábios, mas não há malícia em mim.

Estou feliz por Gael enxergar sinceridade nas coisas que sinto, até na dor.

— Também perdoei você de verdade naquela hora... — confesso, passando as palmas das mãos mais devagar sobre seu peito, num carinho lento.

— Mas perdão não é o suficiente para apagar traumas...

Eu o olho franzindo o cenho.

— Para de ler a minha mente.

Gael solta uma risada baixa, aproxima o rosto do meu e me dá outro beijo calmo nos lábios. Meu corpo volta a ganhar um nível de conforto, ao seu lado, que eu já havia experimentado antes.

Ainda não é um conforto pleno como já foi, mas aos poucos está se tornando.

Aproveitando as poucas horas que temos juntos, eu puxo Gael para a cama e lá ficamos tão grudados que quase parecemos um só.

Nós brincamos, rimos e nos beijamos tantas vezes quanto aguentamos, mas isso faz com que eu me atrase, mesmo que, poucos momentos atrás, eu estivesse completamente adiantado.

Como veio à minha casa com uma corrida por aplicativo, Gael e eu descemos até meu carro, e ele pede para dirigir até a Hidden Honey, para, depois, ir para casa com outro veículo que irá pedir no celular.

Eu deixo, porque gosto dele cuidando de mim dessa forma.

Craque em estacionar na boate, ele coloca meu carro em uma das vagas destinadas aos empregados, a vaga que ele costumava usar com sua banheira, e desliga o veículo, soltando seu cinto e saindo do carro.

Fechando tudo, ele encosta a bunda na porta do motorista e, quando eu me aproximo de seu corpo, entrega a chave a mim, mas eu não quero que vá embora naquele exato segundo.

Encostando o quadril no seu, depois de guardar a chave no bolso detrás, selo seus lábios devagar, fazendo um carinho no seu rosto que já é saudoso, porque não quero me distanciar dele.

— Cadê o Victor para cobrar engradados? — comenta e arranca risadas de nós dois, o que me faz me afastar levemente, para observá-lo pegar o celular e pedir o carro.

Eu o beijo pelos cinco minutos restantes, que é o tempo que leva para o carro, já perto dali, chegar à rua da garagem da Hidden Honey.

Toda despedida é dolorosa, talvez porque eu não tenha superado o dia em que ele não se despediu de mim.

Tentando não pensar nisso, depois das horas tão boas que tivemos, respiro fundo, entro no meu trabalho e observo os poucos empregados presentes, limpando o salão e arrumando as mesas para a noite que virá.

São 20:30, o que faz com que eu me surpreenda ao ver a imagem de Pablo já na Hidden Honey. Já faz um tempo que ele só chega à boate depois da abertura da casa, porque confia demais no meu trabalho e passou a deixar tudo nas minhas mãos.

Mas hoje está afoito.

— Viu passarinho verde? — pergunto rindo, andando devagar na direção do vestiário, e ele parece querer me acompanhar.

— Vi um pássaro rosa imenso, vibrante, de cabeça linda...

— Você não está comparando um pássaro com uma piroca, está?

— Estou. Uma linda rola.

Eu acabo gargalhando, chegando à porta do vestiário com meu amigo-chefe. Ali, conversamos sobre algumas barbaridades da vida, com Pablo querendo saber muitos detalhes do meu retorno com Gael e como as coisas tem acontecido.

Além das perguntas safadas e do relatório de putarias que ele pede, Pablo fica muito preocupado com a minha aproximação com o ex-barman, mas não por ele não gostar de Gael.

Ouso dizer que ele foi o funcionário que Pablo mais amou na vida, de tanto que rasgava seda para o cara, mas sua cautela é por minha causa. Por ele me conhecer tão bem, que teme por mim.

E sou muito grato por todo esse cuidado comigo.

Ao final do expediente, a fim de conversar sobre o estoque e bebidas que estavam acabando, vou à sala do meu amigo para passar a listagem das coisas que precisavam ser pedidas.

Eu me jogo no sofá, encarando-o enquanto ele olha algo na tela do computador.

— Quantas bundinhas gostosas subiram no palco hoje? — pergunta, já que ficou ocupado, trancado ali o tempo todo.

— Todas as bundinhas disponíveis. Teve uma grande apresentação.

Pablo ri e balança a cabeça positivamente, então, em seguida, como se acabasse de ver alguém tomando um tiro, fecha a cara totalmente ao continuar visualizando o computador.

— Alguém morreu? — pergunto preocupado, andando até ali e sentando-me à sua mesa.

— Recebi um e-mail do supervisor de Aleegra, parece que tiveram problema com um carregamento estragado de frutas... — Ele esfrega o rosto cansado. — Porra, caralho, puta que pariu! Deu caganeira em todo mundo!

— Porra! — falo incrédulo, franzindo o cenho e sério.

Isso não acontece aqui na Hidden Honey de Astra de jeito nenhum.

Porque Pablo nunca deixou.

Porque *eu* não deixo.

— O que vai fazer? — pergunto preocupado.

— Amanhã, eu resolvo essa merda... — ele diz, provavelmente tendo noção que terá que brigar com muita gente no outro dia. — No dia da inauguração, todo mundo parecia tão competente. Bando de falsos, cuzões! — Pablo quase choraminga, o que me faz segurar o riso, porque sei que o caso é tenso.

Mas, no mesmo momento em que ele cita a inauguração da filial de Lipa, meu coração aperta com uma coisa que vem martelando na minha cabeça nos últimos momentos.

Desde a conversa com Gael.

— Pablo... — falo calmo, observando o rosto de meu amigo que se ergue.

Ele assente, sinalizando que posso falar.

— Quando você e Eric foram até Aleegra...

Ele engole em seco.

Pablo não sabe disfarçar e entende rápido demais o que estou pensando.

— Vocês não ficaram só na boate, não é? — pergunto meio sem jeito.

Não gosto de colocar meus amigos contra a parede, mas aquilo me incomoda, e eu preciso saber da verdade.

— É claro que não — sua voz soa nervosa, então ele se levanta e vai em direção à porta. — Nós dormimos e fodemos no hotel, eu, ele e Vicenzo — ele diz rindo escandaloso, mas é muito aparente o quanto seu tom é mentiroso.

Apesar de o meu amigo ter dito a mim que não fez nada com ninguém, não duvido que os três tenham transado juntos, afinal Eric parece viver num relacionamento a três que não admite para si mesmo...

Mas Eric nunca precisou mentir para mim.

Eu não quero fazer com que Pablo fique desconfortável, jogando mais questionamentos no seu colo, mas não me dou por vencido.

Na mesma hora, tiro meu celular do bolso, checo as horas e observo o visor que anuncia 04:32.

Então, eu deixo a impulsividade tomar conta de mim e disco o número que, no momento, tira minha paz.

— *Você não tem uma piroca pra chupar ou algo assim?* — a voz arrastada de Eric soa, mas ele não parece ter acordado recentemente.

— Te acordei? — pergunto calmo.

— *Não.* — Ele suspira e, em seguida, ouço o barulho de um corpo sendo jogado numa cama, provavelmente o dele. — *Acabei de chegar da Gaiola Vermelha.*

Esse nome me causa lembranças que eu faço força para ignorar, já que não sou mais um solteiro livre.

— Está sozinho? — pergunto, um pouco mais incisivo do que gostaria, andando em direção à porta e olhando lá para fora.

O movimento praticamente morreu e quase não há mais clientes do lado de fora, apenas na fila de pagamento.

— *Agora estou...* — Ele ri baixo.

Eric mal se preocupa em esconder que deve ter acabado de transar, apesar disso não me surpreender nem um pouco.

— *Por quê?*

— Posso ir aí?

— *Agora, Dimitri?* — Eric estala a língua, claramente cansado.

— É, agora.

Meu amigo solta um respirar lento pela boca, deixando evidente o quanto ele está se dando por vencido, o que confirma nas próximas palavras que lança a mim.

— *Tudo bem. Você tem a chave, só entrar.*

Eu me despeço e desligo o telefone, saindo da sala de Pablo, que está conversando com Leia, e, depois de me despedir brevemente deles dois, com meu amigo tentando fingir que eu não existo — para não lhe perguntar mais nada —, vou até o vestiário e troco minha roupa, saindo de lá e indo para a garagem.

No estacionamento, pego meu carro e dirijo até o caminho que sei de cabeça. Chegando à casa de Eric, abro o portão da garagem, com o controle que eu tenho, e estaciono.

Quando entro na sua casa, tudo está silencioso e arrumado, com exceção de uma cueca estupidamente vermelha que eu vejo jogada na escada.

Eric só usa cuecas brancas, pretas ou cinzas, então sei que aquilo não é dele, mas ignoro, indo até seu quarto.

Quando chego lá, dou três toques na porta aberta e entro, dando de cara com a imagem familiar.

Meu amigo está com o celular em mãos, ligado numa claridade estourada, enquanto, na outra mão, segura uma taça gorda, com um dedo de conhaque apenas.

— Se você não estiver grávido ou morrendo, não vejo motivo para essa pressa toda... — ele fala sério, arrastando o polegar pela tela, com um humor tão fechado que é claro que aquilo é uma bronca.

Mas o que eu falo a seguir faz Eric bloquear o celular e deixar o aparelho cair em cima de sua barriga:

— Você procurou Gael em Aleegra? — solto a pergunta, mas meu amigo sequer se move.

31

PALCO PARA REVELAÇÕES

Ele continua me olhando, com aquela feição inexpressiva, e a única mudança em seu semblante é sua sobrancelha direita, levemente arqueada, mostrando que me analisa.

E eu odeio ser analisado por Eric dessa forma.

— Você não vai falar nada? — pergunto, frente ao seu silêncio.

— Gael ou Pablo? — sua pergunta soa, não deixando de me confundir ainda mais.

— O quê? — Meu cenho franze, e balanço a cabeça negativamente devagar.

— Quem te contou? Gael ou Pablo?

— Isso faz diferença?

— Pra mim... — Ele respira fundo, tirando o celular de cima da sua barriga e jogando no colchão. — Sim, faz.

— Ninguém me contou, Eric! — falo mais alto do que estou acostumado, mas não consigo controlar.

Não consigo me controlar porque Eric acabou de confirmar que essa visita aconteceu, e quanto mais as palavras saem da minha boca, maior fica meu tom.

— Você acha que eu sou burro? Que eu não ia perceber que Gael voltou, justamente meses depois de você ter ido à Lipa? Sendo que ele teve o ano todo para entrar em contato comigo. — A dificuldade de não me exasperar me atinge, mas não há nada que eu possa fazer quanto a isso. — E foi só quando você esteve lá que ele tomou uma atitude? Você realmente acha que eu nunca desconfiaria de nada parecido?

Meu amigo me lança aquele seu olhar tedioso, como se eu estivesse soltando uma série de besteiras, então se levanta, serve-se de mais conhaque, porque ele sequer consegue conversar comigo sem beber, e se senta na poltrona imponente, de frente para sua cama.

— Dimitri, você precisa... — ele tenta falar, quando minha voz se cala, mas minha pausa é curta.

— Dimitri é o caralho, Eric! — Estou cada vez mais alterado, a cada segundo que passa. — O problema disso tudo não é você ter tentado me ajudar!

O problema é esconder essa porra toda! O problema é você ter se metido na minha vida, quando eu te pedi pra não fazer mais isso!

Ele franze o cenho, enquanto bebe e olha para mim. Seus dentes rangem, enquanto ele engole a bebida devagar. Odeio o quanto ele prolonga seus movimentos, apenas para perdurar o silêncio e fazer com que eu me acalme entre uma fala e outra.

Eric manipula todas as ações que têm, mas se esquece de que eu o conheço há tempo demais, o bastante para ler toda sua jogada de instaurar a paz. E isso me irrita ainda mais.

— Você é inteligente o suficiente para entender que eu falei com ele antes de você ter tido aquela conversa comigo...

— Foda-se! — grito, andando de um lado para o outro, enquanto levo as mãos nervosas ao cabelo e depois ao rosto, completamente sem ação, mas nervoso demais para ficar parado. — Então, eu solto o ar, tão pesadamente que sinto meu peito doer.

Todo meu corpo dói, todo meu corpo cansa.

Sou tão contraditório que, no momento seguinte, me jogo sentado na cama.

Meu corpo está esgotado, meus pés queimam.

— Por quê, Ric? Por que escondeu isso de mim? Por que não me contou quando nós conversamos?

— Você, melhor do que ninguém, sabe que alguns segredos são melhores quando muito bem enterrados...

— E você, melhor do que ninguém, sabe que nada permanece enterrado pra sempre.

Ele não fala nada, não concorda, tampouco nega.

Seus dedos finos seguram o copo gordo de conhaque, onde gira o líquido amadeirado devagar, enquanto a única coisa que ouvimos naquele quarto é o barulho de nossas respirações.

— Como você espera que eu me sinta, Ric? — corto o silêncio, mesmo que minha voz seja baixa e meu tom seja quebrado, melancólico.

— Eu corri atrás dele, Eric. Eu fui ao aeroporto, eu senti que ia morrer de tanto chorar! Como você acha que eu estou agora, que sei que ele não iria voltar pra mim? Que ele nunca me daria uma chance, de forma genuína, se não fosse por você?

Ele permanece mudo.

— Como você espera que eu me sinta? Caralho! — grito, me ergo e ando até a porta, esfregando as palmas no rosto e bufando completamente transtornado.

Minha cabeça está bagunçada, meu coração não sabe o que sentir.

Meu estômago vira, revira e os meus pulmões não funcionam direito.

Eu não sei o que pensar, volto a me sentir mal, volto a me sentir insuficiente.

— Eu estou... Porra! — é quase um grito, mas eu tento, com todas as minhas forças, conter meu tom. — Eu estou tão inseguro agora.

E Eric, enfim, fala alguma coisa:

— Não fique inseguro quanto ao que ele sente por você. Ele... Ele fez tantos desenhos seus... — sua voz soa grave, mas tão firme que me irrita.

Eu viro o rosto devagar, desentendido, mas ainda não consigo olhar para o meu amigo.

— Desenhos? — minha voz sai fraca, duvidosa.

— Dos seus lábios, suas mãos... Gael realmente sentiu sua falta todo esse tempo.

Eu balanço a cabeça negativamente, enquanto lanço um sorriso magoado.

— Não o suficiente para vir atrás de mim por vontade própria.

— Seja racional. Ele nunca viria atrás de você se estivesse se sentindo obrigado a isso, até porque ele também tinha os traumas dele em relação a você. Eu apenas plantei uma semente na cabeça dele. A parte de cuidar, regar e ver crescer foi totalmente mérito dele.

Eu viro, encaro seu rosto e, encostando as costas no batente da porta, cruzo meus braços, tentando reorganizar meus pensamentos, enquanto minha voz ainda é projetada de forma infeliz e magoada.

— Mas por que manter segredo? Por que você faz tanta questão de resolver minha vida amorosa por mim?

— Você não tem noção do quanto eu amo você... — suas palavras soam mais pesadas do que eu estou pronto para compreender ou assimilar. — Não tem noção de como o último ano que você passou me destruiu, porque eu simplesmente odeio ver você passando por qualquer tipo de dor, seja ela psicológica ou física.

Então, num raro acontecimento, ele desce os olhos até o copo de conhaque. Eric parece desconcertado, quase sem coragem, mas isso não o impede de continuar falando.

— Eu já te ajudei em muita coisa Dimitri, desde o dia que te conheci, mas o último ano me dilacerou por dentro, e eu acho que, depois de tudo que passou, você merecia a chance de ser feliz. Ninguém merece isso mais que você. Nem eu nem Gael... Sua felicidade é mais importante do que tudo.

Inquieto, ando devagar até a cama de Eric, me sento na ponta novamente, porque meu corpo cansado clama por isso, então deixo que as palavras saiam de mim de novo.

Eu preciso pôr tudo para fora.

Tudo que me agonia, tudo que me faz mal.

— Mesmo assim, eu não consigo acreditar, Ric — minha voz agora é baixa, porque eu sinto minha garganta doer, depois do momento de gritaria que eu produzi. — Eu não consigo acreditar que, se não fosse por você, ele teria vindo atrás de mim. Que ele perceberia sozinho o quanto eu o amo de verdade...

— Você realmente acha isso ruim? — ele pergunta baixo, com o tom cortante.

Eu ergo o rosto, não entendendo aonde ele quer chegar.

— Você está tirando do Gael o direito de ser humano, de ser ajudado pelos outros.

Eu mordo o interior do meu lábio inferior, detestando a forma que Eric consegue me fazer enxergar as facetas certas de suas ações.

— Quantas vezes você errou e só conseguiu se consertar porque alguém te ajudou? Porque eu te ajudei, porque Pablo te instruiu.

Eu permaneço em silêncio, mas baixo o rosto.

— Quantas vezes você achou que ser quieto, recluso e sem atitude ia fazer você sobreviver, até o Pablo te moldar e te ensinar a ponto de você ser o profissional que você é hoje?

— Isso não tem nada a ver com você ter ido para Lipa falar com Gael.

— Tem a ver com você entender que as pessoas acham que estão fazendo o certo, quando tudo que elas precisam é de auxílio, de alguém que consegue ver a situação com mais clareza do que elas.

Eu balanço a cabeça negativamente, sentindo a dificuldade de aceitar as palavras de Eric.

— E eu sei que você nunca teria me deixado entrar em contato com ele se eu te pedisse, então não te comuniquei. Mas eu quero saber... — ele fala, levantando-se da poltrona e andando até mim, devagar, abaixando o corpo e sentando sobre os calcanhares na minha frente, mesmo que ele não encoste em mim. — Se você pudesse voltar no tempo, teria me impedido de falar com Gael?

Não consigo responder ao Eric.

Porque a resposta é tão clara, que sinto vergonha por estar ali o confrontando.

É óbvio que não teria impedido.

Ou talvez tivesse.

Eu estava em outra fase da minha vida.

Como saber?

Ainda assim, o incômodo da ocultação de informações de uma coisa que é tão importante para mim, que me envolve tanto, ainda me atormenta.

— Você não entende que eu estou chateado por você omitir coisas de mim, que poderiam ter dado errado? Que poderiam ter feito com que eu me sentisse ainda pior? Ainda mais abandonado?

— Minha omissão foi justamente para que, se houvesse uma negativa, você não se machucasse com ela. É você que não entende, Dimitri.

— Não entendo o quê, Eric?

— Que eu amo você, e tudo que eu faço é pensando no seu bem...

Eu volto a olhar para baixo, vendo agora seus dedos finos e compridos tocando meus joelhos com delicadeza.

— Mesmo acreditando que eu possuo mais erros do que acertos, quando se trata de você.

Eu respiro fundo, observando seu cabelo ondulado que bate nos olhos, por seu rosto estar abaixado, olhando na direção das suas mãos que tocam meus joelhos.

Seguro suas mãos, afasto-as de mim com delicadeza e me levanto.

— Você possui muitos acertos também, Eric — digo, encarando o chão, observando sua silhueta se levantar devagar e se sentar na cama, mesmo que não o esteja encarando diretamente. — Certamente, foi a pessoa que mais me ajudou, em toda minha vida. Com toda dificuldade que há em mim, o encaro. — Mas eu estou lutando com a minha própria cabeça agora. Eu tenho meus próprios gatilhos, minhas próprias lutas internas... E saber disso tudo só fez com que uma nova guerra começasse dentro de mim.

Ele se mantém em silêncio, apenas me observando.

— Então, por favor, me deixe sozinho por um tempo. Eu estou magoado demais para fingir que consigo perdoar isso tudo da noite para o dia. Eu... — Respiro fundo, voltando a olhar para o chão. — Eu preciso que esse sentimento ruim saia de mim.

Meu amigo não diz nada, nem me impede. A última coisa que consigo ver é seu rosto sério, mas que assente perante o meu pedido, antes de virar meu corpo e andar em direção à porta.

Eu deixo a casa de Eric e vou para o meu apartamento e só consigo dormir depois de muitas horas do nascer do sol.

Nem meu banho longo e quente é o suficiente para acalmar o furacão que se passa dentro de mim.

Minha mente não funciona, e eu sequer consigo organizar meus pensamentos.

Mas há uma coisa que grita...

Minha insegurança e o constante pensamento de que eu sou substituível e não valho a pena o esforço de repensar a vida inteira para voltar atrás.

Quando acordo, às 17:00, vejo a tela luminosa do meu celular, destacada no meio da penumbra do meu quarto cheio de cortinas, anunciar que acabo de receber uma mensagem.

É de Gael, mas não é a primeira.

Ele havia me mandado algumas, durante a noite, porém não tive cabeça para pensar em responder-lhe.

Meu amor:

Posso dormir aí amanhã? 23:47

Aconteceu alguma coisa? 03:15

Me manda mensagem quando puder, estou preocupado. 10:23

Ou vou aparecer na sua casa de surpresa. 10:23

Eu avisei. 17:07

A campainha soa.

O *timing* é perfeito.

Respirando fundo, me levanto, coloco uma cueca e me arrasto até a porta, numa constante que parece se repetir.

Gael parece ter necessidade de me ver acordar ou, realmente, preocupa-se a ponto de ter que vir à minha casa, para ver se estou vivo.

A essa altura do campeonato, eu já não sei o que pensar.

— Oi... — digo desanimado, depois de abrir a porta e me deparar com a imagem séria do meu namorado.

— Oi, Dimitri — ele fala calmo, mas sua feição está apreensiva. Ele percebe que algo não está normal. — O que aconteceu?

Eu não respondo de imediato, mas abro a porta e faço um movimento leve com a mão, sinalizando que Gael pode entrar.

Quando ele o faz, fecho a porta, observando o ex-barman andar até o centro da minha sala pequena e girar seu corpo, me encarando e cruzando os braços, na frente de seu peito.

Ele não consegue relaxar a ponto de não conseguir nem sentar.

Eu encosto as costas na porta, olho para baixo, imito o seu cruzar de braços e solto o ar de forma calma, sentindo meu braço formigar levemente, por eu ter dormido em cima dele.

Sei que meu cabelo está bagunçado e minha cara amassada, mas eu não consigo me importar com isso.

— Se não fosse por Eric... — Eu levando o rosto devagar, o encarando. — Você nunca teria me procurado, não é?

Meu peito dói com a aceleração que chega a me machucar.

Não é uma realidade que quero encarar, ainda assim, eu tento me impor.

Gael respira tão fundo quanto eu.

Ele leva as mãos até o rosto e o esfrega devagar, parecendo nervoso com a frase solta do nada, porque quase treme.

Mas não fala nada, parece tentar se recompor.

Anda devagar até o sofá, senta-se e olha para mim.

— Vem aqui, por favor — pede, colocando a mão sobre o lugar vago ao seu lado.

Não posso dizer que é totalmente contra minha vontade, mas ando devagar até ali, com absurda dificuldade em dar o braço a torcer.

Mas me sento, cruzo minhas pernas sobre o sofá, tirando os pés do chão que nem criança, e repouso o cotovelo sobre um dos joelhos, segurando meu rosto enquanto olho para qualquer ponto desfocado à minha frente, que não seja o rosto de Gael.

— Eu não tenho como saber o que aconteceria se Eric não tivesse me procurado — ele começa, estalando os dedos lentamente, claramente num gesto nervoso, apesar da sua voz soar calma e baixa. — Eu não tenho como dizer se ficaria com alguém ou se, quando eu pisasse em Astra, iria querer saber de você. — Seu rosto volta a subir, enquanto ele me encara, mas eu não o olho de volta. — Eu não tenho como dizer se eu conseguiria passar na frente da Hidden Honey e não explodir de vontade de entrar, só pra te confrontar e perguntar se você me amava de verdade...

Agora, eu o encaro, percebendo como o "amor de verdade" é sempre um tópico muito sensível para Gael, no meio do nosso tornado.

E tenho total ciência de que, assim como eu tenho inseguranças causadas por ele, ele também tem feridas causadas por mim.

— Mas eu posso dizer que eu fico grato por Eric ter se encontrado comigo. Eu sou grato por ele ter invadido meu apartamento e por ele ter me dado essa porrada.

— Ele bateu em você?

— A porrada de informações que ele me deu... — Gael diz, rindo fraco, mas logo volta às expressões sérias, porque percebe que eu não consigo rir. — Então, talvez, sim... Talvez, se não fosse por Eric, eu nunca teria te procurado.

Eu engulo em seco, sentindo uma vontade de chorar me consumir.

— Mas não importa o que eu fizesse ou com quem eu ficasse... — Ele leva a mão até a minha, segurando meus dedos com carinho, com a minha permissão, e depois me acaricia devagar, até que eu deixe que nossos dedos sejam entrelaçados. — Seria um futuro de dúvidas e incertezas, porque eu iria pensar em você até o último dia da minha vida.

O arrepio que percorre minha espinha é mil vezes maior do que o incômodo de segundos atrás.

— Eu iria me culpar para sempre. Isso sempre seria remoído.

Toda afirmação de amor de Gael por mim, sempre, a qualquer momento, me nocauteia a ponto de eu ficar calado, porque não consigo reagir.

— Você está brigado com ele? — sua pergunta quebra o silêncio.

Ainda atordoado por suas declarações, apenas assinto, sentindo seus dedos ainda me acariciarem devagar.

— Não seja tão duro com aquele cara estranhamente intimidador e com uma leve cara de maníaco sexual — diz, e sua frase acaba me fazendo rir, porque me lembro da época que ele me chamava de maníaco, então eu o encaro.

— Se ele tem cara de maníaco, por que está defendendo ele?

— Porque sei que ele não fez por mal... E eu acho que se eu não o defendo, ele coloca fogo no meu apartamento, então... — Gael respira fundo, olhando para nossos dedos entrelaçados e parecendo pensar por um segundo. — Ele realmente ama você e a preocupação dele não é um traço de vaidade ou algo assim. Me parece genuína.

Assinto devagar, pensando em todas as suas palavras inesperadas em defesa a Eric. São inesperadas da parte de Gael, sim, mas nada que eu não concorde.

Eu sei que meu amigo se preocupa demais comigo, talvez mais do que se preocupa com ele próprio.

Antes que meus pensamentos possam me engolir, sinto a mão direita de Gael tocar meu rosto e me puxar devagar, num movimento delicado, até que sua testa esteja colada na minha.

— Me perdoa? — ele pede baixinho, de olhos fechados que acompanham os meus também fechados, enquanto roça o nariz no meu. — Me perdoa por omitir isso e por não deixar claro como eu consegui chegar até você...

Confirmo com a cabeça, concedendo seu perdão.

— Mesmo que eu agradeça tanto por isso ter acontecido — ele fala e ri baixinho, roçando os lábios nos meus —, porque eu te amo demais e me sinto grato pela oportunidade de estar com você de novo.

— Para... — Eu fungo baixo, segurando o choro que tenta surgir a qualquer custo. — Eu vou chorar, para de falar.

Gael ri, depois sela meus lábios devagar, mas eu não deixo que prolongue seu beijo, porque me levanto correndo.

— Nem escovei os dentes, Gael — reclamo, enquanto ando correndo em direção ao banheiro, a tempo de ouvir a risada do meu namorado.

As coisas não se resolveram magicamente, e eu sei que preciso conversar com Eric, mas a simples presença de Gael e sua paciência para falar comigo já fazem com que meus ânimos comecem a se acalmar levemente.

Tenho medo de fazer dele meu porto seguro novamente, mas é inegável o quanto ele sempre me passou segurança. E, apesar de já ter sido meu foco de turbulência, Gael volta a ser meu ponto de paz.

Quando volto à sala, vejo que Gael é teimoso o suficiente para estar enfiado na cozinha, cozinhando para mim. Eu me pergunto se ele não deveria abrir um restaurante, já que gosta tanto de cozinhar.

Acabo comendo o café da manhã e, logo em seguida, levo-o para casa, porque me confessa que seu pai realmente vendeu a banheira.

— Eu sinto muito, meu amor... — digo, não entendendo porque meu coração está tão apertado com a venda de um carro tão antigo, que deve ser pré-histórico.

Talvez porque eu saiba que Gael permite apegar-se a poucas coisas...

E a banheira era uma delas.

— Nós nem conseguimos transar nela... — ele solta melancólico.

— Gael, trocou de corpo comigo?

Ele acaba gargalhando do meu comentário, enquanto eu também estou rindo da sua frase de cunho sexual aleatório.

Mas, apesar de raro, adoro quando ele brinca assim comigo.

Porque isso significa que ele está voltando a ficar confortável.

Está voltando a ver em mim um amigo, alguém com quem ele pode brincar dessa forma.

Trocamos beijos longos e gemidos baixos no meu carro, porque nossas despedidas se tornam cada vez mais difíceis.

Não temos muito tempo juntos e, logo, logo, ele irá voltar para Lipa.

Tudo começa a doer, mais do que eu estou preparado para admitir.

Eu não quero me despedir dele mais uma vez.

Só a lembrança disso já me causa pânico, mas eu finjo que não. Eu finjo que está tudo bem.

Ele vai para casa, e eu fico observando-o subir as escadas laterais do açougue e, como um grande meloso que tem se tornado nos últimos dias, ele se vira uma última vez e faz um sinal de coração com as mãos, depois ri.

— Que lavagem cerebral foi essa que Eric fez nele...

Eu comento baixo, para mim mesmo, enquanto ainda estou rindo do seu comportamento, mas tocar no nome do meu amigo me causa outro tipo de melancolia. Sei que tenho que conversar com ele, mas ainda não estou com cabeça para isso.

Dou partida no carro, sigo para a boate e lá encontro todos os funcionários.

Hoje, Pablo e Eric teriam que estar desde a abertura, porque haverá um evento com um grupo de strippers famoso na internet.

São três gêmeas que performam juntas.

Três vezes mais atrativo, então o ingresso da noite também está três vezes mais caro.

Acredito que vá ser uma noite agitada, mas boa, só que, quando chego à casa, encontro Luna na porta do vestiário feminino, ao lado do masculino, fungando baixo e distraída no celular.

— Luna? — chamo devagar para não assustá-la, então vejo sua cara inchada levantar e me encarar.

— Oi, Dimitri... Desculpa...

— Está se desculpando por quê?

— Pela minha cara horrível de choro.

— Vem cá, garota... — Eu rio baixo, passando o braço pelo ombro da mulher e a puxando para um dos sofás ali.

Ela não se opõe, pelo contrário, parece precisar de um tempo, pois suas mãos tremem e a dançarina volta a chorar, quase descontrolada.

— Você quer ir pra casa? — pergunto calmo.

É engraçado pensar que, hoje em dia, tenho o poder para dispensar ou mandar os empregados chegarem mais cedo.

Porém, ela nega com a cabeça e aperta o aparelho celular nas mãos.

— Algum problema com o trabalho? Há algo que eu possa fazer? — eu pergunto se tem algo a ver com a apresentação de hoje, já que Luna é a dançarina principal da casa, mas não é isso.

Ela balança a cabeça novamente, na mesma negação.

— Key! — grito para o garçom que passa perto, e ele prontamente vem até mim. — Traz um copo d'água para a Luna, por favor.

O caso eventual de Eric assente com a cabeça e, enquanto eu observo a menina parar de chorar aos poucos, Key retorna e entrega o longo recipiente de vidro.

— Obrigado — agradeço e dispenso o garçom, entregando o copo para Luna em seguida.

A garota bebe com tanta rapidez que chega a me assustar.

Deve ter secado o corpo inteiro com essas lágrimas.

— Você quer falar sobre isso? Precisa de alguém para conversar? — pergunto cauteloso, enquanto tomo o copo de suas mãos e observo, perifericamente, a casa se movimentar para a abertura daqui a duas horas.

— A minha namorada terminou comigo... — Ela volta a chorar, quase num grito engasgado, mas parece estar sentindo tanta dor que é muito difícil não me sentir mal por ela. Luna se joga no meu colo, deita a cabeça ali e chora como se tivesse apanhado.

Eu, de sobressalto, levanto as mãos, sem saber o que fazer.

Mas, nos minutos seguintes, estou com uma das mãos no seu braço e a outra na sua cabeça, fazendo carinho na dançarina que parece uma criança abandonada.

Tadinha...

Eu sei como é a sensação.

— Ela me xingava toda vez, Dimitri — seu soluço se mistura às palavras jogadas, de forma embargada. — Toda vez que eu chegava em casa. P-piorava nos... nos dias em que eu trazia muito dinheiro...

— Ela não sabia do seu trabalho? — pergunto confuso, tirando o cabelo colado de sua cara e colocando para trás da orelha.

— Ela me conheceu aqui... — Ela funga ainda com mais força, colocando o corpo em posição fetal, enquanto abraça meus joelhos. — E é isso que eu n-não entendo... Se ela sabe que eu posso ter quem eu quiser... — Ela soluça mais um pouco, parecendo que vai perder o ar. — Por que ela acha que eu gastaria d-disposição num namoro, se eu não quisesse ficar com ela d-de... de verdade?

— Confiança é uma coisa difícil de ser conquistada... — falo, e é inevitável não pensar em Gael, quando solto essa frase. — Mas, no caso da sua namorada, eu não sei se o problema é apenas confiança...

Ela ergue o corpo devagar e me encara, contorcendo os lábios e franzindo o cenho.

— O que quer dizer?

— Quero dizer que ela já sabia com o que você trabalhava e como você era, então não é justo que ela queira mudar você inteira agora, só pra se encaixar nas paranoias dela...

Ela desce o olhar para as próprias mãos, deixando que as lágrimas rolem silenciosas.

— Tirar sua liberdade de trabalhar não é amor, entende?

Ela assente devagar, depois sua voz soa baixa:

— Você e aquele barman nervoso voltaram, não foi? — diz, subindo o rosto e me encarando.

Tenho medo de querer fugir do assunto, mas acabo rindo do “barman nervoso”, então assinto.

— Ele não trabalha mais aqui... — Luna pontua.

— Sim... — confirmo. — E ele sabe que eu gosto de dançar no pole dance às vezes, que trato todos os clientes com educação e, infelizmente, também sabe que estou sujeito a sofrer assédio das pessoas que visitam este lugar. Todos nós estamos, porque os clientes acham que podem fazer o que quiserem com a gente, apenas por estarem pagando.

Luna concorda tristemente com aquela realidade de merda.

Felizmente, temos Pablo ao nosso lado, que apoia a expulsão imediata de qualquer pessoa que demonstre esse tipo de comportamento nojento. Quando acontece, tiram uma foto do cliente, e ele fica proibido de voltar.

— Mas, ainda assim, ele nunca perguntou sobre meu trabalho. Mesmo tendo milhões de motivos para desconfiar de mim... ele prefere confiar.

Mesmo depois de tudo...

E é impossível não sentir que eu o amo ainda mais, após esse breve momento de reflexão.

— Que motivos? — ela pergunta e sabe que é uma pergunta pessoal, mas parece não aguentar a curiosidade.

Dessa vez, sou eu a baixar o olhar, mas começo a rir, pensando em como é vergonhoso contar isso em voz alta.

— Eu mandava mensagens anônimas para ele... Era um babaca, não sabia como chegar nele, achei que essa era a melhor ideia. Ele ficou puto com razão, foi embora e me deixou mais de um ano de molho.

— E você ainda quis ficar com ele mesmo assim? Mesmo depois de um ano? — seu questionamento é incrédulo.

— Ele também quis ficar comigo mesmo depois da mentira...

— Meu Deus! Parece coisa de filme.

Eu solto uma gargalhada, jogando a cabeça para trás, porque nunca analisei minha história com Gael dessa forma.

— Mas se eu estivesse a fim daquela coisa, eu também mandaria mensagens anônimas para ele. O cara parecia uma muralha, já me deu tanta patada. — Ela ainda funga, mas começa a rir.

— Ele é só um bebê incompreendido.

— Meu Deus, olha como você defende ele...

Eu rio mais um pouco, enquanto baixo os olhos até os dois anéis de prata que uso, no dedo polegar. Eu os giro na mão e, no momento seguinte, tudo que ouço são as fungadas de Luna e os trabalhadores andando de lá para cá, na boate.

Então, eu ergo o rosto e volto a encarar a menina que se segura muito, mas volta a chorar silenciosamente.

— Tira a noite de folga, ok? Veja o show, a performance talvez seja boa...

— É muito boa, eu sou fã dessas meninas — ela diz pela primeira vez, soando com um pouco de ânimo entre todo aquele choro. — Mas vai todo mundo falar que eu não tô trabalhando.

— Então, você manda, quem reclamar, vir falar comigo.

Ela concorda, meio sem jeito, enquanto me levanto devagar, voltando a pegar minha mochila, com meu uniforme.

— Não importa com o que você trabalhe, você merece confiança, como qualquer outra pessoa.

Ela me lança um sorriso fraco e, antes que eu volte a me sentar ali e perca a hora do meu trabalho, porque simplesmente não consigo ver alguém mal sem tentar ajudar, ando até o vestiário e troco minha roupa.

Fiquei ali com Luna por, aproximadamente, uma hora, então posso dizer que estou um pouco atrasado.

Entretanto, eu consigo correr atrás do tempo perdido e, quando a casa abre, tudo está nos devidos lugares, além dos funcionários em seus postos.

Casa limpa, bar organizado, Davi sem quebrar copos.

Tudo na mais perfeita paz.

As horas passam, meia-noite chega e, com ela, a performance das trigêmeas.

Incomoda o fato de Pablo e Eric não estarem ali, porque, geralmente, Pablo é o maior entusiasta de todos os shows diferentes que acontecem nessa boate, e Eric permanece na casa, em dias de muito movimento, para prestar apoio.

Mas, no meio da apresentação, enquanto todas as pessoas estão gritando e jogando dinheiro para as garotas que têm um desempenho muito melhor do que eu estava esperando, vejo a cabeça agitada de um dos meus chefes, por trás da multidão.

Só que quando ele percebe que eu estou olhando para ele, Pablo fica sério, dá meia-volta e sai dali, andando a passos largos até seu escritório.

— Que porra... — Fico confuso, com o seu comportamento *quase* infantil.

É claro que eu não deixo para lá, até porque não estou tendo nenhum problema sério com Pablo nesse momento.

Não que eu saiba...

Então, pedindo licença e passando pela multidão, chego à porta de Pablo e, após bater, espero que ele abra.

Mas ele não abre, então eu entro.

— Se eu não abri, deve ter um motivo — fala completamente sério, sentado na sua poltrona e com a cara enfiada em seu computador.

— Pablo... — digo cauteloso, andando devagar até sua mesa.

— Volte para o trabalho, Dimitri.

— Pablo... — insisto, dando mais um passo.

— Não estou pedindo como seu amigo, estou mandando como seu chefe. Vai pro salão.

— Isso é porque eu dispensei Luna?

Ele fecha a boca, que iria me dar mais uma ordem, e olha para mim, franzindo o cenho.

— O quê?

Parece que minha pergunta foi uma grande ofensa à sua pessoa.

— É claro que não, porra!

— Então o que foi?

— Você e essa sua imensa cabeça não conseguem pensar sozinhos? Você é muito bom tirando conclusões de tudo. Não consegue tirar conclusões agora também?

Mas que tipo de reação é essa?

Eu não entendo o que ele fala.

Até entender...

Isso tem a ver com alguém que está ligado a nós dois.

— Está assim por causa do Eric?

— É claro que sim, caralho! Porque você é a merda de um ingrato do caralho!

Eu sequer entendo o que passa pela sua cabeça, para ele agir assim, quando a única coisa que eu fiz foi questionar Eric sobre uma omissão.

Sua postura é exagerada, é ofensiva.

Pablo nunca me tratou assim, então mentiria se dissesse que não me magoo com isso.

— E precisa disso tudo?

— Precisa, Dimitri! — Pablo quase rosna. — Precisa, porque você não entende! Você não percebe, você não vê a porra do esforço que ele faz por você, porque está ocupado demais pensando na sua vida, nos seus dramas, na porra do cara que te abandonou!

Eu quero rebater sua grosseria, gritar e brigar com Pablo, mas a única coisa que consigo soltar é:

— Você está sendo cruel...

— E você acha que você não está? Caralho, Dimitri! Para de olhar só pro seu umbigo!

— Eu só fui questionar sobre um assunto, não ofendi nem fiz nada para magoar Eric.

— Não fez nada para magoar? — Pablo ri nervoso, levantando-se e dando a volta na sua mesa, vindo à minha direção. — Você vai morrer ingênuo, Dimitri?

Não consigo mais falar, então emudeço, enquanto ouço suas palavras que soam como ataques.

— Vai viver para sempre sem perceber o que acontece ao seu redor? Vai continuar sendo aquele adolescente que não entende nada do mundo?

— Pablo, para com isso... — eu quase suplico.

A porta abre, revelando a visão do sócio de Pablo, que deveria estar ali aquela noite, por conta do grande evento.

Eu não sei que horas ele chegou na Hidden Honey, mas tenho a impressão de que estava lá há mais tempo e, assim como Pablo, apenas me evitou.

E Eric é esperto o suficiente para perceber que as coisas não estão normais.

— Pablo... — ele chama nosso amigo devagar, andando até ele com calma. — O que você...

— Ou você faz de maldade? — Ele me encara, ignorando completamente Eric e colocando as mãos nos quadris. — Porque não é possível que você não veja o que está na sua cara!

— Pablo... — a voz grave de Eric soa como uma repreensão.

— Não saiba o quê? — meu tom baixo camufla o quanto meu coração dói, enquanto meus olhos vagam entre um amigo e outro.

— Pablo, chega. Agora — Eric dá uma ordem séria.

Mas ela não é obedecida.

E, mais uma vez, a sala de Pablo é palco para revelações que abatem qualquer um.

Porque, nessa hora, eu sou abatido.

— Que Eric não te vê só como amigo! Que ele te ama! Que é completamente louco, apaixonado e cego por você, e você é burro o suficiente para não perceber!

32

TORMENTA E INSEGURANÇA

Pablo me pediu para dançar no pole dance, na frente de todo mundo.

Pablo pediu para que Eric me beijasse, na Gaiola Vermelha.

Pablo pediu para Gael sentar-se à nossa mesa, no dia do casamento de Agatha e Victor, mesmo que eu não aguentasse nem olhar na cara do ex-barman, naquela época.

Pablo, inclusive, pagou pelo casamento inteiro.

Como sempre pagou tudo para mim e me ajudou de igual forma.

Desde o ensino médio, até hoje, ele sempre foi um pilar na minha vida, junto a Eric.

Pablo sempre foi explosivo, impulsivo e imediatista.

Mas nunca foi cruel...

Talvez, por isso, além do choque das informações jogadas em mim, eu esteja sentindo tanta dor, pois ser ofendido por ele dói mais do que eu consigo compreender.

Machuca, me enche de sentimentos ruins.

Mas saber que Eric é apaixonado por mim...

Isso me dilacera.

Quando Pablo vomita aquela verdade na minha cara, eu travo.

Meus olhos se arregalam, meus pés param no lugar.

Eu entendo tudo e sinto como se já soubesse e, ao mesmo tempo, nada faz sentido.

Porque Eric...

Eric não se apaixona por ninguém.

— Você tem noção do que você acabou de fazer? — a voz baixa de Eric soa, mas seu tom é tão sério e afiado que engulo em seco instantaneamente.

Seus olhos estão quase fechados, sua postura é rígida. Ele parece enfurecido, mas internaliza tudo. Eric não explode, sequer se altera.

Só continua respirando fundo.

Mas Pablo, que sempre teve uma postura arredia quando ele se manifestava daquela forma, dessa vez, parece alterado demais para se lembrar de que, de alguma forma e não aqui, pois não se enquadra, submete-se a ele e lhe deve obediência.

Aquilo vai muito além dos seus dias de dominação e submissão.

— Eu não me importo, Eric! — Pablo grita, com o rosto tão vermelho que não me surpreende quando seus olhos começam a se encher d'água.

Seu estado nervoso está além do imaginado, e ele continua falando e falando. E chora. Meu amigo chora de soluçar, enquanto continua soltando suas palavras desenfreadas.

— O tanto que você sofreu por ele... — Ele aponta para mim, enquanto fala com Eric. — Por não aguentar ele chorando e se destruindo, e eu também sofri! E além de sofrer pelo Dimitri, enquanto ele passava por aquilo tudo, eu sofri por você! — Ele aponta para Eric, batendo o dedo em seu peito.

— Eu me destruí por vocês dois, mas estava sempre rindo! Sempre fingindo que estava bem, enquanto ele se matava... — Aponta para mim novamente. — E você se afundava numa angústia profunda e nas suas garrafas de conhaque, porque se sentia impotente! — ele volta a bater no peito de Eric, enquanto sua voz, esganiçada pelo choro, continua saindo.

Eu fico tão mudo quanto Eric.

Ninguém tem coragem de dizer uma palavra sequer.

Exceto Pablo.

— E eu não aguento mais essa porra! Eu não aguento ver as pessoas que eu mais amo acabando consigo mesmas! — Ele passa as mãos nervosas pelo cabelo, enquanto se afasta de Eric e dá alguns passos até a porta. — Porque o Dimitri vai magoar você, sem saber o que você sente, e você vai ficar calado! Lidando com isso como se você não estivesse se matando! — Então, vira o rosto para mim. — E caralho! Você vai ficar pisando em cima de tudo o que o Eric sente, sem nem fazer ideia! Sem nem diminuir as suas ações, pra não foder com os limites dele! Porque você não sabe o que está acontecendo! — Pablo dá um grito curto, grosso, como se fosse cuspir fogo.

Ele está exausto e parece ter segurado coisas demais, por muito tempo.

— Eu só... — E funga com força, balançando a cabeça negativamente, enquanto fita o chão. — Eu não aguento mais isso... Não aguento ver você se anulando por causa dele, por causa de qualquer pessoa.

— Eu não me anulo, Pablo — a voz de Eric é quase ríspida.

— Não adianta falar que não, Eric... Nós sabemos que é o que você mais faz, e eu... não consigo mais. Não consigo fingir que isso está certo... — suas palavras ecoam na minha cabeça, e eu não o vejo mais, porque, ainda soluçando fraco, ele deixa a sala.

E fecha a porta.

Eric está olhando para mim em absoluto silêncio.

— Isso é verdade? — é o que eu consigo perguntar, sentindo minha voz falhar.

Ele não profere palavra alguma, mas afirma com a cabeça e com os olhos cansados.

— Eu preciso... — Eric parece não saber o que dizer, respira fundo, balança a cabeça negativamente e anda em direção à porta, atordoado. — Preciso ir atrás dele.

Não consegue ficar naquela sala comigo.

Não consegue encarar que, de forma abrupta, seu segredo foi jogado sobre mim. Seu segredo que sempre esteve na minha cara, que sempre gritou sinais e mais sinais de existir.

Mas como eu saberia?

Como eu saberia que o homem que me descartou, após dizer que não queria nada além de sexo comigo, me amava?

Como eu saberia que o homem que, por muitos e muitos anos, teve a chance de se aproximar de mim, me amava, se ele sempre preferiu vários outros corpos em sua cama, sem nunca fazer menção de desejar o meu, além de suas brincadeiras rasas?

Como eu, que só conhecia rejeição, inclusive a dele, podia entender que não era rejeitado por Eric?

Pela pessoa que, com todas as letras, disse quando éramos mais novos que, apesar da nossa amizade e apoio, sexo seria a única coisa que eu teria dele, nada além.

E, através dos anos, foi apenas aquele comportamento que eu tive dele.

Meu amigo sempre deixa claro o quanto está satisfeito com a vida sexual abastada e afirma, a todo o momento, a repulsa que tem por relacionamentos, por qualquer tipo de envolvimento emocional que o leve a estar atado a alguém.

Mesmo sendo tão claro, ainda é tão confuso.

É uma peça de quebra-cabeça que se encaixa com sangue, dor e angústia.

E eu sinto demais.

Sinto pela porrada de informações, por culpa, por pensar em tudo que despejei sobre Eric no último ano.

E quando percebo, me arrasto pela sala de Pablo, até me jogar em seu sofá. Sentado, enfio o rosto nas mãos, chorando por não conseguir lidar com isso. Não consigo lidar com o medo de perder Pablo e Eric.

Eu enfio os dedos trêmulos no bolso do meu avental, tiro de lá meu celular e ligo para quem preciso naquele momento. Gael atende sonolento, sobressalta-se com meu tom choroso, mas não nega ajuda.

Algum tempo depois, quando a boate está vazia e eu estou fechando a sala de Pablo, me preparo para sair pelos fundos. Gael, que já conhece todas as entradas e saídas, aparece atrás de mim.

— Amor? — pergunta preocupado, falando baixo para não me assustar. — O que houve?

Eu havia segurado o choro, para trabalhar aquelas últimas horas, sem deixar que outros percebessem que eu estava tão mal quanto já estive tantas vezes.

Mas é só Gael chegar...

É só Gael chegar que eu me faço dilúvio mais uma vez, pois sinto nele conforto o suficiente para abraçá-lo e chorar em seu peito.

Ele me puxa para um dos sofás da casa, o mesmo que foi palco do meu desabafo tanto tempo atrás, quando me salvou das investidas de um homem nojento.

Ali, mais uma vez, confio nele e me abro.

— Pablo brigou comigo, me falou coisas que... — Soluço, sentado de pernas cruzadas no sofá, enquanto Gael apoia o cotovelo no encosto do sofá e leva os dedos ao meu rosto. Ele me acaricia e olha sério para mim, concentrando-se na minha voz. — Ele foi tão cruel... Isso tudo porque... — Eu preciso respirar fundo. As coisas ainda estão tão frescas na minha memória, ainda me esfaqueando tanto. — Porque ele disse que Eric me ama. Me ama não só como amigo, ele... — Eu fecho os olhos, balançando a cabeça negativamente e sentindo as lágrimas quentes, antes acumuladas, descerem.

Gael não esboça reação alguma, apenas continua acariciando meu rosto e permanece em silêncio. E sua falta de reação me faz pensar na conversa, que já tivemos, sobre Eric ter ido para Lipa.

O que mais foi conversado lá, que não era do meu conhecimento?

— Você já sabia? — pergunto baixo, passando a ponta dos dedos nas lágrimas que descem.

Ele assente, mantendo-se sério, enquanto afasta a mão do meu rosto e coloca sobre as pernas, estalando os próprios dedos.

Parece travado, até com medo, de deter mais uma informação que não me passou.

— Por que não me disse nada?

Gael se ajeita no estofado, virando para frente e encarando o piso recém-limpo pelos funcionários que já foram embora.

— Não é uma coisa que eu tenho direito de contar, Dimitri — ele solta o ar pesadamente, com a voz grave tão séria. — Essa informação pertencia apenas ao Eric...

Eu soluço mais uma vez, levantando minhas próprias pernas e abraçando-as até colocar meu queixo sobre os joelhos.

Engulo em seco, sentindo o peso daquela informação real.

Concordo com Gael, de que era Eric quem deveria ter me contado, se essa fosse sua vontade...

Mas eu queria tanto ter percebido. Queria tanto entender como ele podia me amar e, ao mesmo tempo, sequer suportar qualquer assunto que envolvesse relacionamento.

Eu queria ter limitado minhas ações, minhas brincadeiras, minhas investidas que, para mim, não teriam consequências, mas a reação de Pablo me prova que consequências aconteceram até demais.

Consequências que eu não podia prever e que não tinha culpa, mas que, mesmo assim, eram sentidas.

E surtiam efeitos ruins.

Dores e mágoas.

Enquanto minha cabeça está absorta em pensamentos sobre um dos meus melhores amigos gritar comigo e me atacar verbalmente, e o outro me amar além do sentimento que eu conhecia, saio da minha bolha de transe apenas porque percebo uma coisa:

Gael está parado, encarando o mesmo ponto há muito tempo. Sua tensão parece aumentar e seus dedos se entrelaçam entre si. Engulo em seco, limpo o rosto mais uma vez e me aproximo levemente, apenas para tocar seu braço e afagar levemente a região.

É muito fácil notar quando ele está apenas sério ou quando está desconfortável com algo.

Dessa vez, sei que é a segunda opção.

— Tudo bem, El? — pergunto, mas ele não diz que não, muito menos que sim.

— Como... — Gael engole em seco, parece inseguro sobre prosseguir falando. — Como você se sente agora que sabe disso? — A voz não soa rude, mas também não parece suave. — Que sabe que Eric ama você.

Então, além das minhas próprias dores, eu enxergo mais uma, que nasce entre todas as desconfianças e dúvidas que ele tem. Desconfianças e dúvidas que sei que ele luta contra, todos os dias, apenas porque quer confiar em mim.

Mas, naquele momento, é inegável notar o que ele exala...

Gael está dolorosamente inseguro.

Mas não deixarei que fique assim por mim, porque sei o quanto a insegurança dói e rasga de dentro para fora, e não quero que se sinta assim.

Ergo-me levemente, arrasto meu corpo e deslizo até que esteja sobre seu colo, com os joelhos um de cada lado.

Gael não se opõe à minha aproximação, mas parece não saber o que fazer com suas próprias mãos, então eu apenas entrelaço nossos dedos sobre nossas coxas e encosto a testa na sua, sentindo meus olhos voltarem a se encher d'água.

Nossas imensas feridas, causadas um no outro, cresceram e se alastraram a ponto de se tornarem uma só.

Tudo que dói em Gael, também dói em mim. Também arde em mim.

— Eu sinto confusão... — confesso baixinho, fechando os olhos e sentindo as gotas quentes baterem sobre nossos dedos. — Eu sinto culpa, eu me sinto enclausurado...

Gael permanece em silêncio, mas é no próximo segundo que percebo que ele também chora, mesmo que não diga palavra alguma. Ele chora em total silêncio, sem soluços ou reações exasperadas, apenas absorvendo o que eu falo.

— Eu sinto que deveria saber disso, sinto que poderia ter poupado tanta dor, que poderia não ter destruído ele de alguma forma e, ao mesmo tempo, conseguiria não destruir você agora. Porque essa insegurança é dilacerante, e eu sei que é... — Soluço, tentando controlar meu choro. — Eu vivo de insegurança, Gael...

Ele assente, confirmando e apoiando minhas palavras, mas permanece em silêncio.

— Mas minha confusão não abala, em nada, o amor que eu sinto por você. Você entende isso? — Levo as mãos até seu rosto, levantando-o sutilmente e o fazendo olhar para mim. Limpo suas lágrimas ralas, que caem finas sobre seu rosto.

— É difícil, Dimitri... — ele confessa, enquanto eu arrasto o polegar na sua bochecha. — Depois... Depois de tudo isso, eu queria não ter medo...

— Mas você tem — eu falo, e Gael acaba chorando mais, enquanto confirma com a cabeça.

— E ao mesmo tempo eu não quero... Não quero que você se afaste dele. Vocês são amigos, mas... não é fácil Dimitri. — Ele mesmo leva os dedos ao rosto, secando as lágrimas teimosas que parecem diminuir o ritmo. — Nada com a gente é fácil, nada é simples...

Eu concordo silenciosamente, afastando o rosto levemente do seu, levando meus dedos até suas bochechas, esfregando meus polegares nelas devagar.

Enquanto sinto a maciez, sinto também os braços fortes de Gael envolvendo meu corpo e, num abraço carente, ele enfia o rosto no meu peito e respira tão fundo que meu corpo treme junto a si.

Eu paro de acariciar seu rosto e abraço seu pescoço, me encaixando naquele abraço silencioso, enquanto nossos braços dizem muito mais do que nossos lábios.

Estamos destruídos e mal sabemos quando nos consertaremos, mas ainda queremos um ao outro.

— Espero que fique claro — falo baixinho, ainda acariciando seus fios longos —, que isso não muda nada. Não muda o que temos, não muda o que somos.

Ele permanece em silêncio, apenas devolvendo as carícias que faço, mas suas mãos vão às minhas costas.

— Eu amo o Eric com todas as minhas forças, mas isso nunca foi uma competição e ele sabe disso, porque é com você, Gael... É com você que eu quero estar.

Seu abraço se intensifica, fica ainda mais apertado, então sinto sua cabeça afirmando, concordando com minhas palavras, apesar dele não falar nada, por alguns minutos.

Parece uma criança que precisa de palavras de afirmação para que se sinta amado, mas nem que eu ficasse horas falando sobre meus sentimentos, eu conseguiria quantificar meu amor por Gael Bandile.

Não é palpável, calculável... Sequer se compreende.

— Mas, agora, eu não sei o que fazer... — confesso e balanço a cabeça negativamente, sentindo seu cabelo roçar na lateral do meu rosto. — Não sei como resolver esse problema.

Gael pensa brevemente, mas, a todo o momento, parece querer me ajudar com meus assuntos inacabados, porque ele sabe o quanto me destroem.

— Dê um tempo e espere a poeira baixar... Costuma funcionar — ele fala baixo, enquanto suas mãos roçam nas minhas costas devagar. — Então, você conversa com o Eric e com o Pablo.

— E se eles não quiserem conversar comigo? — pergunto, sentindo medo real de ser rejeitado mais uma vez. Respiro fundo, tentando fazer com que o medo da rejeição não me domine mais uma vez, porque me dominou a vida inteira.

— Se você for racional — Gael diz, soltando nosso abraço e levando a mão ao meu rosto, passando o polegar no meu queixo e limpando um rastro de lágrima, ainda presente —, vai entender que é improvável que isso aconteça.

Apesar de ainda ter medo, concordo com a cabeça e volto ao abraço de Gael.

Permanecemos ali, em silêncio, por mais alguns minutos até que nossas respirações entram em sincronia e, pela primeira vez naquela madrugada agressiva, eu sinto paz. Seus abraços têm esse efeito em mim, e isso não muda nem com o passar do tempo.

Ele me ajuda a fechar a boate, porque ainda sabe tão bem. Depois, vamos até meu carro e, antes mesmo que eu peça, abre a porta do carona.

— Você está cansado, deixa que eu dirijo.

— Você também está cansado — comento, rindo baixo. — Eu te acordei no meio da noite.

— Mas eu não passei horas em pé, servindo as pessoas...

Ainda sorrindo fraco, concordo, entro no carro e Gael fecha a porta, depois vai até o banco do motorista.

Ele dirige pouco, já que minha casa é próxima demais, então estaciona na frente do meu prédio e, entrelaçando os dedos aos meus, vamos para o meu apartamento.

Gael vai para minha cama e, dessa vez, não peço que continue acordado. Digo que pode voltar a dormir e que vou tomar um banho e comer alguma coisa.

Entretanto, depois de tomar meu banho quente habitual, aquele longo, que tomo nos dias em que preciso pensar no meio do vapor, vejo Gael na cozinha, terminando o que parecia um lanche para dois.

— Você não dormiu? — pergunto preocupado.

— Eu também estou com fome... — ele confessa, rindo baixo.

E nossos atos se repetem.

Ele me segura pela cintura, me coloca no balcão da cozinha e entrega meu sanduíche e meu suco.

Nós comemos enquanto minhas pernas roçam no seu quadril e, apesar do clima não estar dos mais animados, aproveitamos a companhia um do outro.

Aproveitamos cada segundo, na verdade, porque sabemos que está acabando. Sabemos que o tempo de Gael em Astra está chegando ao fim.

O que eu não sei é o que virá daqui para frente, depois que ele for embora, mas tento não pensar nisso, porque a ansiedade da saudade já dói.

Quando terminamos de comer, escovamos os dentes juntos e vamos para cama. Gael, mesmo enorme e musculoso, dorme agarrado comigo, com o rosto no meu peitoral, enquanto eu faço carinho no seu rosto tão bonito.

Uma hora se passa, e eu não tenho sua facilidade para dormir, porque existe um lugar específico em que, mesmo agarrado a outra pessoa, ainda me encontro sozinho.

Dentro da minha própria mente.

Penso nas palavras de Pablo, na verdade de Eric e, mais uma vez, minha cabeça se torna um turbilhão, irradiando sensações e sentimentos ruins por todo o meu corpo.

Demoro a pregar os olhos e, quando consigo, meu sono não é tranquilo, muito menos calmo.

Assim como toda semana que se passa...

Eu passo um total de sete dias, sozinho, na gerência da boate, mesmo que Gael se esforce para passar aquele tempo comigo. Ele permanece com o pai durante o dia e me busca de madrugada para dormirmos juntos.

Isso se repete por conta da sua volta para Lipa estar se aproximando e também por saber que nem Pablo nem Eric me procuraram para conversar.

Muito menos apareceram na Hidden Honey.

Eu penso em ligar para eles. Penso em mandar mensagens e penso em aparecer em suas casas, mas também me sinto magoado a ponto de saber que não sou a única pessoa culpada nessa confusão.

Sinto-me confuso, preso, sufocado. Eu me lembro de que preciso estar na boate todos os dias e sei que eles podem vir até mim, a qualquer momento...

Eu estou aqui, apenas esperando qualquer contato, e eles sabem onde me encontrar.

Eles precisam estar aqui.

Mas não estão.

Provando que foge apenas da nossa relação pessoal, Pablo manda mensagens diárias no grupo dos funcionários sempre da mesma forma.

Pablo:

Nem eu nem Eric estaremos na boate hoje novamente, mas vocês já sabem como tudo funciona. 14:11

Obedeçam ao Dimitri e, quando eu não estou no local, nem meu sócio, ele é a autoridade máxima. 14:11

Bom trabalho a todos. 14:12

É estranho demais vê-lo sério dessa forma, mesmo que apenas por mensagem, mas todos obedecem às suas ordens e, conforme os dias passam, eu pareço, literalmente, o dono de tudo.

Já Eric não responde às mensagens do grupo.

Nem quando ele é marcado.

Com a ajuda de garçons que foram muito bem treinados por mim, praticamente maîtres em formação, gerencio tudo e cuido de todas as particularidades da boate, porque conheço aquele lugar como a palma da minha mão, desde sua criação.

Também cuido de toda a parte de estoque, bebidas, frutas, aperitivos da pequena cozinha, descartáveis, etc. E, dessa forma, são 15:00 e estou na boate, fazendo reposição de cerveja.

— Duzentos engradados de cerveja comum e cinquenta engradados de cerveja preta — o homem diz, confirmando na nota fiscal a quantidade de bebida que normalmente sai em duas ou três semanas, junto a outros drinks e vinhos.

— Podem colocar na parte detrás, no estoque, por favor — digo, amarrando meu avental vermelho com força, já que vou pegar os engradados fechados e depositar na caçamba do carro e do pequeno caminhão que aguardam lá fora.

O homem concorda, enquanto Key, um dos meus garçons de mais confiança, amarra o avental da mesma forma que eu, pronto para me ajudar com os engradados.

Sei que além de ótimo funcionário, ele também está constantemente na casa de Eric, porque meu amigo me contava sobre ele desde antes de eu e Gael começarmos a namorar.

E isso perdura até hoje, o que faz com que minha mente vagueie em pensamentos curiosos. Eric não namora, mas permanece próximo às pessoas que o deixam confortável, isso é notável.

Key não está atado a ele, da mesma forma que nunca é descartado, mesmo que o sócio da Hidden Honey deixe claro que não quer namorar, o que faz com que o garçom mantenha seus próprios envolvimentos com outras pessoas, porque não é difícil perceber.

Ainda mais entre os funcionários...

E Pablo ainda me chamou de burro e esperava que eu percebesse o amor de Eric por mim, como se fosse, realmente, muito óbvio, entre todos os seus casos, descasos, sessões de BDSM, orgias e coisas não nomeáveis.

Realmente, uma pessoa insegura, como eu, teria plena certeza dos sentimentos de alguém com a vida sexual tão ativa quanto Eric.

Claro como água, Pablo...

Após sete dias de trabalho excessivo, meu medo e culpa estão se transformando em irritação e, por incrível que pareça, minha confusão mental é tamanha a ponto de eu sofrer de saudade dos meus amigos.

Eu estou irritado e estou com saudade.

E ainda estou com medo.

Mas tenho que trabalhar, então, com Key e Sana, uma garçonete que chega mais cedo por pedido meu, começamos a carregar os engradados vazios dentro do carro de carga.

— Licença — um menino de cabelo laranja aparece na calçada, na frente da boate, me pedindo passagem, e eu, distraído, não o noto ali.

— Ah, desculpa, meu anjo — empurrando o caixote do engradado, dou-lhe passagem, observando seus cabelos ruivos, bonitos e fofos iguais às suas bochechas protuberantes e rosa.

Ele acena educadamente com a cabeça e vai embora, sumindo na próxima esquina. Usa o uniforme vermelho inconfundível do Centro Acadêmico de Astra, escola em que eu estudei por muitos anos, antes de ser transferido para o Instituto Caelum de Educação, onde conheci Pablo e Eric.

Mais uma vez, meus amigos bombardeiam minha cabeça, mesmo que não estejam presentes, e eu respiro fundo, pensando quanto tempo ainda teria que aturar aquilo.

Mas, aparentemente, não muito...

Enquanto estou carregando mais um engradado para dentro do carro de carga, ouço um barulho vindo do bolso do meu avental.

É meu celular, vibrando e chamando.

Colocando o engradado no carro, rápido e meio sem jeito, pego o aparelho e sinto certa ansiedade quando vejo o nome que está na tela.

— Oi — falo, tentando não explodir minhas emoções negativas logo na primeira fala.

— *Podemos nos ver?* — Eric pede, calmo.

Eu olho no relógio, ainda são 16:30, então creio que teremos tempo antes da boate abrir.

— Onde você está?

— *Sentado, no lago.*

— No parque?

— *Sim. Pode vir até aqui?*

— Chego em dez minutos. — Respirando fundo, desligo o telefone e bato as mãos sujas de poeira no avental.

— Key... — chamo o garçom que havia acabado de colocar mais um engradado de bebidas no caminhão.

— Sim? — fala educado.

— Você e Sana dão conta do restante da carga? Preciso resolver um problema.

— Sim, chefe, está no final...

Sorrio fraco com ele me chamando de "chefe", coisa que havia começado a fazer nos últimos meses, mas nunca o reprimi.

Eu gosto de saber que sei me posicionar o suficiente para ser visto, verdadeiramente, como chefe de algo.

Nem sempre foi assim...

— Obrigado — agradeço carinhosamente, como habitual, e entro na boate.

Vou até o vestiário de funcionários, penduro meu avental, lavo minhas mãos e deixo a Hidden Honey, andando devagar em direção ao parque, alguns quarteirões dali.

33

PATOS NO LAGO

Os altos portões de ferro envelhecido, abertos vinte e quatro horas por dia, denunciam que nada ali mudou muito.

A grama continua verde, as pessoas ainda frequentam o parque e o pequeno lago ainda tem água, surpreendentemente, limpa.

Eric continua sentado no mesmo lugar de preferência, próximo a uma árvore que faz sombra em sua cabeça, e com os sapatos finos retirados, ao lado de seu corpo.

Ele está sentado na beirada, enfia as pernas na água e move os pés por dentro do líquido, que não deve estar numa temperatura amena.

— A água não está gelada? — pergunto, calmo, abaixando o corpo e me sentando ao lado dele.

Como já fiz tantas vezes, cruzo as pernas e repouso os cotovelos nos joelhos, enquanto ele continua a admirar o lago.

— Eu gosto da sensação — confessa. — Endurece os meus músculos, é gostoso...

Assinto, observando seus pés esbranquiçados subindo e descendo na água.

Pessoas correm em volta do lago, algumas famílias e casais estão em pontos afastados e há muitos idosos presentes, mas, felizmente, todos longe o suficiente para que nossa estadia ali não se torne incômoda.

Não há barulhos excessivos ou irritantes, a não ser dos patos ao longe, que parecem brigar entre si enquanto nadam.

— Eu — ele começa falando pausadamente — te evitei por toda a semana porque, pela primeira vez na vida... — Eric solta uma risada nasal, balançando a cabeça negativamente. — Não sabia o que dizer. Não sabia se queria dizer.

Ergo levemente a cabeça, olhando para seu rosto que ainda está hipnotizado pela água. Seu cabelo, levemente cheio, balança conforme o vento bate.

Eric, como habitual, está lindo, mas não é sua aparência que carrega anormalidade. Ele não exala aquela confiança que, normalmente, anda abraçada a ele.

— Pela reação que teve com Pablo, imagino que realmente não queria dizer nada.

Ele balança a cabeça negativamente.

— Não queria... Nunca quis, Dimitri — confessa baixo.

Continuo o observando, tentando processar todas as informações que ele me dá, porque, apesar de tudo fazer sentido agora, mergulho num paradoxo de ainda estar sofrendo por não ver explicação para nada.

A confusão quase me sufoca.

— Justamente porque eu sabia que você ficaria assim... — ele quebra o silêncio agonizante. — Da forma que está agora.

— Como acha que estou? — pergunto, trazendo meus joelhos para meu corpo, até que eu possa abraçar minhas pernas e colocar o queixo sobre eles.

— Revoltado, assustado, nervoso. — Ele ri nasal, olhando para os pés na água. — Mas, acima de tudo, confuso e culpado.

— Feito o caralho.

Ele ri mais uma vez, e eu acabo rindo junto.

— Eu era obcecado por você, sabe? — confesso, olhando para seus pés, agora parados na água, com as minhas palavras que soam como nostalgia em seus ouvidos. — Eu também era obcecado por Pablo, mas principalmente por você, você sabe.

Eric permanece em silêncio, me ouvindo falar.

— Eu só queria estar na sua casa, estar perto de você, tocar você o tempo todo... Você foi o meu primeiro amor, Eric.

— Eu fui sua primeira dependência emocional.

Respiro fundo, balançando a cabeça positivamente, sabendo que ele tem razão.

— Também, mas também foi o primeiro amor adolescente, dependente e destrambelhado, de um garoto que se apegou por quem tirou a virgindade dele... Quem pode me julgar?

Meu amigo ri baixinho, provavelmente se lembrando de quando eu vivia agarrado nele, não tendo um pingo de vergonha na minha cara, nem amor-próprio.

— Você me enlouquecia... — ele diz, enquanto concorda com a cabeça.

— E sei que foi exatamente isso que fez com que você cortasse tudo que nós tínhamos, mesmo que nós não tivéssemos nada. — Rio baixo, dando de ombros. — Você não aguentava o quanto eu era insuportável, então me cortou da sua cama, porque eu era pegajoso demais.

— É isso que está deixando você confuso? — ele pergunta, virando o rosto na minha direção e me encarando com aqueles olhos escuros e tão profundos, tão sérios.

Ainda assim, sempre há uma calmaria reconfortante dentro deles.

— Eu não entendo, Eric... — Solto o ar pesadamente, provavelmente fazendo a cara mais derrotada que possuo, porque aquilo me destrói.

A confusão dá a mão à culpa e, juntas, nocauteiam meu corpo.

Eu sou um saco de pancadas nesse momento.

— Nunca achei você insuportável. No exato momento em que eu percebi que estava apaixonado por você, deixei que você permanecesse na minha vida, enquanto ainda sentia vontade sexual de estar com outras pessoas, mesmo ainda querendo estar com você.

É minha vez de ficar quieto, no meio de sua explicação.

Mesmo tendo tanto a dizer, o choque de descobrir que Eric era apaixonado por mim, desde aquela época, acaba calando minha voz.

Ainda não faz sentido ele ser apaixonado por mim e não escolher ficar comigo.

— Mas você já havia deixado claro o suficiente o quanto era ciumento e o quanto se magoava quando eu estava com qualquer pessoa além de Pablo...

Engulo em seco, com a lembrança amarga do meu ciúme infantil, que sempre esteve presente, porque eu fui uma pessoa descontrolada emocionalmente por muitos anos.

Ainda sou, mas meu ciúme chegava a me cegar e me destruir naquela época. Demorou para que eu entendesse que ciúme não é algo saudável ou ato de romantismo.

É apenas um veneno, que mata você e a pessoa que você ama.

— E eu não estava pronto, entende? — Ele vira para mim, olhando meu cabelo que deve estar voando com o vento, tanto quanto o seu, mais longo, está. — Não estava pronto para relacionamentos, não estava pronto para dar a exclusividade que você merece. Eu iria te trair, eu iria te fazer mal, eu iria te fazer sofrer...

Engulo em seco, baixando o rosto para minhas pernas e concordando em silêncio. É libertador entender sua verdade, ao mesmo tempo, tão doloroso.

— E os anos podem passar, mas ver você sofrer continua sendo a coisa que mais me destrói. Já era assim naquela época, só ficou mais forte agora.

— Por isso, me deu um pé na bunda e disse aquelas palavras tão cruéis? — Olho para ele novamente.

Ele respira fundo, então assente.

— Não consegui ser diferente na época. Eu era um idiota, Dimitri.

— Muito idiota — confirmo, porque, mesmo tendo superado o Eric, me lembrar das coisas por que passei ainda dói um pouco.

Foi minha primeira e completa paixão emocionada a ponto de eu ficar inteiramente dependente.

Nada fácil de desvencilhar.

— E depois, eu transei com a população de um país inteiro e nós continuamos amigos, como se nada nunca tivesse acontecido... — ele diz, querendo deixar o assunto mais leve daquele seu jeito, ainda balançando a cabeça negativamente.

— Porque você me fez pintar seu cabelo e fingir que não havíamos feito sexo, algum tempo antes, no mesmo quarto que eu passava tinta em você.

Ele olha para o céu, soltando um grunhido curto. Quase uma risada afetada de quem carrega muita culpa.

— É, meu pequeno — Eric solta, parecendo derrotado. — Eu entendo sua confusão e sua dúvida.

— Não é só isso, Ric — confesso, estalando a língua. — Eu estou com vergonha, estou me sentindo culpado, eu estou...

Agora, sou eu que enfio as mãos no rosto, balançando a cabeça negativamente, exatamente como ele fazia minutos atrás.

Eu me sinto um babaca, um idiota.

— Nós fizemos sexo, Eric. Sexo! Recentemente!

Ele ri da minha reação desesperada.

— Por favor, para de rir — peço quase chorando. — Deve ter sido horrível lidar com isso tudo.

— E foi... Mas está tudo bem agora.

— Eu não acredito em você, Ric. — Olho para ele, mas ele apenas dá de ombros, sem muita argumentação.

Tenta fazer com que as coisas soem muito mais leves do que estão na minha cabeça.

— Eu já te fiz sofrer? Você já sentiu ciúme de mim? — preciso perguntar.

— Em alguns momentos, sim, Dimitri, mas não dura muito. Eu não consigo enxergar pessoas como posses e acho que meu ciúme estava mais ligado à preocupação do que outra coisa. Eu estou sempre envolto nesse sentimento... — Ele cerra os olhos, parecendo procurar as palavras certas. — Nesse medo de você se ferir ou ficar sozinho.

— Foi por isso que disse que o último ano foi tão doloroso pra você?

— A sua dor é a minha dor, mas não tem nada a ver com o fato de você amar outra pessoa, porque eu consigo lidar com isso tranquilamente depois que entendo e neutralizo meus ciúmes. Amores compartilhados fazem parte da minha vida. — Ele sorri com o canto dos lábios, enquanto pensa sobre a própria forma de ver os relacionamentos. — Tem mais a ver com o fato de eu não suportar ver você se machucando.

— Mas se machuca por mim o tempo todo? Acha que eu não aguento as consequências das coisas?

Ele fica em silêncio.

— Você me acha fraco, Ric? — pergunto, vendo-o respirar fundo e voltar à seriedade, com a minha pergunta direta.

— Você é mais forte que eu e Pablo, juntos — ele diz, levando a mão até minha testa e ajeitando meu cabelo, que cresceu rápido demais e já bate quase no meu olho. — Mas já havia passado por tanta coisa... Tinha medo de que sofresse de novo. E eu não ia aguentar que sofresse por mim.

Eu olho para os patos à nossa frente, que agora passeiam lentamente pela água, sem brigar. Aqueles patos parecem eu e Eric. As brigas vêm e vão, mas eles permanecem ali, unidos no lago, fazendo companhia um para o outro.

Do outro lado, uma criança se aproxima e tenta jogar pão para eles, mas os dois vão, juntos, fazendo sons agressivos, para que ninguém perturbe a paz.

Eu acho engraçado, mas aquilo me faz pensar como as coisas seriam se Eric tivesse se afastado de mim, o que parecia o curso natural das coisas.

Eu nunca continuei amigo de ninguém com quem tive relações sexuais, depois que elas acabaram.

Nem mesmo de Gael.

Mas Eric e Pablo continuaram comigo.

— Mesmo que você tenha me dado um pé na bunda colossal — digo rindo baixo, depois voltando a olhar para ele —, eu agradeço por deixar que eu permanecesse na sua vida, porque...

O ar sai dolorosamente das minhas narinas, apenas com a possibilidade de acontecer justamente o que eu temia que acontecesse.

— Se... — Engulo em seco. — Se você tivesse virado as costas para mim, eu... eu não sei o que teria acontecido comigo, Eric. Vocês me ajudaram com meus pais, e... eu fugi pra sua casa tantas vezes... — Sorrio, com a lembrança melancólica.

Agradeço, aos céus, ter eles dois.

Agradeço, também, em voz.

— Você e Pablo continuaram ali e... obrigado.

Ele permanece me encarando.

— Obrigado por, mesmo depois do chute na minha bunda, você ter insistido em ficar na minha vida.

Ele sorri com o canto dos lábios, depois segura meu rosto, me puxa para si e deposita um beijo longo sobre a minha testa, inundado de carinho.

— Eu realmente amo você, Dimitri Dangeli... — Ele se afasta, mas ainda fala perto demais e tudo que sai dos seus lábios parecem segredos difíceis de serem externados. — Amo você numa intensidade que não se iguala a nenhuma outra... — Ele solta o ar pesadamente, e continua a fala calma, mas séria: — De uma forma que eu sei que nunca vou amar outra pessoa, mesmo tendo amores diferentes na minha vida, que também me completam.

Eric parece ter certa parcela de dor quando a frase sai de sua boca.

Sua intensidade me machuca, porque eu não consigo correspondê-la naquelas circunstâncias, naquele momento, mas estou ali para receber sua verdade, não importa qual seja.

— Mas amor não se trata exclusivamente de sexo, beijos na boca e relacionamentos românticos. Cuidado, proteção e zelo também estão no pacote.

— Mobílias, celulares, carros e roupas novas também estão inclusos?

— O seu pacote é *Premium*.

Eu gargalho, quase caindo na grama com a sua piada idiota de rico esnobe, que o faz se afastar de mim e começar a rir também.

Nosso riso diminui; os patos voltam a brigar, e o vento parece um pouco mais gelado. O silêncio se faz presente mais uma vez, mas eu ainda tenho uma última questão. Algo que ainda me machuca.

— E o Pablo? — toco no nome do meu amigo, sentindo meu peito doer. — Por que ele teve aquela reação? — pergunto, ouvindo o som das pessoas correndo atrás de nós dois.

Eric solta uma risada nasal curta, enquanto volta a balançar os pés na água.

— Pablo me ama e, diferente de mim, não tem medo de declarar o que sente.

— Ele te ama amorosamente? É apaixonado por você? — Não posso dizer que estou totalmente surpreso, ainda assim...

É curioso ver Eric falando disso com tanta naturalidade. É curioso que isso ainda aconteça atualmente, depois de anos, e com Pablo casado.

— Não é óbvio? — Ele move os pés entre as algas ralas, que parecem abraçar seus calcanhares. — Fez questão de trabalharmos juntos, de termos a boate, me beija sempre que tem oportunidade, faz sexo comigo o tempo todo, exige minha presença onde ele esteja. Mesmo que ele não fale sempre, não é difícil perceber.

Não é difícil perceber *mesmo*...

Mas, por conta de nossa vida e de saber como Pablo age, de seu casamento e do fato de ele só ter aceitado sossegar com Vicenzo, não achava que seu amor de forma romântica havia perdurado até hoje. Pelo visto, sim, e não posso dizer que não aprovo, porque tudo faz sentido demais na minha mente.

— E Vicenzo? — pergunto, de forma contida, porque tenho medo daquilo ser uma traição.

— Sinto por Vicenzo a mesma coisa que sinto por Pablo. — Ele respira fundo e continua suas confissões: — Eu os amo. Nós somos bem claros quanto ao que vivemos e sempre falo que não estou em um relacionamento, mas a forma que estamos sempre juntos... sabe? Faz com que eu viva me questionando o que estou fazendo...

Ele ri nasal mais uma vez, jogando o corpo para trás e se deitando na grama, enquanto fecha os olhos para não ser castigado pelo sol.

— Acho que posso dizer que estou num relacionamento com eles. E com o resto do mundo...

— E você só se envolve com quem você ama? — Penso em Gael e a forma que ele funciona.

Mas Eric dá uma risada curta, negando com a cabeça.

— Acha que amei todas as pessoas que eu conheci e levei para a minha cama?

Eu acabo rindo, balançando a cabeça negativamente e confirmo minha negativa.

— Realmente não...

— Exatamente. Eu tenho facilidade para amar... E facilidade para sentir tesão. Muito mais facilidade na segunda opção.

— E dificuldade para se relacionar... — pontuo.

— Numa análise pessoal recente, eu digo que me relaciono até demais. Acredito que tenho medo de dar nome ou rotular o que tenho. — Ele coloca o braço na frente dos olhos. — Rotular relacionamentos faz com que eles se tornem concretos.

— E você tem medo de que fique sério demais?

Ele confirma com a cabeça.

— Mas por quê? — Continuo curioso.

— Porque tenho medo de decepcionar as pessoas que me amam e estão comigo, Dimitri. — Ele continua com o braço na frente dos olhos. — Se eu não prometer seriedade a ninguém, não frustro expectativas colocadas em mim.

Não me sinto bem com suas palavras.

— Quando vai parar de se preocupar com as expectativas dos outros e se permitir fazer coisas que agradam a você?

— E sair fodendo com os sentimentos dos outros? Causar dependência emocional nas pessoas? Se eu nem mesmo sei se vou querer sustentar um relacionamento por mais tempo do que sua validade real?

Eu respiro fundo, deito na grama, ao lado de Eric, e também coloco o braço no meu rosto, para tapar o sol que, cada vez mais, está indo embora.

Penso nas suas palavras e sei que elas poderiam falar sobre mim, talvez haja uma parcela em sua frase que sim, mas sei que ele tem seus próprios traumas passados e sua forma de enxergar relacionamentos não é mérito apenas meu. Também há muita coisa por trás do relacionamento que ele teve com os pais e problemas familiares que Eric nunca se sentiu muito confortável para desabafar sobre, mas sei que existiram.

Principalmente traumas envolvendo sua mãe.

Querendo que ele entenda que nem tudo precisa ser um mar de extremismo, começo a falar:

— Tem uma pessoa que, uma vez, teve uma conversa sincera comigo... — começo devagar, lembrando-me de um dos momentos mais bonitos que já vivi e tentando fazer sua cabeça funcionar com um pouco mais de clareza sobre o assunto. — Ele não me prometeu nada, estava cheio de medos, mas foi verdadeiro o suficiente para dizer que queria tentar, independente dos traumas. Em nenhum momento, me enganou ou disse que queria casar comigo, mas foi sincero o suficiente para dizer que iria mergulhar os pés até onde conseguisse. Se achasse fundo demais, eu sabia que ele retornaria à margem, mas continuou entrando na água e mergulhou...

— Quem fez isso? — Eric pergunta, provavelmente já sabendo a resposta.

— Gael.

Temos um momento de silêncio, enquanto eu praticamente consigo ouvir sua cabeça fazendo barulhos, junto aos patos que berram no lago novamente.

— Ele estava com medo e não queria se relacionar comigo, era bem claro. — Solto uma risada curta, lembrando-me do pavor em seus olhos, toda vez que eu investia descaradamente nele. — Mas uma hora ele quis tentar e deixou claro para mim o que aquilo era. Apenas uma tentativa. Podia dar errado a qualquer hora, mas eu estava ciente e não cobrei nada além do que ele podia me dar.

Mais um momento de silêncio.

Eric pensa demais em tudo que eu falo.

— Você nunca teve um relacionamento com ninguém, não é? — pergunto, tentando desvendar seus pensamentos.

— Não a ponto de falar que alguém é, declaradamente, meu namorado ou namorada. Nunca usei nomes...

— E já quis usar? Mesmo que num relacionamento aberto?

Eu tiro o braço da frente dos meus olhos o suficiente apenas para mirar seu rosto ao meu lado.

O suficiente para vê-lo confirmando com a cabeça.

Ele já quis namorar...

E sua confissão volta a doer.

Eu me viro na grama, fico de bruços enquanto continuo encarando-o.

— Por que não tenta?

— Não sei, Dimitri... Não é uma atitude que eu possa tomar da noite para o dia. Não é algo que eu possa mudar e... — Ele solta o ar pesadamente. — Não é simples. Também não sei se quero. Atualmente.

Há muito medo em Eric.

Um medo que eu suspeito não ter a ver apenas com o fato de não querer magoar os outros. Pergunto-me se ele tem medo de acabar magoando a si próprio, em qualquer tentativa de relacionamento que possa ter.

Eu quero parar de insistir no assunto, porque não quero que ele se sinta ainda mais desconfortável com o que tento trazer à tona ali.

Parece que eu estou fazendo papel de Eric e precisando enfiar alguém na vida dele, a qualquer custo, mas sei que é algo que deve acontecer naturalmente.

Tanto quanto sei que ele, verdadeiramente, ama estar sozinho.

E sentir carência ou necessidade de experimentar algo novo, como relacionamentos, é natural e humano, pois não somos caixas pré-definidas e robotizadas para termos comportamentos únicos até o dia de nossa morte, mas não extingue sua predileção pela solitude, que sempre foi tão genuína.

Dessa forma, mudo de assunto, com algo que também é minha curiosidade.

— Pablo realmente ama Vicenzo? — pergunto, ainda pensando se há traição sentimental por parte do meu amigo.

Eric ri baixo, tira o braço do rosto e vira o corpo lateralmente, me encarando e apoiando a cabeça no punho fechado do cotovelo que está sobre a grama.

— Você duvida disso? Já viu como eles olham um para o outro? Você estava lá quando se conheceram...

— Não duvido, mas ama vocês dois da mesma forma?

— Alguns corações precisam transbordar e acabam molhando várias pessoas no caminho — ele diz rindo, porque não esconde o quanto acha isso engraçado. — E ele pode ter me encharcado, mas, definitivamente, é tão louco por Vicenzo quanto é por mim.

— Você transborda?

Ele assente.

— Amo você — declara-se para mim mais uma vez, enquanto, novamente, ajeita meu cabelo bagunçado pelo vento. — Amo Pablo, amo Vicenzo... Amaria Gael e levaria ele para minha cama, se ele não fosse intragável, e vivêssemos numa grande suruba compartilhada, consentida por você.

Eu volto a me deitar, gargalhando com sua última informação.

— Mas ele é totalmente cego por você, então acho que rejeitaria meu convite de relacionamento aberto entre dez pessoas... Não faz o estilo dele.

— É, não faz... — concordo, ainda segurando a risada.

— Talvez, eu ame Key — ele fala sobre o garçom com o qual tem um caso há mais de um ano. — Não a ponto de me casar, mas me importo muito com ele e tento ajudá-lo no que posso — diz.

A fala me pega de surpresa, porque Eric não se aprofunda comigo sobre a relação que tem com o garçom, tampouco se aprofunda sobre qualquer outra relação. Mas é estranhamente confortável saber disso, e eu só desejo que, seja lá o que Eric ofereça para Key em questão de sentimentalismo e cuidado, ele saiba ser recíproco.

— Essa é a sua forma de amar, não é? — pergunto baixinho, passando o dedo pela sua franja cacheada e penteando-a para trás. — Demonstrando preocupação, cuidando... tendo atos de carinho.

Eric confirma com a cabeça.

— Acho que sim...

Uma vez escancarado por Pablo, Eric parece se sentir livre para declarar as coisas que seu coração sente.

E eu não consigo não achar bela a forma que fala sobre isso.

Então, ele toca num assunto delicado, que me faz parar com o carinho em seu cabelo, na mesma hora.

— Você deve estar com muita raiva do Pablo, porque ele realmente foi cruel com você...

Eu dou de ombros, voltando a me deitar completamente na grama, mas não consigo esconder o quanto, sim, estou magoado.

Não esperava palavras tão afiadas vindo de um amigo que me ajudou tantas vezes.

Que nunca foi nada para mim, além de apoio e auxílio.

E, pensando por esse lado, talvez valha a pena ouvir o que Eric tem a dizer, sobre a pessoa que já fez tanto por mim.

— Mas ele passou os últimos dias chorando, bebendo como um louco e se culpando.

Sei que suas reações foram exageradas, mas ele é meu amigo, então não deixo de me sentir mal, quando tenho noção de que ele também está sofrendo pelas atitudes erradas que teve.

Atitudes erradas, palavras impensadas e grosseria gratuita, ainda assim... Não consigo culpá-lo por defender Eric. Realmente não consigo.

— Não queria que ele tivesse essa reação.

— Nem eu, mas eu não falo para que você se sinta culpado, entende? Eu falo para que você saiba que ele está passando por todos os processos que a culpa provoca.

— Vocês brigaram?

— Pablo recebeu sermão o suficiente. O suficiente para entender que ele *nunca* deve tomar nenhuma atitude por mim. Como revelar coisas que eu não permiti que fossem reveladas.

Eu penso sobre suas palavras e, apesar de saber que Eric consegue ser assustadoramente sério quando briga com alguém, me sinto confuso mais uma vez, por saber de seus sentimentos.

Pelo menos agora sei que devo agir com mais cuidado com ele.

— É errado eu me sentir bem por ter descoberto a verdade? Eu acho que...

— Precisávamos ter essa conversa?

Assinto.

— Provavelmente, sim, eu só... queria que fosse menos abrupto.

— Se não fosse abrupto, seria de outra forma? — pergunto sincero.

Ele nega com a cabeça.

— Não seria de forma nenhuma... — confessa e acaba rindo no final.

Eric sabe que isso nunca viria à tona, se não fosse agressivo como aconteceu.

— Mas do mesmo jeito que você é minha maior fraqueza... — Ele respira fundo, tentando soar suave, quando toca no assunto delicado de ser apaixonado por mim. — Pablo é minha força, e eu nunca conseguiria afastá-lo da minha vida. Ainda mais porque ele fez isso por me amar demais, por tomar minhas dores e não aguentar ver todas as minhas crises...

Um bolo se faz no meu estômago quando Eric me diz coisas que eu não tinha ciência alguma. Dói saber que causei tanto sofrimento, sem nem mesmo ter ideia do que acontecia entre eles. Do que acontecia no interior de Eric.

Queria ter sabido antes. Queria ter tido noção, para que pudesse minimizar os danos causados. A angústia me abraça e meus olhos marejam, porque eu começo a desaguar por coisas que eu não controlo. Por dores motivadas por mim.

— Ei — a voz carinhosa de Eric soa, e eu ouço seu corpo sendo arrastado por cima da grama, quando ele se aproxima de mim. — Meu pequeno... o que foi?

Eu fungo com força, levando os dedos curtos aos olhos e limpando as lágrimas infantis do mesmo Dimitri adolescente que chorava por qualquer sentimento forte demais, que não conseguia aguentar.

O coração ainda é o mesmo.

A resistência às emoções também.

— Olha o que eu causei a você... a vocês dois... — Eu não consigo encarar Eric, enquanto esfrego meus olhos. — Eu estou me sentindo louco, porque eu estou tão magoado com Pablo e, ao mesmo tempo, estou morrendo de saudades dele... Eu... Porra!

Eric ri baixo, envolve o braço no meu tronco e me puxa com firmeza, até que meu rosto esteja deitado em seu peito e eu comece a soluçar.

Como já aconteceu tantas vezes, o abraço de Eric é recipiente para minhas dores, e meu corpo todo se arrepia num sentimento de estrondoso alívio.

Eu ainda tenho um dos meus melhores amigos comigo.

Pelo menos, com ele, nada mudou.

— Acredita se eu disser que a mesma reação que você está tendo de chorar comigo, ele teve por você?

— Mas que droga! — eu reclamo, chorando ainda mais. — É claro que acredito, porra! Pablo é um idiota!

— Ele também te chamou de idiota... Depois chorou mais e se chamou de idiota.

Eu dei uma risada chorosa, me afastando do peito de Eric apenas para limpar meu rosto, depois voltei a abraçá-lo, sentindo o vento ficar ainda mais gelado, conforme o sol estava indo em direção à linha do horizonte.

Nossa conversa foi longa o suficiente para passarmos o final da tarde toda naquele parque, como já fizemos tantas e tantas vezes.

Depois, me perguntam por que eu fui um adolescente apegado...

Como não ser, quando Eric me fazia viver em um conto de fadas e sempre me tirava do pesadelo que era a minha vida?

Era como eu me sentia, na época.

— Preciso trabalhar... — digo, me erguendo até estar sentado, sabendo que devo voltar à boate. — E quanto ao Pablo...

— Na hora certa as coisas vão se resolver — Eric diz, erguendo-se e puxando seus sapatos, para colocar nos pés que tiveram tempo o suficiente para secar.

— Como tem tanta certeza? — pergunto fungando, me levantando e batendo a grama que está na minha bunda e parte traseira das coxas.

— Eu sei que vão, Dimitri...

Não digo mais nada, apenas o observo colocar os sapatos e, quando termina, estendo minha mão para ajudar Eric a se levantar.

Ele segura meus dedos e, quando o puxo, aproveita o impulso.

Eric me abraça. Respira fundo, me envolve com seus braços e parece fazer daquele nosso enlace um ponto final. Uma situação que foi dolorosamente resolvida.

O derradeiro furacão, que se dissolve em nosso, enfim, ponto de paz.

Eu retribuo com força e o abraço com a recíproca intensidade, sentindo o cheiro marcante do meu amigo. O cheiro de conforto, de suporte e, inegavelmente, de amor. Porque Eric sempre significará, principalmente, essas três coisas para mim.

Quando vamos embora, andando devagar em direção ao portão, observamos um menino correndo, com cordas penduradas no pescoço, indo rapidamente em direção ao poço afastado no alto de um pequeno monte.

Eu, Eric e Pablo costumávamos ficar ali, algumas vezes, porque era quieto e nos dava visão inteira do parque.

— Será que alguém caiu lá dentro? — Eric pergunta rindo, olhando na direção do poço.

— Infelizmente, não posso ficar para descobrir...

Apesar da curiosidade nos matar, eu e ele continuamos andando para fora do parque e, alguns quarteirões depois, estávamos de volta à boate.

Eu voltei ao trabalho, e Eric conversou com Key por um tempo e eu fingi que não o vi mais solto do que geralmente fica, falando com o garçom.

Parecia confortável em demonstrar que, no mínimo, tinha estima pelo cara.

Sei que não pediria ninguém em casamento da noite para o dia, mas o mínimo movimento de interesse significa muito para ele.

É uma coisa que eu tenho completa noção.

A noite corre bem, apesar da casa cheia.

Como esperado, Eric não fica muito tempo e, perto das 02:00, vai embora, perguntando se eu estava bem em fechar tudo.

Mais do que acostumado, digo que sim e, quando vai embora, fico feliz em me sentir bem.

Não estamos mais brigados, então eu não sinto mais um peso excessivo no meu peito, quando ele se distancia de mim.

Sei que ainda tenho meu amigo.

Antes de Eric ir embora, no entanto, uma pequena saudade já estava no meu coração, porque Gael havia me mandado uma mensagem, dizendo que não poderia dormir comigo naquela noite.

Meu amor:

Meu pai pediu para maratonar uma série com ele hoje. 11:23

Vou dormir por aqui, ok? Não sei que horas vamos terminar... 11:23

Nunca vi esse velho tão animado com uma série. 11:23

(E eu já vi a série, mas vou fingir que não, só pra ele não desanimar de ver) 11:24

Gael sempre teve esses pequenos gestos altruístas, que sempre me fizeram enxergar nele o ser humano bondoso que é.

E coisas assim me fazem lembrar porque minha paixão por ele foi tão forte.

Eu:

kkkk, você é muito fofo. 11:25

Manda um abraço pro seu pai, estou com saudade dele. 11:25

Amanhã, então? 11:25

Meu amor:

Amanhã, com certeza. 11:26

Amo você, meu anjo. 11:26

Eu:

Também te amo, El. 11:42

As mensagens terminam, os clientes começam a ir embora e, um a um, os observo saindo pela porta da frente.

Muito depois de Eric ter deixado a casa, vejo os funcionários limpando tudo, o caixa sendo fechado e, num abraço fraternal e tão comum, me despeço de Davi com carinho, ouvindo-o reclamar de dores nas costas. Passou por algo envolvendo seus filhos batendo em sua coluna com espadas de plástico.

— Eles só pararam quando a mãe chegou. — Estala a língua, balançando a cabeça negativamente. — Não me respeitam, estavam me matando.

— Com espadas de plástico? — Seguro o riso.

— Você não sabe como aquelas merdas doem! Vou trazer uma e dar na sua cabeça.

— Não, obrigado, senão chamo sua mulher...

— Por favor, não. — Ele finge medo, brincando sobre a esposa que sempre teve fama de nervosa, mas sei que ele a ama muito.

Davi vai embora e, em seguida, me despeço do segurança temporário, que faz sua última semana na casa, já que Victor logo retornará de suas férias, em poucos dias.

A chegada dele significa uma coisa: está quase na hora de Gael ir embora.

Melancólico com esse fato, tranco tudo e vou para casa, sem muito tempo para pensar sobre o assunto, já que o percurso curto só me faz ter atenção à estrada, para que eu não saia batendo por aí.

Estaciono na frente do meu pequeno prédio, tranco o carro, chego ao meu apartamento, chuto os sapatos para o canto, me certificando de trancar a porta inteira de igual forma.

E é no meu longo banho que deposito todos os meus pensamentos angustiados e ansiosos sobre a data que, cada vez mais, aproxima-se.

Em todos esses dias, Gael mal toca no assunto, como se fosse ficar em Astra para sempre.

Mas eu sei que não vai, e isso já começa a doer.

Não quero passar novamente pela estraçalhante dor de não o ter comigo.

Tenho medo de voltar a ser o que era. De regredir.

De não aguentar dessa vez.

Porque eu não sei se sua ida será pacífica, se será um abandono. Não sei suas condições e, quando percebo, tudo está me apavorando a ponto de eu ter mais uma crise de ansiedade que não consigo controlar.

Os pensamentos não fazem sentido, mas parecem ser a minha realidade.

Eu e Gael estamos bem, mas meu cérebro me faz acreditar que não.

Acho que serei abandonado novamente.

Mais uma noite, eu sou refém de uma mente que prova não estar 100% curada. Uma mente doente, que precisa de manutenção constante, para que não volte a sucumbir.

Quando me deito na cama, abraço meu travesseiro e sinto seu cheiro, fazendo com que eu me pergunte se irei senti-lo pelo resto da minha vida ou se aquilo foi a despedida que Gael me permitiu ter, antes de tudo ser estilhaçado de vez.

Não gosto de ser refém de meus pensamentos, então faço o possível para dormir, porque sei que irei acordar melhor no outro dia.

Preciso acordar melhor.

Após me revirar por mais de uma hora na cama, enquanto vejo minhas conversas e fotos recentes com Gael, eu durmo.

Durmo depois de saborear uma saudade que antecede a partida.

E tenho pesadelos por toda a noite.

Sonho com meus pais me batendo e esfregando nossa foto juntos, enquanto nos beijávamos em seu carro.

Sonho com hematomas, sonho com o aeroporto.

Sonho com meus anéis batendo no vidro.

Sonho com meu rosto inchado pelo choro, derramando lágrimas que me sufocam a ponto de quase me matar.

Sonho com um sino longo, incessante, que não para de me chamar.

Um sino que chama meu nome.

Mas os sinos não chamam nomes.

A confusão me desperta e eu percebo que, realmente, não há nenhum nome sendo chamado.

É a campainha da minha casa que toca.

Como se houvesse um incêndio, levanto correndo, com uma blusa larga de Gael batendo um pouco acima de minhas coxas.

Mal percebo que estou só de cueca e blusa, mas, quando abro a porta, não me importo com isso, nem com meu cabelo bagunçado, muito menos com meus olhos que nem consigo abrir direito.

Porque quem está ali é alguém que nunca me deixa desconfortável.

— Desculpa por te acordar... — Eric fala baixo, passando a mão grande no meu cabelo e o bagunçando ainda mais, enquanto rio baixinho e coço os olhos sonolentos.

— Tudo bem... — digo rouco. — Que horas são?

— 17:00, eu acho.

— Eu dormi demais... — Bocejo, percebendo que, mesmo dormindo muito, sinto como se houvesse dormido apenas por cinco minutos. — Não vai entrar? — Franzo o cenho sonolento.

Eric, que tapava toda minha visão do corredor, dá um passo para o lado, revelando uma silhueta que não fazia ideia estar ali.

É Pablo.

Está com as mãos enterradas dentro dos bolsos da calça jeans clara, com o ombro encostado na parede ao longe, olhando para o chão.

Ele parece estar totalmente desconcertado com a situação, enquanto seus óculos de sol, de modelo aviador amarelo, estão pendurados na gola de sua camisa social branca, com botões abertos até metade do peito. Pablo exala dinheiro, mas exala, da mesma forma, medo de se aproximar de mim.

Eric nada fala, mas eu também não consigo emitir som algum. Apenas permaneço observando meu amigo, escorado na parede.

Ele respira fundo, levanta a cabeça devagar e finalmente me encara. E não é difícil perceber que pelo tempo todo em que olhava para o chão, estava tentando segurar o choro.

Mas é falho, porque, quando me encara, Pablo funga, e nem aqueles metros de distância são capazes de esconder os olhos marejados, mesclados à feição de culpa agressiva carregada por ele.

Ele dá apenas dois passos, ainda parece ter medo da aproximação, mas parte dele a iniciativa do primeiro contato.

— Posso entrar? — pede baixo, no tom mais quebrado que já ouvi saindo de sua boca.

34

DESCULPAS

Eu quero que Pablo entre e, ao mesmo tempo, não consigo abrir minha boca e dizer isso a ele. Dando um passo para o lado, apenas libero sua passagem, me sentindo ansioso.

Não só Pablo, mas Eric também entra atrás do meu amigo e param os dois no meio da minha pequena sala. Eric, mostrando-se mais desenvolto, dá breves passos até a janela e encosta o quadril lá, enquanto cruza os braços e olha para nós dois, mas Pablo não sabe o que fazer. Não sabe onde encostar, não sabe para onde olhar, parece perdido.

Não o culpo, porque ele só esteve na minha casa algumas vezes e, na maioria delas, foi quando me encontrou no chão, desacordado após tanto beber. Ele vinha justamente para me salvar, quando notava minha falta ou minha demora para responder às mensagens. É por isso que ele e Eric têm a chave do meu apartamento, porque têm medo de me perder e esperam sempre poder chegar a tempo.

Felizmente, não me entrego desgovernadamente ao álcool há muito tempo e não deixo que isso me domine, porque aprendi a me controlar depois de muita terapia, mas é nítido que eles seguem preocupados.

Entretanto, agora, a preocupação de Pablo é outra.

Abrir a boca.

Mas quem abre é Eric.

— Eu vou deixar vocês a sós — ele diz calmo, descolando o quadril da janela, enquanto me sento no sofá.

Pablo olha para ele, incerto.

— Não precisa — meu amigo diz com a voz baixa.

— Precisa, sim. Você vai se sentir mais confortável sozinho. — Então, ele dá alguns passos na direção de Pablo e lhe deixa um beijo sutil na bochecha. — Vou dar uma volta no centro e comprar algumas coisas.

Pablo assente. Eric chega perto de mim, inclina o corpo e também beija meu rosto. Dou um sorriso pequeno com seu ato e o vejo deixar a sala em seguida, fechando a porta devagar.

Ainda em pé, Pablo está virado para mim, porém seus olhos fitam o chão e suas mãos continuam enfiadas dentro dos bolsos.

Sua respiração está acelerada e é visível o quanto está nervoso.

— Você quer água ou alg... — Tento oferecer.

— Desculpa, caralho! Porra! Desculpa! — ele solta atordoado, cortando a minha fala. Num primeiro momento, me assusto, então o percebo começar a falar, como se tivesse um gravador ligado na velocidade três, dentro de si. — Eu nunca fiz isso com você, mas eu explodi! Eu fui idiota, babaca, insensível, criança, imaturo, cruel, estúpido e um grandíssimo e imenso pau no cu!

Eu tento abrir a boca para dizer algo, mas Pablo não deixa.

— E pau no cu pode ser uma coisa boa, porra! Mas, dessa vez, não foi! Foi uma tora de madeira gigante e desconfortável, porque eu causei isso! Eu causei essa porra!

Continuo levemente assustado, mas estou começando a me segurar para não rir e permanecer sério.

Estou com raiva dele, estou magoado, não deveria estar com vontade de rir.

— Caralho, eu amo Eric, eu amo você! Eu fiquei puto? Fiquei, mas eu já estava puto há muito tempo! Porque Eric ficava nessa putaria de não contar, quando eu sempre achei que devia contar, e eu não podia me meter, porra! Mas eu me meti! Eu me meti nesse caralho! Eu joguei uma caralhada de merda de cavalo misturada com elefante no ventilador! Eu fodi a porra toda! Porque eu sou assim, um estúpido do caralho que só atrai pessoas que querem meu dinheiro, porque quando elas percebem a bomba atômica que eu sou, elas se afastam! E eu te magoei pra caralho, porra, eu tô me sentindo tão mal! Você não merecia isso, Dimitri...

Chego a me perguntar se Pablo já considerou a hipótese de ser rapper, porque são muitas palavras rápidas demais, para uma língua só.

Mas, além dos meus pensamentos que não vêm ao caso no momento, percebo seus olhos, já marejados, ficarem pesados, e um tom choroso ganhar vida.

— Eu sou impulsivo, louco, descontrolado. Sempre fui, sempre vou ser, mas são coisas da minha personalidade, que eu identifico e tento controlar, Dimitri... Eu tento controlar o tempo todo. — Ele tira as mãos dos bolsos e, parecendo sufocar, leva as duas ao rosto, respirando fundo.

Eu posso apenas colocar panos quentes sobre a situação, mas sinto que nada continuará da mesma forma, se eu não pôr para fora o que me incomoda no momento. Então, me dou o direito de externar.

— Você entende que me magoou pra caralho com as coisas que disse, não entende?

Ele abaixa as mãos, concorda com a cabeça milhares de vezes, depois dá passos na minha direção, sentando-se ao meu lado e aproximando o corpo do meu o máximo que pode.

— Me desculpa, Dimi... — ele pede baixo mais uma vez. — Eu sou um mimado babaca, que acha que consegue controlar tudo com dinheiro e, porra... — Estala a língua, completamente frustrado. — O que eu não tenho controle me causa esse tipo de reação, porque eu sou um escroto. Mas eu não tinha... — Ele leva a mão até o canto dos olhos, limpando as lágrimas ralas que se acumulam. — Eu não tinha direito nenhum de falar nada daquilo, nem de falar pelo Eric e, muito menos, de ser cruel com você. Eu fodi com a porra toda.

Nós ficamos em silêncio por alguns segundos, até eu fungar baixo e Pablo levantar o rosto, percebendo que eu também estou chorando. Nós nos olhamos e acabamos rindo, porque somos dois molengas chorões.

E é claro que eu já perdoei Pablo, desde a hora que ele entrou no meu apartamento.

— Você é um idiota — é o que eu consigo dizer, quando vejo o seu choro aumentar e ele jogar os braços por cima do meu ombro, me puxando para o seu abraço exagerado, que sempre me deu uma sensação de conforto infinito.

— Desculpa por ser idiota. — Ele se desculpa mais uma vez, fungando ainda mais. — Eu te amo muito, Dimitri... Me perdoa, por favor, caralho.

— Está perdoado, Pablo... — falo baixinho, vendo-o se desvencilhar do meu abraço, mas mantendo-se próximo o suficiente para segurar minhas mãos com força. — E eu também te amo, só, por favor... — Respiro fundo, sentindo a dor das últimas memórias me causarem um desconforto quase palpável.

— Não repete aquelas coisas, não... — quase suplico, lembrando o quanto foi uma experiência ruim.

O quanto me fez mal.

— Não vou repetir, Dimitri. Eu nem... — Ele desce os ombros, soltando o ar com peso. — Nem acredito naquelas palavras. Também não acredite, tá? Não acredite no que eu disse. Naquela enxurrada de merda que saiu da minha boca... Você não é nada daquilo. É um amigo bom. Muito mais do que bom...

Sua forma impulsiva e atrapalhada de externar as coisas é justamente o que me faz sorrir fraco e sentir o coração aquecer.

— Bom, medroso e ansioso — concluo, não conseguindo absorver seus elogios com totalidade.

— Medroso e ansioso, sim... até se provar um safado.

Pablo arranca uma gargalhada minha e, rindo também, continua falando, enquanto segura meus ombros e começa a me sacudir de leve, propositalmente a cada elogio novo que solta.

— Mas sempre prestativo, sempre doce, sempre meigo. Sempre meu amigo. E você já me deu tanto...

No começo eu rio, mas ao final de sua frase acabo ficando mais melancólico do que gostaria.

— Pablo, eu nunca te dei nada realmente caro ou... — falo baixo, inconclusivo, me sentindo estranho com o assunto.

O que eu daria a alguém que já tem tudo?

Pablo segura minhas mãos, leva até os lábios e as beija, uma de cada vez. Depois, as repousa sobre seus próprios joelhos, mas não as solta.

— Sabe aquela porra clichê de "dinheiro não compra felicidade"?

Assinto, respondendo que sim.

— É mentira, porque dinheiro compra praticamente tudo nesse caralho...

Não consigo ficar sério com Pablo, então volto a rir.

— Mas existem poucas coisas que não tem como comprar. E por mais cafona e breguíssimo que seja, amizade verdadeira é uma delas. — Ele sorri com o canto dos lábios, depois olha para as minhas mãos que ainda segura. — E eu tentei enfiar meu dinheiro no seu cu!

Mais uma gargalhada da minha parte, enquanto ele continua falando, rindo muito desta vez.

— Eu tentei comprar coisas pra você, eu não queria nem que você trabalhasse na boate, mas você não aceitou. Você quis seu emprego... — Então, ele diminui a risada descontrolada, mas mantém o sorriso sutil. — E eu sei que Eric te dá muita coisa, porque ele não te deixa escolher. Você precisa aceitar ou aceitar...

Eu solto uma risada abafada, curta, concordando com sua fala.

— Mas, mesmo você negando a maioria das coisas que eu quero fazer por você, você sempre continua do meu lado. Sempre quis ficar por perto, e os anos se passaram, e eu desenvolvi a arte de entender quando alguém quer apenas me sugar ou quando alguém me ama de verdade. E eu sei que você me ama de verdade, Dimitri.

A alma sensível e carente dentro de mim não consegue aguentar a formação de lágrimas pesadas que brotam nas minhas pálpebras, com as palavras de Pablo.

— Então, de novo, me perdoa — Pablo continua falando, agora sendo tomado novamente pela emoção, fungando e tentando controlar o espírito choroso que ele não gosta de libertar. — Me perdoa por ter sido tão cruel. Você é uma das pessoas mais preciosas da minha vida, e eu fui um grande cuzão. Eu entendo que fui um grande cuzão.

Pergunto-me o quão culpado ele está, para fazer tantos pedidos de perdão desse jeito.

— Eu perdoei da primeira vez que você pediu, eu perdoei da segunda e eu perdoo agora de novo.

Pablo solta uma risada baixa, concordando com a cabeça e soltando uma das nossas mãos, para limpar os olhos.

— Você é bom demais, seu safado. — Sua risada leve se mantém. — E eu não estou falando só de putaria. Porque nisso também, que macho bom, meu bebezinho pervertido.

— Para de falar essas merdas, que o Vicenzo vai arrancar o meu pau.

— Ah, palhaçada, Dimitri! — Ele dá um tapa leve no meu braço. — Ele nem tem mais ciúme de você...

— É bom ouvir isso saindo da sua boca — confesso, porque é verdade.

Eu me sinto aliviado pelo marido do meu amigo ter largado a implicância infundada que tinha de mim e mais aliviado ainda por tudo ter acontecido de forma natural.

— Se você não estivesse namorando, eu até te chamava pra um bacanal lá em casa... O Vicenzo ia gostar. Eu também.

Eu acabo soltando uma gargalhada grande, pensando que, em outra época, aceitaria o convite, mas, hoje em dia, não tenho inclinação nenhuma para mergulhar nesse lago de safadeza que é a vida de Pablo.

No momento seguinte, estou encostando no sofá e puxando o dono da boate para mais perto de mim.

Como fez tantas vezes, na nossa intimidade natural e confortável, meu amigo se deita nas minhas coxas e ali nós ficamos por alguns minutos.

Ele respira fundo, e eu passo os dedos pelos seus cabelos estupidamente hidratados. Penso quanto dinheiro já não foi gasto naqueles fios gostosos como seda. Inconclusivo sobre um valor, respiro fundo, pensando no ocorrido dos últimos dias.

— De certa forma, eu sempre soube — confesso baixo, olhando desfocadamente para a televisão desligada que Gael havia me dado. — Mesmo que não soubesse. Mesmo que não aceitasse. É difícil explicar...

Pablo sabe do que eu falo.

— Eric deixa óbvio com as ações dele... — meu amigo solta no mesmo tom tranquilo, mas pensativo. — Ao mesmo tempo, você fica se perguntando "será isso mesmo?", ainda mais depois de... — Ele respira fundo. — Depois de tudo ter acontecido da forma que aconteceu entre vocês.

— Isso... me pegou de surpresa — confesso. — Eu e Eric estamos bem, mas é muita informação, e eu nunca fui muito bom em lidar com muitas informações. — Solto uma risada desanimada.

— Você está confuso? — Pablo pergunta, com uma leve curiosidade na voz.

— Confuso? — Uno as sobrancelhas sutilmente.

— Entre ele e Gael?

E a resposta é rápida, mas natural.

Balanço a cabeça negativamente, porque é algo que tenho total certeza.

— O pé na minha bunda, o fato de eu ver Eric com tantas pessoas e o desprendimento emocional que ele teve comigo foram motivos suficientes pra anestesiar tudo que eu já senti por ele um dia — digo, explicando o que faz a confissão de Eric não ser um empecilho na minha vida amorosa. — Eu o amo profundamente. Vou amar até morrer. Todos os meus músculos amam o Eric da mesma forma que eu amo você, mas consegui me desfazer dos traços românticos que eu tinha por ele. Ou melhor... — Minhas narinas soltam o ar cansadamente. — Ele conseguiu arrancar isso de mim — digo a frase, e o sorriso melancólico permanece em meus lábios, mas não há mentira em minhas palavras.

Todo o processo doloroso pelo qual passei com Eric foi maquinado há tempo suficiente para que todos os traços de paixão fossem embora.

A essa altura do campeonato, e com a muralha que construí em relação a ele, sei que amor de amigo é o máximo que consigo nutrir por ele.

— Eu nunca consegui — Pablo confessa.

Eu abaixo o olhar, encarando-o.

— Vocês, em algum momento, se afastaram ou deram um basta nas coisas que faziam?

— Só quando eu comecei a namorar com o Vicenzo, mas depois... — Ele arqueia as sobrancelhas, com aquela cara de quem aprontou demais.

— Vocês três começaram a transar?

Ele concorda, rindo e dando de ombros.

— Como você ia parar de gostar dele assim?

— Já era um caso perdido... — Pablo ri, respirando fundo. — Mas Eric sempre esteve na minha vida, muito antes de eu conhecer você, e ele sabia que podia ir embora quantas vezes quisesse, da mesma forma que eu sempre fiz. Por sermos livres, não tínhamos necessidade de romper nada...

Isso acaba encaixando muita coisa na minha cabeça. Eric não sabia lidar com pessoas sentindo ciúmes dele. É claro que não teria esse problema com Pablo, já que a relação deles sempre foi livre.

— E ele sabia que, quando voltasse, eu estaria esperando por ele, se eu também estivesse a fim.

— E você sente ciúmes dele? — pergunto calmo e curioso, tentando não parecer grosseiro.

Pablo para, por um segundo, analisa o teto, pensando sobre a pergunta que eu lhe fiz.

— Eu já senti muito — ele confessa, fazendo um movimento positivo com a cabeça. — Mas, por mais explosivo que eu fosse, sempre soube controlar, até porque sempre gostei de sair transando por aí, igual a ele. E então, eu conheci o Vicenzo e, porra... eu queria ficar só com ele. Eu abri mão da putaria por aquele cara. Eu só queria ser safado com ele e mais ninguém! Vicenzo me enlouqueceu...

— Até me assustei quando isso aconteceu — digo, não contendo a risada. — Nunca vi você babar tanto por alguém.

Pablo gargalha alto, balançando a cabeça positivamente de novo e batendo as mãos, em palmas descontroladas.

Foi, realmente, uma coisa completamente inesperada. Num dia, Pablo estava falando que queria conseguir transar com o país inteiro. No outro, conheceu Vicenzo, e uma coleira invisível foi colocada no seu pescoço. Foi louco com a mesma intensidade de que foi incontrolável.

Infelizmente, Vicenzo sentiu ciúmes de mim com Pablo por muito tempo e só recentemente é que conseguimos ter uma relação saudável, com a afirmação desse ciúme aniquilado nas palavras que meu amigo confessou a mim.

Provavelmente, ele entendeu de vez que, por mais que eu já tivesse feito de tudo com o seu marido, nossa fase de putaria havia ficado no passado. Mas, mesmo com o ciúme do cara, Pablo nunca evitou falar comigo ou se afastou de mim.

Sempre me priorizou.

Sempre priorizou nossa amizade.

É por isso que não é difícil perdoá-lo de verdade com todo o meu coração.

Pablo me deu motivos o suficiente para que eu entendesse que suas ações foram levadas por impulsividade, mas, além disso, já me deu motivos suficientes para entender que ele é um dos seres humanos que mais se importa comigo.

Meu riso diminui, meu rosto fica mais sério.

Eu volto a olhar desfocado para a televisão.

Pablo percebe.

— Mas você ainda não está feliz... — ele comenta, perspicaz.

Eu balanço a cabeça positivamente,

— Me sinto mal por Eric. Me sinto mal em pensar que magoei ele de alguma forma...

— Acho que a única mágoa que Eric sente é por se sentir impotente. É por não ter o controle da situação, não conseguir te proteger e ver você se destruir. Porque ele se destrói junto...

Eu respiro fundo, sentindo o peito doer com as informações de Pablo, que reforçam o que eu já sei.

— Mas ele não se sente mal por você amar outra pessoa. Ele se sente mal se você for magoado ou maltratado. Se você for infeliz...

— E como ele pode se sentir bem não sendo correspondido? — Eu me sinto grato por poder ter essa conversa com alguém que conhece Eric muito mais profundamente do que eu. Grato por poder fazer essas perguntas.

Senão, seria fato...

Eu viveria mal por causa de Eric, caso Pablo não estivesse ali para me tranquilizar.

— Por mais que... — Pablo se ergue no sofá, cruzando as pernas e unindo a mão à minha. — Você seja o grande amor da vida dele... — Ele olha para mim. — Eric definitivamente tem outros amores. — Meu amigo acaba rindo com o comentário, arrancando uma risada fraca de mim, em conjunto. — Então, acredite em todas as palavras que ele te disse. Eric não é como a gente, ele não tem a necessidade de estar atado. Aquele homem é uma máquina de amar... Bem... Ele sabe ser bom pra caralho, mesmo não amando.

Eu solto uma risada baixa, concordando com a cabeça quando me lembro de toda nossa conversa no parque.

— Ele não precisa de ninguém operando as engrenagens dele, pra ele poder funcionar pleno e feliz. Ele é gestor da própria felicidade e sabe fazer isso sozinho, entende Dimi? Ele tem um controle emocional maior do que nós dois um dia teremos.

Assinto novamente.

Respiro fundo, ainda tentando assimilar as informações sobre meu amigo.

Ainda tentando organizar os pensamentos sobre as coisas que não tenho poder para mudar ou controlar.

— Só quero que ele seja feliz — confesso em voz baixa.

Pablo respira fundo.

— Ele é...

Eu o encaro e, sem conseguir dizer mais nada, apenas aceito e desejo que Eric possa viver feliz para o resto de sua vida, à sua maneira.

Desejo que ele possa se permitir fazer o que quiser, estar com quem quiser ou não, desde que esta seja sua vontade.

Além de qualquer arame farpado que já tenha colocado em seu coração.

É minha quarta-feira de folga.

No dia anterior, assim que saí da boate, fui direto à casa de Gael e, silenciosamente, entrei em seu sobrado como um bandido, para que meu sogro não acordasse.

Conseguimos nos manter quietos enquanto entramos, enquanto comemos, enquanto assistimos aos filmes nos fones.

Conseguimos nos manter quietos...

Quando o filme acabou e nós começamos a nos beijar em sua cama.

Quando passamos muito além dos beijos.

Depois que dormimos e acordamos, não fizemos muita coisa diferente de ficar na cama o dia inteiro. Eu estou cansado demais e Gael parece desfrutar de um dia preguiçoso, debaixo do edredom comigo.

Comemos e voltamos para a cama o tempo todo, até ouvir a porta abrindo e ver a silhueta robusta de Augusto entrando em casa.

Fazemos uma força e vamos jantar com ele, passando algumas horas na sala conversando e sendo presenteados com as risadas raras que o pai de Gael nos dá.

— Ele ri muito mais quando você está aqui, eu não entendo... — meu namorado finge reclamar, mas sei que está feliz por Augusto estar confortável comigo. Por rir desse jeito.

Quando meu sogro vai dormir, Gael está sentado no chão e começa a mexer numa porta de vidro, na parte debaixo da estante onde sua televisão está. Ele tira de lá uma caixa velha de papelão e respira fundo, quando abre o tampo. Existem fotografias demais e parecem muito antigas. Eu arrasto o corpo pelo sofá e me aproximo devagar, até estar sentado ao seu lado.

— O que tem aí? — pergunto baixinho, vendo seu semblante sério.

— Minhas fotos antigas, eu...

Gael solta o ar dos pulmões, devagar.

— Queria pegar uma da minha mãe e levar para Lipa. Às vezes, me esqueço de como era o rosto dela, e eu não gosto quando isso acontece...

A menção à Lipa me fere, porém sua confissão é o que dói mais. Mesmo parecendo querer pegar fotos, Gael continua segurando a caixa com força e não parece ter coragem para enfiar a mão ali dentro.

Eu coloco as mãos sobre as suas e faço um carinho sutil, pedindo permissão.

— Posso te ajudar? — pergunto, mantendo o tom baixo.

Gael funga.

Ele não está chorando descontroladamente, mas sei que tudo que envolve sua mãe o deixa mal, então não estranho sua reação abrupta àquilo.

Já que fica tão sensível com o assunto, achei que poderia reagir mal ao meu pedido, mas, ao contrário de meus pensamentos, ele concorda com a cabeça e passa a caixa para as minhas mãos.

Pego um punhado de fotos e começo a vê-las, uma a uma.

— Meu Deus, que fofo... — Começo a rir e mostro a ele uma foto em que está vestido de jacaré, com um rabo enorme.

Gael solta uma risada contida, depois balança a cabeça negativamente.

— Acho que eu tinha sete anos, foi numa apresentação na escola...

Continuo vendo as fotos, segurando o riso quando dá ou dando gargalhadas quando não consigo me controlar, mas logo calo a boca para não acordar meu sogro.

Às vezes, solto longos "*owwwn*", porque, diferente do que Gael disse, ele foi uma criança muito bonita e meiga, com um sorriso tão grande que iluminava qualquer fotografia. Continuo o trabalho, e uma foto, uma específica foto faz meu coração acelerar.

Na imagem, Gael devia ter 12 anos e há um bolo pequeno na sua frente, com velas. Seus pais estão atrás de si, colando os rostos um em cada lado de suas bochechas, e uma ponta pequena de glacê havia sido passada em seus narizes. Helga, Gael e Augusto dão sorrisos grandes, largos, completos. Eu respiro fundo, porque não quero chorar no seu momento delicado, então mostro a foto a ele.

— Que tal essa? — pergunto carinhoso e, no momento seguinte, Gael tira a fotografia da minha mão com calma e a analisa.

Primeiro, ele sorri; depois, passa o polegar pelo rosto da mãe e, no segundo seguinte, uma única lágrima cai do seu olho direito, então funga de novo.

— É perfeita... — concorda, olhando para mim e me lançando um sorriso que fecha uma ferida no meu coração.

Gael não faz ideia do quanto me faz ressignificar a palavra "família" quando demonstra o amor que tem pelas próprias raízes. Eu retribuo seu sorriso, aproximo o corpo do seu e, segurando seu rosto, deixo um selar leve em seus lábios.

Pelo menos, eu tenho a intenção de ser leve, mas Gael segura meu rosto com cuidado e não me deixa afastar, tampouco quero me afastar.

— Obrigado... — ele fala baixinho, roçando o nariz no meu. — Isso tudo é muito bobo, mas...

— Não tem nada de bobo aqui — corto sua fala, não deixando que ele diminua os próprios sentimentos sobre a saudade que sente pela mãe.

Coisa que não entendo porque não vivi, mas respeito como se doesse em mim. Gael assente, soltando uma risada baixa e deixando mais um selar nos meus lábios cheios.

— Eu não ia conseguir escolher uma simples foto sem você... — ele sussurra, encostando a testa na minha.

— É pra isso que eu estou aqui... Pra ser seu selecionador de fotos — digo, numa risada carinhosa.

Ele solta uma gargalhada baixa e, no momento seguinte, me beija mais uma vez.

— Obrigado por ser meu selecionador de fotos.

Dessa vez, sou eu que solto uma risada curta e o beijo em seguida.

— Não é nada, meu amor...

35

DIRETORES

Mais uma noite agradável se encerra. Mais um laço é criado com Gael. Eu o amo ainda mais a cada segundo que passa, mesmo acreditando que já havia alcançado o ápice, quando o assunto é sentir o que eu sinto por ele.

Eu me pergunto se meu coração irá explodir algum dia...

Nossa despedida é tortuosa, ainda mais quando eu tenho em mente que falta apenas uma semana para Gael ir embora, e nós não conseguimos, sequer, tocar no assunto da despedida. Tenho medo de falar sobre isso e acredito que a recíproca seja verdadeira.

Silenciosamente, selamos um pacto de viver todos os dias juntos como se fossem nossos últimos, e eu desejo, com toda a minha alma, que não sejam...

Preciso voltar a trabalhar, mas, diferente da minha mente conturbada, agitada, ansiosa e angustiada, tudo está mais leve na boate, e eu gosto de sentir que as coisas estão voltando à normalidade.

Eu gosto de chegar e entrar na sala de Pablo, ficar por lá e fazer piadas obscenas, depois rir de coisas aleatórias.

Eu gosto quando eles confessam segredos sexuais para mim e me chocam.

Mas, na verdade, não me chocam tanto assim...

Voltar à normalidade com meus amigos poderia ser uma coisa difícil, demorada, arrastada. Poderia ser exaustivo, arenoso, pontiagudo, amargo, mas não é, porque nós não deixamos que seja.

Os três estão se esforçando para estrangular as mágoas que temos um do outro, e focar o que realmente importa.

Nossa amizade. Nós.

E isso também é uma forma de amor verdadeiro.

— Dimitri... — Pablo fala, franzindo o cenho, enquanto encara a tela do computador.

A hora das risadas passou, e ele veste a capa do Pablo empresário sério, que usa às vezes. Sei que meu amigo está checando a lista de reservas para a noite, pois estou sentado ao seu lado, em uma cadeira de madeira pintada de preto, que deveria estar no salão.

Eric está sentado à mesa, à minha frente, passando uma bola roxa de veludo para lá e para cá, em seus dedos finos e compridos.

Não sei de onde essa bola com aparência erótica veio.

Não sei se quero saber.

— Hoje, vamos ter um cliente especial, que fez reserva pra uma caralhada de gente — ele anuncia, já que eu ainda estou prestando atenção.

— Especial por quê? — Eric pergunta, mantendo o tom baixo e continuando a movimentar a bola roxa entre as mãos.

— Jhonatan Kauer, diretor de cinema.

— Eita, porra! — Solto uma risada abafada, junto ao comentário.

Gael gosta muito desse cara.

Recebemos celebridades na boate o tempo todo, mas acredito que será a primeira vez que iremos ter um diretor de cinema dentro da casa.

— O gibi humano... — Eric comenta, e eu me lembro de ter visto suas fotos, algumas vezes, em redes sociais.

Acho que apenas seu rosto não é tatuado.

— Gibi humano, carro humano, piroca humana, não importa! — Pablo exclama um pouco alto, afastando-se do notebook e olhando para mim. — Ele quer vir aqui para comemorar o contrato de um novo filme e pediu para fechar o lado direito do segundo andar, só para ele e para os convidados do cara. Olha aqui...

Ele entrega seu celular desbloqueado para mim, contendo as conversas com o cara. Curioso, leio tudo.

Jhonathan Kauer:

Fala, ae, cara! 15:34

Meu nome é Jhonatan Kauer, belezinha? Velcan disse que conseguiu teu contato e que era pra tratar direto contigo 15:34

Na verdade, meu assessor que iria entrar em contato, mas isso é uma frescura do caralho, eu quis tratar sozinho 15:34

Seguinte, vou lançar meu próximo filme e quero comemorar, porque foi um orçamento difícil pra caralho de liberar 15:35

Quero dar uma puta festa diferente, mas meu apartamento já tá cansado de ver as mesmas bundas conhecidas, aí ouvi falar na Hidden e pow! 15:35

Caralho, fiquei doidão. Meu marido adorou a ideia também 15:35

— Meu Deus, como ele é falante, né? — falo, rindo baixo e olhando para Pablo, que apenas balança a cabeça positivamente.

Eu continuo lendo a conversa.

Eu:

Olá, senhor Kauer! 17:15

É um prazer. 17:15

Qual data o senhor deseja agendar para visitar a nossa boate? 17:16

Quando vejo Pablo falando formalmente dessa forma, solto uma risada tão alta que meu amigo até me olha com cara feia, porque sabe que estou rindo dele.

— Aqui você estava se cagando todo de nervoso, não estava?

— Pra caralho — ele confessa. — Até demorei a responder, porque estava criando forças.

Controlando o riso, continuo a ler.

Jhonathan Kauer:

Pra semana que vem 17:42

Mas eu quero reservar um lugar sem mais ninguém, só o meu bando 17:42

Parece até um chefe de máfia falando.

Jhonathan Kauer:

É que o meu marido não gosta de lugares muito cheios, então preciso de um ambiente VIP 17:42

Eu quero dar conforto a ele, pra ele poder se divertir tanto quanto eu, entende? 17:42

Eu:

Certo. Podemos fechar metade da parte superior, se lhe agrada. 17:55

— Porra... — soltei chocado mais uma vez. — Mas quanto custa alugar metade da parte superior?

— Uma pirocada de dinheiro! E ele tem essa pirocada, pelo visto...

Não há como ser sério trabalhando com Pablo, então eu estou gargalhando mais uma vez.

Jhonathan Kauer:

Caralho, show de boleta 18:15

Seria foda, foda mesmo 18:15

Dá pra ver o show todo lá de cima? 18:16

Eu:

Todos os peitos, bundas e pirocas da casa 18:16

Claramente Pablo não aguentou manter o personagem sério por muito tempo.

Jhonathan Kauer:

Kkkkkkkkkkkkkkkkkkkkkk 18:16

Foda 18:17

Então, tá fechado, Pablito, meu querido 18:17

— Pablito, meu querido?

Pablo começa a rir, dando de ombros, enquanto eu também estou rindo pela forma engraçada que o diretor de cinema fala.

— O maluco já fechou a conta e pediu open bar a noite toda!

— Mas nós não trabalhamos com open bar... — pontuo, confuso com a informação.

— Pra esse cara a gente trabalha — meu amigo, mexendo no notebook, rebate.

Eu rio baixo, imaginando quanto dinheiro deve ter entrado no bolso de Pablo, para ele implementar um sistema de open bar apenas para um cliente.

Enquanto penso no nome do diretor, uma memória me atinge.

— Gael gosta de um filme que esse cara dirigiu... Me fez ver, quando o DiCaprio existia. Órion, lembra? Nós três já vimos juntos, na época da escola.

A lembrança antiga me faz rir e balançar a cabeça negativamente.

Era um filme sobre um bandido e um médico...

— Lembro. Todo LGBT+ desse país gosta desse filme... É patrimônio cultural de Caelum — Eric diz baixo, e eu solto uma risada nasal, concordando.

— Aproveita e pede um autógrafo pro cara — Pablo fala rindo.

— Quando vem alguma celebridade aqui, a gente não tem que agir normalmente? Sem dar uma de "fã louco"? — meu tom é debochado, porque foi o próprio Pablo quem impôs essa regra.

— Sim... — Eric é quem fala sério. — Deixe ele e os convidados em paz.

Pablo olha para mim e pisca, como quem diz: "Mas se surgir a oportunidade...".

Eu acabo rindo da sua reação e até Eric solta uma risada baixa, balançando a cabeça negativamente, pois sabe que não irá conseguir mudar o comportamento do nosso amigo.

Sabendo que tenho muito trabalho a fazer, me levanto e, faltando uma hora para a boate abrir, vou até o salão, terminar de verificar se tudo está em ordem.

Davi tirou folga, porque hoje é aniversário do seu filho mais velho, e ele pediu para ficar com a família. Pediu diretamente a mim, e eu concedi, pois acho muito importante estreitar os laços dessa forma.

Meus pais nunca fizeram isso por mim, então sei como momentos assim são valiosos.

— Tudo certo por aqui? — pergunto, chegando ao bar devagar e me sentando em um dos bancos altos, enquanto observo Leia terminar de cortar as frutas.

Quando chego, ela não está sozinha.

Conversa com Luna, mas trocam sussurros e sorrisos sugestivos demais, para que eu deixe de lado.

Parece uma conversa íntima, que a dançarina corta com sutileza, quando me percebe ali.

— Vou me alongar. Hoje, minha bunda vai doer de tanto rebolar no colo dos outros. — Luna fala, descendo do banco e vindo à minha direção.

Ela me dá um beijo rápido no rosto, enquanto eu rio e concordo com a cabeça.

— Não deixe ninguém ir embora enquanto tiver dinheiro no bolso — falo.

— Deixa comigo, chefinho... — diz e, em seguida, pisca para Leia, deixando o local.

A *barwoman* enrubesce.

Parece que já vi esse filme...

Não vou perguntar sobre o que as duas conversavam, então volto a olhar para Leia.

— Bebidas prontas? — pergunto, observando as frutas que ela ainda corta.

Ela é rápida, certeira e, tenho que confessar, muito mais habilidosa que Davi.

Pelo menos, nunca quebrou nenhum copo.

— Terminando as frutas. Barril de chopp no grau, vinhos selecionados, vodka separada e cerveja trincando — fala objetiva, mas levemente animada.

Leia gosta do que faz e é muito boa nisso, o que me faz questionar se não devo falar com Pablo para colocá-la no bar definitivamente, ao lado de Davi.

A mulher só trabalha nos dias das mulheres ou quando temos muito movimento, mas tenho certeza de que sua estadia fixa na casa só iria agregar.

— Leia... — falo calmo, pegando um canudo preto e começando a dar nós no plástico.

Ela repousa a faca de frutas em cima da tábua de corte e me encara, em serena expectativa.

— Você tem interesse em trabalhar na boate todos os dias? — faço a pergunta, porque sei que tenho autoridade para isso.

Pablo sempre despede ou fixa funcionários, segundo o meu aval.

Ele sabe que, atualmente, eu conheço o salão e o ritmo de quem trabalha ali muito melhor do que ele.

— Carteira assinada? — Ela não disfarça o ânimo.

Eu não contenho o sorriso e confirmo com a cabeça.

— Plano de saúde, plano dental, seguro de vida, hora extra, descontos em farmácia, sorteio de bônus e desconto em faculdades?

Eu dou uma gargalhada baixa, genuína. Leia decorou todos os benefícios de trabalhar na boate e, naquele momento, só pela forma que seus olhos brilham, eu tenho noção de que ela quer isso há muito tempo.

— Sim — digo, segurando o riso. — Tem vontade? Trabalharia com o Davi, e vocês ajudariam um ao outro.

Lembro-me de como até Gael se sentia exausto alguns dias, o que dirá Davi que, às vezes, parece ter crises de ansiedade atrás do bar, ao fazer uma chuva de cacos de vidro.

Secretamente, Pablo já perguntou a mim se eu gostaria de demiti-lo pelo prejuízo que dá à casa.

Mas eu não tenho coragem...

Davi é meu amigo há tempo demais, e eu sei que precisa do trabalho por conta da família, então já faz uns meses que eu assumo o prejuízo das coisas que ele quebra.

Talvez, com Leia, ele não quebre tanto assim.

— Porra, sim! Sim, sim, eu quero muito! — sua resposta interrompe meus pensamentos.

Eu começo a rir e digo a Leia que iremos resolver isso durante a semana e, no momento seguinte, termino de checar os outros funcionários.

Setores distribuídos, mesas limpas, dançarinos a postos.

Portas abertas.

A Hidden Honey abre para mais um dia lotado. Há fila do lado de fora, cheia de pessoas loucas para entrar naquele antro de perdição.

Eu pisco e quase uma hora inteira se passa.

A casa está com metade da capacidade, já que nunca demora a encher.

Pablo corre na minha direção e chega gritando, completamente nervoso.

— Ele chegou, Dimitri! A porra do diretor chegou com uma caravana do caralho!

— Pablo, calma... — falo, segurando o riso. — Já mandou ele lá pra cima?

— Key está guiando eles para o segundo andar e... — Pablo se treme todo, nem parece que já recebeu dezenas de celebridades na boate.

Eu seguro suas mãos com firmeza, com força moderada. Ele olha para mim assustado, mas encara meus olhos.

— Acalma esse cu — digo.

Pablo gargalha com minha frase e seus ombros perdem 20% da tensão de antes.

— Eu vou lá pedir as primeiras bebidas, fica no seu escritório e, se eu achar que eu não dou conta, peço para os garçons me ajudarem. Eu já faço isso todos os dias.

Pablo segura meu rosto e me dá um beijo estalado na bochecha.

— Meu anjo safado, que adora um pole dance. Obrigado. — Ele se vira, provavelmente acatando ao meu pedido que, desta vez, parece uma ordem, então dou um tapa na sua bunda e o vejo rir e sumir pela porta de seu escritório.

Não demora muito para que eu esteja no segundo andar e veja um dos seguranças na frente da barra de contenção, não deixando que mais ninguém entre ali.

Claro que ele libera minha passagem, ainda assim, lanço um breve aceno educado com a cabeça.

— Boa noite a todos. — Cumprimento quando chego perto da pequena aglomeração VIP.

São dez ou doze pessoas, não consigo contar de imediato, mas estão todas rindo, jogando bolsas e pertences nos sofás ou se pendurando nos parapeitos, que dão visão ao palco lá embaixo, onde dançarinos já fazem performances ousadas.

— Você é a nossa torneira de álcool hoje? — Um cara tatuado e bonito, com uns quarenta anos, chega perto de mim, jogando o braço sobre o meu ombro e me sacudindo levemente.

Está usando uma camisa xadrez preta e cinza, com botões igualmente pretos, quase fechados por inteiro. Tem tatuagens no pescoço, dorso das mãos, braços e em todos os lugares que eu consigo ver.

É Jhonatan Kauer. Inconfundível.

— Parabéns pelo novo filme, senhor Kauer — tento falar, enquanto sou sacudido.

— Vai desmontar o garoto... — uma voz gentil chega perto de Kauer, e o diretor, em resposta, só me sacode ainda mais.

Quando olho no rosto do homem que falou com ele, franzo o cenho.

Eu o conheço...

— Doutor Hadriel? — é o que sai da minha boca, sem que eu tenha tempo para ter algum tipo de filtro.

Outra pessoa inconfundível.

Talvez, meu médico favorito, mesmo que só o tivesse visto duas vezes.

Os dois franzem o cenho, olhando para mim confusos.

— Que isso, beiçudo? De onde conhece o torneirinha? — Jhonatan me solta, cruzando os braços e encarando o médico. — Tá vindo aqui escondido, porra?

Por mais que pareça uma bronca, Jhonatan está segurando o riso e a reação de Nicolas é uma gargalhada curta, depois um soco leve no peito do outro coroa todo tatuado.

— Você se esquece de que eu atendo umas cem pessoas por dia, não é? — fala, enquanto enfia a mão no braço de Kauer e, sem resistência nenhuma do outro, entrelaçam os dedos.

— Ah, é, porra... Você é médico, né? Esqueci... — ele implica e dá de ombros, levando a mão do Dr. Hadriel aos lábios e dando um beijo rápido.

Com um sorriso fofo, o médico que está usando uma blusa azul-bebê de algodão fino, com botões brancos, vira na minha direção.

— Você foi meu paciente, não foi? — ele pergunta, olhando para o meu crachá dourado no peito, cravado na alça do meu avental vermelho, enquanto ainda ri do marido, que agora está mordendo sua cabeça.

Meu Deus, que homem agitado.

— Dimitri, certo?

Sei que só se lembra do meu nome por vê-lo escrito ali, mas não o culpo. Imagino que, realmente, ele atenda muitas pessoas por dia, e só o fato de estar sendo carinhoso e educado comigo já é motivo o suficiente para que ainda continue sendo meu médico favorito.

— Sim, eu mesmo — falo, sorrindo pequeno.

— Nosso torneirinha, caralho! — Jhonatan volta a me segurar pelo ombro, me sacudindo com ânimo.

Nunca ganhei um apelido tão rápido de um cliente.

— Bora anotar os pedidos que hoje eu quero ficar ruim! Mais um filme, porra! — ele completa feliz e, logo em seguida, acena para todas as pessoas que trouxe consigo.

Um a um, eles vão se aproximando, e eu vou anotando as bebidas que querem. Não há distinção entre homens e mulheres, porque todos eles parecem beber como se, igual ao cineasta, também quisessem ficar "ruins".

É claro que aquela não é a única vez que anoto seus pedidos e tenho noção de que não preciso fazer academia ou nenhum tipo de exercício para as coxas, pelo tanto que subo e desço as escadas. Isso é habitual, na verdade, mas hoje o movimento está um pouco mais intenso.

Na terceira ou quarta viagem até o segundo andar, com Key por perto sempre me ajudando com as bandejas, olho para o garçom e o percebo atordoado.

— Chefe, eu preciso... — Ele aperta os joelhos, fazendo expressões corporais que são identificadas em qualquer lugar do mundo.

— Mijar? — pergunto rindo, então ele confirma com a cabeça freneticamente. — Vai logo, Key.

Ele não diz mais nada, apenas sai do bar e vai correndo ao vestiário dos funcionários. Em seguida, quando estou terminando de enfileirar os últimos shots de tequila, vejo uma silhueta charmosa e séria colando o corpo ao bar.

— Pro segundo andar? — Eric pergunta, olhando para todo aquele álcool enfileirado, enquanto, na outra bandeja, coloco canecos de chopp, taças de vinho e dois copos de drinks com batidas de fruta.

Confirmo com a cabeça, enquanto trabalho concentrado.

— Quantos são ao todo? — pergunta, ainda passando o olho pelas bandejas.

— Doze, eu acho. Toda hora alguém está no banheiro ou fumando.

— Vão dar prejuízo ao bar hoje...

Não sei se ele está sério ou brincando.

A julgar pela quantidade de álcool que o grupo está consumindo...

Acho que é a primeira opção.

— Pablo disse que pagaram por isso — falo, depois dou a volta no balcão e pego uma das bandejas.

— Pablo pensou que eles iam beber que nem pessoas normais. Não sabia que seriam Opalas velhos...

Eu acabo gargalhando alto, me segurando para não derrubar as bebidas no chão e dobrar o prejuízo da casa. Eric ri com a minha risada e pega a outra bandeja, com as bebidas misturadas.

— Vamos... — diz, tentando controlar o riso. — Vou te ajudar, já que o Key deve ter morrido no banheiro.

Quando todos os planetas se alinham, de milênio a milênio, Eric segura uma bandeja. Apesar de saber que meu amigo sabe até quais produtos usar no chão ou que vassoura consegue limpar poeira com mais facilidade, é sempre muito engraçado vê-lo trabalhar.

Sem dificuldade, nós dois chegamos ao segundo andar e começamos a organizar as bebidas das pessoas que, muito além de alegres, batem palmas animadas quando nós chegamos. Entre homens e mulheres, não sei dizer quem está mais bêbado.

Páreo duro, mas acho que tenho um palpite...

Jhonatan Kauer tirou a camisa xadrez, está com o peitoral completamente tatuado nu e gira o tecido no alto, enquanto está sentado no colo do marido, rebolando como se fosse um dos strippers da casa.

Deve ter se empolgado.

O Doutor Hadriel está vermelho, gargalhando, e é muito difícil não rir com a cena.

— Jhon! — ele grita, dando tapas no peito do marido. — Sai de cima de mim, grandão!

Jhonatan está rindo junto, balançando a camisa com ainda mais força e quase galopando, como se o Doutor Hadriel fosse um cavalo enorme.

— Vai, meu corcel indomável! Vai! — ele grita.

— Para com essa porra, pivete! — Outro coroa de uns cinquenta anos empurra Jhonatan, até que ele esteja jogado no sofá onde continua gargalhando. — Vai amassar o engomadinho todo, caralho!

Em seguida, o Doutor Hadriel se aproxima dele e acaba caindo por cima de seu corpo, no sofá, enquanto eles tentam se beijar, mas não tem muito sucesso, porque estão rindo sem pausas.

Eu e Eric terminamos de colocar todas as bebidas na mesa de centro e, quando Nicolas e Jhonatan percebem, se levantam e vêm na direção do álcool, juntos.

— Valeu, torneirinha! — Kauer grita, levantando a mão na minha direção, para que eu possa bater.

Eu bato na sua palma, sem segurar o riso e, em seguida, dou um passo para trás. Desvio o olhar correndo, para que o Dr. Hadriel não ache que eu estou secando o seu marido sem camisa.

Mas benza Deus...

Nem parece ter a idade que tem.

— Vou descer — Eric sussurra no meu ouvido, ignorando facilmente a figura quase pelada à nossa frente.

— Pode ir, Key já vem me ajudar.

Meu amigo assente, e eu achei que ele iria descer rapidamente, porém Eric fica parado por mais um segundo, observando algo.

Alguém.

Ele olha para o Dr. Nicolas com um pouco mais de atenção do que deveria.

— Ele é casado. — Preciso lembrá-lo do óbvio.

— Sei disso — confessa, sem tirar os olhos dele. — Só estou admirando, não vou fazer nada...

O problema é que a intensidade no olhar do Eric é chamativa, fácil de notar.

E ele realmente chama atenção.

— Perdeu o olho aqui, caralho? — o diretor quase pelado grita do sofá, quando percebe o olhar de meu amigo sobre seu marido.

O médico, virando um caneco de chopp inteiro, nem percebe que o marido está gritando de forma agressiva.

Quer dizer...

Ele está todo torto, girando outro caneco de chopp na mão enquanto se altera, quase derrubando na própria cabeça, o que me faz segurar o riso mais uma vez.

Nunca foi tão difícil ser profissional, quanto está sendo hoje.

— Não volto mais aqui hoje — Eric anuncia calmo, apenas para mim, com um sorriso debochado no rosto. Tenho ciência de que ele não gosta de ter dor de cabeça com nenhum tipo de problema, por menor que seja.

Então, no momento seguinte, deixa o local.

— Essa cidade está cheia de metralhadoras! — Jhonatan grita, depois enfia o caneco na boca de novo, engolindo o líquido amarelo sequencialmente.

Parece que ele e o marido estão competindo sobre quem irá terminar a bebida primeiro, enquanto os outros casais vivem suas próprias competições alcoólicas.

Torço para que ele não se lembre de Eric no outro dia, mas, a julgar pela quantidade de álcool que está bebendo, acho que não se lembrará do próprio nome por uma semana.

Key chega e permanecemos ali um tempo, conversando enquanto eles não fazem mais pedidos.

Quando Luna sobe ao palco, todos, sem exceção, penduram-se no parapeito para vê-la dançando.

— Quero igualzinho quando chegar em casa, minha pequena! — o coroa mais velho grita, sacudindo uma mulher baixinha de cabelo preto.

Ela ri, depois grita para Luna:

— Gostosa do caralho! — Joga notas de vinte, que são resgatadas por outra dançarina, pois caem longe do palco.

Luna manda um beijo para a plateia do segundo andar, especialmente para a garota de cabelo preto.

Estão todos rindo.

Estão todos bêbados.

E aquela parece ser uma comemoração gostosa, confortável, onde todos são livres para agirem como quiserem e, ao mesmo tempo, cada casal presente respeita suas próprias limitações.

Não há excessos, não há brigas.

É bom para variar, já que normalmente eu preciso separar umas cinco ou seis porradarias, no meio da pista de dança.

No final da noite, meus pés estão explodindo, minha coluna dói e minhas pernas estão queimando, mas estou feliz.

Não absorvi o nervosismo de Pablo, tudo correu bem e, mais uma vez, consegui ser o chefe que ele precisava que eu fosse.

Eu me despeço de todos os convidados que acompanhei durante toda a noite e, um a um, os bêbados me abraçam.

Não é a primeira vez que acontece, alguns bêbados são muito afetuosos, mas sempre é engraçado.

Os últimos a me abraçarem são Kauer e o Dr. Hadriel e, depois de uma pequena conversa entre nós três e uma foto meio torta — que tive que pedir e eles pareceram muito felizes em tirar comigo —, acompanho-os até a saída, onde há um motorista os esperando.

Quando meu pequeno grupo VIP vai embora, a parte inferior da boate está praticamente vazia, com dez ou quinze pessoas reunindo suas coisas para irem embora, então vendo o fluxo controlado, vou em direção ao escritório de Pablo e entro sem bater.

Ao entrar, dou de cara com Eric deitado no colo de Pablo, no sofá. Eles sorriem um para o outro e conversam baixo, num clima meio intenso, enquanto Pablo penteia o cabelo de Eric com os dedos.

Não é difícil notar que nosso círculo de amizade tem essa prática. Sempre gostamos de carinho compartilhado dessa forma, mas sinto que estou atrapalhando alguma coisa quando me aproximo.

Com o máximo de naturalidade que consigo ter com eles, chego perto, levanto as pernas de Eric e me sento no sofá para que, depois, ele volte a jogar as penas por cima de mim.

— Obrigado, Dimitri, estava me cagando todo — Pablo confessa, soltando o ar pesadamente pelas narinas e mostrando que não está nem um pouco incomodado por eu ter cortado o chamego dos dois.

— Se preocupou à toa... — solto, rindo baixo. — Eles foram muito tranquilos.

— Cachaceiros — Eric pontua —, mas, sim... tranquilos.

— Me preocupei à toa, o caralho! — Pablo se revolta, o que faz Eric franzir o cenho e rir pequeno, enquanto o encara. — O cara foi capa de umas cinco revistas só este mês, tá com uma influência do caralho no país e pode destruir qualquer lugar que ele quiser!

Lembro-me da sua imagem seminua, girando a camisa no colo do marido. Acho que a única destruição que o cara queria fazer era com Nicolas, na própria cama.

— Ele não parece o tipo de cara que destrói estabelecimentos por prazer... — digo, achando difícil alguém que me chama de "torneirinha" ser malvado por natureza.

— Mas não passava nem uma agulha no meu cu! — Pablo gritou, parecendo ainda estar nervoso.

Eric segurou seu rosto com certa firmeza, silenciando-o e o fazendo abaixar o rosto, até encará-lo.

Deslizava os dedos lentamente pela pele de sua face.

— Vou cuidar do seu nervosismo — ele diz sério, mas sua voz soa meiga.

Eric estremece pessoas quando fala assim. É inevitável.

— Ah, falando assim, passa muito mais do que uma agulha no meu cu. Passa o que você quiser!

— Me poupem... — eu digo rindo, afastando as pernas de Eric e me levantando.

Eles também estão rindo.

— Se os senhores, donos deste antro de putaria me permitem, eu vou para minha humilde casa.

— Vá, vassalo... — Pablo me expulsa com a mão, entrando na minha brincadeira. — Está liberado.

Eu rio, enquanto dou o dedo do meio para ele.

Pablo responde, me jogando um beijo no ar.

Eu me despeço dos meus amigos e, ainda sem conseguir me trocar no vestiário da boate, passo lá apenas para pegar minha mochila.

Sem demora, estou no meu carro, mas, quando me sento atrás do volante e fecho minha porta, respiro fundo.

Quero tanto ir para casa que sinto uma leve ansiedade tomar meu corpo, porque, no meio de mensagens trocadas no meu expediente, sei que Gael está lá me esperando.

...

36

DESPEDIDAS

Saio do estacionamento da boate e dirijo pouco, até chegar ao meu apartamento. Quando estaciono, vejo a luz azul fraca no meio da penumbra, vindo da janela da sala. Gael está vendo alguma coisa ou dormiu no sofá.

Quando chego ao meu andar, solto uma risada gostosa, com surpresa. Minha porta já está aberta, e Gael olha para mim, sorrindo com tanto amor que eu me sinto amolecer por dentro.

Ele ouviu o barulho do meu carro e veio me aguardar na porta como uma criança.

Retribuindo seu sorriso, me aproximo de seu corpo e tremo inteiro quando me enlaça, me apertando com aqueles braços fortes que ainda estou desacostumado. Em seguida, ele enfia o nariz na dobra do meu pescoço, enquanto me aperta um pouco mais.

— Não me cheira não... — sussurro, contendo uma risada. — Tô todo suado de boate.

— Vem tomar banho comigo... — ele fala, um pouco mais alto, pegando a alça da minha bolsa habitual e me puxando para dentro da minha casa. — Gael fecha a porta e, em seguida, coloca a bolsa sobre a pequena mesa que tenho no meio da sala.

— Vai me dar banho? — pergunto manhoso, cansado.

— Vou, meu anjo.

— Pode me dar banho todo dia?

Gael ri nasal, dando um selar lento nos meus lábios e, em seguida, segura no meu punho, me puxando para o banheiro.

Ao entrarmos no meu banheiro pequeno, ele tira minhas roupas com carinho e joga no cesto. Gosto de sentir que, agora, voltei a ficar completamente confortável com a nudez na sua frente, então me permito ser cuidado como um bebê.

Ele está só de bermuda, sem cueca, então também fica nu em menos de três segundos, entra no box e me puxa quando liga o chuveiro.

Achei que iríamos fazer sexo ali, mas Gael parece querer respeitar meus pés cansados e minhas pernas doloridas, pois a única coisa que faz comigo, debaixo d'água, é realmente cuidar de meu corpo.

É um banho lento, calmo, mas sinto seu amor multiplicado pelas gotas d'água que batem em minha pele.

Está intenso, carinhoso, profundo, cauteloso...

Parece uma despedida.

Nós nos lavamos, enquanto nos beijamos e rimos baixo, mesmo que mais ninguém esteja em casa. Parece normal sussurrar no meio da madrugada.

Quando terminamos, Gael pede para que eu vá para a cama e, alguns momentos depois, traz um pote enorme de macarrão instantâneo, com carnes e frango desfiado.

— Cadê a comida super gourmet? — ironizo, enquanto sinto o cheiro gostoso do macarrão pronto.

— Me distraí com o filme... — Ele leva a mão até a nuca, coçando o local, meio sem jeito. — Quando vi, você já estava chegando, e eu não tinha feito nada. — Ele está realmente se sentindo mal por não ter cozinhado para mim.

— Amor, eu tô brincando... — digo, segurando seu braço e o puxando, até que ele esteja deitado ao meu lado na cama.

Ele apoia o rosto em uma das mãos, o cotovelo afundado no colchão, e fica me encarando.

— Isso aqui... está ótimo. — Enfio o garfo no macarrão, puxando-o até o alto, infantilmente.

Gael solta uma risada baixa e deita de vez no travesseiro.

— Falando em filme... — Olho para frente, procurando meu celular com os olhos, enquanto enfio macarrão na boca.

O aparelho está na minha mochila, na sala.

— Pode pegar meu celular pra mim, por favor? — empurro a comida para o canto da boca, conseguindo falar com certa dificuldade.

Gael faz que "sim" com a cabeça, deixa um selar rápido nos meus lábios, que devem ter gosto de miojo, vai até a sala, pega meu telefone e me entrega.

Enquanto ele se deita, desbloqueio o aparelho e clico na última foto da minha galeria.

— Olha isso — falo, entregando o telefone em suas mãos.

— Puta que pariu! — Ele solta uma gargalhada gostosa. — É o Jhonatan Kauer? — Gael está muito surpreso com a foto que consegui tirar com o diretor um pouco antes de todos irem embora. É claro que o Doutor Hadriel está junto, porque estava colado no marido.

— Ele mesmo, em carne e tinta. — Eu rio, conforme vejo sua reação incrédula. — Estava comemorando um filme novo.

— Um sobre universo de lobos? *Omegaverso*? Eu vi alguma coisa na internet...

Dou de ombros, porque não sei nem o que aquilo significa. Gael que é o fã do cara.

E "vi alguma coisa na internet" deve ser ele tentando disfarçar que já sabe muito mais do que isso.

— Deve ser, amor... — comento, numa risada nasal.

— Esse cara do lado é o marido dele, não é? — ele pergunta curioso, me fazendo rir quando demonstra saber dessa informação.

É fã demais mesmo...

— É o Dr. Hadriel — confirmo, balançando a cabeça positivamente. — Eu já me consultei com ele algumas vezes.

— Que distrito pequeno. — Ele ri, entregando-me o celular, enquanto coloco mais macarrão para dentro.

— Arrasta pro lado — peço.

Ele arrasta e vê o print de um bilhete de bêbado, que pedi para Kauer escrever na tela do celular.

— Meu Deus, eu não estou entendendo nada... — diz, franzindo o cenho, muito confuso.

Rindo da sua confusão com a letra do cara, pego o telefone da sua mão e analiso o autógrafo.

— Juro que eu pedi pra ele escrever "Um abraço pro Gael Bandile" — falo, desanimado com o garrancho que vejo.

Ele parece orgulhoso, porque me olha com carinho.

— Você pediu? — Ele ri, segurando meu rosto e deixando mais um selar leve, enquanto assinto.

— Eu tentei...

Gael sorri mais uma vez e volta a olhar para a tela do celular.

— Olha... — Ele aponta para um garrancho que parece o gancho do Capitão Hook. — Parece um G...

Ele tem razão, mas isso faz com que eu gargalhe mais uma vez. É um "G" muito feio, mas parece ter sido feito com carinho.

Carinho de bêbado.

Depois que eu termino de comer, Gael pega a bandeja e leva embora, então volta e nós conversamos mais um pouco sobre a minha noite. Ele desliga a televisão enquanto eu escovo os dentes, então apaga a luz da sala e vamos juntos para a cama. Estou nu, mas gosto de ficar assim, e ele não se importa, pois entra debaixo do edredom e me abraça.

Sempre soube que Gael gosta de me abraçar para dormir, e isso tem se intensificado nos últimos dias, no entanto eu não consigo pregar o olho.

Ouço sua respiração baixa, indicando que já adormeceu, e tento controlar a minha para não o acordar, porque toda vez que me deito, na minha cama, tenho os mesmos pensamentos.

Aqueles pensamentos sobre ser insuficiente.

Aqueles... sobre errar e tê-lo magoado tanto.

Aqueles sobre ser abandonado.

E Gael se mostra acordado, pois reage ao maremoto que acontece no meu peito.

— O que foi? — ele pergunta preocupado, quando eu não consigo conter o marejar que se instala no canto interno dos meus olhos.

Está escuro, e ele não consegue ver, ainda assim, minha respiração denuncia que algo não está normal.

— Eu estou com tanto medo... — confesso baixinho.

Ele percebe claramente que estou chorando.

Seu corpo todo endurece, enquanto ele se ergue e, com a minúscula claridade do local, fita meus olhos.

— Medo de quê, meu amor? — sua voz treme um pouco.

Eu me pergunto se ele também não tem medo.

— Você vai embora, Gael. E... — Respiro fundo, começando a fungar. — Por um segundo ou dois, eu achei que saberia lidar bem com isso, mas eu estou sufocado. Eu estou... — Eu tento respirar fundo, mas é tão difícil.

Gael percebe meu estado e se aproxima ainda mais, colocando a mão pesada no meu rosto e acariciando minha bochecha.

Eu reúno forças, tentando voltar a falar.

— Você não pode... Não pode...

— Não posso? — Ele me incentiva a continuar.

Mas minha fala é covarde.

Desesperada.

Talvez lógica e corajosa.

Não sei dizer...

— Não pode pedir transferência para Astra? Não pode vir para cá de novo? — quase imploro.

Gael engole em seco e, no segundo seguinte, são seus olhos que estão marejados, pois eu consigo ver. Ele balança a cabeça, numa negativa calma, mas dolorosa.

— Tenho um contrato de cinco anos em Lipa, Dimitri. Não posso voltar atrás, nem quebrar o contrato...

— Eu nunca te pediria para quebrar o contrato — falo, com a voz tão embargada que chega a ser infantil. — Eu só achei que... — Soluço. — Achei que você tivesse a opção de voltar para cá, se quisesse.

— Não agora, com as responsabilidades que eu aceitei lá, presencialmente — diz, e sua fala me emudece, porque eu não quero voltar a ser egoísta, mesmo sentindo tanta dor.

O quarto permanece em total silêncio, quebrado apenas pelos meus soluços e por seu fungar, vez ou outra.

— Eu queria... — sua voz corta nosso silêncio doloroso, e seus dedos voltam a me acariciar. — Queria nunca ter assinado aqueles papéis. Queria não ter sido impulsivo.

Eu balanço a cabeça negativamente, não aceitando sua resposta.

Eu acreditei tantas vezes que ele tinha mais culpa do que eu, que tudo seria diferente se ele tivesse ficado, quando, no final, eu só o ajudei a desencadear mais traumas. Não é justo que ainda se sinta culpado...

Não quando o primeiro passo errado foi meu.

— Sabe o que é engraçado? — pergunto, fungando baixo.

Gael não responde, apenas me vê fungar mais uma vez e espera que eu conclua meu pensamento.

— Se eu tivesse a opção que você teve, de fugir depois que algo me magoou demais, eu também fugiria. Eu também iria querer começar do zero, em outro lugar.

Ele continua me encarando, enquanto minha voz chorosa tenta fazê-lo entender o que quero dizer.

— Eu tinha tanta raiva de você, mas sua reação... apesar de tudo... foi humana e hoje eu compreendo um pouco melhor, da mesma forma que você tenta me compreender.

— Eu não saberia reagir de outro jeito... — confessa.

— Agora, eu sei disso.

Gael assente e, no momento seguinte, puxa minha cabeça, até que eu esteja deitado em seu peito.

Passamos, juntos, por mais um momento de silêncio e, mais uma vez, é ele quem o quebra.

— Nós teremos opções, Dimitri. Não importa o que fique decidido, nós temos muitas opções agora...

Eu assinto, enquanto sinto seus dedos dentro do meu cabelo.

Permaneço quieto, até o sono me envolver e eu dormir abraçado em seu corpo, medroso demais para pensar no que ele fala, medroso demais para perguntar quais são essas opções...

Para pensar no quanto estou desesperado com sua partida e o quanto eu achava lidar bem com isso...

Lidar bem é, definitivamente, o que eu não estou fazendo.

Quando acordamos, Gael ri da minha cara inchada. Eu mando ele calar a boca e bato com o travesseiro na cara dele quando estou levantando. Ele cai na cama, segura meu braço e o puxa com força, me fazendo deitar de novo.

Sem cheiro de suor da boate, ele enfia o nariz na dobra do meu pescoço e me beija devagar, fazendo todo meu corpo se arrepiar.

Suas mãos firmes me apertam com força, e seus dentes arranham minha pele. Eu estava acordando, agora estou gemendo baixo, sendo pressionado no colchão.

Antes que eu consiga tomar café da manhã, nós estamos fazendo amor, no meio dos meus lençóis brancos e do edredom da mesma cor.

Geralmente, somos barulhentos, mas como as nossas madrugadas secretas, agora estamos quietos. Não há perigo de acordar ninguém, mas nossas vozes não projetam som algum.

Apenas nos sentimos.

Não nos beijamos, só nos abraçamos.

Além dos nossos corpos, nossas almas se abraçam.

E isso dói e me dilacera.

É o amor mais doloroso que já fizemos.

Está tudo tão mais intenso que meu coração parece não aguentar.

Quando gozo, beijo seu rosto com carinho, digo que o amo e tenho nele reciprocidade, então vou ao banheiro, para me lavar rapidamente.

Eu me olho no espelho por um segundo...

E choro.

Choro porque não consigo controlar o que sinto, o quanto o amo.

O quanto estou desesperado com sua partida.

O quanto a dependência está voltando a me abraçar.

— Tudo bem? — Gael pergunta, entrando no banheiro, para também se lavar.

— Sim... — Tento disfarçar meu choro, jogando água no rosto e depois pegando uma toalha. — Posso fazer seu café?

Ele franze o cenho e olha para mim, rindo.

— À vontade — diz, como se estivesse me desafiando.

Eu acabo rindo com seu tom, esquecendo-me de que estava implodindo há poucos segundos e, em seguida, vou para a cozinha.

Por um milagre, aquele café, que parece uma mistura de almoço, fica bom. Gael implica comigo, perguntando se comprei a comida pronta, e eu volto a jogar algo na sua cara.

A almofada do sofá, dessa vez.

Numa prática que se tornou hábito, nós saímos do meu apartamento, e eu o deixo em casa. Nós nos beijamos quantas vezes conseguimos. Conversamos e rimos por vinte minutos, então ele precisa realmente ir.

Quando chego ao trabalho, mal tenho tempo de entrar no salão e ouço a voz estridente de Pablo ecoar pela pista de dança vazia.

— Dimitri! Agora! — ele grita e volta a se enfiar no seu escritório.

— Eu, hein... — resmungo cansado, arrastando meus pés pela boate.

Quando chego lá, Eric está sentado no sofá da sala de Pablo e Vicenzo está deitado com a cabeça em seu colo.

Parece que aquele sofá é feito apenas para cafuné. Sempre tem alguém ali recebendo carícias...

— É o seguinte... — Ele respira fundo, parecendo apreensivo sobre o que vai falar, em pé e no meio da sala. — Sei que falta menos de uma semana para Gael ir embora...

Qualquer menção a esse assunto faz meu coração doer de uma forma que quase acarreta uma descarga de pânico.

Não gosto de como estou reagindo toda vez que tocam no assunto de sua partida. Definitivamente não gosto. Eu odeio.

Porque sei o que isso significa.

— Eu e Eric sabemos o quanto ele é importante para você, então também é importante para nós. Sabe que eu gosto pra caralho do Gael, e Eric o suporta.

— Eu gosto dele... — Eric fala, segurando o riso. — Ele só é difícil de aproximar-se, e eu já quis socar o nariz dele, mas eu gosto dele.

Vicenzo permanece quieto e, quando o olho, ele está de olhos fechados. Parece que dormiu com o carinho de Eric.

Solto uma risada curta.

— Então, nós não queremos que ele vá embora e que fique esse clima merda de "eu sei que você quer pegar meu namorado, então vou evitar ficar no mesmo lugar que você".

Eric revira os olhos, depois acaba rindo.

— Você é tão bom com as palavras — diz, debochando do dono da boate.

— É um dom — Pablo rebate a implicância.

— O que ele quer dizer, Dimitri — Eric tenta explicar da sua forma mais clara, fazendo Vicenzo abrir os olhos assustado e, em seguida, voltar a fechá-los —, é que nós queremos que Gael entenda que nós somos amigos e não temos nada contra ele. Que ele também pode contar com a gente, caso precise. Que não precisa ficar travado na nossa presença ou se sentir acuado.

Acima de tudo, não queremos que ele tenha um sentimento ruim ao retornar para Lipa. Principalmente sobre deixar você, depois dessa briga que tivemos.

"Deixar você."

Meu coração está doendo tanto.

Eu preciso engolir em seco, porque sinto vontade de chorar, mas não quero que eles percebam.

Acabo rindo nervoso, para disfarçar.

— O que vocês têm em mente?

— Vou dar uma puta festa na minha cobertura no Alto Astra — Pablo diz, sorrindo com todos os dentes.

Animado demais para o meu gosto.

— E você quer que Gael vá?

— Sim, senão a festa vai ficar quase vazia.

Franzo o cenho, confuso.

— Mas não é uma puta festa? — Agora, estou realmente rindo.

— Ele quis dizer uma festa com bebidas caras e buffet, porque ele é um esbanjador inconsequente — Eric diz, e a fala faz com que Pablo lhe dê o dedo do meio.

— Mas para poucas pessoas. Na verdade, só Pablo, Vicenzo, eu, você e Gael.

— Por que não chama Key? — pergunto, alfinetando Eric.

— Eu gosto dessa ideia... — Pablo sorri sugestivo.

Pablo é outro que ama de forma profunda, mas, claramente, não tem problema nenhum em compartilhar amores.

Parece até gostar demais...

Desde que ninguém sofra na sua frente.

Eric fecha os olhos, respira fundo, então nega com a cabeça. Volta a abri-los, nos encarando com aquela cara séria, enquanto sua mão continua acariciando os cabelos pretos de Vicenzo.

— Eu e Key não temos nada sério o suficiente para que eu o chame para festas particulares, e eu quero que isso seja uma coisa apenas com as pessoas que eu fico completamente confortável. Eu fico confortável com ele, mas são confortos diferentes.

— Uma bunda confortável, um pau confortável... Eu entendo — Pablo solta.

Vicenzo, de olhos fechados, solta uma risada curta.

— Pablo, pelo amor de Deus... — sou eu que digo, gargalhando com a sua frase idiota.

— Ok. — Meu amigo mais rico dá de ombros. — Só nós, então. Quer dizer... — Então, vira o rosto para mim. — O que você acha, Dimitri?

— Acho a ideia boa, mas preciso conversar com o Gael.

— Acha que ele topa?

— Ele é uma incógnita desde que voltou... Está mais solto, ao mesmo tempo, parece o mesmo bicho do mato, então acho que temos 50% de chances dele gostar da ideia.

— E 50% de chance de ele mandar todo mundo se foder — Pablo conclui.

— Só vejo vantagens — Eric diz, enquanto eu estou gargalhando mais uma vez.

— Eu também — Vicenzo conclui, fazendo Eric sorrir sutilmente com o canto dos lábios.

— Vamos fazer no domingo. — Pablo faz uma cara pensativa. — Assim a gente vê como a casa funciona um dia, sem nenhum de nós três.

— Será que explode? — digo, segurando o riso.

— Não diz isso, porque o Pablo está maluco com a ideia. — Eric também está segurando o riso, uma vez que nosso amigo começa a andar de um lado para o outro.

— Vai dar tudo certo. Vai dar. — Ele arregala os olhos, olhando para um ponto desfocado no chão. — Vai dar, não vai? Vai dar...

Eu e Eric começamos a rir descontroladamente, porque sua reação assustada é engraçada demais. Até Vicenzo está rindo, mesmo que ainda de olhos fechados.

Sabemos que, hoje em dia, temos funcionários na casa tão profissionais e competentes quanto eu era quando comecei a trabalhar lá.

Key, Leia, Davi, Luna, Victor...

Eles formam uma equipe muito boa.

Confio neles.

Gael também era assim quando trabalhava aqui. Pensando nele, as palavras de Pablo ecoam na minha mente. Quero que ele aceite a festa antes de ir embora, ao mesmo tempo, não quero que essa festa aconteça.

Porque será uma festa de despedida...

E eu, definitivamente, não estou pronto para o que vem depois.

37

RETORNO À PETRA

Quando me deito na minha cama, sozinho em meu apartamento, tenho a mesma reação melancólica que venho carregando nos últimos dias.

Não consigo parar de pensar na ida de Gael e como isso vem me destruindo por dentro. Chorar no travesseiro já se tornou uma infeliz rotina.

Mas, antes de dormir, penso no quanto devo fazer algo sobre o assunto. Pego meu celular, olho o aplicativo de consultas com minha psicóloga e noto que há um horário vago no dia seguinte, às 15:00. Faço a solicitação de horário e vejo que ele foi pré-aprovado, anunciando que vou receber uma mensagem pela manhã, confirmando a consulta.

Eu respiro fundo e, ainda com o celular em mãos, vejo o aplicativo de mensagens, abrindo na conversa de Gael.

Meu amor:

Lembra disso? 01:12

Ele anexou uma foto. Uma selfie nossa.

Foi tirada no dia em que ele me pediu em namoro pela primeira vez, na praia. Nós estávamos agarrados e com cobertas em volta dos nossos ombros, porque o vento tinha aumentado.

Depois daquilo, fomos ao Videre Stella.

E me lembro também daquele ter sido um dos melhores dias da minha vida...

Eu:

A primeira vez que você me pediu em namoro. 04:37

Eu fiquei com os pés cheios de areia... 04:37

Mas aí a gente fez sexo na piscina 04:37

E a areia foi embora 04:38

Respondo sonolento, rindo com minhas próprias mensagens, enquanto observo que elas são enviadas, mas não recebidas.

Gael deve estar dormindo.

Com certo esforço, consigo dormir algum tempo depois e acordo às 14:00.

Quando pego no celular, vejo que Gael já me respondeu.

Meu amor:

Queria ter tido tempo de voltar lá. 10:15

Sexo na piscina está no meu top 5 de melhores transas. 10:15

Seu comentário me arranca uma risada meio alta.

É sempre engraçado ver Gael falando de sexo desse jeito, com essa naturalidade comigo.

E eu gosto muito disso.

Eu:

Queria ler seu top 5 inteiro. 14:07

Mas se tiver algum sexo que não foi comigo... 14:07

Eu acho que prefiro não saber. 14:07

Eu lhe respondo e coloco o celular sobre o colchão, porque estou respirando fundo, para tentar sair da cama.

Sempre demoro um pouco a recobrar os sentidos e tomar coragem para viver mais um dia.

Antes de a coragem chegar, ouço o sino do aplicativo de mensagens.

Meu amor:

Todas foram com você. 14:11

O meu top 10 foi só com você. 14:11

O meu top 20 foi só com você. 14:12

Eu:

E o seu top 100? 14:12

Meu amor:

Me diz que o seu top 100 foi só comigo, Dimitri. 14:12

Me diz que não vem mais nenhum nome na tua cabeça. 14:13

Eu:

Vamos mudar de assunto... 14:13

Eu seguro o riso, porque é claro que penso em outras pessoas com as quais já dividi a cama, que também foram muito boas.

Realmente, entram no meu Top 100.

Mas o que eu faço com Gael, independentemente de estar numa cama, sofá, banheiro, na mesa da minha sala ou até mesmo numa piscina...

Ganha lugar irrefutável no pódio da minha vida.

Meu amor:

Pelo bem do nosso amor kkk 14:13

Mas não se preocupe com o resto das colocações 14:14

Você vai ser medalha de ouro até o último dia da minha vida... 14:14

Eu:

Você também, amor... 14:15

Mais uma vez, eu estou rindo na cama, infantilmente feliz por saber que estou vencendo a competição de melhor sexo na vida de Gael Bandile.

Mas ele é aquele barman que eu fiquei meses e meses secando, apaixonado em segredo...

Como não ficar feliz?

Mais uma mensagem chega.

Meu amor:

Posso te buscar hoje? 14:17

Eu sorrio com seu pedido.

Eu:

Vou sair muito tarde, amor. 14:17

Meu amor:

Acho que é a última vez que eu vou conseguir te pegar no trabalho, antes de ir para Lipa. 14:18

Preciso voltar a regular meu sono. 14:18

Meu sorriso some. Desaparece.
Eu me sinto infeliz de novo.

Eu:

Tudo bem, pode sim... 14:18

E como se fosse o toque do gongo me salvando, recebo uma mensagem: a confirmação da consulta de Petra.

Aquilo me faz responder a Gael com um emoji de coração, me levantar devagar e tomar meu banho, enquanto me preparo psicologicamente para o que vem a seguir.

Eu tomo meu café com um pão simples que tinha na despensa, depois pego meu notebook, me sento no sofá e respiro fundo.

Estou lutando contra a vergonha de ter abandonado meu tratamento psicológico. Estou lutando contra o desejo de desligar meu notebook e fugir de tudo mais uma vez.

Eu não quero ouvir sermão...

Eu quero que tudo seja fácil.

Mas não é.

E eu sei que não é, pois a consulta nem começou e não importa que eu tenha trocado mensagens carinhosas com Gael minutos atrás.

Não importa que ele claramente demonstre que me ama.

Não importa, porque eu já estou chorando, só de pensar que tudo vai mudar quando ele for embora. Só de pensar que eu vou falar sobre isso nesse momento.

— *Dimitri?* — Petra entra na sala online, na exata hora marcada.

Eu fungo baixinho, tentando disfarçar como estou desaguando, mas é em vão.

— *Por que está chorando tanto? O que aconteceu?*

— Oi, Petra... — Eu quero sorrir, porque aquela deveria ser uma entrada menos dramática, mas não consigo me controlar.

Ver a cara de Petra é ter a certeza de que eu vou conseguir colocar todas as minhas dores para fora.

E por isso, eu choro. Porque tem coisa demais guardada.

Porque eu sei que não deveria ser assim, mas parece que eu estou deitando no colo de uma mãe que eu nunca tive...

Tudo vai além de amigos, além de namorados.

E eu não a vejo propriamente como uma mãe, não é essa imagem que eu tenho, mas desabafar com o peito escancarado, me remete a esse contato desconhecido. Imagino como deveria ser, se minha família tivesse sido normal. Se eu pudesse ter me aberto com eles e tido qualquer tipo de apoio psicológico, por menor que fosse.

Então, eu tento me abrir com ela.

— Eu não sei nem por onde começar... — Dou de ombros, junto a uma risada sem graça, enquanto cato uma camisa usada por cima do sofá, para limpar meu rosto e nariz.

— *Respira fundo, Dimitri* — ela fala calma.

Eu sigo sua recomendação e passo o próximo minuto puxando e soltando o ar, até controlar meu choro.

Eu me sinto levemente melhor.

— *Mais calmo?* — pergunta preocupada.

Balanço a cabeça positivamente.

— *Que tal começar falando por que você sumiu nas últimas semanas?*

Ela já vem com uma pedrada na minha cabeça.

— Eu... — Solto o ar com violência, mais uma vez. — Gael voltou pra passar as férias em Astra.

— *Voltou?* — Ela me olha com surpresa, mas logo ameniza a feição. — *E como você reagiu a isso?*

— Eu entrei em choque, depois fugi dele o máximo que consegui... Só que o meu máximo não foi quase nada. Então, nós voltamos e... — Olhei para baixo, balançando a cabeça negativamente. — Eu estava aproveitando o tempo que tinha com ele. Eu me esqueci das consultas, me esqueci de tudo... Eu estava feliz de novo. Achei que estava bem. Agora, ele vai embora mais uma vez... — Meus olhos se enchem d'água, porque eu não consigo controlar minhas emoções quando falo sobre a partida de Gael. — E eu não sei o que fazer. Eu estou me sentindo destruído, parece que está tudo acontecendo de novo...

Ela me olha por um segundo através de sua webcam.

Então, solta uma verdade que me machuca.

— *O problema, Dimitri, foi você achar que só porque ele voltou e vocês se acertaram, você não deveria continuar tratando da sua cabeça e do seu coração.*

Eu permaneço em silêncio, enquanto ela dá o último golpe de realidade.

— *Infelizmente, estar bem num relacionamento não significa que todos os problemas da sua vida foram resolvidos.*

Eu fungo mais um pouco e confirmo com a cabeça.

— Senão, eu não estaria nesse estado — concluo.

Petra assente.

Apesar de suas palavras serem verdades que me ferem, tudo que sai da sua boca é falado de uma forma carinhosa.

Fazemos consultas há tempo demais para eu entender que minha psicóloga não quer meu mal, mas não mede esforços para me fazer enxergar quando as coisas não estão legais.

— Não importa se as coisas vão bem entre vocês. Você está bem com você mesmo o suficiente pra estar seguro com a partida dele? — ela faz mais uma pergunta afiada. — *Pra, novamente, não sofrer com essa partida e achar que a sua vida acabou, só porque ele foi embora?*

E, novamente, eu volto a chorar.

Choro enquanto balanço a cabeça negativamente, porque não há nada bem, e eu sinto, mais uma vez, que eu vou me destruir, assim que ele pegar aquele avião.

Mas eu não quero que seja igual.

Eu quero ficar bem.

— Quando ele for... — Fungo com violência, passando a camisa na cara mais uma vez. — Eu posso vir aqui, no dia seguinte, falar com você?

Petra sorri carinhosa, com o canto dos lábios.

— Quando a data chegar, me avise. Você tem preferência na minha agenda nesse dia e ainda tem o lado positivo de não ser pego de surpresa dessa vez...

Dei a ela o meu sorriso mais choroso e quebrado.

— Obrigado, Petra.

Quando completamos uma hora de consulta, nos despedimos e desligamos a chamada. Dessa vez, já deixo a próxima consulta marcada.

Pensando no trabalho mais tarde, pego meu celular para checar o grupo da boate e ver se há algum aviso para hoje.

HIDDEN HONEY - FUNCIONÁRIOS

Pablo:

Leia, pode ir pra boate hoje? 16:36

Vendemos muitos vouchers, vamos precisar de você com o Davi. 16:36

Leia:

Sim, tranquilo. 16:37

Vou estar lá. 16:37

Pablo:

Beleza... mais uma coisa! 16:37

Ontem, eu vi dois clientes pelas câmeras mijando em copos e colocando em cima das mesas. 16:38

Se vocês pegarem essas pirocas dentro dos meus copos 16:38

Virem o copo de mijo na cabeça deles! 16:38

Eu pago a porra do processo de vocês! 16:39

Que nojo, caralho! Tanto banheiro na boate, pra mijar em copo! 16:39

Key:

Tá bom chefe. 16:39

Luna:

kkkkkkkkkkkkkk 16:39

Desculpa. 16:40

Eu:

Deixa comigo. 16:40

Tudo normal por ali...

Enrolando no sofá, ligo a televisão e vejo um filme que passa num canal aleatório. Acabo dormindo no meio do filme e acordo com meu despertador soando, indicando que é a hora de sair de casa.

Estou atrasado.

Eu me arrumo de qualquer jeito, pego a minha bolsa com o uniforme e saio de casa. Entro no carro e dou partida, fazendo uma entrada tranquila na garagem da boate, alguns minutos depois.

Sexta é um dia cheio, às vezes tanto quanto sábado, então eu reúno os funcionários o quanto antes, distribuo as funções entre os garçons do dia e converso com Davi e Leia. A pedido de Pablo, os dois já estão lá, e sempre parecem se dar bem na divisão de tarefas.

Enquanto está tudo aparentemente tranquilo, coloco meu uniforme e vou à sala de Pablo. Com ele, sozinho, em seu computador, deito-me no sofá, e ficamos conversando por algum tempo.

Rindo e lembrando-me das mensagens dos mijões dos copos. Eu, com certeza, não gostaria de pegar nenhum copo mijado, quando estivesse limpando o salão.

Na hora de abrir a boate, me levanto e vou trabalhar. Felizmente, a noite passa e eu não vejo ninguém colocando o pau para fora e enfiando dentro de algum long drink ou taça. Os garçons também me contam que nada desse tipo aconteceu.

Provavelmente, foram apenas visitantes estranhos que estavam ali pela primeira vez e não tem noção de que Pablo expulsa qualquer comportamento nojento que aconteça dentro da sua casa.

Antes do DJ encerrar as atividades da noite, duas mulheres começam a brigar na frente do palco onde Luna havia acabado de dançar, porque a dançarina pelada jogou uma rosa para a plateia e as duas queriam a flor. Pelo jeito que Leia ria daquilo, lá do bar, era óbvio que aquela rosa não era para nenhuma daquelas mulheres.

Após a casa fechar, quando vou me trocar, vejo as duas saindo juntas do vestiário feminino. Riem e trocam segredos entre si. Isso faz eu me lembrar de quando eu e Gael saímos daquela forma dos vestiários, e de como usávamos aquelas cabines de chuveiro para fazer coisas que iam muito além de tomar banho ou trocar de roupa.

Parecendo querer reviver os velhos tempos, um corpo grande aparece atrás de mim no exato momento em que eu tiro minha camisa. Abraça-me com carinho, por trás, trazendo o rosto na direção do meu e me dá um beijo gostoso na bochecha.

— Sempre o último a sair do trabalho... — Gael fala.

— Pareço até o dono. Vou roubar essa boate do Pablo — sussurro, fazendo Gael rir.

— Vai porra nenhuma. — Pablo, magicamente, aparece na porta.

— Que ouvido é esse? — Eu começo a rir, pegando uma blusa de algodão rosa-clara e colocando, enquanto vejo meu amigo entrar ali.

— Anos e anos fazendo força pra entender as pessoas falando no meio do som alto. Você não tem noção de quantas coisas eu já ouvi...

— Agora, eu estou com medo — Gael diz, segurando o riso.

— Medo de quê? — Pablo cruza os braços, encarando-o. — Você quase não falava nada, parecia um boneco de cera atrás do bar.

Eu queria não rir tanto quanto estava rindo, porque era perfeitamente verdade.

Gael só se movia quando tinha que ajudar alguém ou para fazer suas bebidas. Do contrário, ele realmente parecia um boneco de cera.

— Tá rindo de quê? Pelo menos, eu não ficava caindo pela boate...

Pablo coloca as mãos no rosto, balançando a cabeça negativamente.

— Ele cai até hoje. Ele caiu ontem! — Meu chefe está quase incrédulo com minha facilidade de ir ao chão.

— Você caiu? — Gael olha para mim, rindo.

— Foi só uma escorregadinha... Não bati a bunda dessa vez.

E estamos todos rindo, graças aos meus tombos.

Quando a risada diminui, Pablo me encara.

— Fecha tudo?

— Sim, chefe... Depois, roubo a boate pra mim.

— Dimitri, vai foder umas três horas sem pausa, pra evitar o enlouquecimento. — Então, ele manda alguns beijos no ar para mim e para Gael. — Amo vocês. Se forem transar, façam na frente das câmeras pra eu ver depois... — Ele sai.

Quando eu olho para Gael, ele está com o rosto tão constrangido que eu não consigo evitar rir.

— Você acha que ele...

— O quê? — falo, apertando os lábios com força, para não gargalhar.

— Viu você me chupando no bar?

Silêncio, porque sei a resposta.

— Dimitri! Puta que pariu!

— Amor, ele já esqueceu... — Tento acalmá-lo e diminuir a situação.

Mas eu sei que, dentro dos doze meses que Gael esteve fora, em algum momento, Pablo soltou uma piada safada sobre esse dia.

Sobre o quanto eu era o funcionário mais devasso que ele tinha e sobre como eu cheguei atrasado, nessa coisa de estrear o balcão de bebidas.

Porque ele já havia batizado aquele bar com Vicenzo...

38

PISCINA E BEBIDAS

— Se você se sentir desconfortável, por um segundo que seja, nós vamos embora, tudo bem?

O outro dia chega.

Eu estou na cama de Gael, observando-o arrumar a mala devagar. Isso me machuca, mas tento ignorar a dor que estou sentindo e agir normalmente.

Tento me lembrar...

Eu sou minha própria âncora.

— Vou me esforçar pra ser um pouco mais sociável. — Gael dá uma risada nasal, enquanto dobra uma camisa preta e coloca dentro da mala. — Uma hora de desconforto é o meu máximo.

Eu lanço um sorriso meigo e me sinto feliz por ele ter aceitado o convite. Feliz por ele ter dado uma chance de quebrar qualquer mal-estar que possa existir entre ele e meus amigos.

Porque eles nunca vão deixar de ser meus amigos, da mesma forma que Gael nunca vai deixar de ser meu amor...

— Você pode... — ele começa a falar, agora pegando uma calça jeans e também a dobrando, me fazendo olhá-lo com expectativa — dormir aqui até eu ir embora? — Ele coloca a calça na mala e continua: — Quero passar os últimos dias com você e também quero passar com meu pai, e...

— Vou me esforçar — falo brincando, copiando a resposta que ele me deu minutos atrás, o que faz com que ele olhe para mim e sorria.

Sei que seu pedido é por não ter mais condições de dividir a atenção entre seu pai e eu, mas sequer quero lhe cobrar isso.

Alguns momentos se passam, e Gael larga a mala por fazer, quando eu anuncio que preciso ir embora para o trabalho, então, descendo as escadas comigo, ele me leva até meu carro.

Nossa despedida longa já se tornou um clichê doloroso, mas é gostoso notar que ele tem dificuldade de me dizer tchau da mesma forma que eu nunca quero ir embora.

Minha ida até a boate é tranquila e, quando chego ao trabalho, faço meu serviço como em todos os outros dias.

É sábado, então a casa lota da forma esperada.

Com apenas Pablo presente novamente, já que Eric se aventurou em algum outro lugar com alguém, nós damos conta de gerir tudo que acontece na boate, como já fizemos diversas vezes.

No final do expediente, vou até ele, que está fechando o caixa junto a uma das funcionárias, para me despedir.

— Que horas quer que eu chegue à sua casa? — pergunto, enquanto ele verifica algumas notas de cartões de crédito.

Esse trabalho é apenas da caixa, mas, em dias cheios como este, Pablo sempre ajuda, já que são muitas contas e muitas notas.

Sabendo que não conseguirá calcular valores e conversar comigo ao mesmo tempo, ele abaixa as notas, olha para mim e pensa por um segundo.

— A comida chega às 13:00, pode chegar por aí também...

— Tá ok.

— Ah... — ele ri baixinho. — Já tem bebidas lá em casa, mas eu não contratei barman.

— Tá com saudade dos drinks do Gael?

Pablo faz uma cara totalmente chorosa, concordando com a cabeça.

— Porra, eu tô demais. Será que ele não podia me dar esse déjà-vu? Eu até pago. Aquele muquirana não gosta de dinheiro?

Acabo rindo com o seu desespero pelo trabalho do meu namorado e, prometendo que vou ver o que posso fazer, me despeço.

Como combinado, vou para a casa de Gael, que já dorme quando eu chego, então tomo um banho rápido, como alguma coisa da sua geladeira e, andando silenciosamente como um bandido, entro no seu quarto, fecho a porta e me enfio debaixo de sua coberta, abraçando-o.

— Amor? — ele fala baixinho, com sono, virando na cama e ficando de frente para mim, enquanto enfia o rosto no meu peito. — Cacete, eu dormi... Desculpa... — Ele beija meu peito nu, subindo até meu pescoço, com selares sequenciais e meio culpados.

— Calma, Gael... — Rio do seu desespero por não estar acordado. — São 5:00, tá tudo bem...

— Dormi que nem um velho. — Continua com os beijos.

— Dormiu que nem uma pessoa que está tentando agradar a dois horários ao mesmo tempo... ao meu e ao do seu pai. — Rio, sentindo minha pele arrepiar com seus selares que não param, me causando cócegas.

Então, seguro o seu rosto com carinho e lhe dou um beijo amoroso nos lábios, depois em sua testa, então volto a abraçá-lo, enquanto ele enfia o rosto no meu peito e me enlaça com força, ajeitando o corpo dentro do meu abraço.

— Vamos dormir... Daqui a pouco, temos um dia cheio.

— Cheio de álcool — ele diz, rindo baixo e sonolento.

— Ah, isso com certeza...

Escolhendo avisar a Gael sobre a súplica de Pablo apenas quando acordasse, adormeço agarrado nele, naquela cama que já não era mais dura como concreto.

Acordo com um cheiro de comida invadindo o quarto e percebo que há alguém fazendo o almoço, mas não é Gael, porque ele está em pé, apenas com uma toalha amarrada na cintura, olhando as poucas roupas que ainda tem em seu armário.

Ele resmunga alguma coisa que eu não consigo ouvir, depois estala a língua.

— O que foi, resmungão?

Ele olha para mim, surpreso pela minha voz, então dá um sorriso gostoso.

— Bom dia, *Belo Adormecido.*

— Bom dia... — respondo baixo, vendo-o se virar para frente e voltar a fazer uma cara emburrada para as roupas. — Por que está todo nervoso pro armário?

— Essas camisas não cabem mais em mim, e eu não quero bagunçar a mala. Já separei só as roupas de casa e a roupa pro aeroporto — ele diz, como se estivesse brigando com os tecidos.

Então, respira fundo, desolado, e eu acabo rindo.

— Ninguém mandou virar uma geladeira do dia pra noite...

— Que engraçadinho. — Gael vira, vem na minha direção e deita em cima de mim. — Ele me prende na cama, segurando meus punhos sobre minha cabeça, aí começa a me morder e fazer cócegas na minha barriga. Roça o corpo no meu.

Eu acabei de acordar, *ele não deveria fazer isso...*

Mas antes que eu ceda aos desejos da minha ereção matinal, alguém abre a porta.

— Vocês vão querer alm... Opa! Desculpa! — O pai de Gael fecha a porta com força.

Gael cai no colchão ao meu lado, porque nós começamos a rir, enquanto estamos cheios de vergonha. Não estávamos fazendo sexo, mas, para qualquer pessoa que visse, parecia que sim.

Até porque...

A toalha de Gael abriu em cima de mim e sua bunda estava de fora.

— Vou lá falar pra ele que vamos almoçar fora...

— Vai. Preciso de dez minutos pra... enfim. — Pigarreio, olhando para minha virilha.

— Hora de desarmar a barraca...

Taco um travesseiro na sua cara, e Gael se levanta, enfia a sunga preta já separada e sai do quarto rindo, indo falar com o pai.

Ele volta alguns minutos depois, enquanto eu ainda estou ensaiando para me levantar da cama e encarar os afazeres daquele dia.

— Que horas são? — resmungo, ainda me sentindo sonolento.

Gael pega o celular em cima da mesa de estudos e olha o visor.

— 12:31.

— Merda! — Eu me levanto da cama num salto.

— Que foi? — Ele ri, vendo meu desespero bagunçado e minha cara inchada pelo sono.

— Marquei às 13:00 com o Pablo e ainda tenho que passar em casa pra me vestir.

Como sua casa fica um pouco longe da minha, o atraso já é uma realidade.

— Calma, não é como se estivéssemos atrasados pra trabalhar...

— Então, sobre isso... — Pigarreio, pegando minha mochila e caçando uma cueca limpa para tomar banho. — Pablo pediu pra você fazer uns drinks.

Achei que Gael iria resmungar ou algo assim, mas ele acaba rindo e enfiando os dedos dentro do cabelo molhado, ajeitando os fios cacheados.

— Tudo bem... Vai ser legal — fala, enquanto pega uma camisa preta no armário e coloca.

A camisa marca um pouco seu peitoral, mas não fica ruim ou apertada demais. Ele está bonito.

— Tudo bem mesmo? Não quero que você trabalhe demais.

— Eu estou há quase trinta dias parado e estou com saudades de manusear uma coqueteleira. Espero que ainda saiba fazer alguma coisa...

Fico feliz por Gael estar animado com a ideia e, depois que ele termina de se arrumar, colocando uma calça de moletom também preta, nos despedimos de seu pai entre muitos abraços que não são comuns da parte do homem sério, mas recebemos com muito carinho.

— Me desculpe por não ficar pra almoçar — peço, me sentindo culpado.

— Tudo bem, Marina vai vir com o Daniel e aquele garoto come muito... Vai comer por vocês dois.

Rindo, damos mais um abraço no homem e saímos em seguida.

Fazemos uma passagem rápida pelo meu apartamento, só para deixar minhas coisas, colocar uma blusa azul-clara leve, uma bermuda branca e meus chinelos enormes.

Gael sempre ri quando eu uso esses chinelos. Ele diz que eu pareço um vovô. Não nego sua afirmação, mas eles são confortáveis, então eu não troco.

Assim como Gael, coloco uma sunga por baixo da roupa, porque sei que tem piscina na casa de Pablo e, mesmo eu não tendo certeza se vou entrar nela, gosto de estar preparado caso sinta vontade.

Quando chegamos ao prédio do meu amigo, no bairro do Alto Astra, passamos por uma portaria com forte segurança, como se ali morassem apenas celebridades.

Bem, devem morar...

Somos liberados para entrar no elevador e não é difícil perceber Gael ficar levemente assustado com tudo que vê ali.

— Imagina o preço da taxa de condomínio — ele diz, balançando a cabeça numa negativa tão forte que só a ideia de pagar caro em serviços deve deixá-lo mal.

Rindo, entrelaço os dedos aos seus e logo chegamos ao andar de Pablo, o último daquele prédio enorme. Quando as portas se abrem, saímos num corredor claro, com quadros muito grandes e, aparentemente, importantes.

O corredor é mais bonito do que toda minha casa. O reflexo do chão é mais claro do que do espelho do meu armário. O lustre no teto, daquele pequeno corredor, deve valer o preço do meu carro. É tudo exagerado e extravagante como Pablo.

— Nem entramos, e eu já estou me sentindo um mendigo — Gael comenta.

Eu solto uma gargalhada.

— É o que eu sinto toda vez que venho aqui... — confesso, enquanto toco a campainha.

Não precisamos esperar muito, pois a porta logo se abre, revelando a imagem de Eric e seu sorriso charmoso habitual.

— Finalmente — ele diz, abrindo a porta e dando passagem para nós dois entrarmos. — Achei que tinham errado o caminho... — Eric implica.

Já conseguimos ouvir o som da música vinda lá de cima.

— Eu dormi demais... — falo envergonhado.

— Imaginei — Eric solta rindo, depois olha para Gael. — E você, também dormiu demais?

— Acordei às 9:00 e fiquei olhando ele babar na cama... com pena de acordar a criança.

Eric e eu rimos do comentário de Gael, enquanto meu amigo fecha a porta.

— Estamos lá em cima, esperando vocês — ele fala e deixa a sala, enquanto concordo com a cabeça e percebo Gael fazendo o que eu fiz, da primeira vez que estive ali.

Ele se distancia e vai em direção à janela imensa. Minha reação é como todas as vezes que visitei a casa de Pablo: é sempre uma loucura perceber que meu amigo é dono de uma cobertura inteira. O lugar mais alto e mais importante de todo aquele prédio.

São dois andares. Apesar de não conseguir ver dali, sei que no andar superior está a piscina, o pequeno salão de festas e todo espaço que Pablo precisa para suas comemorações, para onde Eric subiu, pela larga escada à direita.

Estamos na sala e podemos ver os corredores que dão à cozinha, quartos e sala de jogos, que Pablo quase não usa.

Pelo menos, não para jogos convencionais e familiares...

As janelas, de fora a fora, estão livres de cortinas e mostram o que faz Gael dar mais alguns passos e colocar as mãos no longo vidro.

— Porra... — ele exclama, quando eu chego ao seu lado.

Dá para ver Astra inteira. Conseguimos ver, até mesmo, a linha do trem que cruza o caminho até o bairro onde ele mora. Meu antigo bairro.

— Deus me permitiu estar aqui hoje de graça, porque sabe que eu sou tão mão de vaca que não pagaria nem por pontos turísticos que têm essa vista...

Eu solto uma risada alta com seu comentário muquirana, mas acabo concordando com sua fala.

Entrelaço os dedos aos seus e ele olha para mim.

— Vamos? — pergunto.

Ele confirma com a cabeça e nós subimos.

A parte de cima tem dois ambientes. O primeiro é um salão fechado, grande, com ar-condicionado, sofás largos, e puffs empilhados nos cantos, porque não teriam uso naquele momento. Existem espelhos do meio da parede para cima e, no teto, vários canhões de luz.

Até a casa dele parece uma boate.

Mais à frente, há outro grande entorno de vidro, idêntico às janelas largas do primeiro andar, onde há uma porta de correr, também de vidro, para a parte do deck com a piscina da cobertura.

Através do vidro, nós já conseguimos ver o sol forte que brilha sobre o movimento da água da piscina. Quando chegamos lá, dou de cara com Pablo dançando agarrado com Vicenzo.

É a mesma dança de acasalamento louca que ele fez na Gaiola Vermelha, enquanto os dois seguram garrafas de cerveja, e Eric, sentado num sofá branco e longo, perto de palmeiras baixas em vasos grandes, está rindo e olhando a cena.

Meu chefe e amigo nos percebem ali.

— Estavam fodendo até agora, porra? — ele grita, mas está rindo.

— Eu sonhei que estava fodendo, isso conta?

— Sonhou? — Gael pergunta.

Eu começo a rir, sem negar nem afirmar, enquanto meu amigo já bêbado se aproxima de mim e, segurando meu rosto, dá um beijo na minha bochecha.

— Ia dar na boca, mas tenho medo do Gael — sussurra no meu ouvido, e eu rio mais um pouco. Em seguida, ele segura o rosto do meu namorado e também lhe dá um beijo no rosto. — Nunca te beijei no rosto, né?

— Não que eu me lembre... — Gael comenta, e eu acabo rindo.

— Tinha que pedir antes, né? — Pablo fala sério, percebendo a reação travada de Gael.

— Tudo bem, eu consigo lidar com um beijo no rosto.

— E um selinho? — Pablo pergunta ainda mais sério. — Consegue lidar?

— Pablo, vai dar selinho no teu marido, vai... — Empurro meu amigo, rindo, que desfaz a cara séria e vai gargalhando para perto de Vicenzo, depois morde o lábio inferior.

É um safado...

Ele acaba se sentando ao lado de Eric, encostando a parte traseira da cabeça em seu peito e alongando as pernas sobre o sofá. Então, puxa Vicenzo pela mão, para que se sente entre suas pernas.

— Perdoa o Pablo, ele é brincalhão assim mesmo.

— Você se esquece de que ele já foi meu chefe por mais de um ano, não é? Nada que eu não esteja acostumado...

É verdade. Às vezes, me esqueço disso.

— Dimitri te falou do meu pedido, Gael? — Pablo pergunta esperançoso, com os olhos brilhando.

Parece o Gato de Botas daquele filme *Shrek*.

— Falou, sim... — Gael responde rindo, achando a cara do meu amigo engraçada. — Fico honrado de saber que você não superou meus drinks.

— Não conta pro Davi nem pra Leia, mas você é meu verdadeiro amor alcoólico.

É tão gostoso ver Gael rindo dessa forma. Confortável ali, com as pessoas que eu amo e levemente orgulhoso por ter sido um barman tão bom para Pablo.

— Drink de morango pra começar? — ele fala, e todos no sofá concordam.

Até Eric, que não é de tomar nada doce demais.

Mas é claro o quanto está se esforçando. Todos ali estão.

Logo em seguida, o percebo indo para trás de uma bancada de mármore branco, larga e polida, onde está o *Bar do Pablo*. Eu vou com ele, porque também quero ver o que tem ali.

Vodka para vinte pessoas, muitas frutas, açúcar, leite condensado, conhaque, rum e vinho, além das cervejas que estão gelando.

Está tudo fresco e os produtos se assemelham a tudo que tem na boate. Eu sei que são de lá.

— Roubou coisas da Hidden? — pergunto a Pablo que, esparramado em Eric, está conversando baixinho com meu outro amigo, enquanto faz carinho no cabelo de Vicenzo.

Devem estar falando alguma putaria.

— Eu sou o dono, eu posso roubar tudo lá dentro.

— E desfalcar a porra do meu estoque? Você anotou o que você tirou de lá?

Gael, ao meu lado, ri incrédulo com o meu posicionamento.

Quando ele me conheceu, eu não tinha nem 10% daquela postura.

— Vai chupar uma piroca veiuda, Dimitri, claro que eu anotei!

Eric e Vicenzo começam a gargalhar com Pablo me mandando chupar uma piroca veiuda, porque é óbvio que ainda estão no ensino fundamental.

Quando olho para Gael, que começava a cortar os morangos, ele está segurando os lábios com força, contendo uma risada.

— Tá achando engraçado, é? — pergunto e chego perto dele, colando o quadril no seu. — Quer que eu vá chupar uma piroca veiuda?

Gael solta uma gargalhada tão alta que teve que largar a faca na tábua de corte.

— A gente pode combinar isso depois — ele sussurra, segurando meu rosto e me dando um selar leve nos lábios. — Não sabia que você tinha ficado tão mandão — comenta.

— Se você ainda trabalhasse no bar, ia receber muitas ordens vindas de mim.

— Você sempre me deu muita ordem, Dimitri. — Então, chega o corpo ainda mais perto de mim. — Se me obedecer, você vai ganhar tanto — sussurra as palavras que eu disse a ele, no primeiro dia em que fizemos amor.

Eu fico, alguns segundos, estático, sem reação.

Acabo soltando uma risada baixa, mesmo que continue parado no lugar, olhando para as próprias mãos.

Então, eu coro.

— Não acredito que você está com vergonha — Gael diz, rindo.

— Cala a boca — solto, saindo de perto dele.

Rindo, vou até a geladeira do bar, analisar o resto da situação alcoólica e acabo achando uma coisa muito preciosa.

Uma lata de pêssegos em calda, fechada.

Pego a lata, coloco em cima do balcão em que Gael trabalha e, quando ele percebe o que é, olha para mim sorrindo.

— Já sabe o que eu quero.

Ele concorda, e eu dou mais um beijo em seus lábios, saio da frente do balcão em seguida e vou para perto dos meus amigos

Próximo a eles, há uma mesa de madeira clara, com vários pratos de cerâmica branca em cima, contendo comidas diferentes.

Meu Deus, como Pablo é exagerado.

Tem salgadinhos de festa fritos, assados, pequenas entradas finas, patês, cremes, torradas, fileiras de frios, ovos de codorna, salames, canapés e três *rechauds*, com caldos que eu não sei quais são.

Tudo com placas na frente, descrevendo cada tipo de comida, como se fosse realmente um buffet importante.

Perto dessa mesa, há outra menor, com alguns mousses, doces finos, doces fondados e uma pequena cascata de chocolate, com mais morangos e uvas.

— Tem certeza de que isso tudo é só pra nós cinco? — pergunto confuso. É comida demais.

— O plano não é vocês passarem o dia aqui? Eu sou exagerado mesmo, foda-se! — Ele levanta a garrafa de cerveja quase vazia, comemorando.

Eu pego um pedaço de presunto e enfio na boca, rindo e dando de ombros.

Em seguida, pego um prato e vou enchendo com tudo que vejo pela frente, para mim e Gael, que finaliza as bebidas.

Vou precisar de mais um prato...

Enquanto isso, vejo Eric se levantando e andando em direção ao bar.

Ele se senta em um dos bancos altos e começa a conversar com Gael.

Eu estou colocando cubos de queijo nos pratos, e Gael está abrindo duas cervejas, uma para ele e outra para Eric. No minuto seguinte, está rindo com meu amigo.

Graças a Deus ninguém pode ler a minha mente...

Dois homens que já me chuparam estão conversando entre si... É o que passa voando pela minha cabeça, sem que eu tenha qualquer tipo de controle.

Eu seguro a risada sozinho e, quando olho para o lado, Pablo está me encarando, enquanto o marido está no seu colo, de olhos fechados.

— Eu sei o que você está pensando, Dimitri... — Pablo diz, num sorriso safado.

— Deixa baixo, Pablo. — Taco uma azeitona nele e antes que mais alguém observe minha cara, volto para perto do bar, levando os pratos que fiz para mim e Gael.

Quando entrego o prato a ele, meu namorado coloca na bancada e agradece, me dando um beijo na testa, enquanto coloco o meu prato ao lado do seu.

Nós conversamos juntos por um tempo, os três.

Sinto uma leve vontade de chorar quando vejo Eric e Gael conversando e rindo, sem que nossa relação pareça estranha e desgastada.

É muito claro que eles estão se esforçando, ao mesmo tempo que é claro como eles, verdadeiramente, têm motivos para se darem bem, além da minha existência.

Logo, Pablo e Vicenzo se unem a nós, e estamos todos comendo, bebendo os drinks de Gael e conversando muito alto.

Não sei se pelo barulho da boate, mas parece que todo mundo ali, com exceção de Vicenzo, é meio surdo.

Vicenzo até se assusta quando um de nós dá um grito maior do que deveria.

Mas é que o cara não passou noites e noites com a orelha enfiada em caixas de som, então deve ter a audição perfeita.

— Devíamos ter feito isso mais vezes... — Pablo resmunga, depois suga seu drink de morango, arregalando os olhos como sempre faz. — Eu amo tanto vocês.

— Bebeu e já começou a ficar carente — falo rindo, indo para o lado do meu amigo e enlaçando seu ombro.

Pablo coloca a cabeça no meu ombro.

— Carente minha piroca! Eu amo, caralho.

— Podemos repetir depois — é Vicenzo quem fala, misturando a bebida e brincando com o gelo, com o seu canudo. — Mas você tinha medo de deixar a boate sozinha, não tinha?

Pablo fecha os olhos e simula um choro, enfiando a cara no meu peito.

— Eu ainda tenho... Alguém me diz que ela não vai explodir, por favor — choraminga meio desesperado, com a voz abafada pela minha camisa.

Eric começa a rir.

— A boate nem abriu ainda, Pablo — ele diz, o que faz Pablo voltar a se erguer.

— Quem você deixou tomando conta hoje? — Gael pergunta, tirando o copo do liquidificador e lavando-o na pia.

— Luna gerenciando os dançarinos; Leia e Davi no bar; a caixa e o DJ de sempre; Key gerenciando os garçons e o salão...

— O Key é bem competente — Gael comenta. — Trabalhava tanto quanto o Dimitri... Eu gosto dele.

— Ah, o Eric também gosta — Pablo implica e olha para Eric que, rindo, revira os olhos.

— Vem pro sofá, vem, adolescente implicante... — Vicenzo diz, dá um beijo no rosto de Pablo e o puxa para longe dali.

Eric também vai e logo eles estão na mesma posição de antes: agarrados naquele sofá branco e enorme, como se os três fossem um só.

Volto a olhar para Gael e ele está abrindo a lata de pêssegos em calda.

— Não precisa... Você já deve estar cansado — falo, porque realmente não quero que ele trabalhe demais.

E porque todo mundo já está meio bêbado.

— Eu adoro a cara que você faz quando bebe isso... — sua voz sai muito mais maliciosa do que eu esperava, e eu desisto de tentar arrastá-lo para fora dali, porque agora quero vê-lo preparando a bebida. Há uma nostalgia quase palpável em ver Gael atrás de um bar.

Com mais calma e levemente mais lento pelo álcool que já estou bebendo há quase três horas, me debruço no balcão e fico analisando suas mãos.

São exatamente as mesmas, com a mesma habilidade, e apenas uns calos a mais, nas partes em que ele deve forçar os lápis de desenho.

Ele pica o pêssego com rapidez e coloca dentro da coqueteleira com o rum.

— Me balança que nem você balança essa coqueteleira, barman... — digo a frase, e ele solta uma risada baixa e seu sorriso gostoso se mantém no rosto, enquanto mistura tudo e serve num copo longo de drink.

Quando coloca um canudo preto na bebida, dou a volta no balcão e, tomando impulso, subo ali, me sentando bem a tempo de ele me entregar o copo.

Eu bebo em goles sequenciais, mais rápido do que deveria, então logo fico tonto. Não tanto pela batida em si, mas pela rapidez que bebi e pelas outras tantas cervejas que já tomei.

Gael percebe e enfia as pernas entre as minhas, encaixando-se na minha frente e colocando as mãos ao lado das minhas coxas. Ele está rindo quando eu abaixo o copo e fecho os olhos.

Ainda de olhos fechados, sinto uma mistura de tontura e prazer, por provar aquele gosto tão nostálgico. Ao sentir o gosto do pêssego, tenho vontade de fazer algo.

Abro os olhos, seguro suavemente no pescoço de Gael, tão próximo, e começo a puxá-lo aos poucos, até roçar o nariz no seu...

— Fala que minha boca tá suja — mando baixinho, arrancando uma risada bonita de Gael.

— Está derramando bebida pela sua boca toda. Você fez uma bagunça, meu anjo.

Eu acabo rindo muito com a sua mentira, sei que não há nada derramando, mas envolvo as pernas nas suas e o puxo para mais perto de mim.

Gael me beija e, mais uma vez, nós compartilhamos o gosto do pêssego e rum.

O problema é que até ele parece ter bebido um pouco além e nosso beijo acaba ficando intenso demais.

Intenso a ponto de ouvir Pablo gritando, ali perto.

— Isso, caralho, que delícia, porra. Tirem as roupas e fodam no bar. Eu sempre quis ver isso!

Minha boca e a boca de Gael se separam na hora, porque nós começamos a rir muito, enquanto meu namorado balança a cabeça negativamente e suas bochechas voltam a ficar vermelhas.

— *Ahhhhh*! — Pablo reclama. — Não parem, não, porra!

Eric e Vicenzo estão rindo do amante em comum, de novo.

Ignorando o meu amigo bêbado, levo a mão até a testa de Gael e ajeito seus cachos bonitos. Por baixo dos fios escuros, percebo o quanto está suado.

— Quer ir pra piscina? — pergunto.

— Só se você entrar comigo...

— Está com vergonha de entrar sozinho?

Ele confirma com a cabeça.

Fofo, é só um bebê.

Rindo, dou um selar curto nos seus lábios e desço da bancada, puxando seus dedos até uma das espreguiçadeiras ao lado da piscina.

Ali, começo a desfazer meu cinto.

— Não! Para! — Pablo grita, e eu e Gael olhamos assustados para ele. Ele pega o celular e coloca uma música de strip. — Pode continuar agora.

— Pablo, é sério isso? — pergunto rindo, terminando de tirar o cinto, a bermuda e depois jogando em cima da espreguiçadeira, de qualquer jeito.

Gael, ao meu lado, começa a tirar o sapato.

Pablo aumenta o som e morde o lábio inferior.

É um descarado.

Sem chinelos, camisa e só de sunga, eu mergulho na piscina. Em seguida, nado até a extremidade perto do sofá onde meus amigos estão e encosto as costas ali, olhando para Gael que tira a roupa devagar.

— Puta merda, você sempre teve esse peitoral gostoso? Essas coxas? Esses braços?

Alguém precisa prender o Pablo no quarto.

— Pablo, se controla... — Eric é quem fala, naquele tom de repreensão.

— Desculpa, Gael. — Pablo pigarreia, ajeitando-se no sofá. — Me desculpa, meu parceiro, meu brother, não vou mais olhar, não, mano. *Bro* — ele fala igual a um *hétero top*.

Todo mundo começa a rir, inclusive Gael que, só de sunga, também mergulha na piscina e vem para perto de mim, encaixando o corpo atrás do meu.

Enquanto me viro na piscina e coloco os braços sobre a beirada de mármore, Gael me abraça por baixo d'água e coloca o queixo no meu ombro.

Fico ali observando Vicenzo, que agora está deitado no peito de Pablo, com meu amigo-chefe colocando uvas na sua boca.

— Qual a diferença de Lipa para Astra? — Eric pergunta, indo até a mesa de comidas e pegando um canapé...

E estava tudo bem...

Mas a palavra "Lipa" parece uma agulha longa e muito fina, que não para de me machucar. Parece estar me matando devagar.

No entanto, a risada abafada de Gael me distrai.

— Você acredita se eu disser que eu não conheço nada lá?

Eric e eu franzimos o cenho ao mesmo tempo.

Como alguém consegue morar um ano numa cidade nova, de outro país, e não conhecer nada?

Gael ri ainda mais, com nossas reações.

— Eu trabalho muito. O dia inteiro, na verdade e, nos finais de semana, eu fico na academia ou vou à piscina do prédio. Nado rápido e volto para o meu apartamento, pra ver filmes ou desenhar.

— E os amigos, Gael?

— Eu acho que só gosto da minha chefe... Seria a única com quem faria amizade. O resto do escritório é legal, mas eu tenho essa...

— Dificuldade de se relacionar que nem uma pessoa normal? — Pablo é quem fala.

— Delicado, Pablo, muito delicado — comento, mas acabo ouvindo a risada de Gael ali atrás de mim.

Então, o percebo confirmando com a cabeça.

— Mas, sim, é isso. — Meu namorado dá de ombros. — Mas não é nada que vocês não saibam.

— Realmente... — Eric concorda, levemente debochado. — Espero que conheça a cidade nos próximos anos. Eu já estive lá algumas vezes e gostei de muita coisa que vi...

— Você olhou pras pessoas ou pros lugares? — pergunto, implicante.

— Os dois. — Ele dá de ombros, rindo baixo. — São ambos atraentes.

Eu viro levemente na direção de Gael e falo baixo, ainda com o tom implicante que acabei de usar:

— Olhe só pros lugares, Gael. Só pros lugares. Você entendeu?

Gael acaba rindo da minha frase e, quando me viro para frente, ele deposita alguns beijos leves no meu ombro.

— Você não tem ideia de como minha mente ficou enquanto eu estive lá... — começa a falar baixo, para que só eu escute. — Eu nunca consegui olhar nem para lugares e nem para pessoas, porque só consegui pensar em você.

É a segunda vez que Gael me deixa sem palavras.

Meu coração está rápido demais...

Eu giro dentro do seu abraço e, passando os braços pelo seu ombro, enlaço seu pescoço. Precisando demonstrar como sua frase me irradiou, beijo seu pescoço e o abraço ainda mais apertado.

Estamos todos ali, curtindo a música, aproveitando os momentos.

Não há desconforto ou vergonha...

E eu e Gael aproveitamos.

Seu corpo grande me espreme contra os azulejos da piscina, e agora sua testa molhada se une à minha.

A música continua rolando, meus amigos estão rindo entre si, compartilhando seus próprios segredos e, como se estivéssemos sozinhos, Gael me beija.

Dessa vez, seu beijo faz meu peito doer.

Tudo, que remete ao quanto ele sofreu sozinho, dói dessa forma que está doendo agora.

Quando nossos lábios se separam, volto para a posição de antes e dou de cara com uma cena que acho muito bonita, que estou acostumado a ver, na verdade, mas que, talvez, gere desconforto em Gael.

Tudo havia ficado quieto por um motivo...

Pablo, sorrateiro como sempre, desliza para o colo de Eric, enquanto beija Vicenzo e, em seguida, larga sua boca para beijar meu outro amigo.

O álcool, com certeza, chegou a um nível de perigo para aqueles três.

Mostrando que está com mais fogo no cu do que consegue controlar, Pablo se levanta, olha para os dois e fala:

— Vocês têm cinco minutos pra chegarem ao meu quarto.

Vicenzo é o primeiro a sair correndo dali e seguir o marido.

Eric olha para mim e para Gael e solta uma risada fraca.

— A que ponto eu cheguei... recebendo ordens. E gostando. — Ele dá de ombros, se levanta e se espreguiça. — Mas por pouco tempo... — Pisca para mim e Gael, então vai atrás dos dois homens que já haviam descido as escadas.

Eu balanço a cabeça negativamente, segurando uma risada.

— Desculpa por isso — falo baixo.

— Está pedindo desculpas pelo fogo no cu dos seus amigos, que nós já sabemos que são bem safados juntos?

— Isso... — falo, rindo baixo.

Gael retribui a risada, e eu sinto sua respiração bater na minha pele, porque ele não para de dar beijos sequenciais no meu ombro.

Não para de me apertar contra a piscina.

— Por acaso, eles te deixaram com tesão? — pergunto rindo, porque é nítido o quanto os selares de Gael estão mais profundos do que o comum.

— *Você* me deixou com tesão...

Meu corpo todo se arrepia.

Gael passa as mãos sobre as minhas, que estão repousadas no mármore claro da beira da piscina, então, encontrando meus dedos, os entrelaça aos seus e os aperta.

Ele bebeu, eu bebi.

A música parece trilha sonora de um filme pornô.

Não possuo sanidade alguma nesse momento.

Meu namorado desce a boca até a lateral do meu pescoço e, enquanto esfrega o corpo no meu, passa a língua na minha pele, causando um arrepio tão forte em mim, que eu consegui sentir com o corpo quase todo submerso.

Eu estou pronto para foder com ele ali, dentro daquela piscina, mas quando a música para, bem a tempo de começar outra, ouço meu celular tocar.

E se fosse qualquer outro toque, eu ignoraria...

Mas é o toque do pai de Gael.

— É seu pai... — falo, soltando o ar com pesar e sentindo seu queixo repousar sobre meu ombro.

— Como você sabe? — parece reclamar.

— Configurei esse toque pra ele.

— Tá... — Gael se afasta, me deixando livre. — Vai lá atender ao velho rabugento.

Solto uma risada pela forma que ele chama o pai e saio da piscina pelos degraus de fibra na lateral.

Quando atendo ao telefone, ainda estou de pau duro e preciso pensar em milhões de coisas nojentas para voltar ao normal.

— O-oi... — Pigarreio. — Oi, sogro, tá tudo bem?

Vômito, comida estragada, fralda suja, arroto, o inelegível...

— *Oi, meu filho...* — o homem com a voz séria fala, apesar de seu tom ser meio fofo. — Tá, sim. Você tá com o Gael?

Vejo o filho do homem sair da piscina.

Ele também está de pau duro. Eu aponto e começo a rir.

Somos dois adolescentes, igual ao Pablo.

— Vai à merda — ele sussurra para mim, depois anda na direção da mesa de doces.

Enfia o dedo na cascata de chocolate e depois coloca na boca.

— Tô, sim. Você tá precisando de alguma coisa?

— *Fiz um bolinho pra... Hm... Fazer uma...*

Dou alguns passos para longe, para Gael não ouvir.

— Uma despedida? — completo, porque vejo que ele está com dificuldades de dizer a palavra.

Eu entendo, porque compartilho da mesma dificuldade. A mesma dor.

— *Sim. Você pode vir aqui com ele? A Marina e o Daniel estão aqui também e... falta você e...* — Ele dá uma risada engraçada, meio bruta. — *Bem... e ele, né?*

— Claro, sogro, podemos, sim — digo, retribuindo a sua risada. — Chegamos em uma hora, tudo bem? Estamos um pouco longe, no centro.

— Tá bem, aguardo vocês.

Desligando o telefone, ando devagar na direção de Gael e digo a ele que estou passando mal e gostaria de ir para casa.

Ele pergunta o que foi, e eu digo que seu pai estava procurando as chaves, que eu sabia onde estavam. Por hora, ele acreditou, mesmo *não acreditando...*

Nós nos secamos e colocamos nossas roupas novamente. Quando descemos as escadas, ouvimos gemidos vindos do corredor, onde eu sei que é o quarto imenso de Pablo.

Os gemidos estão altos demais.

Eu e Gael acabamos rindo muito, mas eu vejo o rosto culpado do meu namorado.

— Queria me despedir deles e agradecer pela festa. Apesar da putaria, eu... — Ele pigarreia. — Eu gostei muito, Dimitri.

Eu sorrio tanto que meus olhos se fecham. Isso me faz mais feliz do que eu estava esperando.

— Pera, vamos deixar isso aqui... — falo, então abro a parte interna da estante extravagante de Pablo, onde sei ter papel e caneta, e escrevo um bilhete, enquanto narro para Gael ouvir:

> Temos que ir embora porque houve uma emergência, mas não é nada grave.
> Obrigado por tudo, depois ligamos.
> Não queremos atrapalhar o sexo selvagem.
> Amamos vocês.
> Beijos.
>
> Dimi e El.

— Está bom assim? — pergunto, mostrando o bilhete a Gael.

Ele concorda com um sorriso leve, então dou uma lambida no papel e colo na televisão. Gael começa a rir, quando vê minha pequena nojeira.

— E também... — Olho para o ex-barman. — Depois, você pode ligar pra mim, eu coloco no viva-voz e você agradece, tá bem? A não ser que você queira entrar naquele quarto agora...

— *Fode, caralho! Fode, porra!* — é, inegavelmente, a voz escandalosa de Pablo.

— Dimitri, pelo amor de Deus, vamos embora.

Em gargalhadas descontroladas, nós deixamos a cobertura de meu amigo.

39

CARTA E PASSAGEM

Como combinamos dormir sempre juntos, nós vamos diretamente à sua casa. Já que estou mais próximo da minha casa, deixo o carro na frente do prédio de Pablo e pedimos um carro por aplicativo, porque bebemos demais para dirigir.

Quando chegamos ao sobrado de Gael, vemos um homem troncudo na parte de baixo, resmungando e colocando as mãos nas costas.

— Boa noite, Sr. Nataniel... — Gael fala, com o cara que parece ser dono do local. — Dor nas costas?

— Cortei carne demais hoje, garoto. — Ele ri baixo, depois enfia a mão na sacola que carrega, tirando uma pequena embalagem que parece pesada. — Toma.

Quando faz isso, reparo tatuagens de flores no dorso de suas mãos: um lírio na mão direita e uma orquídea na esquerda.

Ele joga a pequena embalagem para Gael, que o segura ainda no ar.

— Dá isso de presente pro Augusto. Um quilo de alcatra fresca.

— Alcatra tá cara, Sr. Nataniel, não precisa. — Gael tenta negar a carne, mas é refutado.

— Garoto, tem muito mais de onde veio essa. Dá pro teu pai sem reclamar, senão te coloco no moedor.

Gael ri com o tratamento, enquanto eu estou levemente assustado. Nunca havia falado diretamente com o dono do açougue, mas, como meu namorado está rindo, acho que essa situação do moedor deve ser normal entre eles.

Depois que nos despedimos do homem que deve ter uns cinquenta anos, subimos os pequenos degraus que dão acesso ao sobrado, e Gael vai na frente. Na hora em que abre a porta, alguém taca confetes na sua cara, que pegam até em mim.

— Meu Deus, meu filho... — Augusto reclama. — Eu não tenho costas pra limpar isso tudo não.

Quando conseguimos entender o que está acontecendo, vemos Daniel, ao lado de Augusto, ainda atirando confetes em nós dois.

— Daniel, não é aniversário dele! — Marina reclama, tirando Daniel do caminho. — De onde saíram esses confetes!

Eu estou rindo com a cena caótica, enquanto paro para analisar o bolo que Augusto segura nas mãos.

É um bolo branco, feito à mão, com flores azuis de glacê em volta e um "Boa viagem, meu filho! Amo você!", escrito em preto, no meio, com a letra dele.

Gael funga, enquanto entra em casa.

— Você fez isso pra mim? — ele pergunta ao pai, que está fungando como ele.

Eu começo a fungar. Marina também.

A família toda parece gripada.

— Cacete, vocês são sensíveis demais. — Daniel está rindo, jogando mais confete na cara de todo mundo.

— Para de atrapalhar o momento — sou eu que falo agora, empurrando o "quase irmão" de Gael para o meio da sala. — E vai pegar uma vassoura!

A mãe de Daniel está rindo, mas não briga comigo, nem tira a minha razão.

Rabugento como se fosse uma criança, Daniel vai atrás da vassoura e, quando eu me viro, Augusto está abraçando o filho e rindo com ele.

— Vou sentir sua falta de novo, garoto — ele fala, com a voz séria.

— Vou te ligar mais vezes, tá bem? — Gael diz rindo, passando a mão nos cabelos do pai e os bagunçando. — Você vai enjoar de falar comigo dessa vez.

— Tá..., tá bem — Augusto concorda e, com Marina pegando o bolo, eles se abraçam.

É claro que não sou só eu que estou sofrendo com a segunda partida de Gael.

Já é quase meia-noite quando Marina e Daniel vão embora.

Nós nos despedimos de todos e, em seguida, Augusto vai para o quarto, para dormir.

Como estamos cansados, eu e Gael não demoramos a ir para cama e, como habitual, meu namorado se aconchega no meu peito e me abraça. Poucos minutos depois, estou ouvindo seu ressonar baixo.

Felizmente, meu sono vem quase ao mesmo tempo e temos uma noite tranquila de sono, porque estamos cansados demais, mas o dia não é tão tranquilo assim, porque acordamos com pessoas gritando na rua.

Parece que as pessoas estão dentro do quarto de Gael, o que faz com que ele se levante mal-humorado, abra a janela e olhe lá para baixo como se fosse matar alguém. É impressionante como a gritaria para, apenas com sua imagem séria, e ele fecha a janela.

Pego meu celular e confiro as horas, ainda sonolento. São 13:30. Eu estou com uma leve dor de cabeça. Sei que é ressaca.

Silenciosos, eu e Gael nos levantamos e, enquanto ele toma banho, fico no sofá, depois vou para o chuveiro, quando minha vez chega. Quando vou para sala, ele já está com nosso *café-almoço* pronto e comemos juntos, ainda quietos.

— Ressaca? — pergunto baixinho.

Gael ri, concordando, depois aproxima o rosto do meu e deixa um selar nos meus lábios, com gosto de suco de laranja.

Quando terminamos, vou até seu quarto catar minhas roupas no chão e, quando estou fazendo isso, noto seu passaporte em cima da mesa de estudos, próximo da sua carteira, chaves e alguns outros objetos.

Eu pego o passaporte e olho o papel dentro.

É sua passagem para Lipa. Daqui a três dias.

Respirando fundo, coloco o passaporte e a passagem em cima da mesa, antes de ele voltar para o quarto.

Quando volta, já estou vestido e aviso que preciso voltar para casa, porque trabalho à noite. Ele concorda e me leva na calçada, enquanto esperamos o carro do aplicativo chegar.

— Acho que quero dormir na sua casa hoje... — resmunga, enquanto está arrastando a boca no meu pescoço.

— Mudou de ideia? Não vai ficar com o seu pai? — pergunto, confuso.

— Eu vou embora logo... então... — Gael respira fundo — durmo com você hoje e fico com ele amanhã.

Eu engulo em seco.

Logo. Daqui a três dias...

Eu me seguro muito para não chorar, mas concordo e, fingindo que estou lidando bem com isso, beijo seus lábios e entro no carro que acaba de chegar.

Vou para casa, troco de roupa e pego meu carro.

Mais tarde, chegando à Hidden, não tenho surpresa alguma em não encontrar Pablo e nem Eric na boate. Eu sei que às vezes eles acabam exagerando e precisam de um dia ou dois para se recuperarem de todo o sexo descontrolado e agressivo que fazem.

Felizmente, estou menos quebrado, então trabalho apenas com sono. A boate vazia, numa segunda-feira, é motivo para eu agradecer aos céus, porque seria mais difícil trabalhar numa sexta ou num sábado.

Ao encerrar o expediente, mando mensagem para Gael, avisando que estou indo para casa. Quando chego à minha rua, estaciono meu carro na frente do meu apartamento, a tempo de perceber um carro chegando e um homem gostoso saindo de dentro, com uma mochila em suas costas.

É o meu homem gostoso.

Sorrio com sua presença, enquanto fecho o carro, da mesma forma que ele sorri quando me vê. Aproximando-se de mim, Gael beija meus lábios devagar, entrelaça os dedos aos meus e, em seguida, me puxa até estarmos na porta da minha casa, no primeiro andar.

Quando entramos, percebo que ele não quer apenas deitar e dormir. Gael espera que eu tome banho, coma alguma coisa e me deite na cama. Surpreendendo-me, tira uma garrafa de vinho de sua mochila e, depois de ir até a cozinha, traz duas taças para meu quarto.

— Tem mais surpresas nessa mochila? — pergunto rindo, quando ele me entrega uma das taças e enche até a metade.

— Talvez... — diz, contendo um sorriso.

Nós bebemos madrugada adentro. Como se o futuro não existisse e aquele momento fosse eterno, passamos horas conversando, rindo e trocando lembranças que tínhamos.

Pensando sobre os dias que estivemos juntos.

Quando o vinho acaba, Gael coloca as taças e a garrafa no chão, me puxa para o seu corpo até que eu esteja sentado em seu colo e me beija.

Ele me beija com a noção de sua partida. Ele me beija enquanto eu me encaixo em seu quadril, enquanto abraço seus ombros.

Enquanto ele abraça meu tronco.

Enquanto fazemos amor.

E após alcançarmos o ápice, nossos corpos esgotados se esticam pela cama, mas, ainda assim, não conseguimos nos distanciar.

A madrugada está presente, o sol quase nasce...

Mas Gael, completamente sonolento atrás de mim, sussurra palavras entre um choro baixinho.

— Obrigado pelos trinta dias — ele diz e, em seguida, percebo que consigo cair no sono, mesmo com o coração dolorido.

O mesmo braço, que me envolvia na noite passada, não está mais sobre o meu corpo. Esperando ouvir barulhos vindos da cozinha, como habitual, abro os olhos devagar.

Mas não há barulho algum...

— Gael? Você está aí? — chamo com a voz rouca, mas ninguém responde.

Ainda com dificuldade, me sento devagar, na cama, e percebo que não há nada que indique um Gael ainda presente.

Aquilo faz meu coração palpitar levemente.

Não há mais garrafa de vinho no chão, não há mais taças. Eu vou até a sala, vejo a divisão da cozinha. Não há mais os sapatos de Gael, muito menos sua mochila.

Nada.

Gael foi embora.

Antes que eu possa correr para o quarto para pegar meu celular, pelo desespero que já me alcança, em pensar que ele possa ter se chateado com alguma coisa, vejo algo que me chama atenção.

Em cima da minha mesa...

Quando me aproximo, observo um papel branco, dobrado, e uma caixinha azul-marinho ao lado.

Mas não é apenas isso.

Quando me aproximo e abro o papel, outro papel, uma tira longa, cai de dentro dele, batendo no chão. Meu coração está acelerado a ponto de eu achar que estou tendo um ataque cardíaco.

A tira de papel é, na verdade, uma passagem.

Uma passagem para Lipa.

Sentindo os dedos trêmulos, pego a caixa azul-marinho e a abro, sentindo meus olhos se encherem d'água quando percebo o conteúdo em seu interior.

São duas alianças. Uma aliança de ouro branco, moldada em tranças polidas, e outra completamente lisa.

Gael sabe que sempre gostei de usar anéis assim, um pouco mais trabalhados e o outro imagino ser para ele.

Tentando controlar meu tremor, pego a carta e, respirando fundo, começo a lê-la.

Meu anjo...

Vivi dias longe de você o suficiente para entender um pouco sobre aquele clichê de filmes, em que dizem que as distâncias não aniquilam o amor.

No meu caso, só intensificaram.

E acredite, eu nunca te amei tanto quanto amo hoje.

Mas você sabe que eu sempre fui péssimo admitindo meus sentimentos.

Eu queria ser mais como você, Dimitri...

Queria ter a bravura de me declarar, como você sempre teve.

Porque quando se trata de amar, você me dá uma aula de coragem.

E foi a sua coragem que me inspirou a voltar e lutar por você, pelos (quase) trinta dias que nós tivemos.

Porque eu também tinha que lutar por nós, mas eu ainda não sou tão corajoso assim...

Eu ainda tenho muitos medos.

E um deles é ficar longe de você por mais doze meses.

Ou, fatalmente, por toda a minha vida.

Apesar de saber que distância nenhuma iria abalar o que eu sinto por você, porque nunca abalou, em nenhum dos 31.536.000 segundos em que estivemos longe um do outro.

Ainda assim, eu não gosto da ideia de estar em outro país enquanto a voz que eu quero ouvir cantar pra mim baixinho, antes de dormir, está tão longe de mim.

Então, se você se sentir pronto...

Vem para Lipa comigo, Dimitri?

40

ÚLTIMA CHAMADA

GAEL

Pego a carta dobrada, coloco a passagem dentro, depois deposito sobre a mesa. Ao lado, coloco a caixa de veludo azul-marinho, com duas alianças que comprei.

Alianças que não significam propriamente casamento nem noivado, mas, sim, um elo que desejo ter com ele.

E as duas estão ali.

Para mim e para Dimitri.

Olho para os itens dispostos por alguns minutos, respiro fundo. Nunca consegui falar sobre minha partida com clareza, porque sempre estive nervoso por esse momento.

Por esse pedido.

Em toda minha vida, sequer pensei em morar com ninguém ou ir além disso, mas, com Dimitri, essas vontades aparecem, multiplicam-se e me preenchem e tomam minha mente.

Ele resmunga baixinho no quarto e, dando um passo para trás, vejo-o pela porta aberta. Dimitri vira na cama, ajeitando-se para o outro lado e continua a dormir depois de jogar a coxa grossa por cima de um travesseiro, mas sei que irá acordar em breve, porque precisa trabalhar mais tarde.

Sem coragem de ver sua reação ao meu pedido e pensando que devo dar tempo a ele, para que pense sobre o assunto, deixo sua casa, esperando que ele me encontre no aeroporto para, dessa vez, ir embora comigo.

Peço um carro pelo aplicativo e xingo um "vai tomar no cu" alto, na calçada, quando a bandeira está vermelha e a corrida acaba custando o dobro do que normalmente custaria. Estou tentando não ser muito muquirana ultimamente, mas é difícil me livrar de velhos hábitos.

No caminho para casa, penso sobre o que pedi a Dimitri na carta e penso sobre o quanto meu pedido pode assustá-lo, por ser tão abrupto quanto estou acostumado a ser.

É outro hábito que não consigo me livrar.

Pego meu celular e envio mensagens para ele, enquanto o motorista está parado num engarrafamento.

Eu:

Você pode decidir até o dia da minha viagem... 12:07

E isso não é um ultimato. 12:07

Como eu já disse, nós temos opções. 12:07

Namoro à distância, chamadas de madrugada, mensagens durante o dia, no meio do nosso expediente. 12:08

Podemos nos acostumar com isso. 12:08

Mas eu não vou mentir... 12:08

Eu quero você comigo. 12:08

Em carne e osso, por mais do que apenas trinta dias. 12:09

É muito difícil delimitar coisas dentro de um relacionamento.

Lendo as mensagens, respiro fundo e penso em como é exaustivo ser cuidadoso para não ser tóxico e possessivo, ao mesmo tempo, demonstrar que você realmente ama a pessoa e precisa que ela entenda que você a quer.

Então, eu respiro fundo, olhando para a estrada que se inicia, quando o carro sai do engarrafamento e ganha velocidade. Ali, me pego pensando sobre meus limites.

Penso sobre tudo que passamos.

O quanto destruímos um ao outro.

O quanto perdoamos um ao outro.

Mas esses são *meus* esforços.

É o que eu consigo fazer por nós dois.

Eu consigo chegar até aqui...

Mas não posso dar passos por Dimitri, tampouco consigo forçá-lo a andar por mim.

O dia da minha partida chega.

Dimitri e eu estamos conversando apenas por mensagens de texto.

Meu anjo:

Recebi tudo... Eu não consigo parar de chorar, Gael. 13:13

Preciso pensar sobre isso. 13:13

Mas independente de qual seja minha resposta, eu vou estar no aeroporto, na hora do seu voo. 13:13

Te amo muito. 13:14

Foram as últimas mensagens que recebi dele. Confio nele, sei que estará lá, mas imaginava que minhas horas finais em Astra fossem um pouco diferentes.

A verdade é que, se sua resposta for uma negativa, queria poder ter ele comigo até o último segundo, mas não sei o que ele dirá, só sei que isso está sendo mais difícil para Dimitri do que eu pensei que seria.

Na minha mente é tudo tão fácil.

Ele aceita, moramos juntos, pronto...

Mas não quero ser babaca a ponto de descartar todos os seus gatilhos, traumas, inseguranças e processos. Não quero ser esse cara. Ainda assim, a falta de clareza da sua parte fere demais.

É um paradoxo doloroso.

Tentando não me torturar nas últimas horas em que estou perto do meu pai, tomo um banho, coloco a roupa que separei para o aeroporto, a mesma camisa social que fui ao casamento de Victor. Aquele botão ainda está quase estourando, mas tudo bem.

Coloco minha mala na sala, meu casaco sobre o sofá e arrumo meu passaporte, chaves, celular e carregador, para ficarem na minha bolsa transversal, de couro preto, que também jogo no estofado. Então, meu pai, que faltou ao trabalho só para ficar comigo hoje, olha para mim com aquela cara bruta de choro.

— Eu sei que o senhor tem problemas com despedidas, meu velho. — Rio, enquanto recebo um abraço apertado do meu pai. — Então, eu vou sozinho e, quando chegar lá, você atende à ligação nesse celular bonito que eu te dei, tá bem?

— Ah, meu filho... — Meu pai chora, dando aquelas suas fungadas violentas. — Eu te ensinei a ser muquirana, não devia ter comprado um celular tão caro pra mim... Eu nem sei usar...

Acabo gargalhando com seu comentário, enquanto desfazemos o nosso abraço.

— Ano que vem, eu trago só uma bala, pra compensar.

Meu pai ri e volta a me puxar para mais um abraço.

— Por favor, volta logo pra casa — ele pede.

Aquilo me desmonta.

— Vá passar suas férias comigo. — Pego a bolsa de couro e passo pelo meu corpo. — Ok? Programe com Marina. Meu apartamento é um ovo, mas vocês podem dormir na minha cama.

— Tá bem, meu filho. — Ele me puxa para mais um abraço, que eu retribuo com força.

— Te amo, seu velho nervoso.

— Você vai ficar igual a mim, não se engane, meu filho...

Eu rio com o seu comentário, enquanto recebo os seus tapas brutos, mas carinhosos, nas minhas costas.

A cena se repete...

Eu estou sozinho no aeroporto, porque prefiro assim. Eu me despedi de todas as pessoas que consegui, porque essa hora nunca é a minha favorita. Dar adeus a alguém e depois pegar o avião parece doer um pouco mais do que me despedir com calma, em casa, então eu sempre achei que seria melhor estar só num momento como esses.

Mas hoje não.

Hoje, eu não quero estar só, porque alguém deveria estar aqui comigo.

Eu pedi para que estivesse...

Ainda assim, continuo sozinho.

E penso que isso deve ser algum tipo de penalidade divina, por toda destruição que causei da última vez que estava esperando um voo para Lipa.

Ansioso, olho para os lados, esperando ver a pessoa, esperando Dimitri aparecer, mas ouço algo que não queria ouvir. Ainda não.

— Chamada do voo para Lipa. Vinte minutos para o embarque final, no portão sul.

Ainda não é a última chamada, parece a penúltima, mas estou nervoso, então resolvo ir devagar até lá.

Respiro fundo, me levanto e, já tendo despachado minha mala grande, seguro na alça da minha bolsa transversal e sigo para o portão.

Antes que eu possa chegar à atendente que irá pegar meu passaporte, o filme se passa novamente, na frente dos meus olhos.

Ele veio. Está aqui.

Mais uma vez, eu vejo Dimitri correndo através dos vidros.

O mesmo peito vermelho, os mesmos olhos marejados.

Como ainda não passei pelo primeiro portão de embarque, ele consegue me alcançar e, longe demais, vejo a figura de Eric, que permanece distante de nós dois.

Ele nos observa e cruza os braços, parecendo querer nos dar privacidade, pois está muito distante e apenas acena com a cabeça para mim.

Eu aceno de volta e, no momento seguinte, estou tocando nos braços de Dimitri, que correu e agora bate o tronco no meu, porque está nervoso.

— Me perdoa, meu amor… — Dimitri diz, chorando e soluçando com tanta força enquanto segura meus braços, que eu tenho medo que esteja passando mal. — Eu pensei até o último segundo… Eu pensei… até agora mesmo… — Sua boca treme, seus dedos desesperados me apertam. — Me perdoa, por favor, Gael, me perdoa… — Sua cabeça balança negativamente, e ele volta a soluçar com violência por alguns segundos e, antes que sua boca se abra novamente, já sei o que vai dizer em seguida:

— Eu não consigo… Eu não posso ir com você, Gael — as palavras saem de sua boca, e Dimitri acaba se ajoelhando no chão, porque está sem ar, pelo tanto que chora.

Eu o acompanho e abaixo.

— Calma, Dimitri, respira… — Também choro, mas preciso que ele fique bem, que volte ao normal.

Aquilo está sendo muito mais destrutivo para ele do que para mim.

Penso em toda sua vida. Na forma violenta que Dimitri passou seus dias, de seus pais que sempre o trataram tão mal.

Minha praticidade faz com que eu esteja tão longe de entender o que ele sente agora, e eu sei que também sofro por essa situação, também está doendo, mas ele externaliza quase por necessidade, enquanto eu internalizo todas as reações que possuo.

Nunca consegui demonstrar e nem chorar como ele, mas, nesse momento, só preciso que ele respire.

— Meu anjo, olha pra mim… — Seguro em seu rosto choroso.

Seus olhos estão vermelhos e sua boca inchada não para de tremer.

— Por favor, não volte a me odiar… Não fique com raiva de mim, Gael — ele suplica.

— Eu nunca odiei você, Dimitri. — Sentindo meu rosto arder, com as lágrimas que caem, puxo meu namorado, até que seu rosto esteja no meu peito e eu consiga abraçá-lo com força.

Ele chora por mais alguns segundos, seu abraço é fraco, mas seus soluços são fortes. Dimitri descola o rosto do meu peito e olha para mim. Passo o dorso do polegar na sua bochecha cheia e o puxo para mais perto, beijando seus lábios com carinho.

Há tanto a dizer. Precisamos fazer tantos planos, combinar tantas coisas, mas, naquele momento específico, não conseguimos.

Não há mais tempo.

Contidamente, também estou chorando. Estamos chorando porque nós nos destruímos mais uma vez e não conseguimos nos consertar.

Não vamos conseguir sozinhos.

E eu nem sei quem chamar para nos ajudar…

O último aviso de embarque soa.

Ajudo Dimitri a se levantar e me levanto com ele, devagar. Nós nos beijamos calmamente, com carinho e com dor, por todo tempo que perdemos. Pelos segundos eternos que temos ali, nos abraçamos, porque aquilo dói mais do que uma despedida normal.

Já passamos por isso. Sabemos o quanto fere.

Um homem se aproxima de mim e, educadamente, toca meu cotovelo, me avisando que eu devo pegar o avião naquele momento.

Eu beijo Dimitri mais uma vez, olho em seus olhos e lhe dou um sorriso quebrado.

— Nós vamos dar um jeito... — falo, mesmo não tendo certeza das minhas palavras e, depois do último beijo doloroso, ouço suas últimas palavras antes de seguir ao voo.

— Eu amo você, El.

— Também amo você, meu anjo.

Depois de me declarar mais uma vez, vou embora.

Eu entro no avião.

E, sentado na minha poltrona, choro silenciosamente até aterrissar em Lipa.

A viagem de avião dura aproximadamente duas horas e, depois de pedir um carro pelo aplicativo, já que meu carro está na garagem do apart-hotel, chego ao meu apartamento com tranquilidade, como era esperado.

Quando entro, coloco minha mala do lado da cama, a bolsa transversal sobre o colchão e, jogando o resto das minhas coisas ali, como chaves e celular, e sento-me sobre o edredom.

Eu me jogo no travesseiro, olhando meu teto sem graça, então respiro fundo.

O quarto é tão silencioso que me estrangula.

Alguns minutos depois, meu telefone toca. É Dimitri.

Parece que contou todos os minutos até ter certeza de que eu estaria em Lipa.

— Alô? — Atendo abrupto demais.

— *Você...* — Ele está fungando.

Parece que não parou de chorar até agora.

— *Você chegou bem? O voo foi... f-foi tranquilo?*

— Meu anjo, quando você vai parar de chorar?

— *Eu não sei...* — ele fala baixinho e soluça.

— Por que está assim? — Sei que a situação é delicada, mas preciso que ele desabafe, que fale comigo.

— *Eu te machuquei tanto, Gael... E agora machuquei de novo. Quando... Quando eu vou parar de te machucar?*

Quero negar suas palavras, mas, sentindo a dor que eu estou sentindo, simplesmente não tenho forças.

— Tudo vai ficar bem, Dimitri... — é o que consigo falar. É nisso que eu quero acreditar. — Eu só... — Estalo a língua. — Quero entender o porquê de você não ter vindo comigo. Por que não aceitou...

Consigo ouvir Dimitri respirando do outro lado da linha.

Inquieto.

— *Meu amor...* — ele fala em pausas. — *Foi tudo tão abrupto... Você é tão abrupto... Tão impulsivo... sempre foi assim...*

É uma verdade que dói, mas não posso dizer que Dimitri está errado, ainda mais quando, há mais de um ano, aceitei um contrato de trabalho e fui embora, sem nem mesmo conversar com ele, sem nem mesmo me despedir.

A impulsividade anda abraçada comigo.

— *Eu tenho tanta coisa aqui. Meu apartamento, meu emprego, meu tratamento... Gael, as coisas não se resolvem assim. Não são do dia para noite... Eu nem mesmo...* — Ele volta a chorar, soluçando baixo. — *Eu nem mesmo consegui me curar. Nós não estamos curados... Foram trinta dias maravilhosos, e eu viveria tudo aquilo de novo com você, mas...* — Seu choro toma um pouco mais de força. — *Foram só trinta dias, meu amor...*

Eu começo a chorar silenciosamente, porque não quero que Dimitri saiba que eu estou tão destruído quanto ele.

Eu realmente acreditei que ele viria comigo.

E, apesar de todas suas palavras serem tapas silenciosos no meu rosto, acreditar que ele estaria comigo agora, neste segundo e no meu apartamento pequeno, é o que mais dói.

— *Você ainda acredita... que eu te amo?* — Dimitri pergunta, quando não consegue mais lidar com o meu silêncio.

Ou com o som do meu choro baixo.

Aquilo me faz rir, mas é uma risada amarga. Confusa.

Se ele sofreu tanto por mim, por que não está aqui agora?

Ainda assim, eu quero acreditar, quero compreender seus motivos, quero entender que, realmente, fui abrupto.

Novamente, estou imerso no meu paradoxo doloroso.

— Acredito... — respondo, tentando não deixar a frustração me derrotar.

A ligação silencia. Passamos alguns segundos apenas ouvindo a respiração um do outro, até eu quebrar o silêncio.

— Você quer terminar? — pergunto, sentindo muito medo de sua resposta.

Mas ele me acalma, depois de estalar a língua, quase irritado.

— *Não foi você quem disse que nós temos outras opções? Que podemos continuar?*

Mesmo com minhas palavras afirmando que podemos dar continuidade à nossa relação, eu sei que as coisas funcionam de uma forma na teoria.

Já na prática...

São bem mais difíceis.

Entretanto, me sinto inegavelmente aliviado por perceber que, mesmo distante, Dimitri quer tentar.

— Então, podemos?

— *Nem que eu tenha que te acordar às 5:00 da manhã todo dia, só pra dizer que te amo, El...*

Eu rio baixo, imaginando Dimitri saindo do trabalho e ligando para mim, no meio da madrugada.

— Por favor... Não faz isso.

Ele dá uma risada esganiçada, no meio do choro, do outro lado da linha.

— *Vou esperar você estar acordado, prometo...* — fala, enquanto funga baixinho.

E parece que a mão invisível, que pressionava violentamente meu coração, segundos atrás, está afrouxando o aperto aos poucos.

Mais um momento de silêncio se passa, mas nós não queremos desligar. Parecemos ter necessidade desse contato.

Parecemos ter medo de quebrar mais alguma coisa entre nós dois.

— Dimitri... — chamo seu nome, meu tom está fraco.

— *Oi.* — O dele está igual.

— Nós ainda temos conserto? — exponho o que vibra na minha mente.

Dimitri solta o ar lentamente.

— *Temos. Mas...* — Funga baixinho. — *Você precisa fazer como eu...*

Quando silencio, confuso pela sua fala, ele continua:

— *Precisa de ajuda.*

A conversa segue com ele me explicando o que tem feito na terapia e como sua psicóloga o ajudou durante o ano que ficamos separados.

Queria ter tido essa conversa com ele enquanto estava em Astra. Teria me ajudado a entender melhor como sua mente funciona. Como ele aguenta muito mais emoções do que eu, como as suporta muito mais, mas como transborda o tempo todo, porque elas fazem dilúvio diário dentro de si.

E eu entendo que sou uma pedra, mas Dimitri parece ser feito de areia. Desmancha com facilidade, então se perde. No entanto, é doloroso descobrir o quanto ele tenta se refazer o tempo inteiro.

Está sempre lutando para não perder sua forma, sua essência...

É completamente justo que eu procure ajuda para ficarmos bem, uma vez que qualquer um de nós pode perder sua forma a qualquer momento, e eu já estive bem perto disso.

Mesmo no telefone, nossa despedida é dolorosa, carregada de incertezas. Quando nossa ligação finaliza, lembro-me de conferir se tudo no meu apartamento está do jeito que estava, quando eu fui embora.

Com meu celular ainda em mãos, verifico todas as fotos que tirei, antes de ir embora. Fico aliviado ao perceber que pelo menos minha casa está no lugar.

Já meu coração...

Não sei dizer.

41

CHAMADAS DE VÍDEO

O trabalho me chama.

Quando volto ao escritório, cumprimento todas as pessoas e chego a receber até alguns apertos de mão animados. Sento-me à minha mesa e sinto o conforto de ter meu próprio canto de volta.

Minha cadeira, meus papéis, minha mesa de desenho, meu computador, meus lápis. Tudo está ali, do mesmo jeito que eu deixei.

— Oi, Gael! — é a voz da minha chefe se aproximando, com seu cabelo — longo e loiro —, agora completamente solto.

— Como foram as férias?

Lindas, quentes, intensas, mas dolorosas.

É o que penso em responder, mas a poupo do drama.

— Foram legais, matei a saudade do meu pai e de alguns amigos.

Quero falar de Dimitri, mas sempre fui reservado quanto aos meus namoros, então não vejo necessidade de espalhar sobre meu relacionamento, a não ser que alguém dê em cima de mim.

Nesse caso, bato o "crachá de comprometido".

— Que bom. É agora que você vai começar a sair com a gente pra beber?

Quando ouvem sobre bebidas, alguns colegas olham para mim, rindo, e erguem suas canecas de café. Lógico que não estão falando de café, mas aquilo me faz rir.

— Talvez, qualquer dia... — falo, mesmo não querendo sair.

Não sou bom em socializar.

— Legal. — Saori sorri. — Mas, antes da bebedeira, tem muito trabalho te esperando... — ela fala, com a voz misturando uma preocupação com culpa.

Mas eu me sinto feliz em saber que sou útil a ponto de terem trabalhos que só confiam em mim para realizar.

— Tudo bem, eu estava com saudade de desenhar — falo calmo, então ela sorri.

No mesmo momento, a tela do meu celular se acende sobre a mesa. É uma notificação de um aplicativo que me lembra de beber água o tempo inteiro.

Mas, junto à notificação, ela vê outra coisa.

Uma foto em toda extensão da minha tela.

Nela, Dimitri está sorrindo, os olhos estão espremidos e ele quase beija a tela. Eu estou beijando a lateral de sua testa, próximo à têmpora. É fofo *pra caralho*, minha foto favorita de nós dois.

— Quem é? Seu namorado? — sua pergunta soa levemente surpresa — tem alguma coisa no seu tom que eu não consigo identificar.

Eu sorrio pequeno, mas me sinto inseguro.

O tempo todo, não consigo parar de me perguntar se ele não veio à Lipa porque, na verdade, não me ama o suficiente para isso. Um pensamento inevitável, que eu luto para afastar. É um veneno que eu tento cuspir, mas o gosto continua na minha boca.

— É, sim — respondo, torcendo para que isso não mude nos próximos meses.

Passam quase duas semanas desde que cheguei à Lipa.

Eu e Dimitri nos falamos o tempo todo, mas quando ele pode conversar — perto das 10:00 e ele não consegue dormir —, eu não posso, porque estou começando o expediente no trabalho.

Aos finais de semana, quando eu acordo, ele está dormindo, pois parece que seu sono está desregulado e cortado, então às 16:00 ou 17:00, que é quando costuma acordar, nós mandamos alguns áudios e conversamos por mensagens, mas não conseguimos fazer uma ligação longa.

É o tempo que ele tem para arrumar o apartamento, fazer algo para comer e se preparar para se arrumar para o trabalho. Desse modo, acabamos combinando de fazer uma chamada de vídeo na quarta-feira, dia da sua folga, comigo concordando em não ir à academia depois do trabalho, porque posso compensar no final de semana.

Quando chego em casa, perto das 19:30, largo minha bolsa numa cadeira ao lado da cama e, nervoso, pego meu PC e ando até minha mesa de estudos.

Afasto meus desenhos, coloco o notebook ali e o ligo, esperando a tartaruga idosa despertar totalmente. Meu notebook do trabalho é bem melhor e, às vezes, eu o trago para casa quando tenho trabalho demais acumulado, mas, hoje, como estava nervoso por essa chamada, não consegui pensar nisso.

Antes de comer ou beber alguma coisa, pego o celular e mando uma mensagem para Dimitri.

Eu:

Tudo certo? Posso ligar? 19:32

Meu anjo:

Pode, meu amor. 19:32

Em seguida, inicio a chamada, e ela toca apenas duas vezes, então Dimitri aparece, do outro lado da tela, vestindo uma camisa preta, longa e... *minha*.

As coxas estão aparecendo, e ele cruza as pernas como criança, segurando um grande pote de macarrão instantâneo. Seu notebook está sobre a cama, e ele está ajeitando a câmera, então acabo rindo quando consigo ver seu rosto com propriedade, porque o seu cabelo está todo para trás, graças a um arco preto, e ele tenta segurá-lo para conseguir comer.

Ele está fofo e come sem parar.

— Já vou ter que voltar para Astra. Preciso cozinhar pra você — digo, implicando com sua comida industrializada. Dimitri sorri, enquanto enfia o garfo no macarrão e come.

— *Pode voltar agora* — ele brinca.

Solto uma risada nasal baixinha.

Eu queria, Dimitri... Queria poder voltar.

— *Você já comeu?* — pergunta meio preocupado, mas com a boca cheia, fazendo suas bochechas ficarem ainda maiores.

Queria apertá-las.

— Ainda não... — falo meio sem graça. — Eu vim correndo pra... — Pigarreio, tentando não parecer o desesperado com saudade, que já estou parecendo. — Pra poder falar com você.

— *Amor...* — ele parece me repreender, coloca o garfo dentro do pote e olha para mim, sério.

Na verdade, ele tenta ficar sério, porque não consigo levar muita fé naquele bico enorme.

— *Vai, pega o notebook e vai pra sua cozinha. Aproveita e me mostra o lugar...*

Eu rio com sua postura mandona de sempre, mas obedeço. De forma engraçada, sinto como se estivesse levando Dimitri para conhecer o apartamento e, mesmo com a visão limitada, ele consegue ver algumas paredes.

Na verdade, não há muito para mostrar. Chego a me sentir sem graça por isso.

Quando chegamos à minha cozinha pequena, que se assemelha à sua em tamanho, coloco o notebook numa estante alta, e ele consegue ver do meu peitoral para cima.

— Acho que, da próxima vez, vou fazer uma chamada de vídeo pelo celular, pode ser? — pergunto, percebendo que o notebook torna as coisas um pouco mais complicadas.

Ele é velho e muito grande, então não existem superfícies fáceis para posicioná-lo e, com certeza, não consigo tê-lo comigo toda vez que precisar virar as costas.

— *Pode amor* — Dimitri fala para as minhas costas, porque eu estou virado, caçando alguma coisa na geladeira. — *O que vai fazer?*

— Carne com cebola, um pouco de arroz frito e legumes no vapor.

Dimitri, que havia voltado a comer o macarrão, olha para mim com cara de choro e desânimo.

— *Meu jantar acabou de ficar muito sem gosto...*

Eu solto uma risada baixa.

— Desculpa, da próxima vez, eu finjo que é um macarrão cheio de sódio, pra você não ficar se sentindo mal.

— *Eu agradeço* — ele diz, num sorriso pequeno e meio debochado.

E pensar que, quando morava na casa do meu pai, não ligava muito para alimentação. Hoje, virei um velho chato e minucioso, que toma cuidado com tudo que ingere.

Enquanto eu continuo a cozinhar, percebo o quanto estou travado, o quanto é meio estranho fazer aquilo. Nós ainda não desenvolvemos total desenvoltura, então a conversa ainda parece meio mecânica, com vários momentos silenciosos, mas é claro que estamos tentando fazer dar certo.

Mas é a nossa primeira experiência com isso... Com namoro à distância.

Ainda não sabemos como fazer acontecer, mas vamos descobrir.

— *Como foi seu dia?* — Dimitri pergunta interessado, depois de ter terminado de comer, enquanto coloca o pote na mesa de cabeceira ao lado da cama e me dá total atenção agora.

Eu começo a montar meu prato devagar, separando guarnições em um pote menor.

— Foi bem cheio, mas eu só desenhei, não teve nada de emocionante... — falo, pegando o prato, o garfo e o pote menor. — Peraí, já venho te buscar.

Saio da cozinha, ouvindo a risada de Dimitri, enquanto vou até a pequena mesa de refeições que tenho perto da divisão do quarto e cozinha, colocando o prato e o pote ali, depois volto.

— *Para de me deixar sozinho, eu tenho medo* — ele brinca.

— Me perdoa, meu anjo, não vai se repetir — digo, abrindo a geladeira e pegando uma das minhas garrafas pequenas de água. — Vamos?

Dimitri sorri, confirmando com a cabeça, enquanto eu pego o notebook e o levo para a mesa. Coloco a garrafa d'água ao lado do prato e, em seguida, um livro grosso, colocando na mesa e posicionando o notebook sobre ele.

Eu me sento na cadeira, me ajeito e começo a comer, enquanto Dimitri olha para mim.

— *Olha...* — ele ri, vendo todo o esforço que eu estou fazendo com o notebook. — *Computadores estão proibidos nas nossas ligações.*

Cheio de carne na boca, controlo uma risada, concordando com a sua fala.

— E o seu... — Engulo com pressa. — E o seu trabalho ontem, como foi?

— *Ah...* — ele diz, puxando uma coberta e cobrindo suas coxas bonitas, depois posicionando o cotovelo no joelho e o queixo na palma da mão. — *Terça-feira é sempre meio vazio... Pegamos dois caras transando no andar de cima... Eles nem pagaram pelas cabines privativas, quiseram fazer entre os clientes. Pablo expulsou eles, como sempre.*

— 90% de limite para putaria — comento, segurando o riso, com a boca cheia de carne.

— *Os outros 10% são no motel. Ou que paguem pelas cabines...* — Dimitri completa.

Enquanto eu termino de comer, preciso me controlar para não rir e não cuspir comida na tela do notebook. É gostoso perceber que, mesmo levemente travados, ainda conversamos bem, ainda temos assunto.

Eu termino de comer, bebo a água inteira e respiro fundo, olhando para Dimitri com certa ansiedade. Quero escovar os dentes e me deitar, mas não quero finalizar a chamada.

— Você espera um segundo? Quero escovar os dentes e ir ao banheiro.

— *Uhum...* — ele confirma, com aquele sorriso meigo. — *Vou fazer o mesmo.*

— Então, cinco minutos e... contando.

Dimitri dá uma risada baixa e sai da cama, ao mesmo tempo que eu.

Conseguimos voltar à ligação em sete minutos e meio, então acabamos comentando sobre isso e rindo, porque calculamos mal o tempo. Como pensei antes, é a primeira vez, então ainda estamos nos habituando.

Quando falo para ele que quero me deitar, ele concorda e também se deita, colocando o notebook na frente do seu rosto, enquanto eu faço o mesmo. É estranho, mas parece uma propaganda enganosa de que estamos deitados na mesma cama.

Enganosa porque não tem o corpo dele no meio do meu abraço...

— *Você sabia que existem aplicativos para ver filmes? Nós podemos ver juntos e dar play ao mesmo tempo...* — Dimitri comenta, parecendo animado e com o cabelo loiro, liso e escorrido, caindo pela sua testa inclinada sobre a cama, pois tirou o arco para deitar.

É tão fofo...

— Legal, amor. Você já tem alguma coisa em mente?

— *Podemos ver alguma coisa do seu diretor favorito.* — Ele ri, sabendo que os filmes do cara são bem loucos. — *Você quer ver?*

Eu confirmo devagar, sentindo meu corpo cansado.

— Quero, mas outro dia. Hoje, eu... — Respiro fundo. — Eu quero só olhar pra você.

Dimitri joga o cabelo para trás devagar e me dá um sorriso melancólico, saudoso.

— *Eu também...* — confessa.

Mais um momento de silêncio.

— *Você...* — Ele parece levemente apreensivo. — *Conseguiu ver alguma coisa sobre a terapeuta?*

— Ah... — Pigarreio, ajeitando o travesseiro embaixo da minha cabeça. — Sim, eu comecei a procurar. Só estou tendo um pouco de dificuldade.

— *Com o quê?* — pergunta preocupado.

— Achar alguém que atende nos finais de semana... Durante a semana é um pouco difícil por causa do trabalho, academia e, agora, você.

— *A terapia tem que vir antes disso tudo. Você sabe, não é?*

— Eu sei... — confirmo com a cabeça, puxando o cobertor para cima do meu peito. — Mas gostaria muito de conseguir encaixar um psicólogo no final de semana e continuar fazendo tudo que eu já faço, antes de ter que mudar minha rotina.

Dimitri silencia, mas concorda. Então, volta a falar.

— *A Petra atende nos finais de semana...*

A ideia não me parece boa.

— A sua terapeuta?

Dimitri confirma.

— Não sei, Dimitri... Não é antiético? — pergunto calmo, porque não quero parecer agressivo.

— *Eu não sei... é?* — Ele parece realmente inocente quanto a questão.

— Sim — confirmo. — E se não fosse... seria muito estranho. A não ser que você ceda a mulher exclusivamente pra mim.

— *Nem ferrando...* — Dimitri fala segurando o riso.

E eu acabo rindo também. Sei como ele adora a psicóloga e, apesar de eu saber que ele está brincando, nunca passou pela minha cabeça separá-los.

— Mas eu vou achar alguém, não se preocupe...

Ele me lança mais um sorriso bonito e pequeno, através da câmera, e confirma com a cabeça.

Nós continuamos ali, conversando enquanto eu sinto meu corpo ceder, gradativamente, ao cansaço. Eu não percebo, mas o que era para ser uma ligação de alguns minutos torna-se uma chamada de horas.

Mesmo que fiquemos calados, hora ou outra, nossa necessidade de contato não diminui, ainda que estejamos sentindo um leve estranhamento, pela situação nova.

Quando o silêncio se torna desconfortável, nós falamos de algo aleatório, só para ninguém ficar se sentindo mal. Nossas tentativas de conversa, todas bem-sucedidas, fazem as horas passarem sem que eu perceba.

Ao olhar para o relógio, me assusto ao ver que já são 00:45, porque costumo dormir um pouco mais cedo, mas não quero comentar com Dimitri. Não quero desligar, no entanto meu corpo não me obedece e eu começo a pestanejar.

— *Amor, pode desligar* — fala baixinho, quando estou com os olhos tão fechados que não consigo mais abri-los.

— Pode desligar você... — eu falo, num resmungo sonolento. — Eu não tenho coragem.

Ouço a risada baixa de Dimitri.

— *Então, fica combinado?* — sua pergunta me faz abrir os olhos levemente. — *Chamadas todas às quartas? E outras chamadas quando, por milagre, estivermos livres ao mesmo tempo?*

Sorrio grande, meio bêbado de sono, quando percebo que ele, tanto quanto eu, quer repetir aquelas chamadas. Quer manter o contato estreito comigo.

— Sim, meu anjo... — respondo baixinho, meio rouco, com os olhos fechados de novo.

Então, poucos minutos depois, caio no sono. Sem que eu perceba, Dimitri desconecta e me deixa dormir.

No outro dia, leio algumas mensagens dele, que recebi assim que desligou, fazendo com que essa maratona de videochamadas tenha valido a pena. Elas se tornam algo que eu realmente quero repetir quantas vezes forem necessárias.

Meu anjo:

Eu só consegui desligar quando você dormiu.
E, mesmo depois de você dormir, fiquei te olhando por alguns minutos...
Não como um maníaco, apesar de você saber do meu passado, kkkkk
Mas fiquei te observando como alguém que te ama demais e está com muita saudade.

E eu quero estar nessa cama com você, meu amor.
Só Deus sabe o quanto.
Mas eu quero estar aí inteiro e eu ainda não estou.
Mas eu te prometo, Gael...
Eu vou ficar.
Eu amo muito, muito você. 01:13

42

SÚPLICAS E INSEGURANÇAS

Lipa, sete meses depois

Uma chuva agressiva cai nas ruas de Lipa.

Felizmente, consigo entrar na garagem do prédio onde trabalho e chegar ao escritório da Seven Lines sem me molhar, mas, pela janela do meu andar, sinto pena das pessoas que estão correndo na rua.

Já chove há alguns dias, quase um mês, e o tempo está cada vez mais frio. Faltam uma ou duas semanas para o inverno, então preciso me lembrar de trazer meu sobretudo todos os dias ou passo um *frio filho da puta* no escritório.

Não entendo por que, mesmo com esse tempo, eles mantêm o ar condicionado ligado. Economizariam mais dinheiro se desligassem essa porra.

Tentando não pensar no frio, coloco a bolsa na minha mesa, no canto, para não me atrapalhar, então me sento, tiro o celular do bolso e respondo às mensagens que não consegui responder de manhã, porque acordei atrasado.

Meu anjo:

Leia e Luna começaram a namorar ontem, depois de enrolarem por meses... 05:22

Por que toda pessoa que trabalha no bar se apaixona por alguém no pole dance? 05:22

Eu:

Não é o pole dance em si... 10:15

É a pessoa nele. 10:15

Sorrio meio melancólico, pensando em como daria tudo para poder ver Dimitri dançando num pole dance para mim, naquele exato momento.

Quando não estou num relacionamento ou não nutro ligação por ninguém, não ligo para sexo e nem sinto necessidade de transar o tempo todo. A masturbação esporádica sacia minha libido, mas agora a situação é outra.

Eu namoro e sou completamente louco por Dimitri.

Quero o corpo dele o tempo todo, faria sexo todos os dias, adoraria estacionar numa rua deserta e sentir seus lábios quentes em lugares que ele já conhece tão bem.

Além disso, as fotos que Dimitri tem me mandado — quase todos os dias — nos últimos meses...

Bem, elas não me ajudam. Em nada, na verdade.

Não gosto de fotos em si, não quero fazer nada com as imagens, e elas só me frustram, porque não o tenho ali comigo.

Tiro os olhos da minha galeria, onde eu visualizo imagens recém-recebidas dele e dou zoom em sua boca, porque a acho extremamente linda, e ouço uma voz feminina que me chama.

— Gael? — ela diz, encostando o corpo ao lado da minha mesa. — Temos essa história para ser redesenhada, para uma *comic* que vai ser lançada daqui a quarenta e cinco dias... — Ela me entrega um projeto impresso, pelo qual passo os olhos. É um BL de Aiboon, e eu preciso fazer o desenho base de sua releitura.

— Um monte de pênis de novo? — questiono desanimado.

Não era com isso que eu imaginava trabalhar quando aceitei esse emprego.

— Prometo que o próximo contrato de revista de ação, sem pênis, é seu, ok? — Ela ri, sentindo pena de mim. — Mas esse contrato é bem grande... do tamanho disso aqui... — Então, aponta para um pau enorme que, com certeza, não caberia em buraco nenhum.

Eu acabo rindo do seu comentário e, sem poder fazer mais nada, começo o trabalho de redesenhar os quadrinhos, que possuem uma arte sem muito refinamento e técnica. São cento e cinquenta páginas que me darão muito trabalho, mas se eu me concentrar, sei que termino todos os desenhos em menos de duas semanas.

— E como prêmio — ela diz, sorrindo com carinho —, todos nós seremos liberados às 17:00, para bebermos juntos. O que acha?

Mais uma vez, recebo um convite para sair com meus colegas de trabalho. Recusei todos os outros e penso em recusar esse também, pois me lembro de que hoje é a folga do Dimitri, e ele me espera às 19:00, para conversarmos por videochamada.

Mas também me lembro do que a psicóloga me disse na última consulta...

Para eu tentar fazer outro tipo de amigo. Ter outro tipo de contato.

Alguma coisa que não seja apenas meu namorado ou meu pai.

Às vezes, eu não gosto das consultas, porque acho muito perturbador essa ideia de socializar, já que eu estou vivendo há anos muito bem, enclausurado como um bicho dentro de uma caverna, mas estou tentando progredir, então, respirando fundo, olho para minha chefe.

— Tá certo... Só não posso beber muito e preciso ir embora às 19:00.

— Seu namorado é controlador? — ela brinca daquela forma carinhosa habitual, mas há uma pontada de reclamação em seu tom.

Às vezes, sinto que Saori não gosta muito do fato de eu ter um namorado. E não é pelo fato dele ser homem, nem por eu ser bissexual, porque a empresa é bem engajada em todas as causas LGBTQIAP+ possíveis, e minha chefe também.

É apenas por eu ter alguém. Uma pessoa.

Uma pessoa por quem sou estupidamente apaixonado e também sou fiel, não importa o que aconteça.

— A gente só consegue conversar direito uma vez por semana, na folga dele — dou uma explicação, mesmo que não precise. — Então, a gente se esforça pra dar certo.

— Deve ser difícil, né? Namorar à distância...

— É uma porra — falo, sem rodeios. — Eu sinto falta dele todo santo dia, mas nós estamos dando um jeito na distância, e é só uma fase curta — minto. Nós não temos previsão de dar jeito em nada, e eu não sei quando essa fase vai terminar, porque não é uma situação com resolução prevista. Não é um contrato de uma empreiteira, com data marcada para o projeto final ser entregue. É um relacionamento, em que duas pessoas quebradas tentam colar todos os cacos de si, que foram estourados no chão.

Foram sete meses de um longo trabalho e ainda estamos trabalhando.

Às vezes, parece infindável...

Mas ainda tenho esperanças de conserto.

— Bom, se não for atrapalhar vocês... vai com a gente. Dá tempo de socializar e ir pra casa, se você quiser.

Eu penso no assunto e respiro fundo. A cara séria da minha psicóloga vem na minha mente e eu acabo cedendo ao pedido.

— Tá beleza, vou, sim.

E eu espero que não seja uma merda.

Foco o meu trabalho. Estou terminando a 20ª página de desenho, quando sou chamado por Mai, uma das amigas próximas e, igual a mim, funcionária direta de Saori. Junto a ela estão mais três caras.

Hugo, um cara branco, baixo e gordo, que não deve ter mais de 24 anos, e tem um cabelo preto mais brilhoso que meu carro. É bonito e bem penteado, como se fosse cuidado pela mãe. Kenzo, um homem preto que tem lá seus 26 anos, não sei ao certo, com o tom quase igual ao meu. A diferença é que seu cabelo é crespo e curto. E por último, mas não menos importante, Yves, um homem trans que está beirando aos trinta, mas sua pele marrom clara e seu cabelo castanho fazem com que pareça ter acabado de completar 20. Ele engana bem.

Todos juntos — e espero que não me odeiem por isso —, aguardam que eu termine meu serviço e me levante da minha mesa. Eu os faço esperarem dez minutos, porque estou desligando tudo e fechando minhas coisas, então, quando chego perto dos meus colegas, acabam rindo de mim.

Eles me chamam de coisas como "viciado em trabalho", mas eu acabo rindo junto, porque não tenho como refutar ninguém.

Eu até gosto de ser viciado em trabalho, porque assim consigo passar menos tempo perto de humanos. Quando eu falo esse tipo de coisa para minha psicóloga, ela fica um pouco chateada.

Mas, dessa vez, dou o braço a torcer...

Vamos a um bar ali perto, no térreo do prédio vizinho, e acabo descobrindo que não é tão horrível assim sair com colegas de trabalho que eu conheço há quase dois anos. Surpreendentemente, gosto da companhia deles, e eles me fazem rir. De verdade. Eu não preciso fingir que estou achando as coisas engraçadas só por educação.

Falamos de muitas coisas como filmes, séries e, claro, os gibis que já passaram pelo estúdio. É confortável ter vários nerds perto de mim. Acho que a última vez que fiquei rodeado de pessoas que fediam à virgindade, como eu, foi no ensino médio.

No caso, agora estou quase virgem de novo.

Eu conto que Jhonatan Kauer já me deu um autógrafo, escondendo a parte que foi um garrancho enorme, e eles enlouquecem. Até ali, em outro país, o cara é aclamado.

— Sim, foi meu namorado que conseguiu pra mim... — falo orgulhoso, mostrando a foto de Dimitri, no meu celular, abraçado por Jhonatan e Nicolas, seu esposo. — Ele foi à boate onde ele trabalha.

— Seu namorado trabalha numa boate? — Yves pergunta, franzindo o cenho, enquanto eu bloqueio o celular e coloco sobre a mesa.

— Sim... Eu conheci ele lá.

— E você não fica inseguro, não? — Ele ainda parece inconformado com a informação.

— Não, é só um trabalho normal — falo, dando de ombros.

E, quando digo isso, percebo que já me peguei inseguro pelo emprego de Dimitri, uma ou duas vezes, mas chego a me assustar com a forma que não ligo para isso hoje em dia.

— E você ia tanto assim a boates? — Mai pergunta incrédula.

Aquilo me faz rir, porque eu não pareço muito o tipo de pessoa que é viciada em clubes noturnos.

— Eu tinha que ir, já que trabalhava lá — digo, dando de ombros mais uma vez, agora rindo.

— Trabalhava? — Yves lança mais uma pergunta incrédula.

Eu confirmo com a cabeça e continuo a rir, porque ele parece muito uma criança que é facilmente impressionada.

— E o que você fazia? — Mai continua curiosa.

— Ele era barman... — Saori responde, porque, com certeza, sabe de onde eu vim e analisou meu currículo centenas de vezes, antes de autorizar minha contratação.

— Sim... — confirmo. — Um barman muito bom, ok? — falo bem-humorado, sentindo o álcool me deixar levemente engraçado, enquanto miro a garrafa de cerveja pelo fim, na minha mão.

— Ah, não! Vai fazer drinks pra gente! — Kenzo fala, batendo a própria garrafa de cerveja na mesa.

Rindo meio tonto, balanço a cabeça negativamente, então olho para a tela do celular. Faltam vinte minutos para as 19:00, o que me faz começar a pedir meu carro por aplicativo, já que bebi.

Como o bar fica no térreo do prédio ao lado da Seven Lines, posso deixar o Surfista Prateado dentro da empresa e pegar no dia seguinte.

— Posso fazer — confirmo —, mas hoje não.

Todos soltam um "ahhhh" desanimado, o que acaba me fazendo rir, então, em menos de cinco minutos, o motorista chega.

Eu agradeço pela companhia de todos, peço para mandarem o valor da minha parte no grupo do nosso setor e, de uma forma estranha e nova, me sinto feliz por ter tido aquela oportunidade.

Até que as pessoas não são tão ruins assim, se você souber manter seus limites.

Talvez minha psicóloga fique orgulhosa.

Quando o carro para na frente do prédio, com a corrida já paga, dou boa noite ao motorista e saio correndo até a entrada, mas correr não adianta nada, porque minha roupa acaba ficando encharcada da mesma forma. Voltou a chover muito forte.

Quando chego ao apartamento, olho para a foto que Dimitri me ajudou a escolher. Dou um beijo na ponta de meus dedos, em seguida os encosto no rosto do meu pai e da minha mãe.

Faço isso todas as noites quando entro no meu apartamento silencioso, que se torna *não tão silencioso assim*, porque, na hora em que estou jogando meu casaco e bolsa sobre a cama, meu telefone toca.

É o toque de Dimitri e, quando atendo à sua videochamada, estou rindo. O álcool me deixou meio alegre, mas não atrasado.

— *Por que está rindo tanto?* — Dimitri acaba rindo também, só por me ver daquele jeito.

Ele está tão bonito. Sem camisa, enquanto seca o cabelo com uma das mãos e, com a outra, segura o próprio aparelho.

— Eu finalmente saí pra beber com um pessoal do trabalho e vim pra casa correndo te ver...

— *Amor...* — ele parece querer me repreender. — *Por que não me avisou? Podia ter ficado mais tempo lá.*

Dimitri vive me incentivando a sair com as pessoas do meu trabalho. Até porque ele sai sempre que pode, com Pablo, Vicenzo e Eric.

Até com Key, Luna e Leia.

Ele sempre foi mais sociável do que eu, não tenho dúvidas disso, mas sempre diz querer que eu tenha distrações da mesma forma que ele tem.

Que não dependam, claro, de fazer sexo ou enfiar a boca na língua dos outros, mas, sim, de viver e não depender dele para ter momentos felizes, apesar de saber como nossos momentos juntos são únicos.

É o que ele está tentando fazer e quer que eu também tente...

Hoje, eu tentei. Estou tentando.

Ele joga a toalha em algum canto.

— Foi a primeira vez que eu socializei depois de muito tempo, estava meio nervoso e, às vezes, eu não sei o que falar. Foi bom sair cedo...

Dimitri ri da minha total inabilidade social.

— *Estou feliz que você tenha saído. Como foi?*

— Eles fazem perguntas demais... — digo, colocando o celular numa bancada alta, enquanto começo a desabotoar minha camisa molhada, na frente da câmera.

Não é para ser erótico, nem nada disso, eu só preciso me livrar daquela roupa molhada, mas Dimitri parece perder a concentração, olhando para o meu corpo, enquanto tiro a minha roupa.

— É...? — ele fala, inconclusivo, como se estivesse em outro planeta.

Eu sorrio com o canto dos lábios e continuo tirando a roupa. Ele nem disfarça o quanto quer que eu continue com aquilo.

— Você está bem? — pergunto, fazendo-o rir envergonhado.

— *Desculpa... Mas você está fazendo um strip pra mim, não tinha como eu ficar normal...*

— Não é um strip... Minha roupa está encharcada... — falo rindo, tirando os meus sapatos e os chutando para o canto.

— *Mas podia ser... não podia?* — seu tom é quase suplicante. Ele coloca o celular na mesa de centro de sua sala e, apenas com uma toalha na cintura, senta-se na beira do sofá.

Consigo notar a tatuagem na sua costela com perfeição, entretanto suas pernas estão juntas, e eu não consigo ver nada sob o pano, mas Dimitri me provoca.

Ele solta a toalha e a deixa repousar por cima de suas coxas.

Ainda tampando tudo.

— O que você está fazendo, Dimitri? — pergunto, enquanto tiro meu cinto devagar.

O cinto cai no chão.

— *O mesmo que você...*

Eu solto uma risada nasal, balançando a cabeça negativamente.

— Eu não estou fazendo nada...

— *Então, eu também não vou fazer nada.* — Ele morde o lábio inferior, e eu consigo vê-lo apertando o sofá com força.

Sua toalha faz um movimento sutil, que não é causado por suas mãos.

Porra...

— Dimitri, por favor... — eu abro a calça, mas vou para o lado, sumindo da câmera.

Vou buscar uma toalha.

E tentar me acalmar, porque Dimitri sabe o que eu acho disso de sexo por videochamada.

Sabe que eu não gosto.

E depois que fazemos...

Bem, depois eu fico me sentindo um merda, porque fico paranoico demais com câmeras e *hackers*.

Quando volto, com uma toalha nos ombros, antes de ir tomar meu banho, ele está deitado no sofá, fingindo estar morto.

Mas com o pau duro.

— Amor? — eu o chamo rindo.

Ele continua fingindo que está morto...

— Vai morrer porque não gozou?

— *Vou* — é a única coisa que fala.

— Eu vou desligar, então, se você vai ficar morto.

Ele resmunga alguma coisa que eu não consigo ouvir e olha para mim com raiva, depois se levanta, deixa a toalha cair, então acabo vendo seu pau quando ele sai da frente da tela.

Sei que fez de propósito. Respiro *muito* fundo.

Ele volta alguns segundos depois, com uma cueca azul-clara e uma regata da mesma cor. O cabelo ainda está molhado.

— *Eu queria tanto que você gostasse de bater uma punheta enquanto eu bato uma pra você...* — fala, quase chorando.

Dimitri acha que é o único que está enlouquecendo.

— Me deixa desconfortável, meu anjo, já falamos sobre isso...

— *Tá bem, Bandile, tá bem.*

— Se me chamar assim de novo, eu nunca mais atendo às suas ligações. Meu nome é amor.

— *Você é muito irritante... amor.*

— Melhorou. — Dou um sorriso imenso, que acaba fazendo Dimitri gargalhar.

— *Queria estar aí bêbado com você.*

— Eu não tô bêbado.

— *Mas está alegrinho. Queria estar alegrinho com você.*

— Vamos poder em breve... E suas férias? Já pediu os dias ao Pablo? — toco no assunto mais uma vez. Já é a terceira vez, desde que vim para Lipa, que quase imploro para ele vir para cá.

Acho estranha toda essa demora, já que Dimitri pode solicitar férias a hora que quiser. Sei até que Pablo daria um ano de férias a ele, se pedisse.

— *Ah, não...* — Sua feição muda, parecendo culpada ou esguia. — *Eu me esqueci, amor.*

Aquilo me deixa levemente magoado.

— Eu te disse que vou te ajudar a pagar as passagens, não disse?

Esse é o tanto que estou disposto a vê-lo. Mesmo que ele tenha jogado fora o preço da última passagem que eu comprei, mas não o culpo por isso e nem posso.

— *Sim, sim... Mas eu vou ver isso a qualquer hora, ok?*

Qualquer hora?

— Por favor, veja logo...

— *Eu tô ajudando muito na boate... Não sei se é a melhor hora pra tirar férias* — fala e parece que está fingindo calma.

Ele está irritado?

— Mas... — Respiro fundo, me sentindo mal com a sua fala.

Dimitri estava muito animado há minutos atrás, enquanto insinuava que fizéssemos sexo pela chamada, agora parece que está fugindo do assunto. Fugindo de mim.

Sem vontade nenhuma de vir para Lipa me ver.

— Você... — Pigarreio, sentindo uma pontada insegura no meu peito. — Você não acha que vai conseguir vir me ver?

— *Amor, vou tentar, ok?*

Ouço o som da campainha de sua casa tocando. Ele pega o telefone, com a chamada comigo e, quando abre a porta, olha para mim. Parece um pouco desesperado.

— *Amor, tenho que ir.* — Olha para mim, como quem tem pressa, balançando demais o telefone e me permitindo ter uma visão borrada de tudo que acontece à sua volta. — *Beijo, amo você.* — Desliga a chamada rapidamente, sem nem deixar que eu responda, mas, antes de desligar, consigo ver quem tocou a campainha.

E a pessoa em si não me traz desconforto algum, mas a forma que Dimitri parecia nervoso ao recebê-lo e se despediu de mim ao mesmo tempo...

Faz com que eu me afogue num mar de inseguranças e dúvidas, onde meus pés não tocavam há muito tempo.

Porque foi inconfundível...

Eu sabia que era Eric quem havia chegado ali.

Eu reconheci sua voz.

Mas não sabia por que Dimitri estava escondendo sua chegada, naquele apartamento, às 8:00, numa exata noite de folga.

43

PRECISO CONFIAR

Dimitri desliga a chamada e...

Eu não sei.

Só respiro fundo.

Ele pode ter se esquecido de me contar algo ou de avisar que iria sair. Entre nós dois, ele é o que tem a pior memória.

Tento ser racional e não procurar motivos para me magoar, então apenas me arrasto para o banheiro e, uma vez que a chamada terminou antes do esperado, tomo um banho.

Quando estou seco e com meu pijama preto, o mais quente que tenho, vou até a cozinha e preparo minha janta minuciosa e demorada. Cozinhar costuma ser terapêutico.

Nesse meio tempo, não recebo, sequer, uma mensagem de Dimitri, o que chega a me incomodar levemente, pois, na minha cabeça, a quarta-feira é nosso dia oficial, quase como um feriado, mas... não tem problema.

Eu tenho capacidade de me distrair sozinho, não tenho?

Preciso ter.

Termino minha janta, vejo um filme e, apesar de gostar muito do que está passando na televisão, o cansaço fala mais alto do que tudo e, quando acordo, ela já está desligada, pois estava programada para apagar caso não houvesse atividade.

Consegui dormir sem ficar paranoico, apenas chateado e com saudade. *Acho que é um começo...*

Acordo com folga, tomo meu café, meu banho, me arrumo e, colocando meu sobretudo novamente, porque o tempo está ainda mais frio hoje, vou ao trabalho. Quando chego à empresa, sinto uma necessidade agressiva de voltar para dentro do carro quente que tinha pedido por aplicativo, mas a motorista já havia ido embora.

O vento está gelado e cortante, como se eu estivesse num campo aberto, então entro no prédio, corro para o elevador e consigo chegar ao andar da Seven Lines antes de congelar a minha bunda. Graças a todos os céus de todos os mundos, o ar-condicionado está desligado, as janelas fechadas e o andar silencioso.

Dou bom dia a todos com o tom baixo e ando em direção à minha mesa, repetindo minhas ações diárias de guardar bolsa, casaco, sentar e ligar meu computador, que está conectado à minha mesa digitalizadora. Mesmo que ele já esteja ligado, porque, diferente do meu notebook pessoal, o do trabalho é uma lebre veloz, demoro um pouco a começar a trabalhar, pois pego meu celular por um minuto.

Não há mensagens de Dimitri...

E ele sempre me manda mensagens antes de dormir.

Geralmente, quando me sento na minha cadeira, tenho cinco ou sete mensagens esperando resposta, o que havia se tornado nossa rotina diária de nunca nos despedirmos, apenas emendarmos um assunto no outro.

Mas hoje não há assunto para emendar, porque não há nada desde o último "Te amo" não respondido, que eu lhe mandei na noite anterior, antes de pregar os olhos e dormir.

Tentando dar o braço a torcer, mando uma mensagem com bom humor.

Eu:

Fui abandonado... 10:11

É a única coisa que envio, torcendo para que meu drama bobo seja o suficiente para que nossa rotina de mensagens aleatórias volte ao normal.

Começo a trabalhar nos painéis e páginas que preciso entregar em breve e, concentrado nos desenhos, só levanto o rosto quando vejo uma movimentação diferente na sala.

Olho no relógio.

São 13:07, as pessoas estão indo e voltando do almoço, mas, como bom antissocial que sou, sempre espero chegar perto das 13:40 ou 14:00, que é o horário em que o restaurante costuma ficar mais vazio.

Quando a hora chega, salvo o arquivo que estou trabalhando, me levanto, desligo apenas o monitor com meu trabalho, pego meu celular e vou comer. Ao chegar lá, agradeço mentalmente estar, realmente, vazio.

Eu me sirvo de uma montanha de comida, pois estou com uma fome agressiva, ficando com um pouco de vergonha quando me sento e percebo a grande pirâmide de Josamer que criei sobre o prato.

— Esqueceu-se das botas de escalada? — Mai diz, chegando perto de mim e implicando com meu prato.

Tenho vontade de responder "sim, na casa da sua mãe", mas limito as palavras.

— É proporcional ao meu tamanho — falo calmo.

Ela dá uma risada baixa, pega uma garrafa de água saborizada e um sanduíche natural, enrolado em papel-filme, das bandejas de frios, então se senta na minha frente.

Droga, achei que ia comer sozinho.

Mas eu tento relaxar e curtir a companhia da minha colega de trabalho.

Socialize, Gael, você consegue...

— Acho que, se fosse desse tamanho, eu também comeria assim — a garota de cabelo preto curto, e uma franja milimetricamente reta, responde, levando os indicadores juntos até a cabeça e colocando os cabelos atrás das orelhas.

Então, abre sua água saborizada e, em seguida, começa a desenrolar o papel de seu sanduíche. Eu começo a comer, mas é claro que aquele não vai ser um almoço silencioso.

— Ficou com ressaca? — Mai pergunta, dando uma mordida no sanduíche e enchendo a boca pequena.

— Não. Eu não bebi muito e tomei muita água quando cheguei em casa. Tomei banho, jantei... acordei normal — falo dando de ombros, enquanto tento comer sem cuspir.

— Que bom... — ela diz, num sorriso pequeno que parece levemente estranho.

Não sei o que ela quer, já que nunca almoça comigo, mas parece que logo vou descobrir.

— E conseguiu falar com seu namorado?

Não sei o porquê, mas não gosto de ficar citando Dimitri no meu trabalho. Eu me orgulho do homem que ele é, de como é um chefe incrível e colaria desenhos de seu rosto nos quatro cantos da Terra, para as pessoas admirarem sua beleza, mesmo que não tenham noção do quanto seu interior é ainda mais belo...

A questão não é ter vergonha dele, porque, definitivamente, não tenho. Só que...

As perguntas sobre ele sempre vêm em tons invasivos.

— Você não fica nervoso, não? — Mai fala, com a boca cheia de pão, enquanto estou tentando engolir minhas folhas. — Nossa, eu ficaria louca! — Balança uma das mãos.

— Do que você está falando? — pergunto, após conseguir engolir a comida, enchendo o garfo com carne, dessa vez.

— De ter um namorado dentro de uma boate! — Ela solta uma risada azeda. — E porra! Eu já vi a foto dele! O cara é muito bonito, até eu pegaria. Deve ter gente dando em cima dele todo dia, até os próprios colegas de trabalho... os chefes...

Eu continuo comendo em silêncio, tentando pegar um pouco de arroz, sem queimar nada com o fogo que está quase jorrando dos meus olhos.

— E ele trabalha de madrugada, não é? — Mais uma risada azeda, meio idiota. — Deve ser uma merda deitar no travesseiro e imaginar que ele está lá, cercado de gente olhando pra ele, naquele lugar escuro. Com certeza, seu namorado já escorregou várias vezes, só finge que é santo! — Ela estala a língua, balançando a cabeça negativamente. — Eu já teria terminado há tanto tempo! — fala com aquela risada amarga novamente, um pouco mais alta dessa vez, enquanto espalha seu veneno.

Não sei qual é o seu objetivo nisso tudo, mas creio que não irá concluí-lo.

Levanto o rosto e a encaro, decidido a não aceitar nada daquilo. Tenho certeza de que aturar gente babaca não está incluso no pacote aceitável da socialização.

— Olha, Mai... — tento falar calmo, mas aquilo está me deixando nervoso. Por mais que ela consiga causar arranhões de insegurança em mim, o que mais me machuca, agora, é o fato de uma pessoa completamente aleatória estar ofendendo Dimitri. Insinuando que ele esteja me traindo ou sendo uma pessoa ruim.

Eu estou esperando sua mensagem e estou magoado por não passarmos nossa noite juntos, na chamada, mas isso cruza todos os limites do que eu aceito ouvir sobre ele.

— Você já foi traída? Já te humilharam ou te fizeram chorar até você ficar traumatizada e precisar acabar com o relacionamento dos outros, por ter uma vida miserável?

— Eu, hein! Claro que não! — Ela está ofendida com a minha pergunta. — Por que está falando isso? — Mai olha para mim, desconfiada do meu tom ríspido.

— Porque você parece entender muito bem sobre tomar um chifre. Quantos têm na sua cabeça?

— Deixa de ser babaca! — sua voz se eleva.

Uma silhueta bonita, com o cabelo loiro e longo, entra na sala.

Um momento de silêncio acontece, no meio de todo aquele caos.

— Está tudo bem por aqui? — Saori pergunta quase em alerta, provavelmente por ter ouvido o tom elevado de Mai enquanto entrava no lugar.

Eu dou de ombros e continuo a comer silenciosamente, enquanto Mai pega seu pão, sua água saborizada e sai de perto de mim.

Antes de sair do restaurante, ela chega perto de Saori, e consigo ouvir o que fala.

— Desiste, amiga. Esse aí é caso perdido... — solta, como se acabasse de fracassar numa missão.

— Ai, não... — Saori enfia as mãos no rosto e balança a cabeça negativamente.

Ela abaixa as mãos e olha para mim, com aquele mesmo semblante carinhoso e calmo, porém completamente culpado e apreensivo.

— O que... — Aproxima-se da mesa devagar. — O que ela falou para você, Gael?

Eu estou mastigando devagar, então engulo, pego um guardanapo próximo ao meu prato e, após limpar meus lábios, respiro fundo.

— Ela foi babaca, Saori. Eu sei que eu não sou muito sociável, e você deve ser a pessoa com quem mais converso nesse escritório, porém ser quieto não significa que eu aceite tudo.

— Pode me falar exatamente o que ela disse? — pede mais uma vez.

Dessa vez, não sei se está pedindo como uma colega de empresa ou como minha chefe, mas não vejo problema em dizer.

— Insinuou que meu namorado é infiel e que o local de trabalho dele torna provável que ele me traia. Disse isso através de muito deboche. Eu posso estar namorando à distância nesse momento e já ter comentado sobre ele uma ou duas vezes, mas eu não aceito que falem de Dimitri. Nenhum de vocês, porque não dei liberdade pra isso.

Saori, quieta até então, apenas concorda com a cabeça e permanece cinco ou dez segundos em silêncio.

— Bom — ela fala, com o tom ainda baixo —, o motivo de ela ter feito isso é porque ontem tivemos uma conversa onde eu confessei que já fui muito atraída por você. Talvez ainda seja.

Eu fico quieto, deixando que fale, apesar de ter vontade de apenas deixar meu prato ali e voltar a trabalhar. No entanto, o tom de Saori é cauteloso e ela fala como se fosse culpada por estar confessando aquilo, então deixo que termine.

— Mas eu entendo que você é comprometido, e depois desse seu posicionamento de agora, entendo mais ainda que não é uma coisa passageira — ela diz, o tempo todo olhando para as próprias mãos, porque não consegue me encarar por algum tempo.

— Desculpa, mas não vai rolar. Eu sinto muito — falo, tentando não ser grosso demais, nem manso demais.

É uma linha muito tênue, delicada.

— Sim, eu sei — ela confirma, levantando o rosto e me encarando — fala rápido demais, como se estivesse com medo de eu entender que ela continua insistindo nisso.

— Não era para Mai ter se metido nisso, mas ela quis arrumar as coisas do jeito dela, mesmo eu implorando algumas vezes pra ela não fazer nada, porque estava tentando deixar pra lá. Eu realmente havia desistido. Enfim, Gael...

Eu me sinto mal por ela.

Não ter sentimentos retribuídos não é uma experiência agradável, e eu tenho ciência de que tenho muita sorte, porque a pessoa, que eu amo, me ama exatamente da mesma forma.

Sei que ama...

Mas sei também que ninguém morre por coração partido.

Eu nunca morri.

Em nenhuma das três fodidas vezes.

— Me perdoa por essa confusão. Deve ter sido desconfortável pra você e... — Ela respira fundo, levantando-se devagar. — Não vai se repetir.

— Tá tudo bem, Saori. Agradeço por você... — Pigarreio, me sentindo sem graça com a situação. — Por você ter sido sincera.

Ela sorri com o canto dos lábios e assente, me deixando sozinho em seguida, então consigo terminar de comer em paz.

O problema é a minha mente ecoando algumas palavras que não deveriam estar ali.

"Com certeza seu namorado já escorregou várias vezes, só finge que é santo."

Eu fecho os olhos.

Respiro fundo.

Sem controle algum e totalmente contra minha vontade, a imagem de Eric, no apartamento de Dimitri, aparece na minha mente.

Lembro-me dele desligando a chamada com pressa e não falando mais comigo.

Eu amo meu namorado...

Confio nele.

Não posso deixar que outras pessoas plantem sementes podres na minha mente, então penso no que posso fazer numa situação como essa.

Preciso conversar com Dimitri e ser franco sobre o que tanto me incomodou na última noite, antes que meus pensamentos me estrangulem.

Antes que eu seja impulsivo.

Quando volto do almoço, perto das 15:30, há três mensagens de Dimitri.

Meu anjo:

Bom dia, meu amor... 15:33

Desculpa, ontem, tive que resolver um problema correndo aqui e depois me distraí. 15:33

Tudo bem por aí? 15:33

O fato de ele não tocar no nome de Eric me deixa ainda mais incomodado. Mas eu não preciso guardar isso para mim.

Eu:

Tudo bem, sim... 15:34

Você saiu com Eric ontem? 15:34

Mando e deixo o celular sobre a mesa, a fim de continuar o trabalho que havia parado na metade, então ligo o meu monitor e encaixo a mesa de desenhos na minha posição de conforto.

Dessa vez, a mensagem não demora a chegar.

Meu anjo:

Ah, não. Ele deu um pulo aqui pra resolver umas coisas dele. Depois nós pedimos pizza e ficamos vendo filme... 15:34

E você, o que fez? 15:35

Eu engulo em seco.

Não sei se o que estou sentindo é ciúme ou chateação pela expectativa quebrada.

Expectativa quebrada por sempre esperar a semana toda para ficar com ele e, justamente no nosso dia, ele não me dar muita bola.

Mas vamos lá...

Eu estou tentando não ser impulsivo, não é?

Consigo resolver na conversa.

Eu:

Fiquei um pouco chateado com isso. Acho que não pelo Eric, mas porque queria ter passado mais tempo com você... 15:35

Mas entendo, caso ele tenha chegado de surpresa. 15:35

Meu anjo:

Você ficou? :/ 15:36

Desculpa, foi insensível da minha parte... 15:36

Prometo que vou tomar mais cuidado com isso. 15:36

Respiro fundo, levando as mãos aos olhos e os massageando devagar, depois volto a olhar para a tela do meu celular.

Eu me sinto aliviado por ter conversado e por ter resolvido esse pequeno problema.

Mas, principalmente, me sinto aliviado por não ter sido impulsivo.

Mesmo que a sensação desse mal-estar ainda não esteja totalmente dissipada.

Uma semana inteira se passa.

Quando chego ao escritório, na quarta-feira, sinto-o levemente mais quieto.

Falta alguma coisa...

Quando olho em volta para tentar descobrir o que é, vejo a mesa de Mai vazia. Só há o computador e uma mesa de desenhos, mas nenhuma de suas coisas amarelas e chamativas está lá. Dou um toque leve no braço de Yves, que passa perto de mim, para ir até o bebedouro.

— Ei...

— Fala, tarado da piroca — ele diz, olhando o imenso pau que está na tela do meu computador.

— É trabalho... — digo, soltando o ar pelas narinas como um dragão impaciente.

— Eu sei. Você traça, e eu que pinto todas essas pirocas, esqueceu?

Eu me seguro para não rir, porque é muito difícil ter maturidade nesse escritório, depois que eu descobri que todos ali são meio adolescentes.

— Não me esqueci, mas então... — A curiosidade é uma porra. — Sabe da Mai?

— *Hm*... — Yves coça o cabelo, parecendo tentar se lembrar. — Sei. Te conto se pintar trinta painéis de piroca pra mim.

— Bom dia, Yves, tenha um bom trabalho hoje. — Dispenso-o, porque não vou fazer a pintura digital de trinta painéis, além das cento e cinquenta páginas, que eu estou refazendo o traço.

Volto a me posicionar na minha mesa.

— Tá, tá, que cara ruim de jogo. — Ele estala a boca. — Ela foi transferida pro quinto andar. Alguma coisa a ver com Saori não querer perturbar a paz que existe aqui ou sobre Mai ter passado dos limites entre "amizade e trabalho".

Estou numa mistura de culpa e gratidão.

Mais gratidão do que culpa.

Ver a cara de Mai diariamente havia se tornado um inferno e, por mais que eu não falasse uma palavra sobre isso, ficava estampado na minha cara. Não era grosso, mas não fazia questão de ser educado. Apenas ficava sério e evitava contato com qualquer pessoa que ofendesse meu namorado.

Provavelmente, isso acabou perturbando Saori e, bem...

Não fui eu quem começou com esse problema e, no final, houve algum tipo de justiça.

— Valeu, Yves...

— Você vai sair pra beber com a gente de novo? — ele pergunta meio infantilmente.

Meio ansioso e esperançoso.

Eu rio baixo, balançando a cabeça negativamente.

— Eu não sei, cara, não tô num clima legal ultimamente...

— Ah, vai! Só eu, o Hugo, você e o Kenzo, pode ser? Sei que tá rolando algum mal-estar entre você e as meninas, então deixa elas pra lá. — Ele dá de ombros.

Que cara fofoqueiro.

— Vamos falar de zumbis, pessoas peladas que você via na boate e sobre o Jhonatan Kauer! Não necessariamente nessa ordem...

Eu rio mais uma vez, porque é engraçado vê-lo tão empolgado com esses assuntos.

Apesar de achar que Saori não atrapalha na saída, aliás ela é inteligente o suficiente para conversar sobre todos esses assuntos, fico aliviado de Yves querer ir só comigo, com Hugo e Kenzo.

Não conseguiria sentar-me ao lado de uma pessoa que, declaradamente, sente atração por mim. Não sei como Dimitri consegue...

— Tá... Qualquer dia, a gente vai de novo.

— Isso! Valeu, safadão! — Yves dá um tapa nas minhas costas e vai embora.

E nesse momento, eu fico me perguntando se o clube deles só tem, realmente, três pessoas e qualquer amigo novo é comemorado desta forma.

Esquecendo-me um pouco da saída que daremos um dia, continuo no trabalho com os pênis 2D, que está firme e forte. Bem firme. Duro.

Consigo fazer de doze a dezoito páginas por dia e, se eu focar muito e não pegar no celular, são vinte páginas. Eu não aguento mais desenhar tantos paus, mas sei que vou ganhar uma comissão boa por essa revista, então isso acaba me motivando.

Podem vir paus, eu desenho vocês.

Enquanto estou delineando um falo enorme, com uma cabeça anormalmente brilhante, me distraio minimamente com meu celular, quando a tela brilha, anunciando mensagens que sei de quem são.

É Dimitri, e hoje é o dia de nossa chamada.

Estou com uma saudade enorme dele, já que nos últimos dias a gente não conseguiu se falar muito. Ele parece estar sempre ocupado e tem estado mais monossilábico do que o comum.

Mesmo me respondendo sempre que falo com ele, se eu não o chamar, ele não me chama. Isso pode parecer ruim, mas sei que, quando conversarmos, vou poder perguntar dos seus dias e se há algo errado acontecendo. Se há algo atrapalhando sua rotina.

Eu pego o celular e vejo a mensagem.

Meu anjo:

Oi, amor... 17:45

Eu não vou poder fazer a videochamada hoje. 17:45

Fazemos quarta que vem, ok? 17:45

Surgiu uma emergência com o Pablo... 17:46

Algo envolvendo hemorroidas... 17:46

Vou dar um apoio aqui e falo com você quando puder, ok? 17:46

Beijo, amo você. 17:46

A mensagem destrói todas as minhas expectativas e joga um balde de água fria em mim, ainda mais por ser uma dessas mensagens que ele manda e some em seguida, sem chance alguma de explicar um pouco mais o que está acontecendo.

Dessa vez, pelo menos, parece ser algo sério.

Ou não... Não estou lá para saber.

Mas não posso pensar assim, não é?

Tenho que...

Confiar.

44

A PRIMEIRA NEVE

Quando a outra semana chega, na segunda-feira, vejo Dimitri online e, como ainda são 17:40 e ele não está indo trabalhar, me permito ser levemente impulsivo.

Acabo ligando para ele...

Estou com uma saudade irracional de ouvir sua voz e ver seu rosto, já que faz quase duas semanas que não conseguimos conversar direito.

Ele rejeita a mensagem por vídeo...

Atende à ligação apenas por áudio.

— *Oi, amor* — fala baixo, mas parece levemente agitado. — *Aconteceu alguma coisa?*

— Não, eu... só queria ouvir sua voz. Estou com saudades.

— *Os últimos dias foram corridos, não é?* — ele brinca, enquanto eu ouço um barulho de televisão com algo que não consigo identificar. — *Logo, tudo melhora...*

Eu ouço suas palavras e penso em como gostaria que isso não se encaixasse apenas para nossas conversas às quartas. Como queria que isso fosse uma realidade diária e presente em nossas vidas. Então, surge, novamente, a necessidade de saber se ele quer estar comigo, tanto quanto eu quero estar com ele.

— Quando são suas férias, amor? Mês que vem? — brinco esperançoso, mas há certa urgência na minha voz.

Uma urgência que eu *quase* não consigo disfarçar.

— *Ah, sobre isso...* — Dimitri começa a ficar com o tom desconcertado e distraído. — *Eu não sei, as coisas estão tão corridas aqui...*

Tento não demonstrar o quanto estou desconfortável com isso, mas é tão difícil.

E talvez eu não precise esconder.

Eu posso falar sobre isso, não posso?

Aliás, ele é meu namorado. Meu amigo.

Desconforto é uma coisa que não deve ter na nossa relação.

— Dimitri... — chamo seu nome. Talvez ele note que meu tom não está sereno, tampouco calmo. — Você não quer vir?

— *Por que está falando isso?* — Parece se ofender levemente com a minha pergunta.

— Porque eu sei que Pablo pode te dar férias a qualquer momento e parece que você não quer vir. — Eu respiro fundo. — O problema é dinheiro ou...?

— *Gael, se fosse isso...* — agora é Dimitri que respira fundo, parecendo não saber como usar as palavras — *eu falaria, eu só... Agora não é o melhor momento, amor...*

Apesar de o esforço para ter uma voz amena, aquilo me machuca ligeiramente.

Eu fico em silêncio, olhando para a grande janela da copa, na minha frente.

— *Ei...* — ele percebe meu estado, e seu tom suaviza ainda mais. — *Gael...*

Eu não quero responder.

Não quero responder porque meus olhos estão marejados, e eu não quero que ele perceba que estou quase chorando, pela minha voz que pode começar a ficar embargada.

— Já volto... — Eu tiro o rosto do celular e ando alguns passos até o banheiro. Consigo passar um papel toalha nos olhos, respirar fundo e voltar à chamada.

— *Você está bem?* — ele pergunta e, apesar de estar sério, seu tom é preocupado.

— Não sei, Dimitri... — respondo sincero. — Nós estamos bem? Isso está indo bem? Você ainda quer continuar comigo? Se não quiser, eu prefiro que fale agora. É melhor...

Dimitri solta uma risada amarga.

Não sei se ele está ofendido com a minha fala ou nervoso pela conversa ter tomado esse rumo. De qualquer forma, ele tenta se acalmar.

— *Eu quero estar com você, mas eu ainda não consigo* — Dimitri diz, enquanto estou encarando a janela. — Não é simples, mas amor... — Ele tenta ficar mais calmo.

Respiro fundo, tento me recompor.

— Sim?

— *Nós vamos dar um jeito. Eu tenho que ir, amo você...* — diz e, antes que eu possa responder, o telefone já está desligado.

São sete meses, quase oito.

E, da minha parte, quero continuar tentando, pois amo Dimitri o suficiente para esperar por ele quanto tempo for...

Se ele também quiser esperar por mim.

Se ele estiver disposto a fazer o mesmo, porque sei que não aguento carregar sozinho um peso que deveria ser dividido. O peso de estarmos tão longe.

Da mesma forma, sei que nenhum relacionamento é forte e duradouro, quando se tem o sentimento de que a pessoa está distante.

E a distância, a que me refiro, não é física.

É domingo.

Eu saio da minha cama, troco minha roupa e como algumas frutas com pão integral e manteiga. Vejo o jornal por trinta minutos, para não passar mal na academia, por comer e fazer os exercícios correndo em seguida.

Pegando minha garrafa de água, desço para academia e fico três horas lá, tentando distrair minha cabeça. De manhã está cheia, tem pessoas demais, e eu acabo encontrando dificuldade em usar os aparelhos que quero, por isso prefiro malhar de noite, mas hoje preciso disso. Preciso me sentir esgotado, para minha mente focar outras coisas.

Quando minhas séries acabam e eu sinto o cansaço me abraçar, volto para o meu apartamento e olho o visor do meu celular. Há mensagens de meu pai e um "Eu também te amo" de Dimitri, resposta de um "eu te amo" que lhe mandei antes de dormir.

Apenas isso.

Então, mando uma mensagem para Dimitri...

Eu:

Como você está? 13:14

Está quieto esses dias... 13:14

Depois abro a conversa do senhor sério.

Eu:

Nossa, pai! Que peixe enorme kk 13:15

Me leva pra pescar quando eu for aí de novo, beleza? 13:15

Respondo a uma foto de meu pai, que foi obrigado a ir pescar com Daniel, mas fico feliz com isso, pois parece que ele se divertiu. Inacreditavelmente, o homem está sorrindo na foto, ao lado do meu *quase-irmão*, e segurando um salmão enorme.

Jogo o telefone na cama e vou tomar um banho, porque tenho consulta com a psicóloga às 14:00. Fiquei muito feliz em conseguir uma pessoa que atenda aos domingos, já que meus dias são muito corridos.

A parte ruim é que, por conta disso, a consulta acaba sendo um pouco mais cara. A parte boa é que o plano de saúde da empresa acaba cobrindo esse gasto, o que me faz pensar que, se eu tivesse que pagar por isso, talvez não fizesse tratamento.

Seria uma dessas pessoas que fala "não vale a pena gastar tanto para tratar minha cabeça, já que eu vou morrer um dia."

Mas só depois de algumas sessões de terapia que eu começo a perceber que deveria estar fazendo aquilo há mais tempo. Muito mais tempo. Talvez desde quando minha mãe morreu.

Quando eu já estou vestido e sentado na minha pequena mesa de estudo, ao lado da minha cama, abro meu notebook e a consulta se inicia. O nome da minha psicóloga é Aruna, e ela é calma, paciente, mas muito séria.

Talvez tão séria quanto eu, quando falo com pessoas que eu não conheço. Ainda assim, é educada o tempo todo e parece se preocupar verdadeiramente com as questões que trago à tona.

Eu gosto dela e gosto do fato de ser séria. Acho que a única pessoa extrovertida que eu aguento na minha vida é Pablo. Ele é a minha cota de pessoas alegres demais.

Dimitri chegou a perguntar se eu não queria fazer o tratamento com Petra, sua psicóloga, mas, no momento em que estamos, com ele não me respondendo e parecendo tão distante, eu agradeço mentalmente por ter tido a ideia de procurar uma psicóloga diferente.

Fico mais confortável dessa forma.

A consulta gira, basicamente, em torno de como Dimitri tem estado estranho nos últimos dias e como acho que nossa relação está tomando um rumo que eu não queria que tomasse.

Para ela, confesso que tenho medo de, uma hora ou outra, nossa relação acabar, sem que eu possa fazer muita coisa, porque não consigo segurar um namoro sozinho.

E, na verdade, não quero.

— E como você se sente em relação a isso? Como seria se terminassem?

Respiro fundo, porque a pergunta, como sempre, é direta demais.

— Nunca amei ninguém como amo Dimitri, isso é um fato...

Aruna continua me observando em silêncio.

— Mas já enfrentei três términos difíceis e superei todos eles.

— Então...

— Sei que não vou morrer. Terminar com alguém dói a ponto de me deixar sem ar... — Solto uma risada amarga, com a memória nada feliz de todas as vezes que senti essa dor. — Mas não me mata.

Mesmo que seja um sorriso muito singelo e minúsculo, vejo Aruna esboçar uma emoção com a minha resposta.

— Sequer falamos sobre términos, mas fico feliz que você tenha esse posicionamento quanto a isso.

— Depois de algumas experiências ruins e de perceber que a vida continua, a gente acaba amadurecendo um pouco o pensamento. Apesar de que...

— Sim?

— Não sei como será dessa vez... porque... — Respiro fundo, abaixando o rosto, sem coragem alguma de encarar a psicóloga. — Como eu já disse, nunca amei ninguém da forma que eu o amo.

— Eu entendo, Bandile — ela pontua. *— Bem... Não sabemos do futuro, mas, caso aconteça, você precisa se lembrar de como é forte e como o segredo para superar é viver um dia de cada vez.*

Eu concordo, ainda sem olhar para a tela.

— Você já sobreviveu antes. Espero, sinceramente, que não passe por isso de novo, mas, se passar...

Levanto o rosto, encarando a mulher de cabelo chanel preto.

— Vai sobreviver novamente.

Ela aproveita o gancho para falar um pouco sobre minhas atitudes frente ao quase sumiço de Dimitri e diz que eu preciso ter uma conversa franca com ele, o mais rápido possível, para que eu não continue sofrendo da forma que estou.

Diz que a mudança de comportamento dele não demonstra normalidade, mas que eu não posso tirar conclusões antes de conseguir ter uma conversa sincera.

A não ser que ele desapareça e seus amigos digam que ele está bem, mas me ignora de propósito.

Se algo assim acontecer, Aruna acredita que a falta de resposta já é uma resposta e que eu preciso decidir sozinho o que fazer sobre isso.

Racionalmente.

Sem que tome atitudes destrutivas que me machuquem.

Mais uma vez, concordo com suas palavras, então após a chamada desligar, recebo novas mensagens de Dimitri, que leio e respondo assim que as visualizo.

Meu anjo:

Desculpa amor... Você me perdoa? 15:48

Pablo está operando a hemorroida, e eu tô tendo trabalho demais esses dias... 15:48

Não tô conseguindo ficar muito no celular, tô muito cansado :/ 15:48

Eu:

Que horror 15:48

Então foi sério? 15:49

Melhoras para o cu dele... 15:49

E vamos conversar quando der, ok? 15:49

Eu peço e torço para aquela história toda não ser invenção, porque quero acreditar em tudo que meu namorado diz.

E me lembro de como nunca fui tão calmo com as minhas ações.

Mais uma vez, agradeço mentalmente ter começado a terapia.

Meus pensamentos, nunca, em hipótese alguma, estariam tão alinhados sozinhos, mesmo que eu ainda sinta dor, mesmo que eu ainda sinta confusão.

Isso faz com que eu pense que posso ter todas as reações humanas, intensas e dolorosas, mas vou conseguir me cicatrizar depois...

Caso eu ganhe uma nova ferida profunda.

Quando a segunda-feira chega, sinto um novo aperto no peito.

Minha psicóloga me instruiu a conversar francamente com Dimitri, e eu tento fazer isso, mas parece que, a cada dia que passa, nossas conversas ficam ainda mais escassas.

É tão difícil resolver as coisas assim...

Eu:

Oi, meu anjo, bom dia. 10:13

Como foi sua noite? 10:13

Será que conseguimos conversar hoje? 10:13

Eu tento puxar assunto da conversa mais uma vez torço para que não seja ignorado.

Torço também para que, quase duas horas depois, tenha algum ponto de positividade nas suas respostas.

Mas não tem...

Mais uma vez, ele adia nossa conversa.

Meu anjo:

Bom dia, meu amor. Minha noite foi boa e a sua? 11:57

Talvez, ok? Eu tô indo pra boate agora para fazer o controle do estoque. 11:57

Falo com você mais tarde, quando puder. 11:57

Isso me frustra muito além do que eu estou pronto para aceitar.

E eu vejo, nitidamente, como é difícil me manter uma pessoa centrada, calma e não impulsiva, quando tudo que eu sinto vontade de fazer é pegar um avião, bater à porta da casa dele e falar: "Vamos conversar agora, porra!"

Mas eu não faço isso...

Eu só respiro fundo mais uma vez.

Então, mando outra mensagem.

Eu:

Dimitri, por favor... me deixa saber. 12:11

Mesmo que doa, eu prefiro saber. 12:11

Está acontecendo alguma coisa entre a gente? 12:11

E enviar essa mensagem dói...

Porque eu tenho tanto medo da resposta.

Entretanto, Dimitri não chega a receber a mensagem.

Parece que seu telefone desligou ou algo aconteceu.

Pensando que o aparelho deve ter desligado, eu bloqueio a tela do meu próprio celular e volto a fazer os painéis e páginas do projeto em que estou trabalhando.

Eu trabalho freneticamente, como um louco, até sentir os dedos doerem e a boca seca, então paro um momento para beber água. Coloco meu celular no bolso, vou até a copa, pego um copo com água e apoio o cotovelo na janela quadrada alta, que mostra uma boa vista da cidade de Lipa.

Respiro fundo, cansado dessa situação arrastada, que mistura um rio de saudade com outro rio de insegurança dentro de mim. Os dois desaguam ao mesmo tempo.

Depois que bebo água, tiro o celular do bolso e checo as horas.

São 17:05.

Dimitri não respondeu. Não responde a essas, e só respondeu às últimas depois de algum tipo de cobrança. Aquilo me faz tomar uma atitude que, em circunstâncias normais, eu não tomaria, afinal, nunca fui o tipo de cara que sonda a pessoa que está namorando.

Porque desprezo isso...

Mas, nesse momento, não consigo pensar em outra coisa. Saio da sua conversa e abro o contato que abri poucas vezes, mas que, naquele momento, julgo necessário.

Eu:

Oi, Eric... Tudo bem? 17:07

Eu estou com dificuldades de falar com Dimitri há algumas horas. 17:07

Você sabe onde ele está? 17:07

Eric Carpo:

Oi, Gael. 17:08

Bem, e você? 17:08

O Dimitri estava aqui em casa comigo, agora há pouco...
A gente viu um filme e ele foi embora. 17:08

Por quê? Aconteceu alguma coisa? 17:09

Sinto um bolo amargo e doloroso no meu estômago.
Esse...
É o controle de estoque que Dimitri está fazendo?

Eu:

Nada, só estou preocupado. 17:09

Mas fico feliz que ele esteja bem. 17:09

Eric:

Vou pedir pra ele te ligar, Gael. 17:10

Fico em silêncio por um minuto, olhando, incrédulo, para a tela do celular. Tenho a sensação, desgraçada e dolorosa, de que os dois estão fazendo algo escondido.

É tão inevitável pensar nas declarações de Eric para Dimitri, quando o homem entrou sem minha permissão no meu apartamento...

E eu me policiei para não pensar sobre isso nos sete longos meses em que estive aqui, mas hoje parece impossível. Hoje, está sendo mais forte que eu.

Entretanto, ele me manda mais uma mensagem.

Eric:

Tudo bem por aí? Já conheceu a cidade? 17:11

Bloqueio o telefone e enfio no bolso traseiro da calça...

E eu não aguento isso. Esse momento. Parece um pouco demais para mim.

Não consigo responder ao Eric.

Tem perguntas maldosas demais rodando pela minha mente e não é nada que eu consiga suportar.

Não é nada com que eu consiga lidar.

Estou me sentindo enganado, solitário, amargurado, triste.

E porra... Eu já senti isso *tantas vezes*.

Então, é automático. Segurando meu choro ralo, que está pedindo para se libertar enquanto meus olhos estão vidrados na janela alta, penso sobre as palavras de Mai e sua opinião sobre o meu namorado que trabalha na boate. Penso em todas as mensagens que ele já me mandou, me enganando e fingindo ser outra pessoa para se aproximar de mim.

Mas eu já o perdoei por isso, então por que esse sentimento horrível está voltando?

Nesse momento, eu escolho não lidar com essa situação.

Não vou lidar porque dói demais e tudo que vem à minha cabeça está ligado à impulsividade, a palavrões e a atitudes de que eu posso me arrepender depois.

Antes que consiga ter uma conversa franca com Dimitri e perguntar por que, novamente, há mentiras envolvidas em suas palavras. No entanto, não lidar parece fazer doer mais e me sufocar mais.

Porque eu estou apenas sentindo e aquele veneno está ruminando...

Mas eu preciso respirar fundo e me lembrar: eu já passei por isso.

Eu vou sobreviver.

O relógio central do escritório marca 19:00 em ponto. A chuva forte, que cai consecutivamente há dias, para um pouco, então dá lugar a finos flocos de neve.

O inverno, oficialmente, chega. É a primeira neve que cai.

Sinto meu interior congelado, mas não parece ter a ver com o tempo lá fora...

Vendo todos os meus colegas saírem do escritório, enquanto acenam para mim ao longe e falam sobre bebermos no final de semana, aceno de volta e tento sorrir. Tento fingir que está tudo bem, mas é só ficar sozinho naquela enorme sala...

É só perceber que apenas eu estou ali para começar a chorar. Meu choro continua silencioso, pequeno, e eu sei que só vou desaguar de verdade quando me trancar em meu apartamento, então, ouvindo a voz da minha chefe no telefone, em sua sala próxima dali, me apresso em pegar minhas coisas e saio.

É desgraçado como eu não consigo parar de pensar na dor que estou sentindo, em cada passo que dou.

Quando saio no corredor na frente do estúdio.

Quando entro no elevador.

Quando chego ao andar da garagem.

Quando tiro as chaves do meu bolso, no entanto, ouço vários sinos soando no meu celular e aquilo me deixa com ódio, porque imagino quem seja. Alguém que sempre quis responder correndo, mas, naquele momento, não sei se quero.

Entretanto, minha curiosidade me domina, não importa o estado em que eu esteja. Colocando uma das mãos sobre o teto do meu carro, levo a outra dentro do bolso interno do meu casaco e retiro o aparelho celular.

Mas, de todos os contatos que eu esperava ver...

Esse definitivamente é o último.

DiCaprio:

Sabe como o Jack morreu? 19:09

Que porra...

Não me lembro de ter desbloqueado você.

DiCaprio:

Congelado, com a água do oceano. 19:10

E se eu não entrar no seu carro em vinte minutos... 19:10

Minha bunda, que você sabe que é linda, também vai congelar. 19:10

Você não quer que minha bunda congele, rabanete. 19:11

Quer? 19:11

Meu coração acelera.

Bate tão rápido que parece que vai sair inteiro pela minha boca.

As lágrimas cessam, porque agora eu estou quase em pânico.

Eu ainda estou atordoado.

Olho para os lados...

Não há ninguém ali, além de alguns colegas, que entram em seus carros e vão embora.

Eu:

Onde você está? 19:13

Não estou vendo você... 19:13

Eu nem sei qual deles é você. 19:13

É o que consigo responder, depois de ficar dois minutos olhando em volta e procurando qualquer sinal de que eu não esteja enlouquecendo.

De que aquela mensagem não seja uma miragem.

DiCaprio:

Eu sou o que você mais gosta. 19:14

E vamos lá, barman... 19:14

Você acha que eu ia ficar nessa garagem escura e perigosa? 19:14

Eu sou esperto. 19:14

Sai logo com esse carro daí, antes que eu vire um picolé. 19:15

Senão você vai ter que me chupar até eu derreter... 19:15

Eu estou rindo com a porra das mensagens e sentindo ódio de mim mesmo por estar rindo. Também sinto raiva por ter sido ignorado por tantos dias, enquanto mergulho numa nostalgia de conversar com uma pessoa tão descarada e sem-vergonha que aquilo é quase irreal.

Essas mensagens estão acontecendo?

Entro no carro, jogo minha bolsa no banco detrás e saio do estacionamento como um louco, mas não sei para onde ir.

E eu não preciso dirigir muito, porque quando o *Surfista Prateado* chega à rua, vejo através dos vidros do meu veículo:

Duas malas pretas e grandes no chão, do outro lado da rua, paradas num ponto de ônibus coberto.

E eu o vejo...

Alguns passos à frente do ponto, debaixo da primeira neve que cai em Lipa.

Vejo Dimitri chorando e sorrindo ao mesmo tempo, segurando a televisão que eu lhe dei, em seus braços curtos que abraçam o aparelho grande como se fosse um filho.

45

NOVA GERÊNCIA

Astra, 22:58
Uma noite antes da partida de Gael

DIMITRI

— Eu não... — minha voz esganiçada brota, no meio de um choro sequencial, que me destrói completamente. — Eu não posso... Eu não consigo...

Cada um ao meu lado, Eric e Pablo, entrelaçam os dedos aos meus, enquanto minha cabeça está deitada no ombro de Ric.

— Estou com tanto medo... Tanto medo de não ficar bem, tanto medo da gente terminar, e eu ficar sozinho, de não conseguir voltar.

Pablo faz carinho no meu cabelo, com a mão livre, e deixa que eu continue desabafando.

— Mas pior do que isso! Estou com tanto medo de aceitar só... só por apego! Eu... Eu amo tanto o Gael... Se fosse um ano atrás, eu iria, eu abandonaria tudo! Eu pouco me foderia pro meu trabalho, pra minha vida! Eu... — Meu choro e soluço tomam uma força que assusta meus amigos.

— Dimitri, calma... — Eric fala, ajeitando-se no sofá e segurando meu rosto. — Meu pequeno, respira. Respira fundo... — Ele limpa minhas lágrimas, enquanto Pablo se levanta e pega uma garrafa d'água lacrada em seu refrigerador. Ele abre e, jogando a tampa na sua mesa, anda até mim e me entrega.

— Bebe, Dimitri. Respira fundo e bebe, senão vai se afogar com o choro! — Pablo não parece saber lidar bem com situações assim, mas faz o que consegue. — Você quer ir ao hospital? Quer uma máscara de oxigênio?

Ele, realmente, acha que eu estou morrendo.

Mas é porque parece que estou...

Meu choro está descontrolado.

— Meu pequeno... — Eric chama baixinho, enquanto pega a garrafa das mãos de Pablo. — Bebe, por favor.

Eu concordo, pego a garrafa de suas mãos e dou goles lentos, mas que ajudam a controlar minha respiração. Sem perceber, bebo mais da metade da garrafa.

Pablo volta a se sentar ao meu lado e entrelaça os dedos aos meus. Está sério, me olhando com preocupação.

Eu repouso a garrafa no meio dos meus joelhos, prendendo-a, então confesso baixinho, com a voz ainda trêmula:

— Eu quero tanto descobrir se eu me amo...

Eric e Pablo apenas me observam em silêncio, enquanto continuo a falar.

— Se eu sou suficiente... Se... — Mais um soluço mais calmo dessa vez, enquanto meu choro fica mais fraco. — Se eu consigo estar com alguém e não foder a pessoa com minha insegurança tóxica! Com um ciúme doentio ou com essa necessidade fodida de enganar, só pra manter a pessoa na minha vida... — Com a garrafa presa nos joelhos, enfio os cotovelos nas minhas coxas e esfrego as palmas das mãos no rosto, enquanto volto a chorar. — Eu não quero ser... essa pessoa doente...

Pablo e Eric estão me abraçando, enquanto continuo a desabafar.

— Que... Que acha o tempo todo que é substituível. Que acha o tempo todo que não vale nada... Que precisa de mecanismos mentirosos para continuar com alguém...

— Queria que você entendesse o seu valor, Dimitri — Eric fala.

— Queria que você entendesse... que ninguém pode te substituir — agora as palavras saem da boca de Pablo.

E aquilo faz com que eu chore ainda mais, porque, mais uma vez, acho que estaria morto se não fosse por eles me segurando novamente, para eu não me jogar de qualquer ponte.

Mas até quando?

Até quando vou precisar de outras âncoras, de outras bússolas?

Antes que eu possa me depreciar mais, a voz de Eric volta a soar, com ele me puxando devagar para que eu volte à posição que estávamos antes.

Deito minha cabeça no seu peito e, como se quisesse me distrair, Pablo pega a garrafa nos meus joelhos, coloca no chão, depois deita no meu colo. Então, ele pega minha mão e coloca em seu cabelo, para que eu faça carinho nele.

Aquilo me faz dar uma risada chorosa, mas eu logo começo com as carícias, enquanto Eric está falando.

— Dá um tempo aqui, Dimitri... Fica em Astra. Fica até você descobrir se consegue viver longe de Gael sem enlouquecer por ciúme ou insegurança. Fica até você redescobrir que consegue trabalhar, viver e seguir sua vida, sem depender dele. Porque, no fundo, você sabe que consegue. Você já passou por isso uma vez. Sabe como é forte...

Eu concordo com a cabeça, fungando baixinho e vendo a mão de Pablo se erguer até o meu rosto. Ali, ele limpa minhas bochechas com carinho.

— Gael te ama — o dono da boate diz, com a voz meiga e suave, diferente de seu habitual. — Ele vai saber esperar por você se você for sincero com ele sobre os seus medos.

Concordo com a cabeça. A decisão é difícil, e eu sei que vou remoer até o último minuto, mas, no final, farei o que é melhor para mim agora, pensando em dar o melhor a Gael no futuro.

E ele não merece uma pessoa tão quebrada, para se quebrar junto.

Volto a chorar, mas, dessa vez, não estou igual a uma criança.

Aperto e abraço meus amigos da forma que consigo, no espaço limitado daquele sofá de couro caro, mas desconfortável. Eles começam a rir, quando eu os abraço daquela forma.

— Deus abençoe o dia que vocês resolveram adotar um pobre... — falo baixinho, com a voz ainda chorosa.

— Ah, garoto, vai lavar essa bunda branca... — Pablo fala rindo.

Então, eu e Eric também estamos rindo, quando, minutos atrás, parecia que eu iria morrer com tantas lágrimas.

Reafirmo, no meu coração, a certeza de que ter Pablo e Eric como amigos é uma dádiva que vai muito além de presentes, viagens e dinheiro...

É um privilégio.

A despedida de Gael no aeroporto é muito dolorosa, muito mais do que eu imaginei que seria. Eu vejo, em seus olhos, o quanto seu coração está destruído e me culpo o tempo todo, por saber que estou causando isso mais uma vez.

Todas essas dores são consequências.

São reações às minhas ações.

Gael tem a menor das culpas e lutou por mim até o último segundo, provando que, quando eu estiver pronto para ser amado, ele vai estar lá para me amar. Então, quando vejo meu amor entrar por aquele corredor e seguir de volta à sua vida em Lipa, prometo a mim mesmo que, um dia, vou estar com ele, viver com ele, mas que isso só vai acontecer quando eu estiver seguro o suficiente para não o quebrar com meus cacos.

Porque Gael, desde o primeiro dia que eu o vi, nunca mereceu passar por nenhum momento de tristeza ou dor, e aquilo faz com que a angústia pela separação física comece a diminuir.

Os meses passam, nós combinamos de namorar à distância e, por muito tempo, tudo funciona muito bem, mesmo com a saudade quase insuportável.

A terapia continua, o meu trabalho ainda é o mesmo: cansativo e cheio de responsabilidades que parecem dobrar a cada dia que passa.

Eu brinco com Pablo, mas às vezes me sinto dono daquele lugar a ponto dos funcionários olharem de mim para Pablo e escolherem a mim para tirar suas dúvidas e pedir permissões.

Quando isso acontece, eu e Pablo rimos, e ele sempre fala “Lipa espera por você”. Acho que ele sempre tem esperanças demais que eu vá para lá.

Mas, no meio de toda essa rotina, fico feliz em perceber que Gael permanece presente comigo diariamente, em mensagens, fotos e ligações.

Ele luta por mim, da mesma forma que eu estou lutando por ele.

Um tempo depois de sua partida, falamos sobre terapia, e eu conto para ele quase tudo que conto à Petra. Alguns detalhes, eu não especifico, porque são coisas pessoais demais e que fazem parte da minha individualidade como ser humano, mas ele compreende, até porque é inteligente o suficiente para respeitar a singularidade de cada um.

E, antes que eu possa pedir, ele diz que tem interesse em fazer terapia e fica feliz de perceber que o plano de saúde de sua empresa cobre as consultas.

Meu amor é tão mão de vaca...

Os meses passam. Eu sinto, pouco a pouco, que, mesmo à distância, estamos progredindo gradativamente. Não há beijos, não há sexo, nem mesmo por chamadas, porque Gael fica desconfortável com isso.

No começo, eu achei muito irritante, mas me dei conta dos seus limites, me desculpei e hoje o respeito, mas há uma coisa preciosa que parece ter sido arrancada de nós, mas que estamos recuperando.

Gael e eu conversamos mais do que quando estávamos juntos, presencialmente, e é uma surpresa agradável perceber como conseguimos ser amigos. Nós, realmente, nos damos bem juntos e concordamos em 90% das coisas, fato que me surpreende positivamente.

Gael era um barman nervoso e emburrado. Eu não esperava nem 50% de compatibilidade, mas nós somos bons juntos e quanto mais nos conhecemos, mais percebo a sorte que eu tenho.

Meu namorado é incrível *pra caralho...*

E ainda é gostoso. Acho que eu tenho sorte.

Quando completa cinco meses que ele foi para Lipa, falo sobre minhas férias e, por um milagre divino, Gael diz que vai me ajudar a pagar as passagens. Mesmo depois de eu ter desperdiçado a última que ele comprou para mim...

Ele recebe quase o dobro que eu e ainda tem muitos descontos, então talvez isso tenha feito com que ele ficasse menos mão de vaca.

— Mas, quando a hora chegar, vamos ver na classe econômica e ficar de olho nos sites de promoções, ok? — ele disse na época.

O que me prova que ele ainda é um pouquinho muquirana, sim...

Mesmo assim, aceito qualquer coisa que me leve para perto dele, porque a saudade me faria até voar para o seu lado, se eu tivesse tal habilidade.

Entretanto...

Algo acontece, e eu mudo meus planos quanto às minhas férias, sem dizer ao meu namorado. Gael às vezes almoça com os colegas do trabalho, e eu fico feliz por ele estar saindo com homens e mulheres que o deixam confortável.

Nossa vida segue, e ele repete aquilo diariamente, todo dia está com a chefe e outros colegas, e me sinto bem com isso. Eu me sinto bem por saber que ele tem companhia para almoçar, mesmo que ele reclame às vezes, dizendo que prefere comer sozinho...

Ele diz que ainda é meio antissocial e que, pelo menos, se esforça.

Eu acho fofo todo o esforço.

Algumas semanas depois, ele me fala que sempre o chamam para beber, porque querem se divertir com Gael. Eu o encorajo a ir, mesmo ele não querendo muito, mas acaba rindo, e digo que irei deixá-lo chorar no meu colo, se a experiência for muito ruim.

Então, eu percebo...

Eu não sinto ciúme, medo de perdê-lo ou qualquer sentimento de possessividade tomar conta de mim, pois noto que, o tempo todo, Gael está comigo.

É sincero e transparente em tudo que faz.

Somos mais presentes em mensagem, companhia e amizade, do que já fomos em qualquer mês que estivemos juntos fisicamente.

Então, eu sei que sou suficiente.

Sou suficiente para mim, sou suficiente para ele.

E a confiança que venho desenvolvendo nos últimos meses, com a ajuda de muita terapia e um relacionamento transparente, também é o suficiente para que eu tome a decisão que tomo.

São sete meses desde que Gael foi embora, e eu tento enrolar o máximo que posso quando ele toca no assunto sobre minhas férias. Sou inocente quando acho que mudar de assunto é a melhor forma de lidar com isso sem mentir e, enquanto não percebo que Gael está se machucando com meu jeito esquivo de lidar com suas perguntas, continuo sem me culpar.

Afinal, quero fazer uma surpresa.

Ele merece todas as surpresas positivas do mundo.

Porque eu estou resolvendo os últimos problemas antes de ir para Lipa.

Só falta um pequeno detalhe...

Meu emprego.

Um dia antes da minha folga, com a casa quase vazia, peço a Key que olhe o salão e vou para a sala de Pablo. Ainda são 22:45, mas sabemos que não teremos um movimento muito grande.

Quando entro ali, Pablo está no telefone, gritando e brigando com alguém, enquanto Eric está no sofá, deitado com a cabeça no colo de Vicenzo, que acaricia seus fios.

Aquele sofá parece uma grande cama de gatos, onde eles vão para ronronar e receber carinho.

Não querendo atrapalhar Eric, pego uma das cadeiras de convidados, na frente da mesa de Pablo, e a puxo para perto do sofá. Quando me sento, meu amigo, abusadamente, coloca o pé em cima das minhas coxas.

— Faz massagem — ele ordena baixo.

Eu pego seu pé e o empurro para o sofá, franzindo o cenho em uma cara de irritação que deve estar engraçada, porque Eric e Vicenzo começam a rir contidos, a fim de não atrapalhar o Pablo na ligação.

— Qual é o problema? — pergunto com o tom ainda baixo, olhando de Pablo para eles.

— A filial de Lipa... — Vicenzo me responde, respirando fundo. — Está dando mais prejuízo do que todos os copos quebrados do Davi, multiplicados por mil.

— Isso é muito prejuízo... — concluo, segurando o riso.

Os dois concordam.

Observamos Pablo por, aproximadamente, cinco minutos, então ele desliga o telefone, enfia os dedos compridos pelos cabelos e, puxando-os como se estivesse enlouquecendo e doido para ficar careca, começa a soltar uns gritos.

— Porra! Cu! Boceta! Um caralho duro e imenso do tamanho de um trem enfiado no meu ânus!

— O que foi, Pablo? — pergunto preocupado, arrastando a cadeira até a frente da sua mesa e colocando as mãos ali.

— A gerência da Hidden de Lipa é uma merda colossal, monumental e gigantesca! — ele reclama, numa raiva misturada a choro, enquanto soca a mesa. — Nosso site nunca teve tantas reclamações de clientes, e os funcionários mandam cartas falando que estão sofrendo assédio moral e pedindo demissão! Além do prejuízo da porra que eles estão dando! Mas que caralho! Eles mandam cartas, Dimitri! Cartas!

— Sobre isso...

Pablo parece não ouvir minha voz, porque está ocupado demais em xingar todos os palavrões que conhece, enquanto continua socando a mesa.

— A vaga de gerente ainda está disponível?

Pablo para de socar a mesa e olha para mim. Há um silêncio abissal reinando naquela sala, porque todas as pessoas ali parecem prestar atenção no meu interesse repentino.

— Como... Como assim? Por quê? — pergunta desconfiado e ainda um pouco nervoso.

— Eu... — Respiro fundo, me controlando para não chorar, porque ainda não é uma despedida.

Mas minha decisão já está tomada.

— Eu estou indo embora, Pablo... Estou indo embora para Lipa.

Passamos mais um minuto em silêncio muito, muito denso naquela sala.

— É verdade? — a voz de Eric é a primeira a soar, preocupada e apreensiva, com um resquício de dor, talvez. Não sei dizer.

— Você tem certeza? — Pablo é quem mantém o tom cuidadoso agora, cortando meu amigo. — Tem certeza de que é isso que você quer?

Eu balanço a cabeça positivamente, respondendo ambas às perguntas.

— É verdade, eu tenho certeza e... estou pronto.

A sala fica silenciosa por mais um minuto, e a única coisa que conseguimos ouvir é o som da música lá fora, no salão.

Pablo solta o ar lentamente, segura na beirada da sua mesa e olha para um ponto desfocado na sua frente. Ele balança a cabeça positivamente, lentamente, então parece entrar em modo avião, até sintonizar novamente e voltar a falar muito mais do que eu esperava.

— Eu sempre senti que essa vaga era sua... mas nunca quis te cobrar isso. Eu não tinha esse direito, entende? — Então, solta uma risada baixa. — Até porque você já fez tanto por esta boate aqui... Às vezes, mais do que eu e Eric juntos. E agora vai fazer muito por lá...

Ele olha para mim, sorrindo, com orgulho do que eu fiz ali, na Hidden de Astra.

Eu ainda não quero chorar, por favor, Pablo...

— Eu já não faço muita coisa mesmo... — Eric corta nossa vibe, dando de ombros e parecendo querer se mostrar descontraído. — Não é muito difícil trabalhar mais do que eu.

— Cala a boca que, sem você, esse lugar não teria metade dos frequentadores que tem hoje... — Pablo comenta.

O que é verdade.

Eric, até hoje, é responsável por todo o marketing da boate. É ele quem trabalha com as equipes de divulgação, designers e todas as coisas que chamam a atenção, toda noite, de novos frequentadores ou até parcerias. Quando os vouchers se esgotam, o mérito é totalmente dele.

O seu trabalho não é braçal, muito menos visto o tempo todo, mas sabemos que ele prefere trabalhar em casa, em seu notebook, nas suas chamadas importantes com sócios e influenciadores que fazem a Hidden Honey quase explodir todos os finais de semana, do que trancado num escritório.

Eric faz seu próprio tempo, segue suas próprias leis, é seu próprio chefe e trabalha, praticamente, da mesma forma nos restaurantes da Rede Carpo, que estão sob seus cuidados há anos, mesmo que ele não fale muito sobre isso.

Ainda assim, na boate ou nos restaurantes, ele não deixa de mostrar resultados.

— Pablo tem razão... — comento.

Vicenzo volta a fazer carinho na cabeça de Eric que, sorrindo, aproveita as carícias físicas e o fato de termos enaltecido seu trabalho. Parece que fizemos carícias também no seu ego.

Então, volto a olhar para meu chefe.

— Quando posso começar lá como gerente?

— Hoje, amanhã, sei lá! O dia que você quiser! — Pablo ainda parece nervoso com a novidade.

Da mesma forma que eu também estou, pois solto uma risada baixa, pensando no quanto, realmente, quero ir embora no outro dia, mas ainda não posso. Tem meu apartamento, meu carro, roupas, coisas para resolver.

Eu ainda nem tenho malas...

Ao mesmo tempo, sei que enfrentarei mais uma despedida dolorosa, porque amo demais as pessoas que vou deixar para trás.

46

SEM DESPEDIDAS POR ENQUANTO...

Estamos no meu apartamento, e Eric está me ajudando com os móveis.

O tempo todo, penso em como tenho evitado Gael e tentado, com todas as minhas forças, não dar nenhuma pista de que estou indo morar com ele.

Eu quero tanto que essa surpresa dê certo...

Mas, desde o dia em que Eric chegou aqui com a minha passagem em mãos, fiquei desesperado e comecei a agir como um idiota, desligando a ligação, correndo para o meu amigo não falar "Comprei as passagens!", enquanto eu estava em ligação com Gael.

Naquela hora, eu tive a inteligência de uma criança de cinco anos, que deixa o sorvete cair no chão, pega um jornal e coloca sobre o sorvete, escondendo-o, para fingir que o problema foi resolvido.

Eu só torço para Gael não me odiar, porque eu não estou conseguindo mentir e fingir normalidade. Talvez ele brigue comigo, me mande tomar no cu e também me mande voltar correndo para Astra, por não me perdoar pela surpresa idiota.

E eu vou conseguir viver sem ele...

Só que eu não quero.

Eu olho para o meu amigo, empilhando caixas no canto da sala. Por incrível que pareça, Eric está pegando no pesado e fazendo esforço físico. Pablo pagou dois homens para ajudarem, porque disse que estava indisposto e, nas palavras dele, "uma imensa dor no cu". Aceitei sem reclamar e depois o mandei ir ao médico.

— O que vai fazer com a cama, o sofá... a geladeira? Ainda está tudo bem novo.

— Não queria me desfazer de nada, porque foram presentes, mas não consigo colocar tudo na mala...

Eric ri, concordando.

— Não me importo de você se desfazer dessas coisas e acredito que Pablo também não se importe. Elas tiveram serventia no tempo que você precisou delas...

Assinto e fico olhando para o meu sofá por um minuto. No outro, lembro-me de alguém ferrado financeiramente, que gasta todo o dinheiro com os filhos e não deve trocar de mobília há mais de cinco anos.

Pelo menos, minha cama cara ajudaria nos problemas de dor nas costas que seus filhos causam, depois de bater tanto com espadas de plástico no homem.

— Posso dar essas coisas pro Davi?

— Ainda não superou esse amor, Dimitri? — Eric implica e eu acabo gargalhando do seu comentário, enquanto o empurro sem muita força. Exagerado, acaba caindo no sofá e me puxa.

Ali eu me sento ao seu lado e deito a cabeça em seu ombro.

Respiro fundo e sinto um minuto de vergonha por Davi ter sido meu primeiro penhasco hétero, mas logo passa, porque superei e sou outra pessoa agora.

— Hoje em dia, eu só sinto carinho e pena... Ele apanha demais dos filhos.

Eric ri balançando a cabeça, depois, com o braço que está me envolvendo, coloca a mão sobre a minha cabeça e começa a fazer carícias lentas.

Ficamos em silêncio por alguns segundos.

— Você pode levar meu carro pra Hidden? Quero que fique à disposição da boate, sua e do Pablo, para emergências. Eu não... não quero me desfazer dele e, quando voltar aqui, quero poder andar nele de novo.

— Tudo bem, vamos cuidar bem do seu filho.

Solto uma risada fraca, mas sei que ele é quase isso.

Sempre deixei o veículo cheiroso e limpo, porque sempre dei muito valor a ele. Eu nunca conseguiria ter comprado aquilo sozinho e sei o quanto ele foi importante para mim, nos anos que estivemos juntos.

Eric comprou exatamente na minha cor favorita, preocupando-se em ser um carro confortável, aparentemente simples, mas com todas as tecnologias possíveis no seu interior. A propósito, sempre tenho vontade de rir quando me lembro dele, me mostrando o carro, me dando as chaves e dizendo que era unicamente para trabalho, porque sabia que, se fosse apenas um presente, eu não aceitaria com facilidade.

Eric não conseguiu me enganar...

E aquele veículo nunca foi só um carro. Era *quase* meu filho mesmo...

Então, eu olho para minha outra filha.

— Eu quero levar a televisão — solto do nada.

Meu amigo começa a rir.

— A televisão? Não tem televisão em Lipa?

Eu acompanho sua risada.

— Deve ter. Bom, do jeito que o Gael é mão de vaca, ele pode não ter comprado uma televisão e ver tudo pela tela do notebook, mas é que essa TV tem história... Eu...

Eric ainda está rindo.

— O que é, cacete? — pergunto meio irritado.

— Nada... Nada não. Só acho engraçado um baixinho como você levando uma televisão enorme para outro país.

Dou um tapa fraco na sua coxa.

— Me respeita, Eric... Eu carrego engradados cheios de cerveja e gente bêbada, pra lá e pra cá, a noite toda!

— Calma, meu pequeno, calma... — Ele faz carinho no meu cabelo, como se eu fosse um filhote nervoso. — Eu ajudo você a levar a televisão.

— Não precisa... Deve ser caro.

— E além da bagagem extra — ele diz, olhando para minhas duas malas enormes, que eu havia comprado há três dias, uma do lado da outra —, você tem dinheiro pra isso?

— Tenho um pouco. Tem a bonificação de transferência e...

— E se acontecer alguma emergência quando você chegar à Alegra?

— Eu peço dinheiro na rua.

Eric solta mais uma risada.

— Achei que já tinha se acostumado com a minha ajuda financeira.

— Apesar de aceitar, eu acho que nunca vou me acostumar com ela...

Ele continua rindo fraco, enquanto pega o celular e usa por alguns minutos.

Eu permaneço quieto, observando o apartamento desmontado em caixas.

Minhas fotos da infância e fotos com meus amigos, sapatos e roupas, notebook e outras coisas pessoais, estão todas dentro das malas, pretas e grandes, porque fiz questão de levar tudo que conseguia.

Também guardei na mala o conjunto de talheres de prata que Eric me deu, porque são bonitos demais e têm valor sentimental.

Uma caneca brega que Pablo fez com a foto de nós três juntos, com o uniforme de nossa antiga escola. Amo tanto essa caneca brega que nunca conseguiria deixá-la para trás.

Enquanto penso nas coisas materiais pelas quais tenho apego emocional, ouço o sino do meu celular tocar. Com medo de ser Gael, porque eu estou tentando não deixar pistas de que estarei na sua cidade no dia seguinte, pego o telefone e me tranquilizo.

Bem, nem tanto.

Tem uma notificação que me faz ficar agitado.

“Eric Carpo transferiu 15.000,00 para você através do BNC!”

— Eric! — eu grito, me erguendo no sofá, virando e o encarando.

— Um presente de adeus, pra te ajudar no transporte da televisão. — Ele dá de ombros.

— Eric, dá pra eu levar a televisão e comprar mais dez TVs com esse valor.

— Então compre mais dez TVs, meu pequeno... — Ele ri baixo e volta a fechar os olhos, tentando relaxar no meio daquele caos.

Os dois homens de Pablo aparecem na porta aberta.

— Qual agora, chefe? — perguntam a mim.

— Podem pegar essa pilha de caixas, por favor. — Aponto para as caixas empilhadas com panelas, micro-ondas e outras coisas. — Depois vamos desmontar o armário...

Vai tudo para um caminhão lá embaixo, que vai para a casa do Davi. Eu falei que iria mandar algumas coisinhas, e ele, muito feliz, disse que aceitava.

Provavelmente, seus filhos devem ter quebrado a casa inteira, e ele não tem dinheiro para repor.

Ele só não espera que seja uma mudança inteira.

— Beleza, chefe! — um dos homens diz, enquanto o outro começa a ajudá-lo com as caixas e o micro-ondas.

Enquanto isso, volto a deitar no ombro de Eric, naquele sofá que, daqui a alguns minutos, não estará mais ali.

Meu celular soa mais uma vez.

Dessa vez é Gael.

Meu amor:

Como você está? 13:14

Está quieto esses dias... 13:14

Eu:

Desculpa amor... você me perdoa? 15:11

Pablo está operando a hemorroida e eu tô tendo trabalho demais esses dias... 15:11

Não tô conseguindo ficar muito no celular, tô muito cansado :/ 15:11

Meu amor:

Que horror 15:12

Então, foi sério? 15:12

Melhoras para o cu dele... 15:12

E vamos conversar quando der, ok? 15:13

Enquanto estou digitando aquelas mentiras, pensando na surpresa que quero fazer para Gael quando aterrissar em Lipa no dia seguinte, Eric está gargalhando do meu lado.

— Melhoras para o cu dele? — ele fala quase gritando, não se aguentando com a mensagem. — O cu dele está muito bem, pelo que eu me lembre.

— Ele disse que não estava, Eric... — Eu seguro o riso com tanta força que tenho a impressão de que estou ficando vermelho. — Mas podemos parar de falar da região anal do nosso amigo? Ele não está aqui para se defender...

— Mas foi você quem disse que ele está com hemorroidas! Eu vou contar pra ele...

— Por favor, só conta depois que eu for embora. Eu não sabia o que falar!

— E foi mentir logo sobre as hemorroidas? — Ele está se divertindo com a minha falta de inteligência para mentiras.

Mas eu, realmente, sou péssimo nisso...

Eric demora um tempo a se recompor e, quando o faz, está esparramado no sofá, do meu lado, na mesma posição confortável de antes, com seu braço em volta de mim, naquele abraço folgado.

Nós ficamos em silêncio mais alguns segundos após as risadas.

Então, eu o quebro.

— Você vai ficar chateado se eu deixar as outras coisas? — pergunto.

— Só vou ficar chateado se você for embora e nunca mais me ligar.

— Pra quem você acha que eu vou ligar de madrugada, porque eu sei que está acordado trepando por aí?

— Se eu estiver trepando por aí, eu não vou atender. Você já atrapalhou muito minhas fodas...

Solto uma risada com seu comentário, me lembrando de todas as vezes que liguei para ele no meio dos seus assuntos sexuais, e ele sempre me ajudou, não importava com quem estivesse. Sei que sempre fui sua prioridade, acima de qualquer pessoa.

Eu me viro no sofá, encarando-o. Sua mão sai do meu entorno e agora repousa sobre o meu joelho.

— A distância vai mudar, a quantidade de vezes que nos vemos por semana vai mudar, mas nós... nós não... — Eric respira fundo, dá uma risada trêmula e balança a cabeça negativamente.

Então, ele funga e deita a cabeça na parte detrás do sofá.

Está se segurando para não começar a chorar.

Tanto a ponto de fechar os olhos.

Eu me aproximo um pouco mais e, dando um beijo calmo em seu rosto, deposito todo o carinho e gratidão que tenho pela pessoa que fez mais por mim do que qualquer outra.

E só esse ato já dói...

Mas parece que é demais para Eric.

— A gente pode deixar essa despedida pro aeroporto? Sério... — Meu amigo abre os olhos e continua dando aquela risada sem graça, de quem faz piada para esconder o real motivo do corte, até realmente confessar. — Eu não quero me despedir de você duas vezes. Não vou aguentar, Dimitri.

Solto uma risada nasal, mas, por dentro, compartilho da sua dor.

Logo em seguida, volto a me encostar no sofá e volto, também, a repousar a cabeça no seu ombro. Eric aproveita a aproximação, me abraça por trás com força, repousa o queixo no meu ombro e respira fundo.

Quebro o silêncio apenas para confessar:

— Eu também não vou...

47

O LAR QUE VOCÊ PODE RETORNAR

Depois que tudo está no caminhão, fecho o apartamento, entrego as chaves a Eric, que irá devolver na imobiliária para mim e, entrando no meu carro, sigo meu destino, enquanto meu amigo vai para sua casa.

Mais tarde, também será meu destino, já que a cama, o sofá, a geladeira e tudo mais já estão no caminhão, a caminho da casa de Davi, então, enquanto estou num engarrafamento enjoado, pego o celular e coloco a ligação no viva-voz, para avisar da pequena mudança que meu amigo triturador de copos vai receber.

— Se for coisa demais, você deixa no caminhão que o Eric vai dar um jeito, ok?

— Caminhão, Dimitri? Você não ia vir de carro trazer só umas caixas?

— O número de coisas aumentou um pouquinho...

Davi ri do outro lado da linha.

— Obrigado, Dimi.

— Nada, Davi. Espero que seus filhos gostem.

— Espero que eles não explodam tudo...

Entre risadas soltas, conversamos por mais alguns segundos, depois saio do meu carro e estaciono no meu destino.

Na frente do açougue.

Respirando fundo, tiro a chave da ignição e aguardo alguns minutos, porque sei que meu sogro não chegou ainda. Mas não preciso esperar muito...

Logo, a figura meio séria aparece ao lado de uma mulher. Augusto e Marina vêm andando devagar pela calçada. Parece que estão casados há anos, pois é uma relação muito calma e bonita, mas sei que ainda são apenas namorados.

Fico me perguntando se o pai de Gael é tímido ou tem medo de pedir a mulher em casamento ou só quer curtir o namoro mesmo, para ter certeza do que quer.

Eu saio do carro, ando na direção dos dois e logo o sorriso fraternal de Augusto aparece. Ele anda até mim e me dá um abraço bruto. Em seguida, recebo um abraço um pouco menos bruto de Marina.

— Eu vou subir pra guardar minhas coisas, ok? — ela diz educada, vendo claramente que eu gostaria de falar com meu sogro a sós.

— Obrigado, Marina. — Agradeço com carinho.

Ela acena, dá um beijo no rosto de Augusto, ficando na ponta dos pés, e depois vai embora.

— Não quer entrar, meu filho? A gente divide a macarronada com você. Eu sei que você não come muito... Eu já vi seu prato minúsculo e discordo dele. Tem que comer mais...

Aquilo me faz rir, ao mesmo tempo, me causa um incômodo nos olhos. Eu olho para baixo, segurando o choro, enquanto continuo com as risadas abafadas.

Eu ainda não me acostumei com o jeito paterno de Augusto. Eu nunca tive isso, e é por esse motivo que estou aqui. Porque Gael é importante para mim, mas seu pai, com certeza, também faz parte da minha vida.

— Eu não posso, sogro... Eu... — Volto a olhá-lo, sorrindo fraco. — Eu estou indo embora.

— Como assim indo embora? — Ele me olha sério, depois cruza os braços.

Em mais uma risada nervosa, ainda mais por ver seus braços cruzados dessa forma, com ele claramente ofendido, solto a informação:

— Eu vou pra Lipa. Vou morar com o Gael, mas ele não sabe! Então, ainda não conta pra ele, por favor...

— Você... — Seus olhos se arregalam por baixo das sobrancelhas grossas. — Você também vai me deixar, meu filho?

E dessa vez, minha risada se torna esganiçada e uma lágrima solitária rola de minha pálpebra inferior, enquanto eu balanço a cabeça negativamente.

— Não é abandono sogro, nós vamos voltar, logo estamos aqui de novo pra ver você...

O homem balança a cabeça positivamente, mas não parece aceitar muito bem.

Então, num rompante, fala:

— Ah, me dá um abraço, seu fujão... — Aproxima-se de mim, jogando os braços brutos por volta do meu ombro e me amassando com aquela demonstração de carinho mais forte do que eu esperava.

Eu choro mais ainda quando faz isso e, nesse minuto, entendo como posso ser amado por uma figura mais velha que eu. Uma figura que tem respeito e afeição por mim, independente de como eu seja. De quem eu ame.

— Se vocês me abandonarem aqui, eu boto fogo na Banheira.

Eu desfaço do seu abraço e o olho com confusão.

— A Banheira? Mas o Gael vendeu...

— Você acha que eu ia deixar ele vender aquele carro? Eu escondi e estou usando pra ir pescar com o Daniel. Ele fica com o carro às vezes, mas reclama que fede... Só que depois que fica cheio de peixe lá dentro, ninguém sente mais nada.

De um momento para o outro, as lágrimas não são mais de saudade e sim porque eu estou rindo tanto, só de imaginar a cara que Gael vai fazer quando descobrir que o carro dele virou depósito de peixes.

Mas não sou eu que vou contar...

— Augusto! Vem pegar umas carnes! — o coroa tatuado, Nataniel, grita lá de dentro do açougue, mostrando um bife grande para o meu sogro, como se ele fosse um cachorro com fome.

Mas o que ele fala me faz duvidar se não é...

— Vou lá, porque eu não desperdiço carne de graça, meu filho. Ainda mais um bife daqueles...

Acabo rindo do seu comentário e, no momento seguinte, trocamos mais um abraço apertado, forte e um pouco menos bruto.

— O Gael te ama muito, Dimitri... — ele diz em um tom carinhoso. — Você está fazendo a coisa certa, indo ficar com ele, e eu fico mais calmo em saber que ele não vai estar sozinho em outro país. Obrigado... Obrigado por cuidar do meu filho.

— Ele também cuida de mim, sogro.

Ele sorri, dá uns tapas carinhosos no meu ombro e vai andando em direção ao açougue.

Então, mais uma vez nesse processo de despedida, me sinto grato.

Nunca tive pais, mas ganhei Augusto...

E isso, definitivamente, vale muita coisa.

Quando chego à casa de Eric, ele ainda está em seu quarto.

Ligou a televisão e vê uma coisa nela, mas não me deixa ver também.

Quando entro no quarto, ele desliga, mas tenho quase certeza de que acabei de ouvir um gemido.

— Eric... você estava vendo pornô?

Ele ri baixo, jogando o controle sobre a cama.

— Não exatamente...

— Mas eu ouvi um gemido.

— Havia pessoas fazendo outras coisas no vídeo.

— Você estava... — Franzo o cenho — Você estava estudando suas artes dominadoras?

Eric solta uma gargalhada, depois se levanta, anda lentamente até seu carrinho de bebidas e se serve de um dedo de conhaque.

Eu olho um segundo para todas as suas garrafas de bebidas. Todas são novas, polidas e bonitas, só tem uma, muito acabada, mas lacrada, que fica no “segundo andar” do carrinho.

Um conhaque estupidamente velho e barato, que eu sei que foi um presente de alguém...

Mas Eric nunca o abriu.

— Pode-se dizer que sim. — Ele chama minha atenção, confirmando meu questionamento.

— Não está batendo o suficiente nos seus submissos?

— Se você estudasse um pouquinho de BDSM saberia que não se trata apenas de bater e apanhar...

— Não quero estudar isso, obrigado. Desculpa insultar seu sistema safado de dominação e submissão.

Eric solta uma risada baixa, chega perto de mim e ajeita um fio bagunçado que cai perto do meu olho. Meu cabelo cresceu rápido demais, já tenho que cortar de novo, porque agora gosto dele curto.

— Dorme na minha cama? Eu vou pro quarto aqui do lado...

— Eu vou pra lá, Ric... Fica no seu quarto.

— Não, deita aí — parece quase uma ordem. — Você precisa descansar... Amanhã, vai pra outro país e é melhor dormir bem.

— Para de falar assim, vai me fazer chorar antes da hora.

Meu amigo solta uma risada baixinha, segura meu queixo com carinho e deixa um beijo no meu rosto.

— Boa noite, meu pequeno. — Sai do quarto, deixando claro que eu não vou conseguir dobrar sua ordem.

Fecho a porta, tomo meu banho e, por estar sozinho no quarto, tenho o privilégio de poder dormir apenas de cueca naquela cama enorme, com aquele edredom que é a coisa mais gostosa com que eu já me cobri.

Tendo me certificado de que a porta estava bem fechada, eu cedo à curiosidade...

Ligo a televisão e começo a rir baixinho, me sentindo um adolescente que está vendo pornô escondido na televisão da sala, com os pais podendo aparecer a qualquer momento.

Não que eu já tenha feito isso.

Mentira, já fiz.

Mas porra...

Se aquilo é um pornô...

É o pornô mais bonito que eu já vi.

Infelizmente, durmo no meio do vídeo e acordo, horas e horas depois, com Eric na frente da minha cama, de braços cruzados, me olhando.

— Dimitri...

— Não vi piroca nenhuma! A televisão ligou sozinha, e eu não tive culpa!

— O quê? — ele pergunta confuso e depois olha para trás.

A televisão está desligada. Deve ter desligado sozinha no meio da noite, depois da inatividade por mais de trinta minutos.

Eu respiro fundo, colocando a mão na testa.

— Nada não... — Seguro o riso e, em seguida, Eric joga minha blusa na minha cara.

É certeza de que ele deve ter entendido o que eu fiz, mas não se prolonga nesse assunto.

— Vista isso, vamos almoçar porque você tem que pegar um avião daqui a pouco...

Almoçar?

Olho para o visor do meu celular e percebo que já são quase meio-dia.

Dormi muito, e isso me faz ficar ainda mais nervoso.

— Eu vou me cagar todo. Ou vomitar — digo, enfiando a blusa na cabeça e esfregando os olhos.

Rindo, Eric vai até seu próprio armário, pega suas roupas e se tranca no banheiro.

Nesse meio tempo, olho meu celular...

Mais mensagens de Gael, e aquilo faz meu coração doer, porque sei que não estou lhe dando a atenção que deveria dar, mas espero que ele me deixe compensar quando estiver lá.

Espero que ele não me odeie.

Meu amor:

Bom dia, meu anjo... 10:13

Como foi sua noite? 10:13

E suas férias? Conseguiu resolver alguma coisa com o Pablo? 10:13

Eu:

Bom dia, meu amor. Minha noite foi boa e a sua? 11:57

Talvez, ok? Eu tô indo pra boate agora para fazer o controle do estoque. 11:57

Falo com você mais tarde, quando puder. 11:57

Essa é a última mensagem que vou mandar para Gael, porque não consigo lidar com a ansiedade de vê-lo esperando minhas respostas, então coloco o telefone no modo avião.

Além de estar tentando não estragar a surpresa, também estou tão nervoso que sei que não conseguirei ficar no celular por muito tempo.

Quando Eric sai de lá, já troquei minha roupa inteira, inclusive já pus meus sapatos e vou ao banheiro apenas para pentear meu cabelo, escovar os dentes e colocar meus brincos e anéis, que deixei em cima da bancada, antes de tomar meu banho noturno.

Deixando que eu use meu carro mais uma vez, dirijo, e Eric vai no banco do carona, colocando músicas que gosta.

Um Jazz antigo, gostoso de ouvir.

Ele tem um ouvido refinado, algo que eu nunca terei, mas começo a cantar, porque já decorei as letras, pelas tantas vezes que escutei as mesmas músicas. Meu amigo olha para mim e ri, por perceber que sei de cor, depois fecha os olhos e apenas aprecia a viagem.

Subimos uma ladeira leve e estacionamos o carro, num lugar que Eric ia muito quando éramos jovens, inclusive, já me levou em algumas ocasiões, mesmo que não voltemos lá com tanta frequência.

Entretanto, o lugar ainda é dele.

Chegamos ao restaurante sede da Rede Carpo, um dos restaurantes de uma rede enorme que hoje pertence apenas à Sra. Carpo — sua mãe — e Eric.

— Já entendi... — comento, saindo do carro e passando a chave na porta. — Você me deu aquele dinheiro todo ontem pra eu fingir que consegui pagar meu próprio almoço, não é?

— Que engraçadinho, Dimitri... — Eric diz, segurando o riso e, quando chego perto dele, me puxa, passando o braço por cima do meu ombro e andando comigo até atravessarmos a porta do restaurante.

Quando entramos, vemos a mesa com Pablo e Vicenzo, no entanto há mais pessoas com eles do que eu esperava.

Key, Leia ao lado de Luna, o DJ da casa, alguns garçons e garçonetes que faziam parte do meu grupo principal de funcionários, três faxineiros, a caixa, Victor — que já havia voltado de férias —, sua esposa Aghata e, ao seu lado, Davi, sua mulher de cabelo lilás e seu casal de filhos que, milagrosamente, estão quietos.

— Só está aqui quem ficou extremamente triste e abalado com a notícia da sua partida — Eric comenta, enquanto ainda estou parado, olhando para todos ali na mesa.

— Mas é gente demais...

— Exatamente. Você tem valor pra todos eles.

Eu estou muito emocionado e, numa hora como essa, não é novidade nenhuma que meu sorriso seja banhado por uma ou duas lágrimas.

— Ah, vem cá, meu bebê chorão... — Pablo fala, levantando da cadeira, vindo até mim e me puxando para um abraço.

Aquele não é o único abraço que eu ganho. Dos funcionários até os filhos de Davi, eu abraço todos que estão ali e demoro um pouco a parar de chorar e rir, tudo misturado. Depois, me sento num lugar que é tão confortável para mim que, por muitos e muitos anos, passou a ser meu lar.

Entre, Pablo e Eric.

O almoço dura um bom tempo e, uma a uma, as pessoas vão embora, e mais abraços e mais despedidas. Mais uma vez, acabo chorando, porque realmente não esperava receber tanto carinho.

— Você mandou coisa demais, mas... — Davi coça a nuca, meio sem graça. — Eu e a nervosa estávamos sem cama, dormindo num colchão no chão porque as crianças quebraram nossa cama... e porra! Você mandou uma cama nova! E o sofá? Meu Deus, eles já tinham rasgado tudo... Nossa, Dimitri, eu não sei como agradecer, sério... Eu...

Quem diria que eu iria dar uma cama de casal para o meu *crush* hétero da adolescência poder dormir com a esposa.

Isso que eu chamo de superação de verdade...

Devo contar a ele que trepei com vários caras naquela cama?

É melhor não.

— Você quer que eu mande umas gaiolas da próxima vez? — sussurro, segurando o riso. — Eu mando duas grandes, e você coloca as crianças lá dentro.

— Pode ser uma gaiola com suporte pra celular? Aí eles ficam quietinhos.

Solto uma gargalhada com o seu comentário e, em seguida, recebo do meu amigo mais antigo, um abraço apertado. Em seguida, me despeço de toda a sua família, até de seus filhos que passaram 50% do tempo comportados. Eles se esforçaram bastante, foi claro.

Recebo mais um homem alto vindo à minha direção.

— Tá indo embora? Seis engradados — Victor fala, me fazendo socar seu ombro.

— Eu e Gael já pagamos cerveja demais pra você.

— Não custava tentar, oxigenado... — ele diz, me dando um abraço apertado e bagunçando meu cabelo.

Depois de dar um abraço em sua esposa, volto a me sentar à mesa, onde agora estão apenas Ric, Pablo e Vicenzo. Pablo está com a cabeça encostada no ombro de Vicenzo, e Eric bebe uma taça de vinho rosé, bem calmamente. Quando bota a taça na mesa, olha para mim.

— Tem algo que queira fazer antes de ir embora? — ele pergunta, levemente preocupado.

Eu olho no meu relógio e vejo que são 13:52.

Meu voo será às 17:05.

Respiro fundo, passo as mãos por dentro da sua palma, entrelaço os dedos nos seus, depois faço a mesma coisa com Pablo e, de mãos dadas com meus amigos, balanço a cabeça negativamente.

— A única coisa que eu queria fazer era colocar vocês na minha mala... — Levo a cabeça mais à frente, para poder olhar para Vicenzo ao lado de Pablo. — Até você, seu bicho ciumento.

— Ciúme não me pertence mais, eu me curei — Vicenzo responde.

Todos nós começamos a rir.

Eric e Pablo, ao mesmo tempo, pegam minhas mãos e as beijam, cada uma do seu lado, então Vicenzo levanta e dá um beijo na minha cabeça. Aquilo me faz rir ainda mais, mas eu percebo que, realmente, não há mais nada que eu queira fazer e que não vou deixar nada para trás.

Porque eles sempre vão estar comigo, não importa em que país eu esteja.

Vamos todos para a casa de Eric, pegamos minhas malas e minha televisão, já embalada propriamente. Está numa caixa especial para embarque, que Eric arrumou num tempo hábil muito impressionante.

Faltam pouco menos de três horas para o meu voo, mas, como eu tenho muita coisa para despachar, resolvemos ir para o aeroporto e, depois de colocar tudo no setor de envios no bagageiro, sentamos num café e aguardamos, no hall principal.

Como temos um tempo, abro meu celular e vejo o aplicativo de mensagens.

Não consigo ver se Gael mandou mais alguma coisa, por estar ainda no modo avião, e isso me deixa nervoso.

— Merda — xingo baixinho, louco para falar com ele pessoalmente. — Bloqueio o celular e respiro fundo, então, pensando nele, seu nome vem à tona naquela mesa.

— Como o barman reagiu à notícia de você ir morar com ele? — Pablo pergunta, misturando açúcar a um cappuccino que comprou para ele e para todos nós.

Eric bebe sem açúcar nenhum.

Eu e Vicenzo também adoçamos o nosso.

— Ele... — Dou um gole na bebida quente. — Ele não sabe. E eu estou tentando disfarçar e fazer surpresa.

Pablo dá uma pequena cuspida na xícara e depois solta uma gargalhada alta.

— Você tá maluco, porra? — Então, bate na mesa, fazendo o açucareiro de vidro bater ali e fazer um barulho alto. — Ele vai achar que você chifrou ele!

— Eu não conheço ele, gente... Nunca vi na minha vida... — Eric fala, apontando para Pablo.

— Enfia esse dedo no cu — Pablo pega o dedo de Eric e aperta, o empurrando, depois volta a olhar para mim. — Dimitri, e se você não achar ele, o que...? Você tem dinheiro se acontecer algum imprevisto? Seu último salário e a bonificação de transferência que eu te paguei... você guardou, não foi?

— Eu guardei, sim... — confirmo, lembrando-me de que tinha o dobro do que deveria ser essa bonificação, porque Pablo parecia ter me dado muito a mais. — Você me deu dinheiro a mais, e o Eric também me deu dinheiro... então eu acho que tenho o suficiente pra dar entrada numa casa em Lipa, se eu quiser.

— Vocês estavam brincando de fazer depósito pra um baixa-renda? Eu nem fiz minha doação... — Vicenzo diz, implicando comigo.

— Para com isso! — Pablo bateu na sua mão. — Ninguém mexe com o nosso pobre!

— Vão se foder... — eu falo e vejo Eric rindo, achando graça demais. — Tá rindo por que já ajudou seu pobre esse mês, né?

— Dá um tempo, Dimitri... — ele fala, me puxando e dando um beijo na minha cabeça. — É só brincadeira, a gente sabe que você agora é classe média. E a gente ainda te ama mesmo assim...

Eu acabo rindo, porque acabo me sentindo confortável com eles brincando assim. Eles falam merda, mas nunca jogaram na minha cara nenhum centavo que me deram, e é por isso que eu sei que sempre fizeram tudo de coração. Entretanto, nossa risada diminui quando ouvimos uma voz alta, além da nossa.

— *Primeira chamada para o voo YV0711 com destino à Lipa.*

Nós nos olhamos, e eu respiro fundo.

— É. É o meu...

Todos se levantam devagar da mesa e, depois que Pablo paga a conta, começamos a andar lentamente na direção do meu portão. Sem falar nada ou avisar, Eric desliza os dedos por dentro da minha mão e entrelaça-os aos meus. Ele me aperta com firmeza e, nem quando eu me despeço de Pablo e Vicenzo, consegue me soltar.

Quando chega sua vez, envolve os braços no meu tronco, enquanto eu abraço seus ombros e pescoço, então nós nos abraçamos com uma dor que eu já sentia há dias, mas fingia que não.

Há quase dez anos que não sei o que é viver longe de Eric e não sei o que será de mim sem seu colo, seu abraço ou sua ajuda. E nesse momento, eu vejo Eric fazer algo que raramente faz na minha frente.

Eric chora a ponto de soluçar no meu abraço, e o seu choro só desencadeia lágrimas e mais lágrimas minhas.

— Não, não chora assim, por favor... — suplico, mas sou hipócrita, porque meu choro também está brotando. — Por favor, Ric...

Porra, até Pablo está chorando, enquanto abraça Vicenzo por trás e enfia o queixo no seu ombro.

Eric se afasta levemente, olhando para mim.

— Entende que... que não é de tristeza, certo? — Ele tenta se acalmar e diminuir o choro, enquanto passo os dedos em seu rosto e tento secar suas lágrimas devagar. — Eu estou feliz...

— Você não parece f-feliz... — Soluço, choro e rio no final.

Eric está soltando uma gargalhada chorosa.

— Você me enche de orgulho, Dimitri Dangeli... Você cresceu e... — Ele funga, soltando um sorriso tão grande que aquece o meu interior. — Tornou-se uma pessoa tão forte, tão segura. Você vai ser gerente da porra de uma filial... Você é tão suficiente para si mesmo.

"Você é tão suficiente para si mesmo."

Como é bom concordar com essa frase...

Aquilo me faz chorar ainda mais, balançando a cabeça positivamente.

— Para de chorar, você precisa manter a pose de chefe sério e fingir que sempre foi assim, quando chegar à filial.

— Eu? Que não sabia nem carregar uma bandeja no começo, você lembra? — rio baixinho, agora com Eric secando meu rosto.

— Por isso, paga os prejuízos de Davi, não é? — Pablo fala. — Porque você se compadece dele, já esteve no mesmo lugar...

— Por favor, não demite ele, não. — Eu volto a chorar, soluçando. — Você viu os filhos dele, né? Por favor, eles comem como uns bois; não faz isso com ele...

Pablo começa a gargalhar e Eric também, enquanto Vicenzo dá apenas uma risada nasal.

— Não vou despedir ele, meu gostoso, pode confiar em mim.

Eu assinto, então olho para Eric, que diminuiu o riso grande e agora está apenas com um sorriso pequeno no canto dos lábios.

Volta a segurar meu rosto e encosta a testa na minha.

— Eu te amo muito, meu pequeno. Muito... — Seus polegares carinhosos roçam nas minhas bochechas úmidas e quentes.

— Nunca se esqueça disso. Nunca se esqueça de tudo que eu sou capaz de fazer por você.

Meu peito dói de tanto soluçar nesse momento.

— E... — Eric pausa, por conta de um soluço. — Eu desejo que você tenha a vida mais perfeita do mundo, porque você não merece menos que isso... mas sempre se lembre...

— Do que, Ric? — pergunto, com a voz esganiçada.

— De que eu e Pablo sempre seremos o lar ao qual você pode retornar, não importa quanto tempo passe.

Balanço a cabeça positivamente e mal consigo abrir os olhos, de tanto que choro.

— Obrigado por tudo... — Quero agradecer ainda mais...

Quero agradecer por todos os dias, dos últimos dez anos, em que ele e Pablo foram a família que eu nunca tive. Quero gritar o quanto eles são bons e o quanto seus corações são imensos. Quero fazer cada pessoa nesse país entender que ali está um dos meus maiores tesouros.

Mas não consigo.

Mal consigo falar.

Então, Eric fala só mais um pouquinho...

— Se você for feliz, eu vou ser feliz. É só com isso que eu me preocupo...

— Eu vou ser, Eric. — Balanço a cabeça positivamente, na esperança do meu amigo sentir a paz que, no final de tudo, ele também merece. — Eu já sou...

— Eu também. — Ele dá um beijo na minha testa e, não aguentando mais, volta a me abraçar com força, enfiando o nariz na dobra do meu pescoço e depositando seus soluços chorosos ali.

No momento seguinte, estou abraçando-o de volta e logo sinto mais dois pares de braços em volta de nós dois. Pablo e Vicenzo também estão compartilhando desse momento tão doloroso, e consigo sentir o choro brutal vindo, também, do dono da boate.

Acho que nenhum de nós está inteiro nesse momento.

E tudo dói mais um pouquinho quando ouvimos:

— Segunda chamada para o voo YV0711 com destino à Lipa.

Eu respiro fundo, e nós nos soltamos e cada um limpa seu rosto cheio de lágrimas e coriza, porque estamos tentando nos recompor. Antes de ir definitivamente, dou mais um abraço individual em cada um, porque ainda não parece o suficiente.

E nunca será suficiente...

A não ser que eu, realmente, os levasse na minha mala.

E entre sorrisos, "eu te amo", "boa viagem" e "você tá muito gostosinho", de Pablo, é claro, eu vou embora. Encaro o longo corredor de vidro e, dessa vez, não há choro doloroso por abandono ou aquele sentimento de que tudo está quebrado.

Eu estou inteiro e acho que as coisas nunca estiveram tão no lugar.

Com isso, eu atravesso, mostro meu passaporte, passagem e vou embora.

Vou para Lipa encontrar Gael.

48

TELEVISÃO NO BANCO DETRÁS

GAEL

Dimitri está ali, a poucos metros de mim, cercado pela neve que começa a cair um pouco mais forte.

É surrealmente real.

Eu avanço com o carro e estaciono, fazendo um pequeno barulho abrupto no asfalto, em seguida, respiro fundo, aperto o volante e olho para ele. Saio lentamente, mas não consigo andar na sua direção, então apenas me apoio na porta ainda aberta do veículo.

Meu coração bate rápido demais e minhas emoções navegam entre irritação e alegria.

Eu me sinto um idiota.

Um idiota feliz. Um idiota com raiva.

Preciso colocar a cabeça no lugar e processar o que está acontecendo, mas Dimitri percebe o quanto estou transtornado. O quanto não é uma situação normal.

— Por favor... — Ele morde o lábio inferior, num tom choroso que começa a me quebrar. — Por favor, não fica com ódio de mim, meu amor...

— Eu... — Respiro fundo, fechando a porta e andando devagar na sua direção.

Fico observando aquele corpo pequeno segurando uma televisão tão grande, mas ainda não tenho noção do que fazer.

Então, me sento no capô do meu carro, cruzo os braços e franzo o cenho, pensando em tudo por que passei nos últimos dias, com a mudança de seu humor e do gelo de suas mensagens.

Nessa hora, me permito externar as frustrações.

— Porra, Dimitri, você... Você tem noção de como eu fiquei todos esses dias? De como... porra! — Estalo a língua, inconclusivo. — Meu coração ainda bate rápido demais. Meu cérebro não consegue acompanhar o ritmo daquele músculo eufórico.

— Eu... Eu sei... — Ele dá alguns passos na minha direção, ainda receoso. — Amor, eu sou tão...

Eu estou quase rindo, porque a imagem dele segurando a televisão empacotada, no meio da neve, é mais engraçada do que eu estou preparado para admitir.

Não posso rir.

Estou com raiva.

Raiva por achar que era corno!

— Tão o quê? — pergunto, ainda sério.

— Burro! Eu sou burro! Eu queria fazer surpresa, mas não queria mentir pra você, então comecei a enrolar e... — Dimitri começa a falar rápido demais e, quando percebo, sua voz está embolada num choro meio desesperado. Ele parece uma criança muito nervosa, se justificando para não tomar uma chinelada na bunda.

Ah, eu com certeza quero bater na sua bunda agora...

— E aí eu percebi que você estava ficando mal, e isso me deixou péssimo, e eu não conseguia pensar no que fazer. Como eu disse... — sua voz é quase engasgada, de tão rápido que fala. — Eu não queria mentir pra você! Mas eu estava enrolado com a mudança e não podia falar pra você o que estava acontecendo, ao mesmo tempo, eu odeio mentir pra você! Eu odeio, Gael! Sempre odiei, sempre achei errado, mesmo com tudo que eu já fiz...

Estou com a mandíbula travada, levemente sem reação e lutando contra o sentimento de mandá-lo calar a boca e me beijar logo, mas permito que fale.

— Porque eu nunca mais queria mentir pra você... As únicas mentiras que eu falei foram sobre ir ajudar no estoque e sobre o Pablo, então...

— Pablo não está com hemorroidas? — eu o corto.

Dimitri chora mais ainda, dando uma gargalhada curta no meio daquele choro. Ele balança a cabeça negativamente. É uma bagunça de sentimentos.

— Não, ele... ele não está, mas eu fiz tudo errado... Isso era pra ter sido uma s-surpresa linda e... e calma, mas... — Funga, parece tentar esfregar a bochecha molhada no ombro, porque as mãos estão ocupadas com a televisão, mas não consegue.

— Não foi nada disso. Foi longe de ser lindo... Não teve nada de c-calmo... Não era pra ter sido assim... Me... me perdoa, Gael...

Isso está doendo.

Eu respiro fundo. Miro o chão que, a cada minuto que passa, fica um pouco mais alvo, pela neve que cai, então me ergo do capô e ando devagar na sua direção.

Pego a televisão de suas mãos, levo até a parte detrás do meu carro e a guardo no banco. Sem que ele perceba, acabo rindo quando estou com a cabeça inteira dentro do carro, enfiando o aparelho ali.

Por que ele trouxe a televisão para passar férias comigo? *Louco...*

Em seguida, me ergo e volto a ficar na frente do cara loiro que trabalhava comigo. Coloco as mãos no quadril, tento ordenar as palavras na minha mente e vejo que ele ainda parece estar com certo receio de chegar perto de mim.

Devo estar fazendo uma cara de muito puto, enquanto empurro o interior da bochecha com a língua e continuo franzindo o cenho, sem conseguir amenizar minha feição nesse segundo.

— Estive muito chateado todos esses dias, Dimitri... Eu só... — vou soltando as palavras e parece que esse ato faz meu peito ficar um pouco menos pesado, porque estou desabafando exatamente com quem preciso desabafar. Com quem quis desabafar todos esses dias. — Eu só queria conversar, mas você estava tão estranho, eu quase... — Estalo a língua, sentindo raiva ao lembrar-me de tudo que o afastamento estranho de Dimitri me fez passar e de como eu não iria aceitar me sentir assim por outra pessoa.

Ele engole em seco, me olhando ansioso.

— Ia... terminar comigo? — pergunta baixo.

— Dimitri, eu aguentei até o limite que deu, mas não me humilharia por mais ninguém. Mesmo te amando tanto, mesmo sendo louco por você...

Ele está quieto, parece entender e aceitar o que eu digo, mas o clima está pesado e nós, com certeza, não estamos no nosso momento mais tranquilo.

No entanto, eu paro para pensar sobre a situação. Sobre ele estar ali, confessando a verdade por trás de seu sumiço.

Dimitri não me traiu. Dimitri não queria terminar.

Ele estava apenas sendo péssimo, terrível, horrível em guardar segredos.

E o alívio que isso me traz...

Porra.

— E você... — sua voz ainda soa baixinha quando ele dá um passo na minha direção e entrelaça os dedos gordinhos e gelados aos meus. — Ainda é louco por mim?

Apenas o contato dos seus dedos arrepia meu corpo inteiro.

Eu não acredito que isso está acontecendo. Que ele está ali...

Olho para seus dedos entrelaçados aos meus, quase gritando pelo quanto sou louco por esse homem que me irrita tanto e, dessa vez, não consigo segurar a risada contrariada que brota na minha boca.

Eu volto a levantar meu rosto, encarando seus olhos chorosos que parecem que nunca mais vão parar de jorrar.

Eu sinto meus olhos arderem levemente, porque está acontecendo...

Eles estão ganhando lágrimas ralas que eu não controlo mais.

— Sim, Dimitri... — confirmo numa fungada leve, encostando a testa carente de carinho na sua, enquanto sua respiração quente bate nos meus lábios. — Eu ainda sou louco por você — sussurro só para ele.

Apenas para o homem que tem o meu coração.

E mesmo que ainda tenha tanto a conversar, tanto a explicar, Dimitri toma a atitude que eu esperava que tomasse desde que eu pus os olhos nele, então encerra a mínima distância que há entre nós.

Seus lábios, cheios e gostosos, chocam-se aos meus num beijo que explode em urgência, saudade, amor, carinho e uma parcela de culpa, porque ainda consigo sentir o gosto salino de suas lágrimas ansiosas.

Quando nossos dedos perdem o entrelace, minhas mãos seguram seu rosto com todo amor que tenho no meu peito, enquanto seus braços abraçam meus ombros com o mesmo amor. Com a mesma saudade rasgada.

Nosso beijo dura segundos, minutos ou anos, não sei dizer, porque estamos presos naquele torpor. Naquela necessidade de trocar beijos pelos sete meses em que nossos lábios estiveram longe um do outro.

Naquele momento, nós trocamos um beijo humano, carregado de erros e de tentativas de conserto. Carregado de lutas e de vontade de seguir em frente.

E quando paramos, entre respirações cortadas e testas ainda coladas, ouvindo a movimentação de transeuntes à nossa volta e carros que vão e vêm, nós ainda não conseguimos nos afastar.

Ele não está com agasalho suficiente para o frio que faz, então, da forma que consigo, envolvo seu corpo trêmulo com meu sobretudo preto e cubro nós dois.

Aí, eu solto baixinho:

— Eu... Eu estou tão feliz que essa merda toda só aconteceu porque você é horrível fazendo surpresas...

Dimitri solta uma risada pequena, que logo vira choro, porque ele não esconde o quanto está se sentindo culpado por ter feito com que eu me sentisse mal.

— Eu te prometo que essa foi a última vez que você sentiu coisas ruins por minha culpa, eu prometo, meu amor... — Ele funga com força, enquanto nosso abraço ganha intensidade, porque seus braços não saem do entorno do meu pescoço.

— E me promete, também — falo, o abraçando tão forte que tenho medo de quebrá-lo —, que nunca mais vai fazer surpresas que me deixem nervoso por mais de doze horas. Esse é o máximo que eu aguento. Mais do que isso deixa de ser saudável...

Dimitri solta mais uma gargalhada chorosa.

— Eu prometo, eu juro, chega de surpresas... Nunca mais...

— Nunca mais é tempo demais. Doze horas apenas... — digo, rindo entre mais fungadas, e depois me entrego a mais um momento de beijos que não deveriam acabar nunca mais.

Até perceber que ele não para de tremer.

— Respondendo à sua pergunta — digo, me afastando levemente dele. — Eu não quero que sua bunda congele...

Dimitri solta uma risada alta, jogando o corpo para trás, enquanto eu ainda o seguro.

— E eu não sei como você vira um maníaco sexual toda vez que me manda mensagem por aquele número...

Ele não para de rir... Sua gargalhada é tão gostosa.

— Mas vamos para o meu carro, antes que você vire um picolé.

— Não quer me chupar? — ele provoca, voltando a olhar para mim com os olhos marejados pelo riso, dessa vez.

— Em outro lugar...

Entre mais risadas e um sentimento de estar vivendo uma fantasia inesperada, nós pegamos suas malas e guardamos no meu porta-malas, em seguida, conseguimos entrar no carro e cada um coloca o seu cinto.

Dimitri olha para mim, e eu olho para Dimitri.

Minha cabeça ainda explode, e eu ainda quero dar uns tapas na bunda dele, mas ele está ali, sorrindo tanto, tão feliz por me ver...

Há tantas perguntas. Tanto coisa a dizer, principalmente o fato de que eu estava quase enlouquecendo e só conseguia pensar em seu amigo, que estava me fazendo criar mil teorias malignas na cabeça, mas que, na verdade, deveria estar encobrindo seu plano louco de chegar até Lipa com uma televisão.

— O Eric te encobriu.

Ele me olha com atenção.

— O que ele disse? — Dimitri solta preocupado.

Pela cara de espanto que faz, provavelmente não tinha planejado essa parte.

— Que você estava vendo filme com ele...

— Puta merda... — Dimitri quase volta a chorar. — Você deve ter se sentido tão mal... Por isso, ia terminar comigo! Eu me esqueci de combinar com ele, eu... — Dimitri resmunga choramingando. — Eu nunca mais faço surpresas, eu sou muito ruim nisso, puta que pariu. — Então, dá tapas na própria testa. — Anta! Uma anta!

Eu acabo soltando uma risada baixa, porque é uma situação caótica, então seguro em sua mão e o faço baixá-la, para que pare de se bater.

— Está tudo bem. Na hora que ele mandou isso, você devia estar no avião...

— Acho que sim. — Ele encolhe no banco, como criança. — Se estivesse comigo, a resposta teria sido melhor... Desculpe de novo, amor...

Enquanto sorrio com a cena fofa, olho pelo retrovisor do carro.

Encaro a televisão por alguns segundos, então enfio a chave na ignição.

— Por que trouxe a televisão? — Rio baixo, porque é uma loucura imaginar que ele veio de outro país com essa TV.

— Eu não podia deixar pra trás... — ele fala, olhando para trás e checando se ela ainda está inteira. — Não ia conseguir ficar sem ela, significa muito pra mim, e precisava trazer pra você. Pra nós.

Eu não sei se estou entendendo direito.

Ele precisa da televisão para passar férias?

Ou me dar?

— Você vai ficar sem televisão em casa? — pergunto confuso, sem ligar o carro ainda.

— Não, Gael... — Dimitri vira o rosto para mim, me dando aquele sorriso bonito, mesmo que esteja levemente trêmulo.

A neve continua descendo pelos vidros.

Seus olhos brilham enquanto olham para mim.

— Meu amor... — seu tom é mais profundo que o normal, mas sua voz, doce e gentil, ainda é chorosa, mas tão gostosa de ouvir que me causa um arrepio certeiro na nuca. — Eu vou ficar. Eu vim...

Mentira.

Puta que pariu!

— Vim morar com você... Bem, se... se você ainda quiser... morar comigo...

Eu abro a boca para falar alguma coisa, mas a fecho em seguida.

Esse é o tipo de situação que faz com que eu ache que meu coração vai explodir.

— Não brinca com isso, Dimitri... — peço, balançando a cabeça negativamente. — Por favor, não brinca... não brinca que veio ficar comigo, não... — Eu engulo em seco, não posso voltar a chorar.

Que tipo de pessoa desesperada eu vou parecer?

— Não brinca que... nós vamos ficar juntos de vez...

Tarde demais. Eu sou um idiota chorão.

— Amor... — sua voz soa quase chorosa de novo.

Acho que eu e ele estamos prestes a explodir.

É sentimento demais, emoção demais.

Coração de menos.

Dimitri levanta a mão na minha direção, apoia os dedos gelados na minha nuca e me faz um carinho contido.

— Não é brincadeira, barman. O prazo... — Ele funga, todo trêmulo. — O prazo de trinta dias acabou, e eu vim para assinar nosso contrato... Nosso contrato vitalício. — Então, pigarreia. — Se você q-quiser...

— E o seu emprego? Dimitri, e a boate? — pergunto preocupado, pensando em ele ter feito a loucura de abandonar tudo por mim.

Mas o Dimitri de agora não é o Dimitri que faria isso.

Senão ele teria vindo comigo há sete meses...

— Agora... — Ele sorri, um sorriso imenso e orgulhoso, que desfaz qualquer cara de choro. — Eu sou gerente, amor. Sou gerente da filial de Lipa.

Então, eu estou cheio de orgulho em conjunto.

— Porra... — Se eu tivesse fogos para soltar, estaria soltando nesse momento.

Queria ter os confetes de Daniel nesse momento.

O silêncio paira no carro por alguns minutos. Não é um silêncio ruim, nem com pesar e não há nada de desconfortável ali, ainda assim, sinto a necessidade de externar algo, porque meu coração pede que eu externe.

— Eu estou aliviado... — confesso baixo, e sinto seus dedos gordinhos passando na minha bochecha.

— Está? — ele pergunta, piscando devagar e prestando atenção em mim.

Eu confirmo com a cabeça.

— Aliviado em perceber que teria terminado com você e sofrido...

Dimitri me encara e não para com o carinho nenhum segundo, deixando que eu continue a falar.

— Mas que permaneceria com a cabeça erguida e sei que sobreviveria. Eu tenho uma vida inteira pela frente e tenho o meu trabalho...

Dimitri assente e poderia lidar com isso de forma infantil ou chorando, mas, da mesma forma que eu lidei com maturidade quando ele disse que fui impulsivo por lhe ter dado uma passagem de avião, ele está agindo com maturidade agora, ouvindo sobre os erros do seu processo de surpresa e aceitando.

— Mas, definitivamente... — Solto uma risada baixa, levando minha mão até a sua e segurando-a com amor, fazendo carinho em seus dedos. — Eu estou aliviado por poder viver essa vida com você... Aliviado por você ter intenções boas e...

Dou mais uma risada, pensando sobre todo o nosso caos.

— Aliviado por saber que você vai me consultar, antes de fazer um plano mirabolante que envolva mensagens anônimas ou fingir uma surpresa devastadora. Não vai?

O rosto sério de Dimitri vira mais um sorriso choroso, no meio de gargalhadas esganiçadas e uma cabeça que faz um movimento frenético de "sim", confirmando minha pergunta. E enquanto ele está dizendo "sim" com a cabeça, solta seu cinto e, sem pudor algum, vem para cima de mim dentro daquele carro.

E, dessa vez, nosso beijo não é apenas saudoso.

Enquanto enfia a mão no meio das minhas coxas, apoiando-se no meu banco como um mestre no que faz, já que já nos pegamos várias vezes em nossos carros, Dimitri avança nos meus lábios e seus dentes me mordendo falam demais sobre como ele está louco por mim...

Assim como eu estou por ele.

Como sempre fui e sempre vou ser.

— Chega de tentar fazer sexo por telefone? — pergunto baixinho, rindo entre o beijo que acabou de fazer nossas respirações desregularem.

Dimitri solta aquela risada longa, gostosa, que me aquece.

Aquece Lipa inteira. O mundo todo.

Faz-me lembrar do porquê de eu amá-lo tanto.

Porque o conforto contido no seu riso me dá a sensação de que eu encontrei meu lar.

— Ah, agora você vai ter que me aguentar ao vivo... — ele diz e, pela primeira vez, desde que chegou, sua voz soa sacana, daquele jeito que me desmonta.

Então, volta a me beijar com todo o desejo que parece querer liberar todo de uma vez, me fazendo segurar sua cintura e apertar com mais vontade do que deveria, porque aquilo faz com que Dimitri se contorça e enfie o cotovelo na buzina do carro.

Estávamos morrendo de tesão, agora estamos gargalhando, depois de ele quase bater a cabeça no teto.

— Anda — ele pede baixo, voltando a se sentar no lugar e colocando o cinto novamente. — Vamos para o seu castelo...

Então, eu giro a chave na ignição, o carro liga e, dando partida, nós vamos para minha casa.

A casa que ele já sabe não ter *nada* de castelo.

49

PIZZA, FILMES E DESENHO

Meu apartamento não é longe do trabalho, ainda assim, Dimitri fica a viagem toda me encarando, sorrindo, fazendo carinho na lateral do meu rosto e pescoço, ajeitando a gola alta da minha blusa...

Não há nada para ajeitar, mas ele gosta de me tocar o tempo todo, e eu permito, porque amo o seu cuidar. E eu, que sonhei várias vezes com esse momento, não consigo acreditar que o estou vivendo.

Ele deveria olhar para a cidade, aliás, nunca esteve nesse país, mas não consegue. Dimitri não tira os olhos de mim e só por não querer que o carro bata, não faço o mesmo.

— Seu carro é tão bonito... — Ele aspira fundo. — E cheiroso.

Aquilo me faz soltar uma gargalhada alta, porque o *Surfista Prateado* tem um cheiro mil vezes melhor do que a *Banheira*.

Minha falecida e amada Banheira...

No decorrer da viagem, voltando a um tom um pouco mais sério, Dimitri me conta tudo que fez nos últimos dias. Mostra até fotos. Fotos do almoço que teve com os colegas, fotos dele com os funcionários da boate que choraram pela sua despedida, fotos dele com Eric, Pablo e Vicenzo.

Conta-me de Davi, sua esposa, Leia e Luna, Victor e Agatha. Fala que doou tudo à família de Davi e que trouxe apenas a televisão. Eu não sei explicar o quanto estou feliz por ter trazido essa televisão. Significa tanto, para mim, esse pequeno ato, que estou quase chamando o eletrodoméstico de filha.

Chegamos à garagem do meu prédio, mas ainda demoramos uns quarenta e cinco minutos para subir, porque Dimitri não para de falar. Ele fala, fala, fala e várias vezes acabo gargalhando, porque é muito engraçado vê-lo querer me devolver todos os minutos e segundos que eu perdi, enquanto ele estava afastado, tentando fazer seu plano louco — que quase foi um fracasso imenso — funcionar.

Quanto mais o tempo passa, mais eu o perdoo e me sinto em paz por tê-lo na minha vida; mais eu percebo que nunca houve crueldade em nenhuma ação de Dimitri, nem em mensagens anônimas, tampouco em surpresas mal calculadas; mais eu me lembro do quanto seu coração é enorme. E eu o amo exatamente por isso.

Quando finalmente saímos do carro, depois de ouvir o estômago de Dimitri roncar, vou para o banco detrás, abro, pego a televisão e entrego a ele.

— Leva a nossa filha, e eu levo as suas malas...

Ele concorda com a cabeça enquanto ri por eu chamar a televisão assim, então ajeita a mochila nas costas, pega o eletrodoméstico, e eu vou pegar suas malas imensas. Mesmo com as quatro rodinhas, elas estão pesadas como o inferno.

— Você trouxe Pablo e Eric aqui dentro?

— Eu não ia conseguir viver sem eles... — fala e me faz rir, deixando-me levemente preocupado, porque o peso daquelas malas é assustador. Eu teria que abrir quando chegássemos no quarto, só para checar se os caras não estavam lá mesmo.

Imagina a taxa de bagagem extra que ele pagou...

Andando mais um pouco, chegamos ao elevador, e eu pressiono o botão para subir, mas aí me lembro de que Dimitri nunca esteve na minha casa que, na verdade, é apenas um quarto com uma cozinha pequena e um banheiro.

Muito menor que seu apartamento ou a minha casa. Muito diferente da casa de seus amigos, que ele está tão acostumado e, com certeza, não é uma puta cobertura de dois andares.

— Dimitri, isso é um *apart-hotel*, como eu já te disse várias vezes, então... é pequeno. Bem pequeno mesmo. Minúsculo. Uma caixa de fósforos.

Dimitri solta uma risada baixa e, quando o elevador chega, vejo pelo reflexo do seu interior o que seu sorriso imenso denúncia.

Dimitri não está preocupado com isso...

Quando chegamos ao meu andar e logo à minha porta, enfio a mão dentro do bolso interno do meu casaco e tiro o cartão de acesso.

— Vou precisar de um desses? — ele pergunta.

— Vou dar o reserva pra você — falo, enquanto passo o cartão na fechadura. — Depois, eu peço mais um reserva do reserva.

Meu Deus, ele veio morar comigo mesmo?

Sorrindo, Dimitri concorda. Ao entrar e ligar as luzes, ligo o aquecedor e percebo o clima gelado do meu *apart-hotel* se dissipando aos poucos, pelo sistema eficaz que acaba com aquele frio polar.

Com cuidado, estaciono as suas bagagens enormes ao lado da porta de correr, que dá acesso à sacada do apartamento que nós não vamos abrir nem que nos paguem.

Bem... dependendo da quantia, eu abriria.

Vejo Dimitri colocar a televisão no canto, para não atrapalhar a passagem e, depois, a mochila sobre uma cadeira ao lado da cama. Então, ele encara tudo em volta e faz a sua vistoria rápida, porque não há muito que se ver. Finalizando, olha para mim e ri, claramente se segurando para não gargalhar.

— Amor... — diz, naquele tom de quem está achando muita graça da situação. — Você disse pequeno e não um ovo de codorna.

Eu rio, balançando a cabeça negativamente, então chego perto dele e o abraço devagar.

— Eu morava sozinho, Dimitri... Não havia necessidade de em lugar maior.

— Eu sei... — Ele beija meus lábios devagar. — Mas... — Então, ele se desfaz do meu abraço, chega centímetros para trás e pega algo no bolso de sua calça. É a caixa azul-marinho, com as alianças que deixei na sua casa. — Se vamos dar um passo para frente, e não precisamos nomear esse passo, quero te pedir...

Dimitri ajoelha.

O safado se ajoelha com as alianças que *fui eu* que comprei!

Não tem vergonha na cara...

— Você aceita se mudar para um lugar maior comigo, El? Para recebermos seu pai, meus amigos e qualquer pessoa que não seja obrigada a entrar no lugar, e ver a cama bagunçada, porque acabamos de fazer amor nela? — Então, abre a caixinha e mostra as duas alianças que, novamente, fui eu que comprei.

Acabo rindo muito, porque, além de ele fazer aquilo com um presente que saiu do meu bolso, está me convencendo a largar o meu canto *quase de graça*, para encarar um aluguel maior em outro lugar.

E eu vou aceitar, porque quero fazer dar certo e respeitar nossos limites, o que será difícil dentro desse cubículo.

Não há dúvidas...

— Antes, nós podemos ver se o apart-hotel tem opções maiores, com quartos e salas? — pergunto, um pouco relutante sobre deixar esse lugar com que já havia me acostumado.

Às vezes é difícil conquistar a sua zona de conforto.

Dimitri solta uma risada gostosa a ponto de fechar os olhos, então concorda com a cabeça.

— Então, eu aceito.

Ele se levanta, coloca o anel no meu dedo anelar da mão direita, depois eu coloco o seu, no mesmo dedo. Entre sorrisos, ele enlaça meu pescoço com amor, depois me puxa devagar, até que minha testa encoste na sua.

— Eu nos declaro morando fora do ovo de codorna. Você pode me beijar agora...

Nosso beijo, que já aconteceu entre lágrimas, agora acontece entre sorrisos. Eu o beijo com a certeza de que toda nossa jornada, por mais dolorosa que tenha sido, valeu a pena.

Por este exato momento.

E agora o estômago que ronca é o meu.

— Pede alguma coisa enquanto eu tomo um banho? — pergunto rindo, deixando nas mãos dele a decisão do nosso jantar. — Pede no meu celular, que tem um aplicativo daqui, e coloca no cartão, eu pago quando chegar...

— O que aconteceu com você, Gael? Foi à terapia? — ele debocha de mim.

Eu rio com ele, esfregando o nariz no seu, depois lhe dou um selar calmo.

— Perto da cortina... — ignoro sua pergunta, me chamando indiretamente de muquirana e, afastando meu corpo, lhe entrego meu celular — tem um guarda-roupa embutido — aviso. — Você pode abrir espaço e colocar suas coisas lá quando quiser. No gaveteiro e cômoda também...

— Então, é real...

— O quê?

— Estamos até dividindo o guarda-roupa.

Solto uma risada, concordando com a cabeça, enquanto começo a me afastar devagar.

É, meu amor... estamos.

— Está pronto para brigar pelo espaço de meias e cuecas comigo? — pergunto, começando a desabotoar minha camisa devagar.

Dimitri fica estático, observando-me me despir por alguns segundos, antes de falar:

— Ah, se tô... — Então, morde o lábio inferior.

É incrível o quanto ele me faz rir.

O quanto me faz feliz...

Andando devagar, vou até o banheiro e, tirando minha roupa inteira, ligo o chuveiro na temperatura mais quente que consigo.

Quando estou debaixo d'água, abro os olhos e percebo uma figura bonita na porta, enquanto mexe no celular ligado em suas mãos.

Poderia me olhar com malícia, pois não me vê nu, na sua frente, há meses, mas fica me lançando olhares bobos, rindo o tempo todo, como se tivéssemos começado a namorar há uma semana.

Ele conclui o pedido, coloca o celular sobre o balcão e cruza os braços, olhando para mim com carinho. Talvez expectativa.

— Você quer entrar aqui? — pergunto, tendo noção de que meu box é grande o suficiente para nós dois.

Dimitri sorri, mas aquele sorriso vai além da malícia, apesar de eu acreditar que há alguma. Silenciosamente, apenas confirma com a cabeça e, no outro segundo, está tirando a roupa e jogando-a no chão do banheiro.

Quando entra, naquele chuveiro grande que consegue dar conta de nós dois se ficarmos juntos, começa a se ensaboar, enquanto me ensaboa também.

A espuma aumenta, e ele joga água na minha cara, nós rimos...

Que saudade disso.

Seu cabelo fica cheio de shampoo, então acabo fazendo penteados que ele não deveria usar na rua. Dimitri faz o mesmo comigo em meus cachos — que agora estão enormes —, então sua risada gostosa ecoa pelo box.

Ele chega mais perto, coloca meu corpo debaixo do chuveiro, massageia meu cabelo e tira todo o sabão. E quando faz isso...

Seu rosto está tão perto do meu que deixo um selar leve e lento em seus lábios. Dimitri fecha os olhos, recebe meu beijo e respira fundo.

Franze o cenho devagar, engole em seco. *Ele quer mais...*

Envolvo seu corpo com carinho, ele passa as mãos pelos meus ombros e me abraça com desejo, com amor. Nossos lábios voltam a se chocar, enquanto nossas peles molhadas se esfregam debaixo daquela água quente.

Não passamos disso, mas a sensação que temos é de que gostaríamos de ficar ali grudados, para sempre, porque nosso abraço se tornou nosso lugar favorito.

Com medo de a comida chegar e estarmos agarrados no chuveiro, nós desligamos e eu lhe entrego um roupão lacrado da lavanderia, enquanto pego outro para mim.

— Parece um hotel... — Dimitri comenta rindo.

— É quase isso — falo, enquanto o vejo amarrando o roupão e, em seguida, pega uma toalha para secar o cabelo. — Eu não lavo roupas e não limpo o quarto. Só lavo a louça, o resto está incluso na limpeza...

— Tomara que tenha um apartamento maior aqui...

Acabo soltando uma risada com seu comentário, enquanto saímos do banheiro.

O quarto aquecido não nos causa arrepios, então arrastamos os pés pelo piso acarpetado, e eu observo Dimitri se sentar devagar na cama.

Ele pega o controle e liga a televisão. Nos momentos em que o silêncio paira, Dimitri ainda parece nervoso, sem saber como agir por um segundo ou outro. Eu estou da mesma forma.

Vivi quase oito meses longe dele e, nas últimas semanas, acreditei que estava sendo traído ou abandonado. É normal que a gente precise de um tempo para voltar a agir com a naturalidade ligada na potência máxima.

Ainda assim...

É tão gostoso estar com ele de novo.

Eu me sinto tão idiota que, quando percebo, Dimitri está olhando para mim, sorrindo, ao mesmo tempo que estou olhando para ele com uma cara de trouxa rendido. Quase babando.

Por sorte, o som da campainha toca e me livra de ele implicar comigo, porque eu sei que faria isso. Ainda de roupão, pego a comida e lhe mostro.

— Pizza, Dimitri? — pergunto incrédulo, já que existem várias opções diferentes no cardápio.

— Eu fiquei com medo de escolher alguma coisa errada, por não entender o nome das comidas aqui... — ele fala, e eu rio, vendo que usou o bom senso para escolher. Odeio gastar dinheiro com lanche ruim, então foi sensato.

Depois de posicionar a caixa ali, vou até a cozinha, pego copos e suco de uva integral e volto para o quarto, ajeitando tudo em alguns minutos, porque quero que a mesa fique bonita para nossa primeira refeição em Lipa. Tudo bem que é pizza, mas não custa deixar bem-arrumado.

No entanto, antes que eu possa terminar, algo chama minha atenção: o sorriso de Dimitri, antes bobo e apaixonado, agora acompanha outra coisa.

Acompanha um choro que ele não contém, sequer controla.

— Meu anjo... — falo baixinho, largando a mesa quase pronta, andando na sua direção e sentando-me ao seu lado na cama. — O que foi?

Ele funga e olha para suas mãos, então, contidamente, arrasta os dedos pelo colchão, colocando a mão macia, agora quente, sobre a minha.

Entrelaço os dedos aos seus, fazendo carinho na sua pele e esperando que ele comece a falar. Eu me aproximo ainda mais. Agora, nossos corpos estão pertos a ponto de nossas coxas se tocarem.

— Eu senti tanto a sua falta, Gael... — ele começa e, pelo seu tom tão baixo e intenso, percebo que aquilo não é uma conversa simples.

É um desabafo que ele está me entregando naquele momento.

— E... — continua. — Todo esse tempo, eu tive medo... Medo de nunca ser saudável, de achar que eu morreria se não tivesse você... de pensar que ia me afogar em ciúmes. Tinha medo de não aguentar ver você saindo com seus colegas do trabalho; de você me trocar por eles; de me trocar por alguém...

Eu sinto vontade de perguntar se ele está drogado ao pensar que eu o largaria, mas não sou insensível a esse ponto, então deixo que fale. Dimitri funga ainda mais.

— Mas aí você começou a falar que estava almoçando com eles, saindo com eles... que queria beber com eles! Tinha dias que você ficava oito horas sem dar notícias e depois... — Ele solta uma risada esganiçada, lembrando-se de algo. — Depois me mandava foto da sua mão e daquele calinho que você tem no dedo médio... porque você passou oito horas desenhando e...

Eu realmente tenho um calo no dedo médio.

— Você não tem noção de como eu me senti bem ao perceber que... que eu não estava desconfiado e que não estava enlouquecendo, porque...

Levo a mão livre até seu rosto e começo a limpar as lágrimas que não param de descer, com todo amor e carinho que nutro por esse homem, sentado à minha cama.

— Porque eu também estava vivendo minha vida. Porque eu estava trabalhando, sendo chefe do salão, arrumando minha casa, consertando meu carro, lavando minhas roupas, vendo filmes e séries com meus amigos... e a insegurança pela sua distância não completou nenhum, Gael, nenhum dos meus dias. Eu confiei em você todos os meses que você esteve longe, mas, principalmente... — Ele me dá um sorriso calmo, tão bonito. — Eu confiei em mim mesmo... E eu notei o quanto eu posso viver sozinho. O quanto eu não preciso de absolutamente ninguém...

E agora é a sua mão que sobe devagar e toca o meu rosto, com o mesmo nível de carinho que ele também tem por mim.

— Mas eu escolho estar com você, Gael.

Normalmente eu sentiria irritação por chorar tanto em apenas um dia, mas, dessa vez, deixo que saia. Sem fazer força alguma, silenciosamente. Deixo que meus olhos chorem, deixo que meu corpo trêmulo abrace Dimitri.

Deixo que meus lábios encontrem os seus, beijando-o com a intensidade que ele merece. Saboreando de sua língua quente, do seu gosto doce. Sentindo o seu cheiro tão confortável, que desejei sentir por tanto tempo, nessa mesma cama que estamos agora.

— Eu também escolho estar com você, meu anjo — preciso confessar entre nosso beijo que não para mais.

E os desejos guardados, pouco a pouco, vão se libertando dentro do nosso contato, porque não é difícil notar que, uma vez longe de lugares públicos ou do espaço limitado do carro, rendidos ao nosso íntimo, não há nada que impeça a necessidade compartilhada que temos.

Uma necessidade dolorosa de tão urgente que nos faz esquecer da pizza que iríamos comer ou de qualquer outra coisa.

Que nos faz desatar os nós de nossos roupões...

Que nos faz jogar esses mesmos roupões no chão.

E no momento seguinte...

Nós fazemos o amor mais saudoso, intenso e apaixonado que nossos corpos já tiveram a oportunidade de experimentar.

Nossos corações estão reafirmando a ligação que criamos na boate, nos nossos antigos carros, nas nossas antigas casas...

Reafirmando a ligação que teremos para sempre.

E antes que eu possa chegar ao clímax, eu também confesso o quanto o amo.

Agradeço-lhe por me escolher e estar aqui.

Por sermos completos.

Entre beijos ainda afoitos e sem sincronia, pelo movimento intensificado do meu corpo sobre o seu, nós choramos e nos entregamos a um orgasmo recíproco. Jorramos juntos um para o outro...

Estamos respirando fundo, com as testas coladas e os lábios roçando.

Esgotados fisicamente, mas completamente dispostos para o resto da vida que teremos.

Eu me ajeito na cama e passamos alguns minutos abraçados, em completo silêncio. Com o meu rosto deitado no peito de Dimitri, ouço seus batimentos rápidos, escondidos por trás da calmaria de sua face.

O tempo todo, ele passa os dedos pelos meus cabelos e, quando menos percebo, está cantarolando para mim.

E eu solto uma respiração antes estrangulada, mas agora aliviada, notando o quanto fico feliz por estar vivendo isso.

Porque finalmente...

Finalmente estou ouvindo Dimitri cantar para mim, no meu quarto em Lipa.

Depois de comer na cama, parecendo uma criança entediada pelo quarto pequeno, vejo a silhueta nua de Dimitri andar até minha mesa de estudos e desenhos. Ele dá passos enquanto admiro todas as curvas do seu corpo, que tanto amo.

O quarto está todo arrumado e tem um cheiro bom, ainda mais depois de termos tomado banho, e enchido o lugar com vapor e cheiro de sabonete, mas, como eu não esperava nenhum tipo de visita, meus desenhos estão espalhados por toda a superfície da mesa.

Respiro fundo, com medo de ele não gostar do que vê...

Eu ainda desenho muito os seus lábios.

Ele folheia um papel, depois o outro...

Vê os traços que fiz sobre seu cabelo, seus olhos... seus lábios de novo.

Eu estou deitado na cama, igualmente nu, relaxando minha cabeça sobre o braço, enquanto deixo que olhe tudo que quiser. Pega um papel em especial, mais uma vez seus lábios, e passa o dedo indicador sobre o lugar que eu desenhei.

Analisa cada centímetro daquela boca em realismo, que eu sempre desejei que criasse vida, na minha frente, depois do desenho finalizado.

O desenho realmente acabou tomando vida.

Minha inspiração está à minha frente.

— Sentiu falta de me beijar? — pergunta calmo, segurando uma risada satisfeita, então sobe o olhar até o meu, ainda com o papel em mãos.

— Todos os dias... — confesso calmo, acompanhando seu sorriso pequeno.

Dimitri solta uma risada nasal baixa, depois coloca a folha na mesa e pega outra. Agora, são rascunhos de seus olhos.

— Eu nunca tive nenhum hobby quando era mais novo... — começa uma confissão baixa, parece envergonhado, mas, mesmo assim, continua a falar. — Meus pais não deixavam eu fazer quase nada e... — Mais uma risada nasal sem graça. — Uma vez, tentei fazer um desenho de um homem, não ficou bonito, mas eles acharam e rasgaram e, depois disso, eu nunca mais desenhei nada... Nem tive vontade... — conta.

Seu comentário faz meu coração doer, quando imagino a infância e adolescência horrível que teve.

— Até agora — completa.

Ele coloca o papel sobre a mesa, anda devagar na minha direção, sobre na cama e, deitando sobre mim, entrelaça as pernas no meio das minhas, roçando o corpo quente no meu. Coloca a mão no meu rosto, então acaricia a linha da minha mandíbula, enquanto observa a minha boca.

Eu o olho. Dimitri sorri.

E seu pedido, puro, doce e carinhoso, me pega de surpresa...

— Você pode me ensinar a desenhar? — é um pedido tão desarmado e tão inocente que me faz respirar fundo, enquanto penso em quantas outras coisas Dimitri quis aprender quando era mais novo e não pôde, porque não teve apoio dos pais...

Nunca substituirei as figuras paternas que deveriam ter sido os alicerces de sua vida, porém, livre de pesos ou amarras, obrigações ou cargas, percebo o quanto me sinto privilegiado em poder caminhar ao seu lado e apoiá-lo em suas ações.

Ajudá-lo no que for preciso, por amor...

Por amor a alguém que, a vida toda, foi privado de carinho por aqueles que deveriam inundá-lo.

Eu olho em seus olhos que brilham ansiosamente, assinto e, pegando sua mão macia e carinhosa, dou um beijo lento no dorso, olhando para Dimitri em seguida.

— Ensino, meu anjo...

50

PADRÃO HIDDEN HONEY DE QUALIDADE

DIMITRI

Sem os funcionários locais saberem, e já acordado previamente com Pablo, chego à filial de Lipa como um cliente comum.

Mas é claro que eu não estou só.

Nunca entraria sozinho naquele lugar, uma vez que tenho uma companhia perfeita, chata, analítica, crítica e minuciosa que, em questão de trabalho e atendimento, prioriza a qualidade acima de tudo.

Gael, um dos melhores profissionais que eu conheço, veio comigo.

Compramos nossos vouchers pela internet, chegamos uma hora depois da casa abrir e, sentados a uma mesa simples para dois, no meio do salão, analisamos tudo. Ele me ajuda fazendo várias e várias notas em seu celular.

Gael nem vai receber por isso, a não ser que boquete conte como pagamento, mas está se divertindo, fazendo relatórios de tudo que vê de errado por ali.

Porteiro, seguranças, garçons, dançarinos, pessoas da faxina, DJ...

Barman.

— Nossa, que merda... — ele diz, balançando a cabeça negativamente enquanto analisa o homem de vermelho no bar, manuseando a coqueteleira como se tivesse medo dela. — Estou quase pulando por cima do bar e ensinando a fazer direito.

— Ai, faz isso... Ensina a fazer direito, El. Vai me dar um tesão.

Gael gargalha ao meu lado e, em seguida, dá um beijo gostoso em mim, no meio daquela música agitada. Pelo menos, ele está fazendo aquilo ser minimamente divertido.

Porque quando eu volto a olhar para aquela boate...

Meu coração dói, pensando no trabalho que eu vou ter, já que nada ali está no padrão Hidden Honey de qualidade. O padrão que Pablo criou, e eu pus em prática.

E, para aquela boate ficar ruim, ainda precisaria de muito esforço.

No final da noite e de notas quilométricas de Gael em seu celular, nós vamos para nosso apartamento ovo de codorna, que iremos morar ainda por alguns meses, antes de achar uma casa nova.

Comemos, nos deitamos na cama e tentamos ver um filme de comédia, antes de dormirmos agarrados debaixo do edredom quente. Apreciamos muito mais aquele conforto compartilhado do que passar a noite em boate, apesar de esse ser meu destino, de qualquer forma.

No entanto, quando ouço o ronco de Gael, mesmo que nós não tenhamos chegado nem à metade do filme, penso que encarar a Hidden Honey de Lipa não vai ser apenas uma obrigação.

Será um ato de gratidão por tudo que Pablo e Eric já fizeram por mim, desde os meus 16 anos.

Por uma década em que eles me deram o mundo.

E que agora vou conseguir retribuir.

EPÍLOGO

Lipa, Aleegra
Janeiro de 2043

Um ano depois

IMACULADOS🙏

Pablo🔥:

Vamos chegar no mês que vem... 18:58

Agora que o Key é o maître no teu lugar, tô mais sossegado de deixar a boate sozinha 18:58

Aí, aproveito pra ver se você não transformou meu antro de putaria em um convento 18:58

Ric🥃:

Com a quantidade de dinheiro que está entrando... 18:59

Ele deve ter transformado numa igreja que cobra dízimo todo dia. 18:59

Pablo🔥:

ERIC, PARA DE ME ASSUSTAR!!!!!!!!!!! 18:59

Ric🥃:

Tu deixou a boate na mão do Dimitri há um ano 19:00

Você vai ver... 19:00

Quando a gente entrar na Hidden, vamos ter que pedir a benção ao segurança na porta. 19:00

Eu:

Acho que vocês se esqueceram do amigo de vocês... 19:01

Eu já fiz sexo com os dois ao mesmo tempo 19:01

Eu já transei na boate 19:01

Na matriz e na filial... Só pra informação de vocês. 19:01

Eu já peguei vocês na escola 19:02

Eu rebolei minha bunda num pole dance até conquistar o meu homem 19:02

Então, não me façam passar essa vergonha 19:02

Pablo 🔥:

Ihhhhh corre que o transador ficou puto 19:03

Tá bom, garganta profunda 19:03

Quando eu chegar aí, você faz um strip pra gente e tudo certo 19:03

A gente volta a ser amigo e eu te perdoo 19:04

Eu:

Kkkkkkkkkkk, vai se foder, Pablo 19:04

Pablo 🔥:

Hehehehe 19:04

É tudo brincadeira 19:04

Mas o que não é brincadeira é que a gente tá com saudade da porra :(19:05

Do nosso bebê safado e gostosinho 😔 19:05

Eu:

Kkkkkkkkkk 19:05

Eu também tô morrendo de saudade 19:06

Por favor, cheguem logo 19:06

Preciso beber e falar besteira com vocês 19:06

Ric 🥃:

Logo, vamos estar aí, meu pequeno... 19:06

Pablo 🔥:

❤️ 19:07

Ric 🥃:

❤️ 19:07

Eu:

❤️ 19:07

O "Imaculados", grupo que criamos na época da escola quando ainda éramos adolescentes, foi um grupo que passou muito tempo intocado, porque nos víamos todos os dias.

Com o contato diário e putarias faladas cara a cara, não havia motivos para grupos — porque já tínhamos mais uns dois, apenas nós três, com assuntos diferentes —, mas ele ressurgiu das cinzas, como uma fênix, um dia depois que cheguei à Lipa e, desde então, fazemos dele nosso cantinho de conforto novamente. Em nome da nostalgia.

Nunca perdemos o que conquistamos como amigos.

Claro que conversas particulares, entre Eric e eu ou Pablo e eu, ainda acontecem, por motivos diferentes, como no dia em que Eric me ligou para falar do homem e da mulher que me colocaram no mundo, mas que nunca me amaram como filho.

Há três meses, recebi um telefonema de Eric que durou pouco mais do que uma hora. Na ligação, ele me falou que meus pais haviam sido presos por violência doméstica e estelionato, pois foi descoberto um esquema em que os dois, trabalhando juntos, desviavam dinheiro da igreja de que faziam parte.

Aparentemente, os pastores e fiéis não sabiam, já que eles eram contadores da igreja, mas foram reunidas provas demais, e eles não tiveram escapatória.

Eles pegaram dez anos de prisão.

Eric não quis me dizer como as provas apareceram, quis apenas me informar do acontecido, então eu agradeci e, quando desliguei, não podia dizer que estava exatamente feliz, mas aliviado. Aliviado demais.

Eu já estava em outro país, com um homem que me amava muito e que nunca encostaria um dedo em mim para me machucar, mas saber da impunidade daquelas pessoas sempre me feriu e fazia com que eu continuasse me sentindo humilhado.

Ter algum tipo de justiça, mesmo que isso não apagasse todas as minhas dores e meus anos de traumas, me trazia dignidade.

E, mesmo em outro país, aquilo fez com que eu vivesse em paz. E eu vivo em paz. Sinto-me livre. Livre de mais uma prisão psicológica que me enfraquecia tanto...

— Boa noite, chefe Dangeli.

Ouço um dos garçons da casa se referir a mim com uma reverência educada, quando chego à Hidden, duas horas antes da abertura.

— Boa noite, Law. — Retribuo a reverência e penso no seu tratamento exagerado.

Tratamento que todos, sem exceção, têm comigo, e eu nunca exigi tal coisa, mas, aparentemente, mereci tê-lo. Foram trezentos e sessenta e cinco dias dando meu sangue àquela boate, para entrar na linha. Infelizmente, no processo, acabei tendo que demitir algumas pessoas e contratar outras. Nunca havia demitido ninguém e, quando senti o peso dessa responsabilidade em minhas mãos, entendi o porquê de o salário ter aumentado.

Ser gerente de verdade, sem um chefe por perto para te dizer o que você deve fazer, porque é você quem tem que saber exatamente como agir, é ainda mais difícil do que ser um maître responsável pelo salão.

Eu sou responsável por tudo, da mesma forma que Pablo é responsável pela filial de Astra. Por isso, Pablo paga o meu salário da gerência e +10% sobre todo o lucro mensal da boate inteira.

É muito dinheiro.

Mais do que eu sonhei ganhar um dia.

E, com direito à documentação oficial e tudo, Pablo me tornou o terceiro sócio da Hidden Honey há cinco meses. Ele diz que é o justo, por eu lidar com a boate como se fosse dono dela, além de perceber, há muito tempo, que eu mereço essa sociedade. Pablo me enxergou como pilar do seu negócio. Tão importante quanto ele e Eric...

No dia em que isso aconteceu, Gael e eu bebemos até desmaiarmos num motel aleatório de Lipa, porque estávamos comemorando. Acordamos achando que estávamos em casa e nos assustamos ao encontrar um armário de vidro, cheio de vibradores e camisinhas, postas como se fosse uma sex shop.

— Desde quando — perguntei, sentindo uma dor forte na cabeça — a gente tem um armário assim, amor?

— Porra... — Gael resmungou. — Foi você quem montou isso enquanto eu dormia?

Demorou para a gente entender que não era o nosso quarto. Quando entendemos, pagamos a conta e fomos embora rindo, mas eu saí de lá com um vibrador novo, depois que descobrimos que a estante era, na verdade, uma loja com itens lacrados.

Foi engraçado ligar para a recepção e pedir pelo consolo roxo, com bolas vibratórias.

Gael ria que não se aguentava...

Depois de muita relutância pelo salário novo, pensando no esforço que eu fazia, às vezes, trabalhando até quinze horas por dia, aceitei o montante que iria receber, porque hoje sei o valor que tenho.

Numa relação, na vida e no trabalho.

Isso fez com que, há exatos trinta dias, eu desse entrada na minha casa própria, onde vivo feliz com Gael atualmente. Mesmo que não tenhamos muita mobília, porque ainda estamos comprando tudo, eu vivo feliz.

Mais do que feliz.

O que eu sinto não tem nome.

E eu queria compartilhar um pouco dessa minha felicidade com outras pessoas que também precisavam de ajuda, como um dia eu também precisei, mas nem todo mundo tem um Eric e um Pablo em suas vidas.

Então, unido ao famoso nome internacional da Hidden Honey, junto aos meus amigos e apoiadores da boate, nós abrimos o Centro Dimitri Dangeli de Acolhimento LGBTQIAP+, uma casa que se mantém com parte dos lucros do estabelecimento, ajudando jovens LGBTQIAP+ em situação de expulsão, abandono ou violência doméstica.

Eric deu o nome de CDDA. Eu chorei muito e disse que não merecia meu nome numa coisa tão importante, mas Pablo mandou uma figurinha de "tapa na cara" no nosso grupo e disse que o nome já estava registrado.

Segundo ele, eu era a referência que as pessoas precisavam, já que segui o significado da minha tatuagem com tanto afinco, e o desenho acabou se tornando o símbolo do centro de acolhimento. Aprendi a seguir meu próprio caminho, não importa o quanto o mar esteja agitado, e isso acabou dando um foco mais importante à minha vida.

Uma verdadeira missão, a fim de, futuramente, deixar também um legado. Com a boate e o CDDA, que faço questão de acompanhar de perto, as responsabilidades continuam e, às vezes, parecem duplicar. Quadruplicar.

Há dias em que sinto que o mundo quer explodir na minha cabeça, entre todos os funcionários de que tenho que dar conta. Minha carga psicológica acaba ficando muito pesada, e eu preciso, cada vez mais, me agarrar ao meu tratamento psicológico com todas as minhas forças.

Para não sucumbir...

Porque, apesar de ter dias de ouro e dias de lixo, não cheguei tão longe para retroceder definitivamente, e Gael, tendo ciência disso, luta pela nossa relação todos os dias, da mesma forma que ele sabe que eu também luto.

Hoje em dia, Petra e Aruna fazem parte de uma rotina da qual nós não abrimos mão.

Quando se aproximam das 04:00, vejo o guerreiro do amor no meio do salão.

Eu rio, percebendo que ele está vestido como se fosse aproveitar a noite, porém sei que vai se sentar em um dos puffs e esperar dar a hora de eu ir embora.

— Já disse que não precisa me buscar às sextas, você está cansado, trabalhou hoje...

— Você pode me deixar decidir sobre isso? É o único dia que eu consigo te buscar.

Eu rio nasal, balançando a cabeça negativamente com a sua teimosia. Apesar de toda quarta-feira também fazer questão de buscá-lo em seu trabalho...

— Eu tirei um cochilo quando cheguei em casa e agora estou super acordado. É um truque que aprendi com o velho rabugento.

Acabo gargalhando com sua técnica de permanecer acordado de madrugada, só para me fazer companhia.

— Chefe! — o barman de cabelo verde e de alargadores de trinta milímetros grita.

— Esse cara parece uma calopsita punk — Gael sussurra para mim.

Eu seguro o riso e olho para Natsu.

— Sim? — pergunto cansado, respirando fundo.

— Você, não, chefe. — O homem ri, olhando para Gael. — O primeiro cavalheiro.

Gael ri ao seu chamado de "primeiro cavalheiro", e eu acabo rindo junto.

— A calopsita punk quer você — comento, dando um tapa na bunda do meu namorado.

Ele dá outro na minha.

— Pode falar...

Nós nos aproximamos do bar e, enquanto eu me sento num dos bancos altos, Gael se debruça no balcão idêntico ao da Hidden Honey de Astra.

— Você pode... hm... — Natsu fala meio sem graça — Me ensinar o seu drink de pêssego? O chefe Dimitri não para de falar dele... Deixou todo mundo com vontade...

Gael gargalha com o comentário e depois olha para mim. Aquilo faz minhas bochechas corarem, porque não era para aquilo ser revelado.

— Posso — diz a Natsu, sorrindo e dando a volta no balcão do bar. — Só cuidado... — ele fala e pega um dos aventais reserva, passa pela cabeça e começa a amarrar as tiras nas costas, olhando para mim o tempo todo, enquanto faz isso.

— Quem bebe fica apaixonado pelo barman...

Eu taco um canudo em Gael, que começa a rir implicantemente, depois começa a amarrar o cabelo volumoso, prendendo os cachos num grande coque no topo de sua cabeça.

Natsu não entende nossa brincadeira, mas presta atenção nos movimentos do meu namorado em seguida.

Enquanto Gael está ensinando a preparar a bebida, a tela do meu celular acende. Eu olho o que é e franzo o cenho. Gael está batendo o drink dentro da coqueteleira, mas percebe que há algo diferente acontecendo.

Depois de servir meu copo, o dele e o de Natsu, tira o avental e dá a volta no balcão, sentando-se no banco alto à minha frente.

— Porra, chefe! Que delícia! — Natsu está comemorando, e eu olho para ele, começando a rir. — Chefe Dimitri! Coloca isso no cardápio!

A bebida o deixa muito empolgado.

— Vou mandar colocar aqui, mas nós já temos lá em Astra... Chama-se Bandile Drink — confesso a Natsu, e ele parece empolgado com a novidade.

Gael sorri orgulhoso toda vez que comento sobre a bebida que ganhou seu nome.

Em seguida, levanta as sobrancelhas, curioso, apontando com o olhar para o meu celular, mas, depois de ler o conteúdo das mensagens que recebi, acabo rindo.

— O que foi, amor? — meu namorado pergunta meio sério, enquanto passa as mãos meigas nas minhas coxas, num carinho que me transmite muito conforto e apoio.

Eu pego o meu copo de drink e entrego o celular para ele ler sozinho.

Enquanto ele faz isso, me delicio com o meu sabor favorito de bebida, que apenas Gael sabe fazer do jeito que eu gosto.

Mas, enquanto isso, penso sobre o conteúdo das mensagens.

Anônimo:

Oi... Eu não tenho coragem de chegar em você... 04:15

E... 04:15

A gente pode conversar? 04:15

Você é bonito pra cacete... 04:16

Por favor, me dá uma chance, cara 04:16

Gael coloca o celular em cima do balcão, pega o seu copo e solta uma risada que acaba evoluindo para uma gargalhada.

Uma gargalhada muito alta.

Ele realmente está achando graça.

— Essa pessoa precisa de umas aulas com você...

— Precisa, é? — pergunto, rindo tanto quanto ele.

Eu chego a passar o dedo pelos olhos, porque acabei chorando de rir com a situação.

Não pode ser real.

— Precisa... Você conseguiu me prender na primeira mensagem... Essa pessoa aí está parecendo que saiu do ensino fundamental ontem.

— Como eu te prendi? — pergunto curioso, sugando a bebida pelo canudo em seguida, olhando diretamente em seus olhos.

— "É burrice colocar alguém pra chamar atenção lá no palco e esconder você atrás do bar." — Ele solta uma risada nasal. — Amaciou meu ego...

Ele desce do banco, enfia as pernas entre as minhas, segura meu rosto e me dá um beijo lento.

— Me deu até vontade de tirar a roupa e ir dançar pra todo mundo — sussurra aquela mentira descarada.

Eu acabo gargalhando e quase caio do banco, mas ele me segura e, rindo comigo, me observa pegar o telefone de volta.

— O que vai fazer? — pergunta calmo, mas curioso.

— Bloquear a pessoa.

— Que hipocrisia...

— Ei! — Rio mais uma vez, incrédulo. — Quando era eu quem mandava mensagens anônimas, só achei que ia conseguir seguir com o plano de sedução porque o meu alvo era completamente solteiro e não chegava perto de humanos.

— Seduzir era a última coisa que você ia conseguir fazer comigo usando mensagens anônimas — ele diz, dando de ombros e sentando-se no banco de volta.

Então, pega sua bebida e bebe devagar.

— E por quê?

— Com as mensagens, eu só queria um amigo e tinha outro fato...

— Qual?

— Eu estava louco pelo meu colega de trabalho... uma criança assustada, lembra? Loirinho, de cabelo escorrido e olhos esbugalhados. Um cara lindo pra caralho, que ficava desfilando na frente do meu bar de propósito... — comenta, e eu sorrio, levando a perna para a frente e roçando na sua.

É um carinho gostoso, porque seu comentário faz com que eu me sinta amado, e eu preciso retribuir fisicamente de alguma forma.

— Queria que você me notasse... — confesso, já sem escapatórias agora.

— Ah, e como eu notei.

Aperto o lábio inferior segurando mais um sorriso, porque Gael me deixa assim, alegre, bobo e rendido.

— E no final... você conseguiu o seu amigo? — continuo a conversa.

Gael solta uma risada nasal, confirmando com a cabeça.

— Consegui Eric, Pablo...

Meu coração se aquece com os nomes que, um a um, saem de sua boca. E é acalentador pensar no quanto eles todos se aproximaram nos últimos meses, mesmo por mensagens de texto.

— Consegui os nerds bêbados do meu trabalho, porra, eu consegui até Daniel... O cara me cobra de pescar com ele todos os dias.

Agora, estando incomodado com a distância, desço da cadeira e aproximo o corpo do seu, largando a bebida sobre o balcão e entrelaçando nossos dedos gelados pelo copo que seguramos.

— E consegui você — ele fala baixinho, só pra mim —, que de todos, é o meu melhor amigo.

O bar está silencioso, porque Natsu, provavelmente constrangido com a nossa melação, já saiu dali. Só ouvimos pessoas conversando ao longe, indo aos caixas.

Então, eu me permito...

Eu me permito dar um beijo no meu amor. Um beijo calmo, mas inundado das profundidades que apenas nós dois conhecemos...

— Vamos pra nossa casa sem móveis... — Gael sussurra, afastando-se de mim com dificuldade, enquanto sorrimos e roçamos nossos lábios.

— Não importam os móveis. Eu tenho você, uma cama e uma geladeira... Não preciso de mais nada.

Gael gargalha com o meu comentário, desce do banco e entrelaça os dedos aos meus.

— E a nossa filha.

— Sim — falo sorrindo com o fato de que somos absurdamente apegados por aquela televisão. — E a nossa filha.

Eu também me levanto do banco e, em seguida, passo os olhos pela boate, procurando uma pessoa em especial.

— Kali? — Miro na maître do salão.

Virando na minha direção, a mulher me atende com prontidão.

— Senhor? — Ela se aproxima calmamente, com sua bandeja imensa em mãos.

— Pode fechar tudo junto ao Andrei? — cito o chefe de segurança da filial. — Estou indo pra casa agora... — falo olhando para Gael.

Ele me lança um sorriso meigo, gostoso, cheio de carinho.

E é engraçado pensar que em qualquer lugar que estivesse, um quarto num prédio, uma mansão ou até mesmo um trailer na estrada, teria a mesma sensação que tenho agora, olhando para o meu namorado.

Essa sensação de conforto, de lar...

— Sim, senhor. — Ela acena, então começo a andar com Gael para fora dali.

No momento seguinte, estamos indo em direção à garagem da boate.

E é uma noite comum, rotineira...

Mas o carinho contínuo que Gael faz nos meus dedos, às 04:00, depois de uma noite cheia no trabalho, faz com que eu me sinta extremamente grato.

Eu me sinto grato pelo elo forte e saudável que lutamos para construir e manter.

Um elo que não é perfeito, com altos e baixos, dias merdas e dias maravilhosos, dentro da nossa rotina que não tem nada fácil ou sincronizada, mas que, dentre todas as desventuras amorosas que já tivemos, foi o elo que mais nos ensinou.

O que mais nos fez evoluir.

E isso aconteceu a partir do momento em que entendemos a regra que nos firmará em qualquer tipo de tempestade, sobre o mar agitado de nossas vidas.

Uma regra que repetimos sempre que sentimos o mar um pouco mais instável.

Nossa lei simples, mas certeira como uma bússola:

Estamos no mesmo barco, mas somos nossas próprias âncoras.

FIM

AGRADECIMENTOS

Desconhecido sob meus olhos teve um começo tranquilo, fluido e divertido. Comecei esta história como um passatempo, com o intuito de escrever capítulos pequenos e diários, para entreter um público que me acompanhava na época. Eu não tinha roteiro, não sabia o futuro da história, não conhecia os meus personagens, não tinha nada. Havia apenas a vontade de escrever sobre um personagem demissexual, enquanto eu mesma buscava conhecer mais a minha assexualidade.

Com o passar do tempo, o enredo foi ficando mais denso. Os problemas foram ficando mais sérios e, quando eu percebi, DSMO se tornou uma trama muito maior e mais significativa do que o planejado. Gael e Dimitri me ensinaram muitas coisas, em muitos aspectos.

No entanto, no arco final, me vi mergulhada num bloqueio criativo tão profundo, por conta dos conflitos dolorosos dos personagens, que cheguei a cogitar abandonar a obra e nunca mais tocar nela. Tudo sobre esta história me doía. Algumas cenas, principalmente os conflitos entre Dimitri, Gael e Eric, na fase final, me faziam querer ficar longe do computador o máximo possível, para que eu não precisasse escrever sobre eles brigando, se desentendendo e se magoando. Entretanto, como DSMO sempre foi uma história envolta em muito amor, amizade e compreensão, respirei fundo e passei um mês escrevendo a trama toda, até o fim, como se estivesse arrancando um curativo.

A fase ruim veio e me acertou com força, mas a fase boa também chegou, porque não há nada tão sério que não se possa resolver com muito diálogo, quando todas as partes se amam e se respeitam. É o caso de Dimitri, Gael, Eric e Pablo, que são, definitivamente, as engrenagens deste livro.

Mas eu não posso falar de amor e compreensão sem falar dos meus leitores, meus Yullebabys, que me apoiaram e me compreenderam em cada fase merda que eu tive durante o processo de escrita de DSMO. Quando desabafei sobre meu bloqueio, foram os primeiros a escrever textões para mim, dizendo o quanto amavam a história e o quanto ela significava para eles.

Sem vocês, definitivamente nunca conseguiria terminar estes livros. Então, já começo os agradecimentos citando vocês, que foram e têm sido meu combustível, em todas as ocasiões da minha vida. Muito obrigada por não desistirem de mim, eu continuaria amando vocês mesmo depois de um milhão de drinks de pêssego. Acho que amaria até mais (hehehe).

Quero agradecer, principalmente, a Deus, por me manter viva até agora e com um cérebro agitado, que todo dia precisa escrever alguma coisa. Obrigada por me dar a escrita, que é mais um motivo para viver.

Agradeço infinitamente à minha mãe, que fala orgulhosamente de mim para todas as pessoas na rua e não perde a oportunidade de soltar: "A minha filha publicou um livro, você sabia?", não importa para quem seja.

Agradeço à Débora, que é minha médica particular, por sempre cuidar de mim e me levar ao hospital sempre que eu estou podre, ou com o braço torcido, ou tonta, ou com febre, ou vomitando. Se não fosse pelos seus cuidados, eu já teria ido desta para uma melhor e não teria Yulle para escrever mais nada. Obrigada por cuidar da minha saúde mais do que eu mesma cuido.

Quero agradecer ao meu pai, o Zé, porque ele está sempre orando por mim, me ajudando e pedindo a Deus para que me proteja todos os dias. Obrigada por continuar zelando por mim, mesmo em outro país (hehehehe, brincadeira).

Agradeço também ao Arthur, à Brenda e à Isabella, porque muito da minha construção humana se deu pelo fato de vocês existirem. Não sei quem eu seria sem vocês, obrigada por estarem na minha vida e ocuparem tanto o meu coração. Amo muito, muito, muito vocês, nunca se esqueçam disso. É tudo por vocês.

Agora, eu vou agradecer à pessoa que está na dedicatória do primeiro livro: a Beatriz, minha Benai. A pessoa que me fez enxergar que realidades tão dolorosas realmente existem, ao mesmo tempo, que amores tão companheiros também. Aquela que está comigo todos os dias da minha vida, me apoiando até quando eu estou errada. A pessoa que se desdobra por inteiro para me ajudar e que viajaria do Brasil ao Japão, só para colocar um sorriso no meu rosto. Nem que vivesse 711 mil vidas eu conseguiria retribuir tudo que você faz por mim, mas espero chegar, pelo menos, um pouquinho perto disso. Obrigada por ser mais uma prova na minha vida de que amor existe, pois você é a personificação do amor.

Quero agradecer imensamente à Ana, à Nabi e à Clara, minhas bebês preciosas que aguentaram todo o meu choro, loucura, risos e gritaria durante o último ano. Que me defenderam, lutaram por mim, festejaram minhas vitórias e choraram o meu choro. Meu sonho é ver vocês com a vida mais realizada e bem-sucedida possível, porque vocês não merecem nada menos do que isso. Obrigada por segurarem minha mão tantas vezes, quando eu só queria me atirar ao chão e chorar até desmaiar. Vocês são os diamantes que eu amo com toda a minha alma.

Agradeço também ao Moon, a pessoa que salva minha pele em situações que ninguém mais salvaria. Obrigada por compartilhar o mesmo universo (mental e espiritual) que o meu e, por várias vezes, ser alguém que eu admiro e me espelho tanto. Obrigada por todas as revisões, por todos os choros ouvidos, por todos os conselhos e por todos os ensinamentos. Sem você eu ficaria presa em muitos bloqueios, mas você sempre aparece me dando uma chicotada de amor e mostrando outros caminhos. Amo muito você.

Quero agradecer também à Rafa, escritora que eu admiro há tanto tempo e que tive a honra de trazer para o Yulleverso, quando ela aceitou fazer a leitura crítica de DSMO. Rafa, ter você lendo o texto e trabalhando comigo foi uma experiência tão gostosa que eu espero que se repita muitas e muitas vezes. Você veio para DSMO profissionalmente, mas obrigada por ter gostado da história a ponto de ter começado a ler meus outros livros. Meu coração fica todo amassado de amor quando penso que tenho uma pessoa foda como você trabalhando e me ajudando a moldar o Gael, então muito obrigada por essa honra e por acrescentar tanto nessa minha jornada. Eu amo você muito além do profissional e sou fã da pessoa maravilhosa que você é!

E falando em revisoras, também quero agradecer à Bianca Albuquerque, que esteve comigo em Órion e agora em DSMO, provando ser — mais uma vez — uma revisora muito competente, muito esclarecedora, paciente e com um tato incrível para falar com o autor. Obrigada por fazer seu trabalho com tanto esmero e dedicação, porque essa dedicação, com absoluta certeza, fez a diferença na qualidade e no resultado final dos meus livros.

Obrigada à Andréa Santos, que trabalhou com esmero na correção ortográfica de todo esse texto gigante. Agradeço imensamente por todo carinho e paciência com essa história e por ser tão empenhada em oferecer o seu melhor.

Preciso agradecer, também, à Alane, ilustradora incrível que deu vida ao Gael, ao Dimitri, ao Eric, Pablo e tantos outros personagens de DSMO. Alane, não importa como eu havia pensado sobre os meus personagens, você conseguiu deixá-los ainda melhores. Se empenhou em desenhar cada mínimo detalhe que eu pedi e trouxe uma singularidade para meu livro, que me deixa sem fôlego toda vez que encaro os queridos. Sua arte é incrível e me sinto muito feliz de ter conseguido trabalhar com você. Obrigada por tanto.

E não menos importante nesse processo de construção do livro, quero agradecer ao Matheus, responsável pelo design da capa. A escolha de letras, as cores, a montagem dos personagens, os símbolos na lombada, absolutamente tudo ficou muito mais incrível do que eu esperava. A capa sempre foi uma preocupação absurda, porque o nome não é fácil de encaixar, mas você fez mágica. Sou muito grata mesmo e parabéns pelo trabalho lindo.

Obrigada também à Nathalia e Editora Euphoria, que estiveram à frente desse projeto e conseguiram construir um dos livros mais lindos que eu tenho. Com certeza a capa de DSMO vai ficar na minha memória até quando eu for velhinha. Obrigada por sempre prestarem atenção no capricho da diagramação, na entrega dos livros e pelo compromisso com os leitores, que é minha maior preocupação nesse processo. Obrigada por me darem um livro lindo. Pelos gritos que eu dei no whats dá pra perceber que foi amor à primeira vista (hehehe).

E não posso passar nenhum livro sem agradecer aos sete amores da minha vida que, constantemente, me mantêm inspirada, esperançosa e motivada a ser uma pessoa melhor. Obrigada a Kim Namjoon, Kim Seokjin, Min Yoongi, Jung Hoseok, Park Jimin, Kim Taehyung e Jeon Jungkook, por preencherem as partes mais sombrias da minha vida com seus sorrisos, vozes, pensamentos e uma serotonina especial, que emana apenas das suas existências. Sem vocês, eu não estaria mais por aqui há muito tempo.

Novamente, quero agradecer a todos os leitores que me acompanharam até aqui, até o momento de o livro chegar às suas mãos. Leitores que passaram por toda a montanha-russa de emoções que DSMO foi e que viveram cada linha, cada dor e cada choro, até a história ser concluída.

Yullebabys, vocês merecem meus agradecimentos duas vezes.

Dez milhões de vezes.

Agradeço também a você, que nunca ouviu falar no Yulleverso, não sabe quem eu sou, nunca leu nenhuma história minha, mas, se está lendo isto aqui e chegou até a última página, foi porque abriu seu coração e deu uma chance a esta autora, então muito obrigada por isso.

Espero que sua viagem até aqui tenha valido a pena.

Amo vocês por mil âncoras e mil bússolas.

711 milhões de beijos,

Sempre com amor, Yulle.

BIOGRAFIA DA AUTORA

Formada em Fotografia e Intérprete de Língua de Sinais, Yulle sempre teve um amor profundo por livros, mas publicar seu próprio exemplar foi um sonho que abandonou antes de completar 18 anos.

Com 7 anos de idade, escreveu seu primeiro livro não publicado: um conto infantil que falava sobre um garoto que levava a família até Marte.

Por muitos anos, acreditou que essa seria sua única conquista no meio literário: um livro feito à mão e conhecido (mesmo que com muito amor e carinho) apenas por sua mãe, seu pai e sua irmã mais nova, na época.

Mesmo escrevendo até os 17 anos, a exigência da inserção ao mercado de trabalho a fez entender que os textos deveriam ficar de lado e as obrigações precisariam vir primeiro, o que a levou a um hiatus literário que acreditava ser eterno.

Nesse meio tempo, se formou como Técnica em Língua de Sinais e, logo após, concluiu a Faculdade de Fotografia, sendo essas as suas principais áreas de atuação até então.

Quase 10 anos depois, graças a uma amiga próxima em tempos de uma pandemia mundial, retornou ao seu amor pela produção de textos e descobriu que tinha muito mais histórias para contar do que imaginava. Histórias com muitos tipos de amores, porque nunca se limitou a apenas uma forma de amar e sempre quis passar isso em suas linhas e trechos.

Família, reciprocidade, amizade, reflexões sociais, drama e um pouquinho de "acorda pra vida" são outros traços marcantes que a autora não abre mão, presentes em todas as suas histórias.

Yulle é uma pessoa que desistiu, mas que teve a chance de abraçar seu sonho novamente e acredita que, não importa quem você seja, muito menos sua idade, nunca é tarde demais para correr atrás do que ama e passar sua mensagem.

Hoje, tal mensagem é passada através dos seus cinco livros publicados, incluindo Desconhecido Sob Meus Olhos, que chegou para completar ainda mais seu universo original criado com muito carinho, onde todas suas obras se conectam de alguma forma.

Redes sociais:

@Yulleby

CONHEÇA A
EDITORA EUPHORIA
e fique por dentro de todos os lançamentos!
@editoraeuphoria
editoraeuphoria.com.br

DESCONHECIDO SOB MEUS OLHOS,
Volume II: Âncora - 1ª Edição, 2024
Dimensão: 16x23

editoraeuphoria.com.br